北京零公里

北京零公里

zero point beijing

a novel

陳冠中

UNIVERSITY PRESS

OXFORD
UNIVERSITY PRESS

Oxford University Press is a department of the University of Oxford.
It furthers the University's objective of excellence in research, scholarship,
and education by publishing worldwide. Oxford is a registered trade mark of
Oxford University Press in the UK and in certain other countries

Published in Hong Kong by
Oxford University Press (China) Limited
39th Floor, One Kowloon, 1 Wang Yuen Street, Kowloon Bay,
Hong Kong

© Oxford University Press (China) Limited

ISBN: 978-988-867-825-9

北京零公里

陳冠中

Impression: II

目 錄

內篇

在一個沒有聽者的世界、說還是不說、就不是問題了、不是嗎、還有甚麼好說的呢、為甚麼還要說、說了又能怎樣、不是說、說了也觸碰不到聽眾、不會有傳播、更甭提被理解、說了也是白說、這種時候說還是不說又有甚麼分別、非得要說、不過是自言自語、唯一聽者、就是自己、自己說、自己聽、別說這倒也是我身處空間的現實寫照、此間的活貨都聽不進別的活貨說話、活貨都只聽留在自己心眼裏的那些話、活貨與活貨之間沒辦法做思想的交流、活貨都活在自己的小宇宙裏、牢記着自己成為活貨剎那的那個念頭、心無旁騖、篤定不移、絕無妄念、我也不例外、只不過我之所以能夠有別於其他活貨、意識到說了沒用但還不得不說、而且不停的說、那是因為在我成為活貨的那一剎那、心裏正想着我長大了要當個歷史學家、電光火石、之後我就再沒機會生出別的念頭、那一剎那的這個念頭、成了我唯一的念頭、決定了我化為活貨後的心靈狀態、你瞧、形軀外貌來說我好像沒怎麼長大、個子還是一米四三的小個子、嗓子也還是剛開始變聲的啞嗓子、開瓢兒的前額顱骨也沒有癒合、但心智上我已經很成熟了、而且還在精進、夜以繼日、以今日之我替代昨日之我、因為我身不由己別無選擇、既然以史為志、就只能義無反顧、一路狂奔、飢渴地尋覓書刊啃讀文獻、着魔一樣的穿梭古今、耗盡自己的能量回到歷史發生原點鈎沉致遠、探賾索隱、從中心點零公里一直外延到活貨哪吒城的盡頭、來來回回踏遍這個活貨世界的每一寸空間、包括它被忽略的小角落、永遠想着追求知識、永遠想着細說歷史、想着矯正世人的史觀、想着調整自己的三觀、直到燜耗散、神將滅、筋疲力盡、但只要能量一旦有所補充、我立刻重啟、如自動巡航、奮力積累史材、發想著書立說、哪怕絕無出版

機會、這樣的慣性行為、路徑依賴、註定我終將成為一個既無聽眾也無讀者的活貨哪吒城通史大家、直到永遠、直到詛咒失效的一天、直到活貨集體解脫該化成甚麼化成甚麼的一刻、直到那天來臨、派對終結之前、沒有句號、我只能是我這樣的活貨、別的活貨也只能是他或她那樣的活貨、永遠各自活在自己的當下、活在自己當活貨的本志裏、扮演着被自己一念之間命定扮演的角色、除了我之外、都不會有變易、除了我之外、心智都不能進化、這是經過三十年尋覓、三十年吾日三省吾身後、我信之不疑的總結、、、

　　我將會盡我語言所能、如實的告訴你活貨哪吒城的明細情況、以及我整理推論出來的活貨世界深層運作邏輯、我認為這是我作為活貨哪吒城唯一全職歷史專業者的職責、只要你不嫌我說話不利落有一句沒一句、時而顛三倒四東拉西扯、時而喋喋不休沒完沒了、那是因為歷史真實本來就是個岔路橫生的非線性迷宮花園、隨自己意識想到哪說到哪未必不是一種敘事策略、再說了我又缺少雙向對話練習、一己之見長期得不到任何他者反應回饋、任性慣了、思緒一起、馬上放在心中一遍一遍翻來覆去的過、自顧自念叨、不計時日、欲罷不能、忘了常人說話要換氣停頓帶節奏、活貨沒有吃喝拉撒睡生理驅動、不受皮囊限制、沒有時間觀念、只活在一念之中、對其他不屑一顧、這是常人所不能及、卻是陽間北京城地段的這個異度空間裏、活貨們的基本生存狀態、不過我發現凡是活的、都是耗能的、處身哪吒城的活貨、被詛咒不得轉世輪迴上天堂下地獄甚至單純的完全熄滅塵歸塵土歸土、打從陽間人世帶來的自身那點能量耗盡之後、或家人友輩過去之後、再沒有新的添補注入來源、那樣的活貨、

求死不得、像末期病人在加護病房奄奄一息的苟活、生不如死、雖生猶死、稱為活屍更恰當、活貨哪吒城跟陽間北京城有共生關係、不像其他不幸城邑千年一遇、或遭屠城、或飢相食、或被洪水火山地震摧毀、活貨哪吒城地段的北京城貴為歷代帝都、永劫回歸、遍地沉痾性質特殊、改朝換代兵家必爭、戰場殺戮泥沙俱下、間或屠城間或飢相食史不絕書、亂臣賊子、革命黨、反動派、此起彼伏、動輒賜死、自戕、凌遲、抄斬、連坐、暗殺、嚴打、鎮壓、加上謀殺、誤殺、劫殺、自殺這些頻發殤折、自然災禍、高空墜物、煤氣中毒、工地事故、交通意外種種普通橫禍、千年累積、地面上死於非命人數、統計上在全國數一數二、無名活貨可謂屍橫遍野、多不勝數、貨賤如土、不值一提、只有極少數陽間有人祭奠、思念不絕、香火不斷、又或者青史留名、世代有人傳誦或詆謗、精神不滅、雖死猶生、才配稱為真的活貨、活貨哪吒城的活力住民、只要陽間能量供給不輟、活貨不死、能量或低或高、都能賴活、有的一開始的時日能量很大、之後越來越少、偶然也有本來氣息很弱、後來反而加強的、我剛才說了、絕大多數哪吒城的活貨都是能量全失之輩、跟死屍一樣、古往今來、只有如冰山一角的極少數活貨能量尚存、而極少數之中的極少數、像我從屬的那個群、更是幾近奇跡、三十年過去了、至今能量仍然源源不絕、季節性地向我們一波繼一波的遞送過來、周而復始不讓我們油盡燈枯、、、

　　陽間這個季節、每年的春夏之際、一直到年中六、七月、是我們這個群最活躍的季節、說明世間還有人以群之名在紀念我們、談論我們、托群之福、大庇於此、我們每一個

成員都分到了能量補給、過去三十年都如此、按大小年或有起伏、但薪火相傳沒有斷過、以後能持續到甚麼時候、會不會戛然而止都很難說、起碼這幾年海內外還有人不忘其時、每年燭光熠熠、眾說紛紜如故、在那段日子裏給予我們極大關注、讓我們復活、保佑我們精神不滅、所以這也是一年中我輩能動力最強的時間、在能量低的日子、我可以說是舉步為艱、為了節省精氣神、只能或坐或躺着啃書煮字、強記默識在腦中整理史料、算是冬眠時候、到了每年春天、能量一天勝一天的添加、眼力可以穿透茫茫如霧霾的活貨哪吒城無處不在的混濁煙霞、看得更遠更清、是尋故訪舊的窗口期、體力則足以對抗如逆水行舟活貨哪吒城特色的橫向微引力、克服舉步阻力、奮力挪移到想去的地點、心力上每年挑選一個跨代目標、儲備好足夠能量、突破時間障、空間障、心智障這些活貨哪吒城三大障、回到事發原點、攝取在地活貨的口述歷史樣本、大體上遼兵激戰怨軍之燕京憫忠寺、蒙兵圍城餓死者十有四五人相食之金中都、嘉靖連環性虐殘殺稚齡宮婢之明紫禁城後宮、磔文天祥之柴市、凌遲袁崇煥之西市、斬譚嗣同之菜市口刑場、絞死李大釗之西交民巷看守所、毒打曝曬卞仲耘校長致死之北師大女附中、我都逐一親履原點做田野、訪問身歷其境的冤魂活貨、記下口述歷史、遇到精力不足的被訪者、我還得勻點能量給他們、引誘他們開口向我說故事、他們都是只惦記着自己那一念的自私活貨、不會捨得花掉自己僅有的珍貴能量做多餘動作、我要他們多說、只能像小額行賄一樣塞點能量給他們、他們很驚訝甚至對我充滿懷疑、這年頭哪還有像我這麼慷慨的活貨願意分享能量、願意聽他們長久以來唯一縈繞的心聲、現在哪怕是歷史上很有名堂者、能量往往也非常低落了、想想當年叱

咤一時、最後在這塊地面上不得好死的大貪大惡、比如遼劉彥良、元石抹咸得不、阿合馬、明王振、汪直、劉瑾、嚴世蕃、清和珅、或在同一地段上非正常枉死的忠烈之士比如遼宋張覺、金完顏承暉、南宋謝枋得、明楊繼盛、清寇連材、青史多有記載、但現在很少人會記得他們、除非陽間剛好熱播一齣古裝電視劇、重新激活大家對這些歷史人物的興趣、這些被砍頭、毒戕、杖死、凌遲、自盡的人物、才像打了雞血一樣有了點勁頭、極個別的因一劇而紅、也會生龍活虎起來、不然一般載入史冊等級的人物尚且疲弱、何況那些如泥似土不堪一顧的無名之輩了、如果我不把能量擠一點勻給他們、損己利他、他們怎麼會願意跟我合作、開口訴說當年、滿足我唯一的慾望、誰叫我一心要當歷史學家、為史而活、、、

　　根據王國維二重證據法、歷史研究不能只靠古人文字記載和考據、更有賴出土文物考古、紙上文字材料和地下遺物材料需要相互印證、我在活貨哪吒城這個特殊環境裏、所能挪用的資源是有限的、有數的、我無法求助於別的學科比如語言學和統計學、無法請外語專家做多語種文獻比較、更無法借助新科學比如放射性碳定年法、基因分析、古生物學、進化生物學、我有一定數量的文獻、但我最大的優勢、是直接向歷史當事人套取口述、像個偵探一樣找出不同時代到這裏報到的活貨、訪查調研、佐證或者修正文獻記載，這是陽間的史學家和考古學家做不到的、這就是我獨門的二重證據法、我認為在活貨哪吒城做歷史學家、還是有得天獨厚之處、當然熟習文獻是第一步、文字記載雖然不一定真實、還是極有參照引導價值的、我就愛讀書看報、凡是有漢語文字

的都不會放過、此間文獻來之不易、是稀有之物、只能被動等待、帶着偶然性隨機性、陽間祝融給力之時、就是我的收穫之日、紙張易燃、地面一把火、可以把書報完整的燒光燒盡、無縫對接、無缺無損地快遞到活貨哪吒城、很少有大火一場連個帶字的紙張報紙都沒燒掉的、我是真的敬惜字紙、哪怕只是包裹菜肉器皿的殘缺報頁、上面的文字對我來說也是寶貴史料、至少讓我學習到新詞彙新用語、確定陽間今夕何夕、今年何年、以供對照印證我自己的編年計算、我說了、活貨是不需要時間的、他們永遠活在自己一念的當下、只有歷史學家離不開時間、史家的工作之一是建構線性順時紀錄、靠雕刻時光來說事、活貨哪吒城上一次的文獻大豐收、是在文革初期、好多人在自己的房子院子裏燒掉書刊筆記日記、活貨哪吒城現下獨一無二的古今中外牛鬼蛇神典藏共享叢林、又叫魔方圖書館、就是這麼建立起來的、之後的年份都再沒有像文革這種規模的集體焚書了、但大大小小火災總是隔三差五發生、一些單位機構也會燒掉文件檔案、大體上以北京城零公里為中心的東西三四公里、南北六七公里、今天的二環內外、跟哪吒的人形範圍重疊的區域內、不管是有意還是無意着火、凡燒成灰燼的世間物、我們這兒都能收到、我稱之為火供、可惜世上的人總愛故意燒些亂七八糟沒用的東西比如冥錢、紙衣、紙車、紙房、都不用腦子想想、送到我們這邊的紙衣、冥錢、紙房、紙車、誰都用不上、馬上成垃圾、哪吒城活貨所需要的只是陽間給我們的精神支援、除了能量短缺外、沒有任何物質需求、所以也沒有交易和市場、只有活貨之間偶然的能量饋贈分享、燒來美圓、人民幣就算是真的也沒用處、更何況是冥錢、簡單的一個道理是、燒甚麼就是甚麼、這是最基本的原理、你燒一部

紙電腦、哪吒城收到的就是紙的電腦、你燒一部真電腦、到了這邊就是真電腦、只是電腦不全是易燃物、往往燒不乾淨、缺這缺那的不完整、我們這裏有的是死於非命的科學家、工程師、奇怪的卻是只有一位仁兄的最後一念是對電腦產品的戀戀不捨、一直在收集電子零件想組裝出可用的電腦、但找不到穩定電源、我想說的是、要燒就燒書報吧、火供的物質中、只有燒木材製成的紙張才是最完美的、燒一本書、這本書就原裝快遞到此間、等着有書緣的人撿取、我到了活貨哪吒城之後、最大的一次收穫是陽曆一九九三年八月十二日的隆福寺大火、裏面那家百貨商場有個圖書報刊零售部、旁邊還有上海書局和中國書局的舊書庫、全部付之一炬、這場火讓我接收到大批書籍報刊、那次陽間的饋贈、奠定我私人藏書的基礎、也讓我清楚的認定、我有文獻癖、是個紙質物品收藏控、唯一的慾望是當歷史學家、陽間不定期會燒書報文獻送到活貨哪吒城、我的工作是盡力及時把它們搶救收集起來、幸好像我這樣的活貨不多、老一輩的書痴活貨就算心有餘力大多也只愛惜魔方圖書館的老書而沒有追索新著作的慾望、暫時沒有競爭對手跟我去搶佔現燒現遞到此間的書刊文獻、不像被陽間之火燒成灰炭的雞鴨魚肉、總是會看到幾個餓鬼活貨在爭奪、可能他們在陽間是真的饞人、或者他們是餓死的、成為活貨之前的最後一念就是吃、帶着吃念來到活貨哪吒城、永遠像餓鬼般在尋吃覓食、期待着口腹感官滿足．那就非常可憐了、不光是活貨哪吒城本身不產食物、只能靠陽間不定時的火供、更因為活貨是不可能得到感官滿足的、嗜吃只是他們生前的習性記憶使然、他們為得到陽間某家廚房失火或者烤煮過度燒焦的食品、甚至一隻意外燒死的老鼠、都耗費全部能量你爭我奪、但就算撿到手、

自己的肉身都不在了、只有記憶中的形軀而無血肉實體、如何享用得了實質之物、空有噬吃的念頭、其實一點感官享受都得不到、真正是食而不知其味、念想越強、帶來的失望越大、看他們的吃相和相伴而來的失落樣子、好可憐、就像有一些帶着滿腦子性念來到此間的性奴活貨、分分秒秒受性慾驅使、永遠在尋找性對象、經常騷擾到其他活貨、但活貨都沒了實質器官、全無爽快釋放的可能、性活貨只能永遠意淫、我在陽間沒來得及嚐到異性滋味是很遺憾、但我可以想像性慾也是一種苦、幸好在活貨哪吒城我不用求性、毋需覓食、這是我的幸運、我之所好是精神上的追求、其實所有狀態最好的活貨、也都只剩下精氣神、如果想得到滿足、唯有尋求精神上的滿足、說到這、我慶幸我在陽間最後一念不是想着吃喝或女生的身體、而是想當歷史學家、、、

　　但對絕大多數活貨來說、折磨一般不是來自肉身的習性和慾望、而恰恰是來自精神的、這也與他們在陽間的最後狀態有關、絕大多數活貨的最後一念都是無關物質或肉身、而是有關精神或情緒的、是七情而不是六慾、說明人類還真不是只為物質和慾望而活、我所接觸到的活貨之中、有三種最常見最大宗的精神狀態、第一種最最普遍的是恐懼、最後一念若是恐懼、就帶着恐懼來到活貨哪吒城、恐懼掩蓋一切細微的情緒、永遠控制了這一類的活貨、非常可憐、我是懂他們的、死於非命、臨終一刻能不恐懼嗎、但這個最後一念將折磨他們到永遠、第二種是憤怒、死前一刻充滿怨氣、以憤恨蓋過恐懼、本來不是人人做得到、可見恨的力量也可以很強大、可悲的是他們成為活貨後、永續憤怒、變得不可理喻、動輒大動肝火、經常遷怒於其他比較平和的活貨、憤怒

的活貨很難跟別的活貨相處而不衝突、其中有少數憤怒中帶着幾分清醒、牢記着平生最終的仇讎、總想着復仇、問題是到了活貨哪吒城他們還一門心思尋找當年敵人報仇洩憤、有一次我費了好大力氣到東交民巷做庚子年活貨口述的時候、就被一個以滅洋復仇為念的團民活貨認定、他看到的我、是個三毛子、因為在他的認知上、我身穿的是白襯衫黑卡其褲白球鞋這類的洋服、他鼓動當時在附近的其他團民活貨圍堵我、要想把我手撕幾大塊、幸好當時我的能量比他們大、個別而言他們都很弱小、但人多勢眾、我不怪他們無知、他們受時代認知所限、我不能接受的是他們的殘暴嗜殺、幸好他們一般也不懂逾越他們所處的地段、不會到處遊走、不然看到其他現當代的活貨、如同看到剪了辮子的假洋鬼子、大概都會抓狂、只是近十來年他們的能量不減弱反而在增大、對我在內城東南方的舊外國使館區一帶、原點採集那段晚清民國北京城史料的工作時不時造成干擾、、、

　　第三種為數也不算少的活貨、最後一念是掛牽至愛親朋、或是家貓家狗、在陽氣全熄之際、他們想着自己的愛人愛畜、愛他們的人畜、他們將永遠活在此念中、最幸運的、永浴愛河、一般沒那麼激情的、可得安慰、不過大多數惦記着永別親愛者的、帶到此間的只是永恆的哀傷、所以生離死別之念、還是可以很折磨人的、我運氣好、沒有以此念為最後一念、所以不至於活在無盡的悲痛感傷之中、不然我的活貨生涯、就只剩下惦記着我媽我哥、不會有現在的學術成就、理智上我知道我應該想念我媽我哥、但事實上我根本很少想到他們、就算為了重組自己經歷過的那段人生際遇、記憶到和他們在一起的情景、我也不動感情、非常客觀、你不

要責怪我無情、我說了多少遍、活貨完全桎梏於自己最後一念、情感往往只會帶來痛苦、當然作為歷史學家、智性上的同理心是做學問必需的工具、我不可能不理解、我媽我哥一定曾經有過好長的一段日子無時無刻的都在惦記着我、我媽那麼疼我、好不容易帶大我、在家門口一下就失去了我、她一定痛不欲生、真不知道這些年來她日子怎麼過、媽媽她還健在嗎、生下我之後、她沒坐足月子就要回單位幹體力活、身體一直不好、她受得了我突然走了的打擊嗎、不過我並不希望在活貨哪吒城遇到她、遇到就說明她也在這塊地面上死於非命、幸好至今她沒有出現在我這個被詛咒的空間、或許她還活着、活得很好、或許她已經不在、自然死亡、得了善終、像一般北京城裏老百姓一樣、不會受困於活貨哪吒城、或許她已經搬離北京零公里地帶、住到城外、回到南方家鄉、總之不在活貨哪吒城對應的地段內、這樣不論如何離世、她都可以像凡人一樣、轉世輪迴上天堂下地獄甚至完全熄滅塵歸塵土歸土、坦白說活貨哪吒城之外的真實情況我不得而知、一般不入此間者、他們的身後事、轉不轉世、有靈魂沒靈魂之類、我也只有猜想的份兒、但估計不會像待在活貨哪吒城這裏那麼受罪、我祈望媽媽好好往生、來世投進一個好人家、好人有好報、我哥那個晚上也沒有和我一起被打入活貨哪吒城這個無期徒刑看守所、說明他那天沒死、活過來了、我希望他不要因為我的離去而他留在世間而感到內疚、我沒有怪責他、如果不是崇拜他、受他啟發、以他為榜樣、那個剎那我就不會突然生出要當歷史學家這樣的念頭、如果我哥在世、現在正是精壯之年、以他的聰明能耐、抱負志向、應該已是陽間一個擁有大量讀者聽眾的著名公知、或者名重一時的歷史學家了、可惜我無法和我哥交流讀史心

得、讓我哥知道我有多長進、看了多少書、弄懂了多少歷史問題、永別了、阿哥、咱哥倆永遠再沒說話機會、我只有在此間孑然一身踽踽獨行、、、

不要讓我以偏概全、給你一個對活貨群體的過度簡化印象、剛才說了餓鬼和性奴兩種感官型活貨、和恐懼型、怨憤型、情迷型三大最普遍精神型活貨群體、其實還有另外很多種活貨小類型、譬如有的臨死時緊記着自己的理想原則、高呼聖上英明、上帝慈悲、中國一定強、毛主席萬歲、砍頭不要緊只要主義真、這一類活貨其實很了不起、有近乎超人能耐、堅持理想到最後一刻而心無懼念、來活貨哪吒城後、壯志未酬的他們會繼續搞復辟、傳教、愛國、宣揚各種烏托邦理想、義無反顧、時而強加於人、在哪吒城向一眾頑固的活貨推銷理想、滿嘴荒唐言令人厭煩、另一批較內向的活貨、執著於工作倫理、最後一念是自己的某項工作任務沒做完、心有不安、工匠惦記着完成了一半的作品、作家惦記着尚未面世的新著、我常碰到的一位阿姨、想着自己突然離世那天、家裏亂七八糟沒來得及拾掇好、到活貨哪吒城後、就整天像強迫症一樣到處收拾亂飛的冥錢垃圾、說實在的、活貨都是強迫症患者、強迫症患者不由自主、活貨何嘗不是身不由己、只不過各有不同的我執、、、

只有一種沒有我執的活貨、就是那些橫死前已經癡呆的可憐人、北京城可說比其他地方更盛產這樣的活貨、他們生前長時間受肉體上痛感的折磨、以至離世那刻腦中一片空白、名副其實的萬念俱灰、北京地段受凌遲剮刑慢動作致死的人犯、多數是這類、日夜除了痛之外還是痛、痛不欲生、

顧不上生成念頭、在極痛中失去所有意識、終於氣絕、來到活貨哪吒城、腦中無念、成了癡呆一族、有些受過長期酷刑或中劇毒求生不能求死不得者、也會呈癡呆狀態、再無感知之識、我也無法從他們腦中攝取到任何信息、或許他們這樣也算是解脫了、哪怕是不究竟的解脫、他們的狀態算比一般有我執的活貨更幸運嗎、至少我就不會願意跟他們掉換、哪怕我有永遠擺脫不掉的煩惱、、、

除了上述類型外、活貨還可以是很各色的、最後一念匪夷所思、像我以當歷史學家為執著的活貨就並不多見、甚至是獨一無二、誰會明明知道陽壽已盡還想着去幹治史問學這種長命活兒、但凡離世當日我的陽氣能延長苟存多幾秒鐘、膽小如我者、最後的精神狀態恐怕也會是恐懼莫名、幸好那個即逝瞬間不容我改變念頭、就是死得夠爽快、將錯就錯、所以總的來說、那次真的是有幸有不幸、這麼湊巧、我們躲在側翻的小麵包車後面、我個兒太小、踮腳抻頭甚麼也看不着、腦子卻正在開小差想着要當歷史學家、我哥拉了我一把、二話不說貓下腰把我架到脖子上、順勢一起身就電光火石、待意識恢復、斷片再接上、我已經處身於一個如此熟悉又如此陌生的世界、躺在地上、自己爬起來、還以為在原位、感覺離我家門口不遠、頭有點暈、混濁的煙霞困擾我的視力、我哥不見了、站在我們旁邊的市民大叔大媽都不見了、百米外整排沿着長安街進城的部隊戰士叔叔也不見了、我前額開瓢兒了、但意識還在、精神亢奮、耳中只有一個聲音在回響、歷史、歷史、其實那是我哥跟我說的最後幾句話的其中一截、瞧、咱們在見證歷史、歷史就在咱們眼前發生、每年同一時刻、我都會回到同一地點、回想當年、到凌

晨時分、我幾乎可以感覺到我哥也待在陽間的同一地點、我看不到他、但覺得有股能量正在往我這邊輸送、那可不是每年這個季節這個群體的集體充電、而是對我個人的定點饋贈、我能感到與對方距離特別近、因為在事發原點拜祭永遠是最強烈最直接的、但誰會這個時候在陽間長安街西單路口這個特定地點上祭祀呢、只得說最有可能的就是我哥、我雖不能實證地作出確定、但有一項年度儀式正在進行中卻是肯定的、因為年復一年、屢試不爽在同一時間同一地點、我總能收到大半根香菸、我猜想陽間是有人以菸代香、每年在這個固定地點固定時刻放下一根燃燒着的香菸、以火供表心意、我認定那個人就是我哥、、、

　　那個晚上跟我一樣初來乍到的活貨很多、只記得人人身上冒血、甚至軀體扭曲得歪瓜裂棗、個個恐懼個個憤怒、沒辦法叫他們稍微平靜下來跟我訴說發生甚麼事、我當時就抓了幾張橫向飛揚的廢紙想做筆記、心想、歷史在發生、我在見證、一定要記下來、但找不到筆、好不容易問了幾個像是旁觀的路人、都沒帶筆、記得他們對新來此地的我也不怎麼友善、愛搭不理的、我失魂落魄往東走進廣場、在零公里處倒沒遇到新活貨、反而走向南池子、南河沿和北京飯店那帶才看到幾個暈頭轉向的傢伙、再往前走到東單菜市場、放眼望去沒甚麼動靜了、就回頭沿長安街往西走、穿過零公里廣場、經過電報大樓、沒有想回家、由六部口到西單、一路上陸續碰着各式各樣新來的活貨、男的女的、中年的青年的、甚至老的小的、繼續往西走到木樨地一帶、先進了中聯部大院遊覽一番滿足好奇心、又折回復興門橋附近、在一大群聚集的新來活貨之間穿插、毫無睡意、他們群情洶湧、同仇敵

慎、我冷靜觀察、爆裂的前額熱騰騰不覺得痛、也一點不影響我用心做筆記、我冒出一個念頭、北京城是不是自古以來就是個殺戮戰場、這就是我第一個擬定要研究的歷史課題、但史料何來、當時毫無頭緒、我又往回走向廣場、跟在一隊戒嚴部隊戰士後面進了人民大會堂、瞎逛中無意走進一間敞開的密室、下了傳說中的地下通道、開始不計時日、在北京城地下的迷宮亂轉、從人大會堂走軍用地道到了活貨哪吒城西頭地段、再折向東、逛遍上世紀六十年代反蘇備戰的防空洞群、一號線地鐵和好多條用途不詳的支線、改開後改造的個體戶地下商城、歷代引水、排水、明河暗道縱橫交叉的地下水世界、以至在廣場中央、發現歷史文獻沒有記載的、清代築造的由紫禁城午門起、沿中軸線經毛主席紀念堂地下、過正陽門箭樓到前門外大柵欄一帶的一幢四合院的神秘棧道、一切都太新鮮了、有太多不為人知的古今秘史值得公之於世了、雖然當時我還沒定義我自己是個歷史學家、卻都已經興奮得不得了了、如入寶山、覺得自己身負重任、沒有受過學術訓練的我、憑着不知道哪兒輸送過來的能量、一時靈感湧現像喚醒了前世記憶、雄心勃勃、立志要開動多個歷史課題、印象中包括北京城的歷代殺戮史研究、歷代統治者驅趕城裏平民的政策研究、歷代新移民入侵者剝奪和奴役土著居民的手法研究、歷代京城營建和老城區拆遷研究、地下迷城研究、胡同和四合院研究、酷刑研究、宮中性事研究、後宮生活與宮廷鬥爭研究、外來人與土著老北京的文化交雜更替研究、還有我哥喜聞樂道的解放後中南海秘辛和城區重點中學紅衛兵實錄、我當時不知道活貨哪吒城只是個有限空間、到親身摸索地形、經歷了處處碰壁、此路不通後、才發現活貨哪吒城有個不規則型的不可逾越的邊界、像是在北京

城的扁平大餅上、用一個巨大的人型模子硬壓出來的平行空間、後來沿此空間四方八面邊邊角角繞行好多遍、才把地理概貌摸個清楚、北京故都四九城本來就有哪吒城的稱謂、坊間傳說、元大都汗八里的哪吒為三頭六臂、頭頂在大都土城牆垣南邊的麗正門、文明門、順承門、雙腳落在北城牆的健德門和安貞門、左右各三短臂通東西四道城門和兩個地標、到有明一代、陽間哪吒城南移兩公里、南到正陽門、是哪吒頭頂的中位、北到德勝門和安定門、是哪吒雙腳底、六臂變八臂、改叫八臂哪吒城、左四臂西向分指宣武門、平則門、西直門三門、以及平則門內的地標妙應寺即白塔寺、皆在現西二環內、右邊有三臂東向通往崇文門、齊化門、東直門、最長的第四臂則伸到齊化門即朝陽門外的東嶽廟、也只是出了一九九二年建成的東二環不遠、但明代之後又如何、就沒有說法了、經我親自實地測繪後、有驚人發現、得出的結論是現如今咱活貨哪吒城、跟坊間傳說的陽間哪吒城不同、不等於一般所說的北京四九城、在明中葉後哪吒形狀的城體更高更大了、已擴至外城即南城、南到明清外城南端永定門、北邊回到元大都北端土城牆健德門和安貞門、我自己戲稱哪吒長個了、本來傳說中跟我一樣是個中童身材、後來拉長變少年郎了、現在更是個發胖中年、只是中軸線不變、原本左右各四臂、現在東邊特長那一臂手掌指頭最遠點還是朝陽門外的東嶽廟、但手肘是彎彎的挽抱着日壇、西端原來的一隻長臂仍然托着阜城門內白塔寺、現在卻另長出新的第五隻超長臂、終端不再是白塔寺、而是從哪吒頭頸中位、拉一條直線貫穿法源寺、報國寺、天寧寺、白雲觀、再彈跳出像是靠彈簧卷節延長的拳臂、衝過了軍事博物館和原金中都大興府的會城門和遼金文人賞花的玉淵潭、最後握拳在西三環西側

的航天橋南、相傳哪吒左臂所執神器是長矛、當年舊說認為白塔寺代表長矛、有點牽強、現在好了、清楚無誤、這個四〇五米高的中央電視發射塔原來才是那根長矛、可惜世人所知的哪吒城傳說還沒有根據實況作出修正、未能體會我這個實地考察的驚人發現、更甭提其中的重大理論含意、我從田野實證調查得出來的結論是、從遼金到蒙元到明清到今天、活貨哪吒城核心地區和邊界形狀同中有異、面積越變越大、還長出新肢、就是說這哪吒城並不是自古以來一成不變、而是與時偕行變動不居的、這個認知、幫助我後來對活貨哪吒城的發展邏輯、提出了比較令人滿意的歷史主義解釋、這個哪吒太子、這些個白塔寺、東嶽廟、又密乘又玄門又民間的傳奇、不用說也挑起我另一個課題想法、如何運用已知可信的文獻史料和田野實證去解釋活貨哪吒城的玄學構成、唉、這可是我想繞也繞不過去的課題、歷史學家總得面對現實說話、我總不能只談北京城陽間歷史而對我身處的活貨哪吒城的存在視而不見、總得找出個自洽的說法、比較傲驕的一點是、我至今沒有因為受到玄學的誘惑、放棄實證解釋、我相信我哥對我的史學堅持會表示讚賞、、、

　　將來如果出書、我一定會在前言中好好鳴謝古今中外牛鬼蛇神典藏共享叢林、可以說沒有這座魔方圖書館、我的歷史學家事業一定舉步為艱、事倍功半、你想想、在這個地段上、歷代的焚書、尤其是一九〇〇年清軍偕團民攻打英國公使館區時縱火燒掉的翰林院、和一九六六、一九六七年文革初期燒掉的書刊文獻、數量有多驚人、我之前說了、此間的活貨們就算在陽間時是愛書的人、來到活貨哪吒城之前的最後那剎那、恐懼、憤怒、惦記至親、都會成他們大多數人的

永恆之念、幸好京城歷代枉死的讀書人就是夠多、量大就有例外、總有個別活貨、最後一刻甚麼都不想、只想著書、或許他們在陽間有浩瀚的藏書、戀戀不捨、或許他們經營書店或管理圖書館、想着自己沒完成的工作、或許是一些很獨特的理由、總之最後一念與書有關、這樣的活貨不算多、但時不時有、有一個小伙子、意外猝死的時候正在車上追看神鵰俠侶全真教弟子尹志平玷污小龍女、到了活貨哪吒城後、費盡全力尋覓神鵰讀本不得、每隔一段時間就爬着進來魔方圖書館亂翻書要找神鵰、把館長辛辛苦苦收拾好的圖書分堆搞亂、這座圖書館是不會有金庸小說的、因為館藏的都是文革前出版的老書、當時破四舊燒掉的很多是古籍和民國著作、神鵰俠侶雖一九五九年已經在香港出版、但文革前能在內地流通的不算多、沒有出現在北京這個地段的焚書之列、有點意料之外但也能理解、也許當年搜書老先生們根本並不把金庸先生的小說放在眼裏、不認為神鵰俠侶能算經典、就算搜到書也不屑於花力氣送到圖書館、這裏的書全靠義工收集捐贈、年中無休、來者不拒、送書取書、全憑贈家用家自律自重、館長說他永遠不會訂立規矩強加於世、我倒祈禱那位神鵰癖仁兄早點能量乾涸、可是他大概還有家人在世、生辰死忌總能有點能量供他小打小鬧、我也祈禱此地段上陽間快點有人燒掉一本完整版的神鵰俠侶、如果被我得着一定雙手奉送這哥們、好讓他從此沉迷其中精盡力衰不再來圖書館搞事、放過操勞過度的館長。據說圖書館 度曾有丨來位文革蒙難者當志願工作者、在活貨哪吒城接力搜書、螞蟻搬家一樣搬書到這、這可是耗能苦工、那一代人至死還想着護持中華文脈不至於花果飄零、但現在這群老一輩活貨能量猶存的已所餘無幾、我看到還能活動的只剩下三名遺老、外號長舌

三先生、因為他們都是上吊死的、現在他們的能量都相當低落了、他們那一代人走了之後、恐怕會後繼無人、何況文革前出版的書籍、現在還會被火供至此間的已不多了、魔方圖書館怕也再難收到舊書、據説八十年代初還常有人燒掉他們討厭的文革讀物傳單海報小冊子、現在都成了文物、也沒人燒了、不然這些原始資料對我的文革研究多少有點幫助、特別是那些發行量有限的蠟版刻印的傳單小冊子、不過有甚麼材料就做甚麼菜唄、我自己搜到的新文獻都屬於私藏、不會送去魔方圖書館、不是我自私、因為去那兒找書的活貨很古板、不愛看新書、不想知道超過他們時代的事、只對文革前的過去特別是古代感興趣、深受文革刺激的他們一心要挽救的、也只是受破四舊所毀的古籍、民國名著和西洋經典、只有我這個歷史專業戶會去讀新書追新資訊、想跟上發生中的歷史、館長是跟我在同一個晚上來這兒的、他是在木樨地被軍隊用海牙公約禁止的炸子達姆開花彈射殺的、為甚麼他會自願當上館長呢、因為他在文革下放的時候曾非常想看書、潛入縣圖書館偷書、被抓坐牢、沒想到自己中彈躺在血泊中、最後想到的竟是當年自己溜進了圖書館、看到架子上的書都被推倒在地亂成一坨、忍不住動手整理歸位、耽誤了時間被人逮個正着、那可是改變他一生命運的一件事、讓他由知青淪為底層罪犯、我問他是誰想出這麼一個精彩念頭、想到把找獲的書都搬到清翰林院地段、建起這座活貨哪吒城唯一的公共圖書館、他説書都是前人自動搬來這裏堆放的、也不知道是誰發起的、或許根本沒有發起人、而是有點集體潛意識的意思、送焚書於翰林院以扶巨廈於將傾、是文革那時的讀書人來到活貨哪吒城之後、不約而同的共同衝動、清翰林院坐落在現今東長安街路南的公安局內、座落在外國公

使館區外、跟英國使館北壁相鄰、是當時世界最多藏書的圖
書館之一、珍藏着卷帙浩繁的古籍善本、包括四庫全書七萬
九千卷的各式底本和永樂大典的僅存副本、庚子事件清政府
由董福祥率領的甘軍攻打外國使館區英國公使館的時候、燒
毀了翰林院、建築倒塌、不少古籍文獻稀世珍本從此化為灰
燼、只能在活貨哪吒城找到、館長自己一抵達活貨哪吒城
後、就想着到處找些書讓他來放回原位、遍尋不獲、完全沒
用武之地、日子難過極了、鬼使神差逛到了前翰林院地段、
看到已堆積如山的書、如獲至寶、開始整理、後來更選定了
古今中外牛鬼蛇神典藏共享叢林這個館名、不過他年輕時候
坐牢出獄後、去當挖礦工人久了、早已不再愛看書、只遵從
最後一念、所有能量用在以他的分類方法整理書籍、按照他
自己想像中的某些神秘準則、把書分成一堆一堆的一米七正
方型立體方陣、圖書館像個巨型魔方的叢林、對想找書的人
這是耐心和想像力的考驗、我比他晚到圖畫館、因為歷史學
家這個念頭、讓我分心在各地考察和採風、誤時很久、然後
才發覺自己學識嚴重不足、必須同時埋首讀書補課、有一次
在北黃城根第四中學做紅衛兵言行查核、注意到大門外一
個伸着長舌的耆老捧抱着幾本古籍、蹣跚而行、之前我很
少看到活貨拿着書、就跟蹤他、這樣最後到了翰林院地段、
咱活貨城唯一的公共圖書館、有如找到了組織、從此之後、
歲月如飛、館長是我見面最多的活貨、他顧他整理、我顧我
查閱、他不會告訴我整理藏書的邏輯、我也很識相的不去探
問、暗自揣摩、甚至暗示我已破解了他的書籍分類密碼、這
是我們之間的尋寶遊戲、他整理得辛苦、我從他的整藏中找
書更辛苦、但這樣不無好處、你找的是甲書、過程中卻受乙
丙丁書吸引、一頭鑽進去、學問就轉向了、興趣就分岔了、

不好處就是花掉太多能量翻東翻西看雜書而不幹正事、幸好館長和我至今都能分享到我們那個群體季節性從陽間傳送過來的能量補給、、、

　　閱讀耗能、活貨缺的是能量、愛閱讀者對世界還是好奇的、活貨則只有執著沒有好奇、留在魔方圖書館認真做學問的活貨絕無僅有、有的多是到此一遊的過客而已、有個常客、每次進來的時候、都會歡天喜地叫嚷、啊好多書耶、好棒啊、有甚麼需要我幫忙的嗎、她有時候會隨意瞄上幾眼書的封面、嚷嚷出一連串書名、好像說了書名就表示看過、再說兩聲好棒好棒、就高高興興的逸遁了、從不翻看書的內容、她屬於另一個仍然能夠長期接收到陽間能量補給的大群、在世時候她有偏頭痛、久治不癒、跟大家去修一種功法、上世紀末一場嚴打、把她投進外地大牢、身心飽受摧殘、出來後性情大變、家人朋友也不諒解、憂鬱起來、從地安門一座梁思成設計的大屋頂建築上跳下來、墜地前突發奇想、對自己說、我是一隻樂於助人的小鳥、然後到了活貨哪吒城就整天認定自己是隻鳥、一心想飛、憑借着此地特色的橫向微引力、竟給她練出腳尖離地、隨氣流短暫飄浮的功夫、飛是飛不起、片刻就落地、鳥是說不上、倒真的像卡通片的幽靈、她身形扁塌冒泡、我叫她大薄脆、她見我前額開瓢叫我爆米花、我個子小、書陣高、她每次在圖書館見到我就說、爆米花、請問你需要甚麼幫忙、我在聽、找書嗎、找甚麼書、我來幫你找、你看、我會飛、她飄起來、陶醉的哼着我是一隻小小小小鳥、然後就忘了搭理我、自得其樂的飄出圖書館、我當然不需要她幫忙、我有我的神器、那是在隆福寺大火中火供過來的一把折疊人字木梯、我撿到後常常

梯不離身、有一説做學問要站在巨人的肩膀上、我的巨人就是這把殘破木梯、再不會有大人看得着、我看不着的問題了、我可以輕易攀過書牆、爬上任何一個一米七魔方書堆的平頂、從上往下深處挖掘我要的典藏、順便隨機發現有緣之書、享受做學問過程中可遇不可求的意外收穫、英語有個很難翻譯的詞叫做錫蘭迪比替、説的就是這個意思、這個詞源來自十四世紀的波斯神話錫蘭三王子的故事、故事中三王子外出尋寶、憑着意外的加持和偵探般的智慧、發現各種線索找到了寶藏、這本書在近代被翻譯成英法等歐語、先後啟發了伏爾泰、愛倫坡、赫胥黎、柯南道爾、衍生出西方人的偵探類型小説、十八世紀輝格黨文豪學閥沃波爾根據這個故事自創出錫蘭迪比替這麼一個拗口的英語名詞、成了英語語系的新字、其實史家追蹤歷史線索很像偵破懸案、證據、推理、堅持、運氣都缺一不可、七分靠打拼、三分錫蘭迪比替、我在圖書館浩瀚典籍中、好多回無意中翻到唐代不空和尚的各種著作、冥冥中好像在給我暗示、叫我去處理那個最不想處理的課題、也就是既然宅茲活貨哪吒城、到底何為活貨哪吒城、、、

可以確定的説、雛型活貨哪吒城的存在遠早於大明一朝、決非十四世紀中隨永樂皇帝遷都設順天府而來、所以也不是像傳説中的經手劉伯溫、重要的事情説三遍、活貨哪吒城不等同在陽間也曾被稱為哪吒城的北京四九城、不由任何一人左右、沒有任何個人的獨力可以創始活貨哪吒城、正是共業所引、眾業成城、以文獻而言、哪吒這個名稱在漢語中最早出現在隋唐時期、所以哪吒城也只應是在隋唐之間或之後才定名、處身於活貨哪吒城這個共享空間裏、我所找到最

古早的活貨、已經只是一撥乾屍化石狀態的活貨、是來自十二世紀初遼朝末年、或許將來活貨世界、有新的史學家考古學家人材出現、會在活貨哪吒城範圍內發現考證到更早期的活貨、將此城開始日期一舉往前挪移、目前來說我就是此間城史唯一最終權威、我說了算、當然我是讓實證說話、在實證面前我只是個書記員、在尋覓實證的過程中、我是個偵察兵、不放過一切線索、包括民間傳說、傳說雖不屬實證、卻可以提供索隱、誘發聯想、史家不會棄之不顧、我也願意姑妄聽之、傳說黃帝建都邑於涿鹿、涿鹿何在、有一說在現張家口地界、到孫輩顓頊、有傳說他依鬼神以製義、選了一個地點供祭祀之用、並把那個地方稱為幽陵、幽陵大概也是當時華夏民族北方地段的最早名稱、所謂北至於幽陵、流共工於幽陵以變北狄、周朝稍後的文獻比如尚書、孟子則改寫為流共工於幽州、另外周禮也明確寫道東北曰幽州、所以幽陵也是幽州之為幽的始源、而幽州更可能自古就是一個祭祀的地方、原初就被選定為適合多次元重疊之複合空間、供陽間活人發揮對非人類異質幽冥世界的想像、到了帝堯、以幽州為都、稱幽都、應該是此地建城的開始、商代之後也曾經稱幽為冀或薊、屬於古說九州之一、禮記有記載武王封黃帝之後於薊、史記則說武王褒封帝堯之後於薊、是三皇五帝一些後裔所在、還說周王封有功勛族親召公奭於燕、爾雅說燕曰幽州、燕都或某燕城在今北京西南房山縣、現仍有城垣遺址考古出土器物為證、到了信史年代、公元前七世紀春秋中期燕滅薊、韓非子記載燕襄王以薊為國、薊都成為燕上都、選址位於今北京城西南廣安門一帶、這裏發掘出土過燕貨幣明刀、饕餮瓦當和陶井圈、但我在活貨哪吒城這邊卻沒有找到那麼遠古的老活貨、所以只能認為活貨哪吒城在春秋戰國

年代並不存在、漢唐和五代十國時期都沿用古說、稱此地界
為燕都或幽州城或薊城、頗具規模、是招惹兵家、來來回回
殺戮爭奪之地、但我也未能考證查核到當年已經來哪吒城異
度空間報到的活貨、唐末契丹興、雄霸歐亞乾草原阿爾泰山
以東一端、西域遠方人士只知有契丹不知有漢唐、契丹南
下中土、後晉期間兩度攻克開封、改國號為大遼、自視為中
央大國、儼然以大唐正統繼承者自居、契丹人好設都、公元
九三六年從後晉開國皇帝、沙坨族石敬塘手中取得燕雲十六
州、將幽州地段設定為南京幽都府、後又改用古稱燕京、號
析津府、這一遼國陪都舊址、也在今北京廣安門外、局部跟
現在的活貨哪吒城交疊重合、最熱鬧的大街在今天橫街一
帶、並築造了阜城門內的第一版白塔和廣安門內的天寧寺磚
塔、後女真族金朝奪遼燕京、宋廷貢歲幣輸銀向金人換回空
城、改稱燕山府、金人旋即重新佔據、先恢復燕京之名、仿
照宋京汴梁規劃、設中都大興府、從此後燕地再成歷朝首善
之區、元史所謂欲經營天下、駐蹕之所、非燕不可、蒙元飲
馬中原、金中都降、入城蒙兵縱火盡焚宮室都城、金中都是
在唐幽州城和遼南京城基礎上擴建的、元完全拋棄舊城基、
在金中都東北郊另建新都城、稱為大都路汗八里、至此如今
的北京內城格局初定、一三六八年明征虜大將軍徐達入元
京、拆毀除隆福宮外整個蒙元皇城、大都易名北平府、捨棄
元都城北部、在舊城垣往南約兩點八公里處築新城北牆、燕
王朱棣稱帝、一四〇三年設京師順天府、改北平為北京、從
此有了北京一稱、並大興土木、築建紫禁城皇城、一四二一
年明朝正式遷都於北京、一五五〇年明嘉靖帝在內城牆以南
建外城、南北向只有內城一半長度、東西向則外城比內城稍
寬、成就了今日北京城中軸零公里核心地帶的凸字型整體佈

局、嘉靖皇帝趁機驅趕貧寒居戶到南面的外城、一六四四年大順李自成佔領京城四十二天但稱帝僅一日即下令焚燒宮殿與九門城樓、數日後滿人入城、其後又在廢墟上重現京都輝煌、隔離內城外城以實行居民種族分居政策、民國接收清帝國、定都於北京十六年、後遷都南京、降北京為北平特別市、日據時期又改回北京市、一九四五年光復後重稱北平、一九四九年人民共和國成立、定都北京至今、遼金元明清所建的大城、城牆之內區域大致都在我重新測繪的今日活貨哪吒城範圍內、從體積看、遼南京如襁褓嬰、金中都如小童、元大都如中童、明北京城如少年郎、清北京內城加外城如肩寬膀圓青年、現在是肥胖中年、從元朝到明清朝到今日北京、城的中心點一直南移、至今在長安街之南、因此從現今的零公里地標點輻射出去、歷朝核心地帶既有重疊也有挪位、並一直在茁壯長大、不光是指陽間的實體北京城、活貨哪吒城也如此、甚至從六臂變八臂變九臂、、、

我的起點、是到史書中查找這個地界的集體殺戮紀錄、因為只要陽間有大規模非正常死亡的事件、像乾屍一樣的古早活貨會在一個稍為集中的範圍成排成隊的堆集、比較容易被發現、如考古發掘的集體墓穴、而那些單獨離世的老活貨一般都是無聲無息癱伏一角、狀如塵土沉澱物、難以尋覓、有一陣子我每趁自己能量高儲、氣力足以克服空間障、時間障、心智障之際、就會有系統地從信史下手定點考察、戰國時期燕列七雄之一、外族山戎屢犯燕薊之地、齊國更曾攻陷燕上都薊城、燕京也發生過王族內戰、司馬遷說死者數萬、最後秦破燕地薊城於公元前二二六年、秦末項羽封燕將臧荼為燕王、都薊城、為漢高祖劉邦追加冊封後撲滅、另漢時獲

封燕王的劉旦謀反、殺諫士韓義等十五人、後被漢昭帝賜自
縊後陪死者也二十多人、東漢漁陽太守彭寵會同匈奴圍攻薊
城、時任幽州牧朱浮記載城中糧盡人相食、彭寵攻拔後自封
燕王、後為宮中奴僕所劫殺、魏晉時期東晉幽州刺史王浚為
政苛暴、屢殺諫士賢人、稱帝自領幽州、誤迎漢化羯族強人
石勒大軍進薊城、石勒趁機盡殺王浚精兵萬人、大肆掠城、
焚毀宮室、並下放人口、稱之為分遣流人各還桑梓、不久薊
城又為鮮卑段匹磾佔據、段匹磾縊殺投靠他的東晉并州刺史
劉越石、劉越石就是宋朝詩人陸游所説的劉琨死後無奇士的
劉琨、字越石、段匹磾歿、石勒入薊、五胡十六國時期、鮮
卑族前燕國慕容儁攻後趙、奪幽州、遷國都至薊、大興土
木、大量徵兵、民不聊生、到南北朝北魏則有高車族流民領
袖杜洛周在城內白姓配合下攻陷薊城、諸如此類隋唐之前殺
戮殤折者並沒有一個以活貨形態出現在現今哪吒城、隋時幽
薊乃胡漢華夷交雜之地、武裝衝突不絕、隋文帝寵臣燕榮任
幽州總管十三年、驕橫不法、鞭笞左右動至千數、流血盈
前、聞官人百姓妻女有美色、輒捨其室而淫之、眾多婦人枉
死、隋末起義軍曾屢次圍攻幽州城不果、直到幽州守將羅藝
權衡利弊、投歸大唐、得賜李姓封燕王、後有通巫婦人稱羅
妻妃骨相貴不可言、必當母儀天下、羅藝策反出兵、不得人
心被自己衛兵所殺、中唐安祿山、史思明都曾任職幽州兵
部、後安祿山任范陽節度使、以幽州城為大本營、七五二年
詩人李白到幽州城、感到殺氣、寫下十月到幽州、戈鋌若羅
星的詩句、安祿山叛軍七五五年十一月在幽州城南誓師出
發、翌年正月洛陽稱帝、國號就叫大燕、以范陽也就是幽州
城為東都、不足兩年便為其子安慶緒殺死、安祿山的伙伴史
思明取而代之、自封大燕皇帝、重新命名幽州城為燕京、不

久又為其子史朝義黨羽誘殺、七六二年唐軍收復東都洛陽、史朝義竄回幽州、為其留守燕京的手下李懷仙斬首獻唐將、李懷仙獲唐代宗任命為幽州節度使、後死於幽州兵馬使朱希彩和經略副史朱泚的兵變、朱泚先官拜幽州節度使、後偕弟朱滔反唐篡權自立、改國號為漢、兵敗、朱泚為手下所殺、朱滔竄逃回幽州、次年病死、河北三鎮藩鎮亂象變本加厲、幽州自不能倖免、武宗會昌年間、幽州動蕩、叛亂頻仍、軍將陳行泰殺節度使史元忠、張絳又殺陳行泰、朝廷命幽燕舊將張仲武出掌幽州平亂、兼率幽州部隊驅壓境回鶻、逐犯境契丹和奚族、僖宗年間、幽州牙將李全忠殺節度使李可舉、取而代之為幽州節度使、李全忠死後、其子李匡威承襲父職握藩鎮大權、繕甲燕薊、有吞四海之志、率幽州軍迭與河東節度使李克用交鋒、李匡威在外時其弟李匡籌叛變、自立為幽州節度使、後因與李克用為敵失利、幽州歸李克用所有、李克用看重劉仁恭、上奏唐廷任命劉仁恭為幽州盧龍軍節度使、劉仁恭坐大、與李克用決裂、南進襲魏博節鎮受阻、北上教訓契丹主耶律阿保機的騎部有斬獲、築大安山行宮於今日房山地界、極盡豪華、選美煉丹、盡收境內銅錢為己用、封藏於山、藏畢殺石匠滅口、不久其子劉守光叛反、軟禁其父、劉仁恭長子發兵討伐劉守光不果被殺、劉守光在囚父殺兄後、斬殺諫阻之士、自稱大燕皇帝、濫用酷刑、罔顧西有河東李克用之子李存勗、南有強藩朱全忠即後梁朱溫、東北有崛起中的契丹、九一三年末、李存勗破幽州城、劉氏兩父子皆為李存勗所俘殺、李存勗委周德威為盧龍節度使、固守幽州這個契丹南下必經之門戶、周德威恃勇不修邊備、契丹經常俘掠大量幽燕百姓北上為奴、九一七年、契丹軍在降將盧文進率領下、直接圍攻幽州城、挖地道、建土山以臨城、

李存勗七萬援軍趕至、幽州城才保不失、然燕趙諸州、荊榛滿目、契丹軍得盧文進引領、依歐陽修新五代史所記述、攻掠燕趙、人無寧歲、為唐患者十餘年、皆文進為之也、九三六年後唐末帝年間、將領石敬塘叛反、與契丹聯手、時任盧龍軍節度使趙德鈞騎牆、按兵不發想收漁人之利、後棄甲投契丹、契丹軍越雁門關、大敗後唐主力、契丹主耶律德光冊封石敬塘為大晉皇帝、後唐末帝自焚而死、石敬塘為向契丹致謝、將沿長城一線燕雲十六州割讓給契丹、幽州這個軍事重鎮遂入契丹之手、時燕都有韓劉馬趙四大家族、契丹見趙德鈞家族在幽燕地區有很大影響、任命其養子趙延壽為燕王、石敬塘死後、遼太宗大舉伐晉、答應平晉後以趙延壽為漢地皇帝、趙遂率幽州兵配合契丹軍攻克汴京、後晉於九四六年為契丹所滅、遼太宗耶律德光卻不提漢地皇帝之事、撤離汴京北上途中趙延壽圖謀叛變被囚、其後中原諸國屢試重奪幽州皆無功而還、北宋開國氣盛、宋太宗趙光義北伐太原後於九七九年揮軍東向幽燕、先為耶律學古援兵和守遼南京的漢臣韓德讓、也就是獲賜遼皇族姓的耶律隆運阻於城外、將士多怠、並受到遼將耶律休哥和耶律斜軫兩翼奇兵左右夾攻、宋軍大敗於現北京城西直門外的高粱河、七年後宋十萬大軍再度兵臨遼南京也無功而還、遼朝中期封燕王的耶律重元自立稱帝但旋即出逃大漠後自戕、遼後期女真起兵東北、遼中京陷落、南京留守耶律淳招募遼東饑民組成怨軍抗金、怨軍後改稱常勝軍、耶律淳受耶律大石和宰相李處溫勸進、皇袍披身、世稱北遼、遼天祚帝仍轄漠北和諸蕃、傳檄討伐、常勝軍帥郭藥師率軍降宋、一一二〇年南方的宋朝與金人結海上之盟夾攻遼地、金人逼近燕京、耶律淳驚恐而死、葬於遼南京城內、遼廷末路、在燕地大肆徵兵斂賦搜

刮、貧戶董寵兒聚眾起義、接受宋廷封冊佔據幽燕、後依附金人、一一二二年金人攻陷遼南京、洗劫財物、驅趕全城百姓押往遼東、燕京幾成空城、宋朝以歲輸銀絹二十萬兩匹換回空城、設燕山府、降金的遼遺臣張覺叛金、出手拯救流徙金地的燕民歸宋、宋廷怕得罪金國、反殺張覺、並用匣子裝着張覺的腦袋送給了金人、一一二五年金兵再興、攻克燕山府、設中都大興府、在海陵王完顏亮的策動下、金朝的根基、從白山黑水今黑龍江的上京會寧府遷至幽燕、中興之主金世宗定中京為五京之首、依金朝地理學家梁襄所謂燕蓋京都之首選、可開大金萬世之基、金皇室朝廷重要戲碼多在此皇都上演、共六十二年、包括右元帥術虎高琪率戍邊騎兵入中都撲殺權傾一時的太師紇石烈執中即胡沙虎的一次金廷城中火併、一二一四年金宣宗避蒙兵棄中都攜珍寶文物南遷汴都、把宮中女官二千四百人分賜士兵為妻、帶走燕都居民十萬、一二一五年蒙古軍圍城、有載中都援絕、軍民餓死者十有四五、人相食、估計死者也超過十萬、都元帥完顏承輝拒逃、作奏表向宣宗陳情、盡出家中財物散予家人奴僕後服毒自殺、但至今我沒有尋獲此地段此時段的相關活貨、說明三種可能、那時候活貨哪吒城尚未形成、那時候活貨哪吒城不在現址、那時候這些史載燕京、薊城、幽州城集體非正常死亡事件並不是發生在現活貨哪吒城範圍內、、、

　　尋覓哪吒城源頭只是我同時開動的眾多課題之一、但卻是比較累人的課題、因為要耗能克服時空心三障、而長時間內撲了空全無斬獲、有此醒悟後我決定提升精準度、先保存精力善選一些確定的時空找預先鎖定好的活貨調查對象、我選中文天祥、他是於一二八三年一月九日在柴市被忽必烈處

決的、那就好辦、只要在該時空找到文丞相、就立即證明活貨哪吒城當年已經正式存在、不然活貨哪吒城的建城日期就得往後推遲、現在陽間很多人還在記念文天祥、小學生都知道文狀元的故事、會背誦他的正氣歌和過伶仃洋句、如果他在活貨哪吒城、自當精力超充沛、在哪吒城活貨能量榜上、應該排名前列、是做口述的理想對象、只怕他精力太旺盛、像我一樣到處亂跑、不待在原點、那就不好找了、不過在我的經驗中、活貨大多喜歡或執著待在離世原地、只有一小部分偶爾會遊走、路線也是頗為固定的、如我這樣到處跑像無定向風的活貨、一定是因為每一種很特殊的最後一念、強逼我等要不斷走、到處竄、但這也要看現下還有沒有能量、走不走得動、果然如我所料、文丞相沒興趣在活貨吒哪城到處逛、一般活動範圍是在東城府學胡同文丞相祠或交道口原柴市刑場就義之地附近、令我佩服但不無驚訝的是、文山少保的生命最後一刻、竟確如史家所載、心口一致、就是那句話、吾事畢矣、就是說心願已了、他於一二七九年從廣東海豐被俘輾轉送押到元大都、一千多個晝夜、依然丹心一片、當時民間有文人怕他變節、建議他快點尋死、撰寫了生祭文、稱其大節不愧、只欠一死、望其殉國明志、不要變節、信國公果然不負眾望、守住了大節、自己求死不果、也堅忍不屈、熬到受刑於市、始終只念着報國、人生自古誰無死、但也覺得以身報國到了這個最後一刻、義盡仁至、從今而後、庶幾無愧、所以死前最後一念是對自己說吾事畢矣、吾事既了、生前報夠了國、化為活貨後反而如釋重負、絕口不用再提報國了、也不用再緊繃端着做人、多年身為人臣有所不能暢所欲言的壓抑盡除、離世後百無禁忌、放懷釋出心中積怨、說的都是宋室那些糗事、朝廷的家長里短、像個

話癆、我是他的忠實聽者、只要文公高興就好、我深感再過一百年、世人仍會知道文丞相其人、中小學生仍在背文狀元其詩、而我輩卻早已被人遺忘、據傳信國公柴市口受斬後面部還像是活人一樣、果然他是我見過樣貌最像活人的活貨、身首復位、頸上有刀痕、但面部從容安詳、體態放鬆、可見真的沒有未了心事、他江西口音重、我聽不懂時他就用手指比劃寫字、有次他說到郭藥師憫忠寺、我一時沒反應過來、他用手指在空中筆劃着憫忠寺、降宋遼將郭藥師當年兵行險着、率五千先頭部隊突襲遼南京、與遼兵激戰於憫忠寺外、憫忠寺就是法源寺前身、原址在現寺之南、門臨今天北京的南橫街、位置明確在我測繪的活貨哪吒城內、我之前有點忘了這個事件、因為一一一二年的那次偷襲是一次失敗行動、郭藥師立意甚妙、趁遼主力四軍出征、宋輕騎乘虛而入、奪城東南方的迎春門以迎進宋軍主力、置陣城東憫忠寺北、惜常勝軍一貫底色不改、入城後軍紀廢馳、貪財好色、又屠殺契丹族、奚族居民引起城中軍民拚死抵抗、遼太后蕭普賢拒降、穿喪服督戰、兩軍巷戰三晝夜、遼四軍大王蕭幹率部回朝進南門、幾盡殲滅城內宋軍、隨之大破接應的宋主力部隊、郭藥師棄馬緣城而逃、僅以身免、及後金滅遼、空城燕京短暫歸宋、郭藥師看到宋徽宗斬殺另一有功之遼降將張覺來討好金人、唇亡齒寒、啼泣說若來索藥師當奈何、後金人再犯燕、郭藥師甫嚐敗績即降金、並襄助金太祖阿骨打之次子完顏宗望兵臨汴城、立下大功而還、金史稱郭為遼之餘孽、宋之廝階、金之功臣、常勝軍征宋京回燕山後即遭金主坑殺、所佔幽燕田宅歸還百姓、郭藥師抄家收禁、大金國志說大金雖以權宜用之、其心豈不疑之、藥師得不死幸矣、這樣的一個遼將投宋再降金、反復變節、以悲劇收場的遼東兵

頭、正統修史家給他的評價可想而知、郭藥師侍三主、文丞相寧死不事二姓、本質反差甚大、信國公提到郭藥師、是因他念念不忘細數兩宋趙家王朝制遼、伐夏、禦金、抗蒙元一次又一次的危機和轉機、我靈光一閃決定去憫忠寺外現場作地毯式訪查、、、

我等到六月初才過去、那是一年中我能量最大的一段日子、我知道若真的找到九百年前的活屍、避免不了要輸送頗大一劑能量才能讓他們復甦發聲作供、在憫忠寺即今法源寺一帶、正如哪吒城任何一個歷史悠久的地點、活貨必然多如牛毛、但絕大多數是無名活屍、一律乾癟、僵硬、癱瘓、活力全失、偶有少數還能坐着發呆、間或雙眼半睜半眯、能量極低、不過數百年積累、那帶總不乏個別具有精氣神的活貨經常出沒、我的朋友瀏陽譚嗣同就是其中一個、戊戌六君子之中、譚復生的能量遠在其他五人之上、譚公子精力好、酷愛走動、尤愛武術、經常提着自己的首級、邊走邊手舞足蹈、隔三差五會從一八九八年九月二十八日就義的宣武門外菜市口刑場、漫遊到在刑場西側的北半截胡同瀏陽會館地段、那是他年輕時候隨父抵京進住開蒙受業之地、也是被捕前最後居室莽蒼蒼齋所在、然後再走到維新派經常議事的虎坊橋湖廣會館、最後一站來到他自己當年停棺的法源寺、順帶與庚子年歿於前門一帶的武術老師兼摯友小五子王正誼即大刀王五晤面、有時候還能見他倆為不知道甚麼事情意見分歧吵得面紅耳赤、真打將起來、過後又稱兄道弟、所以説在法源寺一帶、我不是碰不到歷史上有意思而現在還有能量的活貨、而是他們都來自稍晚的年代、沒有比文丞相所説的郭藥師怨軍更古早的、那次我站在遼朝道宗年代第三度重建的

憫忠寺地界、接近唐代被稱為憫忠高閣、去天一握的憫忠台建築原點、一籌莫展、打算放棄查訪、突然如有神助、隨手抓起癱伏在我跟前的一個灰頭土臉的男活屍、握着他的咽喉過了點能量給他、然後喝問他你的營長是誰、半晌他才回過氣來吐出甄五臣三字、甄五臣是宋師突襲遼南京、以五千騎奪迎春門的一員虎將、常勝軍分營管治、我為了省力氣、抓起附近幾具活屍、一般盤問都只問營長是誰、答對人名就屬常勝軍了、我會逐一再喝問一遍營長是誰、答覆清楚無誤仍是甄五臣、可以確定這些活屍是常勝軍甲兵、也是哪吒城至今為止發現的最古早活貨、真是天助我也、唾手而得、這次突破、讓活貨哪吒城創建的日期從以文信國公為座標的一二八三年、一下提前了一百七十年、我甚至可以推論說、位於遼南京城內憫忠寺範圍的這一小塊地段、才是活貨哪吒城雛型的原生結點、、、

憫忠寺、悲情成寺、世間寺廟多兼陰陽兩界之事、惟憫忠寺其肇始即為象徵家國民族的孽作招魂空間、牽引幾朝百姓的哀慟、實在罕見、唐宋之際、此寺屢聚舉國之殤痛、公元六四五年唐貞觀十九年、太宗李世民親率十萬水陸大軍集結幽州城南誓師、東征高句麗、本圖未果、撤退回程遇嚴寒、折兵甚眾、太宗悔不當初、深憫忠義之士歿於戎事、下詔集戰亡士卒遺骸、埋屍骨於幽州、部分葬城西的哀忠墓、部分葬在城內東南隅、並在土坡上建憫忠閣、所以此寺緣起不是為弘揚佛法、而是為公祭亡靈、平息民怨、共度國殤、以資冥福、實為一座忠烈祠、一種國家行為、然後才附加上弘法的宗教元素、寺院還沒峻工太宗李世民已崩、輾轉經數帝、前後半個世紀、換代到了武周則天皇后時候、六九六年

萬歲通天元年寺院才在太宗詔示的此地建成、武后追懷先帝遺願、親自裁定賜名憫忠寺、其後發跡幽州城的安祿山、史思明、稱帝前後也都曾在寺旁加建高聳方形木塔、立碑彰顯炫耀、現只剩史思明為諂媚而製的無垢淨光寶塔頌碑、故皆為先王發心、僭主收割、招恨之情可想而知、更悲催的是一一二七年靖康之變後、金人輾轉驅押宋室欽徽二宗於金朝各地、最後囚禁宋欽宗趙桓於金中都即北京的憫忠寺、跟遼朝末代的天祚帝耶律延禧同囚一地、一併虐辱兩國末代皇帝、如此舉動更增前朝人士怨懟情緒、南宋亡、抗元詩人宋信州知州謝枋得隱居福建山區、被查悉後強迫北上大都、也是拘禁於憫忠寺、謝知州寧做宋室孤臣、拒事大元、絕食五日而死、凡此種種、唐、遼、兩宋遺民想到憫忠寺的時候怎能不生怨嗔、憫忠寺又如何與悲情分得清楚、如此積怨眾念共業、佛家相信必有其果、憫忠寺後來果然屢建屢毀、就是保不住、公元八四五年唐武宗滅佛高峰、幽燕八州廟宇全毀、惟憫忠寺獨存、因其功不在事佛而在負起憫緬忠烈的國家任務、翌年武宗死、毀佛告一段落、憫忠寺卻在八八二年僖宗中和二年一場大火中樓台俱燼、燒掉太宗至武后的所有心血、寺毀後隴西令公大王李可舉以自己俸祿建觀音高閣、中置大悲觀音高三層樓、時諺稱憫忠高閣去天一握、以示其雄偉、五代喪亂、寺宇頹廢、九五〇年觀音閣又遇火災、遼穆宗在故基上重建、高只兩層、其時律宗盛行、憫忠寺成律院‧同時也是招待接見外國使者的皇家行館、一〇五七年復為幽州大地震所毀、遼道宗以十四年時間大手筆復建、於一〇七〇年大致完成、甚具規模、為諸剎之首、佛學重鎮、佛典印刷場所、金朝用以囚禁敵國被俘皇室政要、一度為科舉考試場所、改名憫忠祠、一二一五年元破中都、有載憫忠

寺毀於兵、元中書令耶律楚材邀華嚴律宗高僧隆安善選經營
締構、悉復舊觀、元貶漢化禪宗、憫忠寺歸律宗教門、元太
祖年間、大宗師丘處機再度榮歸燕京、先後居天長觀即今白
雲觀及玉虛觀、全真教興盛一時、燕地宏道抑佛、憫忠寺一
度為大道教道姑所佔、一二八一年元世祖忽必烈由原本的崇
道教改為疑道教、下詔鎮壓全真教、兩度焚道藏於憫忠寺、
元末明初兵燹、又有記載憫忠寺與塔俱圮、司禮監宋文毅發
心協贊、於一四三八年明正統年間修復、明英宗欽定改名為
崇福禪寺、萬曆年間恢復憫忠寺舊稱、在明統治的二七六年
間、憫忠寺多度修繕、一七三三年清雍正十一年發幣重加整
飾、雍正崇律宗、賜額改憫忠寺為法源寺、成宗教弘法、賞
花觀光之所、雍正、乾隆、光緒三帝都曾親臨法源寺、但寺
運始終不離人間死喪之事、寺南為義地荒冢、葬的多為客死
京都的外鄉人、清末民初排佛、法源寺承辦喪事、供停靈暫
厝、民國時期是北京兩大停靈寺院之一、停柩達八百之數、
後曾被軍佔、停靈閒房住上居民、一九四九年人民共和國成
立、初也有所修葺、終逃不過文革大劫、寺內建築、佛像、
藏經、碑石、文物、絕大多數被毀、只剩少數石刻倖免、是
為北京文革破壞寺廟文物的重災區、有說多難興邦、實在不
過是善禱善頌的文人修辭而已、數朝數代為都城的北京若為
國邦象徵、也只有悲情多難的憫忠寺勉強堪堪喻比京城的歷
史長河、我承認這只是我的個人觀點、、、

　　京地民諺流行的是先有潭柘寺、後有北京城、此說則甚
可爭議、論地點、潭柘寺位於門頭溝寶珠峰南潭柘山麓、雖
屬幽州地界、但距離唐幽州城遼燕京金中都有好幾十里地、
更甭提元大都明北京、跟北京城放在一起比附有點勉強、意

義不大、論時間點、先不說信史北京建城於周之燕薊、潭柘寺前身是一座小廟叫嘉福寺、建於三〇七年西晉時期、確是佛教進入幽燕的一座早期廟宇、但唯識宗開山建潭柘寺的真正日期是在約四百年後的武則天年代、即七世紀末、其時幽州城內已經有建於隋朝六〇一年位於南橫街的白馬神寺即馬神廟、建於六三二年貞觀六年現地安門萬寧橋旁的火德真君廟即火神廟、大幽燕地帶還有始建於十六國和隋朝的紅螺寺、雲居寺、戒台寺、紅螺寺由高僧佛圖澄建於後趙、諺說南有普陀北有紅螺、雲居寺的石刻佛門藏經洞群曾為世界最大佛教經藏、蔚為奇觀、戒台寺也在門頭溝、以戒壇奇松石窟溶洞群聞名、遼後素享天下第一壇美譽、我說這些並不是要貶抑潭柘寺、潭柘寺也是幽燕地界偉大寺院之一、寺的輝煌過去有史籍可據、不用我多言、我想說的是坊間傳說所謂先有潭柘寺後有北京城或先有潭柘後有幽州、說法順溜、流傳甚廣、卻混淆多於有助澄清史實、類似民諺還有先有共工城後有北京城、沒有北海就沒有北京城、先有法源寺後有北京城等等、凡此先有沒有後有的修辭、其間如沒有因果關係、實在無助於我們理解歷史、更像是寺院公關宣傳、回到正題、我本來想說先有憫忠寺、才有活貨哪吒城、現在也收回、只讓實證說話、我從古早活貨的分佈、已經證實活貨哪吒城雛型的原點在唐遼時期的憫忠寺地界、然後往外向東北方擴充、同時隨着各朝皇城覆蓋範圍而挪移、領域與皇權中心地點產生互動牽引‧無上權力移往哪裏、活貨哪吒城就擴展到哪裏、集權所在、也是暴力和殺戮所歸、那地方的非正常死亡人數就不比尋常、這就是為甚麼契合現在北京城核心地帶的這個活貨哪吒城、蕞爾之地、會有人滿之患、我的殺戮史說到金宣帝被成吉思汗大軍嚇破膽、遷都汴京、蒙兵圍

城、中都一半人餓死、開門投降、蒙大軍搜掠席捲城中財寶、焚城後離去、說明當時成吉思汗志在西征、沒把燕京當一回事、中都改名燕京路、交給金朝降蒙大將石抹明安和功臣札八兒火者、次年石抹明安卒、其子石抹咸得不襲父職、其人惡跡斑斑、殺人盈市、成吉思汗死後為遼裔元相耶律楚材誅殺、忽必烈在上都開平府即位、至元年間改燕京路為中都、實行兩都制、一二六七年中都改為大都、畏吾兒即回鶻突厥語稱之為汗八里、立國號大元、忽必烈寵臣回回人阿合馬在大都挾宰相權、大肆搜刮、厚毒黎民、妻妾四百餘、如秦之趙高、漢之董卓、元臣王著以為天下除害自許、設局擊殺阿合馬、自己也為忽必烈處死、元朝中葉因皇位繼承、一三二八年爆發兩都大戰、大都城內權臣燕鐵木兒斬殺異己、有載近畿百姓橫屍蔽野、元末宦官干政、貴族互殺、各地農民起義、紅巾軍圖攻大都數次不果、一三六八年明洪武元年、明將徐達、常遇春滅元主力於通州、元順帝棄大都、從皇城西北的健德門往北逃、明軍在齊化門填濠登城、凡元臣拒降者斬殺、大都改稱北平、一三九九年燕王朱棣起兵叛變、靖難南下、長子朱高熾和謀臣道士姚廣孝等留守北平、成功抗禦北上的明軍於北平城下、朱棣奪帝位、以一四○三年為永樂元年、隨即決定部署遷都北平、一四二○年宮殿落成、翌年永樂十九年正式遷入、帝都所在、中央集權、依大明律法量刑、北京地界朝廷殘酷殺戮臣民事件和數量尤勝前朝、皇帝親軍錦衣衛自己擁設監獄、是為詔獄、宦官組東廠西廠特務網、英宗正統年間、宦官王振跋扈已無元老遏制、朝官每被磔殺、一四四九年土木堡之變英宗為瓦剌也先所俘、王振在亂中被護衛將軍樊忠錘死、京師朝臣自發偕攝政郕王誅殺王振家族黨羽、也先包圍京師、名臣于謙等主戰、

反對遷都、督師衛京、激戰也先軍於德勝門、西直門、彰義門、力保不失、郕王即位是為代宗、廢原太子、幽禁獲也先釋放的英宗、殺異議諫士、數年後代宗崩、擁立英宗復辟的提督石亨太監曹吉祥御史徐有貞等發動奪門之變、捕殺于謙等於東市、現東單西裱褙胡同于謙故居設有于謙祠、及後石亨父子謀反受誅、曹吉祥父子自比本家曹操也在北京發動兵變、動干戈於城中、事敗滿門皆斬、英宗長子憲宗朱見深即位、毀錦衣衛新獄、斬佞臣倖門達、但疵政弛法、權閹汪直當道、設西廠、屢興大獄、東廠西廠爭相邀功、孝宗朱祐樘中興、到武宗又有宦人巨貪劉瑾專權、設內辦事廠、冤殺忠良、大獄再興、並下令趕走在北京謀生的全部外地僱工、又在朝陽門外霸佔幾百頃地、拆千計民房民墓以建玄明宮、所謂千門萬戶誰甲乙、玄明之宮推第一、又有詞說木土侈麗誰辦此、乃今遺臭京城東、後來武宗終為臣將所迫、抄家劉瑾、凌遲於市、族人黨羽皆處死、玄明宮全毀無痕、、、

　　說起朱姓皇朝紫禁城後宮的荒唐殺戮事件、以世宗朱厚熜即嘉靖帝為最、沒有之一、朱厚熜嘉靖恃才傲物、任性自負、暴戾殘酷、曾自己一腳踢死第一任皇后、宮人若有微過、輒加棰殺、在位四十五年、早年頗有建樹、後胡作妄為、杖死勸諫大臣、重用獻媚佞臣、二十多年遙控不上朝、怠政養奸、任由首輔嚴嵩與其獨子嚴世蕃擅專國政、聽從嚴嵩之言殺害朝臣將領不在話下、在朱厚熜當皇帝到第二十一年即一五四二年時、發生了一宗中國王朝史上罕見的宮女起義事件、是謂壬寅宮變、嘉靖好色、群臣在他十七歲時就提諫規勸親幸有節、他似不為所動、正式留下封號的後妃就達八十多位、尚未算一般臨幸宮人、朱厚熜自幼崇道、至死不

渝、中年篤信房中術、找童貞少女交配、以稚齡女體為煉內丹的護鼎、採陰補陽以為長生不老、同時到處搜羅秘方、提煉外丹、親自邊煉邊嗜、終其一朝、舉國方士佞人爭獻秘方、以替帝君炮製春藥為重任、其間讓朱厚熜一度執迷的是一種叫先天丹鉛或紅鉛的春藥、是以十三四歲完璧少女純陰女經和初血提煉、為此宮廷常在民間徵召稚女入宮每次數百名、為保未經人事的陰血純淨、入宮臨經少女只准吃桑飲露度日、並令宮婢每天日出時分在御花園收集甘露供帝飲用、每夜詔集臨幸、直吸初血、成效不彰、變本加厲、以女體實驗、親自手執薄刃鍘破女膜取血、連環性虐、經常一時不耐煩、脾氣發作、任意亂割侍寢者下陰洩憤、殞命至殘無日無之、宮人聞傳色變、壬寅年宮變就是發生在嘉靖對紅丸和少女陰血最着迷的瘋狂性虐待階段、是年陰曆十月二十一日夜、被選入寢宮的十餘宮女、自知在劫難逃、預謀當晚合力勒殺嘉靖、可是慌亂中繩子拴成死結無法收緊、沒有當場殺死皇帝、宮女和涉嫌妃嬪多人被處極刑、史冊只有涉事宮女之名、沒有眾人背景、十三四歲的幼弱宮女竟敢冒大不韙協作弒君造反、必有慘絕人寰之隱、其主謀楊金英也一定是個很有主見的奇女子、我在哪吒城見到過特別多凌遲至死的活貨、一般面目模糊、皮肉筋骨千刀萬刃分割、因劇痛時間過長而變成腦中除痛感外空白無念、但被凌遲梟首的小女子楊金英那雙怒瞪着的大圓眼睛、卻讓我一見難忘、她至死憤恨意識尚存、在世時自認主謀、世間說到壬寅宮變就會提到她、因此後續能量比其他死難宮友稍大、足以長期支撐她雙目圓瞪、未能親弒暴君、她至死倔強的提醒着自己死不瞑目、如果只是如史載每天早起採露工作操勞而不是認定橫豎必死無疑、宮婢絕不至於集體下狠心合謀弒君、楊金英從小

疾惡如仇、有大姐風範、她等一眾適齡入宮少女、先被豢養起來、餵以摧經之藥、至初經那天白天共室休息、晚上侍帝、金英與其表姊自幼相伴、同日進宮、表姊先前不堪藥性血崩已逝、金英悲憤莫名、適遇皇帝新染性虐之癖發展到了失控階段、每夜親以各種利刃閹割女體器官、數周下來死傷者無數、都被運出宮外、不知去向、仍在輪候送御的宮人驚恐不能終日、私下已聽到有人在說乾脆下手、強於為他所殺、金英不動聲色、偷偷藏起儀仗上取下來的黃絲花絹、搓成粗繩、初經那天自知死期已至、是替表姊和其他死難宮人復仇的最後機會、早上採露時分、先招呼同日初經的姚淑皋和關梅秀兩女入伙、再分頭說服蘇川藥、楊蓮香等五人、到中午趁與其他初經宮女共囚一室之時、又用集體壓力逼其餘七個宮女達成共謀、下午照常整妝、只差沒機會通知最晚入室的張金蓮、有說嘉靖當晚睡在曹端妃的毓德寢宮內、楊金英矯正說怎麼會呢、皇帝當然是住在乾清宮九個帶有龍床房間的其中一間、妃嬪按寵召進御、臨幸後就要離開、曹端妃前後已經替皇帝生了兩個公主、雖仍受寵、也不可能每晚侍帝同睡、明知皇帝有性虐嗜新戀稚之怪癖、更必知進退、陰曆十月下旬北京已寒、嘉靖在乾清宮的暖閣過夜、每夜換房、每天清洗昨夜血跡、金英等十六人進指定寢臥請安、妃嬪皆已離開、朱厚熜在龍床上自顧打盹、不屑理會床前一字排開的眾女、完全沒戒備、房中共有三張床、兩張空床放着各款手術利器和盛血銀盤、金英惡向膽邊生、示意眾女一撲而上、自己把繩拴套在皇帝頸上、姚淑皋以黃綾抹布捂住其顏面、關梅秀助金英拉繩套、其餘眾女按住皇帝、這一刻的錯誤動作讓金英至死不能原諒自己、她把繩絹扭成死結無法勒緊、她說眼看另兩床上放着手術刀刃、自己竟喊不出口叫

同謀去取來刺殺皇帝、只是卯盡全力要勒緊繩索、也沒發覺在動手之初、不知情的張金蓮已去奔告方皇后、之後一切只留遺憾、惟一解氣的是當方皇后率眾闖入龍寢、姚淑皋衝前給了皇后一記拳頭、因為徵召未嘗初經少女入宮催經、按經期輪番侍御、體殘後運出宮外滅口、一切都是方皇后操辦、宮變後方皇后趁機嫁禍曹端妃、還找了王寧嬪陪死、叫楊金香誣證曹王兩妃嬪、金香照辦、不為自己減刑、而是因為憎恨曹、王這些妃嬪、明知皇帝每夜摧殘宮婢、從不表同情憐憫、更不會伸手阻攔、十六宮女包括通風報信的張金蓮皆凌遲梟首示眾、金英早就想到自己策劃勒殺皇帝必死無疑、死不瞑目的只是未能親手殺死朱厚熜、、、

　　我是不是太陰暗了、盡說些令人不快的事、有次我抓住大薄脆、在魔方圖書館跟她說了半天楊金英口述謗書、數落嘉靖帝朱厚熜的缺德殘戾行為、她笑咪咪的聽我說完、莫名其妙的連說了好幾句很捧很捧很捧、請問需要甚麼幫忙、我在聽、然後說爆米花、你看、我會飛耶、哼着哼着我是一隻小小小小鳥就離開了圖書館、那天開始我反省自己是不是太負面、不夠客觀、太受制於我來到活貨哪吒城那個晚上的情緒、所以只對這個地段北京城的不堪糗事惡行感興趣、但旁人都不愛聽、都想躲避負能量、可是我也身不由己、正像人會受自己不自覺的潛意識牽引、我想必也受限於自己的情緒以至自己的知識結構和自己的問題意識、就像人不能拽着自己的頭髮離開地球、不可能一下變出別樣的一種思維範式、我只能做我感興趣的課題、再說我也應算是個挺包容、不算執著的歷史學家、譬如我對朱厚熜的研究、就涉及多個不同方面、很是多元化、嘉靖帝的造作癖好多了去了、光

是穿衣、他制定平日宮中燕居所穿的一套燕弁服就要繡上九九八十一條龍紋、他除沉迷肉身內外煉丹外、對君王南面之術的形式主義也樂此不疲、尤其愛搞禮制建築這類替帝制添魅的政績工程、明成祖永樂帝也愛興土木、建新都於北京、少不了兼及禮制建築、首建的是社稷壇、社稷代表家國、一併祭祀天地、日月、星辰、雲雨、風雷諸神、另在麗正門即正陽門外東南近郊開動兩大建設、一建天地壇大祈殿即祈谷壇、皇天后土合祀、二在天地壇之西建山川壇即先農壇、保佑屬於皇家世襲私產的天下大地豐收、兼事太歲風雲雷雨山嶽海瀆等諸多神祇、動作已經夠大、朱厚熜不甘於讓先帝專美、出手重塑京城壇廟格局、以恢復古禮為名、一切禮制由簡轉繁、詔令諸神分事、更建四郊、先是嘉靖九年提出天地分祀、南方屬陽、天為陽、在天地壇大祈殿南側建起祭天專用的圓丘壇、整體改稱天壇、每年冬至皇帝向北祭天、並拆矩形的大祈殿改成三重頂圓形的大享殿即現在的祈年殿、以示天圓地方、北方屬陰、地為陰、在安定門外建方丘名方澤潭即地壇、每年夏至皇帝向南祭地、再在朝陽門外建朝日壇、每年春分向西祭日、阜城門外建夕月壇、每年秋分向東祭月、從朝拜方向言、四壇都是迴向着城內的紫禁城跪拜、永延帝祚、一點不含糊、又在西苑依古法增設歷代帝王廟、在南城先農壇加添天神地祇二壇、別建太歲壇和明廷本無常儀祈雨的崇雩壇、並另在安定門外建明初未列祀典的先蠶壇、仿天子親耕皇后親蠶古例、皇后躬行桑禮於先蠶壇、皇帝包辦祀禮於天地日月、社稷、祈谷、先農、太歲等壇、永樂建都一錘定音、嘉靖折騰錦上添花、經嘉靖帝的長時間營造、北京擁有了今天的皇家九壇遺產、一個永樂帝一個嘉靖帝、北京城建登峰造極、但城究竟不是一天建成的、

元忽必烈帝也是關鍵奠基者、甚至金朝也替後世留下重要遺產、比如位於城西南一隅集文化商業消費於一身的繁華通衢街巷丁字街斜街、遼陪都南京是在唐幽州城基礎上增建的、保持着唐代街坊制的佈局、城內分割成多個小方塊民坊、各有自己的圍牆、閒雜外人不能穿行、正如今天有保安攔截查驗的封閉式大院小區、不便利商業、現只留下廣安門內的幾條街巷和兩座名塔、即阜城門內白塔寺的白塔、和廣安門天寧寺的磚塔、後者是遼代在隋朝弘業寺舊基上重建的、八角十三簷、塔高五十七點八米、為北京現存的最早建築物、金朝則在遼南京舊城的西南東三面擴建新城區、棄街坊設計、改為平行排列的街巷、民居和商業廊房沿街兩側搭建、打開空間、方便人口流通、促進商業、金中都新區街巷和舊遼南京城坊廓兩制並列、是為建新城而不毀舊區的古代案例、金亡城中大火月餘不絕、宮闕全毀、市集仍在、元在金中都東北另建大都城、元大都城與變成城南的原金中都城舊區、城牆僅隔護城一水、忽必烈詔令舊城居民遷入新京城、以資高及居職者為先、吸納專業優秀人材、但故都部分地區如現虎坊橋、菜市口丁字街卻仍是繁忙商業老區、元大都的居民習常從位於東北方的新城、出麗正門、奔赴西南方的舊商娛區、人流踏出一條條東北通向西南的斜街如楊媒斜街、後更名楊梅竹斜街、這帶區域成了歷代赴京考生和文人戲班借居之地、也是商賈貴冑官員作樂腐敗場域、清朝時外省人進京、跨過金朝始建的廣利橋即盧溝橋、進廣安門、先到這一帶找同鄉會館、民國時楊梅竹斜街是赫赫有名的書店一條街、琉璃廠是書畫文物集散地、緊挨着的是八大胡同、說到今天北京城的佈局、不能漏掉這一塊最有歷史文化最具規模的庶民商業區、這是金人開始經營的、其篡得帝位的海陵王

完顏亮也是力排眾議、一一五一年下詔遷都燕京、一切法駕
儀仗皆效漢制、尚書右丞張浩偕金臣蘇保衛、盧彥倫等主理
安排整個中都工程、規劃仿效北宋汴京、南北通衢在今右安
門大街、牛街、長椿街至閘市口、以優惠政策吸引新移民、
凡四方之民、欲居中都者、免役十年、除改用東西向的橫排
街巷佈局外、建新都少不了宮室打造、中都的大城與皇城、
宮城回字相套、宮城位於城中稍偏西南、有殿三十六座、正
殿大安殿聳立在遼仁政殿原位、就在後來南城諸多工藝作坊
中最大的白紙坊附近、金皇城的佈局設計、已然依據周禮考
工記思路、左祖右社、宮城左邊即東側是太廟、右邊即西側
是政府機關、城內設建多個禮制祀壇、西門外是皇家園林、
有記載説宮闕壯麗、工巧無遺力、所謂窮奢極侈、可惜毀於
蒙人、現世已無緣一睹如何奢侈、只剩原為了金朝離宮太寧
宮即萬寧宮而建園的今北海公園瓊華島、以及遼金時期開發
的蓮花池、玉淵潭、陶然亭、釣魚台、香山、玉泉山等勝
地、美名為太液秋風、瓊島春蔭、西山晴雪、道陵夕照、薊
門飛雨、西山積雪、玉泉垂虹、盧溝曉月、居庸疊翠等景
點、金人稱之燕山八景、所以金朝對今日北京城風貌的主要
貢獻不在宮建、而在開拓景區、並以新思維規劃城區街廓商
住佈局、容下相對密集人口、混搭雜居、得以使商娛文化應
運而起、市面繁榮、形成的規模聚集效應歷代不衰、今日前
門外大柵欄、八大胡同一帶的大片特色綜合商業區、就是在
這個前遼金兩朝南京和中都東城區之基礎上發展出來的、這
個地段的文化歷史比元明清內城宮闕園林、禮制建築、衙門
官邸、胡同合院更早、也都在我測繪的活貨哪吒城地段之
內、、、

元大都汗八里、十一道城門、北城牆在今北三環路附近、約由今海淀馬甸橋至朝陽芍藥居、南城牆在今長安街南側、東西達至今二環路、大城中有皇城、皇城中有宮城、三重城垣相套、火巷三百八十四條、弄通二十九條、是當時世界最大都城、被威尼斯人馬可波羅視為奇觀、讚頌説此宮城壯麗富瞻、戶口繁盛、布置之良、世界諸城無能與比、元大內建築、遠比後來朱元璋的南京宮殿弘闊精美、一三六八年洪武元年、元惠宗順帝棄城北逃、大都完整歸明、朱元璋貶之為北平、竟下令拆毀元都宮殿、奉命到北平拆元故宮的工部郎中蕭洵勘察遍歷後深感其高明、私下寫成故宮遺錄一冊、記述了元皇宮的流輝溢彩、門闕樓台殿宇的美麗深邃、嘆近古以來、未之有也、雖天上之清都、海上之蓬瀛、猶不足以喻其境、此宮殿大多由阿拉伯人也黑達兒設計、宮中有水晶殿、棕毛殿、殿頂白色、設眾多浴池、帶亞西之風而非漢風、可惜全被朱氏惡意破壞焚毀、元大都皇宮從此煙沒不存、現只剩土牆殘壁片段、無甚可觀、明北京皇城嶄新宏大宮闕最終大致疊建在被毀的元宮舊址之上、以為萬象更新、沒注意到北京新城的基礎規格其實是蕭規曹隨、離不開元故都的基本隱性設置框架、一是都依據歷朝建都原則、明奉周禮暗違之、二是根據侯仁之等北京歷史地理學者和近年的考古航測調查、元明清三朝都依循同一條中軸線、三是都受惠於元都的水世界基建規劃、四是最終都與活貨哪吒城綑綁在一起、宮闕易見、基建難明、元初朝廷能人輩出、構思宏大精妙、潤物於無形、影響至今、元京佈局至為講究、完全是在制定總體規劃後、按藍圖建造出來的、表面上追隨周禮旨意、周禮理想之城為方九里、四面共九個城門、稱四九之城、左右上下對稱、城內筆直幹道九經九緯、其間大小街

巷、對稱排列、像個棋盤、朝廷在前方即南面、市場在後方即北面、面南背北、左方東邊祭祖、右方西邊拜社稷、這樣的佈局需要預先定位好一條南北方向的中軸線、兩邊才能搭起對稱排列的骨架、中軸如人之脊梁、街巷胡同就像兩旁之肋巴骨、之間放進各種大小不一但多是方形和長方形的公家建築、官民合院、大方盒子套着一堆小方盒子、全數正南正北、這是源自周禮的理想型城邑、但因山川河嶽地形所限、很難完全實現、況周代的封建宮室較小、可以放進棋盤中心的其中一格、佔地不越格才不致於破掉縱橫交錯的筆直對稱通衢佈局、到了帝國時期、帝皇心態膨脹、宮城越建越大、在城中心佔地越來越多、東西通衢碰到了宮城牆腳和城門、當然不能穿行、只能變成丁字路、犧牲交通在所不惜、放棄周代理想形式感也毫不猶豫、這是周封建時期古法到了帝國時代按現實需要的微調、歷代你行我效盡在不言、金中都也大致依隨周法佈建、忽必烈既棄金都另建大都、這微妙規劃重任交給誰、當然交給追隨他身邊有年的奇僧高人子聰、人稱聰書記、後賜名劉秉忠、他勘測地形坡度、考慮到排水溝安排等諸多因素、相中金中都東北方向郊區的天然湖泊羅列地帶即今三海、大膽的再破周禮格局、把海子納入皇城作為太液池、把主宮闕築建在三海東岸、地點與今紫禁城故宮重合而略偏北、座落在大都城南部中央靠西、以便充分利用定為太液池的湖泊風景區、皇城中線重疊中軸線、中軸線北邊切點設在萬寧橋即地安門的後門橋、南邊切點是在與萬寧橋遙對的今正陽門、中間穿過今天安門、端門、午門、神武門、地安門、鼓樓正門、鐘樓正門的門縫、筆直連接、元帝和之後明清皇帝宮中的龍椅就擺在當年劉秉忠選定的中軸線上、茲事體大、大家都以為這條中軸線一定是按古法正南正

北設置的、也就是完全無縫平行重疊地理上的南北經線即子午線、子午線是人感覺不出來也看不到的、但可以測量到、早在唐代就已經能夠準確無誤的測定經緯、可是北京這條至今用了七百多年的中軸線、竟然是逆時針方向偏離了子午線二度十分、換句話說並不是完全準確無誤的正南正北、這不可能是因為劉秉忠犯了低級技術錯誤、負責大都選址的還有樞臣趙秉溫、參與營建的高手有趙秉溫、郭守敬、張柔、段楨、張弘略、阿尼哥、也黑達兒父子等、加上元初朝上飽學名臣王恂、許衡、姚樞、張文謙、竇默、趙良弼等皆在、其中不乏當時一流的天文術數測量大家、況且在決定重建燕都之前十餘年、尚未即汗位的忽必烈藩王已先行在金蓮川設立自己幕府所在地的王府、稱開平府、也即今內蒙錫林郭勒盟正藍旗上都鎮、那座府城的內城中軸已經完全符合正南正北的子午線走向、是有意識地截取一段子午線作為中軸線的藩王城、主持開平府修建的正是劉秉忠和趙秉溫、說明劉秉忠團隊測量經緯線的技術過關、不會到了後來建大都反而出錯、但如果不是技術錯誤、為甚麼會偏離正南正北、唯一的解釋就是故意而為、、、

驚人的是、元朝兩都竟然同是在東經一一六度的一條子午線上、就是說上都開平是在大都燕京的正北、子午線意義上的正北、這不可能是巧合、一定是人為設計出來的、燕京的位置古已有之、開平卻是特意在草原上挑選出來的、開平的選址是為了配合燕京、要保持與燕京在同一條南北向筆直中軸線上的關係、但藩王忽必烈興建開平在先、稱帝改燕京為中都再改為大都在後、說明忽必烈在蒙哥汗仍在位時、就有以燕為都之心、所以特別挑選在燕京正北草原金蓮川建開

平府、他心中高高擺放的一定是正南方筆直一線的燕京、一二六〇年忽必烈在開平稱汗、至元三年詔升開平府為上都是為帝都、燕京為中都是為陪都、歷經爭奪大汗權位的內戰、一二六七年毅然遷都燕京、一二七二年中都改名大都是為首都、開平反而倒過來變為上都陪都、這是元世祖忽必烈中國夢的實現、他一定很高興、自己登基前就存有的選址遠見、讓稱汗後巡幸的兩都共享一條據說長達二百七十公里的連綿中軸線、這是盡顯帝王霸氣的得意傑作、忽必烈對兩都南北筆直相連如此在意、而當年選址開平已有這個正北是開平、正南是燕京的意圖、為甚麼後來大都位置卻容許一個偏離正向的夾角出現、執行帝意的劉秉忠、選址之時、為甚麼不把上都到大都筆直中軸線的南端稍稍往西挪動一點、移至兩都中軸線重合在正南正北一百一十六度子午線的地帶、是甚麼重大理由促使聰書記決定不依正向古法、放棄形式感上的完美、做出這樣一個妥協的抉擇、堅決不選址在金中都原位上、即今北京外城的西側、而要往東北方向挪移、表面原因是要避開金中都城所在、但就算是金都舊址那又如何、當年建開平、唯一可以根據的中軸不就是金中都的中軸線、對接開平中軸、金宮中軸處於開平中軸筆直的南向延長線上、若在其上重建元宮、就可以消除偏離正向的夾角問題、為甚麼不這麼做、歷史記載多有故都荒廢之説、可荒廢豈不是更便拆遷、也有説新都城不宜在前朝故都上重建、那也是很牽強的説法、歷代都是在前朝原址建都、後來明清兩朝的宮殿也大致修在元宮之上、當年忽必烈夢想未來將要定都燕京從而選中開平、始初也必定是以金都為依據、並無忌諱、一二一五年成吉思汗破金中都、宮殿燒毀、經過了半世紀、忽必烈才詔建大都、劉秉忠若在金宮廢墟原址上修建元宮並

無困難、不違祖法、反而選址湖泊區、納海子入內城是需要解釋的、遼金的太液池和風景區都在城外、若說元帝任性偏要在皇城裏設太液池、一般情況下說得過去、但這次要為此犧牲兩個都城正南正北的形式感、偏離古法、放棄當年定都開平的初衷、世宗身邊諸多名臣都沒有進諫、這就意味着一定另有緣故、有人臆測說劉秉忠身為漢人、是以此舉暗中反元、這純屬以近現代種族價值觀想當然來妄議前朝事、對當時局中人的狀態缺乏認識、有唐以來燕雲北方地區數百年胡漢混居、劉是金人、祖上世代為金官、對南方趙氏軍閥沒有忠誠、後助忽必烈滅宋、襄助元朝統治天下、建設國家、居功至偉、事世宗三十餘年、至死不渝、況且建城的事也不是聰書記一人說了算、我說過元初特色是朝中竟有多名兼具科技頭腦和治國能力的名臣、而這些漢人臣子都是至死效忠於元室而得善終的、若說他們會一起密謀就為了做這等反元小動作、實在難以令人信服、所以儘管有各種猜測、大都中軸線設定偏離正南正北子午線的緣故、對陽間的歷史學家來說至今仍然是個謎、我替他們着急、這個懸案不是他們可以找到答案的、因為他們不知道有活貨哪吒城這回事、既然如此、大家不妨聽聽我的推斷、我認為劉秉忠選定開平上都的中軸之時、順理成章以正南方的金都中軸為唯一依據、當時他並不知道有活貨哪吒城的存在、直到忽必烈決定遷都燕京、正式在舊城區從事詳細勘查之時、他才強烈感知到前遼金都城地界出現的活貨異度空間、一經確定、惟有稟告元帝、另找借口說服朝中那批見多識廣的同僚、躲開金都舊址、寧願不循周禮古法、也不要跟我稱為雛型的活貨哪吒城糾纏在一起、所以另建新都在東北的湖泊區、兩害相權取其輕實在是不得已而為之、之後方案詔定、議論重點放在海子

配新宮的新城創意、成功轉移了大家注意力、官方對角度稍偏離子午線一事黑不提白不提、不留紀錄、我認為陽間如果竟然有一個人能夠洞悉勘破金都舊址活貨哪吒城的此有、此在、除劉秉忠外不作二人想、、、

　　劉秉忠子聰和尚何等奇人、決非一般儒士可比、隱於南堂為僧時、臨濟傳人兼蒙哥汗詔令統管中原佛門的海雲印簡大師初識子聰、便認他為徒、邀他隨行去到蒙古帝國故都哈拉和林推薦給忽必烈、得忽必烈賞識、有載子聰和元帝情好日密、話必夜闌、如魚得水、如虎在山、君臣情誼長達三十餘年、之前子聰在邢州天寧寺師從名僧虛照弘明、出家從佛前則是全真教道士、自號藏春散人、他儒釋道兼修、通天文地理律曆和三式六壬奇門遁甲等卜算之術、對易經和邵雍皇極經世河洛術數之書研究最深、連世宗都說秉忠陰陽術數之精、能占知未來、卻從未聽說子聰通鬼神、其時北方金元之地除全真教外也盛行太一教、同為道教一支的太一道、號稱仙聖授符咒秘籙濟人、以事鬼神為巫、通鬼神為祝的巫祝之術御世、元時太一教獲承認、掌教受忽必烈賜號、劉秉忠似與太一教互能吸納、　一二七四年劉秉忠無疾端坐而卒、葬於今北京近郊盧溝橋地界、元世宗令太一教而不是全真教掌教秉承藏春散人劉秉忠所傳之術、禋祀太一六丁六甲神、劉秉忠與太一教的親近可見一斑、以散人吞噬學問的肚量、兼收並包太一巫祝顯術也不奇怪、或許他聘用了太一教人士助其勘察金都舊址陰間冥界的活動、或許佛門中人也有穿越三界六道兼及六趣八部的神通、漢地早年視佛陀為大聖、認其有祛鬼除魔的法力、差使面燃鬼王統領亡靈諸鬼度孤拔苦、湯用彤著的漢魏兩晉南北朝佛教史就曾指出早期佛教進入中

國有兩個方式、一是神、即浮屠、二是術、即玄幻之術、到底是佛門巫祝技術還是其他方術讓劉秉忠感知了雛型活貨哪吒城、我手上沒有實證、但相信劉秉忠寧捨正南正北的古法、棄選經線一一六度整的金都中軸原址、一定有他難以向世人解說的深層理由、我身處活貨哪吒城、完全明白如果劉秉忠真的探察到金都地界有活貨異度空間、一定會盡全力去勸喻世宗不要惹前朝的麻煩孽障、必須移地建宮、遷址在所必行、不遷萬萬不行、別無選擇、把大都至上都稍微偏離子午線一事按下不表、周禮古法又能如何、為了建新城移址的事、劉秉忠還散佈了一個說法、托偽他的城建構想是受哪吒啟發引導的、以添加新城規劃的魅力合法性、北京的胡同一書作者翁立說他小時候胡同裏的老人還會講古、說劉秉忠畫大都城圖時、眼前總見到一個三頭六臂、穿着紅襖短褲的小孩、小孩說你照着我畫、就能鎮住苦海幽州的孽龍、劉秉忠認出那就是哪吒、、、

坊間另一盛傳的版本是明永樂年間劉伯溫和姚廣孝兩人不約而同提議以哪吒造像構建北京城、這版本肯定有誤、劉伯溫是元朝人、一三七五年明初洪武年間辭世、遠早於明朝第三任皇帝朱棣即位的一四〇二年、永樂帝在登基後五個月的一四〇三年始宣佈改北平府為北京順天府、設置行在六部、一四〇六年永樂四年才詔建北京新宮闕城垣、一四一六年復詔建新宮於元故宮之上、一四二〇年永樂十八年十二月終營建有成、規制悉如南京、而高敞壯麗過之、遂詔告天下遷都北京、可見劉伯溫與明北京建都的整個過程都沒關係、劉基也就是劉伯溫一三一一年出生之日、元大都也早已於上一個世紀建成、奠基者劉太保秉忠逝於一二七四年、秉忠大

名和事跡有元一代婦孺皆曉、劉伯溫二十三歲還到過元大都參加會試、一舉考中進士、曾擔任元官、對元廷一代名臣劉秉忠其人其事、劉伯溫必知之甚詳、劉基後為蒙元逐臣、改襄助朱元璋從群雄中勝出、功在換朝開國帷幄運籌、對明室中央集權典章制度也有貢獻、兼具詩文傳世、諡號文成、後世民諺有三分天下諸葛亮、一統江山劉伯溫、諸葛伯溫齊名比肩、琅琅上口、流傳至廣、入明後劉伯溫聲名大噪、已在前朝的劉秉忠之上、而且越流傳越奇幻、儼如能知過去未來五百年的天降神人、如是以他對三式象緯的精通、很可能也曾感知金故都始現的雛型活貨哪吒城、因此完全能夠體會前輩劉秉忠選址元大都之苦衷、並在元末助長哪吒城傳說的普及流傳、但是現今坊間把劉秉忠建元哪吒城的傳說移宮換羽到劉伯溫身上、竟要劉文成公活到明永樂年北京城的草創之日、是不符歷史實證的、反而是比劉伯溫晚出二十五年的另一大奇人姚廣孝、則與明永樂的北京城有着較深厚的淵源、道衍和尚姚廣孝亦僧亦道、曾師從席應真道人、得其陰陽術數秘學、旁通乃師兵略與道家易經、明洪武後期在北平主持大慶壽寺、披着僧服扮演燕王朱棣高參角色、首贊密謀、策動靖難叛反、道衍留守燕都、擊退犯北平的親南京明軍、替朱棣定策戰守機事、促燕王奇兵疾趨南京奪得帝位、燕王稱帝後道衍還曾引薦伊斯蘭教宦官鄭和皈依三寶、朱棣任命道衍為緇衣丞相、復其姓、賜名廣孝、永樂初年姚廣孝曾參與北京城建都的早期決策、在新皇城興建期間、朱棣自己已經常駐北京燕王府即元朝太液池西岸的隆福宮、以事征伐北方、卻留姚廣孝在南京任少師輔太子、修太祖實錄和永樂大典、到永樂十六年姚廣孝才有機會拖着八十四歲殘軀回到北京大慶壽寺、入覲未幾即歿、由此可知他是錯過了參與北京

新皇城興建的實際過程，當時負責設計營造城垣宮殿者為木工巨匠蔡信，掌管殿壇廟社所需大量石料採鑿和預先雕刻配製的是石工名家陸祥，精確撚配磚瓦材料工序的是瓦工妙手楊青，加上後起建築之秀能主大營繕的蒯祥蒯魯班，統籌則有明廷工部和刑部的吳中、宋禮、李慶、陳圭、張思恭等官員，並大量輸入殖民地交趾的幼童閹後充當工匠，功不在一人，姚廣孝一定不會也更不願掠劉秉忠作為北京城第一奠基者之美，因為後者正是前者一生最心儀敬佩思之念之至死不渝的同道楷模，有載道衍和尚姚廣孝微時曾遇相者袁珙，袁相其面為劉秉忠一類的異僧，姚廣孝聽聞大喜，顯時選擇主持大慶壽寺，內有雙塔，其一為九層磚塔，是大慶壽寺前主持海雲印簡的靈塔，海雲像旁有其弟子劉秉忠所作的贊詞，姚廣孝亦曾親赴盧構橋北側劉秉忠陵墓拜祭，獻詩云良驥色同群，至人跡混俗，在世最後一年負病從南京遷返北京大慶壽寺終老，葬在北京房山地界，劉姚兩人一先一後皆為元明兩朝開局數一數二的傳奇人物，但就對北京城規劃而言，姚廣孝的貢獻恰恰在於新都宮城選址方面，建議永樂帝跟隨前朝設定，棄西苑燕邸，沿用劉秉忠定下的同一條中軸線，規劃明室紫禁城大致築建在元故宮地界之上，姚廣孝不僅複製了劉秉忠的非完全正向中軸線設定，並且不違劉秉忠建元都的哪吒人形構想，明北京城也如元大都城，北端城牆只建兩門以代表哪吒的雙足底，模仿才是最大的恭維，這是道衍和尚向子聰和尚的致敬方式，元末隨扈詩人張昱盛產宮中詞和輦下曲，遺下晚元風物名句甚多，其中有詩云，大都周遭十一門，草苫土築哪吒城，讖言若以磚石裹，長似天王衣甲兵，盡道出元時十一門的大都城已眾所周知被稱為哪吒城，不用等到明朝永樂重建的北京城，劉秉忠是陽間哪吒城的奠

基者、劉伯溫、姚廣孝共同創發北京哪吒城之傳說可以休矣、、、

　　佛門尚鬼神嗎、那些夜叉、那些護法、我本來有點含糊、沒想到佛家的重要典籍佛所行讚的第一生品、就煞有介事的提到哪吒、説毗沙門天王、生哪羅鳩婆、一切諸天眾、皆悉大歡喜、哪羅鳩婆就是那吒俱伐羅或那吒鳩鉢羅、其後佛門譯文上簡稱的那吒或哪吒、每隨毗沙門天王配套而來、佛所行讚地位何等崇高、是禮讚佛陀生平言行的梵文史詩、也是最權威的釋迦牟尼傳記、成文於公元二世紀、離佛滅約六七百年、相信大部分章節是由大乘譬喻師兼大文豪馬鳴所撰、有載南朝時期已譯成漢文共七卷、現流行的版本出於四二〇年十六國時期、由北涼曇無讖所譯、後世佛教徒無不憑借佛所行讚一書認識佛陀言行、如讀信史、不打誑語、不作疑古、唐譯僧大旅行家義淨更見證了佛所行讚的廣泛流傳、所謂五天南海、無不諷誦、漢地入唐後想當然也備受重視誦讀、而佛所行讚句中提到的毗沙門天王和其子那吒、也隨之納入漢文知識範圍之內、可是只有佛所行讚一書點提、漢地就會有人看重這麼一個異域傳來的神祇嗎、我在咱活貨哪吒城的魔方圖書館胡亂翻書的時候、偶然搜到一批大廣智不空和尚的著作和譯作、錫蘭迪比替推使下、看到其中一本譯作中出現哪吒二字、翻查之下、不空至少曾在四本現存譯著中提到哪吒．如在北方毗沙門天王隨軍護法儀軌中就有説、奉佛教敕、令第三子哪吒捧塔隨天王、還細述説爾時哪吒太子、手捧戟、以惡眼見四方、起不善心及殺害心者、以金剛棒打其頭、汝為降伏一切國王大臣百寮殺凌者、亦法佛相違者、在北方毗沙門天王隨軍護法真言裏也説到、其塔奉

釋迦牟尼佛、教汝若領天兵守界擁護國土呵護吾法、即擁遣第三子哪吒捧行莫離其側、又在毗沙門儀軌中說、令第三子哪吒捧塔隨天王、也在羂索羅真言經中提及哪吒鳩鉢羅藥叉大將、初唐長安大興善寺的不空和尚、可是漢文佛典四大譯師之一、漢傳密佛教三大祖師之二祖、與善無畏、金剛智同列開元三大士、持說一切有部律戒兼真言密乘金剛界法、唐開元八年即公元七二〇年隨師金剛智到洛陽、前後五十年絕大部分時間在中土、翻譯顯密經法一百多卷、收授比丘戒弟子二千、唐玄宗賜號大唐智藏、翼贊三朝、七七四年圓寂、唐代宗敕贈司空大辨證謚號、被認為冠絕千古、首出僧倫、影響可想而知、經不空三藏譯作的推廣、唐後佛門中人必是更肯定哪吒的存有、不空的學問弟子唐惠琳編著一切經音義、其中以哪吒為名的經就有兩卷、一為哪吒俱鉢羅求成就經、一為哪吒太子求成就陀羅尼經、雖然現在都已失傳、但哪吒作為佛教重要神祇的位階應可確定、其他佛門典籍多處提到護法哪吒神、見大佛頂如來放光悉怛多般怛羅大神力都攝咒王陀羅尼經、地藏菩薩本願經、義淨的根本說一切有部毗奈耶藥事等等、說哪吒跨握鬼物、護益世人、未來諸不善眾生、降伏攝縛皆悉滅散、亦護持國界、哪吒更是念咒作法所遣的降魔除惡的重要神祇、佛教經咒多有召哪吒現身的咒語、像烏樞沙摩結上佛陀羅尼神咒經中就有、哪吒說、若欲作法、入壇之時、當呼我、我即如一念頃、即至其所、為作守護、唐宋供奉毗沙門天王的很多、敦煌莫高窟壁畫有毗沙門天王戰毒龍救于闐人民的故事、唐人鄭綮的玄宗朝筆記小說開天傳信記、講的就是宣律和尚路遇哪吒護法並獻佛牙的事、唐後哪吒也頻頻出現在宋人話本五燈會元、宋編太平廣記、宋語錄碧巖錄、密庵和尚語錄、燈史景德傳燈錄、以

及宋元話本大唐三藏取經詩話、元戲文西遊記這些書裏、金宋末期元曲起、有哪吒令曲牌、民間也逐漸興起三太子誕節慶、哪吒之名更廣為人知、而且這樣一經民間流傳、奇幻色彩更濃、有關哪吒的民間故事越滾越多、形象愈發具體、念火球咒、持金剛圈金剛棒、三頭六臂、王子以肉濟父母緣等等、所以至元世宗年間劉秉忠挑選這位形象鮮明、時人信以為真的趣怪神明、替自己設計的元大都添魅、自有其善巧道理、宋元後哪吒故事繼續發展、毗沙門天王變成神格化的唐朝軍事家李靖、哪吒成了漢人李靖的紅肚兜兒子、又在連綿數百年的漢化與佛道爭鋒過程中、道教和民間多神信仰大量吸納攝取佛教義理符徵神祇為己所用、哪吒由此日益漢化、道教化成了民間神話、淡化了異族和外來宗教的原味、完全被安放進道佛民間信仰的漢地大融合神系宗譜內、道教的三教源流搜神大全就正式羅列哪吒為道教神明、玉皇大帝的首席戰將、中壇元帥、明神魔奇幻小說西遊記、南遊記、封神演義也依據這些多有自由發揮、奇幻故事層出不窮、長有八臂而非早前的六臂、頭戴乾坤圈、臂繞混天綾、腳踏風火輪、手持火尖槍、鬧龍宮、戰龍王於東海、殺九龍、抽龍筋、龍順虎從、這是眾所周知的了、、、

佛教自西域即現今中亞地區東漸、包裹着帶來南亞吠陀文化的神獸娜迦、替漢地原有高大上的龍想像增添了變數、娜迦或那伽也被漢譯成龍、此龍桀驁不馴、性子不一定與人類友好、像地方上的小霸王、雖非大惡、不高興的時候是會搞破壞的、興水為害、作惡造孽、所以也有孽龍的叫法、佛門不殺生、至今主張對其姑息、以小恩小惠善待牠安撫牠、可以人畜相安無事、以至晉身為天龍八部之一支護法部族、

佛經載有多位善心娜迦龍王、專管興雲造雨、按時惠澤人間、隋唐佛盛、中土才出現了這種新的龍王和水龍形象、龍與水聯想在一起、龍宮位在四海深處、龍升則飛騰於宇宙之間、隱則潛伏於波濤之內、水不在深有龍則名、佛教娜迦水龍想像比較接近殷商甲骨文中以雷電變形為龍字而雨從龍口降瀉的創字初衷、但與漢地更主流的另一線神龍圖騰崇拜、歷代以龍象徵帝王人傑甚至當代民族的論述不是一回事、佛教入中土後兩種龍的想像有所交叉、漢地也有了以龍為虹神、水神的崇拜、但終究此龍與彼龍有別、至今兩種龍的想像之間仍有張力、劉秉忠呼喚哪吒以降幽州孽龍、真是神來之筆、唐代之後哪吒在漢地已普遍被認為是佛門降魔除惡護持眾生的第一猛將、但沒聽說哪吒是降龍人、可是要對付孽龍這種威猛神獸、除了哪吒還能有誰、只有請哪吒相助才有說服力、哪吒要對付的幽州孽龍、固然是指娜迦意義的水龍、不用殺戮、只需要降伏安撫、這一招劉秉忠之前在籌建金蓮川上都之時已使用過、開平府城宮殿所在、原為一湖潭、排乾後建宮、有載上京有龍、舊為龍淵、劉太保卜吉而視之、乃奏世祖、地為龍池、當借地於龍、是夜三更雷震、龍已飛上矣、龍夕去水竭、以土築成基、遂創宮室、到了劉少保再度奉詔建大都、又碰到燕地流行苦海幽州、孽龍為患的古老傳說、劉秉忠遂故伎重施、托偽哪吒向他指路、孽龍可伏、這樣一來、通過釋道同體劉秉忠、哪吒終於與水龍搭上了線、啟發了元明小說家的想像、入明後漢化、道教化了的哪吒備受膜拜、在民間傳說中成了一個除旱鎮水之神、還是伏龍甚至屠龍專家、跟龍結下不世之仇、這龍當然只能是娜迦系的水龍、而不是皇帝、否則歷代皇帝早就把屠龍偶像哪吒禁滅了、至於源自亞細亞黎凡特然後傳至歐羅巴的亞伯

拉罕一神教、其舊約所述的利維坦、竟也是一隻比任何巨獸更兇猛的水龍、我在這裏就不深究了、、、

　　民間流傳的大軍師劉伯溫和二軍師姚廣孝發煌始創永樂北京哪吒城的説法既然不成立、整個跟劉伯溫傳説譜系有關的北京奇幻故事如高亮趕水和北新橋井底海眼鎖老龍的眾多版本也就不必再推敲、有趣的是幽燕地界有這麼多傳説與水有關、而北京也竟有這麼多地方因水得名、甚麼海、甚麼淀、甚麼河沿兒、湖、潭、池、橋、渠、溝、坑、壩、聽其名都能誤把北京當作塞外江南、但今天北京給人的印象卻是乾旱少水的、可能正是如此、水的議題常在老北京人心頭、元明時期北京城確曾有過更多的天然和人工溝壑湖河、大者可供漕運、京城西北隅的積水潭一度舳艫敝水、而且都是活水、而什剎海放蓮花燈、能在通惠河撈到、北京的北邊和西邊多山、地勢西北高東南低、河水橫向往東注流、金朝在唐幽州城遼南京城的基礎上建中都城、以西湖即蓮花池湖水造景建園、引玉泉山水和盧溝河水替運糧河補水、東達下游通州、只是玉泉山水量不足、盧溝河洪旱不均、金末更因戰防原故用巨石填堵、元大都是超大帝國的都會、交通吞吐和物資進出都不是前朝任何一個時期的燕城可比附、特別是從漢地東南地方出發的南糧北運、沒有比水路漕運更節省便利的、大都意欲成為蒙元世界的中心、首要解決的基建問題是如何鑿道引水、連結大都城與隋代始建的南北大運河、早在公元六〇八年、隋煬帝詔命閻毗督導其役、集河北諸郡男女百餘萬人開闢永濟渠、從洛口北上經現天津地界轉向西北方、以涿州薊城為終點、聯通南起餘杭的大運河、薊城在今北京西南、沒到幽州城、宋遼期間永濟渠北段淤塞、金時稍

有恢復、但河床常為太行山諸河水泛濫沖沒、不堪承運、開鑿新漕運水道就成了元大都當前急務、元世宗詔委郭守敬為都水少監、郭少監深感盧溝河水經常泛洪、反而往西開了個減水河、導水往西南流、免得這條被稱為北京母親河的永定河水東注為患、他又認為京西玉泉山和瓮山泊即昆明湖本身水量不足以承擔京師漕運重任、便另闢蹊徑、向北尋水、引昌平白浮泉水西南折行、匯合瓮山泊玉泉山諸水、然後從大都城西北的和義門即西直門入城、環注積水潭、經玉河段輾轉跨城出東直門、接駁上金代原有運糧河、過八里橋、流向通州高麗莊白河、把大都北和西北的水源跟城內水道結合、加大流水量、並設置多重壩閘調節水位、解決地處低位的通州逆流運糧上大都的難題、當時京東郊的通州已是南來糧貨集散中心、通州運糧河向南入大沽河可接駁御河、但向西運輸至城內仍要克服最後四十里旱路、建閘壩後糧船漕舟可以直達城內西北角的總碼頭積水潭、忽必烈巡視大悅、賜名這人工河道為通惠河、之前郭守敬發現大都之南的汶泗兩水河道也宜漕運、已開鑿濟州河、由此展開了取直南北大運河的工程、後濟州河併入加碼開鑿的山東段運河、由安山至臨清接上衛河也就是御河、忽必烈詔名會通河、至此會通、御河、通惠南北通貫、江淮到京城河海兩漕無縫駁接、貢賦通漕、商旅貿遷、畢達京師、配上由和義門南的水門流入城中的金水河、經過北海中海、到紫禁城地段成為暗河以及俗稱筒子河的護城河、再往東出文明門即崇文門與通惠河合流、大都城地面水道整體佈局已完備、城市空間依水道拓撲發展、沿岸集聚節點則多以水態為地名、的確有水穿街巷、楊柳依依的江南水鄉意思、明代擴內城、增外城、北京城由除了西北角積水潭缺一角之外的大致正方形、變成凸字形、繞

外城周挖掘護城河、從西便門把內城護城河水分流城外、御史吳仲負責疏浚通惠河、漕船改泊崇文門的大通橋一帶、內城水道漸涸、然而明代中葉後文人如文徵明和袁氏兄弟竟仍在書寫北京猶似江南的水際遊詩文、百數年後城內水道已變泥窪小河、又百數年後成臭哄哄的排水溝、現在大多已被堵填掩蓋或改為暗渠、僅剩地名供人遐想玩味、、、

　　所以也不必浪漫化當年、北京城市生活最不堪的還不是美學上地面水道的消失、而是嚴重欠缺作為生命必需品的食用水、北京雨澤稀少、水系並非廣川大河、護城河水污穢、歷代一切用水、主要仰給於土井、語言學家張清常考證胡同一辭為蒙語水井的轉音借詞、可見大都街巷是與水井共構的、有載明萬曆年間大約一里左右有一井、清末京師坊巷志稿則記載北京街巷有井一千二百二十八眼、但城中地下水多鹹苦、稍好一點的淡水稱為二性子水、只有少數井水是甜水、所謂京師土脈少甘泉、甜水和二性子水取之從來不易、名泉好井特供帝皇貴冑、一般井窩兒本來可以自由汲水、後來不論甜苦之井都逐漸為有權勢或有地域族群背景的賣水壟斷團夥所佔、甜水從城外轉運價錢貴昂、省儉些的人家需苦水參半飲用、市民惜水成風、食器欠充分洗滌、也罕見大盆沐洗全身、住民經常在街巷胡同公共空間潑倒淨桶出大小恭、齊如山就記述過、北京城甬路兩旁便道、除小商棚攤之外、其餘都是大小便的地方、滿街都是屎尿、穢水髒物長年滲污、到了清代就是號稱甜水之井往往也帶苦鹹異味、乾隆年間朝鮮貢使記載北京井多腐水、水味俱惡、多有土疾、又舉例通惠河北京城段的玉河之水、為城中隱渠所灌注、穢濁不可近、然而河沿居民還是覺得水味尤勝井泉、可見井泉水

質之差、嘉慶時順德人佚名撰寫的燕京雜記說京城之水最不適口、水有甜苦之分、苦者固不可食、即甜者亦非佳品、賣者又昂其價、且畫地為界佔據、二十世紀初洋井技術輸入、補充了土法淺井、周作人在談自己常喝冷開水時也說鐵管鑿井的洋井如有百尺深、則水味清甘大可用得、宣統二年一九一〇年初試用自來水、在東直門設水廠、取孫河水為水源、但管輸及運水到府費用甚高、加上居民對所謂洋胰子水的狐疑、如周作人所說自來水雖衛生但有漂白粉氣味、自來水的普及很慢、經營三十多年到了一九四五年、才佔市內水市場不到四成的用量、一百四十萬人口只有五十二萬人用上自來水、餘下供水仍靠傳統水夫和稱為水窩子的水井壟斷業者、但因普遍水腐、質佳的井泉才能得暴大名、世人不察反以為北京特別多好井好泉、尤以玉泉山水質之佳遠近馳名、十五世紀中景泰年間的京師水記說京畿玉泉第一、京師文華殿東大庖井第一、玉泉為皇家專用、後者則在紫禁城內、及後清乾隆曾經銀斗親品全國多個名泉、結果評定海淀鎮西的玉泉第一、優於濟南鎮江無錫杭州等泉、清宮飲用水、就是每天由水夫自玉泉山運來、御駕出巡時、玉泉水也隨扈、天壇的祈年井和先農壇的蟄龍井的優質泉水也屢被記述、官府名井有劉井、詹事府井、國子監學宮的井被呼為聖泉之井、皇城以外街井有兩眼是有名的甜水井、德勝門內積水潭迤西的大銅井、清初釋元璟記述銅井水味最甘、為都城第一、另外安定門外有一個滿井、泉水冬夏不歇、其他名井還有安定門外的西口井、南城的姚家井、北城的中心台井、燈市口的老爺廟井、偌大的都城佳井寥寥可數、清代後期有記載、京師井水多苦、茗具三日不拭、則滿積水鹼、井之佳者、內城

惟安定門外、外城則姚家井、宮中所用、則取玉泉山水、民間不敢汲也、、、

　　北京人早就應該領悟到、北京不是為了北京人而設的、這跟皇城不是為了平民老百姓過生活而建的一樣明顯、北京是給外來的佔領者享用的、原住民是要來服務他們的、北京的規劃是按照統治者和政經貴族的需求而量身定製的、遼、金、元、明、清、民國、人民共和國都如此、土著一會被趕到外城、一會被疏散遷移異地、亂時焚城、得勢拆城、一時要改口講金陵化南方官話、一時要學五音不全不發入聲的滿化國語、北方無正韻、中古華北方言原有三十個子音八到九聲、現代普通話只剩四聲二十二個子音、好好的園林海子劃成禁區普通人不能進、一般老百姓一口好水都喝不上、還牛甚麼牛、更何況北京城是史上高密度血腥殺戮、閹割、造孽之地、可是近當代北京老百姓特以自己是北京人自傲、無論明明是被拉夫進城充當貴冑奴僕差役的河北人、還是清朝進宮事宦人數最多的京南安肅縣人、第一代怯口或者不吭聲、隔代學會捲着舌頭說話了就以皇城根下老北京自居、明明是隨部隊進城農民子弟兵下的蛋、住進大院半封閉亞文化區、跟市區庶民根本不是一個人種、嘴上剛長了毛就敢發狠自封新京味代言人、更有像我哥那樣的、屁都不是、勉強算是手工業小業主家庭出身、咱爸和他媽的父母都不是北京人、只不過我哥生在北京、自我感覺是真北京人了、等我媽帶我來到北京住了、他就想把我改造成小北京人、整天逼着我認同他的大北京沙文主義、現在好了、他在陽間做他的大北京人、我在活貨哪吒城做我身不由己的北京歷史學家、判了永劫不歸的無期、我哥這下該滿意了吧、不過話說回來、侯寶

林也是四歲才被帶到北京、小時候條件比我哥還差得遠去了、也沒礙着他成了說話溜嗖的北京方言大師、難怪我哥也做北京夢、茶壺漬垢越陳厚越矜貴、北京歷史的沉澱也確實夠多、可供歷史學家做N種解讀、我越翻閱歷史、越看到四九城的陰暗面、如同看到滿月坑坑凹凹的背面、讓我完全沉溺其中不能自拔、類似性虐者以窒息為快感、老想拿着這個那個糗史來氣氣我哥該有多爽、又想聽聽我哥如何反駁如何為北京辯護、說到這兒我竟然有點掛記我哥了、要不是他整天跟我沒完沒了叨叨北京那些事兒、我現在怎麼會變成歷史學家、唉、歷史學家不帶這樣的、不帶這麼濫情傷感還喃喃自語的、我該去找我的女性朋友大薄脆散散心、就像自己顯得太涼薄的時候、應去探訪從容大度的文天祥老師、調整一下自己的心態、快到憂鬱症臨界點、就求教於忘年交李卓吾老師、太消極了、去找動能性強的譚嗣同老師、太虛無了、就該親近李大釗老師了、、、

哪吒城地段的北京殺戮史之前我只說到明世宗嘉靖的宮變、世宗崩後三十六年、也即萬曆三十年的一六〇二年、溫陵居士李贄也就是李卓吾老師自盡於明北京東廠大牢、李贄畢生忤逆時儒、暮年欲終老長江中游的麻城、地方衛道儒官以維護風化為由、慫恿暴徒燒毀他居住的寺院、七十四歲的李贄輾轉帶病避居京郊通州、京畿道學家生怕他一入都門將蠱言惑眾、首輔沈一貫曾遭李贄月旦、官報私仇、唆使在朝東林黨道德家羅列罪名上疏給不親政的萬曆帝、由首輔擬旨、司禮監太監批紅、控李贄敢倡亂道、惑世誣民、令錦衣衛嚴拿治罪、用今天的話說卓吾老師成了坐文字獄的思想犯良心犯國家的敵人、有載李贄說我年七十有六、衰病老朽、

名山大壑登臨遍、獨欠垣中坐牢、如今真得死之所矣、榮死詔獄、乃天下第一等好死、為何不死、他在牢中借剃頭修臉時奪刀割頸、據袁中道等記載、李贄隔天子時才得咽氣、那該是多煎熬的十幾個鐘頭、李老師意識尚存的最後一念是甚麼、我得親自去問問他、他離世後與在生時一樣毀譽兩極、貶者稱他為宣淫妖人、名教罪人、大言欺世、非聖無法、其人可誅、其書可毀、明儒學案以他鼓倡狂禪、將他排除於儒門之外、但他生前從者甚眾、藏書焚書等著人挾一冊、以為奇貨、曾在南都白門登壇說法、傾動大江南北、燕冀禮拜亦盛、明沈瓚曾記載儒釋從之者成千上萬、蔚然如社會運動、明清兩朝正統道學家在他生前死後屢次借助官方之力禁毀他的著述、他死後名益重書益傳、民間盜印不絕、甚至有假託偽著、推崇者讚其異端思想才是孔孟心傳、才是反假儒反偽道學的真道學、儒官文士如馬經綸、梅國楨、耿定理、劉東星、周思敬、吳本如、黃慎軒、陶望齡、汪可受等、都是他的支持者、主張情至說的戲曲大家湯顯祖說讀李氏之書如尋其吐屬如獲美劍、特別敬仰李贄、奉為精神導師、著名藏書家焦竑篤信卓吾之學、說李贄可坐聖門第二席、五四反傳統學人要打倒孔家店、借李卓吾拉偏架、強調他是非儒反孔反道學的代表、文革批林批孔時政治掛帥、以他勇批孔老二、胡亂把他歸入法家、近年學界定論卓吾學淵源為姚江王陽明、屬王門左派、甚至有說李贄是晚明泰州學派最具創發性的人物、我捫心自問在活貨哪吒城的這些年來．對漢地學術史包括經學還沒有下足夠的工夫做徹底研究、只看了不少二手材料、但以今天的眼光、我認為李贄老師作為時代先聲已不用質疑、他不單單是一個實踐層面的社會思潮改革家、一個時弊陋習的深刻批評者、他所提出的主張、在華文思想史

以至學術史層面是有開拓意義的、代表了漢地近代思想的一個貼近現代但終究未竟的開局、換句話説、李贄是有助我讀通三千年漢地思想史學術史的其中一個關鍵人物、這裏我要多説幾句、周作人曾説李贄批判君師正統思想之講真話、疾虛妄、是王充之後第一人、與東漢王充和清代俞正燮並列為中國思想界三盞燈火、周作人給出這麼高的評價、難道不值得深思、大家都説秦漢大一統後、現代之前、除了王充和李贄兩人、無人敢公開批駁孔子、這豈不是太難能可貴、李贄十二歲作文批評孔子把種田人看作小人、認為孔丘也只是普通人、孔夫子的話不能當作萬年不變之真理、論語孟子不過是門徒記錄、大半非聖人之言、即使是聖人之言、也只是一時所發之藥石、不能成為萬事之定論、反對天不變道亦不變的信條、六經皆史、與世推移是道的必然、是非之爭、如歲時行、昨日是而今日非也、當然批評被神化王化的孔聖不等於全面否定真面目的孔子、李贄事孔子於佛院、晚年自述雖落髮仍實為儒、在最後一本著作九正易因的前言讀易要語篇中、特別強調自己以文王孔子為法、死前在京受審仍堅持自己的著作於聖教有益無損、另外可引為旁證的是他曾幾次三番會見西洋傳教士利瑪竇、稱讚利瑪竇為極標緻人、所見人未有其比、並贈題詩折扇、命人抄寫利氏名著交友倫分贈湖廣子弟、可見對利瑪竇的欣賞、但仍然直言若利氏欲以西學易吾周孔之學、則又太愚、李贄自居異端、只是為了真道學、與當時道術主流聖教正統拉開距離、傳統後儒多為君權衛道、唯士唯能、李贄説世間惟下下人最多、我為下下人説、不為上上人説、他大膽提出天之立君、本以為民、他從王陽明嫡傳弟子王艮所説的百姓日用即道、進一步主張説穿衣吃飯即人倫物理、一反道學去人慾以存天理的教條、常言

道朱子之學教天下之君子、陽明之學教天下之小人、李贄以王學為據、對士階層的道學家批判極厲、對下下人之生活慾望卻同情包容、以聖凡平等、庶人非下、侯王非高為致一之理、反對君主臣僕、反對男尊女卑、贊成女性蒙教、主張婚姻自由、倡導不信學、不信道、不信仙釋的自主思考、指斥冠裳吃人的貪官、建議農商皆為立國之本、肯定商人地位、認為民情之所欲為善、非民情之所欲為惡、並說夫私者人之心也、人必有私而後其心乃見、若無私則無心矣、社會理想是各從所好各騁所長、革故鼎新、黜虛文、求實用、舍皮毛、見神骨、去浮理、揣人情、回歸真性情、不以道聞障蔽童心、李贄極力提升當時不被重視的小說和戲曲的地位、石破天驚將西廂記、水滸傳與六經、論語、孟子並論、認為小說也可以是聖賢發憤之作、當年多度訪李贄於麻城的問學崇拜者之中有公安三袁兄弟、三袁文學上反擬古、與李贄意氣相投識見契合、曾說過讀翁片言隻語輒精神百倍、讚嘆李贄才太高、氣太豪、骨堅金石、氣薄雲天、大有補於世道人心、多在世一日、多為世作一日津梁、三袁何等眼光品位、得其終身傾慕立傳、豈等閒人、不過三袁雖崇拜李贄、卻說不能學也不願學李贄、不能學、因其深入至道見其大者、直氣勁節不為人屈、一般人學不來、不願學、因其好剛使氣、動筆書之、禍逐名起、三袁猶如他們的民國言志派文人追隨者包括周作人、才情靈氣過人但不能也不願學當載道戰士、有人說李贄是前現代之魯迅、魯迅是當代之李贄、李贄與晚明的關係、就像魯迅與上世紀上半葉民國的關係、論者說李贄的自覺意識、不是由於他離開了世俗仕途出世退隱之後才獲得的、相反、這是他最為真摯地生活於世俗世界的結果、他通過將世俗生活中的矛盾呈現於自身、在受到傷害的自身

的痛感之中、磨勵了它自身的自覺意識、以真我活在時代的矛盾中、絕不妥協、但最終無法活出這個矛盾的時代局限、這也是魯迅的處境、兩者都適逢時代沒有提供出路的時刻、兩者都有高度的反省自覺和批判意識、作為啟蒙先鋒、不惜對時人腐見全方位開火、論戰而不立論、不依附任何既定思想體系、不開出完整方子、直面真虛空、這本是對時代作真誠思考的思想學問戰士應有的態度、但這種在無物之陣從事筆耕批判的苦勞不一定能為追求宏大論述的後學所理解、歷史學家黃仁宇的萬曆十五年一書認為明朝的滯後、在於儒家那種無法固定又簡單粗淺的思想桎梏、為貫徹此論、該書最後一章不得不做結論說就算儒學異端李贄也不過如此水平、評論李贄是個自相衝突的哲學家、有追求自由和改革之志、且察覺自己有自私自利的一面、但不能放棄孔子提倡的仁、故著作雖然浩瀚、並沒能在歷史上開拓出一條新路、所以只是一個特色鮮明的中國學者、不是一位在類似條件下的歐洲式的人物、如霍布斯或洛克從個人主義和唯物主義出發構成一個新的理論體系、黃老師這是強人之難了、而且言語間大有以西歐為準的全球歷史單線進階史觀的味道、所以才會提出李贄不是歐洲式人物這樣的假命題、李贄在東方式專制的明朝、何來類似歐西的地中海城邦和荷、英、法早期現代的類似條件、在萬馬齊暗的年代扮演異端分子、以點亮思想之光為己任、不以開出歷史新路為所求、再說了、歷史新路豈是單靠思想開出來的、歐洲式人物也多有生不逢時而被湮沒的、歷史評價不在其即時效應而在內觀其於思想長河中的拓展、李贄盡竭一介真儒所能、以一己最大之力在最大的範圍對應了他的時代、已是千古一人、古文派章太炎的學生曹聚仁寓居香港時期寫出中國學術思想史隨筆、其中斷言兩漢公

羊讖緯託古改制今文經學全盛時代、也是漢地文化思想漆黑一團的世代、此時有王充另出異端、問孔刺孟、唐宋變態後、孔子進了文廟、孔孟越來越神聖化、道學也更體制化、宋學經史變古、儒門道統的思想獨專卻變本加厲、王學未出之前、元學明學皆以宋學為大宗、章太炎認為陽明悟得致良知以後、與朱子便不能不處於相悖的地位了、尤以王學左派主張赤身擔當、最備反權威反專制的叛逆精神、李贄的道學底蘊要放在王學脈絡理解、李贄的主要批判對象則是體制化腐化的名教偽儒、也就是陽為道學陰為富貴行若狗彘的宋儒建制、李贄的童心說文學觀影響了湯顯祖、三袁、馮夢龍等戲曲散文小說名家、李贄不避世和很各色的激情性格、為當代的顧準和李敖所偏好、李贄思想的現代性、用漢學家溝口雄三的話、在於私這個觀念和慾望的言論得到肯定、綜觀李贄的異端理念已提供了內生現代平等觀、個體性、存在主體、情慾倫理、私領域和平民主義的條件、開出了華文世界思想的新路、這與黃仁宇對李贄的評價截然不同、自西漢統治集團以公羊天人感應偽學罷黜諸子百家後、要等一千多兩千年到了清代、諸子研究的風氣方始漸開、而卻仍在參證經義的大題目下進行、不敢直接闡揚諸子絕學以與正統道術霸權分庭抗禮、可見異端火種在前現代中國之難能可貴、、、

李贄並不認為自己前無古人、大家知道他對戰國李悝、漢桑弘羊‧唐魏徵、楊炎、北宋范仲淹、南宋李綱、同代明朝的俞大猷、戚繼光、海瑞、張居正都有正面描述、對非漢族的匈奴劉淵、北魏孝文帝、北周宇文泰、元耶律楚材、都給與公允肯定、破傳統史家利用史書以明正統的正閏關係、他推崇王陽明學生龍溪王畿講學明快透髓世間至今未有及

者、禮敬泰州學派殉道先驅何心隱為真談道者的聖人、撰初潭集表揚歷史上才智過人識見絕甚的女中豪傑、對秦始皇和諸子絕響的評價大異於儒家道統並因此成了坐實他文字獄的罪名之一、此外也許還會有人注意到李贄心儀的另一個人物、那就是我之前說到的永樂名相姚廣孝、李贄一生到過北京四次、有載他專訪城中原名崇國寺的護國寺、寺內護法殿有姚少帥影堂和道衍和尚獨菴自題畫像、獨菴老人姚廣孝功在國家、洪熙元年祀於太廟、嘉靖初以他身為僧人不宜以太廟祀、移送護國寺祀、這寺內畫像難得在於不依姚廣孝改穿官服的明朝畫風慣例而讓他如實的穿僧服、長安客話記載、姚像姿容瀟瀟、雙睛如電光之燦、後世很多人知道李卓吾半生為小說戲曲出力、批點過多部名作以廣流傳、較少人記得他也特意替姚廣孝的遺著道餘錄做了批點、姚少帥晚年、已經位極人臣、又為太子師、大可躲開思想學問爭議、耳根清淨、安享餘年、但他仍甘犯眾怒寫出道餘錄、批評二程和朱晦庵既為斯文宗主、後學師範、攘斥佛老之時、理據卻一以私意而出邪詖之辭、極為謬誕、列舉二程遺書朱熹語錄四十九條遂條批駁、並說自己豈敢言與三先生辨也、不得已也、果然出版後他廣被認為詆毀先儒而備受時儒所鄙謗、李贄則引姚廣孝為前輩同志、校閱道餘錄書稿、萬曆末年由反復古的文壇青壯領軍錢謙益刊行、我之前曾談到劉秉忠、姚廣孝一系與哪吒城有關的文武思慧兼修的實務家、對他們多有美言、在此對姚廣孝與李卓吾在北京的學問緣份也記上一筆、、、

在哪吒城的活貨後來者之中、與李贄氣味相近的是我的另一師友瀏陽譚嗣同、他懷抱誓與時代無物之陣全面決裂之

志、先要衝決利祿之羅網、次衝決俗學若考據若詞章之羅網、次衝決全球群學之羅網、次衝決君王之羅網、次衝決倫常之羅網、次衝決天之羅網、次衝決全球群教之羅網、終衝決佛法之羅網、譚氏這番激烈壯語、距李贄離世近三百年、時代終於到了三千年未有之大變局、譚嗣同交往的知識圈子有被其譽為後王師的維新派啟蒙先覺宋恕、宋恕的思想源於王充、旨在恢復孔子先秦思想的原來面目、他猛力批評秦漢以來儒者陽儒陰法、以法亂儒的罪魁禍首是叔孫通、董仲舒、韓愈、程朱、用宋恕的話說這幾位是大魔、宋恕之見加上維新圈子另一先導夏曾佑把神州長夜數千年的責任歸罪於荀子之說、遂生出譚氏著名的激進警句、二千年來之政、秦政也、皆大盜也、二千年來之學、荀學也、皆鄉愿也、惟大盜利用鄉愿、惟鄉愿工媚大盜、有說清末變法志士群體裏、宋恕是一個發信源、宋恕引為知音的是李贄、傷卓吾之學不傳、於一八九九年戊戌變法失敗後以詩寄意、何期海外高人賞、從此卓吾萬萬年、果然到了二十世紀李贄名聲曾經兩度鵲起、但現下又為國人所忽略、以至今天舊瓶新酒的類公羊學偽儒依然猖狂、清末民初變法維新革命先進的努力竟然逐漸被遺忘、曾幾何時斯人又憔悴、令人擲筆三歎、我猜想卓吾老師當年來到晚明活貨哪吒城之後、也有過三百年的孤寂、處於氣息幾近全滅的狀態、到上世紀有兩個階段突然被追捧、重注能量、近年又再消沉、幸而中外學院的小圈子以及民間還頗有明白人為他作述、能量雖遠不如家喻戶曉的文天祥、袁崇煥以至譚嗣同、李大釗等級的活貨聞人、卻也不至於能量全失、起初我在城中心零公里的東側和西側即明東廠和刑部大理寺地段遍找卓吾老師不獲、估計他不想待在離世地點、當年他的屍體、由鐵桿友人馬經綸收走、葬在通州

城北、通州是在活貨哪吒城範圍之外、根據活貨定律、卓吾老師不可能去得了、但他會在活貨哪吒城何處遊走、我一度毫無頭緒、我到過內城東北的孔廟、想着卓吾老師遺著治周易以孔子為法、會不會想駐孔廟、但想到卓吾老師最反感禮制孔教、他當然不會在文廟、後來得知護國寺曾經有姚少帥影堂、訪查多次、終於有幸在寺內原來的葡萄園那塊兒碰上漫步中的卓吾老師、西寺護國寺一度以廟會與東寺隆福寺齊名、而且比隆福寺高大寬敞得多、但我小時候大人們已經只知道廟會之最是在隆福寺而護國寺則以小吃著稱、改開後寺內拆改成商住雜亂不堪、如果不是當年曾祀奉姚少帥、我和卓吾老師不會相遇於護國寺地段、、、

李贄曾用同志二字、說同志終屬鮮罕、賢者疑之、不賢者害之、說自己將會死於不知己者之間、老邁之年一直在等死、對死已想得很透徹、準備身臥蘆席、上蓋一塊白布、連棺木都不稀罕、甚至叫人不要收屍、有記載說李贄奪剃刀自割後獄侍曾問和尚痛否、其以指蘸血寫不痛、問和尚何自割、寫七十老翁何所求、他被捕之前、住在通州馬經綸別業、不竭晝夜完成了自言吾死瞑目的經過九正而後定的易因一書、袁中道的李溫陵傳記說道公病中復定所作易因、其名曰九正易因、常曰、我得九正易因成、死快矣、可見卓吾老師已了卻平生問學心願、辭世之際應心無掛礙、但任何人都難保斷氣之前不會冒出奇怪念頭、卓吾老師由割頸到咽氣拖了很長時間、雖言不痛、必然很痛、其間就算嘗試入定怕也會一時守持不住、到底老師帶着怎麼樣的念頭來到活貨哪吒城呢、我第一眼看到老師、就知道老師的心境、是活貨中最令人豔羨的一種、如果以佛家六道做比喻、那是天人道、我

後來跟老師熟絡了、問他自割痛否、答極痛、問意識存否、答存、問時間如何打發、答憶知己咫尺接笑談、老師生平重友情、但我知道他這裏所說的知己、是特別指麻城梅國楨的女兒梅澹然、老師在陽間的最後一念、是想着這位他稱為澹然大師的忘年紅顏知己、不管他咽氣前有多疼痛煎熬、帶着這樣一念來到活貨哪吒城、那就是他的福報、他的永恆、永遠的愉悅、一種多美好的活貨心境、老師五十四歲辭官而不歸故里、也不隱居、在朋友接待下流寓獨居、其中麻城龍湖十三年是他著書講學最為進發之年、也是感情生活最豐沛的日子、除了跟絡繹於途的問學者和故交新友會面切磋外、他跟御史梅國楨和一些當地世家交往甚密、老師講學素不拘男女、各大戶人家女眷妯娌也來求學於他、李贄還替她們取法號如善因、明因、自信、無明、澄然等等、梅國楨的二女澹然時年三十上下、孀居家中的繡佛精舍、誠拜李贄為師、李贄激賞說此間澹然固奇、善因、明因等又奇、真出世丈夫也、並特別稱讚澹然雖為女身、然男子未易及之、李贄跟她們聚會講課、通信論學、又寫詩贈澹然、並把這些與名門女眷交往的言談書信匯集成觀音問一冊、這麼一個六七十歲已落髮出家兼衰病老者與年輕名門婦女的公開交往、當地衛道人士為之側目、李贄卻毀譽由人、自量實當心上無邪、身上無非、不愧不怍、視繡佛精舍是天台、勸說世人莫浪猜、居龍湖期間李贄也出外遊歷會友、最後一次在外時、梅澹然寫信促師早歸、他寫詩四首回贈澹然、其中就有咫尺無由接笑談這一句、意即接信如人在咫尺、可惜無由見面接續笑談、李贄大概沒想到這次回去、將會被同屬陽明門下的當地盛名儒官發檄毀居所拆骨塔驅趕、逃河南商城黃檗山、再隨馬經綸去通州、不久後即遭朝中東林黨清流儒官誣謗、投京師大

獄、多條罪名之其中一條是與無良輩遊庵院、勾引士人妻女入庵講法、作觀音問一書、所謂觀音者、皆士人妻女等等等等、最後老師選擇自刎辭世、梅澹然不久也鬱鬱而終、年僅三十七、老師雖曾自言生死如山不動塵、但老師寄贈梅澹然的幾首詩、以今天解讀標準是可以說兩人之間雖然沒有越軌行為、卻也不只是師生忘年之交、而是多了一重更複雜的感情投入、比如點點紅妝帶雨梅、比如子規今已喚春回、比如欲見觀音今汝是、蓮花原屬似花人、有今人曾論說這已可算是柏拉圖式愛情或精神戀愛了、但當事人大概沒有這種後設觀念、只憑真心而形諸於詩、老師曾說夫童心者、真心也、最初一念之本心也、我慶幸老師最後追憶的是與梅澹然咫尺真心交往的美好愉悅時光、而不是枝蔓增生的怨懟妄念、可以說、童心使卓吾老師成為哪吒城最幸福的活貨之一、、、

　　這也讓我想概括出一個結論、帶着情愛辭世的活貨是幸運的、因為其將永生永世沐澤於情愛中、活貨其實是沒有物質煩惱的、只有精神情緒上的喜恨哀樂苦懼、就以成為活貨後的我來說、我的惟一訴求是尋覓歷史知識、那其間當然會有苦有喜、佛家說最終其實凡有情皆苦、恐懼苦、希冀也苦、這我也理解、哪吒城大多數活貨不是恐懼就是希冀、有希冀就會有失落、包括我要成為歷史學家的希冀和經常對自己工作意義充滿懷疑的失落、但活貨世界最大的虛妄希冀是甚麼、就是以為可以重返人世、活貨既然是從陽間而來、是否也能夠逃出這個哪吒城回到陽間、是否至少能夠與人世溝通呢、這是活貨們的大哉問、活貨當年都是非正常離世的、最後一念固然五花八門、但很多都心繫世間未了之情和事、陽間思念普遍存在於很多活貨共有的深層潛意識裏、日久演

變出一種宗教式的集體行為、信徒們會在各個有固定火供的地點聚集、一般是廟宇、因為雖然世間北京城燒掉的物品皆可送達咱們活貨哪吒城這邊、可是燒書、燒衣、燒食餘、燒垃圾、燒稭稈這種情況就算時而有之卻地點時間難以確定、但在北京城的地界上、寺廟的香火、衣紙、火供卻是比較穩定的、這就引起很多活貨的幻想、以為通往陽間之門就在那些寺廟、這在我來到活貨哪吒城之前幾百年已經如此、一九四九年後此地段寺廟突然全都沒了香火、希望幻滅、改開後局部恢復、活貨的返陽衝動再起、表現在對陽間火供過來物品的追蹤、類似南太平洋島人的貨物膜拜、這種現象本來分散在各個有香火的寺廟、這幾年才突然集中在朝陽門外的東岳廟即東嶽廟、北京東嶽廟位於活貨哪吒城最東之點、根據古人陰陽五行之說、東方為萬物交感通靈之處、東嶽即泰山、西晉葛洪說泰山之神掌管東方、三教搜神大全列泰山為群山之祖、泰山神是五嶽大帝之首、主生死、為冥界主宰、掌十殿閻君、是道教地府的最高神明、統轄陰陽兩界、普通人死後亡魂歸其所管、因此在活貨世界、東嶽廟的意義非比尋常、地位殊勝、東嶽廟始建於元朝、設有七十二司判官、為符籙大派正一道在華北的第一大叢林、曾遭祝融之災、明清皆有敕旨重建整修、歸王朝禮制群祀之列、清末義和團在廟裏設壇習武、民國年間頗衰敗、及後正一道天師跟國民黨避走台灣、一九四九年後新政權鎮反運動打擊會道門、廟產為北京市公安局接收、佔據管制達五十年才對外開放、曾用作公安學校、文革時期進一步破壞廟中碑刻尊像文飾、一九八八年為拓寬馬路拆除了廟前山門、一九九五年廟產始移交北京文物局管理、到了奧運那年、為了申遺、才把廟的中路神像區歸還道教組織主理、這幾年局部容許燃點香

火、就是説東嶽廟中斷了六十年的火供這時候突然再現、也不知消息在活貨之間是怎麼傳開的、很快就引起哄動、不少活貨認為這是一個重要的神秘信號、牽動了他們的心神幻想、他們像小腳蟲蟻一樣千辛萬苦紛紛轉移來到東嶽廟地界、大多數沒能量的活貨如死屍般伏臥對着廟的中心區地帶、待搭便車、少數有能量的做各種膜拜頂禮、有幾個法輪功活貨、能量較強、成立志願小組、到處宣傳、甚至義務協助運輸一些沒有行動能力的活貨集結在東嶽廟靜待、我覺得有希望總比沒希望好、哪怕是虛妄的、哪怕最後是一場空、不過大薄脆絲毫沒有陽間思念、我也寧願看她永遠過着助人為樂的小鳥般日子、不願她為返陽的妄念所綁架、大薄脆也算是活貨中的幸運兒、她是快樂的、是一根筋一樣的傻樂、因為沒有二念、像我這種整天思前想後、不斷自我琢磨、帶着自由意志的活貨、在哪吒城是少有的、但自由何價、、、

李贄老師在生的前五十年、大致也就是從嘉靖後期開始的張居正時代、張江陵萬曆十年病死、不入活貨哪吒城、李贄好友王門何心隱曾被張居正收獄而橫死、不過李贄很持平、他對張居正的蓋棺定論是江陵宰相之傑、張居正卒後不久萬曆帝籍沒其家、其子自縊、子女家族十餘人餓死、繼任的三朝權臣馮保不久也被神宗謫貶南京、弟侄餓死在北京監獄、從神宗萬曆晚年到在位僅一個月的光宗、特別是到登帝位七年才二十三歲即歿的熹宗時期、有一個名字在北京殺戮史上冒出來並旋即佔得顯赫位置、那就是閹黨殺人領袖魏忠賢、太監殺太監、太監殺嬪妃、太監辱殺朝臣、太監的齊、楚、浙閹黨逼殺江南東林黨人、太監掌東廠興獄逮殺百姓、坊間通俗史著多有撰述、到魏閹的靠山熹宗朱由校崩、繼任

的崇禎朱由檢伺機奪其權發配鳳陽守祖陵、魏氏途經河北阜城時畏罪自縊、在京附閹朋黨多被整肅、判死者魂歸活貨哪吒城後鮮有人祭祀議論、早成地上塵土一般幾個世紀的活乾屍、崇禎旋起用溫體仁、周延儒等奸人亂政、並再度重用閹黨、終其思宗一朝敕殺朝臣總督巡撫無數、明朝的北京目睹閹亂不斷、權臣迭起、黨爭不歇、最關鍵是帝君顢頇涼薄殘暴、以至民生日困、邊警雜沓、流寇蹕畿輔、外患內憂此退彼進、英宗時期宦人王振跋扈、弄出土木堡事件、英宗復辟後反替王振設祀精忠寺而斬殺保北京退外敵的于謙、一百年後嘉靖二十九年內閣大學士嚴嵩主政時期、防務鬆懈、京師僅備四、五萬禁軍、蒙俺答率韃靼騎部攻破古北口、兵臨城下、才二十出頭的山東武舉戚繼光參與守防京城九門、俺答志在劫掠、在密雲、懷柔、順義、通州等縣撒野掠人畜二百萬後撤出口外、京師一場虛驚、十七年後張居正執政的隆慶初年、重召在東南剿伐倭寇的戚繼光北上、加修邊牆、強化北方防禦、並終與俺答汗達成封貢和互市協議、結束敵對狀態、戚繼光駐守薊門十六年、京畿無警、北騎不敢犯塞、張居正歿、戚繼光即被發放廣東、悒悒而卒、一六二九年京畿又再告急、這次來犯的是女真族的新興汗國、史稱後金、其時金明兩國打打談談、關外大明國土幾乎已經全為後金所佔、崇禎二年末皇太極繞開薊遼督師袁崇煥把守的關寧錦防線、借道蒙古破長城喜峰口而入、揮軍挺進北京、袁崇煥率九千兵自關外趕回京師、調度各鎮援兵、列陣廣渠門外、迎戰多爾袞等率領的八旗左翼多族的數萬聯軍、殊死奮力鏖戰、力保京師不失、旗兵死傷慘重、皇太極被迫移營退走、時京中已盛傳袁崇煥縱敵擁兵、朝中魏閹餘黨忌恨、怨謗紛起、稱他引敵協和以逼城下之盟、皇太極遂順勢設反間計傳

他與袁帥密有成約、崇禎起疑、京師解圍不久即捕袁崇煥入錦衣獄、皇太極在良鄉聞袁投牢、再親帥大軍回馬北京、雙方在畿輔連番激戰互有慘勝、明廷勤王之兵先後趕至、八旗見未能得逞、劫掠一番後經永平府出關、袁崇煥則在京囚審大半載、期間崇禎還冤殺替袁帥上書辨白者、終於到崇禎三年八月、朝廷以袁崇煥付託不效、專恃欺隱擅謀和議、專戮毛文龍帥、通虜謀反、誘縱滿清八旗鐵騎長驅直薄京師等罪名、磔殺袁帥於西市、千刀萬剮寸寸割之、家屬十六歲以上處斬、當時北京百姓相信袁崇煥通敵、在西四法場觀刑的群眾集體歇斯底里、付錢哄搶生噬從袁帥身上凌遲活剮下來的肉、再開膛取出五臟、據清初張岱記載是截寸而沽、血流齒頰、袁督師崇煥將在外多年、力捍危疆於遼遠、戰功顯赫、其治軍手段、和戰決策、或頗有可爭議之處、但說袁督師通敵應純屬冤枉、可是皇太極使用的反間計真相要到乾隆年間清人代修明史時才大白、以至連明末反清大學者朱舜水仍稱袁崇煥為賣國賊、正是心苦後人知、沒想到還其清白的正是當年宿敵之後、、、

袁崇煥受磔後、皮肉內臟無存、連骨架都被粉碎、全身完整的只剩一個頭顱、朝廷打算用之傳視九邊以震懾邊將、得佘姓義士冒死竊取其頭顱藏於家中、再葬於當時京城的廣東義園、佘氏後人世代秘密守墓、不返家鄉順德有四百年、是為北京傳奇之一、乾隆後期袁督師得平反、墓地始為人知、位現崇文門東花市斜街、也在活貨哪吒城的轄區、附近活貨隔三差五可聽到園中傳出三字一句的洪亮喊聲、丟那媽、這即是發自故居東莞的戰神袁崇煥、有載受磔當天袁帥皮肉剮盡只剩心肺、仍在不斷喊叫、半日才止、猜想開始的時候袁帥

可能是鳴冤和表達憤恨的咒罵、再下來只能是純粹因為痛極而鳴嚎、如果在這樣的神志狀態下還偶然能喊成句、那也只可能是這一句丟那媽、丟、、、那、、、媽、袁帥生前的口頭禪、我從小就得我哥教育廣東髒話、知道丟那媽、丟那星、丟老母三句通用白話粗口、說是粵地男性都愛掛在嘴邊、男孩之間私下都練習說過、但在大人面前說了會挨罵、我曾嘗試逗袁帥說話、希望解答歷史未解之謎、比如他為何殺毛文龍、真的是想跟皇太極議和嗎、袁帥一般都默不作聲、偶以一句丟那媽作答、這是他來到活貨哪吒城後唯一能夠清楚表達的語句、跟他辭世前的半日痛極喊叫狀態有關、極度痛楚抹殺了人之為人的一切意識念頭、作為活貨、袁帥不愛走動、只待在東花市自己的墓祠裏、他現在的能量其實很大、因為清中葉之後陽間記得他、提起他、歌頌他的人很多、我們活貨一般的外形受離世一刻的狀態所決定、譬如我就一直前額開瓢如爆米花、但受了凌遲的袁帥、他的能量大到可以無意識地憑回憶中自己的形象、從頭到腳自我修復原貌、袁帥現在的活貨外形、只要站着不動、基本上已如拼圖般整合、前後左右上上下下只差幾個部位的一些皮肉、像個皮漆剝落的泥尊、平常昂然挺立、垂目不語、偶然雙眼一瞪、大喝一聲丟、、、那、、、媽、、、

明朝那些事兒、真丟那媽、我不是站在漢族立場說事、但一想起大明的非正常死亡、也不得不連聲爆粗丟那媽丟那媽、有人斷言說袁崇煥卒、明不得不亡、說袁帥之死令抗清將領對明室絕望、幾乎同岳飛之於南宋、但一個龐大帝國要滅亡、沒這麼簡單、一個一統中原的王朝要更替、基本上都必須是因為軍事上被征服、先不說明軍的火槍大炮等火器軍

備和軍訓水平、時而領先歐亞世界、時而與時俱進追趕對手不斷升級、史稱世界第一個火藥帝國、一六二五年天啟六年北京城宣武門內的一次軍火庫爆炸就有五百多人喪生、可知當年火藥威力之大、海上能力更不用說、永樂年間鄭和七下西洋、之後收縮、但十六世紀嘉靖初年明水師仍能在現香港屯門外海伶仃洋上擊退葡萄牙戰艦、一六〇二萬曆年明軍在鄭芝龍斡旋下驅走盤踞澎湖的荷蘭殖民者、一六三三崇禎年間荷蘭艦隊卸下國旗升上海盜紅旗肆虐廈門沿海、被鄭芝龍擊退於金門島的料羅灣、從一五五〇年至十七世紀中的明末、王直、李旦、鄭芝龍等武裝海商一直在東海上稱雄、而忠於明室的鄭成功、一六六一年在台南戰勝荷蘭海陸武裝的熱蘭遮之役、更為軍事史家用來證明當時中西軍事技術各有擅長、大致打個平手、這都顯示明代任何時期的總體軍事力量都比任何一個單一外患更強、大多數時間軍力上都能夠壓倒對方、包括對西北韃靼瓦剌、東北朝鮮、日本、女真、東邊及東南的多族倭寇、以至海上葡、荷、西等新強敵、甚至可以說大明也是個疆土擴張主義的帝國、特別是在西南對雲南蒙族政權、安南交趾、撣族麓川王國、緬甸東吁大帝國的攻防進退佔棄、以及在西南苗疆的改土歸流、再說大明從來也不是沒有會打勝仗的將領、遠的不說、就算從萬曆年計起、袁帥之前之後有戚繼光、李成梁、王崇古、俞大猷、譚綸、馬芳、李如松、陳璘、劉綖、熊廷弼、孫傳庭、曹文紹、盧象升、楊嗣昌、孫承宗、滿桂、趙率教、祖大壽、何可綱、左良玉、洪承疇等等、還有毛文龍一系、以至年輕時曾追隨袁帥的戰將吳三桂、失去任何一個大神級將領、也絕對不致於丟失江山、那是制度出了大問題、像以文官或太監指揮武官的制度、那更是皇權中央寡頭應對管理能力的終極

問題、閹黨奸臣誤事、連連昏君更誤國、如果有人應為明代斷送江山於思宗崇禎十七年的一六四四年負起全責的、那就是崇禎朱由檢本人、他的性格決定他的應對、他的應對注定明朝不得不亡於一六四四年、明不是亡於大清、明是亡於大順、那更是完全可以避免的、崇禎在位十七年、殺死或逼死的督師和巡撫包括袁崇煥共十三人、兵部尚書十四任、不是斬首、下獄死、毒死或自殺、就是投獄或革職查辦、十七世紀三十年代末四十年代初全球大旱巨冷前所罕見、漢地民變也如潮加劇、但朝廷的國家機器仍有優勢、明廷知兵之士孫傳庭曾追剿李自成、殺得李闖只剩十八騎、孫傳庭卻被崇禎投獄、李自成捲土重來、勢如破竹、崇禎再召孫傳庭、只給他五千兵、孫求增兵被拒、奮戰而死、所以明史也有傳庭死而明亡的說法、崇禎指示兵部尚書陳新甲去跟改號大清自稱滿人的後金女真大敵議和、抽出兵力對付闖匪、皇帝手諭外洩、滿朝嘩然、崇禎卸責、陳新甲示據皇上授意、崇禎老羞成怒、斬陳新甲於西市、君無信、又不擔當、李自成西安稱帝、國號大順、順軍從山西逼近、崇禎想遷都避其鋒、又不想自己開口、私下叫首輔陳演動議、陳演怕罪名落在自己頭上、不敢在朝上公開首議遷都、崇禎唯有自己帶出話題、群臣無人搭口、皆怕他日要擔罪名、遷都耽擱、李自成兵臨城下、沒有立即攻城、要求與崇禎談判議和僅謀其封賞、崇禎不想親自答應順賊條件、讓首輔魏藻德一言決之回答來使、有陳新甲先例、魏藻德只一味俯首吱唔不肯表態、崇禎自己也不願開金口、議和拖延、談判破裂、在此之前還有寧遠之師吳三桂的關寧鐵騎可用、崇禎詔吳軍棄遼地入衛京師、有袁崇煥前車之鑑、吳軍至山海關不急行、在京的吳三桂父親勸崇禎出內帑百萬兩調動吳軍、崇禎

命宗室大臣分擔、群臣皆裝窮、怕拿出巨額捐款反而坐實貪污、而崇禎私庫中的銀子、黃金、珠寶卻到這個關頭還不肯拿出來、最後都平白送了給李自成、滿清自從後金努爾哈赤在一六一八年發佈討明七大恨檄文、至一六四四年應邀入關借口助明平寇撿得北京、期間歷盡二十六年的無數關內關外戰役、努爾哈赤戰死、皇太極四次突破明長城防線但等不到進入北京的一天、以大清之強、尚不能滅大明於一朝一夕之間、大明朝卻自己先糊里糊塗亡於民變、一六四四年農曆三月十七、太監打開外城西側城門、順軍湧入大城、崇禎逼皇后自縊於坤寧宮、親自捅殺六歲的公主於昭仁殿、續揮劍屠斬目之所及公主嬪妃宮娥、離宮出逃不果、上殿鳴鐘召集百官無人來朝、十九日兵部尚書張縉彥打開內城正陽門迎劉宗敏順軍、李自成入內殿、崇禎逃上大內的後果園萬壽山即景山、自去衣襟、解束帶、於東山坡一槐樹上投繯自了、他在宮中留下血詔給李自成、仍諉過於諸臣誤朕、示李闖可將朝中文武百官盡數殺死、當日山下的御河、漂浮著百計的投河宮人、成活貨後、崇禎長舌赤足拖著散髮、如驚弓之鳥、長期躲避在俗稱煤山的景山地界、風水師愛說煤山把中國的龍脈從地底捉到地面、現在果然常駐有龍、那就是亡國之君崇禎、話說盛傳不好色的李自成甫入主紫禁城、性情即變、帶頭和將帥瓜分未亡宮女嬪妃、佔住崇禎晚期寢居的武英殿、加召娼婦、梨園小唱數十人入宮、以縱慾開始他成為紫禁城主人的四十天、手下接收大員劉宗敏、田見秀、李過則分享寓京明貴豪宅妻女、環而歌舞、不從者殺、上行下效、入城初期不准擾民的軍令形同虛設、士兵侵民、也是不順則殺、我小時候住在六部口、史籍有載位於今天六部口的安福胡同一夜砍死三百七十多名婦女、負責處理降官的大順戰將劉宗

敏封侯、在新佔官邸外立凌遲柱、處決明廷勳戚、廠衛武臣、磔人無數、劉侯又定制夾棍五千副、棍上有梭、鐵釘相連、以夾碎手足來逼迫前朝貴冑官員徹底吐出家財、受刑者非死即殘、明最後首輔魏藻德受刑五天五夜、家產盡吐、腦裂而亡、其子也被處死、然後目標轉向民間有恆產者、有載青矜白戶稍立門牆者無幸脫、有記載在北京共壓搾出七千萬兩銀子、當時吳三桂已接受李自成招降、將山海關交給大順先頭部隊、自己赴京覲見新主、途中得悉父親被捕受刑、寵妾為劉宗敏佔、誓殺李劉、折返山海關殺大順特使、由一心歸附大順改為以亡國孤臣名義聯清借兵、李自成以吳三桂為肘腋之患、率軍親征、兩軍於關外長城腳下的九門口一片石地帶戰鬥一天、多爾袞八旗驟至、順軍潰敗、局勢急轉、李自成四月二十六日趕回北京、殺吳氏在京一家三十餘人、二十九日於武英殿草草登基、在紫禁城當了一天正式皇帝、是夜下令火燒皇宮與九門城樓、都城浴火、有載哭號之聲數十里可聞、翌晨李自成騎着烏駁馬、率順軍逃離北京、兩天後五月初二、多爾袞和皇太極遺孀孝莊皇后帶着七歲的順治帝抵北京、倖存的明朝遺臣出城五里跪迎、吳三桂接受策封平西王也就是說實質降清、清軍打着幫助明朝平叛的旗號入關、檄曰余聞流寇攻陷京師、明主慘亡、不勝髮指、用是率仁義之師、沉舟破釜、誓不返旌、期必滅賊、出民水火、清軍這時候順勢背約反客為主、開始了滿族以北京為中心的二百六十七年統治、、、

朱由檢的最後時刻、守在身側的是太監王承恩、帝崩後自縊、皇城陷順軍後、以百計的太監和三百宮女隨之自殺、皇城最後的兵部主事金鉉在悉崇禎帝死後、投金水河、其母

妾也都投井、大理寺卿凌義渠聞帝崩、盡焚平生著述詩文、在家人反對下遺書辭別父母、懸樑自盡、左中允劉理順闔家十八人縊死、刑部右侍郎孟兆祥父子偕妻自縊、駙馬都尉鞏永固焚宅全家投井自盡、工部尚書范景文在大慶壽寺雙塔旁投井、其他自殺殉難的重臣有戶部尚書倪元璐、左都御史李邦華、左副都御史施邦耀、太常寺卿吳麟徵以及士紳生員七百多家舉家自殺、南明短暫的弘光、隆武、紹武、永曆四朝存亡驚慌之際、不忘對上述殉明朔者追表忠烈、到了清代順治帝還賜贈謚號、彼等離世後皆入歸活貨哪吒城、現在鮮有人紀念他們、故能量枯竭、在任何時候、人們記得的歷史人物、為數極少、被遺忘者佔絕大多數、就算今天鬧哄哄、幾代後可能也是無人問顧冷清清、好人壞人普通人、能冒尖的是冰山一角、遺忘才是人性之常、北京一六四四年歸清、離滿清一統江山還早、大明屬土分裂、張獻忠佔四川、李自成據淮河以北、南遁的遺臣孤將意欲重建朱氏宗室正朔於南京、於內鬥紛爭中小王朝政權此起彼落、史上統稱南明、卻也維持了十七八載、加上李自成和張獻忠死後、餘部仍頗有戰鬥力、滿蒙八旗配上吳三桂等歸順部隊、也要用多年工夫才撲滅南明朱室、用更大力氣更長時間平定李自成之姪李來亨和原屬張獻忠部的猛將李定國、這還不包括鄭成功扶明、兵興東南、台灣鄭氏王朝要到一六八三年即清兵入主北京後三十九年才被降伏、更不用說之後的三藩戰爭、征服一個東亞大陸帝國真不是朝夕之事、如果崇禎帝的應對稍為得宜、大明當也不至於亡於李闖、就算清軍自力強攻入關甚至拿下北京、大清與大順在北方爭霸、明室尚有足夠時間遷都南京、新帝國滿清挑戰老帝國大明、軍事上的優勢還不如大元對南宋、元能借助中亞三個兄弟汗國的資源、破樊城而使襄

陽喪失防守意志、是因為攻城元軍擁有前所未見的強力投石機、也叫回回炮、那是從波斯輸入的超前技術、但明和清的軍事科技卻是旗鼓相當勢均力敵、你有紅衣大炮我也有、你師夷技我也照學、誰都沒有絕對優勢、明清若隔江南北分治、對峙延續多年的可能性將會很大、同時因為兩強連年征戰、東亞大陸的軍事技術會因連續創新彼此抄襲而不斷進步、至隨後的二百年都不會太落後於世界列強、很有機會在軍工技術方面迅速接上十九世紀英國工業革命所成就的西方大突破、所以說一六四四年明帝國大意失北京然後就驟亡於大順、之前萬千兵將前仆後繼抵抗後金大清外敵的努力、完全白廢、犧牲得統統沒有價值、只能學袁帥吼一聲丟、、、那、、、媽、、、

　　一六六一年底清廷推斬禁錮有年的鄭芝龍於北京菜市口、兩年前其子國姓爺鄭成功傾力反清、北伐江寧即南京失利、遠走台灣、鄭芝龍對清廷再無勸降的利用價值、這位世界級歷史人物走完他傳奇的一生、其子國姓爺在台的鄭氏政權、於一六六一年八月的台江海戰力克荷蘭艦隊、十二月破熱蘭遮城這個菱型的歐洲文藝復興新式城堡、荷蘭東印度公司退出福爾摩沙、奉大明為正朔的國姓爺鄭成功入主台灣、翌年聞西班牙殖民者在呂宋屠殺移民當地的華人、數以萬計、欲出師遠征呂宋拯救大明子民、壯志未酬而猝然離世、其子鄭經赴東都赤坎爭得王位、原大陸據點思明州即廈門、金門卻旋為清所佔、鄭經全然率師東渡、任上墾荒栽種、頗有建樹、偏安一時、吸引新移民從唐山浮海而來、與日本英國西班牙等多國貿易、兼走私大陸、西人尊他為台灣王、鄭經欲以朝鮮模式定位台灣與大陸的關係、為康熙所拒、

一六七四年鄭經趁三藩之變、揮師反攻大陸、一度收復對岸廈門和泉、漳、潮、惠四府、和談中清名將賴塔致信鄭經說、如果這時候鄭軍肯退回台灣、從此不必剃髮、不必易衣冠、稱臣納貢可也、不稱臣、不納貢亦可也、以台灣為箕子之朝鮮、為徐福之日本、許諾鄭氏世襲台灣、及後鄭經戰情失利、一六八〇年撤回台灣、一六八一年薨逝、這離國姓爺去世已時隔近二十年、在此之前降清的鄭芝龍前手下施琅曾多次奏請征伐台灣、清廷每以海洋險遠、風濤莫測而擱置不議、二十載不曾犯台、此時施琅終得勸動康熙帝、克服以海為界的心理、派大軍跨海征台、一六八三年澎湖陷清、鄭氏少主投降、施琅反對清廷滅鄭後棄台的主流意見、上疏力主大清直接管轄台島、稱棄之必釀成大禍、留之誠永固邊圍、治台人選當然是施琅自己、於是清政府決定設台灣府置防、這樣海上孤洲台灣始被納入大清版圖、不過康熙滅鄭氏後、清控台灣依然民變不息、一六八三年漢人遺民蔡機功等小岡山起事、被清軍與平埔族先住民組成的聯軍撲滅、一六九六年吳球等人密謀反清復明事敗、移送北京受磔刑、一七〇一年劉卻在諸羅一帶率眾反清、這次得當地先住民響應、但終被鎮壓、一七二一年朱一貴等十六人再發動更大規模的反清武裝抗清失敗、一眾首領押解北京凌遲、親屬處死、一七三一年台中先住民拍瀑拉族起事、翌年朱一貴舊部吳福生等趁機豎大明得勝旗反清、全被滅殺、而被列入乾隆十全武功的一次大規模台灣民變、發生於一七八七年乾隆在位第五十一年、官府取締島上天地會、官逼民反、彰化的漳州人林爽文任盟主大元帥、建號順天、開初頗有斬獲、大有進將控制全島之勢、唯府城和鹿港諸羅等重鎮久攻不下、島上居民族群之間素有矛盾、發生過惡質的泉漳械鬥、本地客家火

拼、閩粵不和、加上先住民各族與唐山新移民之間的積怨糾
紛、部分台島居民這次站在清政府一方、桃、竹、苗客家住
民組自保民團輔助清軍、屏東粵民暨大清旗自稱義民挺清、
個別先住民族群武裝更是清軍盟軍、清廷從各省調兵近四萬
陸續抵台、主力在泉州人控制的鹿港上岸、招當地人六千組
團練助戰、諸羅民眾守城有功、獲乾隆嘉其忠義詔改名嘉
義、苗栗住民更生擒林爽文、交清帥福康安押回北京、林氏
家族連坐、女性發配邊疆為奴、十五歲以下男童閹割從宦、
林爽文受磔、以北京城為地界的哪吒城又多了一個凌遲而卒
的台府活貨、之後清治台灣還爆發過多起血腥民變、有兩個
先住民族群為此跡近滅絕、、、

　　明清固然不止武功、也有文功、明朝除禮制壇廟外、在
北京地段上的建築遺產首推皇城、你會問這怎麼說呢、不是
李自成撤出前夜、已下令縱火焚城、甚至發炮轟之、明宮城
幾已盡毀、是的、李闖還放話說朕居壯麗、焉肯棄擲他人、
不如付之一炬、以作咸陽故事、還好意思自比項羽、有論者
說項羽毀掉他已得到的咸陽宮或阿房宮以警示後人、李自成
則寧可毀掉他即將失去的皇城也不讓別人享用、境界有別、
當多爾袞兩天之後來到祖上無緣一見的北京皇城、看到災後
巨殿既倒的傾圮之城、隨即做了多項影響北京命運的大決
定、重中之重是清國放棄原來首都盛京即今瀋陽、改而作京
於燕、定都北京、安排福臨即順治在北京登基、以緩中國、
進取中原、表正萬邦、清軍入城之初、多爾袞一方面下令將
士夜宿城頭、禁止進入民宅、違者斬、另方面入城第二天就
頒佈遷漢令、指令漢族居民限時遷出、內城只留給滿洲王公
貴族居住、以及八旗官兵攜眷駐防、拱衛皇室、各旗分列城

內八區、政府機關也擠在其間、原住民遷出內城有免稅一年到三年的補償、此過程也分段用了近五年、外城也即南城則由明代八坊合為東南西北中五個管區、置五城御史管轄、街巷設防木柵欄千多座區隔、順治定鼎即位詔書申明滿漢分城居住、原取兩便、實不得已、順治五年再諭令凡漢官及商民人等盡徙南城、借口遷移雖勞一時、然滿漢各安、不相擾害、實為永便、除特批者外、漢臣也得住在南城、這個種族主義的漢滿分居格局、法規上和實質上漸有鬆弛但政策大致延續到晚清沒變、後來的西方外國使節都管內城叫韃靼城、有載光緒初年內城有居民四十五萬人、漢民僅三萬、光緒三十三年內外城人口七十二萬多、元都城只願吸納金中都有錢投資專業移民、明弘治隆慶年間凡沒有京籍者須搬至離京百里以外、嘉靖帝將北京都城窮人驅至新建外城新區、清多爾袞則把旗人以外的民人、包括漢人及回人、不論士農工商階層都趕到南城、用現在的說法都是想體現各自心目中的首都功能和疏散非首都功能人口、內城近紫禁城、身份位階高、有些每天要進宮或進內城辦公的漢族官員、也通過詔令或租賃方式甚至洽購搬至內城居住、但內城居民同質性高、商業化程度低、生活不便、加上旗人人口增加、貧富逐漸分化、清中葉開始、在旗之人大量遷至外城、屢禁不絕、明嘉靖增建的外城遂成北京各族前後原住民和各世代新移民混居之地、南城再次躍為京師繁華所在、進京商賈和讀書人雲集、工坊庫倉聚合、工商娛樂生產消費興盛、連內城的達官貴人以至皇室中人也要微服私訪南城、、、

清末已有東富西貴之說、但所指為何、至今眾說紛紜、有說清代幾大王府如恭王府、醇王府、順承群王府、庄親王

府、鄭親王府、誠親王府、禮親王府、儀親王府、克勤群王府等等、都在內城西部、所以有西貴之類的說法、其實內城八旗相坪分佈、上三旗只有正黃旗在內城的西北位置、鑲黃旗和正白旗都在內城東北部、舊上三旗之一的正藍旗也在東邊，而且是在東南端、西貴之說不能成立、但東邊也不會比西邊更富、東邊區內漕運九倉是國有資產、旗人都不准經商、惟賴俸餉養贍、民人又不住城內、內城何分東富西貴、明代內城前朝後市、市場消費在城北地安門、鼓樓一帶、等嘉靖修了外城、前朝後市的古典格局被破壞、不過北城老區的繁盛行業並沒有消失、內城各門關廂都有發達的市場、到了民國市集還分南市北市、南北各有行業名鋪、像做烤肉的南宛北季、賣豆腐腦的南白北馬、或東南西北的四家義興酒店、這類競爭性的對比並列頗多、南城新區明代初建時入住的可能大多是貧民、但富裕程度後來居上、所以民初以來已有多位研究者認為東富西貴之說從來不是指內城、而是指清代漢民和回民聚居的南城之內的東和西、內城正陽門以南的外城、東邊崇文富、西邊宣武貴、南城東半部是稅金入京通道、工商發達、回回珠寶販和各類商人也聚集哈德門外花市一帶、南城西半部多漢臣府邸、多為非有賜第或非值樞廷之漢族官吏所居、宣武門南更是近四百間省府縣各級地方駐京會館以及回回大清真寺經學院所在、至於北賤南窮、北貧南賤、全是民國後民間添加流傳的、時間上是新說、因為北旗南商、北賤或北貧可能是想反向歧視醜化前朝旗人聚居的內城、南窮則是指外城崇文、宣武的南端較少商業店鋪的地區或永定門城牆護城河以南的城外貧民棚戶帶、可見東富西貴北賤南窮之類說法、從晚清至今、不同時期階段已有不同的指謂、到了上世紀末、北京城區面積更大、成份組合變化更

猛、富貴貧賤混雜、東南西北到底指涉的是哪個行政區、歧義更多、今人動輒望文生義套用東富西貴北賤南窮的舊說實在是不知所謂、、、

　　清初順治以至康熙朝定了規矩、接收明建北京城不作結構改動、內外大城城垣沒有進行大型的建修工程、只改了一些城門名稱、內城九門牆垣、北垣德勝、安定不變、南垣麗正門改稱正陽門、文明門稱崇文門、順承門稱宣武門、東垣崇仁門改東直門、齊化門改朝陽門、西垣和義門改西直門、平則門改阜城門、沿用至今、外城七門、正南面為右安門、永定門、左安門、東面一門為廣渠門、西面一門廣寧門、道光年間因避帝名旻寧上諱改廣安門、另在東北和西北與內城城垣接合處各有一門、稱東便門和西便門、皇城四門東安門、西安門依舊、南垣承天門則頗有增建、順治八年改名天安門、城門五闕、南北五進、東西九間、象徵九五之尊、皇城北門北安門相應改名地安門、皇城內紫禁城外有護城筒子河、南門為午門、北門為神武門、東邊叫東華門、西邊叫西華門、明宮城已遭李自成焚毀、只剩四座偏殿四角樓和一門未被央及、順治、康熙做了重要決定、宮邑維舊、一一原位原貌重建、然後在原佈局下添補殿宇、只改建築物名稱、例如紫禁城的外朝明時叫皇極、中極、建極或奉天、華蓋、謹身的三大殿、清時改為太和、中和、保和、所以我們現在看到了清故宮、也大致等於看到了明故宮、清廷或許為了調和滿漢、或許因利乘便、做了仿舊如舊的逐步重建決定、明智大度、讓前朝永樂至嘉靖幾代宮建高手的精心傑作得以浴火再生、如此前朝絕世遺產竟能重現、實在是後世人的幸運、明故宮建築的復活、是滿清大汗以帝國之力為之的一大功

德、改動比較大的是康熙三十四年重建的太和殿、由年逾七旬的北京本地人、建造名匠梁九執掌、因為超大楠木再難尋覓、太和殿體積小於明朝原型的奉天殿、但仍是中國現存較大的木結構殿堂、北京城的皇城當然也依明宮中軸坐北向南、最南端是大清門即明的大明門、民國的中華門、在今毛主席紀念堂位置、往北是一段全然用六米多高紅牆即宮牆遮護住的石板路、寬一丈多、直到天安門前稍帶橫向的空間、就是說大清門到天安門是條T字大道、當年稱之為天街御衢的御道、也叫千步廊、穿天安門往北經過端門、到達進入宮城最重要的城門午門、經午門進紫禁城的外朝、右手那邊是文華殿、崇敬殿、文淵閣、傳心殿、是殿試拜孔藏書祭祀先聖的文化建築、最東端是東華門、左手那邊有些房子用來收藏宮裏的珍寶、另有武英殿存放皇帝作品、再往西是咸安宮、曾為內務府三旗子弟優秀生官學所在、又為西域來朝人士落腳之地、西南是放皇室造像的南薰殿、最西端是西華門、進午門後正前方是大廣場空間、內金水河的御河自西向東蜿蜒流過廣場、上有金水五橋、往前再走一段是太和門、雕有蟠龍的石階是皇帝走的中門御路、文官走東側昭德門、武官走西側貞度門、門內是建在高約五米漢白玉台基上的太和殿、這是御門聽政舉辦大典的金鑾寶殿、太和殿東側為體仁閣、明初稱文樓、西側為弘義閣、明時稱武樓、太和殿往北是供皇帝小憩休歇的中和殿和乾隆後期殿試的保和殿、再往前穿過乾清門就進入內廷、內廷中路主軸順次為後三宮的乾清宮、文泰殿、坤寧宮、多個明朝皇帝和兩任清帝曾起居乾清宮、坤寧宮是皇后寢宮、清時重建、西半暖閣改為薩滿祭神之場所、也與文泰殿一樣用於各種典慶、乾清宮西側是個小建築弘德殿書房、咸豐以之為寢室、坤寧宮往北是御花

園即明時的宮後苑、中有重檐盝頂祀玄武神的道場欽安殿、西南還有一幢兩層樓宇叫養性齋、宣統的教師莊士敦曾住在此、再往北就從神武門出紫禁城了、內廷中路的東翼先說東六宮、包括延禧宮、為嬪妃與宮人所居、東六宮之北是皇子的居住乾東五所、西臨御花園、東六宮之南一排為皇室子孫上學的上書房、御藥房、皇室守齋的齋宮、多個皇太子居住的毓慶宮、皇室家廟奉先殿、再往東是後增的寧壽宮建築群、為乾隆退做太上皇而備建、慈禧曾住此、東側有暢音閣、是宮城最大的戲樓、寧壽宮北側是養性殿、仿內廷中路西的養心殿建造、體積略遜、作為太上皇的寢宮、後為慈禧的膳堂、養性殿之北是乾隆書房樂壽堂、也是慈禧在光緒年間的居所、再往北就是出宮城東北的貞順門、一九〇〇年八月十五日慈禧從貞順門出城逃八國聯軍、門內有澆花用的孤井、珍妃在慈禧面前被活生生投進此井、寧壽宮南側前殿叫皇極殿、用以接見大臣、再往南出寧壽門是皇極門、正對皇極門坐南朝北的影壁為九龍壁、內廷中路的西翼是傳奇的養心殿、雍正遷出乾清宮後的寢所、經乾隆擴建、成為歷代清帝起居之所、也是雍正的勤政親賢室和乾隆的西暖閣三希堂所在、其東暖閣更曾為慈禧垂廉聽政之地、養心殿遂漸成清廷朝政重心、軍機處就設在其南側隆宗門內、與養心殿一牆之隔、兩者之間有一條地下通道、養心殿西是慈寧宮、也是內廷西翼的重要宮殿、皇太極的孝莊皇后、乾隆之母鈕祜祿氏、同治年間與慈禧一起聽政的慈安太后皆曾居於此、該宮後殿為大佛堂、往南有垂花門通花園東牆的攬勝門入園、慈寧宮西邊的壽康宮和往北的壽安宮是寡婦院、先帝未亡的太后太妃女眷的居所、再北是做佛事的英華殿、內廷西翼也有六宮、在養心殿之北、其中四宮有慈禧足跡、後來她曾獨佔

長春宮、西六宮之北是乾隆將皇子居所之乾西五所改建的飲宴看戲的漱芳齋、放清室懷舊遺物的重華宮及廚房、弘曆皇子曾住的樂善堂崇敬殿、以及高宗喜遊的建福宮四進建築、最北為儲寶之地建福宮花園即西花園、西六宮西南側是雨花閣喇嘛廟、當年三樓是觀看紫禁城最好的位置、雨花閣之北是寶華殿、明時道廟清為佛寺、其北為辦造佛像和管理宮中藏佛教活動的中正殿念經處、一九二三年宮裏最後太監為了掩蓋偷竊行為縱火燒掉建福宮、波及中正殿和西花園的建築、此外宮城可觀的還有城垣角樓、筒子河、各必經之門、三大殿廊廡四角的崇樓和外朝東西路的府、庫、院、政府辦公處、內廷則還有宮宇側的各小附殿、還有亭、軒、齋、閣、堂、所、樓、祠等眾多較小建築、多有掌故、不一一描述了、小時候我媽帶我去過一次故宮、連走馬看花都説不上、只是跑出跑進把故宮當作迷宮遊樂空間、現在再沒機會重遊了、在活貨哪吒城、我能測度故宮各景點地界所在、但看不到陽間地面實體、我可以在貞順門水井地界看到珍妃他他拉氏淹死那一刻定型的形象、但看不到當日地面與井底的慘況、只聽到成為活貨後的她、木然重覆説着一句抗命嗔語、汝不配、汝不配、真是很可憐、、、

　　當代建築大家梁思成説北京獨有的壯美秩序由中軸線的建立而產生、今人親臨目賭、仍會禁不住有雄偉崇高之感、感嘆舉世無雙、惟其難得、思及清末與上世紀以來的人為破壞、才讓人神傷、紫禁城中軸、出神武門、迤北就是景山、山上五峰各有一亭、踞巔的萬春亭本來有銅質佛像、左臂於一九〇〇年為法國軍隊截斷搶走、北麓下是仿太廟風格的壽皇殿、憑乾隆拆十三陵寢殿材料得以建成、是皇室停靈之

所、內供已故皇帝畫像、景山是座人造山、遼時在這兒堆放煤炭、稱煤山炭海、明永樂挖土築護城河、在此堆土成山、有人附會解釋景山乃中央戊己之土、為故宮的屏藩、那是就風水而言、不是軍事意義上的、現在景山的價值在於景、山頂是鳥瞰中軸線秩序的最佳觀景台、在天清氣朗的一天、登臨得以一窺故都佈局的全貌、正南方以黃色屋頂為主的整片紫禁城如在腳下、那當然無比壯觀、宮城四周是護城河、出紫禁城迤南、宮城的東南方、位於端門到天安門的東側、是太廟、永樂建、祭祀歷代皇帝、曾毀於火後再修、民國闢為太廟公園、現稱勞動人民文化宮、太廟外東南角為皇史宬、是明清皇家檔案最完備的資料庫、在端門到天安門的西側、宮城西南方是明建禮壇之一的社稷壇、祀土地五穀之神、內有一圈四色圍牆、壇在其中、鋪上五色土、一九一四年民初即向民間開放為中央公園、後易名中山公園、天安門往南現在是長安街和大廣場、上面的新建築物不多說了、以前明清中軸皇城千步廊御道之東大致屬文官的政府機關、即吏部、戶部、禮部、兵部、工部等五部、加上宗人府、鴻臚寺、詹事府、欽天監、太醫院、翰林院、會同館等、後為北洋之內務部所在、即今國家博物館一帶、其南側為東交民巷老使館區、御道之西明時是所謂屬於武官的部門、包括五軍都督府和錦衣衛、清朝只留下鑾儀衛、太常寺、通政司、都察院、大理寺和令人聞之色變的刑部等、在今人民大會堂一帶、中軸原皇城始點的大清門即中華門毀於一九五九年廣場擴建、迤南到內城的盡頭是俗稱前門的正陽門、是現在北京唯一留下的明清內城城門、保存着除德勝門箭樓之外碩果僅存的城樓和箭樓、甕城早為北洋政府所拆、甕城內的關帝廟和觀音廟毀於文革、左右城牆全都不存、從景山轉九十度放眼西

眺、可飽覽前三海西苑海子美景和建設、瀛台白塔突出、天氣好的日子二十公里外的西山也清晰可見、再順時針轉、北邊是出皇城的後門地安門、門外沿大街行迤北為鼓樓、明永樂建、是拆元朝老鼓樓的材料再造的、往北是與鼓樓相埒的鐘樓、元始建、明清都重新修建、據我得到的一些報章看、北京奧運會的一些重要場館也在這條中軸延長線的北端遠處、我無緣目睹、地安門轉向東走到鐵獅子胡同即今平安大街張自忠路段上、是恭親王府等著名宅院建築、明清景山東端有一座馬神廟、一八九四年隨皇家馬棚移至街南、拆廟騰出地方、一九一〇年建成一個當時在京的中國通外國人都認為其醜無比的西式紅磚樓、交給京師大學堂做教學用、是為沙灘北京大學舊址、迤東是一九五八年建的中國美術館、再往東是俗稱東寺的隆福寺、內城東端原也為元明清考場貢院所在、直至光緒三十年一九〇五年宣佈停科考廢科舉、民國拆貢院賣地改建民房、皇城根東華門外至內城東安門內曾有可觀之點甚多、如一度歸入意大利公使館的清皇室祭天堂子、清廷凡重大政治軍事行動、都要謁廟祭堂子、位置在南河沿南口路北、今北京飯店貴賓樓所在地、如蒙古喇嘛的普勝寺、民國改為歐美同學會、如喇嘛譯經印經的嵩祝、智珠、法淵三寺、前二者據我知道現用作高級西餐館、法淵寺更已被拆改為銀行大樓、如雍正敕建俗稱風神廟的宣仁廟和俗稱雲神廟的凝和廟、如康熙敕改的多爾袞府、改為蒙古喇嘛供奉大黑天護法的瑪哈嘎拉廟即普渡寺、房頂有兩層屋檐、此區漢傳佛教寺廟曾有賢良寺、許多近代史人物曾在此居住、李鴻章歿於此、現為小學校、原來建築幾乎已全拆、倖存的有朝陽門內的智化寺、內有唯一官刻漢文乾隆版龍藏大藏經經板、寺內有秉承北宋梵音遺風的樂僧、附近還有俗

稱九倉的皇家糧倉如祿米倉、南新倉、私立男女同校的孔德學校、原址為光祿寺、民國十七年蔡元培、李石曾、馬隅卿等用庚子賠款的退款籌建、後改為二十七中、北京協和醫學院和醫院原為豫親王府、經第十三代豫親王賣給洛克菲勒、王府井的天主教東堂聖若瑟堂、一六五一年靠軟禁在京的鄭芝龍資助開始策建、再得順治帝支持、有清一朝東堂屢建屢毀、其命運反映天主教在北京的起落、一九〇〇年再為義和團燒毀、避難教民陪死、庚子賠款重建、文革期間曾改為小學、內城東南城牆角樓之北還有元代原址明代改築的古觀象台、民國二十二年避戰搬走古代儀器、只剩下八件不好搬的大器、較晚近的景點則有晚清始建的北京飯店、由東單練兵場改的飛機場、國民黨撤退的最後航機在此起飛、現為東單體育場、以及繁忙的商業大道王府井大街東單北大街等等、從景山之巔遙望東方、遠處一馬平川、以往是內城的城郊、現為東二環外北京摩登城區、一九八九年後其天際線如何變化、我又無緣見證了、待有誰來到活貨哪吒城就替我知識更新一下、景山視野所及、東南方臨長安街、稍有礙觀瞻的是七層高的北京飯店、和一個叫東方廣場的屏風式現代建築物體、前者用建築家梁思成五十年代的話說、這個飯店放在法國海濱還可值三分、放在長安街簡直是一個恥辱、而東方廣場用另一建築設計家張開濟二〇〇〇年的話說、這是不應該有的錯誤、東方廣場體量太大了、把故宮的環境、歷史的佈局破壞了、內城東北隅則保留着一大群重要歷史建築、包括四牌坊的成賢街、元始建的孔廟、元學院遺址、內有乾隆視學辟雍之國子監、以及路東皇子府邸改建的雍和宮、雍和宮旁為初建於元朝的柏林寺、內城名剎之一、一九四九年後大半為政府機關佔用、雍和宮的東北、原來是東正教北館聖尼

古拉教堂、由關帝廟改建、北京人稱它羅剎廟、義和團進京後燒掉北館、殺了二百二十二名華籍教民包括第一位華人祭司常楊吉、庚子賠款後重建教眾致命堂等三堂、一九五六年北京東正教會被解散、原址改為社會主義老大哥蘇聯的大使館、拆教眾致命堂和鐘樓、大堂改為汽車修理庫、只剩下稱紅房子的一堂供使館做迎賓廳、據知二〇〇九年已於原址重建洋蔥頂教堂、留下的易見、消失的要靠想像、景山鳥瞰、現在完全看不見的是內城城牆、幾乎已全部消失、只剩東南一小段和角上的狐仙樓或稱狐狸塔、外城牆全毀更不用說、後來首都富起來了之後、重建的是永定門等假古董、破壞從民國開始、拆了不少甕城、但徹底的摧毀是在五十年代、這才是梁思成認為如挖其肉如剝其皮、當眾一哭再哭的北京、一場可以避免的悲劇、往下說到二十世紀、我會續寫北京城祭、、、

　　話說明建禮壇、清造園林、北京最著名的清建園林在城外、統稱三山五園、其實不止五園、其中康熙常住繼承明朝私園清華園的皇家暢春園在海淀、現已不存、此明代清華園並非後來清華大學的清華園、凡此等園林皆不在活貨哪吒城範圍之內、清時皇城內最講究經營的園林是西苑前三海、完善了遼金始建的今北海公園景點群和公園南門外元始建的團城建築群、北海與中海之間有壯觀的九孔大橋金鰲玉棟橋、其漢白玉大理石欄桿舉世無雙、橋早就拆了、後來重建、沒了漢白玉欄桿、順治開始繼元明在中南海建殿宇、清歷代帝君和慈禧都喜歡在此活動、南端有順治改名的瀛台島、取蓬萊仙境之意、上有三殿與白塔、當年享譽南北的造園大師是張漣即張南恆、疊石絕技巧奪天工、人稱山子張、西苑瀛台

和西山很多皇室園林規建都有他的參與、宮室王府殿宇亭台的設計營造則多由巧工名匠雷發達及其家族傳人執掌方案、結構精妙、氣勢恢宏、人稱樣式雷、當然這些都是皇家禁地、與一般人無緣、不過張南恆與同為名家的兒子張然以至家族後代守業者、除了供奉內廷外、也替達官貴人營造私家園林、明代北京固然也有名園如梁家園和勺園、然清初京師颳起一股江南文人園林風、內外兩城冒出的名園之多、遠超明代、如紀曉嵐的閱微草堂、李漁的芥子園、馮博的萬柳堂、王熙的怡園、賈膠侯的半畝園、吳三桂府園、祖大壽府園、吳梅村園、王漁洋園、朱竹坨園、汪有敦園、孫承國園等等、其中大學士馮博位於外城崇文門的萬柳堂、為張然所建、禮部尚書王熙在宣武門外南橫街南半截朝同的怡園、為張然建而且有記載山石為張南恆所堆、戲劇家李漁在北京也建了芥子園、與金陵原宅同名、位於八大胡同的韓家潭、以佈局精巧名傳一時、張然還替中丞賈漢復設計了山石嶙峋曲折妙趣的著名宅園半畝園、位宮城東北的弓弦胡同今併入黃米胡同、可惜這些堪比蘇杭的名園在上世紀北京得不到重視保育、現多無存、存者殘破不全、這道清代京城風景線竟就此全然消失於北京而不為人知、同樣、清初大學士馮銓大力修復的天壇北面的金魚池、數十畝池塘星羅棋佈、亭台鼎立、成為市民遊宴吟唱之共享空間、有記載到光緒年間水還是清澈的、此清京舊時風雅勝地、民國後變臭水坑貧民窟、成了老舍筆下控訴舊社會的龍鬚溝、新中國成立初明渠改暗渠、一九六五年以改造之名索性將金魚池填平建成大片簡易筒子樓、、、

北京的庶民百姓、要到民國才有機會陸續賞遊一些皇家

園林宮宅、一般京城居民是生活在街巷胡同鱗次櫛比的合院跟平房裏的、元朝有規定大街小巷胡同的寬度、但後來還是寬窄有別、街廓也大小不一、王府和富戶大院連成的胡同一般較寬、庶民小院串起的胡同較窄、胡同和街巷縱橫交錯成方格或長方格、街廓如棋盤型大城中的小格子、但因為皇城居中阻隔、或受太液池、什剎海、積水潭等水域及河道水溝流向影響、有的只好斜向拐彎不成方格、沿胡同建築後來都有編號、東西方向的胡同、從東開始編、北側編單號、南側編雙號、南北方向的、由北開始、西側單號、東側雙號、斜街也是偏北側單號、明內城繼承了元大都的街巷胡同格局、嘉靖後增添了外城、明內外兩城街巷七百一十一條、胡同四百五十九條、到清代數目暴增、光內城街巷就有七百六十二條、而內城胡同更多達至七百一十五條、另有六百條街巷胡同在外城、內城胡同數目得以大增有賴於廢除了一些佔地的明政府衙署倉廠、分割成小廓、添加了胡同如大中府胡同、左府胡同、前後府胡同、內宮監胡同、火藥局胡同、酒醋局胡同、司禮監胡同、前後廣平庫胡同、新太倉胡同等等、崇文門內專管營造盔甲銃炮、弓矢火藥的盔甲廠變出寬街和褲子胡同、炮廠胡同和遠在泡子河城牆下的盔甲廠胡同、實在是因為火藥製造引發的大爆炸危害太大、而在近西直門的內城西北角樓內以生產兵器為主的安良廠則變成新開路胡同和口袋胡同、都是體驗首都功能的騰籠換鳥、甚至一些出名的內城王府也是這樣倒騰出來的、就像台基廠變成台吉廠街和裕親王府、天師庵草場一半成寬街一半變誠親王府、清廷特別是雍正年間因內城人口增加、容許在旗者遷居城郊、同時讓八旗家眷移至東安門、地安門、西安門之內、貼着皇城根四面城牆外建居、新蓋民房排列出新的胡

同、包括吉祥胡同、琵琶胡同、扁擔胡同、南池子胡同、褲子胡同、冰窖胡同等等、因為皇城攔在城中心、內城沒有貫通東西的通衢幹道、所有居民都得從大清門外和正陽門內的棋盤街那邊繞行、竟日喧囂、肩摩轂繫、實在是因為欠缺東西衢道的原故、反成就了所謂國門豐豫之景、當年還流行在主要街巷建牌坊、有單個牌樓、也有一街四座牌樓、今已所剩無幾、往往只留下東單、西四這類地名、很多人想起北京就想起四合院、在這兒我只略說幾句交待、合房成院、院也有三合院和南北院、四面有建房的院叫四合院、合院是排列在棋盤式街巷胡同方格子裏的大小不一的格子、由單體單層磚木青瓦建築組成、理想佈局是東西方向胡同的宅院坐北朝南、北為五行中的坎位、有坎宅巽門之說、東南是巽、所以座北合院大門要開在東南角而不是正中、合院四面圍牆、進門樓的前方往往有遮擋視線的風水影壁和屏門、內裏北頭朝南的是正房、東西兩邊是廂房、朝北的是南房倒座房、合圍着中間的露天庭園、常見擺設包括北京人樂道的天棚、魚缸、石榴樹、廁間則多在風水上屬五鬼之地的西南角、小合院呈口字形、北南各三房、東西各兩房、或有耳房、中型合院日字形、有兩進院落、正房五間兼帶耳房、目字形的是三進的大宅院、三進往往被認為是最工整的四合院、常擴建帶有跨院、王公大臣府邸更有四五進者、漢地北方各地都有各種結構不同的合院、北京風格的非廊院式四合院在元時有了雛貌而定型在明清、我不想多說了、因為原來明清一戶一院的單層合院封閉式格局、人口密度低、宅前無店、不利商業、一九四九年後政權易手、一些房主不知所蹤、不少四合院旋即被新政府所拆、很多大型王府和私宅為黨政軍機構徵用、更普遍的情況是變成多戶一院的擁擠大雜院、違耗

僭竄、又因產權不清而缺少維修、更不堪的是改開後、南巡後、千禧後、每階段變本加厲、因商業改造或現代化城建緣故、胡拆亂改、正是保育無心、疏導無方、規劃無能、活化無序、進退失據、慘不忍睹、失去了太多、甚麼老北京的胡同四合院兒實在是沒甚麼好想像的了、、、

　　北京城地面建設的另一特色、就是廟宇奇多、有人說居全國之冠、也有人認為廣義的宗教場所當年北京不會比今天的台北更多、不過現在台灣很多神壇道場都是在高樓上面佔個單位、北京城的廟宇觀堂絕大多數都是建在民國之前、是貼着地面的獨立建築、乾隆中期普查、城區和近郊十五里範圍內有近兩千所廟宇觀堂、一七五〇年繪製的乾隆京城全圖、城內胡同總共一千四百餘條、寺廟竟也有一千三百餘座、幾年後乾隆大規模整頓、修繕老寺院、也拆了些小廟宇、有記載清末北京有規模的佛寺三百五十八座、道廟一百六十座、清真寺、天主堂三十三座、其中唐代和唐以前的佛道寺廟就有二十九座、遼、金、元建的遺產也不少、明朝是高峰、增建了二百二十三所佛寺和九十六所道廟、另有新建的清真寺、天主堂共八座、清代也很可觀、添加了六十二座佛寺、五十座道廟、十九座清真寺和天主堂、有的廟觀、釋道神靈共祀、也有兩教易手、有記載元時全真教侵佔佛門屬地四百八十二處、憫忠寺就為真大道的女冠佔據過、康熙年也有碧霞元君廟由佛僧接手等等．更多是重覆的建設、祀單一神尊的廟堂、最多是關公、民國時期關帝廟有二百七十三座之多、據說大北京龍王廟也不下百家、另外火神廟一度有十一所、三所為皇室所建、藥王廟也有四座、整體而言女真族本來就像漢族一樣接受多神、祖宗牌位、薩滿

儀式、朝鮮索羅杆子、拜天拜地、跟漢族接觸、多了關公、觀音、土地崇拜、跟扎薩克蒙族交涉、採取眾建而分其力、崇佛以制其生的政策、所謂興黃安蒙、推崇俗稱黃教的藏地格魯派、成為多民族大汗帝國後、招納各族、卻同時區限民族之間的交融、試圖分而治之、宗教隨民族也就各適其適、不可能舉國鐵板一塊、但也說不上宗教自由或政教獨立、國家總想主導、一方面選擇性的羈縻扶持那些順從的各教各宗各派、另方面嚴打不聽話的、如把白蓮教、青蓮教、大乘教、黃天教、天理教以至伊斯蘭蘇菲派哲合忍耶的新教列為非法邪教、以及後來的禁天主教、並在藏地挺格魯派推政教合一、帝國的佈局需要求取宗教多元、故亦表現出來似是兼收並蓄、也反映在首都寺廟的多式多樣、入漢地後順治帝詔旨儒釋道三教並重、並繼承明風、對西洋的天主教也特別友善、但到康熙幼年時期氣氛已變、輔政顧命大臣鰲拜曾把湯若望、南懷仁等洋教士和多名欽天監官員投獄、判凌遲極刑、孝庄太皇太后懿旨相救、洋教士與二官員免死、其餘改為處斬、康熙掌政後重新容教、卻適逢禮儀之爭、歷任羅馬教皇諭令不准在華教徒祀天、祀祖、祀孔、幾經斡旋、康熙晚年以教廷不遵守利瑪竇的補儒合儒規矩、教士妄議中國、決定禁教、天主教在華的黃金時代結束、雍正更不喜歡天主教、驅逐京師之外教士、拆堂禁教最嚴、乾隆宮中仍留有教士、但繼續取締傳教、嘉慶、道光兩朝各有緊鬆、這個禁教期到一八四二年南京條約後才正式解除、羅馬教會則要到一九三九年才取消對中國禮儀的禁令、道教在唐代已盛於燕地、白雲觀的前身天長觀是記載中第一座北京道觀、建於七二二年、全真教王重陽和七真人在燕京的發展得到金帝認可、重陽子四次進金中都、待過的道觀有長春宮、永壽觀、

修真觀、華陽觀、元初丘處機西域東歸、住長春宮也即白雲觀、是以後世全真教龍門派尊白雲觀為祖庭第一叢林、長春真人一一二四年回燕地、全真教復興、他與弟子尹志平、宋德芳、李志常等在金故都舊址掀動建觀熱潮、收編天長觀即長春宮入全真教、另有記錄的建設包括明遠庵、長生觀、煙霞崇道宮等三十六個宮廟觀庵、另一大教派正一道則建東嶽廟、該派道士可以娶妻生子不住宮觀、廟宇較全真教少、清民間道教仍盛、佛教也不遑多讓、多個宗派在北京皆有設廟、受清廷資助修繕、城內外漢傳佛寺除了我已提及的、著名的還有廣濟寺、廣化寺、普濟堂、寂照寺、法華寺、通教寺、萬壽寺、拈花寺、隆安寺、大慈觀音寺、大鐘寺、慈雲寺、寶禪寺、法光寺、靜默寺、法海寺、淨因寺等等、清廷辦慈善施粥地點、分佈外城東西南北中五區的另十個寺、然而、入清以後京城最令人矚目的新興宗教、當數藏蒙傳承的大乘佛教密宗、喇嘛密教為滿族統治階層所奉、清代新建或改建的喇嘛寺數量很大、光是清初北京城及近郊就增添了三十二座、包括弘仁寺、嵩祝寺、智珠寺、福佑寺、普渡寺、寶諦寺、隆福寺、匯宗梵宇即達賴喇嘛廟等等、蔚然成風、清人姚元之竹葉亭雜記載、男女咸欽是喇嘛、恪恭五體拜架裟、滿人入關前已接觸喇嘛教、太宗曾派人赴藏延致高僧、清貴跟明朝統治者一樣、特別重視與藏地佛教上層拉關係、元明扶持薩迦派、清室則延續蒙俺答汗的事業、在格魯派達賴喇嘛尚未政教合一之前成為最大施主、不過藏佛教早已到燕地、遼朝建了藏密的永安寺和佛塔、到了元代毀後原址上建成皇家寺院大聖壽萬安寺、即妙應寺、俗稱白塔寺、在阜城門內、一二七一年開始用了八年重建新塔、明時改為顯教寺院、清代寺歸格魯派、康熙、乾隆、嘉慶多次修繕、

其塔是漢地最早又最大的白塔、自元以來都是京城顯要的寺廟、清朝宮中修密、紫禁城內遍設大小藏式佛堂、遠多於滿人薩滿場所、全屬佛殿的獨立或偏廳式建築物有三十五處、若包括設置於其他建築中的藏佛堂、共六十五處、這就是清代紫禁城內遍佈其中的密教世界、據說至今還保有九座清時原狀的佛堂、除英華殿等少數是明時已供奉藏佛教之外、其餘都是清時新建的、順治、康熙、雍正、乾隆全都崇佛、兼修顯密、宮內大部分藏佛寺堂均為乾隆所建、雨花閣更是故宮少見外觀有藏式元素的建築、是仿照阿里地區古格托林寺黃金神殿建造的、裏面的立體掐絲琺瑯壇城比布達拉宮還大、供乾隆自己修密用、每天早上、乾隆從養心殿出來、到包括雨花閣在內的中正殿佛堂群一個一個燒香、然後才去乾清宮進早膳、他還將先帝雍正皇子時的府邸後為其特務機構粘桿處的所在、拆改為京城最大最有名的喇嘛廟雍和宮、綠琉璃瓦頂改為黃琉璃、曾駐蒙藏格魯派喇嘛八百名、殿宇二百餘間、內有地上十八米地下八米長的獨木檀雕佛像、為滿清規格最高的寺廟、朝廷特設總理事務王大臣負責管理、也是乾隆倚重的大國師、掌管京城喇嘛教的三世章嘉呼圖克圖活佛的佛倉所在、清末八國聯軍的日軍焚毀雍和宮東路亭台樓閣的東書院、一九八一年擴建街道拆掉西路的護法關帝廟建築群、、、

雍和宮和清宮御制的藏式工藝美術包括唐卡不完全仿傚安康藏傳統潮流、自成一格、豔麗精細、神形兼備、成就頗高、雍正自述念佛修禪悟破三關、乾隆自喻文殊菩薩、並穿喇嘛裝出現在唐卡裏、若說清帝對境內各民族原有宗教都表示尊重、那也不等於一視同仁、佛教普遍受寵、而密乘是寵

中之寵、修密是清宮集體的私秘日常功課、從雍正乾隆的行為和長期投入判斷、相信他們是真信實修的、因此清室扶持漢傳和藏傳佛教、已超過了單純統治術的考慮、不過篤信佛法不等於好生戒殺、雍正性情急躁、刻薄冷酷、卻勤先天下、反貪養廉、專嗜抄家、曹雪芹的叔父曹頫就是因為轉移家產等罪被革職查抄沒籍、家人淪落北京、不少官員也因此罪自殺、但世宗胤禛的確沒有像朱元璋和一些明朝皇帝那般嗜殺濫殺、他曾著書反駁指控他殺兄屠弟好殺之說、不過說他不算嗜殺、並不表示他殺得不夠多、或者對活貨哪吒城沒有貢獻、他逼害兄弟至死、兄弟的朋黨多自殺或梟首、賜恃權橫行的年羹堯自盡、斬其子和身邊文士、功臣隆科多圈禁而亡、又用朋黨和言論之罪收禁禮部侍郎查嗣庭及其子至死後戮屍梟首、其兄子姪俱斬、將攘夷之論始作俑者已故多年的呂留良、呂葆中父子和門生嚴鴻逵剖棺、其在世兒子門生加上直系男親屬十六歲以上者悉數抄斬、刊刻私藏附會其詩文者也受株連、擴大告密黑函的密摺制、指使特務機關粘桿處探查隱私、興文字獄、殺徐駿、陸生楠、謝濟世等、廣肆株連、胤禛吏治嚴猛、抗官者皆以反叛論、斬殺不赦、旁觀者同樣入罪、均斬立決、嚴懲叫歇罷工聚眾的紡織業機匠、立碑永禁罷工、因此說雍正為政苛刻並非沒有根據、之所以乾隆登基初始、只要表現謙遜、主張要寬嚴共濟、已令朝野感動、以至四海之內、無不歡呼雀躍、反差使然、但若以為乾隆有好生之德、則不只是過譽、而且是顛倒是非．乾隆之嗜殺與心狠手辣、與雍正比有過之而無不及、他上台後沒幾個月、就變本加厲凌遲追誅呂留良一案獲雍正承諾免死的知悔涉案人士、到乾隆十三年、與他情感深厚的元配富察氏孝賢皇后突然病故、弘曆極度悲傷、朝上哀慟不力者得咎、違

滿族舊習百日內剃髮者賜死、皇后冊文滿譯漢用字不當株連
斬監候、當然也有一説乾隆自此性情變得苛刻、不再君使臣
以禮、對百官動輒痛罵挫辱、朝上治道由寬趨嚴、宦海氣氛
為之一變、乾隆在位六十年、當太上皇三年零三天、替北京
地段的活貨哪吒城提供了不少生員、尤其是壯大了凌遲形態
的活貨群體、他不光是掌權時間比康熙的六十一年長所以殺
人總量大、逐年算也勝順康雍三朝、乾隆總共發動大大小小
文字獄超過一百三十次、平均不到半年一次、其捕風捉影之
荒唐、株連之廣、處理之嚴酷、均超過了其祖其父、按大清
律例、凡謀反大逆、不分首從、皆凌遲處死、犯者的祖父、
父親、子孫、兄弟和同居之人不分異姓及伯叔兄弟之子、男
十六歲以上斬、幼童閹、母女、妻妾、姐妹、兒媳、兒妾發
配為奴、老師學生沒收家產判苦役、文字獄案多依此大逆
律判、另外凡收藏野史禁書者也同判、乾隆借修四庫全書名
義、全國毀書有記載三千一百多種、十五萬一千多部、民間
懼禍自毀書之人不計其數、官員舉報不力的連坐甚至斬首、
各級官僚唯有寧枉勿縱、甚至借機邀功、挾嫌誣告、誇大成
績以為進身階、毀書堪比始皇、京城地段官焚或自毀的書
籍、送到活貨哪吒城的數量、僅次於文革和庚子動亂東交民
巷翰林院書庫之一炬、、、

　　帝王吏治離不開殺戮、高宗弘曆朝官員貪污超過八十兩
者殺、可惜乾隆雖嚴於吏治、卻惡直好諛、後期寵信大貪和
珅、擅專弄權、富可敵國、至乾隆崩、和珅靠山頓失、十五
日後就被嘉慶帝賜死於今恭王府私邸中、乾隆年代是為清帝
國擴張最急的時期、之所以錢穆批判説乾隆好大喜功不如雍
正勵精圖治、十全武功意味十大重頭戰爭、歐亞大草原上傳

統戰爭除兩軍戰場上的殺戮外、因為軍民難分、濫殺敵族男丁算是常見行為、中外歷來亦有不少屠城、屠省、屠族、這兒只說一個乾隆朝的事實、一七五六年幾年間、數度下令和獎勵對現稱新疆的地段上當年最大的民族、準噶爾蒙族的所有男性進行屠殺、婦孺老人送給其他蒙族友軍為奴、要求永絕根株的、是高宗弘曆、執行屠殺不力的將軍如兆惠和舒赫德招至帝怒、乾隆這種滅絕種族之舉一反滿清先帝的治蒙政策、開了先例、準噶爾這個六十萬人的民族、從此消失於今天的新疆、有人想替乾隆洗脫屠夫的惡名、説至今還是有準噶爾後裔在中國境內、而當時人口劇降也是因為天花病的流行等等、就算這些都沒説錯、但這並不能抹掉乾隆敕令發生的種族清洗事實、之後有清一代尚有苗漢、回漢的互相屠殺和清廷永絕根株式的對苗回種族清洗、死亡人數以百萬計、帝國的統治術有兩路、一是直接統治、定行省置府設防、一是間接統治、以番治番、一朝兩制、直接統治失效出現民變、割據、內戰或族群互殺、間接統治失控中央勢弱則邊陲自主加強、以至獨立、而中央勢強時就侵而佔之改土歸流變成直接統治、乾隆十五年開始對康地大小金川用兵、當時大清的滿蒙漢八旗及綠營已不復當年之勇、面對只有數萬人口的現四川西北高原的土司地區、派兵高達十萬、戰事多失利、打打停停二十八年、朝廷前後統兵的慶復、張廣泗、訥親都被乾隆賜詔死、最後以把大金川土司索諾木等人押至菜市口凌遲處死告終、乾隆中晚年、回民‧苗民與白蓮教民相繼起事、一七六九年開始乾隆介入伊斯蘭門宦教派的武裝派爭、偏袒舊有勢力、打壓新來的蘇菲主義哲合忍耶派、爆發後者反朝廷戰爭、清軍也是採取斬絕根株的做法、這為之後慘絕人寰、回漢互屠的同治回變埋了伏線、清廷種族隔離、

分而治之的政策手段、對漢族抑其道器而揚其文詞、對蒙族絕其智而用其力、對回族輕其教而離其人、對藏族崇其教而抑其政、使族群之間隔絕互疑、胡蘿蔔加大棒羈縻之餘、在各族群內部又經常拉一派打一派、挑撥離間、政策傾斜族群內部權貴既得利益者、清廷雍正時期在苗疆改土歸流、湖貴地區設廳直接統治、滿民、漢民、屯民、熟苗、生苗共處一域、土地兼併嚴重、有記載湘黔苗民田地罄盡、蕨根當食、小規模衝突不停、大規模苗變三起、乾隆一朝就是以苗地民變開始、以苗地民變結束、剛即位的乾隆起用張廣泗鎮壓第一次苗變、晚年第二次起事、苗民提出驅逐客民、奪還苗地的訴求、清大軍壓境、乾隆親自詔定戰略、到退位為太上皇仍還未能平息、一生都在替乾隆鎮壓民變的子侄寵將福康安貝子終染瘴死於苗域、清朝又繼承明廷政策、定性一些帶宗教性質的會社為邪教、為首惑眾私習羅教者斬監候、乾隆十一年破雲南雞足山大乘教、十三年福建老官齋教反清事件後、乾隆首開凡傳徒惑眾滋事者以謀反大逆罪判凌遲、以懲治首犯、乾隆中葉眾教皆練功習武、乾隆三十七年朝廷查獲無名邪書、妄談天文讖緯江山變色、兩年後魯地西北的清水教起事、被鎮壓後一千七百人送京師處死、朝廷加強取締非官方認可的宗教、元明兩朝都被打壓的白蓮教和其支派如紅蓮教、三陽教、八卦教、天理教等、自然又在邪教之列、乾隆五十九年高宗再詔加緊抓捕邪教成員、執法過度、嘉慶元年正月川楚的白蓮教徒紛紛起事反抗、其中一個大頭目王聰兒、她的丈夫就是在乾隆六十年被抓走處死的、在這場長達九年、波及豫、川、楚、陝、甘五省的戰爭中、清軍在當地曾採用堅壁清野的殘忍擾民手段、、、

乾隆末年、各地官吏借查拿邪教為名、諸多勒索為實、所謂不論習教不習教、只談給錢不給錢、仁宗嘉慶掌政後方歇止高宗前朝惡法、改詔稱現習白蓮教者、安靜守法即是良民、這是晚清採用不問教不教、只問匪不匪的宗教政策轉變的開端、事實上當正統宗教組織過度依附權貴朝廷、民間另類信仰就禁無可禁、以教定罪、牽連必廣、宗教又常與民族重疊、乾嘉之後的重大武裝衝突、經常是以民族加之宗教為幟以區分敵我、往往掩蓋了經濟爭利、土地兼併、官員腐敗等其他深層因素、這一點不同程度反映在冀豫天理教變、道光年張格爾南疆回變、湘桂瑤變、太平軍、捻軍、天地會、小刀會、長槍會、山東幅軍、廣東洪兵、廣西農民抗爭、貴州陸大義等的起事、同治年雲南回變、陝甘青寧回變、新疆再次回變、中亞浩罕國阿古柏占疆稱汗、甲午戰爭之前台灣數十次幫會和先住民各族的起事、光緒年廣西侗族起變、世紀末義和團事變、以至十九世紀中後清帝國與西方東方列強的系列戰爭、都有民族加之宗教的推波助瀾因素、、、

在乾隆後的清代、對北京城有直接打擊的武裝衝突有一八一三年天理教突襲紫禁城、一八六〇年英法聯軍佔領北京、一九〇〇年義和團及八國聯軍進京這幾大事件、先說一八一三年、川楚白蓮教變平息已有八年、沒想到其支派前稱八卦教的天理教、竟敢直接謀襲北京皇城、天理教天皇林清是北京城郊大興縣黃村人、嘉慶十八年於黃村商定反清復明、是年十月八日中午、趁嘉慶帝人在熱河、兩百多名教眾潛入北京城、偷襲皇宮、在入教的宮中太監接應下、分別從皇城東華門和西華門殺入紫禁城中樞、激戰兩天一夜始被平息、當時嘉慶的皇儲、十九歲的旻寧即後來的道光、也要親

身上陣抵抗入侵、並用宮中封禁的鳥槍、從城樓上轟斃兩人、可見情勢之危急、嘉慶帝稱此謀襲皇城的十八年之變為漢唐宋明未有之事、後清軍圍剿各地起事的天理教、林清被捕送北京受磔刑剮死、道光年發生的最大事件當然是鴉片戰爭、不用多說、樞臣閣老大學士王鼎反對議和、留下遺疏、自縊於道光帝所處的圓明園軍機處直廬別院、陳屍以諫、這在被認為人臣士氣不昌的有清一代、很是罕見、一八四二年大清與英國簽定南京條約、開五口通商、泰西諸國法、美、葡、西、荷、普魯士、瑞典、挪威、丹麥、比利時全都要求相同條件、南京條約簽署十二年後的咸豐年、世界第一強國、由重商保護主義改為主張自由貿易的英國還有諸多不滿、會同法美要求修約、讓公使直接駐北京、增通商口岸、洋人得遊歷內地、進出廣州城、以及鴉片在中國全域合法開禁、清廷不同意、一八五六年因停泊在廣州河面的香港船亞羅號事件、英駐廣東領事巴夏禮要求兩廣總督葉名琛道歉不果、率三艦轟破城牆入總督衙門、廣州民團向城外歐人聚居點和商館洋行開火報復、巴夏禮退至香港、請遣大軍、英國就是否為此出兵之事民意分歧、派兵動議被下議院否決、首相巴麥尊解散議會重選獲勝、並得到英國教會的支持、決定再向中國用兵、盟友法國一同行動、一八五七年十二月英法聯軍佔領廣州、談判不遂、擄走兩廣總督葉名琛、北上攻陷大沽、清廷仍和戰不決、英法聯軍進抵天津、咸豐賜死擅回京師的耆英、與英法俄美簽下天津條約、沙俄趁機索得璦琿條約佔取黑龍江以北六十萬平方公里土地、但各國公使駐北京問題未盡解決、一年後一八五九年六月天津條約換約期到、美俄遁陸路抵京換約、英法使臣率軍重來、要求水路入京並撤大沽清軍防務、清軍蒙族悍將僧格林沁不從、英艦

十三艘強攻、英軍登陸、清軍還擊、英艦沉四艘敗退、英法再調英遠征軍一萬一千人、法軍六千七百人、艦船二百艘、一八六〇年八月陷大沽天津、揮軍通州、遣巴夏禮、羅亨利帶着印裔、法裔士兵先行與清方談判、未幾破裂、巴夏禮一行被捕受虐、戰火重燃、這次在通州東南張家灣和通州西八里橋的戰役、僧格林沁部潰敗、英法聯軍兵臨北京、咸豐以北上狩獵為名避至熱河、恭親王奕訢留京議和、要求英法軍隊先退出天津、對方則要求先交還巴夏禮等人、相持不下、從北邊入城的英法軍隊、一八六〇年十月七日佔領建於十八世紀、以樓臺亭榭之美著稱於世的圓明園、洋兵如入寶山、大肆掠奪破壞、十三日守城清軍從安定門撤走、英法聯軍輕易佔領北京城、本地流氓也趁亂打劫、英法為收震懾作用、十八日火毀被洗劫後的圓明園等西郊五園、暫不摧毀紫禁城以留作議價、幾天後敵對國簽定中英和中法北京條約、結束第二次鴉片戰爭、沙俄又趁機逼得清廷正式承認璦琿條約並增加四十萬平方公里領土、至此總計一百零三萬平方公里大清土地歸俄、約等於現今德法兩國總面積、隨後大清陸續與德、葡、荷、瑞、丹、比、意、奧匈、以至日本、巴西、剛果、墨西哥等多國簽定商務條約、、、

　　圓明園的一把火、天朝納入萬國、中國與外國破天荒建交、就北京城新面貌而言、外國臣民傳教士終於得以常態駐留進出京城、法公使翌年二月率先抵京‧入住東交民巷的純公府即安郡王府、英俄美使節緊隨、英公使入住梁公府即醇親王府、東交民巷是皇城以南棋盤街旁的東西向長街、元時為檢查南方大米的海關所在、稱江米巷、明永樂帝將城牆南移後、海關設到哈德門即崇文門去、棋盤街東的江米巷段改

現名、離清政府的東六部近、江米巷西段也改稱西交民巷、一八六〇年簽條約後、十一國使館之中、荷、美、俄、德、西、日、法、意八國皆在東交民巷、庚子前僅比、奧、英三國在巷外、各國設立使館、隨後出現醫院、銀行、西式旅館、餐廳、洋貨店、理髮店和教堂、不過這一帶變成為後來大家熟知的外國特區、擁有自己的城牆、自置衛兵、巡捕房和獨立管理、並且不許華人在區內居住、則是拜四十年後義和團動亂之賜、是一九〇〇年庚子和議之辛丑條約的新條件、而不是第二次鴉片戰爭後立即出現的狀況、咸豐年京城內其實還有一種早就存在的洋派建築、那就是教堂、包括天主教的王府井北八面槽東堂、西直門內橫橋的西堂、宣武門南堂、以及當時在中南海蠶池口草廠的北堂、皆初建於明萬曆至清初、康熙晚年禁教後、東堂為雍正所拆、西堂已成民居、北堂改作醫院等他用、南堂毀於地震火災、乾隆撥帑修復南堂、讓欽天監和供奉內廷的傳教士居住、北京條約期間法國公使要求歸還京城所有教堂、嘉慶帝還發出東西二堂究竟在何處的疑問、此後四堂交法國傳教士管理、陸續重建、到世紀末、北京更有阜城門外二里溝滕公柵欄的救世堂、東交民巷的彌厄爾堂、海淀女子教堂、馬市大街路東救世軍教堂、西市缸瓦市、米市大街、崇文門內、交道口、燈市口、史家胡同等舊教、新教教堂、包括光緒三十一年一九〇五年才建成的王府井新東堂、而東正教則有東直門北館內聖尼古拉教堂和崇文門內東交民巷南館奉獻節教堂、早前在一八八八年、慈禧嫌蠶池口的天主教北堂哥特式建築過高、登瞰寢園、偷窺大內、密邇宮廷、有違宮禁、由清廷撥銀補貼遷往西安門內西什庫、這個新的北堂一九〇〇年成為義和團的主要攻擊目標、、、

清政府與英法媾和後不久、咸豐帝崩、一八六一年底六歲的同治即位、生母慈禧聯合東宮慈安皇太后和恭親王奪權、處死三名顧命大臣、實行兩宮太后垂簾聽政、局面穩定、洋務啟動、恭親王會同桂良、文祥上奏通籌夷務全局、漢族大臣曾國藩、左宗棠、李鴻章獲重用、初生洋務運動得慈禧扶植、為守舊派、頑固派不滿、三年後太平天國覆滅、東西捻軍在隨後幾年被剿滅、一八七四年同治十八歲親政、陝甘和雲南回變也大致平定、同治主政僅一年病死、時慈禧四十歲、四歲的載湉光緒帝即位、師從反對洋務的翁同龢、湘軍出身的欽差大臣左宗棠、得慈禧詔授、部署精兵征大清新疆南北回部、於一八七七年完全克服在疆地盤據有年的阿古柏勢力、並收回俄佔伊犁、一八八一年光緒七年、咸豐正宮的慈安皇太后在鍾粹宮肝厥猝歿、慈禧獨專、李蓮英恭慎、一八八四年甲申慈禧五十歲那年、大清出兵保藩固圉、在阮朝越南抗擊法國入侵者、戰事波及雲南、法國艦隊在浙江和福建水域擊潰清水師、佔領澎湖和台灣基隆、清軍則敗法軍於越北諒山、李鴻章全權與法在天津簽訂和約、承認法國在越南的宗主權、清軍撤出越南、法方離開澎湖台灣、朝中清流多主戰、左宗棠斥李鴻章將落千古罵名、清法戰爭中調至廣州的張之洞發覺經過兩次鴉片戰爭、廣州防禦仍然形同虛設、張之洞之後成為推動洋務的重頭人物、但當時士大夫和國人十有八九反對洋務、一八八七年光緒在位第十三年親政、慈禧表面歸政實際上仍以徇眾要求訓政、光緒謹小慎微、對慈禧恭敬有加、日常到頤和園向她請安、陪太后吃飯聽戲遊園、決策皆園出、從未獨斷乾綱、、、

光緒二十年、一八九四甲午初昇平世、北京正在籌備下

半年慶祝慈禧戊戌年十月初十的六旬大壽、重修清漪園、更名為頤和園、紫禁城和西苑三海萬壽寺修繕、阜城門內添新建築、宮中李蓮英權勢熏天、朝上李鴻章被賞賜三眼花翎、為漢臣第一人、戶部尚書翁同龢二眼花翎、為領袖文衡清流帝黨之首、舉國正值鮮花著錦之盛、卻逢朝鮮有變、日軍漢城挾宮、光緒帝和朝中清流派又極力主戰、北洋大臣李鴻章調兵水路赴朝、七月二十五日運兵船高升號遭日艦隊擊沉、光緒頒對日宣戰詔書、反對李鴻章尋求列強調停、開戰九個月、中方連場戰事失利、北洋水師覆滅、日軍在旅順屠城、李鴻章草簽馬關條約、割台灣和遼東半島兼賠款、為千夫所指、光緒那年二十四歲、頓足流涕無奈於和約上用璽、眼看着天朝大國敗於黃種小國日本、大清國威在自己親政下一落千丈、從此成為列強鯨吞蠶食的對象、明治維新後的日本卻由被壓迫國變為施壓迫國、光緒帝深感屈辱、謂雖石晉之事契丹、南宋之事金元、未嘗有是也、有一種常見的說法即甲午戰爭宣告洋務運動失敗、變法開始、把洋務與變法看成兩階段、這是單線進步史觀認知的偏差、歷史多線並且可以倒退、甲午戰爭後洋務變革沒有中斷、甚至成為帝后共識、朝野主流、李鴻章的政敵清流帝黨此時誰都不想為主戰失敗負責、都改為支持變法、如學問家陳寅恪所言、清末變法有兩個不同來源、郭嵩燾、張之洞、陳寶箴的洋務維新為其一、與康有為治今文公羊之學附會孔子改制以言法、不可混為一論、一向反對洋務、主政多年卻鮮有作為的帝黨翁同龢此時也言變法、戰前的洋務派反而成了后黨保守派、李鴻章想捐錢給維新團體強學會竟然被拒受、一八九八年二月恭親王病逝、朝廷失去僅有可以對皇帝有所約束平衡的重要人物、如狀元張謇所說、時局殆將變動、帝黨翁同龢、孫家鼎、李鴻

藻、前駐美大使張蔭桓、內閣學士李端棻和朝廷一批四十歲上下四品六品的官員如御史徐致靖、李岳瑞、宋伯魯、楊深秀、間接直接、將自大狂生康有為一黨的空想儒生、推給了躁慮不安、急欲伸張帝權、雪恥保疆圉的光緒、恭親王死後第十三天、皇帝下詔變法推行新政、、、

　　直到一八九八年戊戌年、親政九年的光緒、仍從漸進洋務派張之洞的勸學篇和較早的馮桂芬的校邠盧抗議等著作中、汲取生發自強維新之思路、一八八七年德國強佔膠州灣、一八八八年法國租走廣州灣、繼而俄人入據大連灣旅順、列強瓜分態勢逼人、一向支持洋務的慈禧表示凡所施行的新政、不違祖宗大法、無損滿洲權勢、即不阻止、戊戌年四月二十二日公曆一八九八年六月十一日、慈禧同意光緒頒佈翁同龢起草的明定國是詔、明白宣示、以聖賢之學博採西學、以撻堅甲利兵、具體則只有興京師大學堂一項、可見當時光緒有變法改制的明確意圖、但無已知藍圖路線、這是之後三個月皇帝泥沙俱下頒發百餘詔旨的第一份、面對意欲發揮帝權的光緒、慈禧最初的佈署是突然罷免權力過於顯赫、可以獨對皇上的翁同龢、逐返原籍、當時朝野驚愕困惑猶過於恭親王之死、但竟沒人出來替翁說話、同期上諭責成新任二品以上大臣、須到皇太后面前謝恩、加上擢升榮祿為大學士管戶部兼署理直隸總督、剛毅、崇禮等太后人馬接管兵部刑部、對光緒頒諭新政、慈禧兩個多月沒有橫加阻止、表示任其自酌、百日期間光緒十二次專程前往頤和園見慈禧匯報、每次駐留三數天、可見慈禧非不知情、或有責成、卻並無逆動、光緒孤軍猛進、求才若渴、御史徐致靖向皇帝推介康有為、建議皇帝與之討論新政、促成了光緒和康有為的唯

一一次見面、見面地點是在頤和園仁壽殿、太后的眼皮底下、光緒賜給了康有為一個總理衙門四品章京、狂妄的康還覺得是對他個人的羞辱、他的學生梁啟超也說、總署行走、可笑之至、但那次面見後康獲得直接奏事權、上折可通過大臣廖壽恒直達天庭、、、

　　光緒寫了一個月諭旨後、感覺朝臣疆吏竟欲一事不辦、除應屆會試驟然廢除八股改試策論成定案外、餘如李鴻章說、京師種種變革與康梁師徒鼓動有關、無一事能實做、諭召維新開始後不久、孫家鼎、張之洞、陳寶箴甚至翁同龢等樞臣已戒與康有為來往、彈劾康黨的官員也日眾、甚至維新派中人也多有責備康取其虛、議論甚高、不切實際、排場如老大京官、事固必不成、禍之所屆亦不可測、朝廷主流和維新眾人非議康、光緒不僅沒有理睬、反而在詔諭中取納更多康的建議、此刻康有為仗恃着皇帝的倚重、知道光緒是他唯一靠山、一反之前立場、認為中國適合君權統治、因為中國之民如童幼嬰孩、要由父母專主才能成家自養、他還指責主張議院民權的人、是在助守舊者自亡其國、以為只要皇上全面變法、泰西三百年而強、日本三十年而強、中國三年可成、他上折建議皇帝生日全國停市一天、電告天下人人得立萬壽牌、家家懸萬壽燈、遍發御像、有記載榮祿第一次碰到康有為是在皇上接見當日、同室等候、榮祿問一二百年老法、雖應該變、但怎能在短期變掉、康作答說、殺幾個一品大官、法就可以變了、、、

　　新政兩個月、成績與光緒所想相距甚遠、官僚對詔令俱模棱不奉、皇帝又困惑又憤怒、越發對身邊那批起碼七十歲

的樞臣失去耐心、公曆八月三十日光緒詔撤詹事府、通政司、光祿寺、鴻臚寺、太常寺、太僕寺、大理寺等衙門和一批巡撫、總督、糧道、鹽道職位、光緒將撤六部九卿的謠言朝野四起、其時光緒又不事先報備太后、做了幾個過度的帝王決斷、成為帝后關係的拐點、事緣與康黨關係密切的禮部官員王照呈上折、建議皇帝與太后共同出訪外國、部內拒絕代奏、對樞臣有一肚子氣的光緒知曉後、小題大做把禮部兩尚書四侍郎共六名一二品的堂官撤職、王照被賞三品頂帶、另又提升親新黨的李端棻和中級官員為禮部尚書及侍郎等一二品官職、從罷八股讓翰林進士舉人和數十萬秀才集體廢功、到改廟宇以辦學校衝擊佛道界、到發上諭說八旗可以經商、引至在旗的人擔心停止寅吃卯糧的日子將臨、再加上朝廷命官被大廢大立、皇帝的出格行為令帝國的統治精英階層極度不安、官場的緊張氣氛到了頂峰、不斷有人向慈禧告狀訴苦、接着光緒還起用譚嗣同、林旭兩鐵桿康黨和楊銳、劉光第兩廣義上的新黨保國會人士、放在身邊、賜四品、在軍機章京行走、一天後就正式當值、參預新政、單獨輪流值班、朝臣每日章奏條陳、都先由四臣審閱、加上簽語論證、再交皇帝裁奪、康有為的陳奏於是便可由四卿密陳皇上、康有為得意的說四卿實宰相、自此十五天、期待一舉得到天聽和王照那樣榮耀的各級官員紛紛陳條、上書數量倍增、康黨盛氣凌人、楊銳、劉光第已在擔心出事、七月二十二日公曆九月六日、李鴻章竟被逐出總理衙門、康黨御史開始參劾他們認為昏庸的大臣、對政局有看法的嚴復當時曾發表文章、說守舊黨主聯俄、要保持現狀、中立黨主聯日、變法保國、維新黨主聯英、以作亂為自振之機、嚴復以孫文為維新黨、康、梁為中立黨、並說與守舊者比、不過千與一比、嚴復道

出各黨派在官場實力的不成對比、但就朝臣而言、大部分官員是跟風的、嚴復的分類也不免過於簡化、至民國前、朝野政治連續體的光譜包括仇洋的極頑固派、反洋務的守舊派、漸進洋務自強派、跟風派、開明體制派、溫和維新派、冒進變法保皇派、激進反滿反皇革命派、康有為是冒進變法保皇派旗手、迅疾將太后和其他非同黨官員包括開明溫和漸進的朝臣疆吏推往對立面、、、

　　康有為繼續頻頻呈奏、建議另建新京師、廣設十陪都、地方自治、廢漕運、斷髮易服改元、他推動制度局和類似機構的成立、試圖以一群小臣架空朝中權臣、自己和黨羽名正言順的出任國師貼身伴在皇帝左右、七月二十八日公曆九月十二日光緒命譚嗣同擬旨、設懋勤殿顧問議政場所、以納維新人士和外國專家為身邊顧問、加速變法、這正是康有為最想見到的制度局的實現、七月二十九日公曆九月十三日、袁世凱抵京等候皇帝親訓的前兩日、光緒帶着開設懋勤殿的想法往頤和園、遂知皇爸爸慈禧已大為不悦、對自己新政特別是罷免禮部六堂官、擢升軍機四章京之事、違反事前請示的約定宗旨、非常不滿、對設懋勤殿一議更不能容忍、斥指光緒使祖宗之法自汝壞之、光緒見眾親王都站在太后一方、甚至曾有權貴跪請慈禧再度垂簾訓政、駭懼且自知無力、必須對太后讓步、翌日八月三十日公曆九月十四日、孤獨的光緒帝、竟只能找來身邊四章京中最穩重、通世故人情的四品小官楊銳、賜一道密詔、承認說朕的權力實有未足以將舊法盡變、盡黜昏庸之輩、但皇太后已經以為過重、果使如此、朕位且不能自保、何況其他、朕不勝焦急翹盼有人獻上良策等等、明言請楊銳去跟林旭、譚嗣同、劉光第三人及諸同志籌

商、楊銳勸光緒不要聽從康有為的冒進主張、要跟康切割、並說康不得去、禍不得息、楊銳攜衣帶詔出宮、藏於家、只讓與他關係最近的林旭過目、林旭再覆述轉告他人、所以後來康有為和梁啟超記載下的版本都不一樣、康有為還把自己的名字加進他那個版本的衣帶詔抄本裏、其實他至死都沒看到過光緒交給楊銳的密詔原文、康黨並將密詔中的果使如此、朕位且不能自保一句假設語、過度解讀成為朕位即不保、視為皇上危在旦夕求救的面諭、、、

八月一日公曆九月十六日光緒在玉瀾堂召見握有七千北洋新軍、與新黨有交往的袁世凱、授袁為一品兵部侍郎候補、等於連升兩級、引起后黨關注、十七日袁謝恩時、皇帝說以後可與榮祿各辦各事、消息傳出、康黨大喜過望、康有為根據徐致靖之姪徐仁祿之前傳來的模棱話語、一直自以為袁世凱很傾向他、便指示經譚嗣同介紹、相識不久的湖南哥老會領袖畢永年、去策反袁世凱率兵包圍頤和園、梁啟超、康廣仁等皆附和、畢永年疑慮、譚嗣同也曾與畢道此事甚不可、而康先生欲為之、且是皇上面諭、我將奈何之、八月二日公曆九月十七日、光緒下了多個諭旨、其中一道明諭可是大出康有為意外、光緒說很詫異康有為仍在京、命他即赴上海督辦官報、毋得遷延觀望、並特意提到只見過康有為一面、以公然拉遠關係、向后黨表示讓步、康有為失望不已、私下光緒讓林旭去安慰康有為、八月初二公曆九月十八日康有為去見下台後訪華的前日相伊藤博文、佈置伊藤見光緒事宜、、、

是夜康有為跟康黨眾人商量武力勤王、正在看經過康有

為修改的皇帝衣帶詔抄本時、袁世凱幕僚徐菊人即徐世昌來了、康南海在自編年譜中説、吾乃相與痛哭以感動之、徐菊人亦哭、於是大眾痛哭不成聲、康有為又説出他的經畫救上之策、竟沒懷疑徐菊人是袁世凱派來的情報探子、康令身邊會黨弟子立即去找在京的袁世凱發動兵變勤王、捕殺皇太后、榮祿、除舊黨、説成敗在此一舉、平心而論為期一百零三天清廷內部的新政、終於因為不容於慈禧和舊黨而徐徐落幕、如果要怪責也只能怪光緒帝在太后與后黨掌權的格局下、一心伸張帝權、過程中意氣用事、操之過急、那年他才二十八歲、情有可原、大不了認錯讓步恢復太后垂簾訓政的安排、放緩變法改制、但實際結局竟變成三十多年洋務自強變法維新事業的進程徹底翻盤、幾天之內激起慈禧勃然大怒、血腥奪權、終身軟禁光緒、極度頑固派滿清貴族大反撲、及至隨後義和團登場的大倒退、則是謀圍頤和園、劫制皇太后的這場大逆狂想所後遺的、説回公曆九月十八日那夜、誰敢去策反袁世凱、康有為自己不去、反而回南海會館收拾行李、他身邊會黨弟子也無人願去、此任務捨渠其誰、最後只可能是落在與袁世凱素未謀面的譚嗣同身上、、、

　　陰謀圍園殺祿的那段歷史、當事人袁世凱、康有為各懷鬼胎、後來他倆的記述、為了替自己正名或洗脱罪名、都有重大隱瞞和捏造、梁啟超的追述也多是二手和臆測、譚嗣同身歷其境、卻沒留文字、不過他生前知道的真相很有限、遠不如袁世凱、康有為、甚至不如徐世昌、梁啟超和光緒、我問了譚嗣同、你是一個人去找袁世凱的嗎、他説是的、戊戌年八月初三那晚眾聚宣外南海會館、徐世昌先告辭、譚嗣同待拿到康有為給他的一份草稿、以及楊鋭那份衣帶詔的某一

個抄本、才和梁啟超一同乘車進內城、梁回去燒酒胡同金頂廟住所、譚帶着兩道密件、獨往袁世凱入京後寓居的報房胡同法華寺、因為徐世昌已通報、袁世凱不感意外、迎他入內室、兩人獨處、切入主題、譚出示草稿、說是光緒帝給康先生的面諭、打開後上面寫有榮某廢立殺君、若不除掉他、上位不能保、性命也不能保、草稿上還仔細做了策略性提示、寫着皇帝在袁世凱初五請訓時、會面付朱諭一道、令其回小營、帶兵前往天津、宣讀朱諭、將榮祿正法、並即刻代任直隸總督、然後昭示天下、封禁電局鐵路、再派遣一部軍隊入境、一半圍頤和園、一半守紫禁城等等、譚嗣同說當場他就想這不像全是光緒的面諭、似有康先生的指點、他看到袁世凱不置可否、不見得全信、即取出康有為給他的楊銳替皇帝帶出的密諭、補了一句說這也不是原詔、只是抄本、那諭中只有皇帝求獻良策、沒說殺祿圍園、譚嗣同覺得自己沒能說服袁世凱、而袁在日後追記中、則稱自己此刻識破譚嗣同的謊言、譚最後只能說一句、報君恩、救君難、惟公自裁、袁說此事要等農曆九月天津閱兵才能辦、然後竟以還有奏折要寫為由、波瀾不驚的請譚離去、、、

　　袁世凱在死後才公開的戊戌日記中、替自己當時的猶豫不決開脫、絕口不提徐世昌已向他報告譚嗣同來訪旨意、而徐世昌在自己日記裏、更隻字不記夜訪南海會館與康黨讀詔同哭之事、欲蓋彌彰、袁世凱說八月三口公曆九月十八日那天他忙了一天、見了李鴻章談兵事、去了慶親王府、下午得知英國兵船出現在大沽海口、與榮祿通電報、晚上給皇帝寫奏疏、完全是國之重臣所為、然後假惺惺說沒想到譚大人突訪、不候傳請直闖客堂、袁以他為新貴近臣、只能停筆出

迎、帶入內室、支出僕人、寒暄過後、譚出示草稿、竟是皇帝的口吻、令袁殺祿圍園、袁自稱魂飛天外、問為何要圍園、譚答說不除此老朽、國不能保、並說除去慈禧的任務會交給湖南趕來的好漢、袁顧左右言他、譚又取出一份上諭、亦彷彿上之口氣、譚反威脅袁說、如不許我、即死於公前、公之性命在我手中、譚腰間衣襟高起、似有兇器、譚放狠話、自古非流血不能變法、必須將一群老朽、全行殺去、袁說自己虛以委蛇、許諾九月天津閱兵之時起變、說軍隊咸集、皇上下一吋紙條、誰敢不遵、騙倒了譚、並以夜深還有奏折要寫為由送走了譚、、、

袁世凱為洗脫自己當時沒有立即反抗、把責任都推給了他筆下似攜有兇器的譚嗣同、譚跟我說、第二天八月四日公曆九月十九日一早、城門打開、康有為就和他在梁啟超住的金頂廟見面、譚說他認為策袁行動已失敗、康說言之過早、明天袁還要去見皇帝、其弟康廣仁已經帶信入宮、經親信太監傳話給皇上、皇上到時候會給袁世凱面付朱諭、譚回瀏陽會館後、畢永年問情況、譚說袁世凱欲以緩辦、畢永年認為情況不妙、叫譚亦宜自謀、不可與之同盡、當日下午、有江湖閱歷的畢永年說不願同罹斯難、從南海會館搬出、康有為同日下午則去見李提摩太、說情勢危急、請英國公使營救皇帝、不果、康自己於翌日清晨登上英國輪船、離京赴津、、、

八月初四公曆九月十九日清宮也有一番折騰、雖不若一天後的翻天覆地、但也充滿張力、當天義順和班在頤和園全天演戲、光緒陪太后看戲到下午二時才離園回紫禁城、下午慈禧竟突然趕回城、晚飯後抵西苑儀鸞殿、光緒連忙在瀛秀

門跪迎、上午才在一起、下午太后就進城見光緒、原因可能是慈禧當天接到慶親王帶來御史楊崇伊參劾康有為的奏折、涉太后最恨的文廷式、也可能是因為光緒擢升袁世凱為侍郎而不悅、但那已是兩天前的舊聞、要發作早上在頤和園就可以發作、最可能的是慶親王告知明天八月五日公曆九月二十日、皇帝要接見大清仇國前相、簽馬關條約的伊藤博文、傳言說光緒將委其以重任、時間緊迫、太后只得親自奔波出面告誡皇上、不得任用伊藤此人、當天太后與皇帝似還沒有撕破臉、翌日光緒接見由張蔭桓陪同而來的伊藤、果然只做了禮節性問候、沒有任何實質交流、讓康黨安排者大失所望、、、

　　同是八月初四公曆九月十九這一日、整一天袁世凱沒有為昨夜譚嗣同所提出的圍園殺祿這等大事作出任何反應、榮祿召他即回津他也以翌日要上朝面聖而拒絕、可能袁還在評估如何押寶、他當然知道后黨已調動了董福祥部隊和聶士成部隊、佈置在北京城裏城外、第二天八月初五公曆九月二十日才是百日維新的大拐點、有記載那天一早、袁世凱赴宮門請訓、然後乘坐十一點四十五分的火車返天津、許多文武官員送行、那麼、早上袁與皇帝見面之前、光緒有沒有收到康廣仁通過太監遞來康有為叮囑面付朱諭令袁世凱起兵的緊急信息呢、就算收到、光緒有沒有如康有為所願而面諭袁世凱勤王呢、這是譚嗣同至死都不會知道的、所以他也沒法替我解開這個謎團、光緒第三次見袁世凱、袁世凱最後的一次請訓、兩人到底說了些甚麼、現有兩個版本、差異甚大、一個主流版本是、光緒沒提圍園殺祿計劃、袁向皇上說變法可由像張之洞這樣的大臣來主持、請訓完畢就回天津、即日向榮祿交待康有為的狂想政變陰謀、榮祿立即坐火車入京稟告在

西苑的太后、沒有牽連光緒、第二個版本是根據袁世凱自己寫給其兄袁世勳的家書、自承提兵入京、屯兵城外、子身入宮、面見皇上、授余密詔、捕拿太后羽黨、榮相列首名、余只得唯唯而退、信中竟說他一出宮門、碰到榮祿、即以實情詳告、二人都在京城、不是在天津、立即入頤和園而不是西苑面奏太后、這就是說、圍園殺祿、光緒帝已經知情、收到並且接受了康有為的政變建議、並據此面諭了袁世凱、到底哪個版本才是真實情況、至今難說、不過康有為推行驚天殺人奪權勤王計劃、一廂情願、孤注一擲寄望袁世凱、而袁洩密、棄康而選祿、背皇而附后、則都是可以肯定的了、但由於袁首鼠兩端、後來的自白不盡不實、自相矛盾、孤證不立、真相至今不清、至少我在活貨哪吒城所得的資料不足以下定論、陽間近期的晚清史家可能另有高見、從慈禧知情後怒不可遏、從此終身幽禁光緒的反應來說、我認為光緒應是知情的、有記載慈禧痛罵光緒、康有為叛逆、圖謀於我、汝不知乎、試問何負爾、爾竟欲囚我頤和園、爾真禽獸不若矣、、、

　　第二天、八月初六公曆九月二十一日、一百零三日的維新結束、慈禧向滿朝文武打了聲招呼、宣佈皇帝病了、她回朝訓政了、這嚴格來說已不算一般垂簾聽政、因為皇帝被禁錮於瀛台養病、不再朝政、形同被廢、當天慈禧傳皇詔、康有為結黨營私、莠言亂政、革職、並其弟康廣仁、二人發特務機關步軍統領衙門交刑部、依律治罪、支持康有為的御史宋伯魯也即行革職、康有為已離京、康廣仁在南海會館被捕、先抓頭犯康有為理所當然、為甚麼第二個要抓的就是其弟康廣仁呢、因為他是康有為與皇帝和宮中太監的秘密交通

員、出入內廷、交通宮禁、犯太后大忌、證實之後宮內四名
光緒親信太監受板責亂棍打死、屍棄萬人坑、戊戌之變死者
何止所謂六君子、慈禧訓政首日其他人尚未被緝、梁啟超闖
日公使館求日人救出光緒不果、離去後晚上再入日使館求助
其逃亡、次日八月七日公曆九月二十二日、譚嗣同帶着家書
和著作包括仁學書稿、到日使館請梁啟超代保管、勸梁東
渡、自己則選擇留下、遂相一抱而別、第三日抓更多人、再
一天後、八月九日公曆九月二十四日、新諭才下來、張蔭
桓、徐致靖、楊深秀、楊銳、林旭、譚嗣同、劉光第革職、
及後翁同龢、李端棻、陳寶箴、黃遵憲、張元濟、熊希齡、
徐仁鑄、曾廣河等二十多名朝臣疆吏因涉戊戌黨人而受到革
職和不同程度的懲罰、參與百日維新至深的張蔭桓和徐致靖
終免於一死、公曆九月二十八日不審而送菜市伏刑的只六
人、順序第一位是出入內廷的康有為弟康廣仁、然後是因頂
風詰問皇上被廢、疏請太后撤簾而撞上刀口的親康黨高官楊
深秀、餘下就是御召參預新政才二十多天、光緒機要秘書、
康黨譚嗣同、林旭與不算一伙的楊銳、劉光第等軍機四卿、
首犯康有為得英領事館之助逃至香港、宋伯魯逃意大利使館
再匿上海、清廷也發令通緝梁啟超、梁在日使館幫助下浮海
東渡、途中還碰到也是被日人救出的王照、兩人共同請求日
英美諸國干預、並說諸國干涉或許會導致亡國、但比起俄國
庇護下的滿洲政權導致的亡國、寧可要日本、英國、美國維
持下的亡國、、、

　　譚嗣同可逃而選擇留下、問他為何、他總是只說、得有
人、譚特意進去在北京的日本公使館與梁啟超告別之時、他
對梁說、你該逃生、我則待死、如古之程嬰、公孫杵臼、近

代東洋之月照、西鄉隆盛、譚說了四點、自己肺病壽命不長、出逃一定株連在官父親、戲言不懂英語不懂華僑粵語出國也如廢料、據梁啟超胞弟梁啟勳的記載、譚還說世界史先例、政體轉變、無不流血、讓我來做個領頭人吧、有記載譚在戊戌年身體極差、北上就職途中在武漢就病發臥床、內傷症已見、整夜咳嗽、無法入睡、抵京病情加重、見皇帝次日就職、成為光緒高度依賴的四名機要秘書之一、適遇朝臣疆吏直接上折高峰、四人輪值讀奏、工作不勝繁重、光緒還令譚研究歷期聖訓等書、考據雍正、乾隆、嘉慶三朝設懋勤殿的故事、以擬聖諭呈太后、公曆九月十六日、與他結伴上京的哥老會兄弟畢永年記載、譚又病倒、不能久談、十八日受康梁所托夜赴報房胡同法華寺策反袁世凱、三天後九月二十一日太后奪權、緝拿康有為、而梁啟超躲進日使館、次日譚嗣同拖着病軀到日使館與梁道別、想着自己剩下的日子、還能做點甚麼、九月二十二日是他喪失行動自由前的最後一整天、沒有想逃走、也沒執筆替自己辯解、竟日不出瀏陽會館、檢視數月來朋友函札悉焚之、並勉其力仿其父譚繼洵的筆跡、寫了七封偽家書痛罵自己大逆不道、有記載後來太后讀信、怒稍霽、還說、湖北巡撫譚繼洵、原非平日不訓誡兒子者、就這樣保護了朋友、保護了父親、被捕前跟徐致靖吃飯時還說、各國變法、無不從流血而成、今中國未聞因變法而流血者、此國之所以不昌也、有之、請自嗣同始、這是譚嗣同總是只說得有人的一個解釋、另一個解釋是一種江湖義氣、得有人陪光緒受難、這所以梁啟超在譚嗣同傳中寫道不有行者、無以圖將來、不有死者、無以酬聖主、、、

譚嗣同是一性情中人、曾以禪心劍氣相思骨自況、政治

立場本來是激進排滿反皇的革命派、黃興後來所說的中國革命、湖南最先、就是指譚嗣同、譚年青時是個很常見的反外族大漢主義者、二十餘歲時寫的出塞詩中有筆攜上國文光去、劍帶單于頸血來的句子、甲午震蕩加上列強欺負、他自述經此創巨痛深、使他更無心廟堂、鍾意江湖、與湖南哥老會和南北武林人物結交、物色豪傑、聯盟會黨團練、準備衝破一切羅網、流血排滿倒皇、他在寫仁學一書的那個階段、說生民之初、本無所謂君民、君主只是以天下為其私產、他引用法國人的話、誓殺盡天下君主、使流血滿地球、以洩萬民之恨、他還說一姓之興亡、渺渺乎小哉、有死事的道理、決無死君的道理、可見他對君主制的不屑和對皇權之恨、但因為好友梁啟超對康南海頂禮膜拜、他也唯康先生是從、其實譚的反君情思遠比康梁極端、至戊戌年中仍這樣在致友信中說、平日互相勸勉者全在殺身滅族四字、今日中國能鬧到新舊兩黨流血遍地、方有復興之望、不然、則真亡種矣、他引用釋迦牟尼語魔王波旬之句說、今日但觀誰勇猛耳、他是想着勇猛流血革命、推倒君制的、待百日維新開始、康梁親密御史徐致靖竟把譚嗣同推到皇帝身邊、他給妻李閨的信說此行真出人意料、絕處逢生、皆平日虔修之力、故得我佛慈悲也、然而從湖南北上前與刎頸之交唐才常酣酒、作詩說三戶亡秦緣敵愾、勳成犁掃兩昆侖、則大有潛伏大內、顛覆皇權之意、所以後來反清排滿文人章士釗說譚嗣同是意覆其首都以號召天下、以嗣同天縱之才、豈能為愛新覺羅王所買、不過、譚入幕後、給感情至篤的妻子又寫了一信、竟坦然說、朝廷毅然變法、國事大有可為、這可能是他近距離事皇上的感動、特別是光緒對他的信任、請他擬定至關重要的設懋勤殿上諭、說明皇帝有堅定改制決心、使得他對光緒帝另

眼相看、當然、也因這份上諭好比壓死駱駝的最後那根稻草、光緒完全失去慈禧的信任、譚的改變也可能是因為他對全心保皇的康梁的絕對忠誠、就算違他本意也遵從、就如他雖認為不可信任袁世凱、但仍遵康先生之意去策反袁、康有為圍園殺祿之謀是他經手傳達給袁世凱的、成事不足、袁和盤托出引發太后奪權、皇帝被廢、改制路斷、有論者說此事令譚嗣同自責、禍及冰心玉壺一意變法的年輕皇帝、是可以為之一死之事、所以才會說出不死無以酬聖君、康梁主腦既逃、總得有新黨關鍵人物留下與光緒帝共生死、既得有人、捨我其誰、、、

譚嗣同、字復生、也是真不畏死的、十二歲那年家中有人罹患白喉、母親與一兄一姊五日三喪、譚嗣同昏迷三天復生、後在仁學序中自述、吾自少至壯、遍遭綱倫之厄、涵泳其苦、殆非生人所能任受、瀕死累矣、而卒不死、由是他益輕其生命、以為塊然軀體、除利人之外、復何足惜、深念高望、私懷墨子摩頂放踵之志、又篤信佛、認為救眾生外無佛法、佛說無畏、譚便在仁學中曰、無死畏、無不活畏、無惡道畏、所撰佛詩寫道、隔世金環彈指過、結空為色又俄空、譚在仁學大談古代死節、據此梁啟超說譚有心求死、投獄後、有記載他在囚室不是走來走去、就是拾地上灰屑題詩在牆、是以當我唸出那首存世的獄中題壁詩最確定的頭三字、即望門投三字時、譚嗣同馬上接下去、望門投宿鄰張儉、忍死須臾待樹根、吾自橫刀仰天笑、去留肝膽兩昆侖、果然跟梁啟超的普及版只有幾字之差、與林旭死前唸出的版本則差異較大、我問兩昆侖是指誰、譚說指他和梁啟超一赴死一忍辱負重、譚在獄中除題詩之外、也把自己學過的武術、一遍

一遍的在腦中重溫、時而走來走去、手舞足蹈、極為愉快、這我理解、我生前迷足球、常在腦中幻想自己以各種神妙動作盤球騙過後衛射穿對方龍門、這是對身體規訓鍛練有體會感受者的一種常有樂趣、梁啟超說第一次見到這位比他長八歲的譚公子嗣同、這位異人見牆上懸劍、即拔劍起舞、旁若無人、有一次我扛着折疊木梯在活貨哪吒城碰到譚、他也二話不說奪下我的神器、如舞劍舞棍一樣的舞我的人字梯、他的斷頭也很熟練的隨他起舞、煞是好看、他是此間能量最大的活貨之一、至於伏刑實況、有梁啟超等人三個不同版本、但作者都不曾在現場、我問譚到了刑場還在作詩嗎、他說只是喊出早在獄中想好的那四句絕筆、有心殺賊、無力回天、死得其所、快哉快哉、之後心情大好、剩下的時間、他就想像自己拿着小時候的七星劍、把小五子在瀏陽會館教他的劍法在腦中舞耍自娛、、、

　　光緒二十五年庚子春、慈禧採納毓賢、剛毅、趙舒翹、李蓮英、載漪等人之言、以為被山東巡撫袁世凱剿趕流竄至直隸天津的義和團可以彰顯扶清滅洋民氣、遂召見拳民總領李來中和大師兄曹福田、獎其勇義、諭其保衛神團、是年六月進而同意拳民進京、旬日數萬、壇場處處、獲把持朝政的端郡王載漪和載字輩親王從中協助、上自王公卿相、下至宮中侍女以至滿漢各營士卒紛紛附勢、幾乎無人不團、城民亦爭相趨之、京城街頭人人包紅布穿紅衣、適值各國向使館區增戍的衛兵、受阻於城外今廊坊一帶、多國軍艦集大沽口示威、直隸總督裕祿奏請清廷對外宣戰、載漪等更倡以兵圍攻使館、薦用剿回將領董福祥所統率的甘肅軍為武衛後軍、加上排外朝臣徐桐、剛毅、郎長萃、崇綺、徐承煜、啟秀、

英年、王培佐等吹噓附和、慈禧信之、朝中雖有許景澄、袁昶、徐用儀、聯元、立山、張亨嘉、朱祖謀等重臣奏說團民不可恃、外釁不可開、慈禧不為所動、軍機大臣榮祿也入言勿攻使館、太后厲色斥之、六月十日北京使館對外通訊斷絕、十一日剛進城的甘軍在永定門內不由分說截殺在途中的日本使館書記杉山彬、十二日拳民掉臂橫行、焚京城十一所教堂、獵殺教民、庄親王府大院成了屠宰場、一殺千人、倖存數千教士和教民逃入東交民巷和天主教西什庫北堂、京師大學堂作為洋鬼子的學堂、遭團民橫掃後關閉、師生身上有鉛筆洋紙者、亂刀并下殺之、部分拳民甘軍以搜查為名、搶掠京中大宅官邸、連被認為是義和團保姆的保守派大學士徐桐家也被搶、神機營翼長滿族二品官慶恆一家十三口也為拳民所殺、官府莫敢究治、拳民已不受控、以至在前門大柵欄、廊房頭條放火焚燒西藥店和洋貨鋪、泱及池魚、拳民阻止救火、烈火三日不滅、火光蔽天、燒到正陽門箭樓、毀商鋪千家、始失人心、團民於六月十五日發動對北堂的攻擊、清軍隨後加入助陣、堂內有法國傳教士十三人、修女二十人、教民三千二百人、另有法意兩國水兵四十餘人、交戰期間堂內教民和士兵死掉四百多人、包括被炸死的兒童七十多名、但團民清軍圍堂六十三天、未能攻進教堂、十七日列強軍隊佔大沽炮臺、慈禧動搖、召開幾次御前會議、甫發出解散義和團上諭、旋又改變主意、決開兵端、照會各國使團即日下旗離京、二十日德國公使克林德欲往東單的總理各國事務衙門交涉、載漪指使清軍神機營在東單牌樓附近將之槍殺、二十一日慈禧以光緒名義下詔向十一國宣戰、懸賞捕殺洋人、以董福祥所率武衛後軍為主力、連同載勳、載瀾、剛毅、英平等另率拳勇進攻使館區、開展了對東交民巷五十五

天的圍攻、當時各使館內共約有四千人、包括使館人員約五百、稅務司人員百名、教士和眷屬三百餘、尋求保護的華人教民二千餘、外籍兵四百餘、然而清軍加上拳勇人數雖眾、卻久攻不下、榮祿親自統領的德式裝備的武衛中軍始終沒有認真投入戰事、七月中旬八國列強湊合的七支雜牌聯軍攻陷天津、慈禧對使館區停火、再欲議和未果、八月一日復攻東交民巷、八月上旬聯軍從天津進逼京師、清軍防線崩潰、清主將裕祿與李秉衡自殺、載漪、載勳、載濂、載瀅等四兄弟、率拳民刀斧手直闖瀛台欲弒光緒、事洩為太后所阻、慈禧卻指使載漪旬日之間殺許景澄、袁昶、徐用儀、聯元、立山等五名主和大臣、八月十四日、俄日軍從東邊城牆進攻京城、英美軍自東交民巷的南水關秘密通道入城、十五日凌晨、聯軍攻打紫禁城東華門、載漪、載勳、剛毅、李蓮英等隨扈陪從太后和光緒帝出逃、老舍的父親是正紅旗護軍、死於城內巷戰、使館區和北堂先後解圍、支持拳民的大學士徐桐與家中十八名婦女集體自殺、另一扶義和團的清代唯一旗人狀元崇綺隨榮祿逃至保定、留京妻兒自焚而死、不過支持維新反對義和團的正藍旗清流壽富也拒絕離城、目睹聯軍暴行、留下遺書說國破家亡、萬無生理、雖講西學、未嘗降敵、與一弟一妹一婢自縊而亡、聯軍進城濫殺未及撤出的清軍拳民、僅莊王府一處燒死一千七百多人、洋兵更公然搶奪姦殺、史學家唐德剛在晚清七十年一書中寫道、聯軍進京、對北京市民尤其婦女是一場血腥的浩劫、每一口井內都有幾個女屍、懸樑服毒者更是無戶無之、曾經護持譚嗣同等維新派的武人大刀王五、此時為反抗入城肆虐民間的洋兵而被殺死、、、

與葉赫那拉氏慈禧有直接關係的殺戮事件實在是不在少數、國人通過野史秘聞恐怕已然稔熟、一八六一年咸豐帝崩於行宮、遺詔立六歲的獨子載淳上位、帝印由生母懿貴妃慈禧皇太后代管、但先帝指定的載垣、端華、肅順等八顧命大臣、反對東西兩宮聽政、慈禧與慈安太后聯手恭親王奕訢傳諭設局、發動祺祥政變、斬肅順於菜市口、賜令載垣、端華自盡、其他五臣撤職、一八八一年光緒六年慈安猝然病死、慈禧老佛爺獨掌大權、一八九四年甲午戰敗對日簽訂屈辱的馬關條約、慈禧繼續鋪張勘修園林、宦臣寇連材屢勸不果、不顧內監不能干政成例、上折死諫、被慈禧問斬於菜市口、一八九八年慈禧推翻光緒帝的戊戌變法、殺維新六君子譚嗣同、楊銳、林旭、劉光第、楊深秀、康廣仁和宮中四帝黨太監、庚子年慈禧因包庇團亂、引拳民入城、招致八國聯軍進京兼且肆虐華北的大禍、北京城地段枉死者也驟然劇增、慈禧出逃前仍不忘殺死主和五大臣和珍妃、辛丑和約後卻賜死扶拳主戰罪魁毓賢、剛毅、趙舒翹、英年、載勳等、禍首端王載漪定為斬監候、後流放免死、一九〇一年慈禧承諾與光緒母子同行、力行新政、然而一九〇三年又授意刑部杖斃絞死在京津活動的記者沈藎、懲罰其披露清政府與帝俄打算簽定的秘約、慈禧之專政、要到一九〇八年十一月十五日七十四歲的她病歿於中海儀鑾殿才結束、她死前二十小時、年僅三十九歲的光緒帝先行崩於瀛台涵元殿、未能確定是否為慈禧所毒殺、光緒怕也弄不清楚自己是怎麼死的、他說他氣血虧損的毛病已有八年、經常睡中無夢不舉精泄、寒涼藥或溫燥藥都不能用、御醫陳秉鈞的脈案寫着調理多時全無寸效、是年十一月、臟腑功能全部失調、心肺衰竭、中西群醫會診無效、最後幾天經常神志不清、醒來肚子極疼又昏死過

去、長時間痛而死、來到活貨哪吒城也就只記得痛、記憶耗散、神志欠清、載湉自己覺得大概就是在這樣的情形下腹痛離世、我跟他說如果是正常因病不治而死、皇上就不會來到咱活貨哪吒城了、對於光緒的死因有很多說法、現代醫學的化驗說他頭髮含砷量極高、判斷是中了砒霜毒、溥儀在我的前半生書中說、是袁世凱怕慈禧死後光緒復權對他不利下毒的、慈禧的宮伴德齡則在瀛台泣血記中認為是李蓮英等太監所為、理由與袁世凱下毒同樣、隨侍光緒居宮的起居注官惲毓鼎在崇陵傳信錄記載、太后泄瀉數日、帝聞太后病、有喜色、太后怒曰、我不能先爾死、御前西醫屈桂庭民國期間曾在雜誌中披露光緒死前三天腹痛劇烈得大叫大喊、慈禧的曾孫那拉根正借此指出說慈禧的惡病、到死前兩天才得確診、怎可能幾天前已對光緒下藥、而且明知載湉也已時日無多、何必再下殺手、唐德剛則從慈禧的一貫行為推測、她絕不能讓她自己死於異己者之前、如真要逼得她非懸樑自盡不可之時、則太后之懸樑、亦必在皇帝懸樑之後、光緒自稱在不省人事中死去、慈禧則死前神志清醒、發了三道懿旨、立溥儀為嗣皇帝、光緒與慈禧這對冤家不到一日之內如此相繼死去、也怪不得世人大多認為光緒之死是慈禧下的毒手、、、

有清一代、北京作為京師、有過雍正、乾隆、慈禧這樣心狠手辣的獨裁者、當然會比其他城市擁有為數更多的殺戮紀錄、至於一般處死的刑事犯自然也不會少、如光緒初年發生盜皇陵案、七十多人判死、秋後監斬於菜市口、官場更如狼窩虎口、咸豐九年兵部尚書肅順僅因私怨誅大學士柏葰、而一八六一年同治元年助慈禧和恭親王擺平肅順的兵部侍郎勝保、則於兩年後被抄家賜死、此外朝上處死悖逆者和失職

者也是常態、如一八二八年南疆白山派回變被剿平後、和卓張格爾解北京、寸磔餵狗、一八六二年同治元年兩江總督何桂清抗太平軍不力、棄常州城喪十萬師、托言借外兵潛逃上海、清廷與租界交涉、押解北京斬立決棄市於菜市口、清朝也是中國最後一個在北京被凌遲處死的是殺人越貨大盜康小八、那是在光緒年間由慈禧下令復用剮刑的、帝王中央之地必有超額殺氣、這也是牽引活貨哪吒城的業力、不過就總體非正常死亡人數來說、人禍之外、死人最多的還是天災、自有記載以來、北京地區有感地震直至一九五七年為止共五百九十二次、一六七九年康熙十八年馬坊八級地震、都城宮殿着火、有記載京城十萬家、轉盼無完壘、文武職官命婦死者甚眾、一七三〇年雍正八年西郊地震、京城死者十萬以上、一八三〇年道光十年地震、又死十萬人、以當時的人口比例來說、死亡率是驚人的、長年累積下來、北京零公里方圓一帶簡直可以說是屍橫遍野、活貨哪吒城的那點空間早有貨滿之患、我們活貨都是踏在其他活屍之上而尋立足之地的、幸好受世人記得並被賦與能量的活貨只屬極其少數、、、

北京的風水、是吉是凶、任人裝扮、莫衷一是、但觀歷史可明曉一件事、所謂帝王風水寶地的北京既不能永延帝祚、也不能保百姓平安、天災難免、人禍不輟、且易招惹兵患外侮、千百年以來京城各階層人橫死機率比絕大多數其他中國城市的居民只有更高、於帝王於百姓於國運、何風水殊勝之有、哪至於硬要說帝都非位此不可、北京地勢雖北枕居庸、西崎太行、卻非固若金湯、所謂內跨中原、外挾朔漠、反向而思則知其險、雖號稱東環渤海、南襟河濟、實

無深港、也非河運樞鈕、交通並不通達、若依管子所説、聖人凡立國都、下毋近水、必於不傾之地、擇地形之肥饒者、但幽燕之地西高東低、自古受擾於永定河水患、又曾為地震所傾、北京小平原腹地也不算肥饒、另有人例舉古訓説、天子守邊、故選北京、其實以國土最廣大的元、清兩大朝代來看、北京恰恰不邊、如今也是、對明代而言、棄財富來源的東南而就北京、離國防第一線的長城只有一百多里、長城一破、敵騎快馬半天兵臨城下、地勢上的國防弱點暴露無遺、北京之為首善、是元忽必烈和明永樂很個人的選擇、有歷史偶然、必然因素和路徑依賴、只可以説是歷史選擇了北京而不是地理原因、更大可不必過度附會風水、或言之鑿鑿所謂先天優勢、曾有論師以後見之明矯飾説、大禹治水替中土大地劃出三條龍脈、明太祖朱元璋祖籍鳳陽、為中干龍、建都南京、佔南干龍、成祖朱棣增都北京、得北干龍、三龍俱備、但那又如何、太祖死、明室自相殘殺、明朝國運也不見得比不據三龍脈的漢、唐、宋、元、清好多少、有説北京位居東北、如天上之北極星、乃天運所繫、萬物可變、北極星不變、地理上泰山在前、泰山為五嶽之尊、突顯北京之尊貴、還有説西北乾龍由八達嶺至香山、東北艮龍由霧靈山至懷柔山、雙龍吐珠、造就千年京城、又有説龍脈發自昆崙而東漸、冀地在群山之中、右邊西方的華山是白虎、左邊東方的泰山是青龍、南方嵩山是朱雀、北方天壽山明十三陵所在更曾被認為是整個中土龍脈所在、因此冀地是在天地正中間、天下的中心、諸如此類、如此這般各取所需的羅列天文地理座標、國人聽多了以為是重要的見地、今天的論者更往往只是重覆引用這些古説就當作真理交待了事、只知其然、不知其所以然、人云亦云、忘了這類句式只是形象化的文飾

和關聯式的修辭、只是斷言式的描述、並沒有提供真正物理的解釋和實證、東漢王充早已教導過、論莫定於有證、事莫明於有效、龍脈殊勝等說法證據何曾存在過、問題關鍵還不僅在於其玄之又玄難以證偽、更在其效應也從來不彰、也就是北京之被認為是帝王風水寶地、歷代從未見妙應、今人憑甚麼要信以為真呢、當然我們可以理解在此地稱王稱霸者為何樂於製造此等迷思、諸如宣揚自己位嵌龍脈節點或天下中心、而宮宇佈局則必予人感覺依循風水絕學、契合天人相應、北京故宮在這方面獨步中外、陰陽五行八卦九星寧可信其有、不可視其無、一個不漏照單全收、堪稱是古代勘輿術的一次象徵性符號總動員、內城套皇城、皇城套宮城、宮城居中、稱紫禁城、紫指涉紫微、象徵古天象觀天上三垣之中垣、即北極星所處的紫微垣、中垣被認為受眾星躬圍、象徵皇宮萬心所向、天下所歸、外朝為陽、多用奇數、內廷為陰、多屬偶數、外朝三殿象徵三垣、內廷六宮象徵勾陳六星、狀如易經坤卦、紫禁城的禁字、則只是指平民禁地、宮城又稱禁中、禁內、禁城、紫禁城的殿宇分佈對應西漢雜典淮南子的推想、陽氣起於東北、盡於西南、故東北為太子宮所、殯宮仁智殿則設在西邊的武英殿、金水河之水來自西北、西北是乾位、被認為是天門方向、象徵引天上元氣沿內河水道入故宮、水從東南巽位的地戶流出、象徵天地相通、皇帝所用殿宇以金黃色琉璃瓦覆蓋、五行以黃為土、土象徵中央、是萬物之本、黃色就成為帝王專用之色、然而土賴火生、火色赤、宮牆門窗全塗紅、象徵興旺滋生、皇子居所綠瓦青牆、青綠為木葉之色、象徵青春萌芽、在外朝東側的文華殿初建時也用綠瓦、因為東方屬木、旁側藏書樓文淵閣卻是黑琉璃瓦頂、綠瓦剪邊、黑為水之色、水能壓火以護書

紙、北京故宮可說無處不象徵、無物不象徵、象徵者、說法也、區隔也、等第也、規訓也、宮外的皇家廟壇用黃琉璃瓦或青琉璃瓦、帝王園林的亭台樓榭用黑琉璃瓦紫琉璃瓦、王親公卿府頂也鋪綠琉璃瓦、百姓居所一概不准擅用琉璃瓦、合瓦屋頂主要只靠深灰藍色的小青瓦、房頂和青磚牆面不得僭用黃紅綠等色、外觀都只能是灰牆青瓦、這是北京故都建築色調劃一的原因、、、

　　中華第一個共和國之所以續都北京、眾所周知是袁世凱計謀得逞所致、一九一一年底獨立十七省革命軍民在南京成立臨時政府、一省一票選臨時大總統、孫文以十六票當選、一九一二年陽曆元旦就職、改元易服、使用陽曆、五色為旗、中華民國誕生、袁世凱代表清國與南方革命軍且戰且談、取得有利條件、一月二十六日袁世凱授意段祺瑞等北洋軍將領發電逼宮贊同共和、二月十二日隆裕太后偕宣統帝溥儀頒佈退位、詔書多帶了一句說即由袁世凱以全權組織臨時共和政府、一天後袁世凱表態支持共和、再一天後孫文辭職、南京臨時參議院依之前協議推選袁世凱出任中華民國第二個臨時大總統、孫文要求袁世凱到南京就職、議院隨之也在北京、南京兩地之間選了後者為首都所在、二月底袁世凱暗中指使曹錕所部第三鎮在北京製造嘩變、假戲真做、亂兵還真的在東安門、前門一帶殺戮平民、搶劫銀行、焚掠千計商鋪、波及北城西城以至保定、天津、南京臨時政府遂讓步同意袁世凱留在北京就職、四月初臨時參議院決議政府遷北、參眾二院合組的國會選址宣武門內象來街、國務院辦公設在東城鐵獅子胡同、北京於是繼天壽的南京而成為第二個中華民國首都、也稱京都市、大清原來的順天府範圍則稍

經收縮後改稱京兆地方、為隸屬中央的特別行政區、直到一九二八年北洋武裝強人時代過去、國民黨新強人蔣介石與馮玉祥、閻錫山、李宗仁、白崇禧幾股軍事力量於是年六月八日克復北京後、重新使用明初的地名、改北京為北平、剝離了北京的首都功能、管治級別由首都降到特別市、再降到由直隸省改名的河北省地級市、後又再改為行政院直轄市、隨即把中華民國法統的中央政府、搬設到國民黨新中央所在的南京、北京政治降溫、戾氣銳減、商業也凋敝、卻迎來了不到十年的清貧休養生息和土著文化重塑、現在所謂的民國範兒、實在應該細分為北洋的北京民國、租界的上海和天津民國、北伐前的兩廣民國、南京時期的國民政府民國、北平時期的故都民國、抗戰時期的陪都民國等等、且不說這些重心都會地區以外的各式各樣漢地與邊陲的民國、根本不能一概而論、、、

　　說回民國北京也就是北洋北京作為首都、這個開局是靠謀略過人的大野心家袁世凱從清末逐步經營出來的、其人功過此處不論、只說他對於開殺戒是沒有太大障礙的、據說十多歲時他已曾寫出以殺止殺、殺殺人者、殺即止矣這樣的句子、後科舉不中、投淮軍將領吳長慶麾下、一八八〇年清廷應朝鮮皇室政爭一方的照會、令吳長慶等率軍東渡、但清勇軍紀甚差、袁世凱自告奮勇擔當監紀重任、趁一次向吳面報軍情的機會、奉上七顆犯紀者首級呈驗、這件事令他在軍中名聲雀起、帶挈了他獲委任協助朝鮮訓練新兵的重任、駐漢城期間又曾果斷用兵救援朝鮮君主、得知兵之名、始有一八九四年吃了日本人虧鎩羽奉令歸國、反獲小站練兵的機遇、小站在天津、塘沽之間、新軍採德制、紀律

嚴明、某夜袁世凱巡營見一軍人偷吸鴉片、即以佩刀手刃之、戊戌年袁世凱為三品直隸按察使、與新黨有交往、百日維新期間、德宗光緒賜侍郎銜、袁應召進京請訓、戊戌政變前三夕、譚嗣同受康有為遣派、代康黨夜訪袁世凱、促圍頤和園劫持太后殺榮祿勤王、袁兩天後向榮祿和盤托出、榮祿稟告慈禧、本來慈禧首諭只說康有為康廣仁兄弟革職、知道這個密謀後、擴大為捕殺維新派、袁在榮祿力保下僅以身免、一八九九年冬巡撫袁世凱率領萬名新編武衛右軍入山東濟南府、搜殺鬧教拳民、被罵為民屠、可見殺人之多、卻因此在庚子之夏戰事中、得以保住山東地界免於受列強軍隊所侵犯、效如東南自保、李鴻章重主朝務、死於任內、遺札保薦了四十二歲的袁世凱接班、從一九〇一年冬至一九〇七年秋、任北洋大臣兼直隸總督、掌軍政實權、期間編練北洋六鎮即六個新軍師團、領銜推動慈禧廢除科舉考試、興辦新式學堂、建立京津現代警政、發展礦、路、郵政、船務、招商、可惜時不我予、步入新世紀、時人反滿情緒已更為高漲、革命派鼓吹武力推翻異族王朝、以建漢地共和國、手段包括武裝起事和暗殺、從一八九四年興中會成立至一九一一年、不算少數民族離心事件和一般的民亂、共發生革命起事三十九次、群眾重大暴動二十九次、暗殺十次、而主張和平變法的改良派則以君主立憲為期、袁世凱首奏請詔制憲、終於說服慈禧批准十二年後行憲之議、袁世凱成了新舊立憲改良派的重心人物、倡憲健筆梁啟超主張以包容各族的大民族主義救中國、而不以建立漢人民族國家的小民族主義為追求、一九〇五年光緒三十一年清廷指派五名大臣赴歐日九國考察憲制、出行之日在北京正陽門突遇革命黨炸彈襲擊、刺客吳樾當場斃命、五臣之中兩臣受輕傷、當時暗殺

恐怖行為被認為是革命驅滿的重要手段之一、一九○七年慈禧太后與光緒死前一年、袁被架空為有職無權的軍機大臣兼外務部尚書、一九○八年慈禧死、翌年宣統元年滿族親貴回朝攝政、袁世凱被罷官、終免一死開缺回籍、一九一○年汪精衞等在京密謀行刺攝政王載灃不遂被捕免死、次年趁武昌城內一聲炮響、各省群起響應、自此事態如唐德剛所説、孫文和同盟會不能全部掌握、清後政局、借汪精衞的説法、非袁不可、武昌起事後、南方脱離清政府控制而獨立、汪精衞等獲釋、與袁世凱及其子袁克定交往、汪籌組京津同盟會分會、一九一一年十月清廷下詔罪己、罷皇族內閣、任命袁為總理大臣、掌軍政全權、決定和戰、袁即南下視師、出兵攻克漢口、漢陽、十一月七日、唆兇刺殺響應革命的新軍第六鎮統制吳祿貞、同月二十九日北方革命分子計劃組敢死隊分路攻打皇城、據説通過汪精衞和袁親信楊度的疏通、約定了袁世凱與袁克定起兵響應、袁氏父子重施戊戌之故伎、革命黨人中埋伏遭清軍包圍、陳雄、高新華自殺、李漢杰被捕處死、年底華北通州、任邱、雄縣等支持革命的起事軍人、相繼被鎮壓、袁世凱為清廷全權欽差議和大臣、一邊剿擊革命軍、一邊授意汪精衞等聯繫南方革命力量、推動南北和議、翌年一月初派軍鎮壓支持共和的灤州兵變、同月直隸革命黨人與駐通州毅軍數營圖謀起兵、事泄領導人蔡德辰等被殺、當時同盟會京津保支部設有暗殺組、有男女成員二十餘人、曾在京西門頭溝、十三陵等處荒山演習、在京革命黨以袁世凱為刺殺對象、一九一二年一月十六日一二十名殺手在朝臣進宮必經的東華門大街圍堵伏擊袁世凱、炸翻了袁的馬車、車夫與侍衞長等十人死、但炸彈子彈皆未能傷及袁、暗殺組張先培、黃之萌、楊禹昌等多人被殺、袁世凱大難不死更得

裕隆太后信任、進言勸讓宣統退位、但為清貴如禁衛軍協統良弼所牽制、袁世凱示意從上海回到北京的汪精衛、指使當年一起刺攝政王的黃復生找到願當刺客的四川革命黨人彭家珍、攜彈進光明殿胡同良弼府邸、充人肉炸彈、彭當場炸死、良弼重傷死於次日、清帝遜位、袁旋即當上民國臨時大總統、製造北京兵變以避開南下就職、反誘民國中央政府和國會改遷北京為都、登臨時總統位後袁裁減南方六省之兵、唯獨增強北洋軍力、是年八月黎元洪與袁合謀、誘武昌革命元老張振武及湖北將校團團長方維等三十餘人赴京、張振武在十五日夜離開六國飯店宴會後、在途中被挾持、翌日凌晨在西單牌樓玉皇閣軍法執政處西跨院、未審槍決、方維當晚也於城外被殺、袁世凱聞訊假惺惺流淚、共和國初政之穢事、以殺張振武案最甚、舉國震驚、責袁破壞民國法紀、口衛行憲、意為生殺、參議會提質、有議員要求彈劾陸軍總長段祺瑞以至總理陸徵祥、要袁和黎元洪答覆、袁公佈黎的電報全文、說明殺張振武是為黎所指使、孫文也曾訓袁濫殺、但到北京後、袁孫二人表現一見如故、互相恭維、一九一二年八月二十四日至九月十三日間、袁世凱與孫文多次密談、後得黃興、黎元洪同意、共同公佈內政大綱八條、協調南北、袁系和剛由同盟會轉化而立的國民黨、關係調和、鬥爭暫時停歇、張案不了了之、一九一三年初國會依照中華民國臨時約法首次選舉、國民黨人盡佔參眾兩院優勢、代理事長宋教仁為國民黨實際負責人、汲汲於組成政黨內閣、推行責任內閣制、總統由兩院聯合推選、國民黨也可以問鼎總統、一九一三年三月袁世凱和國務總理趙秉鈞遣人在上海刺殺宋教仁、袁系與國民黨又再勢若冰炭、終兵戎相見、袁血腥鎮壓國民黨所稱的二次革命、在北京則摧折言論、大興黨獄、

國民黨人死者甚眾、包括廣東議員伍漢持、江西議員徐秀鈞、工黨領袖徐企文等、袁以京畿軍政執法處、京師警察廳和北京警備司令部等十餘機關鎮壓異見者、一九一三年十月袁當選大總統、隨後下令解散國民黨、褫奪國民黨議員證書、國會不足法定人數而停閉、孫文集國民黨人組成中華革命黨、接受日本支持資助反袁、次年初袁世凱將從上海逃回北京的宋教仁案主使人、青紅幫首領應夔丞、以及知情太深的總理趙秉鈞滅口、五月廢除國務院和中華民國約法、原內閣制改為總統制、年底總統任期改為十年、可無限連任、等同終身制、繼承人由總統個人推薦、同年頒佈廉政反腐條例、開民國首例以犯贓罪槍斃自己嫡系的京兆首長級高官王治馨、獲北京各報表揚、稱讚此舉是民國成立以來痛快人心之創舉、一九一五年經由楊度等發起籌安會鼓吹帝制、洪憲大戲上演、五月袁的軍政執法隊去到天津租界、將當年促成四川獨立和保路運動的張培爵和友人兩名誘捕綁送北京殺害、同年捕殺曾在北京主辦民主報的前山西新軍革命策動人仇亮、袁以承認日本所提的二十一條要求、得日本密允贊成帝制、十二月十一日由楊度、梁士詒操縱指派的國民會議代表全體一致通過君主立憲制、十二日袁以民意難違、承受帝位、廢除共和、改次年一九一六年為中華帝國的洪憲元年、、、

袁世凱眾叛親離、全國討袁護法、老謀深算如他、很快就感到稱帝是畢生最大失算、後悔莫及、未敢正式就位、於一九一六年三月公佈撤消帝制令、為時已晚、是年六月六日袁暴亡於新遷入的新華宮、年五十七歲、副總統黎元洪繼任大總統、北洋皖系實力派段祺瑞為國務總理、恢復民國約法、但府院相爭、次年黎元洪解散國會、段被免職、段系督

軍閥獨立、進逼北京、黎召長江軍頭張勳入京、張勳以調停黎段矛盾之名、率定武軍北上、結合康有為黨羽滿清遺老及其他保皇勢力、驅黎下台、是年七月一日恢復宣統帝位、蟄伏於天津的段祺瑞見政敵黎元洪已逃至日本使館、便自任討逆軍總司令、以駐馬廠的李長泰部、駐廊坊的馮玉祥部、駐保定的曹錕部、合攻京畿的定武軍、七月七日段軍派飛機從南苑攜三彈起飛、轟炸紫禁城、傷一太監、建築損毀甚微、段軍由廣安門入城、從天壇向北推進、雙方交戰於前門至景山一帶、定武辮子軍敗、遍地髮辮、堆積如阜、張勳逃匿荷蘭使館、康有為竄至美國使館、宣統結束十二天的復辟、段祺瑞實際控制北京、趕黎元洪下台、以直系馮國璋為代總統、說是重造共和、但拒絕恢復臨時約法和被黎元洪解散的舊國會、中央政府德威盡喪、孫文的中華革命黨以打倒假共和、建設新共和之名、在廣東召開非常國會、另組軍政府、以孫文為大元帥、號召北伐護法、南北對峙交戰、時值歐戰爆發已有年、孫文反對中國參加歐戰、在京的段祺瑞內閣新國會則代表中華民國向德奧兩國宣戰、南方政府國會於次月也通過對德宣戰、段祺瑞借開戰向日本索款讓權、一九一九年巴黎和會召開、中國為戰勝國之一、要求廢除不平等條約、撤除列強佔地和特權、但訴求被拒、帝德反而將在山東包括膠州灣租借地和膠濟鐵路的權益轉讓給日本、北京的大學生與各界示威抗議、五月四日天安門前集會、遊行到東交民巷、受中外警隊攔阻、學生代表帶着北京學生界宣言書到各使館、除美國外各公使全都拒絕接受、遊行隊伍遂經由天安門東側的富貴街轉向東長安街、穿過外交部所在的東堂子胡同、到達交通總長曹汝霖在石大胡同的趙家樓宅邸、段祺瑞閣員曹汝霖曾主責向日鐵路貸款、與陸宗輿和章宗祥同為

幾個當時最犯眾怒的親日官員、三人正好都在曹家、個別學生帶頭闖入曹邸、當時宅外有幾十名警察、因奉命文明對待學生、連警棍都沒有帶、曹汝霖躲進一個箱子間小房、陸宗輿溜走、章宗祥被毆致不醒人事、護送章宗祥去治療的是當時在曹家的中江丑吉、他是在京少數反對日本帝國主義的日人、學生搗毀一些鏡框器皿和汽車房的乘用車、沒有打曹宅內其他人、取了室內易燃物放火點燃、五四那天另有北大預科生郭欽光抱病上街遊行後吐血、幾日間去世、被認為是第一個也是唯一的一個五四學生烈士、北京學生的五四集會遊行、全國都有回響、隨後一個月北京以至國內多地學生持續有罷課和街頭活動、被捕者以百計、沒有槍殺學生、到六月初上海工人商人學生響應北京學生全面發動罷課、罷工、罷市三罷運動、激動全國、六月二十八日在法的中國代表沒有在對德和約上簽字、僅簽了對奧地利的和約、日本向北京政府提議直接交涉魯案、全國民心反日、抵制日貨、北京政府到底沒敢接受日本條件、自從民國初年開始、不論是袁氏或北洋強人還是孫文等反對派、都曾有過虛弱時刻為日本所懾、甚或因黨派利益和私心、有求於日方而為其利用、種下此時及之後的諸多禍根、、、

　　此時北洋軍系變生肘腋、首都北京在接下的七、八年將繼續是政爭武鬥的中央大舞台、強者居之、段祺瑞派遣的直系將領吳佩孚正在攻打南方、但北方軍系內部爆發矛盾、段祺瑞想以皖系人馬代替直系、吳佩孚罷戰折返河南、發電主和、南方各派也因和戰或利益內鬥而分崩離析、廣州南方政府的孫文辭職出走上海、南北在上海開和平會議、不久破裂、桂系與西南實力派聯合對抗皖派、一九一九年孫文的中

華革命黨改名中國國民黨、回頭攻佔廣州、確定聯皖討桂、但皖派時日無多、吳佩孚上司直隸督軍曹錕與奉系張作霖聯手、結八省聯盟、對付段祺瑞、段氏兩年內借日鉅款所訓練的皖軍、開戰五日全敗、一九二〇年七月直奉兩軍進駐北京、段祺瑞下台、一九二一年四月廣州非常國會選任孫文為中華民國非常大總統、南方各派系之間互相征戰、政情反覆、孫文再度脫粵赴滬、他與皖系直系奉系以至蘇聯和中國共產黨都有聯絡、以壓制南方對手桂系和主張聯省自治的粵系軍閥陳炯明、直奉兩系控制的北方也旋生爭端、英美支持直系曹錕、奉系張作霖的背後是日本人、一九二一年十一月華盛頓會議後、英美企圖限制日本在亞洲的擴張、奉系由親日人士組閣、引起直系不滿、一九二二年四月奉督張作霖派兵入關為內閣做後盾、直奉兩軍開戰於近畿、北京城內可聞炮聲、奉軍大敗、張作霖出關宣佈東三省自治、直系佔控北京獨霸華北、頭領曹錕欲窺總統大位、先恢復民國五年那一屆的國會、也恢復黎元洪舊總統位代替段祺瑞委派的總統徐世昌、再指使馮玉祥率軍警向黎元洪脅餉、製造民意逼黎出走天津、然後賄賂來自各地的國會議員、選出曹錕當上新總統、國會並通過曹錕政府的聯邦制憲法、曹錕的賄選給了南方及反直系的對手有力借口、適逢孫文一系的中國國民黨在廣東站穩陣腳、與曾經被直系打敗的皖系和奉系、聯手反直、直系先發制人、一九二四年在全國東南多線開戰、九月張作霖奉軍再入關、戰曹錕手下猛將吳佩孚部於山海關、奉軍失利、不料吳佩孚派攻熱河的將領馮玉祥、為奉系賄唆、並在廣東方面的運作下、班師回撲北京、曹錕被軟禁、形勢大逆轉、北京為馮氏和他改稱的國民軍控制、逼溥儀遷出清宮、修廢清室優待條件、永絕帝號、馮系與奉系在

天津開會、眾軍頭推出已經無軍無勢的段祺瑞再度臨時執政、奉系張作霖和皖系段祺瑞自一九二二年起就跟孫文結有三角同盟、一九二三年初孫文發表聯俄宣言、列強對孫文領導的中國國民黨頗有顧慮、掌控北京的馮玉祥也傾向國民黨、請了在廣州的孫文上京共商國是、段祺瑞和孫文針鋒相對、一九二五年三月孫文肝病惡化病逝北京東城地安門東大街二十三號寓所、月餘後上海租界發生由青滬日商殺民起禍、偏日的北洋政府在青島又殺示威民眾、發展到上海租界英捕房再濫殺民眾的五卅慘案、六月擴散為各城的華洋流血衝突、相繼釀成漢口慘案和廣州沙基慘案等英法士兵屠殺平民的大事件、北京外交部抗議但無力爭取懲兇道歉、國人反英日帝國主義情緒高漲、是年下半年直系反撲皖奉、在江浙對奉軍發動戰爭、馮玉祥因受奉系排擠、也率國民軍對峙奉軍、並密約奉系將領郭松齡倒戈、進軍東北驅討張作霖、日本人不喜歡張氏、但更不願馮玉祥國民軍甚至聯俄容共的國民黨進入南滿、威脅日本的對華佈局、見奉系都城奉天危在旦夕、日方十二月出動關東軍、於巨流河側襲擊郭松齡、郭出逃被奉系老對頭楊宇霆手下擒殺、張作霖與子張學良編整殘部、奉軍第三度入關、挺進京津、英國見馮玉祥親近國民黨而兩者皆受赤化後的蘇俄支持、也出手與日本合作、撮合本來敵對的直奉兩系合作、共同打擊馮玉祥的國民軍、馮軍在大沽口海佈俄製水雷擋奉艦、守軍與掩護奉軍闖封鎖線的日艦駁火、日英美等八國援用辛丑條約海口不得設防條款、派軍艦雲集大沽口、向北京發出最後通牒、段祺瑞勸馮玉祥停止佈雷、三月國民黨與共產黨合作、組織群眾向北京政府表示抗議八國通牒、十八日段祺瑞執政府衛隊向民眾開槍、死四十六人、中彈死亡者包括北京女子師範大學生劉和

珍、楊德群、北大學生張仲超、黃克仁、李家珍、燕大學生
魏士毅、這是共和國政府在北京開槍屠殺無武裝學生和平民
示威者的濫觴、魯迅稱這一天為民國以來最黑暗的一天、周
作人說五四代表知識階級的崛起、三一八象徵政府的反攻、
北京國務院通緝示威學生的幕後黑手、李大釗等國共兩黨人
士遁入東交民巷蘇聯使館、四月九日馮玉祥國民軍以段祺瑞
暗通奉系、驅策段祺瑞入逃法國使館、北京陷無政府狀態、
列強各國也已停止理會北洋政府、等待新中央政府的出現、
一九二六年四月十五日馮玉祥國民軍撤出北京、兩日後奉軍
進佔、奉軍與直系吳佩孚部進攻苦守昌平南口鎮的國民軍、
三個月後馮玉祥敗走、民國北洋政府歸直奉兩系掌握、奉督
張作霖一躍成為北方政局中心人物、向外國保證不以革命手
段廢約、奉系入京後關閉北大、將京地九所高校合併為京師
大學堂、強迫讀經、四月二十六日張作霖手下在天橋東刑
場、槍斃曾支持馮玉祥和揭露郭松齡被日本關東軍和張作霖
夾殺真相的京報社長邵飄萍、罪名是宣傳赤化勾結赤俄、八
月奉系政府交通部長潘復和軍頭張宗昌捕殺譏諷他們的社會
日報主筆林白水於天橋南大道、林白水的名言是新聞記者應
該說人話、不說鬼話、應該說真話、不說假話、北京陷入恐
怖時期、一九二七年四月六日張作霖軍警查搜北京的蘇聯使
館、拘捕近百名中蘇人士、包括李大釗及家屬、范鴻劼、楊
景山、謝伯俞、譚祖堯等共產黨員、鄧文輝、張挹蘭、路友
于等國民黨員、、、

　　南方的中國國民黨於一九二六年春完全控制兩廣、冠上
了中國二字的國民黨、在孫文生前就已轉形為列寧式革命
黨、不再是民初宋教仁聯合一眾小黨參加選舉的普通政黨、

孫文於一九二二年開始同意共產黨員以個人名義加入國民黨、陳獨秀任國民黨本部參議、李大釗任北京支部總幹事、劉少奇任長沙二分部籌備主任、一九二三年初陳炯明被驅逐、孫文得以重返廣州、公開發表親蘇言論、派蔣介石率團去蘇聯考察、招蘇俄派來的鮑羅廷入幕、一九二四年成立黃埔軍校建立黨軍、聘用蘇俄顧問、黨組織部交共產黨人譚平山主持、工會農會全都為共產黨員控制、地方黨務也多由共產黨員擔任、包括在湖南負責黨務的夏曦、毛澤東、國民革命軍編組後、第一軍政治部主任周恩來、第二軍政主任李富春、第三軍政主任朱克靖、第五軍政主任李朗如、第六軍政主任林祖涵、海軍局政主任李之龍、代理政治部主任包惠僧、教授部副主任葉劍英、政治教官惲代英、高語罕等都是共產黨員、廣州的國民黨中央黨務已有被共產黨把持的傾向、蘇俄於一九一九年成立第三國際、主控共產黨國際事務、中國共產黨也完全聽命於第三國際、國民黨內的共產黨員由鮑羅廷統一指揮、當時也有甚多極力反對容共的國民黨要員、孫文認為他們顧慮過甚、一九二四年國民黨一全大會正式確立聯俄聯共後、屢有黨人彈劾共黨、但孫文和廖仲愷在中委會採取寬容態度、汪精衛、胡漢民等力事彌補兩黨關係、國民黨高層有黨員憤而離粵聚滬、孫文北京去世、核心不存、廖仲愷被暗殺、鮑羅廷扶持他認為有野心可被利用的汪精衛、排擠胡漢民、由汪精衛、蔣介石、許崇智三人成立特別委員會掌控黨政軍權、鮑羅廷要求逮捕黨內右派分子、被許崇智和實力派蔣介石拒絕、汪精衛以派遣外交代表團北上議談的方式、調送黨內右派要員如林森、鄒魯離開權力中心的廣州、二人的中常委之缺由共產黨員林祖涵、譚平山填補、一九二五年林森為首的代表團先到上海、串連在滬國民

黨右派後抵北京、十月底在相對容忍的段祺瑞政府的眼皮底下、以在孫文靈前做佛事為由頭、聚廣州以外國民黨內反共者在北京西山碧雲寺、開了二十二次會議、號稱是國民黨一屆四中全會、公開反對聯俄聯共、宣佈取消共產黨員在國民黨中的黨籍、解除鮑羅廷顧問之職、另立中央委員會於上海、與廣州分庭抗禮、爭奪黨統、以正統自居、共產黨也於一九二六年二月召開中共中央特別會議對應形勢、李大釗、張國燾、瞿秋白、譚平山等六人出席、陳獨秀因病缺席、廣東方面國民黨於三月召開二全大會、通過彈劾案、永遠開除西山會議首腦黨籍、參加西山會議的原中執委除名、增選了蔣介石、宋子文、孫科、彼時蔣介石支持中蘇合作、堅決反對另立中央、誓言要打倒西山會議派、在這次的全體與會者中、共產黨員已佔約五分之三、而三十六名中執委員當中、共產黨員如李大釗、譚平山、林祖涵與左派支持者如汪精衛、宋慶齡、何香凝共十九名、人數過半、毛澤東任宣傳部代部長、秘書為沈雁冰、另外組織部、農民部、工人部、青年部、婦女部、海外部、商民部和中央黨部秘書處全都為共產黨員掌握、蔣介石在這次二全大會上、以貫徹孫文統一中國的遺志、提出北伐的主張、遭鮑羅廷和其他蘇俄顧問一致反對、軍事顧問團團長季山嘉更發表北伐必敗論、二全大會後、共產黨人即積極推行倒蔣運動、蔣因此反成為國民黨反共者在位掌權的中心人物、一九二六年三月、蔣介石以接報主管海軍和中山艦的共產黨員李之龍準備挾持他至海參崴、先發制人拘捕李之龍、扣留中山艦、包圍俄顧問住宅、收繳共黨機關的槍械、遣送季山嘉等顧問返蘇、解除共產黨員在軍校的職務、由他自己出任軍事委員會主席、兼任組織部部長取代共產黨譚平山、之後由陳果夫代理組織部職、蔣

氏左右大局、五月期間中執會通過北伐方案、中共內部考慮退出國民黨、後決定還是留在國民黨內等待機會反擊、一九二六年蔣介石任國民革命軍總司令、各地軍系部隊與黃埔軍一律統編八個軍、七月在廣州誓師北伐、以三民主義、打倒軍閥以及軍閥所賴以生存的帝國主義之名、兵分三路北上進擊北方軍系、八月從陝西東下的馮玉祥部投入國民革命軍、一九二七年四月北伐軍在南京成立國民政府、國民黨又多了一個中央、後山西軍頭閻錫山支持馮玉祥加入國民革命軍、北方軍系則以張作霖為安國軍總司令抵抗北伐聯軍、安國軍節節敗退、八月其孫傳芳部一度偷渡長江威脅南京、無功而還、一九二七年四月初當張作霖以反共討赤之名、入蘇聯使館逮捕國共兩黨身份的李大釗等人後、沒幾天四月十二日蔣介石即從上海開始、正式清除國民黨內的共產黨員以及南方各省的一切共黨組織、各地發生反共風潮和共黨抗爭行為、實力軍頭馮玉祥、閻錫山、李宗仁、白崇禧都支持蔣總司令反共、共產國際令鮑羅廷返蘇、中共書記陳獨秀下台、改以瞿秋白去領導武裝暴動、是年下旬一度曾容共的武漢國民黨主席汪精衛向社會公開道歉、到年底蔣介石重掌大權、確立中央於南京、國民黨各派都同意清共絕俄、繼續北伐、北方軍閥形勢不妙、奉軍的張宗昌在山東、張學良在河南俱敗、褚玉璞部、孫傳芳部不振、吳佩孚更潰遁四川、主北京的張作霖於一九二七年四月二十八日絞殺李大釗等二十餘人於西交民巷京師看守所之後、十一月十八日再弒共黨工運領袖王菏波等十八人、一九二八年一月殺北方國民黨左派大聯盟主席、前北大教授高仁山、二月又殺回族的共黨北京書記馬駿、此時日本頻頻動作圖謀阻礙中國南北統合、一九二八年四月以膠濟鐵路被斷和保護日僑為由、派兵山東、進入濟

南、與城內北伐軍對峙、五月三日殺國民政府外交人員十七人、前後屠殺千計濟南軍民、北伐軍忍辱繞道而行避免給日軍借口再起衝突、蔣介石自此在每日日記寫上雪恥二字、北伐軍進逼北京、奉軍相繼自動撤兵、聯軍勒馬、待奉軍退走後始接收平津、日本又欲出兵三個師團助奉軍在關內與北伐軍對抗、為張作霖所拒、張氏想的是重施故伎、撤回東北休養生息、日本人認為張作霖這次敗走、北伐軍必趁勝追來、進佔南滿、有礙日本的對華戰略、六月四日在南滿鐵路與京奉線交點皇姑屯日軍警衛線內、暗置炸彈重傷張作霖、張氏回到奉天寓所即斃、六月六日閻錫山所部率先進抵北京、十五日南京政府宣佈北伐告成、奉系新領袖張學良接受南京統轄、卸下民國北京政府的五色旗、易幟南京國民政府的青天白日滿地紅旗、北洋時代落幕、首都北京變為故都北平、、、

定都在北京還是南京曾經是個爭論熱點、附蔣的強人閻錫山、馮玉祥都力主定都北京、國民黨要人吳稚暉等力挺南京、一九二八年七月蔣介石親往西山碧雲寺公祭孫文、祭文宣稱溯自辛亥革命、我總理即主張以南京為國都、永絕封建勢力之根株、以立民國萬年之基礎、以袁逆為梗、未能實現、我同志永念遺志、今北平舊都、已更名號、新京確立、更無疑問等等、政治上其實已一錘定音、但北方學者和報社鍥而不捨、仍奮起揚北抑南、就歷史地理國防諸方面替北京說話、數落南京的不是、南方學者也就同樣議題反詰、各執一詞、誰都說服不了誰、待南方各省紛紛表態支持定都南京、這一輪的南北較力方才塵埃落定、北京本為政治掛帥的都城、冠蓋雲集、所以繁榮、現成廢都、中央政府和外省官商消費大戶離去、仕途他移、榮華就不再、還好帶走政治卻

帶不走文化、剩下前朝遺民的庶民生活世界、其面相之後我會細說、先議自清末以來、還有兩類新生的舶來事物也已在北京扎根、那就是京師地區的大學和報刊出版群落、經過北洋時期的起伏生聚、已然成為一個頗具規模頗能自洽的知識分子世界、與庶民世界可以說是同處一城的兩種生態、北京的大學和高等學院都是仿歐美或東洋學制建立而不是傳統書院、是二十世紀上半葉京城最有代表性的摩登新潮、有人說北大是老學堂、但北大可是光緒新政的倖存遺產、以其攀附古代太學稍嫌泛泛、再老也只能勉強上溯至一八六二年洋務運動時期官辦的外語新式學堂京師同文館、同文館及後併入一八九八年底草創、一九〇〇年庚子年屢受破壞停學、至一九〇二年重設速成預備兩科的京師大學堂、同年仕學館錄取舉人進士出身的在京官吏研習西學、又設師範館培養新學教師、一九〇四年招收了最後兩批科舉進士、第一批學生要到一九〇七年才拿到進士舉人貢生頭銜、當時新學堂學位已不是當官必然梯階、清末大學堂得以維持、朝廷的個別有心之士管學大臣總監督等功不可沒、曾進出大學堂的翻譯家嚴復為最後一任總監督、一九一二年五月民國教育部令京師大學堂更名為北京大學、之後不久又冠以國立兩字、所以嚴復也是國立北京大學首任校長、曾給教育部上說帖不要因為經費和管理不善而停辦北大、艱難情形可見一斑、位於景山東沙灘的北大是當時全中國唯一的國立大學、每學期都要愁經費不繼、教職待遇可恥、貧病交迫入不敷出的嚴復任校長職幾個月後辭職、當起袁氏總統府顧問、嚴復的重大事功在他的幾部重要譯著和譯文旁的反思按語、因此他迅速放棄北大校長職不算是中國新文化的損失、當年教會辦的大學一般經濟上較為充裕、包括一九一六年合併三所京城內外基督教會

院校成立的燕京大學、以及一九二九年天主教會創辦的輔仁大學、用庚子退款創辦的清華大學經濟條件也比較好、本是華生留美預備學校、要到一九二五年才設大學部和國學研究院、一鳴驚人、招攬梁啟超、王國維、陳寅恪、趙元任四大導師、旋難以為繼、研究院一九二九年停辦、另外一九一三年中央政府還辦了國民大學、孫文為校董、宋教仁、黃興為第一二任校長、二次革命後轉民辦、後改名中國大學、一九四九年後不存、京師大學堂師範館則分生出京師高等師範學堂和京師女子高等師範學堂、一九二三年和一九二四年分別改名北師大和北女師大、民國北京除上述七所大學外、還有協和醫學院、政法專業的朝陽學院、中法大學、改自中華大學的北平大學、華北文法學院、北京鐵道管理學院、天津北洋工學院北平部等高等學府、由民國北京到民國北平到日據北京到勝利後的北平、政權易手頻密、來自全國的大學教授群體也聚聚散散、然而北京的大學始終讓讀書人心馳神往、、、

梁漱溟曾說若非蔡先生長校、不可能有當時的北京大學、若沒有當時的北京大學、就不會有五四運動、早期北大開啟革新端緒、教師之中已有錢玄同、沈兼士、沈君默、辜鴻銘、陳介石、陳漢章、陶孟和以及章太炎一門的朱希祖、馬裕藻、黃侃等、但說到脫胎換骨式的猛進、讓北京一地一度明顯超過上海成為新思想發煌的聚焦點、無疑還是要數一九一七年蔡元培出任校長、集合了陳獨秀、李大釗、高一涵、周作人、李石曾、章士釗、胡適、劉半農、劉師培、吳梅、楊昌濟、黃節、何炳松、王星松、程演生、劉叔雅、以及招攬魯迅、梁漱溟、馬寅初、王國維、崔適、周鯁生、陳

啟修、朱家驊、王寵惠、翁文灝等授課、用的是蔡元培自己不拘一格的愛材識人標準、政治上分屬帝制派、復辟派、共和立憲派、無政府主義者、自由主義者、社會主義者到國民黨、文科則今文派、古文派、信古派、疑古派、考古派、文言派、白話派、改良調和派並納、全都有助蔡孑民校長設立領引學術風氣之先的全國第一個研究所國學門、不過北大史家陳平原曾說過、蔡元培的兼容並包、並不表示一碗水端平、而是明顯的傾斜於新派、除了文科側重延聘具有新思想的教員外、還組織學會、創辦刊物、支持學生的社會活動、關鍵的一步是促成已經出版了兩卷的新青年雜誌、從上海隨陳獨秀移到北京來編輯、從第三卷到第七卷、以北大文科為依托、不另購稿、絕大部分稿件出自北大師生之手、有幾卷是由陳獨秀、錢玄同、劉半農、胡適、沈尹默、陶孟和、高一涵、李大釗等輪值當主編、這才吹皺一池春水、一下掀起新文化運動、文學革命運動、以及因為一九一九年北京五四事件匯流而成的五四運動大潮、這三大潮流分別涵蓋思想、文學、政治、都有賴於北大與新青年的發軔、且出奇迅速的在幾年間帶動半個中國文化面貌的改變、也正因為如此、當保守派如林紓等攻擊新文化時、矛頭總是直指北大和蔡元培、其實我在這裏想說的是、更加出乎所有新舊人士意料之外的、用今天的話來說屬於真正黑天鵝事件的、是緊隨一九一九年五四之後共產主義在中國的突然擴散、蔡元培固然未料到、陳獨秀和李大釗到北大的時候也不知道自己會有這樣的一種變化、之所以我將要在這兒花時間不厭其煩的細說這些、是因為事涉中國由傳統轉到至今這個特定現代的大變局、關乎一個勢將被共產黨困擾和主宰百年的中國、我不能不多說幾句、捨此不足以明白中國的現當代為何如此、、、

一九一七年一月蔡元培就任北大校長、同年招攬陳獨秀北上任北大文科學長、同年年底又在章士釗推介下、與陳獨秀一起相中李大釗、聘為北大圖書館主任、當時陳李兩人都不是馬克思主義者、一九一七年十一月俄曆十月彼邦革命的一聲炮響也沒有那般膾炙人口的立即給中國送來馬克思主義、陳獨秀轉向馬克思主義之慢是眾所周知的事、李大釗也沒有很快表態、他們兩人已算是最早認同布爾什維克和馬克思主義的中國思想界聞人了、李大釗一九一八年下半年才寫出回應上一年十一月俄國十月革命的文章、而他在一九一九年五月新青年第六卷第五、六號的馬克思主義研究專號上發表的我的馬克思主義觀一文、顯然對當時正統派馬克思主義教條仍有保留、但李大釗寫的這篇文章已經是新青年專號裏基調上肯定馬克思主義的唯一一篇、其他五篇均屬泛泛而說的學術文章、甚至還有以伯恩斯坦或克魯泡特金的觀點批評馬克思主義的、那期專號是由李大釗自己主編的、在他這篇文章之前、中國竟沒有一篇像樣的論馬克思主義的專文、李大釗文之後最早出現的另一篇專論是國民黨人胡漢民於是年秋季所寫的、在此之前、雖然有一九一九年中梁啟超、朱執信、馬君武、廖仲愷、劉師培等提到過馬克思這個人、雖然中國已經有工黨、社會黨、自稱社會主義者和更多的無政府主義者、雖然有改良派智廣書局出版過有關馬克思著作的日文譯著、雖然有民報於一九〇六年與天義報於一九〇八年早就摘譯過共產黨宣言、但沒有對馬克思主義稍為深入的探討、沒有已知的中國馬克思主義者、更沒有宣揚馬克思學說的團體、那麼既然中國新文化知識群體沒有注視存在已久的馬克思、恩格斯著作和第二國際正統學說、而在一九一七年底也沒有即時擁抱十月革命、為甚麼到了一九一九年五四

後、馬克思主義會在中國突然大熱、並且具有黨組織的共產運動也得以有效發展、這可就要從李大釗一兩年間的言行變化來看其端倪、民國初年各種西方啟蒙思潮的政治能量釋放到一九一九年中國在巴黎和談受挫的五四前夕、疲態畢露、想像乾涸、李大釗在這個轉折點祭出了俄國十月革命這個全球政治黑天鵝中的黑天鵝、同時仲介引爆出馬克思主義和共產主義運動、這對當時反帝國主義心切但苦無出路的中國知識分子有致命吸引、而李大釗自己也從此陷入了一個旋轉簸揚循環無端的大洪流中、、、

　　李大釗走到馬列主義和共產黨之路跟同期許多中國讀書人的路徑其實是相似的、李大釗生於一八八八年河北樂亭縣一個農家、雙親早喪、由稍有餘力的祖父母帶大、幼時上私塾讀末期科舉應試的四書經史、十周歲家中即安排與世交鄰居女兒十五歲的趙紉蘭結婚、兩人相依一生、育有多個子女、世紀末庚子年八國聯軍之亂波及河北、種下李大釗終身不熄的反外侮怒火、少年時期李大釗便已學屈原離騷體撰文以抒憤懣、一九〇五年科舉終廢、十六歲的李大釗去省府永平上了兩年西制中學、接觸到英語、然後隻身去大城市求學、李大釗花了六年時間在天津日本學制的北洋法政專門學堂、修日文、英文和政法、他不是同盟會成員、但他認同同盟會的排滿原則、辛亥革命帶來新希望、北洋法政專門學堂其實就是替袁世凱培養官吏的學校、李大釗支持袁氏共和、與在校同學創辦了言治雜誌、並擔任江亢虎中國社會黨的天津支部幹事、這時期他受托爾斯泰的農社觀和歐洲憲政自由主義影響、認為中國需要一個代表民意的政府、目的是國強民富、他筆下的吾民是一個整體觀念、包含農民工人和

商人、而且認為歷代當權政府往往侵犯吾儕小民的自然生活、一九一三年李大釗的憲政傾向文章被轉載到其他報刊、並為剛在北京創黨、以梁啟超、黎元洪、張謇、伍廷芳、湯化龍等為首的親袁憲政派大黨進步黨所注意、李大釗很快對地方軍頭自雄、跳梁之輩違玩憲法的民初共和感到不耐、一九一三年四月初在言治刊出大哀篇、哀古今中外民賊迭起專政、非吾民自主之政、是年三月袁世凱弒宋教仁、及後孫文叛變失敗、很多中國知識分子陷入長達五六年的沮喪期、紛紛退出公共事務、回到書齋或出國留學、李大釗撰文抨擊暗殺手段、是夏中國社會黨領袖陳翼龍也在京被袁氏槍決、李大釗躲回家鄉、一度想退修淨土法門、在同學好友郁嶷的勸阻下、並在天津籍國會主義者孫洪伊和留日法學家湯化龍共同出資贊助下、於一九一三年九月懷着失落的情緒東渡、他在日本學習政治經濟學不到三年、卻正值大正民主時代開始、在東京密集接觸到多種政治思潮、早稻田大學教授中不乏自由主義者和社會主義者、包括他日後回顧說深受其影響的日本社會主義學者安部磯雄、同時李大釗頗受無政府主義的互助理想、柏格森的唯意志論生命哲學和愛默生超驗論等重視個體主觀能動的思想吸引、薰染了他日後理解的馬克思主義得以繞開歷史決定論和經濟決定論、在政治活動方面、東京期間的李大釗由擁袁變成反袁、觀念接近孫文流亡日本而成立的中華革命黨、這個時期的李大釗中國本位民族情緒高亢、認為外國人不可能理解中國國情、就袁世凱顧問古德諾的共和與君憲本無分優劣之議、撰文批評斥責古德諾之論國情必宗於美國、乃美洲人目中之中國國情、非吾之純確國情、歐美人之言、豈可盡恃、一九一四年底歐戰期間日本佔領中國的德控山東、至一九一五年向袁世凱提出二十一條要

求、至此、日本是亞洲本身的帝國主義侵略者的面貌、清楚無誤的呈現、留學生群情激憤、李大釗起草中國留日學生總會發出的警告全國父老書通電、籲稱今日本乘歐人不暇東顧、作瓜分併吞中國領土之戎首、日人條件、任允其一、國已不國、從一九一五年至一九一九年五四時期、李大釗的這種反外侮民族主義心態在中國知識分子中是極為普遍的、中國國內政權落在妄圖稱帝的袁氏之手、國內南北紛爭、外國列強盤據各地、日本趁火打劫吃相難看、國人找不到自救的力量何在、轉向消極、只有被動寄望歐戰之後、國際能還中國公道、相對於不想談論政治的陳獨秀一類知識分子、李大釗沒有放棄積極論政、陳獨秀一九一五年秋從日本回中國、創辦文化雜誌新青年、之前他在章士釗創辦的老虎報甲寅雜誌上發表了愛國心與自覺心一文、以愛國為非理性情緒、自覺為理性知識、屈原愛國自殉、老子自覺避世而得真智慧、陳獨秀的重點是時局如此不堪、中國應先尋知識、有了自覺之人、才可鼓動愛國心、意思是知識分子應先讀好書、做好自己的學問、少涉獵當前政治生活、這也是早期新青年雜誌不談政治的由來、李大釗卻持有另一種同樣有代表性的知識分子態度、類似於德國人韋伯所說的責任倫理、對陳獨秀的主張他隨即寫了一篇厭世心與自覺心的反駁文章、發表在一九一五年八月的甲寅雜誌上、李大釗文中推崇柏格森的創造進化論以奮進精神、不單批評了陳獨秀不鼓勵愛國心、散播厭世情緒、更認為愛國心就是自覺心的一部分、兩者不是對立的、自覺心不應是退出社會的悲觀主義厭世心、而是要主動改變世界、他認為知識分子憑意志是可以扮演改變時局的角色的、這個介入政治的積極主義取向、是五四之前李大釗有別於陳獨秀的地方、、、

一九一六年五月二十八歲的李大釗在日本寫完了充滿理想和詩意的青春一文、拿不到學位就歸國、這時期引導他言行的是民族主義和唯意志論、包括貫穿青春全文、經過轉化的愛默生超驗思想、在這篇發表在新青年第二卷的文章中、李大釗將自然和人生的循環、套用於國家民族、力主拋掉殘骸枯骨、以孕育青春中國的再生、這套關於國族復興的譬喻影響五四以至中共意識形態很深、行動在於今朝、行為有賴青年、這是柏格森的自由意志加上愛默生把握當下的思想、一九一六年回國後李大釗在上海做了湯化龍的秘書、是夏袁世凱死、反對袁氏稱帝的進步黨重登北京政治舞台、但主導時局的已不再是舊國會政客、而是北洋和外省的軍頭、湯化龍推薦李大釗出任北京晨鐘報主筆、這意味着在十月革命之前一年、李大釗還願意替反帝制各政黨之中最保守的進步黨工作、在進步黨左邊的有國民黨溫和派、再左邊的是國民黨左派、而極左邊的則是無政府主義者、李大釗的積極主義政治抱負、當時並沒有遇到合意的政治組織和綱領、一九一六年初回國前他還在留學生刊物寫了民彝與政治一文、倡導以惟民主義為其精神、代議制度為其形質、主張自由之保障、不僅繫於法制、尤需思想言論的自由、若能棄專制之我、迎立憲之我、再造中國、足以雄視五洲威震歐亞、李大釗的想法仍與當時的憲政主義者以至民族主義者契合、但他的盧梭式直接民主主張已超過了與段祺瑞同流的進步黨、他在晨鐘報待了不足一個月、留下鐵肩擔道義、妙手著文章之語、就辭職中斷了與恩主湯化龍的關係、失業數月、與友人創辦憲法公言一刊、後得另一憲政主義者章士釗邀請出任北京的新報章甲寅日刊的編輯主筆、一九一七年三月的時候、俄國二月革命的消息傳到中國、李大釗在甲寅日刊上將其稱為俄國

大革命、評論其旨在去掉君主政治、貴族政治、官僚政治以及賢人政治、並不無寄望俄國此次革命之成功、可厚中國共和政治之勢力、辦報期間章士釗和李大釗發生矛盾、李大釗離京回鄉、很快甲寅日刊也不容於帶辮子軍進城復辟的張勳、大概從這個時候開始、李大釗雖認同自由民主、但不再認為賢人憲政足以救中國、一九一七年十一月俄國十月革命、三天後中國就有了報導、孫文不久後也發了賀電給列寧、但新青年沒有在雜誌上表態、同月李大釗只用筆名在太平洋雜誌上發表一篇名為此日的短文、主旨是在批評民國國事之壞、最足痛心者為黨爭一事、且只是在其中一段談到美、法、俄三國時政、點評說美利堅之獨立必八年之血戰、法蘭西自由之花、必有數十年犧牲之血以灌溉之、最近俄人且於酣戰之中、不憚高舉赤旗、以奠自由民主之基、如果三國之民、畏難苟安、則自由之惠恐不及於三國之民、這時期李大釗心態上為爭取自由民主似已不耐漸進改良、但行動上他於一九一八年一月正式加入新青年當編委、新青年雖然以德先生和賽先生替代傳統文化、反孔教、提倡白話文、但都只是觀念上的革命、故意不涉時政、新青年也主張國際主義、反對民族主義、這個時期在上海租界的李大釗批評反動者利用了傳統文化、而不是較早時每每想從傳統中找現代的資源、但他沒有否定傳統、一九一八年一月李大釗出任北大圖書館主任、是年五月李大釗發表了新的、舊的一文、還在調和新舊文化、表示新舊如車有兩輪、鳥有兩翼、兩種精神要代謝、要合體、不該固定、分立、才於進化有益、在文末他盼勉新青年包容那些殘廢頹敗的老人、不但使他們不妨害文明的進步、且使他們也享有新文明的幸福、李大釗這篇調和派文章受到主張全盤否定舊文化的同人編輯錢玄同和陳獨

秀在雜誌上的回擊、這已是俄國十月布爾什維克革命半年後、新青年雜誌上仍在爭論的議題、是年七月李大釗才在復刊的言治上發表法俄革命之比較觀一文、認為二十世紀隨後的文明、或許萌芽於今日俄國革命的血潮中、一如十八世紀法國革命之於當日亦未可知、李大釗此時更傾向認為締造人道自由新世紀需要法俄式的流血革命、並對俄國寄予厚望、認為落後者才有發展的潛力、可以後來居上、當時新青年同人對俄國事變很漠然、只有李大釗非常關注俄國政局發展、到了是年十一月也即俄國十月革命的一年後、李大釗才有了明確態度、他先是在北大學生的中央公園集會上發表了演說、題為庶民的勝利、斷稱一戰的結束、是庶民的勝利、是民主主義的勝利、進而首倡說這也是資本主義的失敗、是勞工主義的勝利、因為一戰是資本家的政府之間的戰爭、是靠國際間勞工的同一行動、防遏了各個資本家政府的戰爭、今後的世界、人人都是庶民、人人都是工人、這是不可抗絕的潮流、同月新青年還刊發了他更完整的稿件、名為Bolshevism的勝利、歡呼上一年的布爾什維克革命、他很主觀的說歐戰終止、戰勝德國軍國主義的是德國覺醒的人心、是人道主義的勝利、是平和思想的勝利、是公理的勝利、是自由的勝利、是民主主義的勝利、是社會主義的勝利、是Bolshevism的勝利、是列寧、陀羅慈基、郭冷苔、列卜涅西、夏蝶曼、馬客士的功業、而不是威爾遜的功業、李大釗首次在文章中提到馬克思、列寧的名字各　次・更多談到的是陀羅慈基即托洛茨基、李大釗雖然還想調和人道、自由、民主、公理等價值與社會主義、布爾什維克主義、但這時他已從一個民族主義者、完全變成了期待世界革命的國際主義者、大談特談俄國革命為世界革命的導火線、無數國民的革命將連續而起、

表揚托洛茨基不親德、不親協約國、甚至不愛國、所親愛的是世界無產階級的庶民、是世界的勞工社會、強調托洛茨基只有兩件事總放在心頭、就是世界革命和世界民主、李大釗隨之預言說俄國革命是使天下驚秋的一片桐葉、將來的環球必然是赤旗的世界、人道的警鐘響了、自由的曙光出現了、Bolshevism的勝利是二十世紀世界人類人人心中共同覺悟的新精神的勝利、在這篇文章裏、李大釗比同期中國知識分子更早的全面肯定了布爾什維克革命、當國人還在寄望西方資本主義列強主導的巴黎和會、李大釗卻掉頭認同了歐戰戰勝國的眼中釘赤俄、他好像終於在中國軍閥主政、列強帝國主義包圍的悶局中、找到了一條革命性的出路、他的唯意志積極主義有了實體寄托、一九一九年元旦在由他創刊的每周評論上、他深情的寫道這個新紀元是世界革命的新紀元、我們在這黑暗的中國、死寂的北京、也彷彿分得那曙光的一線、李大釗待人熱忱、到北京一年多參與發起的組織和刊物包括少年中國學會、平民教育演講團、學餘俱樂部、國民月刊、新潮月刊、責編晨報副刊、並常到其他城市開會演講、他一下子對布爾什維克革命如此的全面肯定、必然也會吸引友儕和周邊學生的廣泛注意、他的文章流傳更遠、那年春天、中國在巴黎和會受辱、李大釗用分贓會、強盜世界這些話痛斥列強、國人被日本和西方列強激怒、反帝國主義情緒蓋過了之前以西方為師的願望、赤俄當時孤軍對抗西方和日本列強、也讓許多國人感到好奇和親切、、、

一九一九年以前、陳獨秀對社會主義思想興趣不大、他在一九一七年還答讀者問說社會主義理想陳義甚高、但因為中國產業未興兼併未盛行、社會主義似可緩於歐洲、陳獨秀

到一九一九年一月仍然對十月革命持批評態度、指其利用平民壓迫中等社會、殘殺貴族和反對者、李大釗在一九一八年底以前的文章裏並沒有着力於介紹社會主義、他也不是因為讀懂了馬克思主義而去擁抱十月革命的、相反是因為十月革命發生了、為了追捧赤旗革命、才去細讀馬克思主義、也正因如此、他對當時主流的第二國際正統派馬恩解說一細讀就開始有疑惑、一九一八年底發表了庶民的勝利和Bolshevism的勝利之後、他沒有立即接着再去討論馬克思主義、一九一九年初他在新潮、晨報、國民、新青年、每周評論等報刊撰文、談論亞細亞主義、馬爾薩斯的人口論、世界聯邦、廢娼、婦人解放、煤廠工人生活、勞工教育、青年與農村等諸多議題、他指出日本倡導的大亞細亞主義、是併吞中國的隱語、是日本獨吞獨咽亞洲的門羅主義、這時期李大釗主張新亞細亞主義、亞洲民族自決、然後組成聯邦、再與經過聯邦化的歐美、組成世界大同的聯治、把國界和種界完全打破、他又強調説俄國這回革命新機之醞釀、賴於許多青年志士長期在農村的活動、中國大多數勞工階級是農民、他們若不解放、國民全體就不能解放、文章中李大釗直接喊話呼籲、青年啊、速向農村去吧、直到一九一九年五月、五四事件前三天、李大釗才終於在他主編的新青年雜誌馬克思主義專號上、交待他的馬克思主義觀、他坦白的説他平素對於馬氏的學説沒有甚麼研究、今天硬想談馬克思主義已經是僭越得很、有誤解的地方請讀者指正、他以日本社會主義者河上肇的馬克思的社會主義理論體系一文為藍本、一板一眼的介紹馬克思主義勞動價值等經濟觀、唯物史觀和社會進化觀、認為階級競爭説就是聯結起上述三觀的金線、在介紹之餘李大釗也述説自己的看法、認為馬氏學説受人非難的地方很多、

唯物史觀與階級競爭說的矛盾衝突、算是一個最重要的點、指出有人以為歷史唯物的進路是必然的、添加了命定的色彩、但馬克思和恩格斯也曾檄告舉世的勞工階級、促他們聯合起來、推倒資本主義、大家才知道社會主義的實現、離開人民本身、是萬萬做不到的、李大釗坦言既確認歷史的原動為生產力、卻又說歷史是階級競爭的歷史、終覺有些牽強矛盾、馬氏學說實在是一個時代的產物、不可拿一個時代的學說、去解釋一切歷史、或整個拿來應用於我們生存的社會、文中還說近來哲學上有一種新理想主義出現、可以修正馬氏的唯物論、人類的惡習、不可單靠物質去變更、當這過渡時代、互助的理想、人道的運動、倫理的感化、都應該倍加努力、這是馬氏學說應加糾正的地方等等、這就是當時中國最完整的一篇馬克思主義學說介紹、文中沒有看到任何列寧主義的影響、李大釗是以自己既有的各種非馬克思主義觀念、消解了主流正統派的馬恩學說解釋、預告了以後中國共產運動對正統馬恩教條的偏離、那年五四事件後的夏天、李大釗撰寫了階級競爭與互助一文、還在試圖調和階級鬥爭與無政府互助、引用了約翰拉斯金、威廉莫里斯、克魯泡特金、說一切形式的社會主義根萌、都純粹是倫理的、基礎是協合、友誼、互助、博愛的精神、與互助論相反的是階級競爭說、但李大釗繼而寫道、馬克思說的不過是人類歷史的前史、以今日的社會組織終、是階級社會自滅的途轍、這最後的階級爭鬥、也是改造社會消泯階級的最後手段、必須經過、不能避免、最終我們主張物心兩面的改造、靈肉一致的改造、階級競爭快要熄了、互助的光明快要現了、我們可以覺悟了・・・

他在文中常用我們一詞、也可能代表他當時的文章是反映一組人的觀點、一九一八年底一九一九年初在補讀馬克思主義的時期、李大釗在圖書館辦公室、與受他影響的青年秘密共組了第一個馬克思主義研究會、共修成員包括後來國民黨的羅家倫、共產黨的鄧中夏、瞿秋白、張國燾、初度入京當北大圖書館助理的毛澤東也曾與會、另外陳獨秀五四前夕參加了李大釗創辦的時評雜誌每周評論、終於願意開始議論政治、是年三月陳召妓受攻擊、北大隨廢學長制、五四後六月陳獨秀上街派傳單、結果被捕因了八十三天、獲釋後怕再被捕、離開北大教席避居上海、不到一年後陳獨秀突然放棄秉承有年的自由主義和杜威主義而全面歸依馬克思主義、比李大釗晚了一年多、轉向之後的新青年在一九二〇年至一九二一年的一年時間內發表了六十四篇關於馬克思主義的文章、共產黨在滬成立後、新青年更成了機關刊物、李大釗在五四事件前夕已在宣揚布爾什維克主義和馬克思主義、在五四後更成為許多北京知識青年的領袖、一九一九年年中過後、新青年雜誌同人內部分裂、那年夏天杜威正在北京、已經名重一時的胡適七月份在每周評論上發表了多研究些問題、少談些主義一文、李大釗那時候回了家鄉、認為文章是針對他而寫的、立即撰寫了一篇題為再論問題與主義的文章、告白說自己是喜歡談談布爾什維克主義的、在舉世若狂慶祝協約國戰勝的時候、又作了一篇Bolshevism的勝利的論文、給新青年的同人惹出麻煩、胡適因此被橫披上過激黨的誣名、真是罪過、不過李大釗認為問題與主義有不能十分分離的關係、一個社會問題的解決、須靠社會上多數人共同的運動、那要先有一個共同趨向的理想、主義、作他們實驗自己的尺度、胡適與李大釗這個問題與主義之爭、反映的是對政治的態度、

在五四後危機重重的中國、很多知識分子不耐煩碎片式漸進改良、尋求的是可實踐的整體出路、各種主義方興未艾、除了早前的無政府主義、烏托邦社會主義、托爾斯泰農業社會主義、拉薩爾國家社會主義、費邊主義外、還有杜威主義和一九一九年杜威在中國推介的基爾特社會主義和工團主義、一九二〇年至二一年羅素到中國所主張的民族發展主義的國家主義式社會主義、一九一九年張東蓀提出的不是一定就是馬克思主義的第三種文明社會主義、當然還有李大釗主張的一定必須就是馬克思主義的布爾什維克式共產主義、、、

　　五四事件期間、北京的大學生初嘗學運的勝利、用後來北大校長蔣夢麟的話說、為成功之酒陶醉了、嘗過上街滋味的年輕人、都想依靠一套主義有所直接行動、史家周策縱曾指出、五四自由主義者很少投身社會調查和工人運動、走向工人和農民的是社會主義者、李大釗與學生鄧中夏、張國燾等走到街頭演講、後來替鐵道和船塢工人辦補習學校以至組織工團就是例子、一九二〇年李大釗正式當上北大教授、繼續兼管圖書館、是年三月北京外交部接到蘇俄新政權代理外交委員長加拉罕的對華宣言、聲稱放棄帝俄時代一切侵害中國的條約與特權、宣言公開後、民間反應甚熱、不顧當時北洋政府親列強反赤俄、紛紛表示願與蘇俄友好、同月李大釗指導北大學生公開組成另一個叫馬克思學說研究會的學會、有數百人參加、圖書館辦公室又稱亢慕義齋、亢慕義是德文共產主義的譯音、是年年底他又成立社會主義研究會、但中國共產運動的確立和發展、仍有待列寧式先鋒黨組織的駕臨領導、列寧的動作也夠快、一九一三年列寧還在歐洲流亡的時候、就提出過亞洲作為共產革命第一路線的說法、認為革

命要發展到歐洲去、捷徑是經過北京和加爾各答、一九一七年十月革命後、列寧本來和李大釗一樣、先是期待歐洲會發生連續迅速的赤旗革命、一九一九年三月為了促進歐洲共產革命事業、還設立了第三國際、但那年德國和匈牙利短暫的蘇維埃政權覆滅、列寧在第三國際第二次代表大會上立即修正馬克思正統派的革命第一路線在歐洲的信條、把革命起點轉到他稱為先進的東方、認為亞洲的民族革命將跑在第二階段歐洲的工人階級革命之前、莫斯科一方面官派優林為代表到北京謀求與中華民國建交、一九二〇年九月發佈第二次對華宣言、答應以訂約方式確定第一次宣言中放棄的各項對華特權、並於一九二三年派出加拉罕為第一任蘇聯駐中國大使、另方面一九二〇年四月俄共布遠東局就已派遣全權代表維經斯基即吳廷康、到北京設立在華的共產國際支部和共產黨黨部、吳廷康與華裔翻譯楊明齋知道建黨若要快速見效、第一個要說服的是李大釗、遂拜訪李大釗談實質建黨、李大釗提議吳廷康先去上海找陳獨秀、陳獨秀跳上這班車的動作更快、立即於五月在上海成立馬克思主義研究會、是夏就在滬組黨、採用李大釗的建議名為中國共產黨、始初成員之中有後來國民黨右派戴季陶和汪精衛政府的周佛海、陳獨秀任臨時中央的書記、南陳北李、向國內外發展組織、包括從李石曾的法國勤工儉學會發展出來的巴黎中國少年共產團、是年九月北京的共產主義小組也在李大釗的北大辦公室正式成立、李之外八個成員中有六個無政府主義者和不久赴法的張申府、幾個月後只剩下張國燾、其他新加入者都是對李大釗特別忠心的大學生積極分子、儼如一個學生黨、到一九二一年七月中共一大之前、北京黨員已有李大釗、張國燾、鄧中夏、羅章龍、劉仁靜、高君宇、繆伯英、何孟雄、范鴻劼、

朱務善、李駿、張太雷等、是年第一次代表大會、全國共產黨員只有五十七名、推派了十三名代表開會、決議接受第三國際領導、一九二二年七月的二大、共產國際的馬林提出中國共產黨要與中國國民黨組成統一戰線、及後又指示共產黨員以個人身份加入國民黨、李大釗、陳獨秀、張國燾初持反對立場、最終都同意服從共產國際的決定、四年半後到一九二七年春中共五大、與會者約八十名、代表着五萬八千名黨員、是年蔣介石清黨後大概只剩不到兩萬、但如列寧所說幹部就是一切、有信仰的列寧式革命黨只要核心不全滅、就有頑強的再生能力、這將是李大釗無緣看到的了、成為黨員後、一九二二年李大釗撰文說在十月革命的火光裏、蘇俄誕生了勞農群眾的國家和政府、這是全世界勞農群眾的祖國、先驅、大本營、在一九二二年和一九二四年列寧的生前死後、李大釗終於數度寫到列寧、說列寧是弱小民族的良朋、中華民族的重要朋友、一位仁慈忠勇獻身於全人類的人、一九二四年初李大釗出席中國國民黨第一次全國代表大會、當選黨中央執行委員、是年中他率中共代表團到莫斯科參加共產國際代表大會、一九二五年孫文去世後、李大釗一再撰文肯定孫文說、十月革命的成功、使中山先生認識到中國國民革命是世界革命的一部分、一九二四年在廣州改組的中國國民黨容納中國的共產黨分子、使中國的國民革命與世界的無產階級革命聯成了一體、一九二七年四月李大釗被張作霖拘禁後、寫下獄中自述遺著、說自幼矢志於民族解放、經孫先生介紹入國民黨、主聯俄聯德、因其對於中國已取消不平等條約也、全文隻字未提共產黨、不過李大釗從一九二一到一九二七年被絞殺、作為中國共產黨黨員兼黨中央領導是清楚無誤的、言行上聽命於第三國際和聯共布的指

揮也是無需置疑的、一群知識分子的共產主義信念、如果沒有國內外大形勢的呼喚、沒有第三國際和聯共布及時的遠東政策、更關鍵的是如果沒有列寧式先鋒黨組織的實體配合支撐和紀律化耳提面命、馬克思主義只可能是新文化時期的諸多舶來主義的其中一種奇葩主義、李大釗的個人意志和能動力再強、如果不是找到了組織、嗚呼哀哉、他仲介引爆的以馬克思、恩格斯為名的中國特色列寧主義也就不會成為隨後中國現代的意識形態主旋律、、、

　　趙紉蘭帶着小孩到北京、每次都充滿憧憬、冀望着這次可以在京城安穩落住、陪伴照顧丈夫守常、讓孩子在北京上學、闔家團聚過點清貧的小日子、可惜每次都好景不常、匆匆而來、倉皇而別、一家人總是分多聚少、自十五歲過門到同村的李家後、這位人稱阿蘭的小媳婦就要照顧年邁多病的公婆和比她還小五年零九個月、在襁褓即失怙恃、既無兄弟、又鮮姊妹的童齡夫君守常、侍候他讀經史、考童試、一九〇五年守常也十六歲了、考過了縣試和府試、科舉卻停辦了、守常從家鄉河北樂亭大黑坨村、轉到永平府去上新式中學堂、阿蘭沒想到、自此以後守常有生的二十二年、兩夫婦相見將這麼不易、阿蘭的婆婆幾年前已去世、一九〇六年公公也棄世、守常在中學堂待了兩年、據守常死前在北洋獄中的自述、一九〇七年因為感於國勢之危迫、急思深研政理、求得挽救民族、振奮國群之良策、要求隻身赴天津上北洋法政專門學堂、家裏典當挪借、以充學費、是年阿蘭懷孕了、這是她替守常懷胎八次的第一次、可惜這胎沒保住、守常在北洋政法學堂六年、除讀書辦刊撰文外、還積極參加中國社會黨的政黨活動、守常與阿蘭一九〇九年生下兒子葆

華、一九一一年生女兒星華、一九一三年又再生一子、這一年中秋節前夕守常回家、說他拿到資助、要去日本留學、不久即離鄉赴日、之後不到一周歲的小兒子患天花而死、三年後一九一六年守常被早稻田大學開除、回國後馬不停蹄介入政事、在北京晨鐘報的工作沒幹多久就辭職、回鄉過了一個中秋、又回北京創辦報刊、連着四年沒跟家人過舊曆年、一九一七年初阿蘭病倒、五月守常終於回家、陪了她兩個半月、守常不像其他新派人、成年後他雖也常年不在家人身邊、但始終與髮妻阿蘭不離不棄、這次守常回北京後、遇上張勳復辟、倉皇避至上海四個多月、一九一八年初得蔡子民招攬、到北京大學圖書館任職、那年寒假阿蘭三十四歲生日、一家團圓過春節、暑假後阿蘭和兒女第一次搬家到北京伴在守常身邊、兩個月後歐戰結束、全城慶祝協約國勝利、守常卻以庶民的勝利和Bolshevism的勝利公開讚揚十月革命、站在協約國的公敵赤俄的一方、引人注目、守常在北大的第一年非常活躍、投入協作各種組織和刊物、無役不與、除北大正職外、守常在師範大學、女師範學堂、朝陽學院、中國大學兼課、收入提高、但仍不敷家用、因為他經常拿錢去補貼學生和支援組織、蔡元培校長知悉後、囑會計部門把部分薪資不經守常而直接交到阿蘭手中、翌年五四運動爆發、守常在第一線、那年阿蘭又懷孕了、她只能帶着孩子告別北京回去鄉下老家、守常大部分時間一個人在昌黎五峰山韓文公祠、撰寫給胡適的再論問題與主義公開信、他回北京後、阿蘭在老家生下女兒炎華、守常在次年舊曆年從天津送走被追捕的陳獨秀後、才回樂亭老家、一九二〇年守常在北京和上海協組共產黨、是夏阿蘭第二次與孩子到北京、打算定居下來、好讓年齡漸長的孩子上學、這位不識幾個字的

農村纏足婦人、這時候是名滿南北的北大教授的夫人、家中往來無白丁、李門一家在北京石駙馬大街即今西城區文華胡同居住了三年多、是最長的一次、期間阿蘭又生養了一女一男、一九二三年二月七日守常和學生支持的長辛店鐵道工運遭吳佩孚暴力鎮壓、守常被通緝逃到上海、事過後回京不久、就頻頻南下籌辦國民黨改組等國共合作的事、守常不在的時候、阿蘭留守的北京家、不斷遭陌生人故意騷擾威嚇、只能棄之避居另宅、禍不單行、小女兒也患白喉夭折、之後守常被正式通緝、阿蘭帶四個孩子再次回大黑坨樂亭老家、守常則先逃躲五峰山、後直接遁至莫斯科開共產國際大會、出國前給阿蘭寫了一封長信、說這次出國不定甚麼時候回來、囑阿蘭應當堅強起來、振作精神撫養和教育子女、守常並為悼念幼女寫了一首長詩、阿蘭何等堅強、一九二四年秋自己帶着孩子第三次到北京、因為幾個小孩總得上學、她找守常的朋友合租了一個胡同院子暫住、不久馮玉祥叛變、進京因禁了總統曹錕、解除了對守常的通緝令、一個多月後守常才從莫斯科回到北京、全家搬去一個較適宜的宅院、總算安頓下來、阿蘭常包餃子招待守常的訪客、守常一邊策動馮玉祥、一邊協助到北京的孫文、抵制段祺瑞、不久孫文去世、一九二六年三月八日段祺瑞執政府向請願民眾開槍、守常當天回家交待了一下就出逃、阿蘭過了一年多的這段北京安穩日子告終、半個月後馮玉祥趕走段祺瑞、守常才得以回家、幾天後馮的對于奉直聯軍攻進北京、張作霖到北京即頒令緝捕守常、守常之前已避住蘇聯使館西院舊兵營區、這時候四十三歲的阿蘭又懷孕了、是年十二月生下兒子、抱到蘇使館讓守常看一眼、就交給奶媽照顧、自己與兩個女兒也搬進使館照應守常、沒料到一九二七年四月六日、張作霖軍警

硬闖蘇使館、守常、阿蘭和兩個女兒皆被帶走、社會反應強烈、二十多所國立和私立大學的校長商討營救、以李大釗等人僅僅是文人平民、請張學良將此案交由一般法庭而不是軍事法庭辦理、北洋政府也派楊度、梁士詒、羅文幹等見張作霖、勸喻其將案子移交法庭、不要讓軍方以軍法處理、各大報也認為不可對學者和政治犯開殺戒、晨報報館為此被持相反意見的青年黨黨眾所搗毀、市面上有貼標語說殺一個李大釗抵殺千萬個共產黨、張作霖宣稱此案將由安國軍、京畿司令、警察廳和高等審判庭共同軍法會審、李大釗在獄中三易其稿寫下自述、並留下獄中供詞、四月二十八日傍晚阿蘭和兩女兒獲釋、同日下午守常上絞台、據成舍我的世界日報和守常參與的晨報於次日的綜合報導、當局為辦理這宗黨案、成立了特別軍法會審法庭、但一直沒有開庭、二十八日突然開庭、開庭當天就絞決二十黨人、二十八日那天上午十時、軍法會審在警察廳南院總監大客廳正式開庭、擔任法官的為審判長何豐林、主席法官為安國軍的顏文海、法院高等廳推事王振南等七人、下午一時許已宣判守常等二十人死刑、立即執行、下午二時以五、六輛刑車解押守常等人、往西交民巷司法部後街京師地方看守所刑場、到看守所後、每二人合照一相、照完即入刑台、分批處以絞刑、並稱刑事以隔離為原則、犯人彼此不能看見對方、刑台一桿雙環、第一批上刑的是李大釗和國民黨人路友于、所以有中共官方史料據此強調說這是偷偷摸摸極端秘密的殺害、又有記載說一九四九年當中共北京公安局第七分局接管國民政府警察局外七分局德勝門外的功德林監獄時、在獄中一間大房間找到處死李大釗的那座絞刑架、但既然是秘密行刑、當初的絞刑架又很可能也是放在封閉不公開的大房間、沒有容許記者入刑場採訪、

更沒有多餘的目擊者、那麼後來新撰的李大釗傳記、描述他在刑前發表演講並三呼共產主義萬歲、則屬無憑、假設如果只有監刑的憲兵營長高繼武、行刑手或警衛在封閉的現場、李大釗上刑前還會發表演講嗎、引頸就環還高喊口號嗎、李大釗離世前做了甚麼、守常咽氣前的最後一念又是甚麼、、、

　　我執意的這麼詳細說他、也因為他是我們活貨哪吒城高能量、高知名度的活貨之一、與文天祥先生、袁崇煥先生、譚嗣同先生、愛新覺羅載湉先生並列前五、一開始我們不是很熟、我不好意思隨便開口問他的最後一念是甚麼、但從他的心情和面相、對已經閱活貨無數的我、很容易推測他的最後一念不是仇恨、不是恐懼、不是劍拔弩張或慷慨激昂的情緒、而是一些善良溫和之念、他這種狀態也是我非常羨慕的、跟李贄先生的境況有點像、但更給人歲月靜好的平常生活感、我果然猜對了、後來我知道他的最後一念、想的是他的結髮妻子趙紉蘭、大釗先生和紉蘭先生結婚二十八年、一生共同度過無數次厄運磨難與苦楚時日、上絞刑架到死、將死末死的過程雖然短暫、卻應也是極度痛苦難過的、大釗先生以一念驅萬念、心中守住能讓他一生舒苦撫傷、安身立命的紉蘭先生、帶着與紉蘭先生做人生最後一次道別之念來到活貨哪吒城、一九三三年、距李大釗靈柩暫厝宣武門外妙光閣浙寺已有六年、趙紉蘭帶病從樂亭再回北京、找到一直幫助李家的友人和北大同仁、包括當年守常蒙難之時、曾庇護長子葆華、及後安排葆華赴日和星華、炎華就學的的周作人和沈尹默等、一九三三年四月由蔣夢麟校長允諾領銜、王烈、何基鴻、沈尹默、沈兼士、周作人、胡適、馬裕藻、馬

衡、傅斯年、劉復、樊際昌、錢玄同十三人以李大釗友人名
義聯合發起公葬、求其入土於一九三〇年剛建成的西山萬安
公墓、公墓負責人怕受牽連、一度不接納李大釗棺入葬、蔣
夢麟親自出面才談妥、出殯日浙寺的公祭七百多人出席、國
民黨候補監委黃少谷、國民政府教育部長李書華、故宮博物
院院長易培基等全都親往致祭、助力保障公祭順利進行、捐
款者從汪精衛到魯迅、當時中共北方黨未敢出頭、卻組織了
群眾在出殯途中喊口號派傳單、在西四牌樓一帶與憲兵發生
衝突、送葬隊伍和槓夫一度被衝散、至黃昏靈柩才到達墓
地、公葬後一個月、趙紉蘭在協和醫院病逝、北大同仁再次
出面、將她葬於李大釗墓側、兩夫婦碑文皆由劉半農執筆、
文存碑不存、趙紉蘭生前最關心的守常文集、則由周作人負
責洽談出版社、魯迅撰寫題記、來到活貨哪吒城後、大釗先
生時刻常駐於與紉蘭先生同在的心情、平和安靜、一般跟我
聊天也只限於慢條斯理述說一些生前祥瑞的記憶片段、例
如想起一九二二年、他去到自己也曾參與、由蔡元培、李石
曾等多名北大同人於一九一七年創辦的孔德女子學校、跟學
生做演講、題目是今與古、他朗誦起愛默生名句、你若愛千
古、你當愛現在、昨日不能喚回、明日還不確定、你能確有
把握的、就是今日、今日一天、當明日兩天、一九三一年周
作人等曾安排李家星華、炎華姐妹回北京在孔德學校入學、
這所由中法庚款資助建立、以法國社會學家孔德命名、位於
紫禁城東側的實驗學校、就是後來的二十七中學、文革時期
的二十七中、曾發生家庭出身好的初中女生用軍用銅頭皮帶
打死出身不好女生的惡行、所謂打倒狗崽子、這些赤旗下的
暴行大釗先生是不會知道的、活貨定律就是如此、生前最後
一念永遠決定你到活貨哪吒城後的行為、讓你心無旁騖、大

釗先生的幸運在於他覺得紉蘭先生就在身邊、永遠有安全滿足的家常感、這種心性有一個特點、就是求知慾從缺、沒有心理學上所說的欠缺、所以也沒有要去抓住一點甚麼不放的衝動、不會像我這樣永遠不停的在求知、永遠跟歷史過不去、永遠妄想窮盡新事況、我說羨慕大釗先生、因為他就算偶然想起往事、也限於像在孔德女學演講那類人生愉悅之事、而不會是想去知道他離世後的風雲變色、比如去追蹤共產運動在中國的發展、在世界的變化、我猜想那些現實的發展會是遠遠超出大釗先生生前所期待的、那對大釗先生這麼一個真誠的充滿理想的早期共產黨員來說、我覺得將是痛苦多於快樂的、、、

　　十三子聯名為李大釗這個同仁故友辦公葬、的確是義舉、一九二七年國民黨分共絕俄、後與張學良系聯盟入控北京的年間、用中共的說法、北平全城籠罩在法西斯恐怖中、北伐成功不久、一九三〇年閻錫山、馮玉祥、李宗仁的晉軍西北軍、桂軍攜手反蔣、聯合國民黨內的汪精衛等、另立黨統中央於北平、成立北平國民政府、與南京政權的中央軍爆發中原大戰、張學良觀望後支持蔣介石、東北軍再次入關、閻軍節節退兵、是年九月東北軍又一次入主平津、委派同系熟人周大文為北平市長、同年南京國民政府發動第一次圍剿江西共軍、奉系一統北方、並與蔣介石結盟、對共產黨不是好消息、當年張學良就曾堅決支持他父親張作霖從速判死李大釗、一九三二年一二八事變後、國民政府確定攘外必先安內政策、一九三三年一月發動第四次在江西剿共嘗試、是年三月國民革命軍憲兵三團移駐北平、偵破中共北平市委河北省委、抓捕共黨和外圍積極分子、解散了北平二十多所大中

學校的學生組織、同年五月也正值馮玉祥和中共在察哈爾組織民眾同盟軍、抗日反蔣、這支烏合雜牌軍旋因馮玉祥的放棄而崩解、其中一支嘗試進攻北平不果、其首領之一前西北軍要將吉鴻昌次年被捕後押送北平處決、在這樣的血腥伐赤氛圍下、一九三三年五月李大釗出殯、當時北平市長仍是張學良系的周大文、而跟隨南京政府對日談判代表黃郛來到北京的下任市長袁良、要到該年六月底才上任、此時高調出面替一位極度敏感的共黨首腦辦喪、固然是要承擔個人風險的、這件事顯示出民國時期大學體制內知識分子的勇氣和情義、也說明當時的執政者對非共產黨的文化名人還有一定的敬畏、、、

不過不要因此以為北平教授文人圈內經常很團結或平常也很和諧、很團結很和諧就不是文人圈、而是送花圈的場合了、從民國北京到北平、新舊文人都一樣、除了飯局多、沙龍雅集多、就是小圈子多、是非多、派系多、背後互說閒話之外、還往往形諸筆墨、那是首都和故都文人世界的常態、北大在文人相親相殺這方面也頗領風騷、名目繁多、刻薄誇張、頗堪代表民國北平知識分子的複雜生態、除思潮與學潮兩個進路外、一部民國的北大教授文人史幾乎更可以用派系傾軋史來做注解、晚清大學堂的講壇先為桐城派古文家所用、進入民國、章太炎名聲攀升、章門各路弟子群集北大、聲勢大張、踞守國文系以訓詁取代道統文章、連沈尹默都誤被認作章氏門徒也進了北大、沈尹默稱章門分三派、大批湧進北大以後、對嚴復手下的舊人則採取一致立場、認為那些老朽應當讓位、大學堂的陣地應當由我們來佔領、待蔡元培掛帥北大、輪到個別新銳氣盛、引起不滿、陳獨秀嫖妓被

揭、輿論大嘩、北大浙江籍要員趁機抓住把柄打擊、廢學長制、元老級反孔教授吳虞也嫖妓並寫艷情詩、錢玄同匿名在報上攻擊、吳虞在日記上記下國文系教員對錢玄同的意見、說馬裕藻和沈兼士都和錢玄同衝突過、林損罵其卑鄙、陳介石罵其曲學阿世、孟壽椿言其微賤、傅斯年言其音韻學最使人頭痛、潘力山言其諂事黃侃、又諂事陳獨秀、胡適、錢玄同常到蔡元培處、當時人譏之曰、又到蔡先生處去阿一下、其人格尚可言哉、吳虞日記還說馬裕藻與沈士遠也是三千學生所認為不行的、對劉半農更沒好話、記述說林損來談、極言劉半農之無恥無學、學生不上他課、與胡適矛盾最深的則是另一老資格教授沈尹默、浙江籍教員的核心人物、友稱鬼谷子、蔡元培掌舵後也要親自登門造訪、沈尹默說、胡適這個人、因緣際會、盜竊虛名、實際是一個熱衷利祿的政客、並非潛心學術的文士、完全是蔡元培把他捧出來的、比較修口德的胡適說自己不免為沈尹默所利用、卻從不計較他的詭計、但反唇相譏狐狸和狗才成群結隊、胡適主管文學院和國文系後、解聘跟新派抗衡的國文系浙籍教授林損、林損在世界日報上叫罵蠶爾胡適、汝本禮賊、傅斯年則斥罵林損為妄人敗類、北大派系之爭、蔡元培是有責任的、因為他包容了多到不成比例的浙江籍教員、一九一九年北大廢科設系後、有記載到一九二八年文學院教員中浙江人仍佔四分之三以上、一九二五年國文系十六名教員中、浙江人佔九席、其中六個來自浙東地區、研究所國學門核心委員會也大半為浙江籍、這批往往是留日章氏門生的浙系教員透過北大評議會、得以左右校政、引起其他籍貫教員的不滿、國文系元老劉叔雅就認為自己因為不屬於某籍某系而得不到公平待遇、某籍某系和正人君子這些詞、在北大都成了反諷罵人之語、罵得

最直白的是現代評論派的北大教員陳西瀅、説要與某籍某系劃清界線、就算不能投畀豺虎、亦宜摒諸席外、勿與為伍、一九二九年北大的學生對內發難、認為史學系主任朱希祖和國文系主任馬裕藻不圖進步、破天荒要求校方予以警告、朱馬兩人請辭、被代校長陳大齊和待在上海不歸的蔡校長挽留下來、次年冬北大史學系學生再發表全體學生驅逐主任朱希祖宣言、朱再請辭、新校長蔣夢麟立即接受、朱希祖嘆説獨適之握北京大學文科全權矣、胡適派是浙江籍教員離開後的受益者、同為浙江人的蔣夢麟與胡適派合作、架空某籍某系的舊勢力、蔣夢麟本身是學教育的、北大終於由蔡元培的教授治校、轉為教授治學、學生求學、校長治校、待馬裕藻終也去職、傅斯年寫信支持蔣校長説、數年來國文系之不進步、及為北大進步的障礙者、罪魁馬裕藻也、馬醜惡貫滿盈久矣、乘此除之、若不後必為患害、北大教員這些互軋、在李大釗生前已經開始、待他喪祭的一九三三年、十三個公葬發起人之間已矛盾重重、但仍願意聯名為身為共黨分子的舊同事出頭、值得傳為佳話、新舊各籍各系人事錯縱複雜、有爭鬥的常態也有聯手的偶例、此時北大舊人四散於分佈全國的新興大學、蔡元培時期的新舊、省籍對抗淡出、新的矛盾出現、除世代更替外、更涉學科分化、學術訓練同異、一戰後蔡元培親赴歐美、延聘一批在西方完成博士學位的年輕人進北大、他們很多是學理科、社會科學、法學、經濟、地理或外國語的、文科開始不再獨大、理科漸成氣候、二十年代後、留英留美的年輕博士、逐漸取代老一代留日留法的教員、一九二〇年代中、胡適為首的留英、留美、留德的教員、與留法的李石曾、沈尹默派、留日的馬裕藻、錢玄同等人數大致相等、但據留德史學博士陳翰笙記載、當時英美派

和日法派兩個集團已明爭暗鬥互不相容、現代評論與語絲兩刊各傾向一方、此時學者的價值取向也有變化、北洋時代結束後、年輕教員成名不易、不能只靠寫幾篇時人愛看的文章在社會上成名、而是開始要拼西方學院意義上的各個自成其為學科的學術水平、教研水準因而得以提高、胡適就說過、北大前此只有虛名、以前之大、只是矮人國裏出頭、以後全看我們能否做到一點實際、蔡元培掛校長銜期間多次代理校長職的蔣夢麟、一九三〇年正式出任北大校長至一九四五年、抗戰時在重慶防空洞撰寫自傳體西潮一書、其中在追溯自一九三〇年至一九三七年正式執掌北大校長七年過往時、他只特意提到胡適之、丁文江、傅斯年三個名字、稱他們助力自己掌學問之舟平穩前進、也說北大的科學教學和學術研究的水準提高了、潛台詞似是之前科學教學和學術研究水準較低、他又特別說到對中國歷史和文學的研究也在認真進行、可見國文、國史仍是當年知識大眾最理解最關注的學科、他還說到教授們花更多時間從事研究、同時誘導學生集中精力追求學問、蔣夢麟不無自得的說、一度曾是革命活動和學生運動漩渦的北大、已經轉變為學術中心了、七年之中只有一次值得記錄的示威運動、、、

　　大學是民國北京和北平最重要的新文化機構、大學教員是北平知識分子這一群體的主幹代表、北大是外省人主導的北大、在北平的其他大學情況也相類．清華國學研究院四大導師加上吳宓、李濟、沒有一個本地人、北平的大學教員與家屬圈、大概也就是在北平外省文人世界的核心、由民國至人民共和國、外省北上文化工作者和京漂都是北京文化的共構者、這是一個很有趣的現象、一個文化中心城市的新知識

分子群體、竟然都是第一代的新移民、生活和價值取向與北平原住民迥然有別、文人是定義上愛寫文章、愛述説他們自己栖居經驗的群體、到了日據時期前夕、外省文人又紛紛離開北平、在遠方繼續寫他們追憶北平的文章、所以現在我們看到那個時期寫北平的文章要分辨、到底是外地知識分子寫的、還是由為數較少的本地文人和舊京學者寫的、兩者對認識北平皆有價值、但進路旨趣不一樣、對第一批在大學的外省新知識分子來說、北平的轉型、應是由傳統轉到現代、以西方城市對比當前舊都、期待改變現狀、把北平建設成現代文明的都市、城中的本地人對他們來說只是生活的必須配搭而已、也可以是做民俗觀察的對象、毋須深入交融、但對那些本土文人來說、北京是他們存在的家園、轉型意味着他們故鄉世界的消逝、民初新知識分子往往對故都舊城做負面的描述、詩人徐志摩稱北京為死城、陳獨秀説的北京十大特色、其中第一條是在非戒嚴時代、滿街巡警背着槍威嚇市民、第十條安定門外糞堆之臭天下第一、邵飄萍説首都街道壞到這步田地、西方人覺得不可思議、小説家章依萍乾脆説北京是一塊荒涼的沙漠、沒有山、沒有水、沒有花、街道灰塵滿目、我在這污穢襲人的狀態裏、看出我們古國四千年文明、這就是國故等等、、、

過客知識分子的生活自成一國、並不與城中貧民百姓一般起居、據學者陳明遠引用的收入數字、唐山煤工每月工資六圓、北京手工業者和人力車夫月入十七圓、蔡元培任北大校長薪俸每月六百、陳獨秀任文科學長月薪三百銀洋、胡適教授二百八十銀洋、李大釗做圖書館主任一百二十銀洋、魯迅任教育部公務員工資三百銀圓、二十八歲半工讀生毛澤東

任北大圖書管理員每月工資八圓、而一般北大助教月薪是五十圓至八十圓、當時京城貧窮線是全家月入十圓以下、小康四口之家每月伙食十二圓、一個北大學生的學費和生活費最省可到每月十圓、市內一個二十平米的單間房月租四圓、魯迅在磚塔胡同的三間正房租金八圓、他聘的女傭食宿之外只花兩圓、魯迅後來用一千圓買下西三條的今魯迅故居、城裏坐洋車是一角錢、電影票價一至二角、前門外廣和樓戲園門票二角、一本新青年雜誌零售價二角、中等飯館叫一桌四冷葷、四炒菜、四大碗、一大件整肘子或整雞再加一海碗肉湯、只花二元、物價低廉、文人和三十年代中稱為文化人者、還有稿費、家教費等收入、成了充裕的中產階層、雖然在二十年代中期一度也有不堪教育部拖欠薪資而逃荒離京的教職員、、、

民初新知識分子描繪自己生活領域的文章、除校園外、經常說到城內的中央公園、廠甸、陶然亭、二十年代中後的遊樂點更多了、像故宮博物院、天安門、北海公園、太廟、國子監、景山、先農壇、鐘鼓樓、什剎海等等、以及東單、西單、圖書文具集散的琉璃廠、消遣找樂的八大胡同、天橋、這些都可以從董明德編的北京乎等民國進京文人文章集裏讀到、民初政府的一大德政、就是開放部分皇家宮苑禁地為公共空間、容許市民進入、北京的市政始於民國三年、第一屆民國政府的內務總長朱啟鈐應記一功、加上新興商業地點像王府井東安市場、還有吃飯喫茶跳舞的中央飯店、六國飯店、北京飯店、來今雨軒、擷英、大美、柳泉居、廣和居、砂鍋居、豐澤園、正陽樓、東來順、便宜坊、全聚德等等、外省籍高等文教圈在北京自得其樂、民國三十五年馬芷

庠編著、張恨水審定的老北京旅行指南、列有更多食住遊覽
古蹟名勝、馬芷庠序中說、余客舊都甚久、不啻第二故鄉、
馬氏之言頗有代表性、二十年代中後批評市政的聲音漸漸減
少、到三十年代、外省文人如林語堂會說、北京最大的動人
處是平民、決不是聖哲的學者或大學教授、而是拉洋車的苦
力、他會帶着幽默而閑雅的笑臉和宿命觀、向你訴説他的貧
窮和不幸的悲哀故事、當時外地旅居北平的文人被稱京派、
一九三六年全國性大報天津大公報文藝獎的評審、十個有七
個住在北平、被認為是京派文人文化權力的集中表示、待日
本人進犯北平、新知識分子南遷後、倍加懷念北平、紛紛撰
文禮讚、欣賞北平古樸幽雅的風物建築園林、追憶節奏緩慢
的悠閒生活、讚嘆故都給人一種居住在鄉間的感覺、是具城
市外形而又富鄉村景象的田園城市、作家謝冰瑩説住在北平
時還不覺得怎樣、一旦離開她、便會莫名其妙地想念起她
來、無論跑到甚麼地方、總覺得沒有北平好、用學者董玥的
説法、那是因為在民國北京、北平、並不是很多人能享有知
識分子那麼高的地位、社交圈往來無白丁都是自己認可的學
者名流、他們像是北平的主人、反把本地人當作他者、文化
精英後來筆下的浪漫北京建基在他們與其他市民的距離上、
而且可以説是靠北平的貧窮和普遍低廉消費水平而拔高舒展
的、新知識分子對現代雖有時也會帶有批判態度、但他們認
為北京的救贖不在北京人原有的文化裏、而是在新知識分子
代表的現代文明以至進步政治、董玥斷言説、他們所愛的北
京、從來不是北京人的北京、、、

　　清末民初北京始建鐵軌、因而也拆城門建築、重點是要
改善交通、一九〇〇年八國聯軍用大炮轟塌崇文門和朝陽門

的箭樓、後又拆永定門和東便門的城牆、以利鐵路鋪至正陽
門、晚清為了建京奉鐵路、拆了崇文門的甕城、民初繞着
內城建環城鐵道匯合至東直門接上京奉鐵路、七座城門被
打開、甕城不是被推到就是被洞穿、崇文門箭樓也拆掉、
其餘各門箭樓孤懸城外、平民百姓盛行使用的交通工具人
力車、是人力配合機械動力的近代新發明、從日本進口、叫
東洋車、簡稱洋車、也叫黃包車、眾多底層男性出賣勞力靠
此為生、亦是北京、北平風光、五四一代作家特別愛寫關
懷人力車夫生活的題材、二十年代最盛時期北平政府曾給
約十萬輛人力車發放了牌照、平均不到二十人就有一輛洋
車、一九二九年北平曾上演人力車夫怒砸有軌電車的事件、
一九三五年的統計仍有五萬多輛人力車、四九年後與小腳和
鴉片一樣象徵落後剝削而被強制取消、到了民國北平城內還
沒有柏油路、所以有句老話叫做無風三尺土、有雨一街泥、
加上清末京師渠道失修、塞淤不通、大街小巷到處屎尿、居
民隨地傾倒垃圾和夜壺、有詩為證黃沙如粉滿天飛、大道通
衢皆臭氣、難怪去過香港、日本或西方的新知識分子視其為
國恥、瀝青道路首先出現在使館區、一九一四年拆掉棋盤街
和千步廊、開通了經過天安門前的東西幹道長安街、但城內
大部分街道依然是土路或砂石路、到一九二七年奉系管治北
平、皇城城牆全被拆、政府和拆工以回收出售牆磚圖利、這
種拆賣風從城牆延至城內外宮廟古木、以至有記載說城牆和
西山之間約二十英哩‧曾經是旅遊點的地方一片荒蕪、民國
十七年六月北京改為北平特別市、財政困難、經歷何其鞏、
張蔭梧、沈家彝、王韜、胡若愚、周大文等市長、市政進展
乏善可陳、一九三三年下旬袁良履任市長、市政中興、袁良
一反五四對舊文化的態度、批評前任濫拆、將北京的舊城視

為國家的文化資本而不是衰敗落後的象徵、試圖重新定位北平為全國傳統文化精華旅遊城市、以招攬外賓觀光中國、從而增進國際了解關注中華文化、可惜袁良在位只有兩年多、舊城劃為遊覽區吸引國內外遊客的構想在國難日深的情況下終未體現、袁良卻因為響應蔣介石的新生活運動、取締男女同校同泳、還開辦一所女中來樹立母性教育、又曾禁過跳舞、弄得舞女們大起恐慌、時人當作笑話、他也想大力整頓北平特色的攤販以規範市容、但不久因經濟不景被繼任市長復又放寬、袁氏去職後到七七事變前、最後兩任市長分別是軍閥宋哲元和他的冀察要員秦德純、治理北京不過是他們的一份次要兼職、只是靠袁良任期內的一些市政本錢、應付殘局、七七事變後日據前二十一天、二十九軍張自忠代市長職、更無暇市政了、、、

對民國北京、北平二三十年代拆拆不休感到憤憤不平的、是一些中國通式的外國人、美國人阿靈頓二十歲到中國、任職中國水師、海關、郵政局、在中國總共待了五十多年、一九二〇年退休後住在北京著書研究中華文化、一九三四年他和英國人盧因森合寫了一本名為尋找老北京的書、就好像在他們生活的上世紀三十年代初、北京原貌已然不存需要尋找、他在前言中氣憤的說書中的老北京、有些今天已看不到、那些古老的建築有些已經完全消失、這些歷史文物是被政府下令破壞的、還強調一九三三年這種行為達到頂點、他詫異熱愛自己古老文化和習俗、有幾千年文明歷史的中國人、本該對這種破壞行為表現出極大的驚訝、現在卻那麼不珍惜這些古老的文化和藝術、而像他這些在北京居住多年、十分熱愛北京的人、今天卻要為北京的緩慢死亡作

證、沒有比這個更讓人難過的了、阿靈頓在上世紀三十年代就這樣為古都之死大聲吶喊、他當然不可能知道、二十多年後到了一九五〇年代和平時期、中國人還會幹出另一輪更大規模毀壞北京古城的國家行為、、、

如果非要挑剔阿靈頓和盧因森、以及前前後後的莊士敦、喜仁龍、燕瑞博、蒲愛德、裴麗珠、蒲樂道、艾克敦、巴恪思和喬治凱茨、這些曾經栖居民國北平並且留下相關著作的外籍文人、說他們全體只不過是希望保留一個活人博物館、一種可供定型凝視他者的異國情調老北京、犬儒地認定他們都是跟老舍小說四世同堂裏的富善先生同一號人物、但這種簡化的批評卻肯定不適用於同樣執著於保守北京原味的另一群人、就是那些生於斯長於斯的文人、長期研究北京民俗的京學者、和本土文物收藏鑑賞者、這些文人編寫收集的是自己的生活世界、想記錄的是故都有過的哪怕是碎片式的事物、他們懷念已逝或將逝的一垣一瓦、一行業一細藝、一殘本一玩物、一直到一條胡同接着一條胡同的訴說、如數家珍、不厭其煩、也為尚未消失的事物寫好輓文、深知事過境遷、良時不再、焦慮地預見到古都日常生活的消逝將一直持續下去、等到這一代幸生其間的人故老凋零、一切將湮沒而莫可稽考、他們對現代性不感興趣、也不展望未來、對他們來說北京不是國家象徵、也不是百年屈辱或進步的政治舞台、而是具有自洽文明的我城家園、他們的旨趣是在故園昨日世界中尋寶、但他們的視野卻是百科全書式無中心化的全景、從清中葉後至民國北平、留下的著作包括朱一新的京師坊巷志稿、富察敦崇的燕京歲時記、潘榮陞的帝京歲時紀勝、戴璐的藤陰雜記、震鈞的天咫偶聞、楊靜亭編李靜山補

的都門紀略、蔡繩格的燕時貨聲、夏仁虎的舊京瑣事、瞿宣穎編的北平風土叢書、張次溪編的北平史跡叢書、林傳甲整理的京師街巷記、李家瑞編寫的北京風俗類徵、陳宗蕃的燕都叢考、余棨昌的故都變遷記略、金受申的立言畫刊文集、齊如山的故都三百六十行等等、呈現的不是外地人理念上或過客印象層面的北京、而是土著或嵌入本土的文人真情之作、就像陳宗蕃說得那樣、見夫朝市之一盛一衰、達官貴人的倏得倏喪、泫然而流涕、這種用內窺鏡發掘北京內臟細節的文本、文學上另可印證於清末和民國旗籍京味作家穆儒丐、蔡友梅、王冷佛、王度盧等人的社會言情小說、並如眾所周知的成就於另一滿族作家老舍、他在外面兜了一個大圈不甚了了之後、終於決定求救於北京、以老家為小說背景、、、

　　清代北京土著分滿族和非滿族兩大類、非滿族以漢族為主、也有回族、蒙族和其他族裔、清初實行漢滿分城居住的政策、大體上八旗軍民住內城、漢官漢民和回民等等住外城、旗戶可以擁有漢人奴僕和家中壯丁、稱為戶下人、據一九一○年宣統二年京師戶口民政調查、蒙八旗漢八旗之外的滿族旗人共十一萬八千多戶、絕大部分在內城、一九一一年北京內外城各族總人口才七十八萬三千、翌年因動亂人口降至七十二萬五千、作為殖民統治族裔、滿人比例也夠大了、旗人的經濟來源、惟賴朝廷的俸餉養贍、口糧依仗政府發放的俸米甲米、加上不固定的各種補貼資助、還有從清初在京畿圈地後按丁分銀的租銀收入、但大部分兵丁土地有限也沒法兼顧旗地、旗人不用營生、政策又嚴禁在旗的人從商從農從工、曠日持久、以至後來校騎訓練也不過閑談飲茶、普通旗人並不富裕、但心態和文化上卻像不事生產的紈絝子

弟、形象些的說法是爺們平常一手提籠架鳥、一手拿着茶壺溜彎或去上茶館聽書、賦閒旗人耽於生活細藝和趣味享受、玩藝兒發明繁多、善舞能歌喜雜耍、平常譜改旗人俗曲為有文學內含的岔曲說唱、又愛漢地戲曲崑腔弋陽花雅亂彈梆子西皮二簧輪番上場、乾隆末諸徽班進京、促成嘉慶道光年間南城唱戲和堂子娛樂業的繁榮、清廷嚴禁在內城開設戲園、防止旗人不勒習武藝、沉於戲玩、最終也擋不住滿族子弟聽戲唱戲逛堂子的風氣、在首崇滿洲但同時以綱常名教考試取士這些雙管齊下的國家文化政策下、崇滿與儒化並行、滿蒙遊牧遺風宮廷禮儀與漢地有閒階級文人雅士風尚在京畿數百年交融、薰陶出一代又一代的新旗人、他們講禮貌好體面、從不急赤白臉說話、一口京片子說得最地道、就像胡適和周作人說的那樣、旗人最會說話、旗人寫的小說語言漂亮、是絕好的京語教科書、此京白是一種漢語方言、此旗人小說是純漢字小說、當然所謂京片子、就是八旗親貴的官話、朝中的外省人說的叫藍青官話、顏色不純的意思、官話是以滿音轉化的北京漢語、用漢學家費正清的說法、近千年北京一直是外族征服者和漢族合作的首都、京城漢族也分三類、一類是官員、商賈匠人和進京應試的外省人、二類是在內廷仕宦充女官者、另外更多數的一類是從京畿附近地區進城謀生、拉洋車、胡同叫賣、替達官貴人和旗人做雜役當家僕、替作坊和其他服務業賣力氣、像在山東幫控制的水井業挑水、另外就是逃荒避兵災的河北農民、這些普通漢人百姓平日忙於餬口生計、社會地位階層和文化水平遠在滿人之下、世代開戶入籍下來、有餘力者和第二代也沾染了旗人的愛好、形成以旗為榜樣的北京普通居民文化、待民國驟立、幾十萬京師旗民頓時陷入困境、甚至無米下鍋、因為本來那一份已越來

越不敷物價的朝廷錢糧、突然中斷、從此在京旗人生活發生翻天覆地的變化、王公貴族還能靠蠶食原有資產維持、普通旗人無謀生技能、立即淪為社會底層、跟在京佔非滿族人口大多數的漢回窮人無異、男人使苦力、拉洋車、因為排滿情緒、滿姓的人找工作極難、滿族史學者定宜庄做的口述史就有記載旗人買漢姓、入繼替自己種田農戶的宗祠、也有同父同母一家八兄弟姐妹前面六個是滿姓後面兩個是漢姓、世居北京的滿族不敢多說自己曾是提升北京庶民文化品位的前朝逸民、民國滿族北京人的鬱悶和狼狽可想而知、用穆儒丐小說裏人物的話說、誰教趕上這國破家亡的末運呢、如今是民國了、你別想碴蹦硬正的當你那份窮旗人了、滿族婦女天足、不像漢婦仿宋習纏足、打江山時曾出她們一份力、滿人家的姑奶奶們更經常是一家之主、學者張菊玲的研究說、旗籍女子在本民族有着比漢族婦女要高的地位、但民初的社會卻讓廣大旗籍貧民特別是婦女沒有活路、到上世紀六十年代初、老舍曾嘗試在家族史小說正紅旗下重現晚清民國旗人的狀況、可惜因為政治風向驟變而停筆、一九二八年中央政府遷走、原在北京設立的銀行隨之他移、數月間三千多家商鋪結業、梨園降價、連廟會現場也遊人寥寥、名宦巨賈十宅九空、梁啟超說、北京一萬多災官、連着家眷不下十萬人、飯碗一齊打破、神號鬼哭、慘不忍聞、北京民俗作家鄧雲鄉總括說十年時間、中國的政治、經濟、外交等中心都已移到江南、北京只剩下明清宮殿陵墓、公園名勝、琉璃廠書肆古玩鋪、圖書館、大中小學、和一大群教員、教授、文化人、以及代表封建傳統文化的老先生們、這些新舊文人就是漢學家施堅雅所說的、北京主要由外來知識分子構成的中上層社會、知識分子本身也不算富裕、大學也會缺錢扣押教員工

資、報社老板欺詐記者更多有記載、這麼單薄的階層、實在不足以帶動百萬北平人的內部消費、雜文家唐弢說北平適宜於年青人讀書、中年人弄學問、上了年紀的人養老、人可以在這兒住家、可千萬別想做買賣發財、也許北平的好處就在於不讓人發財等等、但沒有了官家又沒有了商賈富人、大部分北平居民不分滿漢都成實質窮人、民國北大的社會學家陶孟和發現一般家庭使用的用品容器大多是陶罐草蓆類的手工品、而把搪瓷玻璃金屬工業產品看作奢侈品、清末北平的筆墨店有五十多家、到三十年代只剩不到三分之一、大客戶都是日本人和韓國人、北平各階層玩得起的是手工產品和舊貨破爛、用董玥的說法、從使館區的洋人、前清舊權貴一直到最貧寒的乞丐、家家戶戶都以各自的方式在不同的環節進入了這個回收體系、打鼓的收舊人在小巷裏吆喝、當鋪估衣店的霉味存貨、遺老漫遊者在古玩骨董店攤淘寶、成了這時期的北平特色、絕大部分北平居民可以說是生存在現代商品經濟體系之外、與同期的上海、天津的消費力不在一個檔次上、以戲班為例、有記載一九二八年後、北平繁華一落千丈、堂會大見減少、名伶們賺錢、只能靠出門跑外碼頭了、名伶去一次天津、能吃半年、去一次上海、能吃一年、同期逛天橋成了北平居民愛做的事情、那一帶光是估衣店就有一百多家、又是娛樂表演集中地、馬芷庠的老北京旅行指南說天橋商販林立、大鼓書場最多、江湖術士、麇集於此、三教九流、包羅萬象、為北平之最大平民商場、並稱天橋為近代社會之縮影、天橋確實可以說是當時北平社會的縮影、日本作家青木正兒更把北京稱為音樂之都、他指的是家家戶戶門外的生活之籟、來自大街小巷推車挑擔貨郎的貨聲、敲打聲、沿街叫賣者歌唱流連的吆喝聲、賣水的、剃頭的、賣炭

的、收廢紙的、收舊貨的、如生如淨、有快板有慢板、與吃喝相關的吆喝和敲打之音更多、餑餑、餛飩、臭豆腐、老豆腐、豆汁、栗子、大田螺、芝麻醬燒餅、油炸鬼兒、果子乾、冰糖葫蘆、從早到晚小販各有獨家貨聲、民國作家徐霞村寫道、養尊處優的旗人小貴族整日遊手好閒、除了犬馬聲色之外、唯有靠吃零食來消磨他們的時光、因此北平各胡同裏販售叫賣零食的小販之多、也為國內任何城市所難望其項背、即到如今、這種風氣仍沒有隨着大清帝國而衰去、人窮吃不起大席、多年養成的饞嘴卻得想辦法滿足、原料可以是便宜的、手藝必得講究考究、製作不怕煩瑣得有説法、漢民的鹵煮、炒肝兒、豬頭肉、回民的羊雜碎湯、羊頭肉、都是窮人解饞的發明、民國北平茶館分書茶館、酒茶館、清茶館、一般甚小、更小的是城外野茶館和各廟會景點的茶攤、還有比茶攤更小的喫茶生意、那就是挑擔叫賣的大碗茶、邊走邊吆喝誰喝茶水、有人要喝、拿出板凳讓客人坐下、從壺中倒一碗酸棗葉子泡的茶水、很有禮貌的捧到客人面前、所謂有錢真講究、沒錢窮講究、沒錢也得擺出有閒的譜兒、北平引車賣漿普通居民在這段匱乏寒磣的日子中、延守了前朝遺民上流慣習、滿漢無分、生命卻像老舍在正紅旗下所説的、就這麼沉浮在有講究的一汪死水裏、活出一片天、這期間不無反諷的出現了一個奇幻的皇城根文化現象、一個言語鮮活、身份明確、大大咧咧、生活感醇厚、玩藝兒發達的清貧土著庶民世界形成了、到二十世紀的三四十年代、這個由前朝滿族催發的廢都平民文化、終於被描繪建構出一種典型化的整體性想像、今天的人都稱之為老北京或京味兒、是以老北京其實並不老、實在只是現代的發明、、、

民國北平享有特殊身份的外來人口除了京派外省文人之外、當然還得有外國人、這些外國人大致可分為歐美人、日本人和白俄三大群類、另外當然還有個別其他亞非拉人、一九二七年中央遷都南京後、住在北平的西方各國公民數目不足三千、一九二六年到中國的紐約時報記者哈雷特阿班說、在北平的外國人大部分是外交人員、傳教士、軍人和家屬、不然就是愛上北平文化生活的退休人士、很少是參加商業活動的、這與天津、上海很不同、日本人則在一九一〇年代中期就已做了統計有五百人住在他們所說的東洋故都北京、隨着大正時期慣稱的支那趣味的蔚然成風、有記載一九三六年底住在北平的日本人增至四千四百多人、俄國十月革命後有一兩百萬白俄流亡國外、一批經土耳其去到東歐斯拉夫地區和伊朗、一批經波羅的海地區去北歐和德法、以柏林和巴黎最為集中、另一批是源自西伯利亞遠東的流亡者、主要到了中國、也有去日本的、到了中國的白俄大部分先待在哈爾濱、那裏從十九世紀末已有建造東清鐵路即中東鐵路的俄人定居者社區、哈爾濱俄裔人數一度有十到二十萬、到日本人佔領滿洲他們又再南移、另有俄國人直接從海參威到上海、一九三七年估計居滬俄國人有二萬五千人、其餘散居大連青島和北平以及稍後的香港、北洋政府一九二〇年不承認赤俄政府、白俄也成了無國籍人士、不享有列強庇護國民的領事裁判權、他們平均經濟條件算是外國人中最差的‧與身為人上人的西方人甚至日本人不可同日而語、阿班報導說住在北平的區區兩千六百名美歐人、即便入息微薄、只要掙的是美元或英鎊、照樣可以過鐘鳴鼎食的生活、因為外幣在這裏值大錢、娛樂活動都是極盡奢華的、北京俱樂部、法國俱樂部、德國俱樂部、賽馬會、八寶山的高爾夫俱

樂部、西方人幾乎人人有能力在西山租個廢棄的小寺院、作為避暑的別墅、費正清研究說、一九〇〇年基督教聯軍加上日本人鎮壓了試圖驅逐他們的義和團運動以後、外國定居者更喜歡北京了、到一九三七年新征服者來臨之前的這段時間、是外國人在北京少有的快樂時期、是一個外國人享有特權和特殊自由的時代、可以享有最大限度的自由、追求個人的目的和歡樂、而對其後果卻可以不負責任、另一美國記者海倫福斯特即埃德加斯諾的第一任夫人也這樣說、地道的北平生活是租住在一座清代的皇府、訓練一大幫僕役、週末在西山租賃一座古廟、在跑馬場養一群馬、去北京俱樂部打馬球、去狗展把你的狗給人看、海倫一九三一年到中國、先在上海的美國領事館任職、很快看上了一九二八年已從日本旅遊到中國、在上海美國人辦的中國每周評論、即密勒氏評論報任編輯的埃德加斯諾、當時埃德加沒有打算在中國久留、一直想繼續他的世界旅遊或回去美國、海倫原本也只計劃在中國待一年、兩人相遇後都改變了主意、決定留下、埃德加和海倫分別替美國不同的報社當通訊員、並認識了宋慶齡、一二九松滬戰事爆發、兩人都曾身歷戰場做報導或拍攝、年底耶誕日他們在東京的美國使館結婚、乘遊輪度了兩個月蜜月後、於一九三三年春到了北京、他們花很少的美金就在東單煤渣胡同二十一號租了個宅院、有三間佣人間、五間帶浴室的房間、四周是高高的圍牆、中間有一個小花園、房子都蓋在庭院的四周、像西班牙別墅那樣、他們胡同裏的對門鄰居是後來的大漢奸王克敏、兩夫婦經常在家中舉辦上流社會的酒會、海倫告訴家鄉友人說他們的日子過得像王侯一般、並自豪的說她想要一舉擺脫一切社交範則、不僅邀請了日本人、甚至還請了幾位中國人、這是極為少有的做法、老於

世故的北京、從來沒有舉行過這麼一個無所不包的聚會、是年斯諾的第一部著作遠東前線在美國出版、次年埃德加在燕京大學新聞系兼職授課、海倫則在燕大和清華教英語、兩人搬到西邊的海淀、住在舊皇廷軍機處所在地的小屋、努力練習中文、結識了不少政治思想活躍的大學生、一九三五年埃德加替英國報紙做特派員、是年秋天兩夫婦搬回城裏、租下崇文門盔甲廠胡同十三號、在現在的北京火車站東側一帶、已改建成一家叫中安的賓館、這兒原是個較大的四合院、佔地約一英畝、宅內有現代化設備、更有馬房、溫室、網球場和玻璃牆亭子、斯諾夫婦接過了瑞典地理學家房東留下的管家、廚師和兩條狗、年底趕上一二九學生運動、學生自治會的領導多次在斯諾家開會、夫婦倆替學生出點子、加入示威行列、向外媒報導事件、並庇護被通緝的學生、那時期埃德加編譯了一本小說集叫活的中國、與左翼文人交往更密切、埃德加一直想寫一本關於中國共產運動的書、剛好中共也想找一個美國籍記者赴陝北蘇區採訪、宋慶齡看中了斯諾、經地下黨安排、一九三六年中埃德加和美籍醫生馬海德結伴、乘平漢線火車經鄭州、轉隴海線到西安、得張學良通融、他們坐東北軍的卡車到當時還是白區的延安、徒步四小時穿越封鎖線進蘇區、去保安見到毛澤東、四個月後同年十月回到北平、十一月即在中國每周評論首先發佈與共產黨領袖毛澤東會見的一篇採訪、並刊登了毛澤東戴八角軍帽的著名照片、埃德加隨之在上海英文晚報和英美報刊上陸續發表報導延安的文章、同時趕緊寫書和開座談會、海倫幫忙資料整理、兩人又籌劃在北平出版英文的民主雜誌、之前海倫自己已於一九三六年十月三日到西安訪問了張學良、寫了報導給倫敦的先驅日報、該報標題是寧可要紅軍、不要日本人、

中國將軍要團結、那是在西安事變前的七十天、次年四月海倫在王福時陪同下也去了紅色延安採訪、逗留了四個月、埃德加在一九三七年七月完成紅星照耀中國的全部書稿、一部分章節之前已由在北平的東北大學王卓然、王福時父子主導譯成中文、編入一本叫外國記者西北印象記的文集、是年三月已經秘密發行、內容包括由埃德加斯諾、美國記者史沫特萊、經濟學家諾爾曼韓蔚爾和筆名廉臣即陳雲等人撰寫的多篇文章、同年十月埃德加全部原著的英文版在倫敦出版、一個月內賣出一萬二千本、名聲大噪、九個月後一個依據英文本的中文刪節版由共產黨人胡愈之在上海出版、書名西行漫記、一九三九年海倫也出版了英文專著紅色中國內幕、中譯本書名改為續西行漫記、從一九三六年埃德加斯諾開始、到一九三九年、十九名外國人訪問延安蘇區、寫出很正面的報告、他們大部分不懂中文不會說漢語、、、

　　海倫福斯特斯諾後來回憶說北平是東方治安最好的城市、但她一定不會忘記她的鄰居、英籍少女帕梅拉、當日的新北平報和立言報譯其名為巴米拉、被肢解棄屍荒野的謀殺懸案、一九三七年初命案發生後一個多月、海倫斯諾主動打電話到王府井警察局、告訴承辦此案的華警隊長、謀殺的真正目標是她、海倫斯諾、兇手殺錯了人、帕梅拉只是個無辜的代罪羔羊、這是政治暗殺、目的是警告埃德加斯諾不要再寫紅色延安、這是海倫斯諾的單方面猜想、她在盔甲廠胡同的家為此請了四個腰挎大刀的保鏢、當時埃德加斯諾已從陝北回北平、發表了轟動一時的採訪、還在不斷編寫新文章、他受到國民黨情治人員注意是一定的、但暗殺外國記者這回事是從來沒有發生過的、而且那種半途而廢的拙劣毀屍滅跡

手法、也不像藍衣社所為、不過海倫斯諾的猜想也不是全無道理、她自己三十歲、帕瑪拉十九歲、後者看上去是小婦人的樣子、同為年輕白種女性、年齡有差但身形輪廓頗為相似、如果冬天戴上帽子看不出頭髮顏色、驟然看過去認錯人是有可能的、尤其是在黑夜裏、她們住在同一條盔甲廠胡同的同一邊、只相隔兩戶、位於使館區東側之外、與韃靼城根東南角俗稱狐仙樓或狐狸塔的角樓只隔一條臭水溝、附近是德國公墓、北平住宅街區的人冬天晚上歇得早、街頭胡同行人稀少、使館區以外漆黑沒有街燈、不過海倫和帕瑪拉不管白天還是晚上、都敢獨自走路或騎着自行車、來回穿過住家和東交民巷之間的黑咕隆咚地帶、一是因為在使館區和前門外那邊才有酒店下午舞會和溜冰場電影院這些場所、活動結束回家時常常天就已經黑了、二是因為她們深信北平是安全的、沒有中國人會去傷害侵犯外國人的、她們想不到的是、敢於加害外國人的、可以是另一些外國人、多年後海倫斯諾在回憶錄中說她沒有真的相信兇手是針對埃德加斯諾與她的、但她當年曾為此報警、帕瑪拉是孤兒、被生母遺棄、由倭納夫婦收養、倭納夫人早喪、愛德華倭納也被譯作文納、獨自在北平帶大帕瑪拉、他曾任英國派駐福州的領事、是有名的中國通兼前外交官、經常到處去做調研不在家、帕瑪拉成長時期、輾轉於北平的教會學校、法國學校、美國學校、屢被退學、最後倭納送她去天津的一家英國學校寄讀、一九三七年二月帕瑪拉從天津回北平不久就出事了、一名白人少女離奇被殺、棄屍匯文中學南牆外溝裏、狐狸塔下、死者不是白俄籍的、而是在北平英國名人的女兒、這在軍閥宋哲元管治下的籠城北平是天大新聞、北平警察局和使館區管理會都派專人調查、竟然毫無頭緒、不了了之、反而是倭納

鍥而不捨、是夏發生七七事變、日軍佔城、倭納留下、自聘偵探繼續追查、北平的英國領事館還開着、可是新負責人不願費力相助、一九四一年珍珠港事件後、英國人倭納行動受限、一九四三年被送到山東濰縣的集中營、戰後八十歲的倭納又回到北平、仍不放棄調查、一九四九年後成為留在紅色北京的最後三十個英國人之一、一九五一年才無奈返歸英倫、幾年後過世、他留下的查案資料放在大英國家檔案館塵封、到了二十一世紀初、才被英國作家保羅法蘭奇發現、寫出午夜北平奇書、重構當年情況、結論是老倭納已經破案、檔案裏所有初步證據都在、推論合情合理、只是橫隔着一場世界大戰、當事人已無處可尋、沒人願意為一宗戰前謀殺案而重新開動調查、只有倭納心中有數、參與殺人的不止一個、主謀竟是北平外國人熟人圈裏、以性侵犯行為秘密作惡多年而一直逍遙法外的一幫外籍慣犯團夥、這幫人這次誘殺了帕瑪拉、肢解了屍體、砍爛了臉、破開胸腔、挫斷肋骨、掏走心肺內臟棄置異處、手法極其殘忍、我在活貨哪吒城經常到處走動、也會路過陽間的東便門城牆東南角狐狸塔地段、從來沒有遇到過帕瑪拉、因為她被人遺忘多年、早就能量全滅、大半個世紀以來、應該是一直伏臥地上和塵泥一樣、直到幾年前有一次我偶然經過陽間當年泡子河地帶、遠遠看到一具活貨孤零零的挺坐着、臉是全爛的、胸腔爆裂、幾束剩下的散髮是金黃色的、看得出是一個白人女性、我知道那就是帕瑪拉、因為法蘭奇的書出版了、陽間又有人在關注她了、所以她可以有精力坐起來、她的仇是報不了的了、那些壞人沒有一個因為對她的罪行受到懲罰、人間何曾保證一定會讓正義得昭、事過境遷八十年、冤情現在終於大白於

世、但對被困在活貨哪吒城的帕瑪拉來說、真相不知道還有沒有意義、還算不算得上是一種安慰、、、

一九三七年夏天日軍佔據北平後、英美還不是敵國、他們的國民可以自由活動、斯諾家成避難所、抗日人士在他們宅中躲避日軍搜捕、埃德加斯諾並護送王卓然、鄧穎超去天津、民主雜誌被叫停了、斯諾夫婦在盔甲廠胡同住到一九三七年十一月、兩人去了上海、根據海倫斯諾提出的理念、積極推動在華的左翼外國人路易艾黎、愛潑斯坦、蒲愛德等、發起了一場工合運動、倡導工業合作自救以支援中國抗日、運動獲國共兩黨加持、一九三九年埃德加斯諾再訪延安、一九四一年一月皖南事變、埃德加斯諾當時在香港、供稿美國報章抨擊蔣介石、被重慶政府取消記者權、海倫斯諾先回美國、埃德加斯諾隨後、結束他十三個年頭的駐華記者生涯、這是在珍珠港事變之前不足十二個月、一九三七年七七之後留在日據北京的英美人士還有不少、著名的像燕京大學校長司徒雷登和夏仁德、林邁可等外籍教職員、協和醫學院代理總務長胡恆德和外籍專家及員工、北大、清華、輔仁等院校外國教員像羅伯特溫德、教外國人中文的華文學校校長裴德士、英文的北京時事日報主筆李治、寫牡丹與馬駒的作家艾克敦、附日英國編輯喬治葛曼、推崇軸心國的英籍狂士巴恪思、美國紳士喬治凱茨等等、喬治凱茨起步晚、趕了個時代的尾巴、他在多事的一九二三年夏天初次踏足中國、就被北平迷上、開始他自己說的人生中收穫最豐的七個肥年、凱茨出身世俗化美國猶太家庭、在哈佛畢業、上英國牛津讀研究院修藝術史、在西歐和中南美洲待過、到過澳洲、印度和南非、後來在美國派拉蒙電影公司的東岸影

廠、擔任廠內歐洲佈景的指導、凱茨説自己對歐洲的勢利文化和好萊塢的粗俗貪婪都感到不舒服、中年提早退隱、學習中文、到北平後也先去語文學校上課、再在家中請私教、這些文化型的外國人很多不願跟外交官軍人或傳教士圈子走得太近、故意擇居在使館區外、像前面説到的斯諾夫婦、他們的房東瑞典地理學家尼斯特朗姆、鄰居漢學家倭納、都住在內城東南角、倭納尤其喜愛韃靼城土著住宅區的密集雜亂、凱茨則代表另外一種美學、花了一年多時間找他理想的宅邸、最後在舊皇城內景山北側的臘庫胡同、找到一座三進式四合院、實現他夢想中純正的傳統中國文人居所、請了兩個僕人、賞茶、練書法、穿漢服、炎夏在城郊租個小廟做別墅、冬天睡在熱坑上、他喜歡臘庫胡同的這個院子遠離使館區和其他西方人宅邸熱點、沒有外國人會住在這個區、這正合他意、他心中傳統中國的歷史已經終結、正好讓他當個懷舊的漫遊者、探訪廢都景點、品嚐土產、搜羅前朝珍貴的傢具文物、在凱茨回美國後出版的豐腴之年一書中、他筆下的北平、全然不受一九三三年後中國日漸緊張的局勢和華北衝突的影響、日本人圍城他也只記下了日本軍機飛越頭頂的時候、家中的養犬對天吠叫、逗得他和僕人大樂這麼一筆、全書對盧溝橋事變後日軍進城和政權易手的頭幾年時政全無着墨、當然他更沒有提到同期的納粹興起和歐戰爆發、可真是只要文明不亡、國家興亡與他無關、不過他還是在最後一章談到了一些情況、他説日本人來了之後、外國人雖説毫髮無傷、卻越來越像一個身體上沒有任何不適、但知道自己已罹患絕症的人、在深夜裏百爪撓心、他也開始默默地向許多樂趣道別、感覺每次賞心樂事都將是最後一次、及後美日關係果然日趨緊張、美籍居民受到日方惡意的注視、美國領事館

勸他歸國、但對文化上完全京味土著士紳化的他來說、告別北京就是肥年的終結、餘生所剩唯有瘦年、他說他只能讓另一個自我控制自己、開動撤離北京的安排、幸好他這些年來在京積攢的所有傢什、物件兒都能帶走、他終於在一九四一年冬天及時離開北平、、、

珍珠港事件前夕、一九四一年的十二月、北京發生一件大事、不為時人所知、就是兩大木箱的北京直立人骸骨化石、在協和醫院交給了美國海軍陸戰隊員帶走、北京直立人化石從此不見蹤影、直立人遺址在現北京西南四十八公里的周口店地區、當地人稱龍骨山、歷來都有農民挖到古生物的骨和牙齒化石、送去京城當壯陽中藥出售、有記載一九〇〇年一名德國博物學家開始在北京收購龍牙龍骨、已經知道出處是在周口店、瑞典地質學家安特生先於一九一八年、之後再於一九二一年和美國古生物學家葛蘭階去到周口店、由當地採礦的人帶到龍骨山、安特生根據不屬於當地的石英碎片判斷、這些碎片可能是風化了的石器原料、那麼一定有原始人類在這裏生活過、他要做的是把他們找出來、安特生的奧地利助手師丹斯基數度在這裏主持發掘、找到第一批疑似人類牙齒的化石、送去瑞典烏普薩拉大學化驗、一九二六年終於得到確定、此時安特生的科研合作同僚、北京協和醫院加拿大籍的生物學家步達生拿到洛克菲勒基金的贊助、於一九二七年與翁文灝主事的中國地質研究所、組成了一支包括中外人員的國際考古團隊、開始在周口店進行比較有系統的發掘工作、小組領隊瑞典人步林又挖到人齒化石、步達生命名了中國猿人北京種、也簡稱北京人、參與周口店實地工作的先後還有楊鍾健、裴文中和賈蘭坡等、一九二九年十一

月考古隊挖出下顎骨、頭骨碎片和更多牙齒化石標本、是年十二月裴文中發現第一顆北京人頭蓋骨化石、是一個完整的成年女性頭顱骨、步達生再次得到洛克菲勒基金支持、在北京成立了新生代地質與環境研究室、設在協和醫院內、以便就近研究周口店出土的新發現、參與創辦研究室的有地質學家丁文江和翁文灝、負責人步達生於一九三四年在辦公室心臟病發死亡、研究室工作短暫交由德日進神父主持、再外聘猶太裔德籍進化人類學家魏敦瑞接手、從一九二九年到一九三七年的九年間、特別是魏敦瑞主導的三年、考古隊前後共找到六枚頭蓋骨化石、其中賈蘭坡在一九三六年發現三個頭蓋骨化石、此外團隊共找到二百件骨骸牙齒化石、分屬四十多個北京直立人、一九三七年日軍來到周口店地區、三個在現場的中國技術人員被抓走後失蹤、發掘工作停止、在北京城裏的研究工作則不受打擾、得以繼續、出土的北京人化石都放在東單三條的協和醫院B樓解剖系辦公室保險櫃裏、魏敦瑞是猶太人、曾被逼離開納粹德國、眼見日美關係惡化、找了技師胡承志和醫學攝影師蔣漢澄、把北京人化石製成精確石膏模型、除重量外、與原標本幾乎毫無二致、魏敦瑞於一九四一年四月自己帶着所有模型和研究資料離開日據北京、轉移到美國的自然歷史博物館、同期中國政府也同意、將北京人化石原標本暫時秘密運到美國保管、十一月中、北京人化石被裝進兩個略有大小之分、沒有上漆的大木箱裏、標本裝放穩妥講究、裝箱的知情者至少有協和高管的胡恆德、博文、王錫熾、新生代研究室的裴文中、賈蘭坡、目擊者兼裝箱者胡承志、吉延卿等等、還有魏敦瑞的德籍秘書克萊爾、據一九四五年當年的調查、兩名美國海軍陸戰隊員於一九四一年十二月四日從協和取走了兩個分別寫着A和

B兩個大字的木箱子、坐火車運到秦皇島港口、翌日存進一個瑞士人的倉庫、等待船運赴美、之後的下落就不清楚了、因為幾天後珍珠港事變、秦皇島受到轟炸、美軍在秦皇島附近的基地曾作出抵抗、但同日就投降、跟北平的美軍一樣都成了日軍俘擄、關進天津的集中營、等到在京日本憲兵隊闖進協和醫院搜查時、北京人化石當然已經不在院內、化石到底是在秦皇島毀於戰火、還是眾說紛紜的沉於怒海、或給偷運去日本了、或為藏家收起來了、或被磨成龍骨補藥了、又或者只是棄置在中國某處不為人知、各條線索都缺佐證、戰後所有追查努力也徒勞無功、北京人化石從此失蹤了、太平洋戰爭前夕還留在協和的外國人員不多、最後目睹北京人標本裝進箱子的、是魏敦瑞二十七歲的留守秘書克萊爾、她父母是德國籍改信新教的猶太人、她的教授男友是拿意大利護照的亞美尼亞人埃德加塔什德簡、德意都是日本的盟邦、他們在當時日據北京能夠自由行動、憲兵部還請過克萊爾去秦皇島辨析疑是北京人化石的物品、但沒有結果、克萊爾與埃德加塔什德簡於一九四四年在日據北京結婚、戰後隨丈夫得到教職而移居美國、克萊爾塔什德簡活到八十四歲、去世前接受的訪問、還說她認為日軍在秦皇島找到了北京人化石標本、以為是美軍遺骸、憤而搗毀、不過這位塔什德簡夫人克萊爾塔什德簡在她六十三歲的一九七七年、出版了她一生唯一的一本小說叫北京人下落不明、提出了北京人失蹤的另一種解釋、不再把線索放在秦皇島及其後、而是認為北京人化石根本沒有離開北京、當時的一個負責運輸的陸戰隊員、勾結在北京的外國痞子、從協和取箱出來後、以軍車運送前往火車站途中、將箱子掉包了、搶匪把北京人化石暫藏在北京城裏、打算等機會運出國外、人算不如天算、戰爭突然爆

發、搶匪自顧不暇、離開了北京、來不及處理這麼矚目的贓物、克萊爾塔什德簡強調她寫的是小說、人物都是虛構的、但這樣的劇情推理也可能是基於她一生都在琢磨的一種可能性、就是北京人化石在日據時期沒有走出北京、所以從秦皇島開始的追查都是無效的、至於戰後那幫搶匪之中有沒有倖存者回到北平、又用甚麼方法把化石運到國外、就可以有很多種猜想了、如果實情如此、北京人化石標本有可能還在世上、但至今為止、除了魏敦瑞當年打造的模型外、已知的北京人真標本現在只剩下師丹斯基和步林當年送去瑞典烏普薩拉大學檢驗的四顆牙齒化石、一件脛骨殘段、一九五一年在中國發現的一件股骨殘段、以及一九六六年裴文中的新考古團隊在周口店重新發掘、最後找到的一塊額骨化石、、、

　　一九二八年後的北平、一度曾經擺脫了政治中心的符號、休養生息、本來可望內生出傳統文明中心和現代先進文化教育之都多元有機結合的新身份、尤勝日本的京都、美國的波士頓、俄國的聖彼得堡、土耳其的伊斯坦堡這些不是國都的首善之城、以及當時北平人特愛用以自比的馬德里、如果沒有日本帝國主義侵略這個最為災難性的外來因素、北平可能不會再成為北京、可惜事與願違、北京的無奈也是中國的大不幸、一九三一年九月十八日、日本發動了日本人自己所說的十五年戰爭、關東軍強佔瀋陽、當時在北平的張學良、請示蔣介石後、不想事態擴大、東北軍奉行不抵抗政策、避免衝突、中國的這個策略、助長了日軍少壯派和日本政府內的擴張主義勢力、至年底日軍幾乎盡奪東北、次年扶植成立了滿洲國、一九三二年一月二十八日、日軍又在上海武力挑釁、遭十九路軍和第五軍抵抗、日軍不能取勝、於是

簽訂淞滬停戰協定、上海被劃為非駐軍區、一九三三年春日軍攻山海關、進兵關外四省的最後一省熱河、守軍不戰而逃、日軍推進至長城一線、中央軍北上聯合北方軍閥宋哲元、張學良、閻錫山三系部隊、二十五萬人分別與日本關東軍四個師團對峙、宋哲元二十九軍大刀先鋒隊曾立奇功、但中國聯軍作戰兩個多月未能扭轉頹勢、日本人將華北置諸肘腋下、戰火已伸延到唐山、通州、密雲、懷柔、平津岌岌可危、北平城內已可以聽到大炮聲、蔣介石這時候的立場是一面抵抗、一面交涉、所謂經濟利益可商、政治上決不承認、只要不正式放棄任何主權、不承認滿洲國、局部地區的軍事經濟退讓和實際控制權可以妥協、當時全國的仇日情緒和主戰民意是鋪天蓋地一面倒的、國民政府要員還記得九一八事變後外交部長王正廷被反日學生打傷的教訓、多不敢出面主和、曾於濟南慘案後與日軍談和以利北伐的知日外交元老黃郛、再次臨危授命、代表國家北上去跟關東軍談判、所乘火車至天津被反日愛國人士投擲炸彈、炸死了一些衛兵與平民、黃郛一行到北平後、組成政務整理委員會跟日方交涉、正好日本政府外務省和陸軍省內部有爭議、當時日本剛退出國聯、外交孤立、英國從香港抽調部隊赴秦皇島登陸示威、日本需要以協調手段安撫英美、軍部也想先消化已到手的東北、並在華北培植反南京的親日親滿勢力、確立停戰線、把冀東二十二縣變為非武裝區、長城一線以南一百里不准中國駐軍、這樣華北門戶大開、平津無險可守、稍候時機日軍可以輕易奪取、多重考慮下日方同意和談、一九三三年五月日方與中方的北平軍分會代表何應欽、熊斌等人在塘沽簽下停戰協定、日本得到滿洲、熱河和已佔領的緩衝地區的確保、便利他們製造後續層出不窮的分離華北動作和衝突事端、國

民政府知道這份協定不會帶來長久和平、但暫時避戰以及防
阻北方諸軍閥和日軍勾結的目的算是達到、如蔣介石所述、
對倭以不使其擴大範圍為第一目的、此時惟有以時間為基
礎、與敵相持、在久而不在一時也、以和日而掩護外交、韜
光養晦、秘籌秘謀、行之五年、則或有萬一之效也、隨後中
國果然只得到不足五年喘氣的珍貴窗口期、順帶讓北平換來
兩年多的中興建設期、隨黃郛抵平的袁良任市長期內、北平
的市政是民國以來最有效的、但日本人的分離華北動作不
斷、一九三三年至三七年分別慫恿皖直兩軍系舊人推行華北
國及平津自治、陰謀屢不得逞、其中在一九三五年六月的一
次動作殃及北平、關東軍特務機關與在北平的漢奸潘毓桂、
趁中央軍和東北軍依協約撤出北平地區、策動吳佩孚前軍師
白堅武與馮玉祥前將領石友三等北洋餘部的武裝、收買了北
平軍分會鐵甲車隊、以北平自治為名、從豐台向北平發動偷
襲、待見二十九軍二十七師已跑步接防進駐北平、甫戰即竄
退、一個月前一九三五年五月日本人借天津排日和熱河反日
武裝進入非武裝區為借口、又出兵南下冀東、開出息戰條件
要求中國停止一切反日行為、中央軍東北軍和南方黨務、特
務機構撤出平津河北、國民黨勢力不得再進華北、南京政府
實質同意了日本要求、二十九軍軍頭宋哲元代替何應欽、黃
郛主政平、津、河北、袁良隨而去職、在不准排日政策、中
日親善幌子下、北平氣氛大變、作家王西彥在一九三六年寫
道、今年夏天那豎着日文路牌和巡邏着友邦憲兵的東車站、
差不多每隔兩三天就要為黃制服的客人的光臨而戒一次嚴、
友邦的鐵甲車兩次駛進北京來觀光、紅肩章武士們在長安街
上毆打苦力和洋車夫、彷彿已是理所當然的事、王西彥還寫
到北平遍開的鴉片、白麵房子和土藥店、賭窟、藝伎院、高

利貸團夥、那個時期在華北參與大規模走私鴉片、白銀、洋貨的、除東洋浪人外、還有當時被人稱為韓國人或高麗棒子的朝鮮人、自認為是福爾摩沙籍的台灣人、以及東北人、這是張北海小說俠隱所描述的抗戰前夕的黃昏北平、、、

　　時勢造就、在日本人認可下、前西北軍虎將宋哲元得以擁一方之兵佔用平津冀重要地盤、之後並獲汪精衛、蔣介石委任入主察哈爾省、身價百倍、為求夾縫自保、對蔣介石不說反對的話、也不完全接受南京的政令、與日本表面親善、安撫日方以避免衝突、對日軍的華北五省完全自治倡議、則試圖以設立一個冀察政務委員會虛以委蛇、當時中共以激勵抗日為名義轉移國民政府剿共力量、在地下黨員策動下、北平和華北的國統區學生、以華北之大、已經安放不下一張平靜的書桌、於一九三五年十二月九日走上街頭、反對秘密外交、要求保持領土完整、保障言論集會自由、不得擅自捕人、停止內戰、一致對外、宋哲元不能讓日本人有借口干預、下令鎮壓學潮、卻一再指示不准弄出人命、士兵向天鳴槍、揮動刀背砍示威者屁股、主要施用木棍、馬鞭和救火車的水龍、特別是阻止了學生衝擊已架好機槍的東交民巷日本使館、事件中有學生流血但沒有人死亡、之後平津先後爆發了六、七次學生示威、沒有一個學生死亡、軍隊也沒有對示威者實彈開槍、私下並對抓獲的眾多共產黨員薄一波等網開一面．宋哲元以保住地盤、避免戰火為主導思想、但日本特別是關東軍的目標是吞噬華北五省、冀察首當其衝、對宋哲元的陽奉陰違、以拖為主的逐步退讓政策已經不耐煩、早前日本國內、由政府和財閥攜手推動、以趕上頭號假想敵蘇聯為目標的五年擴軍計劃於一九三六年完成、軍力足以對中國

發動更大規模的戰爭、一九三七年初西安事件解決、內戰停止、中國也勢將全力擴軍備戰、對付外侮、日方主戰派認為發動全面對華戰爭的行動不能再等、根據一九〇一年辛丑條約第九條、中國首都與山海關海岸之間、八個簽約列強的軍隊可以在十二個地點屯兵和演習、但是一九二八年之後北平不再是中國首都、盧溝橋和宛平也不是條約約定的屯兵演習地點、日駐屯軍仍然以辛丑條約為理由、在這一地區軍演不輟、人數遠遠超過條約上限的一千三百五十人、最多到達六千多人、日軍並借軍演事故、於一九三七年七月七日實際是七月八日子夜後、在盧溝橋炮轟宛平城、與守城的二十九軍駁火、但七七事變並沒有立即轉化為華北全面抗戰、兩國沒有正式宣戰、蔣介石此刻可能已有作戰之決心、但在七月十七日盧山談話稿中還在聲明要通過和平的外交手法解決盧溝橋事件、但也表示了強硬的態度、說萬一真到了無可避免的最後關頭、必不得以、只有抗戰、宋哲元的第一反應也是跟日方和談、以為日本還不至於對中國發動全面戰爭、與之前的日方挑釁事端一樣、可以靠讓步乞和得到局部解決、七七後宋哲元與張自忠、馮治安、趙登禹等手下將領在天津開會、決定對日絕不抵抗、嚴禁與日軍摩擦、日本內閣和軍部於七月八日曾一度決定不擴大事件、但擴大派隨後壓倒了不擴大派、通過向華增兵、七個本土師團和三個東北師團奔向華北、以求一擊徹底解決華北問題、逼南京政府就範、以利日本之後專注對付蘇聯、日方預估可以快速取得勝利、宋哲元的談判拖延對策、短時間內卻正好中了日軍調動大軍的緩兵之計、從七七隨後的二十天、宋哲元和第二把手張自忠與日本華北駐屯軍代表談判、多次達成停戰協議、並出席一個駐屯軍司令的葬禮、七月十八日答應了促

二十九軍撤離北平的日方要求、十九日宋哲元乘坐日方提供的專列回北平、沒想到日本政府於二十日單方面宣佈終止外交交涉、日軍將採用所謂自由行動、是夜宋哲元還派張自忠求見日駐屯軍參謀長、承諾北平城內的二十九軍在二十四小時內撤走、但日軍於二十一日又轟擊宛平城、而且用的是重炮、蔣介石也綜合情報、電告宋哲元、說這次盧溝橋事變必不能和平解決、二十四日再電說、日軍從二十二日起、其機械化部隊向華北輸送、預料一周內必有大規模行動、宋哲元終於感到這回的事態超乎尋常、部隊暫停撤退、但日軍已集結完成、以六萬人的師團和旅團、配合海空軍、二十五日與二十六日佔領廊房、以絕對優勢於二十七日發動對平津的全線總攻擊、二十九軍各師為撤退談判所誤、調防協調失據、倉促應戰、二十八日兩軍決戰於北平正南的南苑、守軍傷亡慘重、副軍長佟麟閣、師長趙登禹陣亡、由一千七百多名北平各中學大學學生組成的學生兵團、正在南苑受訓、首當其衝、領到槍支才幾個小時、就與日軍拼刺刀肉博戰、學生兵大部分陣亡、是日中午宋哲元決定棄守北平、二十九軍撤到門頭溝、留守的代冀察政務委員會主任兼代北平市長張自忠也於八月一日逃離北平、這支以一九三五年長城抗日名滿全國的二十九軍顏面全失、作家李輝英當時在北京城內、他寫道七月二十八日南苑戰事爆發、人們如醉如狂、喜形於色的愉快、為那勝利的火花的展開而在熱烈地期望着、過午時分報章號外一出、同日之內我們軍隊竟然克復豐台、奪回廊坊、並且還要收回通州、這是罕有的壯舉、人們封存在內心中的悶氣、這回一下子就爆裂了、我們的軍隊獲得了莫大的勝利、大家夥同在想、小日本、瞧罷、我們的武力不可侮啊、可是、人們白白歡喜了、第二天早晨起來、二十九軍撤

退了、南苑方面打了敗仗、這座文化古城在沒有守護中淪陷了、、、

　　蔣介石在一九三七年八月四日的日記上寫道、雖欲不戰、亦不可得、如其國內分崩、不如抗倭作戰、八月七日、即七七事變後整整一個月、北平淪陷後十天、中國各軍系在南京開會、決定一致對外、全面抗戰、八月八日、本來承諾只派憲兵進城、大軍遵約不入北平城的日軍、舉行正式進城儀式、日軍系河邊旅團三千人和機械部隊、分彰化門、永定門、朝陽門三路入城、在天安門集合、北平特別市變回北京特別市、曾被日本人稱為籠城的北京、成了興亞首都、大東亞的建設基地、要想談論這個時期的北平不得不先說說在日本人心中佔有特殊地位的北京、自十六世紀末豐臣秀吉追隨織田信長、生出佔領朝鮮及大唐即中國的土地、遷都北京的侵略構想以來、北京就是日本帝國的一個強烈慾望符號、征服北京是日本歷代擴張主義者的關鍵訴求、甚至有過遷都北京這樣的號召、這期間日本人對漢地文明和國朝的態度由仰視到平視變為俯視、大陸這邊人士對日的心態則由輕日、征日、懲日、轉向清日戰爭至日俄戰爭後矛盾疊加的師日、親日、和日以及排日、仇日、抗日、自甲午戰爭後、日本人精英開始大量來到中國、對中國作各種角度的文明檢驗和政治觀察、往往帶着思考所謂黃色人種境況的宏大視野、並且要以鄰國為鑑反思日本、這包括當時精通華文的漢詩人、小說家和支那通、著名漢學家內藤湖南、自認其精神支柱出自中國文化、然而早在十九世紀末他就強調日本的天職、是使日本文明風靡天下、並說我們的國家在東亞、東亞各國以中國最大、我們天職的履行必須以中國為主要對象、他當時還慨

嘆即便奮發空前的雄略、奪取遼東、燕京的山川土地、控制
禹域全境、但要移風易俗、談何容易、同期一八九四年、明
治啟蒙思想家福澤諭吉說得更直白、如果要四億人民得仰日
新之餘光、一定要長驅而衝入北京首府、握其喉而使其立即
降伏於文明之師、他殷切寄望盡快見到旭日之旗在北京城的
朝陽中飄揚、讓日本的文明之光招搖四百餘州的整個領土、
除了為數不多的反帝國主義日人、這種向中國擴張的觀點、
是一九四五年之前、由明治到大正到昭和初期日本人的主流
想法、哪怕有的只是文化上的而不是武力的、大正詩人小林
愛雄鼓動日本人熱愛支那、開拓支那、重建支那文明理想、
就算李大釗的朋友、同為日本社會主義同盟成員的知華報人
丸山昏迷、一九二一年也會在文章中告誡、北京是現代支那
人文之淵藪、同時也是東亞外交的中心舞台、若不懂北京卻
去討論日支共榮、東亞大計、恐怕在其根本上就不免有着缺
陷、大正及昭和早期雖已盛行中華停滯論和中國蔑視論、
日本文化人之中仍不乏深愛北京、敬重所謂支那趣味和北
京趣味、以及真誠持有亞洲主義和中日親善論觀點的親華人
士、但到了三十年代、日本軍方冒進者背靠滿洲、早已劍指
北平、中日親善論及亞洲主義被挾持成為日帝主導的東亞門
羅主義和殖民主義、例如一九三五年十月日本外相廣田發表
對華三原則、第一是中日親善、承認滿洲國存在的事實、中
國取消一切抗日行為、第二是經濟合作、工業日本、農業中
國、第三是共同防共、日軍得駐屯中國境內、是年十一月胡
適在日本刊物發表敬告日本國民一文、文中說懇請不要再談
中日親善這四個字了、明明是霸道之極、偏說是王道、日本
從一個應該最可愛羨的國家變成最可恐怖的國家、今日當前
的真問題是如何解除中日仇恨、不是中日親善的問題、文章

轟動一時、可見日本有些知識分子對自説自話的中日親善論多麼一廂情願、中日親善論與太平洋開戰前後的東亞協同體、日、滿、中三國相互提攜、王道樂土、大東亞共榮、打擊鬼畜英美、近代的超克這些論述、同為日本軍國主義者所利用、成為美化侵略的幌子、日本文壇更被國家意識形態動員起來、成了筆桿子部隊、他們的説辭是支那是超過鄰國意義的存在、其命運與我國息息相關、在支那作家要描述本國的真實景況而受阻之時、日本作家應敢於擔負起這項工作、這意思就是説要描述中國實況、不能靠中國作家、而有賴於日本作家、要以支那作為日本的文學課題、這個時期北京是日本新聞界、作家、學者的寫作熱點、他們由觀察者和介紹者、變為介入者甚至軍國主義意識形態的傳聲筒、一九三七年七月底日本軍方終於輕易迅速入主北京、日本人多年未竟的宿願驟然得償、北京既為己物、夢寐以求的東洋故都終於成了日本人的樂園、湧到北京的日本文人如過江之鯽、北京的外來入侵者又一次反客為主、、、

當年中國文化界熟知的日本知識名人、日據時期紛紛以隨軍作家、特派記者身份到訪北京、詩人小説家佐藤春夫更喊話説、對皇道有所認識、有行動力的新日本知識分子、大量移居支那乃事變後的一大急務、讓他們比較失望的是、原來住在北平的一些精英、特別是在日本有名的京派文化大家、很多已經離開北京、有日本文化人士感嘆因支那事變、上海、北京等地成了寂寞的天地、又不無諷刺的説曾是排日抗日巨頭領袖的平津間的教授思想家們大多已經南去、但是南方又開始了戰爭、街頭最終或許還將充斥着乞討的知識分子吧、至於還留在北京的文化名家、自然受到日本人的珍惜

和追捧、號稱留京唯一最大文人的周作人被捧為華北文學之父、有人寫道周作人猶戀北京而未離去、那令人感動的身影對於我們日本人來說、是格外令人鼓舞的、支那文學之芽自此將再次爛漫綻放、有記載說周作人的府邸、八道彎十一號的苦雨齋、遠在北平繁華中心之外、本來過訪者不大踴躍、一時間竟成了不設防的北平文化勝景、訪游北京的人、去過了萬壽山、故宮之後、拜訪周作人必定編入其旅程中的一環、拜訪歸來便去國華台、東興樓之類館子、邊吃邊聊拜訪苦雨齋的話題等等、留在北京的中國名人就算是只想將就着苦住、往往也不能自已、日本友人樂於邀約、記載各種與在京名家的宴遊、譬如一九三九年五月二十日在同和居的一場晚宴、是由領外務省補助、在北京的中國文學研究會的竹內好、借文藝春秋特派員佐藤春夫到京而安排的親善會、與周作人弟子尤炳圻一起宴請難得出席的周作人、來賓另有錢稻孫和徐祖正、日方出席的還有與佐藤同來的新日本一刊的特派員保田與重郎、以及一些被竹內稱為沉默的年輕人、佐藤曾說過促成中日交流的人選、首先應是北京的文人、尤其以能動搖周作人、錢稻孫兩位先生的才是最好、根據學者王升遠的研究、三位日本人都留下當晚記錄、強調晚宴未涉政治、主要話題是飲食、鬼怪、拉洋片、文學以及對日本的回憶等、竹內說所談盡都是些老人趣味和北京趣味、主客雙方都抱持賓主盡歡的打算、佐藤春夫表示那天晚上的小集有滋有味、是只有跟悠閒溫和的北京文人才會有的溫雅的住集、但保田透露說、讓周作人敞開心扉的是佐藤的詩人身份、佐藤氏是日本文壇的第一人、他的北京訪問不可能不創造出一些使周作人動搖的契機、不管他們內心願意與否、亞洲必須向那個宿命邁進、佐藤春夫當時已經是全面協力軍國擴張戰

爭的作家之一、在其詩作中將戰爭責任推給中國、並認為日本代表東方的未來與希望、及後周作人進入下一個階段、終於參與汪政權的華北政務委員會、並曾盛大訪日、在抗戰的八年期間、周作人在日本文壇的聲望之高、國人之中難覓堪與比肩者、日據北京初期、曾出版日文魯迅全集的改造社社長山本實彥曾這樣概括過、北京的文人學者中、聲名狼藉的抗日者們去往了漢口、廣東、桂林、蒙自、昆明和西安、非抗日者則留在了北京、留平者之中、也分兩派、積極與新政府合作者與依然旁觀時局的推移者、由此可知當時留京的知識分子文人也有不積極跟日據新政府合作的、他們有的去外國人辦的教會大學或民營大學教書、有些伺機南下、有的一直過着清貧的日子、、、

關於日據北京時期的華文研究、至今極為貧乏、北大、清華的南遷得到不成比例的記錄書寫、在京各階層人群的狀態、也只有兩校的留平教授稍受關注記錄、七七後不久北平的國立大學奉教育部命西遷或南移、北大、清華各自任命保管校產的留守教授、北大四位正式受托的教授除周氏外、其他三位都是因身體欠佳不宜遠行所以留下、但其實兩校還有不少因各種原因未能隨大隊南遷或表示在翹首待校長之命的滯留教員、及後日據政權重新組辦北大、北師大和女師大、北京藝術專科學校等高校、中法、朝陽和民國大學停辦、一九三八年所謂偽北大復課、與北平大學合併為國立北京大學、除原來北大的文理法三院之外、兼併了原屬於北平大學的農工醫三院、法學院設在中法大學校址、農學院用了朝陽學院舊址、不少滯京學者重回校園教書、如為生活所迫的容庚、薩本鐵、馮承鈞、還有數學系主任馮祖荀、馮祖荀認為

我課堂上坐的是中國學生、教的是科學、何偽之有、國立北大復課之初為吸引學生全部公費、有些學生不願進新政府的大學、仍可選擇寄讀自費的燕大、輔仁和中國大學、這幾所私立大學加上協和醫學院、名教授名醫都在、到一九四五年國立北大有學生三千兩百多名、教職員人數分別是文學院二十六人、理學院九十人、法學院八十六人、農學院一百六十八人、醫學院一百二十三人、工學院一百零五人、學生與教員人數都很多、院長多是原在北平各大學的院長或教授、教員也是以原北大、北師大和北平大學的學者為主體、加上一定數量的日本教授、其中有著名學者也有特務、總而言之在京大學教授隊伍的連續性還在、不是一般印象中的人材全部外遷、是以只關注北大、清華這幾所大學遷校是以偏概全、也是對留京學者和學生的不公、到一九四一年十二月太平洋戰爭爆發當晚、燕大外籍教授如林邁可夫婦、班威廉等出逃、之後校長司徒雷登以至陸志韋、張東蓀、侯仁之、洪業、鄧之誠、蔡一諤、趙紫宸、陳其田、趙承信、林嘉通、劉豁軒等多名教授被關進憲兵監獄、次年燕大和協和醫學院解散、學生和教職員也是大批並入國立北大、天主教的輔仁因為有德國教會和羅馬教廷背景、行政獨立、校長仍由戰前的陳垣繼續擔任、一九二九年時、三十三歲青年教師顧隨、本來只是一名中學教員、由他的北大老師沈尹默推薦入輔仁國文系、從一九四二年秋季、這位步入中年的輔仁講師指導了一名二年級學生葉嘉瑩的學習直到一九四五年畢業、葉嘉瑩記述說上顧隨先生的課、恍如一隻被困在暗室之內的飛蠅、驀見門戶開啟、這個可以說是淪陷區培養人材之一例、民辦的中國大學、在抗戰期間反而招到更多學生、擴充了學系、校長何其鞏是西北軍舊人、曾為民國北平的第一

任市長、在不接受政府資助下、中國大學自力維持了學校的經營、可見留平知識分子還是有選擇空間、包括不仕新朝的剩餘自由、有的去到薪資較低的私立大學教書、如郭紹虞、有的等待機會南下、如清華的吳可讀、張子高、溫德、劉文典、有的閉門拒不應邀、如錢玄同、馬裕藻、吳承仕、有的組織抗日、如輔仁炎社的沈兼士、張懷、英千里、董洗凡等幾十名教授、有的在教室照常宣傳抗日、如中國大學的藍公武、有的過清貧日子、如原北大的繆金源、另方面也有已南下又折返的、如謝國楨、之前在武漢大學任教的凌叔華、於一九三九年底從四川大後方回到北京奔母喪、留居下來並進燕大任教、一九四一年底才再度離京、有的猶疑、終能全身而退、如俞平伯聽從朱自清勸告、擱筆並停止參加官方組織、有的矜持一番後、加入日據新政府、如周作人、沈啟無、有的沒怎麼猶疑就落水、如清華的錢稻孫、有的積極附日、如周作人的前任、教育總署督辦湯爾和、其他不在大學的文人、態度也各異、甚負文名的潘毓桂、出賣二十九軍情報投靠日軍、官至天津市長、京劇家齊如山、在梅蘭芳於一九三三年離平赴滬後、一直留京不走、日據北京時期為了不與日本人接觸、長期足不出戶、、、

　　一般的歷史表述不僅含糊了日據八年在京的大學和學者文人的面貌、更完全忽略了這時期沒有名氣的青壯年知識分子和中小學教員的存在、後兩個人群很多根本沒有南移的條件、只能滯留在京、抗戰開始北京城區人口約一百六十四萬、基礎教育的中小學無法搬遷、莘莘學子需要教師、談不上附逆落水、卑視滯京者而將他們一筆帶過、不合情理、中小學教師的經濟條件不會好到哪裏去、在北大教書的容庚尚

抱怨收入不敷生活基本用度、普通教員的生活水準應跟一般老百姓相去無多、改造社山本實彥曾觀察北京文教界說、大致上懂日語的、畢業於日本學校的、只要本人願意便可就職、非此類者則窮於生計、日語是晉身之階、識者求職頗易、廣大不懂日語者則要捱窮、這是殖民地的現實、當時活躍於北京的台灣華文作家三劍客張我軍、洪炎秋、張深切、都精通日語、前二人在北大教日本文學和日語、張深切一九三九年還可以在北京創辦以藝術至上為口號的新雜誌中國文藝、一度成為日據北京的重要文學刊物、創刊號編後語稱周作人為我們的北極星、另一台籍在京作家鍾理和也通日語、但沒有學歷、一九三八年才從殖民地台灣跑到日據滿洲國的瀋陽、一九四一年搬到北京、販賣煤球為生、並埋頭寫作、一家生活在下層、一九四五年四月在北京出版了生前唯一的單行本小說集夾竹桃、裏面有寫北京殘破大雜院小人物的中篇夾竹桃、以及為台灣人命運感傷的短篇小說白薯的悲哀、戰後回台省、貧病交加、創作卻不輟、作品不再有一點北京蹤影、改以台灣當地生活為題、去世多年後被譽為台灣鄉土文學之父、日據時期在京的作家劉植蓮、自稱為吃飯而藝術、她在北平大學讀的是英國文學、本已嫁到外省、但懷上第二胎、攜稚齡長女回北平娘家待產、碰上七七事變滯留在籠城、要兼顧她母親、外祖母、大妹、大妹女兒、自己的長女和剛出生的二女、當時各學校棄英語課改授日語、她找不到教書工作、只好以筆名雷妍、投短篇小說到一九三九年在北京創刊、逢三、六、九日出版的綜合娛樂通俗文學刊物三六九畫報、賺得第一筆稿費、隨即成了城中知名作家、母校慕貞女中更聘她為中文教師、日本投降之前、北京有能力刊行書籍的官辦和民辦出版社像新民印書館、馬德

增書店、藝術出版社、廣智書店、文章書局、都為雷妍刊行過文集、作家梅娘說雷妍在殖民地萬馬齊喑的精神狀態中、避開了政治上的審查、宣揚了庶民的心願、不在不公與恥辱中低頭、代表着當時青年文人的心態、梅娘自己曾留學日本、一九四二年以短篇小說成名於北方淪陷區、並在北京的婦女雜誌任職、是年日據北京的馬德增書店和日據上海的宇宙風書店聯合發起讀者最喜愛女作家評選、梅娘與張愛玲雙雙奪魁、日據的北京傀儡政權、在文化管制上被論者認為軟弱無力、文藝在北京淪陷區的活躍程度僅略遜於上海淪陷區、有些時段的出版斡旋空間尤勝延安文藝整風以後的同期所謂解放區、雖然大報世界日報被新民會改組為新民報、國民黨黨報華北日報變身傀儡政府的武德報、暢銷小報實報被潘毓桂接辦、出版業時而受到紙老虎紙張管制的衝擊和審查限制、但刊物彼落此起、英文的中國時事日報成為最有公信力的報紙、通俗文學尤其繁榮、五四各派新文學作品和劇作可以流傳、沒有被禁、漂至北京的東北和華北作家、加上京派文人、在抗戰期間也交出作品、淪陷區北京和華北絕對不是有些人泛泛所說的北方文藝史上空白的一頁、小說家、散文家、詩人群體包括袁犀、關永吉、紀果庵、趙蔭棠、吳興華、林榕、南星、馬驪、聞國新、張秀亞、蕭艾、耿小的、陳慎言、畢基初、查顯琳、王朱、劉雲若、白羽、鄭證因、王度廬等知名作家有上百人、一些作品像袁犀的小說、以後或具有正典化的潛力、北大的張中行當年只是青年助教之一、他後來說梅娘的底子悲憫、所以作品成就高、經歷的時間長仍然站得住、梅娘則說雷妍的小說良田、可比拼賽珍珠的大地、凌叔華從一九三九年底至一九四一年底待在北京兩年、一九四二年至一九四三年在桂林於戲劇家熊佛西

主編的文學創作一刊上連載了五萬字的小說中國兒女、或許也可以歸為這個時期的北京創作、張深切、張我軍在北京淪陷區編的中國文藝上有文章說、如果文壇以前真存在於上海、則八一三後分至香港、廣西、雲南、四川、陝西、這是文壇的大轉移、但在原來的舊區、我們又看到一些人在那裏重建起來、重建的人有許多是生手、學者錢理群解釋說、一邊是文學中心向大後方和敵後根據地的大遷移、一邊是在淪陷區的文學堅守與重建、重建的任務落在文學新人的肩上、這反映了四十年代中國文學的真實狀況、由於時至今日對北京淪陷區的歷史論述普遍不足、當年的說部書寫、仍然是今天洞窺日據北京的有用文本、最負盛名的一本小說無疑是老舍在一九四四年動筆、一九四九年完稿、約一百萬字的四世同堂、寫的正是七七事變後到勝利前的日據北京、這段時間老舍個人並不在任何淪陷區、沒有親身體驗、一九四三年底他妻子胡挈青攜子女才終於從淪陷區去到重慶跟他團聚、給了他很深的感受、他說北平已經不是我記憶中的樂園、而是饑寒交迫的地獄、小說刻劃淪陷區北京一條胡同的居民、特別是祁家四代人物的遭遇、老舍想替淪陷區北平的世態人心照愛克斯光、敘事按照抗戰發展階段來安排、直白易懂、情節豐富、筆觸幽默、頗能帶動大眾讀者、可惜人物臉譜化、內容也說教先行、不過我認為還是有時代參照教育價值的、作者的立意跟一些在大後方國統區和解放區寫淪陷區的小說家相似、政治傾向比較鮮明、不像置身淪陷區內的作家、不甘從事宣傳文學、總是在政治審查和出版自由受到限制下、挖空心思堅持創作那麼迂迴而別有張力、可能正是這樣的原故、評論家夏志清認為四世同堂是老舍的失敗之作、讀來毫無真實感、、、

日據北京長達八年、一般平民老百姓如何生活、大概可以分為籠城早期、維穩中長期、慌亂的艱難晚期幾個階段、大公報記者徐盈在一九三七年夏寫的一篇叫籠城落日記的報導說、第一週城鄉斷流、物價飛漲、第二週難民猥集、各處牆上貼着尋人公告、服毒自盡時有所聞、七七後才離京的貴州作家塞先艾在戰後一九四六年即出版的小說古城兒女裏、集中描述籠城頭三個月北平居民的矛盾反覆心情、他寫道淪陷以後的古城、居然安靜地其實死氣沉沉地度過了一個星期、是誰也想不到的事、但是八月八日突然敵軍宣佈了在這天進城的消息、全市又被恐怖的空氣主宰了、治安維持會傳達消息說、友軍進城來、是保護我們老百姓的、大日本帝國華北駐屯軍司令官香月清司也告示說、皇軍為貫徹拯救華北之初旨起見、不得已將一部分軍隊開入城內、藉維治安、另一個不在北平的名家林語堂這時期正在美國用英文寫小說京華煙雲、也是以七七後的北京籠城作為小說的終結、也引用了香月清司的另一告示、我軍為實現大日本帝國之使命、只求在遠東建立和平、增加中國民眾之幸福、但求中日合作、共存共榮、此外別無所求等等、小說中有人在大日本的大字右上角添上了一個點兒、變成了犬字、四世同堂裏描述日軍進城後那段日子、重要的路口如四牌樓、新街口、護國寺街口、都有武裝的日本人站崗、人們過這些街口、都必須向崗位深深的鞠躬、誰都感到冤屈和恥辱、誰都有吃跟喝那樣的迫切的問題、誰都不知怎樣好、古城兒女描述到淪陷日子一久、青年們又被麻醉了、真光、中央兩家電影院天天都是滿座、長安、哈爾飛、吉祥這幾家舊戲院賣票也一樣擠湧、不過小說的結尾是兩位古城青年、一個用手榴彈偷襲旃檀寺日本兵營而犧牲、一個去城郊黑山扈八大處一帶打遊擊、小說

最後說、只要有這班生龍活虎的青年在、你們看罷、古城早晚還是會收復回來的、當時很多人以為這樣的日據日子不會拖得太久、籠城落日記的最後一句是、不必悲觀、也許不久打開籠城就又有了自由的空氣、凌叔華的中國兒女寫一名中學校長、第一年還愛國、以為戰事會很快過去、第二年卻大改舊觀、漸漸看到其他聰明人得好兒、坐不住了、這樣坐不住的人物在四世同堂裏也有的是、老舍說以前八國聯軍入城、許多有地位的人全家自盡殉難、這回日本人攻進北平、人們彷彿比庚子年更聰明了、沒有甚麼殉難的官員和人民、一般百姓只要日本人不妨礙自己的生活、就想不起恨惡他們、這才是老北京老舍眼中慍其不爭的北京人、七七後最先出現在人們眼前的組織是北平治安維持會和新民會、四世同堂裏說假如他們一聲不出、若無其事、接受勝利、北平人是會假裝不知道而減少對征服者的反感的、可是日本的中國通並不通、不曉得怎麼給北平人留面子、新民會的頭等順民抓到表功的機會、也不肯不去鋪張、日軍在中國土地上每攻下一個大城、北京就升起日軍陷落保定或南京的大汽球、新民會就發動學生遊行慶祝、一次又一次、大家都馬馬虎虎的活着、感到生活是一種吃累、沒有甚麼希望、可是也沒法不活下去、商品有短缺、第一個冬天戰略品煤價高漲、第二年的端午沒有粽子供貨、點心只能買到五毒餅、西郊和近畿有遊擊隊、城門時開時閉、青菜不能天天入城、幸好城裏存有糧食、居民不至挨餓、日本人說的開戰三個月可以統治中國、可沒有兌現、廣州、武漢淪陷後、中國政府遷都重慶、還不投降、戰爭拖了一年多、速戰速決無望、日本惟有加緊利用傀儡政府在日據城市代理維穩管治、初期日本特務機關扶植北平治安維持會、以北洋老政客江朝宗為會長兼市長、接手

籠城的市政治安、一九三七年底就解散維持會、另捧王克敏等人成立中華民國臨時政府、改懸五色旗、翌年又跟南京維新政府聯合、等一九四〇年汪精衛南京國民政府成立、華北臨時政府解散、組成華北政務委員會、王克敏、王揖唐這些人先後任委員長、名義上歸汪政權管轄、實際上受日方的華北派遣軍司令部、特務機構華北聯絡部和大使館多方監督、軍事和政治上北京的重要性下降、四世同堂寫到假若日本本土是第一重要、朝鮮便是第二、滿洲第三、蒙古第四、南京第五、北京只排第六、然而文化上和生活上、此時的北京吸引到不少日本人前來定居、一九三九年居京日僑有四萬五千人、一九四三年初高峰期達十萬九千多人、到四五年戰敗時滯京日本人還有八萬餘人、四世同堂裏說日本人成群的來到北平、散住在各胡同裏、與北京人作鄰居、這使人頭疼、惡心・・・

　　四世同堂寫北京寫得比較細的是抗戰的頭一年多、而之後對日據北京的常態就寫得簡單、北京過了籠城期後進入維穩期、抗戰的前四年、適逢中國大部分地區天氣穩定、華北農作其實是豐盛的、北京一九三九年物價相比七七事變前只漲了不到三成、廟會這些文娛場地也恢復了、日子又可以過了、輔仁大學國文系學生董毅留下了細緻的日記、由一九三八年四月寫到一九四三年的十二月、這套日記多年後在報國寺舊書攤、為收藏家王金昌撿獲、除頭尾兩年不全、其餘年份一天不漏、後訪得董毅本人授權出版、頭四年的日記記載董毅在大學的學習經歷、家族生活和談戀愛、很少涉及時情國事、日子過得與一般大城市小康家庭背景的青年相似、慣常上館子吃喝、偕親友打球、逛廟會、遊公園、竹

戰、看劇、跳踢踏舞、讀小說、特別愛好上影院、有陣子一週看一至兩部電影甚至一天看兩部、主要看美國片子、很少光顧國產片、常去的影院有中央、真光、平安、芮克、新新、只是有一次在真光看早場、正片之前放映短片、看到美國海軍演習、董毅有感而發說看人家那些雄偉壯大的海軍、想想我們的海軍、哪一輩子才能和人家相比呀、可憐老大的中國、竟無一支像樣的軍艦、慘、不忍再想等等、算是日記裏少見的筆觸、但這也是一般男性青年感興趣的軍備話題、一九四〇年開始有一兩則抱怨物價漲得人人為過日子問題暗暗切齒發愁不已、至佳之法是買馬票、買獎卷、發筆橫財、董毅的日記提供的北京氣氛和生活質感、是在小說四世同堂裏看不到的、日本帝國主義者本來以為可以長期統治中國華北和東北、為了粉飾太平也好、為了改善殖民者的生活環境也好、日本人在被認為是已受控的所謂治安區的城市像北京特別市和滿洲國的新京長春、都做了不少基礎建設投入、北京修造了城內道路和溝渠、而自來水、電力、公共交通、街道清潔等市政在淪陷頭四年都有所改善、北京人口從戰前一百五十五萬增加到一九三九年的一百七十多萬、其中有四萬多是日籍僑民、一九四〇年在貢院東大街矗立了神社、京郊也建了三座神社、一九四一年還根據現代化的城市理念出爐了北京都市計劃大綱、儼然打算長期踞華、主導理念包括保存傳統舊城、保護古都風貌、定性北京為政治及軍事中心、特殊的觀光都市、並在城外西郊另建新市區、減少日本人與華人混居、一九四一年營造學社社長朱啟鈐則偕同建築師張鎛、主持一項費時四年的項目、完整繪製了北京中軸線上主要文物建築的實測圖共七百多幅、故宮博物院戰前已在院長馬衡主導下、將大量國寶打箱運到南京、開戰後再移送

大後方，北京由總務處長張庭濟留守，日本人入主北京後曾取走一批故宮圖書，戰爭後期的獻納運動又徵用了古銅器藏品以作軍需物資，但沒有搬奪或大肆破壞故宮的建築和可觀的剩餘藏品，因為日本人視東洋故都北京為己物，這是一個打算長期盤踞的外國佔領者與一個掠奪型強盜的區別，協和醫院在日軍管制後，美籍醫護人員已離開，有記載日軍一個叫松橋堡的少佐，戰前曾到過協和，同意讓病案室主任王賢星保留病歷紀錄，協和的亞洲最大的醫學圖書館也得以保存無損，北平大學的醫學院，即原國立八校之北京醫學專門學校，為王克敏政府的教育長湯爾和所創辦，照常運作，繼王克敏出任華北政務委員會首長的王揖唐為清末進士，上台後大力提倡儒家思想，春秋和孔誕都在北京孔廟三跪九叩祭孔，公民課改成修身課，貨幣聯銀券印上了孔子畫像，北京政府禁了春節放鞭炮，但解禁了戰前的禁毒法令，准許吸鴉片，據記載城裏和近郊有白麵大煙館，土膏店近五百家，娼妓也是合法的，但逃避捐稅的暗娼則犯法，一般說法是抗戰時期，北京每二百五十名婦女中有一名從娼，日軍還有自己的軍人寮綠寮，當然北京也不乏刀光血影的事件，平津暗殺組織抗日殺奸團即抗團，一度有中學和大學學生成員六十多人，抗團燕大小組刺殺周作人，周氏輕傷，抗團成員另在北京刺殺了附日之人，一九四〇年北京抗團被日本憲兵所搗毀，團長曾澈等多名成員犧牲，國民黨軍統北京站也被偵破，暗殺日方面軍大將、特務長、王克敏、王揖唐等人的計劃洩漏，書記周世光等一眾被殺，不過在一九四〇年十一月底，軍統的麻克敵、邱國豐還是在東皇城根鑼鼓巷口美國宣教會門前，成功狙擊了日本天皇兩名軍人特使致一死一傷，事後北京站成員和家人多人被捕而死，軍統華北區長馬漢三

自己不在北京、來訪他的舅舅則被日本憲兵拷打致死、平常也騎自行車的董毅在一九四一年一月的日記上只寫到、因為日前皇城根有二日本兵及一中佐白晝被暴漢狙擊打死、傳為騎一無車捐之自行車人、於是一時查車捐特別緊、一九四一年底日本海軍成功偷襲珍珠港、美國宣戰、美國電影在北京禁放、一九四二年董毅畢業、入職發行貨幣的中國聯合準備銀行做職員、工作刻板、是年六月日本海軍大敗於中途島、太平洋戰爭出現拐點、但淪陷區北京日本人文官生活如常、當代北京掌故作家謝其章找到一個日本大使館文書課職員寫於一九四二年夏天的日記、記載在北京的日常生活事宜、這位日本人尤其頻密於逛書店購書、幾乎每一則日記都提到買書或讀書、閒話家常般重複提到的書店包括隆福寺文奎堂及寶文書局、北京堂、致雅堂、西交民巷大阪屋號、永增書店、東安市場書肆、西安市場書肆、王府井燕京庄、什剎海書攤、北京飯店洋書店等等、也曾去拜訪周作人、日記不涉時政、只有一則說到與使館同事在宛平進午餐、附近的中國小孩及老人、紛紛拿着籃子前來撿拾剩飯報紙、兩名少年站在一旁看着他手中的飯團、當他將吃剩的遞過去時、兩人立即狼吞虎咽、農村疲弊的景象、令人為之憮然、、、

　　抗戰後四年華北淪陷區農業疲態漸現、一九四一年春至四二年秋、日軍進攻河南和晉南的中條山區、並與華北偽軍發動了多次稱為治安強化運動的大掃蕩、在郊區出地上挖封鎖溝和建碉堡一千多個、試圖切斷北京等治安區與抗日農區的交通、在八路軍根據地更是採用殘暴的搶燒和屠殺的燼滅作戰手段、製造華北無人區、農地流失加上勞動力受打擊、華北農村生產力降低、一九四二年黃河中下游特別是國統區

的河南大旱兼風霜蝗災、秋禾絕收、大饑荒爆發、天災要加上人禍才會大範圍餓死人、河南的北面為日軍控制、豫東豫南為交戰區後方、湖北、安徽一些地方也以鄰為壑、河南饑民難以及時迅速向各方逃荒、如潮的難民只能先流竄到洛陽、再沿隴海路入陝西關中覓食、日軍也出動搶糧、破壞火車線、全國有餘糧地區卻無從運糧到中原濟困、國統區官僚機構層層掩蓋真相、大公報因報導災情受懲罰、根據美國時代雜誌記者白修德目擊報導、主要是重慶政府非但不作為、而且變本加厲盤剝農民、繼續徵收實物稅和軍糧、軍隊就地征走百姓所有糧食、造成餓殍遍野、出現人吃人慘況、重災區河南一九四二年到一九四三年相關死亡人數在一百多萬及官方承認的三百萬之間、等到蔣介石在美國和中共及各方壓力下調配的救濟糧和二麥種子終於運到河南、各處馬上設立了賑災粥站、如此留守的農民就能活下去、播種耕作、到下一季饑荒就會成為過去、雖然極端天災帶來極度歉收、但自從鐵路時代來臨後、所有導致農民大規模餓死的饑荒都是人禍、同期處於淪陷區的豫北各縣及部分華北地區也同樣歉收、但不致於如國統區河南那樣餓死人、有記載北京糧食緊張、附近農區種的玉米還沒發芽就已乾死、豆子顆粒無收、一九四二年底物價比一九三九年漲了十一倍、日據政府開始管制糧食、一九四三年北京爆發霍亂、一千多人死亡、糧食也青黃不接、有市無貨、一九四四年日本在太平洋戰場上節節敗退、更依賴中國佔領區的物資、但控制華北農村和糧食的能力減弱、日據北京進入日本戰敗前的艱難期、之前幾年吃白米飯和綠豆乾飯的、現在只能吃到白薯、雜豆米粥、棒子麵、最後是吃由政府配給、很難消化、更甭提養分的所謂混合麵、董毅在一九四三年的日記上寫、現在東西是東西、

錢不是錢、愈來愈慘、我亦不知如何混過去、那年雙十他在日記上感嘆、想大好河山、如今如此破碎、這些可憐受罪的人們、不知甚麼時候才能享到普天同慶的快樂、、、

　　日本投降後、大漢奸王克敏和王揖唐一個死於獄中、一個被處死、不過光復後的北平也不走運、普通百姓沒有多少好日子過、大環境下北平人既被動也無奈、逆來順受、大公報駐京記者彭子岡在勝利後第一個春節時分寫道、這幾天北平人民有三分之一正在為雜糧與澳洲粉奔波、從來不和銀行發生直接關係的百姓們、在幾十家銀行門口排隊繳款、買救濟分署的十斤澳州粉、擠不上的說明天再犧牲一天吧、雖然抱怨七百五聯幣一斤夠貴、年三十、北平習俗、一定吃餃子、各家花三天光陰、費三道法幣換交麵款、領麵的手續、可以吃一頓澳洲粉的餃子了、一九四五年八、九月國民黨軍政接收先遣人員到北京、恢復北平特別市的名稱、年底蔣介石到訪、十萬人夾道歡迎、群情亢奮、巨幅蔣氏戎裝畫像懸起在天安門上、可卻正像時謠所唱的盼中央、望中央、中央來了更遭殃、徐盈在一九四六年十一月的重慶大公報又發表了一篇以籠城為名的報導、叫籠城聽降記、直言北京受降後的混亂、象徵着全國各大城市的現況、勝利前北京物價狂跌、勝利後反而飛漲、惡性循環、一天一個價、重慶人態度上像是蝗蟲過境、以征服者自居、五子登科的接收金子、車子、女子、房子、票子、新來人懷有敵意的搾取、敵人八年來在華北經濟方面有些備有長遠意義的設施、我們只用了不過三個月、便加以摧毀、日籍科技專家中的有心人也為之垂淚、那些大漢奸、走狗、劊子手、特別是到重慶鍍過金的、一變而為地下工作者和抗日英雄、而那些為了家小飯碗不得

不在政府虛與為蛇的二十萬公務人員倒成為正牌漢奸、偽師大的畢業生連做教師的資格都沒有、北平人最受不了的、是飛來者所加給的冷酷、徐盈的報導戳中了北京作為被爭奪的都城的不堪、其實北平人只有在一九二八年國民政府遷都後算是短暫做過半個自己的主人、八年淪陷期間他們是日本統治者的二等順民、抗戰勝利、舊的上等人那些日軍日僑還沒撤走、大批來自大後方、解放區和美國的新外地人就已經入主、彭子岡在文章裏說、日本僑民在北平還是那麼神氣、多少日本婦孺打扮得雍容華貴、東安市場數他們購買力高、他們日僑真眷戀中國哩、尤其是北平、徐盈也說令人不能理解的是敵軍不繳械、不集中、以驕焰萬丈的姿態、帶着笑乘大卡車搬運物資、除了免於人人向他們敬禮一條之外、好像日本軍人也正在逐漸恢復舊觀、各大餐館內、日籍大腹賈仍有最大的購買力、平津鐵路線頭二等客車內、日人冠蓋如雲、日籍的韓人作威作福、一九四五年八月日本投降後、在華的三百多萬日軍日僑遭遇不一、東北還多了個蘇聯因素、中國政府告誡國民、日本人已不是敵人、在北方的國軍八路軍和閻錫山都曾利用停戰日軍日俘、替自己服務、不過在全國多地也有大批日俘被關進集中營服苦役、民眾對日本人固然極為反感、難免有毆打、報復、屠殺日僑的事件、作家王鼎鈞的回憶錄有寫到東北日俘日僑的狀況、戰時旅居北平的作家加藤幸子則在小說夢牆和北京海棠街裏追述戰爭結束前後、日中韓少年兒童在北京的友情、生活與哀痛、為彭子岡所觀察的日僑真眷戀補充了一些微細的感受、最終日俘和殖民地僑居者除極少數自願留華甚至加入共軍的、都會陸續被遣返日本、推想勝利初期的北平、一度比日本人更神氣的、也是另一群外國人、就是派駐北平的美國人、勝利後美軍五萬多

人在華北登陸、控制多個城市的港口機場、北京市民也曾如當日迎接日軍一般夾道歡迎盟軍入城、後來也曾發生過兵哥擾民吉普傷人的事件、國民黨、共產黨和美政府為調和國共之爭、在北平共同設立了軍事調處執行部、全國各地設有執行小組、軍調部總辦公地點在協和醫院、彭子岡說軍調部的三連環臂章、象徵團結、給近在咫尺的北平人多少希望、及至國共破裂、內戰開打、一九四七年初北平軍調部結束、共產黨代表葉劍英、羅瑞卿等之前已搬出東華門外的翠明山莊、告別北平、和平絕望、北京頓成愁城、不過當時在華的美軍仍有一萬多人、包括留駐北平的人員、北平市政府還宴請了他們過洋節、十二月二十四日耶誕前夕、當天早上民辦的北方日報好像有預見般發了一則告誡說、今晚洋人狂歡、婦女盼勿出門、是夜據報兩名美國大兵在東長安街姦污了女學生沈崇、國民黨的北平幹部先是隱瞞事件、污蔑受害者、試圖大事化小、共產黨則要把事情做大、北平掀起抗議美軍暴行運動、美軍法庭初判兩兵重罪後、又翻判無罪、全國激憤、同期在南京簽訂中美全面自由貿易的中美商約、也被反對者認為是打擊民族工業的新不平等條約、中國大眾的主流愛國情緒、此時已漸漸從傳統的親美、轉向反美、正中共產黨下懷、因國共內戰與美蘇矛盾加劇、一九四七年底美軍撤出中國、美國調整扶華抑日立場、以日本替補中國作為反蘇反共堡壘、要把日本建成遠東工廠、採取資助日本財閥、減少戰爭賠償等積極扶植日本復興的政策、這些扶日舉動傷害了本為友邦中國的人民感情、美國駐華大使司徒雷登也承認、單是中共無法製造這樣普遍盛行的反美情緒、中共只是及時加以利用、於一九四八年改變了上一年轟轟烈烈五二〇學潮的反饑餓、爭民主、爭自由、反內戰的抗爭口號、隨後

以反對美國扶日為爆發點、攻擊國民黨政府的美援外交、中共內戰得利、一九四八年的五一口號所號令的、是打倒蔣介石、建立新中國、解放全中國、不再強調反對內戰、而是要將屬於內戰的革命戰爭進行到底、這裏一個枝節是那年四月反美知識界發起的一份叫做抗議美國扶日政策並拒絕領取美援麵粉的宣言、簽名者之一是清華大學學者文學家朱自清、朱氏不久死於胃病、而不是戲劇化誤傳的因為拒領美援麵粉而餓死、、、

　　不論是大後方飛來的人、日本遺僑或美國大兵、這些外人全都曾讓北平本地人感到不舒服、但真正讓勝利後北平居民連續幾年吃足苦頭的、是遠在南京的中央政府的所謂偏枯北方的經濟政策、中央政府以北平的地方觀念深、畛域之見尤甚、對經費撥給、物資供應、外匯禁放、工商業貸款都加以特別嚴格限制、使得北平物價高漲、民生凋零、在中央大員劫收後、撥歸北京市政府的有收益單位本來就不多、中央黨政軍各自設置北平機關、政出多門、不聽從地方政府調遣、市政府為赤字求救、中央不予回覆、何思源當上市長後、抱怨北平市財政令其心力交瘁、一九四六年李宗仁出任國民政府北平行轅主任、李氏不屬中央系、自稱吊在空中、北京為國立高校中心、北大校長胡適因與蔣介石有私交、三個月內三次到南京乞求公教人員的經費發放、康有為的女兒康同璧也不惜激怒蔣介石、向蔣宋美齡和羅斯福夫人為北平求援、另一項枯北的政策是中央政府明文規定限制南方糧食北運、美國援助的糧食也在南糧範圍、一九四七年內戰後、北方的餘糧也無法暢順從秦皇島或口外之地轉運北平、北平商人惜貨不售成為常態、物價一時間像脫線風箏只上不下、各種日用品價格比其他城市高昂、南京卻遲遲不讓北方開放

外匯獨立操作國際貿易、要由上海商人代做、偏枯北方的政策在中央撥款、物資、外匯與資金上偏向上海和江南、有意識的限制北方經濟的發展、造成北平那幾年工商業不振、經濟負增長、政府財政收入短缺、市政無法保證、加上中央政府在北平的官僚機構一貫貪腐成風、及後南北鐵路交通中斷、貨幣改制每三百萬元法幣折兌一元金圓券、並限期收兌黃金銀幣外幣、逾期不許持有、民食調動配給也屢屢失當、以至發生搶米騷動、衝擊到每個家庭、國民黨的社會資本見底、一九四九年政權易手之時北平國民生產總值才三億八千萬元、失業和半失業者超過三十萬人、像龍鬚溝那樣的貧民窟數以十計、北平老百姓不高興、北平市政府中的人也深懷不滿、當了十八個月市長的何思源於一九四八年中被蔣介石罷職後、投入華北人民和平促進會、為北平的易幟奔走、一九四八年十二月中旬、圍城的炮就打響了、北平又成為籠城、孤城、愁城、、、、

　　北平在文化教育上的全國輻射能力、促使它成為勝利後國共意識形態戰爭的前方、也即毛澤東說的第二個戰線、這是一般北平居民老百姓無從着手化解的、日據最後的日子、北京只剩官方的一報一刊、一九四五年八一五後、小報如雨後春筍的在北平搶先復活、隨之大學恢復、新的左中右報刊繼起、知識分子和學生再次成為國共兩方爭取的對象、國家意識形態分歧又成北平上層的焦點話題，詩人學者邵燕祥晚年記述了當時他這樣的一個北平初中生為何變成共產黨地下組織成員的經歷、他說鎮壓全國學潮和在昆明暗殺作家聞一多的鮮血使學生對國民黨的失望化為仇恨、一般讀書人和公務人員在經濟上不能擺脫困窘、專業人員得不到支持、公眾

的呼籲聽不到當局的回應、反過來受到壓制、這些都使他們中的不少人轉而把希望寄托在尚未執政的共產黨身上、宣傳主要是靠知識分子、是國民黨的作為把千百萬知識分子包括年輕學生推向共產黨一邊、怨不得知識分子像喝了迷魂湯、前後不少城市的知識青年奔向紅區、共產黨員作家韋君宜一九三九年從北京到延安、晚年做了一個直白的總結、解釋像她這樣的知識青年為甚麼也加入共產黨、頗有代表性、她說我並不知道甚麼是共產主義、我不是為了家中貧苦、反對豪富、而是為了中國要反對日本帝國主義、我們和日本不共戴天、但一切公然侵略、都以蔣介石與日本人和談結束、連右派都震動了、最簡單的一點愛國心使我對國民黨政府產生了反感、我們在街上高喊打倒日本帝國主義、報紙上對於愛國運動卻隻字不許提、政府不支持愛國、只有共產黨才說必須抗日、日本帝國主義和國民黨政府共同把我這樣的青年推到了共產黨的旗幟之下、我並沒有放棄一向信仰的民主思想、仍想走自由的道路、但是共產主義信仰使我認為、世界上一切美好的東西都包括在共產主義裏面了、包括自由與民主、作家王蒙說韋君宜是一個始終懷抱着初心的革命家、說的都是真心話、的確、當時在野的共產黨宣傳主張的光明進步願景是頗誘人的、一九四五年毛澤東在中共七大報告的論聯合政府中提出建設一個獨立的、民主的、自由的、統一的、富強的新民主主義中國、抗戰的第三年、劉少奇說一黨專制是反民主的、共產黨絕不搞一黨專制、我們共產黨的任務是爭取中國的獨立自主與人民的民主自由、新華日報一九四六年社論說平民人身自由是政治民主的標尺、集會結社的自由是根本權利、這些都是中共在一九四九年前在野時期的公開主張、很多一心抗日和追求自由民主的青年、相信

了共產黨的話、一九四五年後共產黨地下組織在北平暗中發展左傾學生、國民黨的三民主義青年團也公開在各院校積極吸收成員、國共的職業學生在校園較力、雙方的特務則在全市勾心鬥角、一九四七年南京宣佈全國進入勘亂時期、北平諜戰加劇、你中有我、我中有你、是年九月國民黨保密局找到共黨在北平的秘密電台、波及整個華北、中共地下黨成員和潛伏在國民黨軍政中的間諜相繼被捕、是中共情報史上最嚴重的一次挫敗、但共黨特務臥底已如水銀瀉地無處不在、特別重視策動北平軍政上層人士的變節、一九四七年底蔣介石設立華北剿匪總司令部、由抗日剿共軍閥傅作義擔任總司令、指揮華北五省國軍、蔣氏嫡系陳繼承任副司令兼北平警備總司令、以牽制傅氏、其時國軍在東北戰場處逆勢、有成千上萬的東北大中學生、奉政府令、經由空運或自行從關外遷徙至北平、東北學生滯平數月、積聚激昂情緒、以要生存、要讀書為訴求、要求政府兌現承諾、反對北平參議會動議徵召他們當兵、之前的李宗仁、何思源以至後來剿總的傅作義都不願以實彈對付學生、雖然時有軍警特務施暴但從沒有學生死亡、一九四八年七月五日東北學生在東交民巷一帶集結、陳繼承竟從西苑調來一營美式軍裝的青年軍、架起機槍和衝鋒槍、有人突然向沒有散去的學生開槍、當場八人死亡、多人受傷、這宗與政爭無關、完全沒必要的屠殺事件、震撼全國、連一些本來仍中立觀望的學生也如潮水一般轉向共產黨、由中共地下黨安排到城郊參加接管城市的培訓班·再潛回城中準備支援共黨武力、陳繼承轉回南方擔任高職、傅作義獨攬華北軍權、是年八月下旬國民黨青年部部長陳雪屏下令、在北平大舉逮捕共黨未及轉移的一百多名學運骨幹、囚於西城的草嵐子監獄、並成立特種刑事法庭、公開審

訊以作威懾、效果適得其反、那個時候被捕的學生、已經放膽在庭上高唱跌倒算甚麼、爬起來、再前進、死要站着死、國民黨已盡失學子心、一九四八年底遼瀋戰役結束、眼見北平即將再次被動迎接四十年內第六次新的征服者入主、城裏居民的祈求只是逃過戰火、和平易幟、康同璧起草宣言懇求雙方軍事當局、避免在市中作戰、全其文化、畫家徐悲鴻說我希望傅作義將軍顧全大局、服從民意、使北平免於炮火摧毀、邵燕祥引了一高齡詩人梁秋水的一句詩說、我願長跪求和平、北平人所求已如此低微、、、

　　北平的生與死、倒並不決定於城內的意識形態戰線、它的毀滅與否、是要看它會不會陰差陽錯、演變成國共兩軍交火作戰的主戰場、這時候左右北京命運的是三個外地的狠角色、他們是傅作義、蔣介石、毛澤東、這三人把北平置於戰爭的陰影下、最後北平有無戰事、能否逃過一劫、視乎三人之間各懷鬼胎博弈計算的結果、抗戰勝利後的短短三年間、國共形勢逆轉、一九四六年夏內戰爆發、傅作義率嫡系和中央系共五十多萬國軍坐鎮華北、一九四八年十一月、打了五十二天的遼瀋戰役結束後、形勢瞬息萬變、東北已為林彪指揮下的解放軍控制、徐蚌會戰即淮海戰役既將開打、是年十一月初傅氏在南京與蔣介石開會、如果當時他應蔣氏之命、率華北全軍南下河南、中共的中原野戰軍和華東野戰軍要打下淮海戰役就會倍加艱難、國軍或能保住兩淮地區、中華民國敗勢或可緩延、北平則因失去了軍事價值、可以完全免於戰火的威脅、但傅作義是北方晉地的綏派軍閥出身、怕自己實力被分割、選擇以守住盤踞地為上、他曾自己說過咱們這部分到南方不會有甚麼好結果、於是只做出華北備戰姿

態但不作南徹、到後來平津戰役爆發、蔣介石要防的是傅氏投共、申令傅氏固守待援、不成功便成仁、可見蔣氏是準備犧牲平津的、如果傅作義從命、帶着他自己的部隊和中央軍死守北平城、毛澤東和共軍平津前線司令部的林彪、聶榮臻、羅榮桓、劉亞樓等也不會為了愛護千年古城而不開火、只會如毀滅天津一樣的猛力摧殘北平、中共中央發出的一次指示也只是說此次攻城、力求避免破壞故宮、大學和其他著名而有重大價值的文化古跡、可見不惜在城內作戰、炮彈沒眼、力求避免破壞而已、幸好傅作義最怕的是跟林彪的百萬東北軍開戰、他一邊盤算如何保住自己往後在華北政局的顯赫位置、一邊做好了逃逸備案、或從海上坐船南逃、或率部逃回綏遠老巢、傅氏無時無刻不在兩手準備、因應時勢調整想法、做各種部署以求自己利益的最大化、他率大軍留守華北、不是為了等待跟四野的決戰、中共以戰逼和、他是擺戰求和、以此作為與中共談判的籌碼、所以一九四八年底他兩度去南京向蔣介石表忠報告軍情、卻在十一月七日秘密傳信給毛澤東表示願意談判、建議成立聯合政府、出乎毛氏的意外、但傅作義貼身的人很多都已經是共黨臥底、他們收集的信息讓毛澤東判斷傅氏求和目的是拖延東北軍入關、傅氏的秋波、效果適得其反、毛澤東以反向思維、利用傅作義想保實力爭地位的心態、先以談判穩定傅作義不棄北平而走、分化傅蔣兩系、又得知傅氏懼怕迎戰東北野戰軍、特意命令彪部縮短休整、提前入關、取捷徑以最快速度行進、爭取使中央軍不戰投降、毛還判斷說對方投降的可能很大、毛澤東也想到東北共軍入關、傅氏可能畏戰而率部逃走、同時下令中共華北野戰軍發兵包圍張家口、那是傅氏國軍防線的北口、也是他備案西逃綏遠的必經之路、兩年前傅氏曾驅逐這

支華北野戰共軍離開張家口、此時傅誤判東北彪部共軍正在整休、短期不可能會入關、遂調派自己精銳的三十五軍赴張家口、想不到這支美式裝備的王牌傅家軍解救了張家口之後、回程動作有所耽誤、途中被共軍包圍、受困於絕地新保安集鎮、突圍無望、當三十五軍離開北平轉征被稱為神京屏翰的張家口前夕、彪部四野東北虎同步已經提速秘密繞過山海關、從冷口、喜峰口入關、向大北平地區做鉗形攻勢、西路共軍攻克密雲、南口、宛平、豐台、通州、黃村、采育鎮、切斷了平津交通、十二月中完成對北京的包圍、十七日共軍攻佔石景山與南苑機場、二十日東路共軍佔領唐山等地、堵絕了傅作義的海上退路、城外共軍演習巷戰綁扎登城雲梯、炮轟城內東單廣場臨時機場、幾番炮彈都偏落在東單其他地段、中共地下黨也完成軍事勘查並取得城防計劃、準備支援共軍攻城、北平百姓在圍城裏面、明天是和是戰全是未知之數、這時毛澤東決定共軍暫時圍而不攻、並不是因為珍惜古城、而是有戰略考慮、毛氏認為如果北平不戰而降、開了先例、對全國各地有示範作用、以後南京、上海、武漢、長沙、南昌、廣州等地均有按北平方式解決的可能、可以用這個模式解除國軍的抵抗、毛因此指示說爭取傅作義站在我們方面有十分必要、十二月二十二日共軍攻克新保安、三十五軍兩個師全失、這對傅氏是重大的打擊、卻是北平的運氣、如果三十五軍主力能回師北平、傅作義談判受挫時、可能就會有了決此一戰的想法、當時北平城內還有二十萬國軍、中央軍比傅氏嫡系的四個師人數更多、前者遵蔣介石指示主戰、傅氏嫡系的年輕師長也在作戰狀態、軍統中統的特務仍在採取暗殺手段阻撓和談、一月十七日還在主和的前市長何思源家引爆炸彈、何家的小女兒被炸死、何思源和家人

都受傷、蔣介石還數度派遣熟人特使飛進北平、遊説傅氏不要投共、傅作義這位愛跟知識分子交往、禮賢下士的武人、凡他諮詢到的文化名人都進言勸和、保護北平免遭兵災、身邊的大女兒傅冬菊和一些親信如閻又文是共黨潛伏分子、向中共回報傅氏的一思一行、傅信任的老師劉厚同也聽從地下黨指示不斷勸進、盟兄兼最後談判代表剿總副司令鄧寶珊上將早前已向共黨特務表態、傅氏也想棄蔣和談、深知自己已經陷入作戰不夠實力、逃走沒有門路的困局、但他一怕控制不了北平的中央軍、二怕蔣介石轟炸北平、三怕得不到共產黨的諒解變成戰犯、四怕被人説成叛逆變節、而且他要跟中共平起平坐、討價還價、通過談判替自己爭取以後在華北的政治和軍事地位、主張共組聯合政府、軍隊歸聯合政府指揮、並堅持説自己不是投降只是和談、但中共哪肯讓傅氏佔主動、十二月二十三日在三十五軍被殲後、傅氏態度軟化、向毛澤東發出電報、同意放棄軍隊、卻仍然還在請求此階段共軍稍向後徹、盼不要逼他繳械令他為難、中共卻於十二月二十五日開出一份四十三名戰犯的名單、傅作義名列其上、新華社還説像傅作義這樣的戰犯不懲罰不可能、減輕懲罰的出路是繳械投降、中共中央軍委並再次重申強攻的決心、傅氏心情沉重、但仍派剿總少將周北峰教授和民盟的張東蓀教授出城與林彪、聶榮臻談判、傅氏拿不到他要的管轄平津唐綏條件、猶豫不決、一九四九年一月初淮海戰役的第三期結束、毛澤東不耐煩傅氏的拖延、分析説傅作義企圖叫我們遷就他所設的範圍、拒絕我們迫他就範的方計、遂下令劉亞樓指揮四野再度顯示威力、一月十四日上午十時開始以三十小時攻陷號稱固若金湯、有十三萬守軍的天津、北平成為孤城、二十九小時後傅氏通過全權代表鄧寶珊同意北平部隊出

城接受改編也即變相投降、一月十九日雙方代表草擬和平解決北平問題協議、傅氏順利說服了內部將領、新聞發言人閻又文並在中山公園的水榭、召開中外記者會宣佈北平協議、二十二日正式簽署、上午十時起休戰、傅部嫡系四個師率先分兩天移至城外、到指定地點聽候整編、城裏北平居民奔走相告說傅將軍下令不打仗了、北京人的高興是對的、北京若要不被毀滅、只有傅作義投降一途、二十三日和平協議生效當天、傅作義搶先在他開辦的平明日報發佈聲明、解說不作戰是為迅速縮短戰爭、獲至人民公議的和平、保全工商業基礎與文物古跡、使國家元氣不再受損傷、以期促成全國徹底和平之早日實現等等、傅氏想造成北平的和平由他主動、為的是公眾利益、迴避投降責難、林彪說傅氏此舉旨在收買人心、製造政治資本、想在聯合政府中仍能插一腳、二十七日傅作義應蔣介石下台前夕的請求、同意遵照辦理、讓不願意接受改編的國軍十三軍少校以上的軍官乘飛機離開北平、卻同時致電共軍以天壇祈年殿為目標、炮轟天壇臨時機場、阻止蔣介石派來的飛機降落、祈年殿一角被毀、二十九日北平聯合辦事機構召開籌備會議、至三十一日原本守城的剿總國軍兩個步兵團、八個軍部、二十五個師全部被打散整編為人民解放軍、東北野戰軍第四縱隊中午首先從西直門進城接防、另有兩師陸續進駐、平津鐵路局、電車公司工人等團體和學生夾道歡迎、在場的共黨作家呂劍說那天是人民的狂歡、並引用一名北平店員的話說、再過一個月不來、我們就無法活了、地下黨學生邵燕祥三十一日那天依照黨的指示上街、在東四宣讀前線司令部的約法八章安民公示、他的記憶是聽眾表情漠然、連好奇都沒有表現出來、一位目擊的合眾社記者則報導說北平一般居民平靜地、好奇地接待征服者、

古都總算又一次、也是至今最後一次在圍城狀態下逃過戰火、舊主人選擇了不戰而降、新主人成就了不戰而屈人之兵、北平和平易手、傅作義沒想到在二月一日、人民日報的北平版創報號頭版、突然刊出一封以林彪、羅榮桓兩將軍署名、落款日期為一月十六日的致傅作義的公函、內文實為毛澤東親自撰寫的、裏面完全不提傅作義在所謂和平解放中的功績、反而以極其嚴厲的措辭、歷數傅作義的罪行、稱傅為戰爭罪犯、警告如果貴將軍欲以此文化古城及二百萬市民生命財產為犧牲、堅決抵抗到底、則本軍將實行攻城、城破之日、貴將軍及貴屬諸反動首領、必將從嚴懲辦、決不姑寬、同日人民日報另一文章上毛氏也放話說、難道天津的工商業基礎與文物古蹟不應當保存嗎、難道天津的國家元氣應當損傷嗎、戰敗了、一切希望都沒有了、不過文章又說不管華北人民如何恨之入骨、只要傅作義願意向人民低頭、人民解放軍就有理由向人民說明、赦免他的戰犯罪、這說明一月十五日天津覆滅翌日、毛澤東已撰寫好了這份公函、表示只要傅氏不立即就範服軟、還想討價還價、毛氏就也不會放過北平、當然、傅氏早就準備投降、只是想談點條件而已、天津的萬人流血本來已是沒有必要的了、傅作義之前沒看到過這封公函、待自己交出軍權、國軍完全被拆散整編、共軍已接防北平城後、人民日報北平版創報號還要故意選登這樣恐嚇性的一函一文、以抹煞傅作義在北平和平過渡中的關鍵作用、傅氏得知後極為氣憤、二月三日共軍入城的盛大儀式他都不參加、一度考慮出國、南京方面勸傅氏奔往他手下董其武控制的綏遠、毛又以傅作義的留平不抵抗歸順具有宣傳意義、而且還要靠他策反綏遠的國軍舊部、在公開無情辱罵傅氏之後、再私下用自己的魅力去安撫、二月二十二日在西柏

坡、毛親赴傅作義住所會見傅、對傅氏說北平和平解放要謝謝你、你的功勞很大嘛、人民不會忘記等等、據說傅作義聽後心情大好、三月二十五日中共中央和解放軍總部由河北省西柏坡遷到北平、毛澤東住進香山雙清別墅、四月一日傅作義正式表忠、向全國發表通電、表示擁護共產黨和毛主席的領導、呼籲國民黨軍政人員深切檢討、促使全國和平迅速實現、是年九月第一屆政治協商會議通過共同綱領、決議定都北京、天安門正門上方、蔣委員長畫像換成毛主席和朱德元帥頭像、北平再度成為北京、、、

　　紅旗縫上了五顆星、派對時間開始了、新社會降臨、舊世界落花流水、六億神州、天將翻地將覆、舊邦維新、浮沉有了新主、蒼茫大地、迅疾颭起一陣又一陣的罡風、牛鬼蛇神隨風被滌蕩、半熟臉的天使和陌生的魔獸、乘風而至、黨來了、天堂還會遠嗎、就把自己當作泥土吧、讓黨把你踩成一條道路、一九四九建政之後的那些事、別人一定是耳聞目睹、熟到嫌煩吧、不過對我卻也算是新鮮見聞、除了小時候我哥給我及時打了個底、其餘都是我來了活貨哪吒城之後自己補的課、我生前所知實在有限、我媽從不說這些、可能她也不甚了了、我爸偶然自京返甬、跟我媽交流又很少、我沒有耳濡目染的幼功、說來奇怪、已經是改開時期、八十年代了、怎麼在浙江上幼兒園大班、學唱的還是我愛北京天安門、唱支山歌給黨聽、如果不是上小學那年隨我媽搬到北京、受到我哥霸凌、逼我接受再教育、填鴨式的疲勞轟炸我、我可能根本不會對人民共和國這段過去的歷史感到興趣、更不會懷疑課本和課堂上老師的講話、我到北京的第二天、我哥就給我設圈套讓我表態、問我共產黨好不

好、我當然説好、他偏説共產黨不好、我説不過他被逼得大哭、決心不再跟這個壞人説話、恨不得警察叔叔把他抓去槍斃、可是過後我又認慫了、因為他帶我玩樂吃喝、我就順着他唄、大人不在的時候、不管我聽不聽得懂、他可沒少跟我發表反動言論、他為甚麼這樣做、是在拔苗助長逼我長大、還是想洗我腦、可能也都不是、他這個人就是這麼愛顯擺愛表現自己、自説自話、自我中心、我只是他最方便的聽眾、發洩他過剩唾沫的對象、那時候我也已經懂得點自我防禦、算我對他虛以委蛇吧、聽歸聽、對他講的那些話我心裏會打折扣、假定了他是胡編亂造、信口開河、就是為了想叫我服他、跟着他起哄説出共產黨不好、甚至還得説毛主席不好、以後有機會我會去弄明白、用事實反駁他、證明他是在欺騙我、這個自大的、説謊的反動派、我是會拆穿他的、暫時我太小了、説不過他、而且還要跟着他玩、只能任他囉嗦、一九八七年那年我小學五年級下學期、我們爸爸去世時、我哥已是二輕中專二年級學生、不肯跟我和我媽多待、自己暑假去了改開聖地廣州、我翻他的小隔間、早就知道他的書架上沒有課外書、那些反動讀物都收在床底下、那時候我就學會了快速翻閱、隨機選讀、怕我哥會突然折返回家、看書像在偷吃、拿上手翻着看的第一本書、是瓊瑤阿姨的我是一片雲、我在晚報上看過這個名字、説是瓊瑤熱、奇怪我哥怎麼會看這種女孩兒看的書、不久後的一個早上我半夢半醒的生殖器第一次怪怪的起立敬禮、弄不清楚是得益於翻着看瓊瑤阿姨、還是受我反覆精讀的另一本文摘讀物的感染、裏面摘選了金庸伯伯的碧血劍第四回矯矯金蛇劍、翩翩美少年一章、不過肯定不會是因為另外那幾本被我翻了翻就放下的書、記得一本叫第三次浪潮、一本叫性格組合論、一本叫薩

特研究、完全不知所云、還有一套三冊、六塊五毛五很貴的大部頭書叫歷史在這裏沉思、因為書名上有歷史兩個字吸引我多看了兩眼、竟找到我哥的很多奇了怪的胡言亂語、原來只是在反芻這三冊書中別人的說法、我暗自得意、這不就是我哥的金蛇秘笈麼、他憑那幾下三腳貓的功夫、在我面前口沫橫飛、不過就是比我多看了幾本書而已、這給了我啟發、那年暑假我第一次自己一個人走進西四新華書店、逛了一圈、不過卻是伸伸舌頭而退、一是捨不得買書、二是原來世界上有這麼多書、我個子小、只看得到放在比較靠下的書、一排排的嚇人、心想花時間還要花錢、這算甚麼事兒、回到家、又去翻出碧血劍第四回看了幾遍、幾天後也不知為甚麼我又再去了一趟西四新華書店、也是空手而出、回家路上卻用自己的零花錢、在地攤上買了平生第一本課外書、碧血劍第十二回至二十回的合本、武俠小說真是太好看了、不管別人怎麼評價、半部碧血劍就夠我開蒙、裏面不止有男孩愛看的武打招數、歷史、地理、戰爭、江山和江湖、還有俠骨柔情的美貌女子、我有了更多早上賴床的心身反應、感覺就像碧血劍第四回末袁承志不知自己是睡在溫青青一個女兒家的床上、只覺抖開被頭、中人欲醉、最後第二十回空負安邦志、遂吟去國行、結尾兩句是萬里霜煙回綠鬢、十年兵甲誤蒼生、竟觸發我初識少年不知愁滋味的歷史唏噓感、等到我哥八九年四月中回到北京、發覺才一年多沒見、我們哥倆都變樣了、他說的話、我也聽得懂了、、、

自一九八九年六月四日凌晨以降、我在活貨哪吒城練出來的獨門功夫、就是重構歷史想像、一九四九年二月三日、北平舉行解放軍盛大進城儀式、平津前線指揮部的林彪、羅

榮桓、聶榮臻、彭真一眾領導、登上前門箭樓閱兵、儀式由劉亞樓主持、接受檢閱的東北野戰軍部隊、裝甲、坦克、騎兵、步兵等各兵種從永定門、西直門分頭進入北京城、以三輛裝甲彩車和軍樂隊為前導、引帶一隊騎兵、緊隨其後的是多輛十輪大卡車、車上載着身穿絳線棉軍裝的解放軍士兵、車後牽拖着從國軍繳獲的高大美軍榴彈炮、列隊越過前門大街、從箭樓前右拐到東交民巷東行的臨口、行經美國大使館緊閉的大門、北京居民加上八千名鐵道職工和北平第一修械所的工人、兩千名燕大、北大、清華等校的高校生、夾道觀看、工人和學生唱着解放區的天是明朗的天、團結就是力量、高呼着中國共產黨萬歲、毛主席萬處、朱總司令萬歲、中國人民解放軍萬歲、有青年人爬上坦克車、裝甲車慰問軍人、這支軍隊、是從一八五七年來將近一百年間、所有闖進北京城的中外武裝之中、紀律最好的一支、給北京老百姓和在京知識分子留下了深刻的印象、上一年的十二月中旬、中共中央確定了北京黨政領導機構的人選、市長是葉劍英、葉只是共產黨在北京的市委第一副書記、共產黨北京市委書記是彭真、北京黨政關係確立、二月十二日北京各界在天安門集會慶祝解放、葉劍英宣佈北京市人民政府成立、與臨時的軍事管制委員會共同負責治安和市政、三月二十五日另有更高階的政治機關到了北京近郊、那就是中共的黨中央和解放軍總部移駐香山和玉泉山、當日下午毛澤東和朱德等黨領導人在西郊飛機場檢閱部隊、之後不久中共中央將會移至城裏的中南海與長安街一帶、北京將既是全國首都也是直轄市、黨國各兩級組織共主北京的格局形成、北京的老百姓很快察覺到、市內團積居奇的糧老虎和水霸不見了、遍佈城內外的鴉片煙館和妓寨也沒有了、這是北京或北平居民百年不遇的

事、這次的新來統治者果然與前不同、至於消失了的惡霸、慣匪、妓女、乞丐、吸毒者、幫派分子都去哪兒了、北京老百姓才不操心、民眾將會習慣這樣的一種新的規律節奏、從一九三○、四○年代開始的土改、整風到一九五○年雙十指示的鎮壓反革命運動、之後的四十年、舉凡地主富農、歷史反革命、戰犯、漢奸、國民黨殘渣餘孽、敵對勢力、壞分子、官僚資本家、反動會道門、未改造好的知識分子、地下黨、官僚、右派、右傾分子、階級敵人、黨內走資派、蘇修分子、四類分子、四不清分子、反動派、造反派、黑五類狗崽子、林林總總的反黨集團、反革命集團、工賊、內奸、三種人、流氓、大學生、打砸搶分子等等、甚至整個階級比如農民階級、資產階級、小資產階級、一撥又一撥的或被犧牲剝奪、或成了專政對象、或淪為祭旗團夥、或只是倒霉、都會輪流遭殃、像韭菜般的一茬一茬被割、時爾成為重點審查揪鬥對象、飽受凌辱、尊嚴掃地、時爾重複被整、性命不保、不過北京和具有城市戶籍的居民都知道、只要你不被劃歸為上述任何一類人、而只是基本群眾、廣大市民民眾、老百姓、你必無咎、因為你是勞動人民的一分子、人民共和國的主人、你就是廣大群眾、你就是人民、黨和國家機器承諾永遠為你服務、、、

　　我之前述說的構成北京城的三大主力階層、權貴官吏、知識分子、城內的勞動人民即群眾即老百姓、當中固然有重疊、但前兩者往往是進京外地人居多、解放後四十年屢受各種形式運動的衝擊、只有後者、群眾老百姓、作為群體、概念上在新中國可以說是永遠無咎的、當然不排除有壞分子、反革命分子、叛徒、內奸和工賊混在革命群眾老百姓隊伍裏

面、需要不懈的被揪出來接受無情的打擊、而且每次運動起來的時候、也少不了人民群眾參與、單位和街道居民組織會發動群眾開會表態控訴鬥垮這一回被專政的對象、是為共產黨領導下的群眾路線和無產階級專政、有時候黨擴大了打擊面、把一些平民老百姓也給專政掉了、但以人民的名義、每次受到鎮壓的都只是另一部分的人、不屬於老百姓、基本群眾本身在概念上是不受衝擊的、政治上一般是安全的、因為人民群眾的眼睛一定是雪亮的、跟毛主席和黨是一條心的、真正衝擊影響老百姓實質生活的因此還將不是那些敵我式鬥爭運動、而是政府的管治和政策的好壞、壞的政策會讓老百姓幾十年過不上好生活、這裏我擱下大家爛熟的關於城裏黨員幹部和知識分子的戲劇性遭遇起伏、先從北京老百姓的民生角度、說一些新政府管治下的情況、一九四九年全市近二百萬人當中、就業者僅佔人口百份之十幾、市況蕭條、三輪車和人力車伕等行業生計被切斷、軍管會通過外地調撥、保證了市內居民糧食煤炭基本供應、久經圍城的老北京還記得、連豬肉都買得到了、官方宣傳說進城後、居民生活有了這些保障、使抱疑慮觀望態度的一般民眾越來越相信共產黨、北京最底層老百姓的生活、在中共建政初期總算有了起碼的照顧甚至改善、對個別勞動者來說、就算你的工種、工作性質不變、現在也被認為不再受人剝削、而是在替國家作出貢獻、所以就算還是幹原來同樣的工作、你也應該是充滿榮譽感和積極性的當家做主的人了、農家孩子時傳祥、十五歲從山東逃荒到北京、在宣武門一家私人糞場長年當淘糞工人、一九四九年後還繼續做了二十年掏糞工作、我從一份火供到此間的打印件、看到編摘自二〇一八年百度百科的時傳祥條目如下、在舊中國、掏糞工不僅受到社會的歧視、還要

受到行業內部一些惡勢力的壓榨和盤剝、時傳祥在這些糞霸手下一幹就是二十年、受盡了壓迫和欺凌、新中國給了他做人的尊嚴、工人階級當家做主使他吐氣揚眉、掏糞也是社會主義建設事業的一部分、他把掏糞當成十分光勞的勞動、全心全意為人民服務、北京市人民政府、規定他們的工資高於別的行業、想辦法減輕掏糞工人的勞動強度、把過去送糞的軲轆車全部換成汽車、時傳祥合理計算工時、挖掘潛力、他帶領全班由過去每人每班背五十桶糞增加到八十桶糞、他自己則每班背九十桶糞、有些年青人不安心清潔工作、時傳祥會開導他們、北京城如果一個月沒有人去掏糞、糞便就會流得滿大街都是、總得有人清理糞便呀、他毫不利己、專門利人、一九五六年加入中國共產黨、一九五八年出任北京市政協委員、一九五九年人民日報刊登了他和國家主席劉少奇在人民大會堂湖南廳握手的合影、劉少奇說你淘大糞是人民勤務員、我當主席也是人民勤務員、這只是革命分工不同、時傳祥也表示、我要永遠聽黨的話、當一輩子掏糞工、從此、時傳祥成了載譽全國的著名勞動模範、副市長萬里、崔月犂也曾背起糞桶、跟着時傳祥學習背糞、清華大學的一些學生也曾拜時傳祥為師、學習他吃苦耐勞的精神和寧肯一人穢、換來萬家淨的崇高思想境界、他一九六四年當選為全國第三屆人大代表、一九六六年十月一日國慶節獲毛澤東主席接見、周恩來總理在招待宴會上向他敬酒、同年十二月時傳祥被打倒為工賊、一九七五年受迫害死、一九七八年平反、去世之前他還反復叮囑兒子繼承父志、也要當一名稱職的環衛工人、、、

北京舊城胡同住宅區的旱廁改造真是特別緩慢、一些老

街區的人口卻在增長、到六十年代絕大多數本來是單戶人家
的院子、成了多戶共處密度很高的大雜院、這些都跟新政府
的政策和觀念有關、影響着幾代北京城內居民的生活質量、
北京自古以來都是基建追不上發展、本來自然條件就不好、
優質食用水缺乏、大街胡同不是塵土飛揚就是一地泥濘、但
首都作為政治文化中心總是招財旺丁、外來人不斷、舊居民
不走、和平時期人口猛增、城區空間的條件惡化難免、光是
垃圾就無從處理、這是北京增長的局限、要靠政府作為、北
京古城的現代城市基礎建設起點很低、電燈不明、馬路不
平、渠道淤塞、糞便一直靠人工收集、冬天家家戶戶燒煤炭
取暖、一九四九年後新的市政府相比前幾個政府對基建算是
有較大的投入、自來水的供水能力逐步提升、一九五四年在
永定河上游建官廳水庫、一九六〇年完成華北最大的密雲水
庫、及後以懷柔水庫調節潮白河水系懷柔段的水量、保證了
首都生活和產業用水、但到六十年代還不是家家戶戶通自來
水、大雜院內往往是多家分用一個水龍頭、一九五五年開
始建立煤氣供應系統、有記載一九五七年城郊石景山地區
五百二十二戶居民開先河用上了煤氣、不用在戶內燃煤、不
過靠燒煤炭做飯供暖的家庭還是絕大多數、要到八〇年代末
北京城鎮民居氣化的程度才達到九成、街道胡同也有九成
鋪上了瀝青路面、但一九四九年北京的七千餘條胡同、到
八十年代只剩不到四千條、同樣快速的消失將會發生在九十
年代和千禧年後、臭水溝的治理在五〇年代初陸續展開、
一九四九年可以排水的下水道全市只剩二十餘公里、新政府
清挖整修水道、在大石橋、夕照街、太平街一帶鋪設排水系
統、將明溝改為暗渠、使南城的八條臭水溝得到治理、從
一九五六年治理御河後、北京城一百多條臭水溝全變為地下

水道、這裏包括五十年代初首先做為樣板的龍鬚溝明渠改造、龍鬚溝是位於前朝名勝金魚池與天壇之間的一塊狹長地帶、當時全市有待改造的明渠包括御河、有的比龍鬚溝體積更大、但因為後者是最窮困的勞動人民聚居之地、優先改造有政治象徵意義、一九五〇年龍鬚溝被就地掩埋、填平成馬路、居民則還住在原溝邊的小窩棚小平房內、一住又是十六、七年、旁邊的金魚池早就沒有魚、附近垃圾都倒在池中、髒臭熏天、蚊蠅肆虐、文革時唯有把金魚池也填平、拆掉窩棚危房、建起六十九幢極其粗陋的簡易樓、這些窄、小、低、薄的簡易樓不久本身又成了危房、糞便處理的變化則如上述比較緩慢、舊區居民使用的是沒有沖水、沒有化糞池的旱廁、全部人工掏糞、大雜院多沒有內置茅廁、居民大冬天也只能出戶外如廁、一九六〇年代中才開始改造部分既有的旱式公廁為沖水式公廁、用真空吸糞車清運糞便、一九七四年後增建街巷公廁、減少入戶掏糞作業、初期公廁數量不足、早上如廁要排隊、北京人稱之為開會、到一九九〇年環衛部門還得承諾說絕不把危舊公廁帶入二十一世紀、一九九七年至九九年、北京市每年改造一千座街巷廁所、二〇一五年二環內常住人口一百四十八萬、西城區包括前宣武區有公廁一千三百座、東城區包括前崇文區有公廁一千四百多座、四環內每平方公里有二十座公廁、密度舉國居首、堪稱為公廁之都、城裏一些大雜院的居民至今如廁、衛浴仍依賴公廁、公共浴室、到二〇一三年城內六區還有以百計旱廁等待改造、最快見成效的算是垃圾處理、一九四九年前市內積存垃圾據說有六十多萬噸、解放軍一月進城、三月軍管會就發動清潔運動、搞運動式的治理從來是共產黨所擅長、各界市民組成委員會協力、用了九十一天、運除垃圾

二十萬噸、據建築規劃專家梁思成一九五七年在人民日報的文章、北京解放後的一年中、從城裏清除了明清兩朝和民國存下的三十四萬九千噸垃圾以及六十一萬噸大糞、梁思成稱之為這是我們可以自豪的兩件偉大的小事、、、

交通民生方面、一九四九年六月東華門至頤和園公共汽車路線開始運營、這是新政府恢復的第一條公共汽車線、一九五〇年三月市電車公司開闢有軌電車環形路、一九五二年元旦、東四人民市場在隆福寺廟內各大殿開業、這是當時北京最大型的攤販市場、集中到這兒的各種攤販共有一千一百三十二戶、隆福寺又仿若回到乾隆年代、成為諸市之冠、一九五五年北京第一家大型百貨商店、北京市百貨大樓在王府井建成營業、是年北京體育館也落成、這是新中國建設的第一座綜合性體育場、一九五七年全國第一家寬銀幕立體聲影院首都電影院建成、同年在建國門外開建供駐京外國人住的第一批板式樓房齊家園外交公寓、一九五九年完成十大建築、可以理解、五十年代新政府在有限資源下、若能按照北京原有的規模和功能、逐漸改善城內生活條件已很不容易、可是時代又跑在前面、此時朝野對北京舊城區該如何開發、出現分歧意見、除了城內改造的指導思想有爭議外、還涉及兩大決策、都將影響到北京老百姓的生活、一是中央行政機構要不要搬入城內、二是北京老城要不要由所謂消費城市變為生產城市、結論是舊北京要改造成一個新型現代化城市、中央行政要搬入城內、古城也要有工業、、、

二〇〇三年新華社主任記者王軍寫了一本令人驚心動魄的城祭、出版的時候書名改為城記、追述一九四九年後北京

城建思想的權力不對稱的交鋒、回眸五、六十年代北京古城變臉的滄桑瞬間、讀之令人扼腕、我之前斷言過、北京從來不是北京人的北京、這裏繼續佐證、一九四九年後北京的發展、不是北京居民決定的、甚至不是由北京市的市政府說了算、北京的規劃、也從來不是單純由規劃專業來主導的、專家要跟政治的風向、接受權力的顢頇、為了取信於權力、專家也會跟有異見的專業同行互軋、一九四七年國統區的北平市政府也曾經有過都市計劃委員會、市長何思源提出多項現在看起來甚為先進明智的規劃原則、包括古城表面要北平化、內部要現代化、城牆上端建公園、城牆內外設綠地、城內幹道以達各城門為目標、繼續完成日據時期規劃的西郊新市區建設、同時在外城西南建平民居住區、在郊區建設衛星城、一九四九年前和一九四九年後、這種城內保育兼精耕細作改良、城外另闢摩登新城、分散疏導中心區功能、多中心化、外圍建衛星城的城建思路、一直都有它的擁護者、一九五〇年新政府成立了自己的北京市都市計劃委員會、初時似仍有考慮此進路之意、但很快戛然易軌、因為北平一旦成了北京、就不再是一個正常城市、不是由市政府單一管理的普通城市、市政也不是以服務居民為取向、而是再次變回承載繁複中央政府功能的全國政治首都、一方面幾級黨政軍單位聚集、城建政出多門、各有主張、不受市政府統籌、更不必論及市政府下的規劃委員會、另方面在集中制黨國體制下、領導的指示往往一句頂一萬句、領導的慾望、見識以至美學、且不談私心、都起着決定性作用、一九四九年三月中共七屆二中全會對中國城市的後續發展有着重大影響、毛澤東在報告上說、只有將消費的城市變成生產的城市、人民政權才能鞏固起來、人民日報馬上附聲評論說統治階級所聚居

的大城市像北平、大都是消費城市、市委書記彭真也隨即堅決表示、北京一解放、我們就必須把這個城市由消費城市變為生產城市、從舊有落後的城市變成現代化的城市、梁思成記述彭真對他說、有一次在天安門城樓上毛主席曾指着廣場以南一帶說、將來從這裏望過去要看到處處都是煙囪、毛在進京前已說過、蔣介石的國都在南京、他的基礎是江浙資本家、我們要把國都建在北京、我們也要在北京找到我們的基礎、這就是工人階級和廣大的勞動群眾、至於推動中央行政功能進駐六十二點五平方公里的舊城內最積極的、是一邊倒時期來自蘇聯的市政權威顧問們、他們一切以莫斯科城市規劃馬首是瞻、套在北京舊城上、北京中心區要學莫斯科、為中央政府所在、並且城內要有培養龐大工人階級的大工業、有一份記載說、市委書記彭真同志曾告訴我們、毛主席曾對他講過、政府機關在城內、政府次要的機關設在新市區、我們的意見認為這個決定是正確的、蘇聯專家說、拆毀北京的老房屋、你們早晚必須做的、三輪車伕要到工廠工作、你們坐甚麼車通過胡同呢、蘇聯專家透露過一個信息、一錘定音主張政府機關應該在城內的也還是毛澤東、中央政府行政功能要進古城、北京要發展工業、有了這兩項指導思想之後、梁思成、陳占祥等本地專家讓北京城繼續保持文化旅遊土著居住生活古城特質、城內加以現代化宜居改良、城外另建中央政府行政新城、不去追求北京城區工業化的主張就失去支撐．舊城　切巨變也成了必然、城內民房大片被拆、讓位給政府部委大型建築和公共空間、政府和進城的有關人口劇增、剩下的宅院變雜院、私產由一九五八年的國家統一收租到一九六六年改成全民所有制房產、雜院產權歸公、住戶反而沒人願意主動維修、民宅全都長年失修、單位多了人也多

了、交通需求增量、更多胡同和民居要讓路、主政者的大馬路主義認為馬路要夠寬才好、在北京這樣的古城修大馬路、路就得靠拆出來、連歷史上重要的文物建築如金代的雙塔慶壽寺也都是因粗暴修路被拆掉的、王軍評論説道路紅線與其涉及的文物成為了一對你死我活的矛盾、在梁思成批評的純交通思維和土木工程師思維的主導下、內城外城的城牆城門和城樓牌樓的清拆也就是遲早的事、那種夢想舊城外貌依舊、內部現代化、保留城牆城樓的主張、變成緣木求魚、甚至可以説、當時任何漸進精細的改良思維、都不符合時代的躁狂急功風氣、都不合最高領導的胃口、毛澤東在一九五五年就表示對某些同志辦事如小腳女人般感到不滿、主張社會主義建設應該以盡可能高的速度向前發展、一九五六年元旦人民日報社論提出多快好省四字真言、一九五八年一月毛説開封的房子、我看了就不舒服、又説南京、濟南、長沙的城牆拆了很好、北京、開封的舊房子最好全部變成新房子、同年三月毛又鼓動説拆除城牆、北京應當向天津和上海看齊、四月周恩來説根據毛主席的指示、今後幾年內應當徹底改變北京市的都市面貌、和平解放北京之前中共信誓旦旦要保存古城的訴求、執政沒幾年已擱諸腦後、北京古城不在戰火中毀滅、卻在和平時期被肢解、或者中共心目中所謂要保存的古城、從來不包括整片的城內胡同和民居老社區、不包括城牆城門城樓牌坊、不包括古廟王府和文物歷史建築、不是指古城的整體風貌、只是指宮殿園林等個別帝王級奇觀、統治者這種不去另建新城、卻要靠推倒拆毀老城來建現代全功能城市的行為愚不可及、在這樣大躍進的狂熱下、曾受梁思成、陳占祥、華攬洪猛力批評的北京城市建設總體規劃初步方案出台、不久後一九五八年北京市政府還要作出更冒進的

重大修改、最新方案報告根據毛澤東指示、提出了一個十年完成北京舊城拆除改建的所謂根本性改造計劃、明確指示城牆壇牆一律拆掉、甚至說故宮也要着手改建、舊都的命運至此可說走上了不歸路、城內一切拆字當頭的行為都受到鼓勵、人民日報號召群眾以義務勞動形式、拔除被稱為障礙物的城牆、舊磚廢物利用、毛澤東親自指示擴建天安門廣場、由原長安左右兩門一直向南拓展、直抵正陽門一線城牆、毛提出天安門要成為百萬人廣場、人民大會堂要能容納萬人、市政府的人民大會堂草案、被周恩來和市委第二書記劉仁認為不夠宏偉、沒有很好體現毛澤東精神而被一再擴大、僅用了十個月、被梁思成批評為不符合人的尺度的天安門廣場和人民大會堂落成、但作家冰心則很稱頌的說、走進人民大會堂、使你突然地敬虔肅穆了下來、好像一滴水投進了海洋、感到一滴水的細小、感到海洋的無邊壯闊、天安門的擴建拆掉了原有房屋一萬一百二十九間、在此同時西長安街、宣武門西部和朝陽門大街也進行重點拆房、公安部、燃料部、紡織部、外貿部等部委爭相在長安街沿街建起辦公大樓、十大建築的其中六項也在舊城區內、都進行了大量拆遷、只有一部分居民獲得安置、遷到城外條件極差的簡易樓中、新建政府大樓仍不敷各中央部委使用、城內的文物級大建築物多被徵用、四百二十六座寺廟房屋撥交工廠、機關、學校等單位使用、各機關單位為了解決辦公問題、也不等市政府安排、各自佔用城內王府、如衛生部佔用了醇親王府、北京軍區佔了慶親王府、國務院佔了禮親王府和惠親王府、全國政協佔了順承郡王府、教育部佔了鄭親王府、僑辦佔了理親王府、外貿部佔了廉親王府、軍委辦公廳佔了大高玄殿等等等等、一九四九年九月梁思成就已經致信剛剛接替葉劍英任北平市

軍管主任兼市長的聶榮臻、批評一些機關無視規劃管理、隨意在文物建築內建房、但就算是北京市政府也有心無力、阻止不了黨政軍單位對文物的佔用和添減拆改、後來很多文物建築以易地保留的說法被就地拆毀、根本沒有保留、連團城這等重要的歷史建築群、都差點要以改善交通的名義被拆除、梁思成等卯盡全力斡旋保得住團城也留不住金鰲玉蝀橋、更護持不住絕大部分舊城的城牆、城門、甕樓、箭樓、牌坊以及更多的歷史建築、更甭提四合院民宅胡同社區、在專業領域、反對梁思成一派的專家學者也不乏其人、有記載說梁思成曾經說過、毛主席可以領導政治經濟、但他不懂建築、不能領導建築、駁斥梁思成的人說、毛主席也不會開坦克、也當不了士兵、但他是制定方針政策的人、文革被打成資產階級反動學術權威的梁思成、於一九六九年自我坦白交待說、我竊據了都委會要職不久、就夥同右派分子陳占祥抛出那個以反對改建北京舊城為目的關於中央人民政府行政中心區位置的建議、妄圖在復興門、阜城門外建設中央人民政府的行政中心、把舊北京城區當作博物館那樣保存下來、它剛剛出籠就被革命群眾徹底粉碎了、、、

梁思成說城市改造要始慎、可誰信呢、蘇聯專家初到北京之時、無所不懂的偉大領袖斯大林還在、斯大林的莫斯科城市規劃原則是那幫蘇聯專家的指導思想、這些專家的建議對首都的後續發展影響至大、他們發覺北京的工人階級只佔全市人口的百份之四、遠低於莫斯科的百份之二十五、認為社會主義國家的首都必須是全國的大工業基地、首都也要是生產城市不是消費城市、五十年後、北京重工業產值一度高達百份之六十三點七、僅次於瀋陽、全國工業部門劃分

一百三十個、北京佔一百二十個、為世界各國首都罕見、官方一九九九年出版的輝煌五十年北京一書還炫耀說、改革開放二十年、北京已經擁有冶金、石化、化工、煤炭、汽車、機械、建材、印刷、鐵路、電力、輕紡、電子、儀錶等工業、這裏包括屬於北京市範圍的老城內外地區、八十年代北京有煙囱一萬四千多根、空氣污染十分嚴重、一九九三年國務院才下決心北京不再發展重工業、一九九九年開始將污染企業遷出北京、建政六十年後、北京由低度工業化走向高度工業化再拐回到去工業化、一九四九年十月一日蘇聯專家代表團第一次登上天安門、就指示說應在東長安街南側東交民巷操場建設中央政府的大樓、如莫斯科紅場的周邊、他們隨後撰寫的北京發展意見建議書落實到第一批行政房屋建築在東長安街南邊、第二批在天安門廣場外右邊、第三批在廣場外左邊等等、既然主張中央和北京政府設在城內、蘇聯專家當然也反對在城外另建行政新城、他們說當年討論改建莫斯科問題時、也曾有人建議不改建舊城而在旁邊建築新首都、斯大林同志指出了那些都是小資產階級的不合實際的幻想、蘇共中央全體大會拒絕了這個建議、有成效的實行了改建莫斯科、對蘇聯專家的意見、北京市政府官員當時表示完全同意、北京城注定成為單一中心的全功能城市、後遺問題至今仍有待消解、有趣的是蘇聯專家卻認為城牆不必拆、應該利用和保留、以至梁思成說蘇聯的建築師在規劃改建一個城市時、對於文物建築的處理是非常溫存珍惜的、但蘇聯專家不支持另建新城的梁陳方案、功能與人既然都要往城內擠、單是為了交通、古城城牆和文物建築還能留存嗎、二環路就是靠拆城牆而建出來的、蘇聯專家另一個美學意識形態主張是、新的現代建築要帶民族風格、這倒也跟梁思成備受爭議

的大屋頂設計想法契合、當年雖然有蘇聯專家認為莫斯科紅場周邊看不到煙囪、所以從天安門也沒有必要一定要看到煙囪、不過蘇聯專家對控制故宮周邊的建築高度卻是無感的、認為莫斯科克里姆林宮附近建有三十二層的房屋、克里姆林宮卻並不因為這所房屋毗鄰而減色、指點說看不出在天安門廣場為甚麼不建築五、六座十五到二十層的房屋、並說相信人民中國的新的技術能建築很高的房屋、這些房屋的建築將永久證明人民民主國家的成就、另外一九四九年建政後、城外西側的大幅土地被軍隊分佔、形成一個個的大院、各大學在西北郊也紛紛圈地、一圈一大片、連北京市委都認為各機關在城內有空就擠、遍地開花、在城外則各佔一方、互不配合的現象必須停止、個別蘇聯專家也對亂圈土地不等待規劃的大院熱現象批評說、現在有許多建築還保持半封建半殖民的色彩、每個單位都用圍牆把自己圈起來、自成一個小天下、不利交通、不過、讓所謂住宅小區出現在城區裏面的這種路徑、蘇聯幫正是始作俑者、王軍指出、在西方、住宅小區一般建在城市的郊區、城市裏應是以街巷棋盤佈局的、街巷棋盤的優點之一是、所佔地塊不大、街廓偏小、能夠適應路網密的要求、而蘇聯的規劃師則認為、小區比街巷好、因為配套完善、小區或大院佔地大、區內不通街巷、所以北京市區的街廓特別長、路網就不能增密、便捷而經濟的單向街交通模式就無法實行了、因此在路網規劃方面、北京市只能是走向道路寬而稀疏的格局、我看到的一些資料說西方一些發達城市、則是採用路窄而路網密的模式的、九十年代中倫敦道路總面積率與北京相仿、但倫敦路網窄而密、北京寬而稀、倫敦三分之二的道路是單行線、高架路僅有一公里、立交橋只有幾處、但北京當時已建了一百多個立交橋、交通卻

更形擁擠、造成北京交通死結的主要原因、除了單一中心城區嚴重功能超載、長期承擔政治、行政、工業、商業、商務、文教、旅遊、居住、交通通勤等不可能任務之外、就是當日錯把大院和小區這種郊區開發模式、搬到了城區、、、

　　城市地標保育專家安東尼滕二十年前說、從五十年代到八十年代、半個北京城被摧毀了、這是二十世紀城市建築文化最大的損失之一、他還沒說到八十年代後剩下的半個北京古城的遭遇、先回頭說五十年代初、我們可以想像、對當時北京老百姓而言、居住條件才是切身的福利、用華攬洪這位當年與陳占祥、梁思成並非事事意見相同的建築師的話、就可以講得很清楚、華攬洪直言共產黨不重視居住建築、他指出解放以後到一九五六年止、北京市新建築就約已等於舊北京的全部建築面積、但居住建築與公共建築增長的比例輕重倒置了、人口增加了三倍、所能分配到的人均面積卻比解放前降低了百份之三十、每人只攤得二點五平方米、還攔不下一張中型的木床、這樣說來是今不如昔、舊社會遺留下來的勞動人民的惡劣居住情況還沒消除、隨着工業化而來的城市人口急劇增加、原來的急務是要修建更多的住宅、然而卻把大多數的資金和設計力量都放在非居住的高樓大廈、他批評北京城建把龐大當成偉大、借口政治任務、借以誇耀政治效果和裝飾門面、認為公共建築面積可以省去三分之一、並說蘇聯建築太惡劣、是形式主義、是十八世紀過時的作品、陳占祥和華攬洪這兩位經常意見相左的同行對頭者、到一九五七年同被北京日報公開點名指結成反黨聯盟、首都建築界舉行三次幾千人的大會和九次小會批判二人、陳占祥和華攬洪都認罪並被劃為右派、梁思成到文革才蒙難、但他那

派的想法也已節節敗退、當時批評梁思成的中國學者專家名人也頗多、我就不一一羅列了、歷史已多少做了矯正式的判斷、可惜城市跟歷史一樣都不能重來、當年城規局一位名陳幹的主任、多次反對梁思成、說梁陳方案的致命弱點一是沒有深刻認識經濟必然性、二是對解放戰爭創造者的意願也沒有充分認識、陳幹是贊成將行政中心放在舊城的、認為不敢動舊城是缺乏自信的表現、他於一九九四年才去世、始終認為自己反對梁陳方案是對的、陳幹晚年出任北京市城市規劃設計院總設計師、為了要求王府井東方廣場按照城市規劃縮小體積、奔跑無效、抱憾而死、他的戰友鄭天翔說、陳希同執意要搞醜陋累贅的東方廣場、深深刺痛了陳幹、東方廣場比北京飯店寬四倍、比規劃規定限高三十米高出一倍多、鄭天翔說、陳幹為黨內某些消極腐敗現象憂思如焚、更為首都建設中一些專橫霸道的東西、瞎指揮的東西、把規劃一腳踢開、把原則拿出來做交易的東西着急、可以想像一下如果梁思成仍在世、以他對法國人把北京飯店建在故宮近旁也大為反感的態度、大概這次是會站在老對手陳幹的一邊支持他、反對利益集團興建東方廣場的、據我能讀到的資料上世紀九十年代至今近三十年、資本進場、威權與市場勾結、北京城更拆拆不休、只剩下二三十片不能連接在一起、越縮越小、而且還在不斷受中央市府官商侵犯的所謂保護區、城中四區各自為政、區官任期、但求回報、為政績也為私囊不甘落後於人、引進資本、改造不求精耕細作、一律粗製濫造、據說西城文物級的四合院大宅都給拆了、愚蠢無比的建了條沒必要在老城這個位置的金融街、如胡同保育者華新民所說、 也不會再知道曾经深藏在胡同每一座四合院里的故事了、而東城竟為了建新小區、以危改之名拆掉形態完整、全

長五百六十米、四合院建築規範秀美的土兒胡同、又推平繁華且歷史上重要的金魚胡同、改成廉價豪華、外形醜陋的酒店街和暴發戶一樣的金寶街、還很搞笑的自比紐約第五大道、巴黎香榭麗舍、崇文門外的崇外街道轄區也是借危舊房改造幾乎成了一個香港大地產商獨家的地產開發項目、拆遷出人命、回遷房粗鄙簡陋、剩下的位於市中心區的崇外六號地的大片胡同小巷卻因無利可圖至今荒廢棄置沒兌現改造、宣武更甚居然立項拆光前門外僅存的數百年真古早商娛老區、把東邊的鮮魚口、西邊的大柵欄、改造成死樣怪氣、嘎倍兒新的假古董主題遊客區、一個世界級的歷史古都被同一個主政的中央政府在七十年間這麼一茬茬的糟踐、寒磣到沒給老北京城留一點兒臉面、、、

說回五十年代、陳幹這個晚輩當時為了反對梁思成、竟無厘頭訴諸權威、用恩格斯來說事、牽強附會的引用自然辯證法的零的概念、提出新中國首都也要有零點、而這個零點應該在天安門廣場、而不是傳統上的紫禁城、理由是如果首都仍以紫禁城為中心、時代特點又何以體現、王軍評論說陳幹對梁思成的反抗成功了、為了對應陳幹的零點定位、天安門前的華表和石獅雙雙向斜後方挪動了位置、也就是說、明永樂帝把元大都的橫軸中心點往南移入明建紫禁城、人民共和國則把首都北京的橫軸中心點由明清故宮移至長安街之南、五十年過後・二〇〇　年、國家交通部提出在天安門廣場設立中國公路零公里的標誌、二〇〇五年通過國務院審批、二〇〇六年九月二十四日上午將零公里標誌安放在天安門廣場南頭正陽門前的中軸線上、正陽門成了中國公路的零公里、同時也代替了陳幹的天安門旗桿位置成了國定的新零

點、官方的介紹説、零公里標誌是一個國家或者城市幹線公路的象徵性起點、也是一個城市中心點的象徵、平嵌在正陽門前象徵北京零公里的、是一塊一點六米見方的標誌、由黃銅合金鑄成、呈天圓地方形狀、中間是阿拉伯數字〇和中英文中國公路零公里點的字樣、外環用六十四個標誌點代表六十四個方位、四個方向有東西南北四個篆體銅字、在銅字的內側雕刻着青龍、白虎、朱雀、玄武四神獸圖像、這個四方神零公里標誌、主創者為清華大學美術學院周岳、正陽門離我家很近、可惜我生前還沒設置這塊標誌、無緣親見、這裏替大家補充一項無用的知識、以我的測量、也發覺一九四九年後活貨哪吒城有向南擴張的現象、現在的南端邊界在原外城的永定門、而不是明清哪吒四九城傳説中的正陽門、從象徵哪吒頭頂的永定門、到象徵腳底的元大都健德門、安貞門即今北三環土城一線、南北取其中、活貨哪吒城現在的零點、應該是在故宮北端景山以南的位置、而不是在天安門廣場的南端、、、

　　北平和平解放後、從人民共和國北京地段來到活貨哪吒城的第一批集體移民、是一九五〇年底至一九五三年底、特別是一九五一年上半年、那些在鎮壓反革命運動中被幹掉的各類人、反革命分子原應是指在留在大陸反抗中共革命的國民黨地下軍和特務、後延伸到土匪、慣匪、惡霸、反動會道門頭子和反動黨團骨幹分子、開始的時候中共的承諾是首惡者必辦、脅從者不問、立功者受獎、還勸反革命分子出來自首、後來鎮反運動極其嚴重的擴大化、濫捕濫殺、出現大量的冤假錯案、許多投降甚至起義的國軍官兵、前朝國民黨單位和外圍組織的一般人員、普通幫派會道門成員、小刑事

犯、甚至中共自己失聯的地下黨成員也被當作反革命分子草草處死、一九五〇年六月心高氣盛的金日成打響了朝鮮戰爭第一槍、但中國人民都以為是美國窺伺北朝鮮、聯合國軍十月初越過三八線、大有威脅中國之勢、毛澤東意識到這反而是千載難逢的良機、是新政權可以借機殺人立威的資本、用嚴打手段快速肉體消滅國內一切所謂反革命分子、他說凡是反革命、都是帝國主義的走狗、都有帝國主義特別是美帝國主義在背後策動、是年十月八日、中國決定出兵朝鮮、兩天後毛還能兼顧這一條國內戰線的升級、作出糾正鎮壓反革命活動的右傾偏向的指示、即雙十指示、之前毛說鎮反不要急躁、現在他嚴厲批評地方幹部對反革命的寬大無邊傾向、下令克服這種右的偏向、親自掌舵、令羅瑞卿把相關報告直接送給他、首都北京對這個嚴打式的殺戮運動的白熱化起了帶頭作用、彭真市長在中山公園音樂堂作了動員報告、整個北京動起來了、先是檢舉、揭發、逮捕、然後是批鬥、公審、公判、執行死刑前遊街示眾、後者幾乎成為模版、都是在同一時間、地點開始的一條龍作業、一九五一年二月十七日、北京市在羅瑞卿的指揮下、一夜逮捕了反革命分子六百七十五人、次日立即公開處決五十八人、數萬群眾興高采烈的圍觀、三月七日夜北京再捕一千零五十人、二十五日分別在三處槍決一百九十九人、歷史學家楊奎松說群眾對鎮反的反應、給了毛澤東相當的信心、天津方面同期已處決一百五十人、準備再殺一千五百人、毛對此高度讚賞、轉發各地宣稱、人民說、殺反革命比下一場透雨還痛快、我希望上海、南京、青島、廣州、武漢及其他大城市、中等城市、都有一個幾月至今年年底的切實的鎮反計劃、都能大殺幾批反革命、根據北京和天津的經驗、毛指示上海說、如果你們

能逮捕萬餘、殺掉三千、將對各城市的鎮反工作產生很大的推動作用、你們注意在逮捕之後迅速審訊、大約在半個月內就應殺掉第一批、然後每隔若干天判處一批、群眾才會相信我們肯殺反革命、他斥責說很多地方畏首畏尾、不敢大張旗鼓殺反革命、這種情況必須立即改變、建議利用幾十人、幾百人、幾千人乃至萬餘人的群眾會議、大張旗鼓、粉碎畏首畏尾的作風、四月二十二日毛澤東借公安部的報告、公開表揚北京一天處決二百名反革命、殺得好、是正確執行毛主席關於人民要大張旗鼓鎮壓反革命的指示的第一次、於是各地比試着突破殺人數字、落實行動猛、火力足的要求、大張旗鼓、大肆宣傳、結果不到是年五月、兩廣已捕了近十九萬人、殺了五萬七千多人、華東捕了三十五萬多人、殺了十萬八千多人、中南地區不算土改和會道門在內、光是鎮反到五月中已殺了二十萬人、佔人口千份之一點五、楊奎松研究指出鎮反運動剛一開始、出現各地捕殺範圍迅速擴大、一發不可收拾、全國出現處決人犯失控的現象、是與毛澤東的全力推動分不開的、鎮反全程光是北京一地召開了三萬次公審槍決大會、目擊者記載當眾就地槍決者的腦漿濺到旁觀者的身上、一九五一年二月份中央會議的指標是殺千份之零點五的人、這個上限很快被突破、到了五月毛澤東覺得殺人數目超過太多也有不妥、會損失大批勞動力、他修正說、我有這樣一種想法、即可以超過千份之一、但不要超得太多、柳州要求殺千份之五、顯然是錯誤的、貴州省委要求殺千份之三、我也感覺多了、貴州一千萬人口已殺一萬三、省委要求再殺二萬二至二萬五、我們可以允許他們再殺一萬多一點、留下一萬多不殺、已經超過千份之二的比例、已經算得準和狠了、殺人不能太多、殺得太多了、喪失社會同情、喪

失了勞動力、毛澤東在殺字上做數目字管理、殺得不夠還是殺得過火都是政治考量、後來以毛的説法是、殺了七十萬、關了一百二十萬、管了一百二十萬、民間充斥着殺戮人數更多的説法、光是一九五一年二月至五月鎮反第一階段、四個月的處決人數、超過國共四大戰役兩軍死亡的總人數、楊奎松只説全國範圍實際的處決人數很可能要大大超過公安部在一九五四年公佈的七十一萬二千人這個官方數字、當然、通過這樣寧枉毋縱的嚴打、政府不僅剷除了留在大陸的所謂國民黨殘餘勢力、更趁機一網打盡了慣匪、黑幫、毒販、盜賊、娼妓與各種可疑人等、一貫道和三百餘種會社道門包括一些道教組織也被視為封建反動反革命而遭打擊、道觀如北京東嶽廟歸公安部管理、就算很多人因此枉死陪葬或誤受關押管制勞動改造、城市治安也會因此頓然改觀、民眾老百姓被嚇倒之餘也會稱慶、楊奎松説毛澤東清楚瞭解、大規模鎮壓行動、有強大震懾力、會對廣大基層民眾起到一種相當形象化的政治教育作用、極大地樹立起新政權的政治權威、大張旗鼓的嚴打與運動將是新政權屢試不爽的招式、鎮反可以説是中國大中城市一個新時代的開始、城外廣袤農村地帶翻天覆地的流血革命是土地改革和土改複查、革命蘇區和老解放區也有過血腥肅反整風的豐富經驗、但在本屬國統區的大中城市、鎮反定下了新的基調、城市群眾老百姓被動員參與其中、目睹新政權的厲害和專政對象的不堪一擊、今後老百姓也將會繼續響應黨發起的各式各樣運動、包括其他從快從嚴殺字當頭、掛帥的嚴打、他們將會習慣被號召參加群眾大會、扮好黨主導的群眾路線角色、順從黨的指示就各種主題、批罵揪鬥脱離黨和人民、對抗革命歷史潮流和人民功業的廣大內部敵人、、、

鎮反與土地改革、抗美援朝並列為中共建政初期的三大運動、一九五〇年九月聯合國軍在仁川登陸、金日成軍受挫、局勢逆轉、十月一日國慶節前幾天、北京抓捕了幾名外國人、包括一名日本人、三名意大利人、一名法國人和一名德國人、其中沒有美國人、只另抓了一名曾替美軍當翻譯的中國人、眾人被控陰謀在中國一週年國慶大典時用迫擊炮轟擊天安門城樓、刺殺中國領導人、人民日報說美國政府間諜特務企圖舉行暴動、幕後指揮是已離華的美國駐北平武官包瑞德上校、後來主犯日本商人山口隆一和意大利商人李安東判死、涉案的羅馬教廷公使北平代表馬迪儒判無期、三年後改為驅逐出境、其他幾名從犯判有期徒刑、李安東和山口隆一被押在吉普車上、遊街示眾、沿途萬人空巷、民眾高呼打倒帝國主義、二人綁赴天橋刑場當眾槍斃、哪吒城添加了兩個外籍活貨、故此一記、當時在美國的包瑞德說、中國瘋了、有記載二十年後尼克松訪華前夕、周恩來對應邀前來北京訪問的前美國駐華外交官謝偉思說、指控包瑞德捲入炮擊天安門案件是個錯誤、歡迎包瑞德再來中國、一九五〇年那年九月底破悉的這宗被指為美國主謀的刺殺中國領導人的陰謀後、國民憤恨帝國主義和美國的情緒躍升、幾天後的雙十、毛澤東親自力促加強鎮壓帝國主義走狗的反革命分子、要求大張旗鼓殺反革命、曾任人民出版社社長的曾彥修回憶說、鎮反判死的罪名、總是那幾條、即一貫反動、罪大惡極、不殺不足以平民憤、都是土地改革時期的老做法、不具體不取證、公審公判、很容易擴大化、起初加大殺戮量是要達到指標、後來為表現積極、殺得興起就失控超標了、開始濫捕濫殺、金庸和梁羽生兩位作家的父親都是在這場運動中被處決的、左翼作家朱自清的地下黨兒子朱邁先也是在鎮反

浪潮中以匪特罪被處決、朱邁先曾潛伏在國民黨軍隊裏策動部隊投共、當年地下工作者與組織單線聯繫、聯繫人發生變故、便失去歷史證明人、朱邁先一時無法證明自己其實不是匪特而是共特的身份、但僅是他率部投共的明顯功績卻抵不了他曾是國民黨軍官之罪、一場運動瘋狂起來、所謂大水沖了龍王廟、自家人不認自家人、這樣的冤案全國都有、共產黨自己人尚且被草率鎮壓、那些向共黨投誠者、在國民黨體制內不是共產黨員但曾給共黨提供幫助者、全都功不抵罪、年輕時候投考過國民黨辦的學校、參加過三青團或其他外圍學生組織、抗戰時在重慶收取過流亡學生助學貸金者、以至被國民黨政府單位捨棄而滯留在大陸的文員小吏、這些有歷史問題者、就算在鎮反中保住了性命、也會在肅反和文革中反覆被當作反革命對待清算、與國民黨有關人士的下場固然不堪、功在黨國的共產黨地下黨自己人一九四九年後的遭遇、也比一般平民百姓更悲慘、城市地下黨成員大部分是知識分子、出身不好、成份複雜、有的是華僑子女、有的是資產階級甚至國民黨官員的後代、參加革命的動機被認為可疑、加上長期在白區大中城市無間道工作、得不到來自紅區的黨的絕對信任、整體不被重用、忠誠度長期受到懷疑、一九四九年下半年毛澤東已定下對待地下黨人的十六字方針、降級安排、控制使用、就地消化、逐步淘汰、其後城市地下黨人的集體遭遇證實了這十六字方針的兌現、很多中共的地下工作者在一九四九年後已被審查認為政治面貌不清、歷史不清白而不獲黨籍認可、如果在國民黨獄中竟曾寫過自白書或否認過自己是共產黨員者、建政初期則被視為不符合政治條件而將其前功一筆勾銷、剩下的許多白區工作者將在高饒案、潘漢年案、胡風案、肅反、反右運動中被

消化淘汰、一時間得以過關的前地下黨員大部分只被安排在中級或基層崗位、若能在歷次政治審查中有驚無險度過、壽終正寢、就感恩戴德謝天謝地了、但一般都過不了一九六六年毛發動的更不講理的文革、文革大劫是中共地下黨人的終結篇、這些紅岩兒女經常引用蘇聯小說鋼鐵是怎樣煉成的名句、我們所建立的、與我們為之奮鬥的完全兩樣、這只能算是他們的後知之明、、、

建政初始、在治安、市政、民生都還沒有走上正軌的日子、毛澤東迫不及待要先改造的、是名重一時的高級知識分子、在中共提示下、大知識分子一個個自我檢討、批評自己的資產階級世界觀、決心按照馬列主義和新社會的需求改造自己、恨不得掏空自己換上一個只裝無產階級腦灰質的頭殼、這些大知識分子很多在北京、壓力下執著如梁漱溟者也頂不住、拖到一九五一年五月終於檢討批判了自己、但毛已不收貨、說梁懺悔之心不切、檢討文字是不可能寫得好的、這還是在所謂新民主主義時期、大知識分子的自我檢討和由毛澤東發動、江青第一次在政治舞台上亮相的電影武訓傳大批判落幕後、一九五一年九月在新任北大校長馬寅初的請求下、周恩來更啟動了正式的知識分子思想改造運動、一千七百人去北大聽周恩來做五個小時的報告、又在中南海懷仁堂向三千名高校教師做了七小時的訓示、號召知識分子自我批判腦子裏的舊思想、學術界、文藝界、科學界和民主黨派都緊跟上來集體自我檢討、隨後所有中小學教員和高中以上學生都接受思想清理的排隊洗澡、按毛澤東的劃分、知識界是包括共黨以外的民主黨派、新聞界、教育界、科技界、文藝界、衛生界和工商界的、新中國成立時、知識分子

數量在兩百萬至五百萬之間、高級知識分子十萬人以上、但知識分子佔總人口才不到百份之一、因此這種知識界改造的運動暫且不涉及城市大多數群眾老百姓、不久一九五一年底反貪污、反浪費、反官僚主義的三反運動就展開、在黨政機關工作人員中進行、對象是墮落變質的幹部、先是所有人關上門開會檢查、一開幾個月、個別被隔離審查、證明無罪才釋放、貪污量折約後來一萬元新幣的大老虎判死、毛澤東說全國可能需要槍斃一萬至幾萬貪污犯才能解決問題、嚴打官員貪污腐敗永遠是受人民大眾歡迎的、三反方興五反開始、一九五二年二月人民日報發佈三反五反運動的動員令、五反是反行賄、反偷稅漏稅、反盜騙國家財產、反偷工減料和反盜竊國家經濟情報、這次運動針對的是資產階級、反的是私營工商業界的五毒行為、目的是要打退資產階級的猖狂進攻、據民盟時任常委周鯨文後來的估計、三反五反兩場運動自殺者二、三十萬人、集中在大中城市、有大富豪有小人物、在上海的跳樓者被稱為降落傘部隊、安眠藥片被禁止銷售、在北京的邵燕祥記得當時單位走過場、把司機一個一個調來問話、口頭恐嚇說不要以為我們不掌握你的情況、這是你的最後坦白從寬機會、沒想到其中一個司機回家就一頭扎到水缸裏自殺了、他是單位年紀最大也最老實巴腳的司機、組裏其實早就判定他屬於沒有問題的一個、不過邵燕祥說三反、五反運動、被迫自殺的、似乎比後來的運動要少、邵認為一九五三年才是新階段的開始、精研毛澤東的錢理群也說一九五三年是一個轉捩點、他還說在此之前、建國初期的氣氛是相當輕鬆的、政治氣氛緊張起來是在一九五三年之後、這可能是要看對誰而言、緊張度是有階層性、團夥性的、是年三月斯大林去世、中國舉國聞訊震驚、萬民傷痛、六月、

毛在政治局會議上批評說共產黨人搞新民主主義社會秩序、不去搞社會主義改造、這就是犯右傾的錯誤、所謂新民主主義用錢理群的說法、就是在共產黨領導下發展資本主義、但新民主主義的資本主義是毛澤東在一九四五年中共七大提出的、也是他宣稱支持的、一九四九年建政後的共同綱領保障的是新民主主義、所以並沒有將社會主義的目標寫入這份臨時憲法、一九五三年秋毛通過黨正式傳達了向社會主義過渡時期的總路線、意思是共同綱領承諾的為時應該相當長的新民主主義時期提前結束了、改而要消滅私有財產、使資本主義絕種、多種生產資料所有制將改變為國家單一佔有的公有制和蘇式集體農莊為組織形式的集體所有制、由國家統行無所不包的計劃經濟、政治上不再是聯合執政、而是由共產黨一黨決定綱領政策與計劃、一九五三年以軍工為核心的第一個冒進的五年計劃開始、斯大林看了中國的預算後說比例太不平衡了、即使在戰爭時期、蘇聯的軍事開支也沒有這樣高、在農村、農產品實行統購統銷、只給農民留下維持生存和再生產的糧食、毛澤東說我們施仁政的重點應當放在建設重工業上、要施這個最大的仁政、就要有犧牲、就要用錢、就要多收些農業稅、農民要自由、我們要社會主義、是年年底毛澤東扶持親信高崗、逼服了劉少奇、然後反過來以分裂黨、圖謀奪取黨和國家權力的理由、清洗掉高崗、羅織了高饒反黨聯盟的奇案、一九五四年中高崗在被軟禁的前為法國使館的東交民巷居所服安眠藥自殺、毛還趁機整頓了與統戰部長饒漱石有關的中共情報機關、把不受信任的情報人員抓了起來、其中包括將抗戰時期共黨在白區做統戰的領導者潘漢年定為內奸分子、一九五四年中共政權通過了第一部憲法、確立了一黨政府、卻宣佈出版、集會、結社、言論等

自由是人民民主的權利、接着是對中國資產階級思想總代表
胡適的總批判、胡適尚未批完一九五五年五月就轉為尖銳百
倍的打擊胡風反革命集團的運動、毛澤東通過黨報和文藝界
頭面人物、指出文藝評論家胡風結成了遍佈文藝界和社會各
界甚至要害部門的第五縱隊、企圖奪取共產黨的領導權、普
通黨員更是大吃一驚、原來經過鎮反之後、黨內還藏有這麼
多反革命特務、於是立即又展開了一場不加宣傳的肅反運
動、即肅清暗藏的反革命分子運動、全國每個機關單位的工
作人員、都要開展一次內部全面摸底、重新過濾一遍的工
作、看看潛伏了多少反革命、毛澤東表明他的擔心是孫悟空
鑽進了鐵扇公子的肚子、他原定的打擊目標佔單位全體工作
人員的百份之五、文革後公安部長羅瑞卿說、這輪肅反查出
十六萬反革命分子、九千餘嫌疑分子、大部分均為冤案、錢
理群寫道很多知識分子特別是青年學生第一次感受到了毛澤
東專政、鬥爭治國的可怕、為兩年後爆發的爭鳴做了鋪墊、
一九五五年春夏之交、報紙廣播熱火朝天揭露批判胡風反革
命集團、潘漢年案未見報導、不過這些應該都跟首都群眾老
百姓無關、一九五六年開年一月十五日、在萬頭攢動的天安
門、毛澤東登上城樓、宣佈社會主義改造已取得全面勝利、
全國農業一夜之間全部高級化即合作化、之前分了地的個體
化貧下中農、收成先全歸國家、再分配給產糧的農民單位、
毛澤東說合作化是大喜事、私營資本家工商業者則自願交出
資本和財產給國家、公私合營了、手工業的個體勞動者也合
作化了、全國機關團體經歷了內部肅反、知識界也學習了反
胡風鬥爭、周恩來說現在知識分子已經是工人階級的一部分
了、一月十五日那天、在各方面向毛澤東報喜後、北京市市
長宣佈、從今天開始、我們北京市就進入社會主義了、接下來

每天都有城市宣佈完成社會主義改造、進入社會主義、中國資本主義的大本營上海也於二十一日宣佈進入社會主義、建政短短七年、全國就實現社會主義了、那段時間整個中國到處鑼鼓喧天、慶祝鞭炮不斷、就是說、無產階級專政也更加鞏固了、黨應該放心了、、、

可是毛無法放心、一九五三年斯大林的死、已經把接班人的問題擺出來、而一九五六年二月、斯大林的繼任者赫魯曉夫在蘇共二十大閉幕的秘密報告對斯大林鞭屍、蘇聯的今天就是中國的明天、對此深信不疑的中共黨員、一些知情的知識分子和懂得找外文資料的大學生被震驚了、中共對赫魯曉夫的秘密報告、最初只在北京中央範圍內討論、隨後省委書記以上的幹部參加中央擴大會議、至於廣大黨員、只作了口頭傳達、沒有下發材料、也不組織討論、對蘇共批判斯大林的第一個公開反應是在四月五日、人民日報發表了根據毛多次修改過的編輯部文章、介紹了蘇共二十次代表大會非常尖銳地揭露了個人迷信的流行、這種現象曾經在一個長時間內的蘇聯生活中、造成了許多工作上的錯誤和不良的後果、後來劉少奇說斯大林的錯誤第一是蘇共肅反擴大化、曾任駐蘇大使的外交部第一副部長張聞天說蘇聯內政主要錯誤是太偏重於重工業、輕工業品幾十年沒改進、沒有把農業搞好、糧食問題始終沒有解決、毛澤東則說斯大林的正確是七分、是主要的、錯誤是三分、是次要的、一九五六年下半年發生了波蘭流血鎮壓工人罷工事件和匈牙利流了更多血的十月反蘇起義事件、共黨陣營震動、南斯拉夫的鐵托不單沒有譴責赫魯曉夫全盤否定斯大林、還說不應把問題單純歸結為個人崇拜、而是要進一步從制度上追究個人崇拜的根源、毛就提

出要區分兩種矛盾、帝國主義陣營和社會主義陣營之間是敵我矛盾、斯大林的錯誤不是由社會主義制度而來、只是人民內部矛盾、沒有因此要改變現行一黨社會主義制度的需要、不過在一九五六年、毛澤東給人的印象是他在妥協、那年九月中共在北京召開的第八次代表大會、推崇的是法制、批評說搞運動助長了人們輕視一切法制的心理、總書記鄧小平在報告中說堅持集體領導和反對個人崇拜有重要意義、靠個人決定重大問題是與共產主義政黨的建黨原則相違背的、是必然要犯錯誤的、我們的任務是、繼續堅決執行中央反對把個人突出、反對對個人歌功頌德的方針、彭德懷提出黨章取消毛澤東思想之說、改為中國共產黨以馬克思列寧主義作為自己行動的指南、這個建議獲劉少奇支持、得到八大的通過、大會還確定了穩步前進的經濟建設方針、這是對毛的冒進主義的遏制和對周恩來、陳雲等一線實務操作者的平衡、劉少奇說既要反對右傾保守、又要反對急躁冒進、還說寧可慢一點好、一九五六年初周恩來已着手砍掉四分之一對重工業的投資、兩個月後毛在政治局會議上要求把減掉部分加回去、政治局沒有從命、是年九月的八大、將毛之前提出的十五年內實現工業化改成在一個相當長的時間內實現這樣的彈性說法、一九五七年的軍工投資繼續下降百份之二十一、全國人民的人均吃糧、在一九五六年可以到四百一十斤、這一年是一九四九年至一九七六年毛澤東在位二十七年之中、中共統治之下人均分得口糧最高水平的　年、毛後來說一九五六年反急躁冒進、他的心情受到壓抑、整個一年心情不舒暢、、、

　　毛澤東只需要再等一年就可以全盤翻轉、化被動為主動、招式變化出人意料、正是在整個社會處於比較寬鬆、口

糧較充裕的一九五六年、工人、農民、學生開始提出自己的利益要求、年初才宣佈的社會主義改造勝利、其實只是表象、農業合作化是違反廣大農民的意願的、城市產業工人在新中國名義上的地位提高到全國各階層之最、實質的工作條件和生活水準沒有改善、反而因為要多快好省搞工業化累積、他們的勞動剩餘價值受到更大壓搾、批評中共者稱中共這套做法是國家資本主義、一九五六年下半年至一九五七年初、多省發生農民鬧社甚至要求退出合作社的群體事件、光是浙江一省農村發生請願毆打哄鬧事件一千多起、廣東退社十二萬戶、全國各地大大小小有工人罷工事件一萬多起、這是建政後罕見的、學生罷課請願事件也有一萬多起、一九五七年五月北京首先出現校園民主運動、北大的校園始見大字報民主牆、學生紛紛來抄寫、稱為民主接力棒、擴散到其他大學、人民大學學生林希翎在北大演講、說我們現在的社會主義不是真正的社會主義、真正的社會主義是民主的、當時台下意見分歧、出現廝打、全國各地這些工人和學生的集體行動都被統稱為鬧事、地方黨委動不動就說這是階級鬥爭、是反革命搗亂、還發生開槍鎮壓、曾任人民日報副總編輯的王若水後來說、這些鬧事性質上不同於同期的波匈事件、大多是非政治性的、毛澤東自己的分析也認為鬧事只是有人在物質上的要求得不到滿足、但他趁機將矛頭轉向常跟他意見相左的官僚體系、在這個時期發表了一系列講話、一九五七年二月在國務會議上報告關於正確處理人民內部矛盾的問題、開始鼓動已經意志低沉的黨外知識分子助他反對官僚主義、提出在人民內部、政治上共產黨和民主黨派之間是長期共存、互相監督的關係、科學和文化工作中、要實行百花齊放、百家爭鳴的雙百方針、他說要允許工人罷工、允許群眾示威、不要滋長官僚主義作風、誰犯了官僚主義錯

誤、群眾就有理由把他革掉、除了大規模的真正反革命暴動必須武裝鎮壓之外、不要開槍、段祺瑞就是開槍把自己打倒了、我們不能學段祺瑞的辦法、在我們這樣大的國家裏、有少數人鬧事、並不值得大驚小怪、倒是足以幫助我們克服官僚主義、當時黨內對毛這次的意識形態開放政策很不理解的大有人在、認為毛太抬高黨外人士了、讓非黨員去批評共產黨員、其實毛正是要借助黨外民間力量、克服黨內對他的制衡、他這次是在利用知識分子賭一把、毛說現在是從階級鬥爭到向自然鬥爭、從革命到建設轉變的時期、需要黨外人士對黨員提出批評、全黨要展開一次反官僚主義、宗派主義和主觀主義的整風運動、毛召集民主黨派和無黨派人士談話、說批評的空氣應繼續下去、揭露出來的矛盾要在報上發表、引起大家的注意、不然官僚主義永遠得不到解決、當時統戰部頻頻召集黨外知識分子開會、鼓勵一些並不想發表意見的審慎知識分子大膽發言、黨報每天發表黨外人士的批評意見、毛把雙百方針稱為鳴放、而且說要大鳴大放、雙百方針經過廣泛宣傳、黨內整風發展成了一場萬眾矚目的黨外批評政府風潮、各地官僚灰頭土臉、各級黨委書記成了運動的主要靶子、指責中共建政後的工作缺點大於成績的說法出來了、批評中共外行領導內行的言論出來了、要求黨委退出學校的倡議出來了、甚至輪流坐莊的主張也提出來了、是年五月十五日、即人民日報社論正式號召開展整風運動才兩個星期後、毛澤東寫了一篇原標題叫做走向反面、後來以事情正在起變化為標題的文章、只發給黨內高級幹部傳閱、運動轉向了、、、

毛澤東說、毒草只有讓它們出土、才便於鋤掉、讓人民見識毒草、毒氣、以便鋤掉它、讓魑魅魍魎、牛鬼蛇神充分

暴露自己、使人民看到、有人說這是陰謀、我們說這是陽
謀、毛也稱其為引蛇出洞、釣魚、誘敵深入聚而殲之、幾個
月之間、中國知識分子由懷疑、觀望、到響應共產黨的號
召、幫助共產黨的黨內整風、打擊官僚主義、克服黨的左傾
教條主義、改進黨的統治、大鳴大放、直到人民日報發表那
篇題為這是為甚麼社論的一九五七年六月八日、一下子變成
了猖狂向黨進攻的人民公敵、大批被打成右派、不是說過不
揪辮子、不打棍子、不戴帽子、絕不秋後算賬、言者無罪的
嗎、毛這時候才定性說、言者無罪對右派不適用、他們不但
是言者、而且是行者、郭沫若馬上補刀說、擁護社會主義
的言者無罪、反對社會主義的言者有罪、韋君宜幾十年後回
憶說中央突然通知、凡劃右派者、申訴要求翻案、一律不得
受理、這一手比以前劃反革命、鎮反、肅反、三反五反、都
還要厲害、那些都還是允許甄別的啊、被打成右派的人民
出版社曾彥修也以九級地震形容忽然而來的反右運動、全
國右派有多少、這場打擊所謂反黨反社會主義右派分子的
運動、後來官方承認又是擴大化了、七十年代後期獲復查
平反、改正摘帽的數字是五十五萬二千八百七十七人、不獲
摘帽者為數有限但仍有其人、說明這五十多萬人都是被錯劃
成右派的、其他學者估計受波及的、包括右派骨幹、極右右
派、右派、中右、微右、內控右派、農村右派、劃為嚴重右
傾但沒戴右派帽子的、甚至還有年齡低至十二歲的右童分
子、有一百八十萬至四百六十萬不等、不算被牽連而飽受折
磨的右派家屬、右派的帽子一戴二十一年、在文革結束後兩
年才摘帽改正、期間很多右派分子已經自然或非正常死亡、
一九五八年的非正常死亡的右派分子數字是四千一百一十七
人、一九六〇年大饑荒時期全國各地右派勞改營都有餓死

人、僅甘肅酒泉縣夾邊溝農場的兩千四百名右派勞改犯就餓死了一千三百人、北京是反右的特重災區、一來反右運動最受重創的階層是知識分子和精英大學的學生、而北京是知識分子和精英大學重鎮、二來因為北京也是中央所在、中央單位組織劃出右派的人數、比北京市或個別一般城市更多、且不說還存在像民盟這樣的黨外組織、有記載說當年在頤和園早上散步的經常會看到在樹上上吊的人、或身體倒栽蔥插在湖底淤泥中、兩隻腳露出水面投湖自殺的、中央反右領導小組的組長是黨總書記鄧小平、緊跟毛澤東的具體指示和制訂的百份比、副組長就是北京市委第一書記兼市長彭真、刻意要把北京樹立成反右樣板、彭真在五月下旬知道毛要轉向後、仍親自佈署北京各大學的引蛇出洞策略、鼓動師生鳴放、還對各校主管幹部說、時間不多了、很快就要發動全面反擊、反擊開始後就沒有人鳴放了、反擊開動後、人大的學生林希翎被公開點名為天字第一號的大右派、北大清華整班整班同學被整肅、清華五百七十一名師生成了右派、被譽為反右運動的樣板、北大有五百八十九名學生和一百一十名教師劃為右派、後來在所謂反右補課中再多劃了十七人、另有八百四十二人沒戴帽子但受到處分、毛和中共文件多次把北大作為全國參考的範本、北大學生右派鄧光第跳北海公園大橋自殺、哲學系學生黃宗奇以反革命罪判死、文革後死者才獲平反、另有多名北大學生右派包括中文系學生林昭、在相隔九年後開始的文革期間相繼判死或被迫害致死、在北京的詩人邵燕祥也被打成右派、他說戴上右派帽子前後自殺的人、絕大多數是平常人、一般都膺畏罪自殺之名、所謂自絕於人民、自絕於革命、黨員還要加上自絕於黨、這是一種政治定性、把自殺視為自己自行斷絕與黨和人民聯繫的對抗犯

罪行為、反右運動也發動大規模群眾聲援、但在城市中挨整的主要是知識分子、到了是年八月、另一場針對群眾的社會主義教育運動大規模登場、這次打擊的是在工人、農民、手工業者、城鄉勞動人員之中的反社會主義分子、根據後來四川省平反被錯打成反社會主義分子的三十萬人數來推估、全國受打擊的至少應有二、三百萬之數、他們不是幹部和知識分子、不是右派分子、而是平民百姓階層裏被認為是反社會主義的那部分人、是年九月中共八大的二次會議是個拐點、毛回頭重提突出階級鬥爭、強調階級矛盾為我國當前主要矛盾、他再度壓倒了黨內主張穩健經濟政策的官僚、批評之前一年八大會上反對冒進主義的全黨決定、提出了所謂徹底的社會主義革命的概念、人民日報的社論主張在生產線上來一個大躍進、毛還反擊說個人崇拜有兩種、一種是正確的崇拜、我們必須崇拜、永遠崇拜、不崇拜不行、真理在他們手裏、為甚麼不崇拜呢、此時一眾中共高官紛紛表態、黨的領導層完全就範於毛、周恩來說毛主席是真理的代表、上海第一書記柯慶施說、相信毛主席要相信到迷信的程度、服從毛主席要服從到盲從的程度、劉少奇也說主席比我們高明的多、我們的任務是認真向他學習、毛號召說、革命和打仗一樣、在打了一個勝仗之後、馬上就要提出新任務、這樣就可以使幹部和群眾經常保持飽滿的革命熱情、總之毛建政以來搞的運動、雖然被打擊的永遠是所謂人民的對立面、和人民之中的所謂反社會主義分子、但北京和一般城市民眾老百姓也沒有一刻消停安寧過、而被戶籍綁死在土地上的全國農民、作為一個階級整體、則更將遭遇到一場慘絕人寰的空前浩劫、、、

　　一九五七年十一月蘇聯十月革命四十週年、赫魯曉夫宣稱要在十五年內趕超美國、人在莫斯科的毛澤東則說我們中

國十五年超過英國、毛回國後演講、號召破除迷信、不要怕教授、也不要怕馬克思、錢理群說毛澤東在一九五八年的心態和行為、大概可以用為所欲為、無法無天來形容、完全按照他的主觀意志差遣一切、還公開說革命派要好大喜功、急功近利、赫魯曉夫後來在回憶中補充了一點、毛想當世界共產主義運動的領袖、赫魯曉夫對毛的大躍進和人民公社抱懷疑態度、使毛十分惱火、不過中共中央和各地幹部已紛紛表態擁護毛的總路線、大躍進、人民公社三面紅旗、計劃生產要全面提速、超英趕美的時間越來越短、糧食要短期內翻倍、輕工業、紡織、冶金要五年超過英國、十五年趕上美國、煤礦產量要兩年超過英國、十年趕上美國、一九五八年中開始、全國各地宣告高產的放衛星式捷報頻傳、小麥畝產八千多斤、水稻畝產十三萬多斤、衛星越放越高、人民日報提出的口號是人有多大膽、地有多高產、毛發表對鋼鐵產量的看法、趕超英國、不是十五年、也不是七年、只需要兩年到三年、兩年是可能的、十年超趕美國、有充分把握、可是一九五八年頭七個月的鋼鐵產量只及全年預計一千零七十噸的三成多、人民日報發表社論、號召土洋並舉、開展全民大煉鋼運動、投入這場小高爐土法煉鋼群眾運動的勞動力達九千萬人、老百姓家中的鐵鍋家什也被砸光、連故宮博物院都要把銅鐵文物拿出來提煉、上次幹這種事的是在太平洋戰爭末期日據北京的日偽政府、一九五八年中國全國財政收入二百八十多億元．光是補貼土法煉鋼的小高爐虧損超過財政收入的十分之一、煉出來的是幾百萬噸基本沒用的生鐵、後來盧山會議上歷數了大煉鋼鐵的四大害處、影響秋收、影響整個工業生產、煉出來的鋼不能用、國家賠了二十三億、放衛星大煉鋼鐵的同期農村方面

掀起人民公社熱和共產熱、就是毛說的組織軍事化、行動戰
鬥化、生活集體化、他把全國農民集中在兩萬六千多個公社
中、設定一九六三年中國將由社會主義進入共產主義階段、
吃飯不用錢、看病不用錢、住房不用錢、政社合一、勞武結
合、吃大鍋飯、為了防止蚊子、蒼蠅、老鼠、麻雀吸人血招
病害偷人糧食搞破壞、一九五五年毛就提出一定要除四害、
次年還上了政治局會議、定為國策、轟轟烈烈搞了幾年、郭
沫若還寫了一首打油詩咒麻雀、你真是個混蛋鳥、五氣俱全
到處跳、犯下罪惡幾千年、今天和你總清算、誓要四害俱無
天下同、人民日報表態說人民首都不容麻雀生存、動員全民
大戰三天、一九五八年五月十八日大清早四點左右、首都居
民組成數百萬人剿雀大兵團、拿起鑼鼓響器、竹竿彩旗、當
北京總指揮王昆崙副市長一聲令下、不論白髮老人還是小孩
子們、人人手持家伙、用轟打毒掏的綜合手法、給麻雀以殲
滅性的打擊、人民日報報導說那一天的全民突擊行動、累
死、毒死、打死了八萬三千二百多隻麻雀、居民孩童個別跌
死摔傷不提、麻雀雖少了、害蟲卻沒有天敵了、幾個月後毛
才下達不要打麻雀的命令、改為滅害蟲、反諷的是一九五八
年是糧食豐產好年、總量四千億斤、農民第一個反應是欣喜
若狂、以為這回公共食堂大鍋飯可以放開肚皮任意吃、有順
口溜糧食供給食堂化、肚子再大也不怕、但由於各地官員層
層虛報產量邀功、國家徵收是按照六千億到七千億斤的產量
來佈置的、農民反落個沒糧吃、大躍進翻轉成大饑荒、以饑
荒最嚴重的河南省為例、一九五八年實際產量二百八十一億
斤、卻向中央上報七百零二億斤、一九五九年河南有旱災、
實際產量仍能維持在二百一十多億斤、不至於大規模餓死農
民、但那年河南上報的產量是四百五十億斤、報高產帶來過

高徵糧、為了完成基於高估的徵收任務、地方官員只有苛扣農民口糧、一九五八年冬各地已糧油緊張、出現口糧不足的非正常死亡、一直到一九六二年初才緩解、第一線種糧食的農民反而斷糧被餓死、自然災害極少連續幾年、這是一場人為的大災難、大饑荒那幾年全國氣候不算反常、劉少奇一九六一年回湖南家鄉後也承認說這是三分天災七分人禍、問題在於組織和政策、糧食分配不由農民自主、由國家統一徵購分銷、根據的是各地幹部浮報誇大的收成數據、國家需要高徵糧、一是為了高出口、換取外匯買進口機械設備加速中國的重工業特別是軍工業的大躍進、毛並且堅持提前清還蘇聯貸款、所以一九五九年全國糧食因災減產、但因為重工業冒進、糧食出口卻是一九五七年的一倍以上、二是為了援助非洲和阿爾巴尼亞等友好國家、提高毛在國際共產運動的地位、以中國肉食輸送東歐共產國家、國防部長彭德懷訪東德時看到中國產肉食多到當地取消了肉類配給制度、感嘆說我們的老百姓要是知道人家要我們幫助他們每年吃上八十斤肉、不知作何感想、三是毛要求廣積糧以備戰、嚴禁開倉濟民、在餓死最多人的一九六〇年、國家有數百億斤的糧食庫存、河南信陽餓死一百萬人、糧倉卻存着十多億斤的糧食、徵走農民糧食最後一個大用處是為了保證城市的糧食供應、但因為前述的理由、大中城市居民也吃不飽、大規模缺糧捱餓、北京是全國保障的重點、在各省市支援下、北京平頭百姓的最低生活水準、高於全國、譬如說一九六 ·年北京市人均供肉量是全年八兩半、是北京有史以來最低的一年、但仍遠高於其他兄弟省市、中央書記處書記兼北京市長彭真在一九五九年說、省裏死人是一個省的問題、北京死人是中華人民共和國的問題、但北京近郊農村村民是農業戶口、沒有

商品糧供應保障、也不斷傳來餓死人的消息、一九五九年盧山會議明確提出了緊農村、保大中城市的方針、進一步壓榨農民、一九六〇年北京糧食只能銷七天、出現市民排隊購糧景觀、居民黑市交換必需品、北京市政府加以取締、曾有過一天抓七萬人、當時在北京的一名波蘭學生記載說、生活的圖景彷彿是慢動作、路人眼裏透着無神無助、據前新華社記者楊繼繩的巨著墓碑、中國六十年代大饑荒紀實一書、大饑荒期間京津滬三大城市非正常死亡總共不到九萬人、不過居民普遍出現浮腫現象、營養不良、這期間出生人口減少了二十八萬多人、一九六二年大饑荒過後、劉少奇曾直白的說穿了城鄉百姓的零和矛盾狀態、假如農民統統吃飽了、國家才徵購、那末、我們這些城裏人都沒有飯吃了、工業也搞不成、軍隊要縮編、國防建設也不能搞了、可見整個中國農民階級是被國家有系統有計劃地犧牲的、從一九五八年底到一九六二年、農村地區因饑餓和與之相關病發的非正常死亡、加上因藏匿糧食或試圖逃荒而被處死者、各省官方公佈的總數為兩千多萬人、實數應在三千七百萬至五千五百萬以內、劉少奇在一九六一年初就告訴蘇聯大使、已經有三千萬人非正常死亡、大饑荒到一九六二年初才結束、不管是上述哪一個數字、都超過中國和人類歷史上任何一次饑荒死亡人數、赫魯曉夫在一九五九年初就不點名批評了毛的大躍進和人民公社、中共黨內也有人清楚知道大躍進導致了大饑荒、毛的通訊秘書李銳給毛三次上書、一九五九年三月中共中央的上海會議、已有替大躍進降溫之意、然後是準備開盧山會議、據王若水指出、大家的精神準備都是、這次會議是一次糾左的會議、認識到大躍進是吹起來的、物資供應匱乏的情況比日本統治時期還要嚴重、是年七月盧山會議上、國防部

長彭德懷寫了語氣溫和的萬言書、外交部副部長張聞天發言同意彭帥、分組討論時多數人基本同意彭德懷的觀點、在這個本來可以糾正大躍進極左錯誤的時刻、毛澤東認為彭德懷向他下戰書、決定反擊所謂右傾機會主義者、把彭德懷、張聞天、總參謀長黃克誠等人說成反黨軍事俱樂部、三百多萬黨員幹部被打成右傾機會主義者、六百多萬黨員幹部軍人和群眾被劃為階級異己分子、毛認為他自己在廬山會議上反右傾一舉大獲全勝、表示說一有意志、萬事皆成、黨員作家韋君宜則說儘管一九五七年反右錯誤很大、但主要是整知識分子、到這次反右傾運動、才真正自己把自己的威信整垮了、中共錯過了一九五九年對大躍進糾錯的機會、卻發動打擊反映饑荒情況和對農民群眾手下留情的幹部、一千萬人劃成右傾機會主義分子、地方上換了心狠手辣新上位官吏主政、農村再颳起共產風、在反右傾、鼓幹勁的口號下繼續鋼鐵水利大躍進、國民經濟比重進一步失調、農業大幅減產、同期中蘇交惡、中共點名批評赫魯曉夫、一九六〇年七月蘇聯撤走在華專家、終止數百條協定、一九六〇年和一九六一年成了大饑荒的死亡高峰年、一九六二年按黨章規定中共應要召開黨的九大、毛決定不開、改為召集中央部委省市地縣四級幹部和軍隊及重要廠礦企業一二把手到北京開大會、是為中共黨史上無先例的七千人大會、這個大會沒有選舉權、但毛澤東沒想到劉少奇在會上的發言會與預定書面報告不一樣、研究毛澤東的作家張戎說劉少奇的突然襲擊、是毛掌權後的第一次、劉少奇在一月二十七日的全體會議上說形勢不好、人民糧食不足、吃穿用都不足、我們原來以為、在農業和工業方面、這幾年都會有大躍進、可是、現在不僅沒有進、反而退了許多、產生困難的原因是三分天災七分人禍、天災的確

不是那麼嚴重、對此中央政治局應該擔負責任、劉的講話引起一些與會者強烈共鳴、發言如開閘泄洪、毛立即叫新任國防部長林彪出來講話保駕、林說毛主席的思想總是正確的、三面紅旗總路線、大躍進、人民公社是正確的、講完毛第一個鼓掌、表示林彪同志講得好、少奇同志的口頭報告、口說無憑、林彪捧毛的講話、是得到軍委一些領導的支持的、不過翌日毛也做了自我批評、說凡是中央犯的錯誤、直接的歸我負責、間接的我也有份、因為我是中央主席、毛還承認生產力方面、我的知識很少、少奇同志比我懂、恩來同志比我懂、小平同志比我懂、陳雲同志比我懂、江青後來說、七千人大會、毛主席受了一肚子氣、直到文化大革命才出了這口氣、張戎指出七千人大會是一次里程碑式的會議、因為大饑荒就是在會後停止的、大躍進收斂了、大饑荒馬上成為過去、有些地方實行包產到戶、責任田、調動農民積極性、進一步緩解了饑荒、鄧小平提出了黃貓黑貓、只要捉住老鼠就是好貓的貓論、周恩來、陳雲、鄧小平、李富春等落實八屆九中全會方針、先抓吃穿用、實現農輕重、再次減少了對軍工和基建投資、增投民生產業、同期把輸送給外國的援助減到接近零、是年下半年經濟明顯好轉、另外中央也發出通知、把反右傾運動中的全部材料都從個人檔案中抽出來、一風吹、不算了、除了彭德懷之外、一千萬名不久前被打成右傾機會主義分子的人一下子獲得平反、因此有論者認為一九六二年是新中國罕有的放鬆時光、借用一滴淚的作者巫寧坤的話說這是暫回人間、、、

　　研究毛澤東至深的錢理群評論説毛澤東在一九五八年大搞經濟浪漫主義、經濟烏托邦主義失敗以後、要重振旗鼓、

把希望寄托於政治浪漫主義、政治烏托邦主義、文革史家馬若德說、文革以國家建設為代價、為了保證和延續毛氏心目中的意識形態純粹性和共產革命事業的接班人、漢學家費正清在晚年的中國新史一書中說、毛想以自己帝王般的威權令民主集中制更民主和更不集中、追查毛時代真相的深度調查記者楊繼繩在天地翻覆中國文化大革命史一書中指出、文革是整個一系列大事推到極端的結果、是一場毛澤東、造反派和官僚之間的三角角力、結果勝利者是官僚集團、失敗者是毛澤東、承受後果者是造反派、其實不管是哪一種具有思想套路的後設總結、哪怕不同於毛派和文革後中共官方的定論、也還是無法三言兩語盡述解釋在文革前夜和十年間、毛澤東那所有一切的迂迴扭曲、翻雲覆雨、喪心病狂的行為、毛說過、打得贏就打、打不贏就走、此處玩不轉、另處放把火、他從七千人大會看到黨內對他的不滿、劉少奇等人是同情彭德懷的、反而林彪是好搭檔、是願意對他緊跟和高舉的、一九六二年中經濟好轉、毛開始替階級鬥爭的說法加溫、說中國也有修正主義、並說當前中國社會出現了嚴重的尖銳的階級鬥爭情況、資本主義勢力和封建勢力正在向我們猖狂進攻、所以千萬不要忘記階級鬥爭、階級鬥爭必須年年講、月月講、天天講、一九六四年中國經濟總量回復到一九五七年的水平、一九六五年糧食也接近一九五七年的產量、一九六三年至一九六五年是中國經濟的調整發展期、但為了要挖修正主義的根、重新奪回被毛認為已爛了的基層黨組織、防止人民公社變修、毛把一場在農村進行社會主義教育的運動、發展成四清運動、即清賬務、清庫存、清工分、清財務、再轉為清政治、清經濟、清組織、清思想、然後把這輪新的農村階級鬥爭模式運用到工廠和城市單位、毛危言

說、我們的工業究竟有多少在經營管理方面已經資本主義化了、是三分之一、二分之一、或者還更多些、毛拋出了官僚主義者階級這個概念、這可比現在說的權貴利益集團嚴重、這個概念把幹部跟群眾之間的各種矛盾提升上綱為階級之間的矛盾了、錢理群指出、在後毛澤東時代、從鄧小平以降的所有中國領導人不管如何宣稱自己高舉毛澤東旗幟、卻都一致拒絕毛這一革命性概念、因為官民矛盾如果是階級矛盾、群眾就應該革掉官僚的命、四清也逼死了一些地方幹部、但大家已見怪不怪、要補充說的是這時期劉少奇還在堅決緊跟毛澤東、四清運動中劉的表現比毛更左、但到毛要把四清的重點放在發動群眾來整黨、打擊所謂黨內走資本主義道路的黨權派時、劉少奇則主張有甚麼問題解決甚麼問題、而且說我就是怕搞得人太多了、毛自此斷定劉少奇形左實右、是黨內走資本主義道路當權派的總後台、七千人大會後劉在黨內和民間聲譽日隆、當上了國家主席、毛有迫切感、在毛心中、革命要繼續不能停步、階級鬥爭沒有盡頭、在中共體制下、黨內鬥爭也沒有句號、毛在自己六十九歲生日那天鬥志昂揚的寫下、一萬年太久、只爭朝夕、要掃除一切害人蟲、全無敵、毛再以文藝界祭旗、又從文化領域入手迂迴發動新一輪的攻擊、針對那些所謂資產階級知識分子、一九六三年毛宣佈反對修正主義要包括意識形態方面、一九六四年他說要把唱戲的、寫詩的、戲劇家、文學家趕出城、統統轟下鄉、不下去不開飯、同期全國要學習雷鋒、聽毛主席的話、做革命的螺絲釘、對待敵人要像嚴冬一樣殘酷無情、在一次中共會議上、毛說出中國赫魯曉夫這個字眼、並提出無產階級接班人的問題、林彪看懂毛澤東、授意出版毛主席語錄、鼓吹毛主席的話句句是真理、一句頂一萬句、毛主席活到哪

一天、九十歲、一百多歲、都是我們黨的最高領袖、誰反對他、全黨共討之、在他身後、如果有誰做赫魯曉夫那樣的秘密報告、一定是野心家、一定是大壞蛋、要全民共誅之、此時爹親娘親不如毛主席親的音樂響徹全國、一九六四年底毛又誇張的說、文化系統究竟有多少在我們手裏、我看至少一半不在我們手裏、於是這一輪對文藝學術界的大批判整風推及到非常廣、很多文藝學術界名人成了毒草、不過一場更兇猛的運動呼之欲出、仍以文化之名、王若水說七千人大會後的第四年、毛澤東開始報復了、錢理群說、文化大革命是毛澤東刻意製造出來的、這時只看毛如何點火、張戎說毛澤東與林彪討價還價完成、文化大革命降臨、、、

　　林彪說、我們發動文化大革命靠兩個條件、一是靠毛澤東思想和毛主席的崇高威望、再就是靠解放軍的力量、林彪一語中的、沒有毛這號人物、中共統治下的中國也許根本不會有文革、但沒有林彪在文革前的吹捧和及時作為毛個人的後盾、毛要大清洗黨內當權派就會有更大阻力、林彪和軍隊因素在無產階級文化大革命頭五年中的重要性、不亞於借以為名的無產階級和文化因素、史家費正清曾指出毛發動文革的能力首先是有賴軍隊的支持、但文革卻以文化為導火線、那是毛澤東說的甩石頭、以至這場毛氏出品以清黨為發心的全民運動被冠名為文化大革命、一九六五年十一月、上海文匯報發表姚文元的文章、批評了北京市副市長吳晗的新編歷史劇海瑞罷官、但在首都的人民日報、明知道這篇文章是江青和張春橋得到毛的授意、在上海醞釀已久的精心炮製、政治上大有來頭、卻拖了十八天都不予轉載、全國各地方大報也按兵不動、負責文化事務的彭真、還對日本共產黨訪客解

釋說海瑞罷官不是影射彭德懷和毛澤東、只是個歷史劇、不是個政治問題、毛知道這次清黨要獲全勝必須要別出心裁了、群眾動員也不能像以往一樣從上而下由黨員幹部來帶節奏的那種、而是要由自己直接號召群眾起哄、造自己的黨和政府當權者的反、費正清估計六成的官員在文革中受到清洗、這是文革跟之前中共的多次整人鬥爭運動不同之處、這次要全面大掃蕩的恰恰是黨和國家機器本身、包括毛的全體第一代革命同志、那就不能靠黨來組織主導運動、而要靠狂熱崇拜毛個人的某類理想主義群眾的果敢奪權行為、就是毛說的由下而上地發動廣大群眾來揭發我們的黑暗面、同時還需要林彪和軍隊對毛的忠誠作為保險、京師增加了兩個衛戍師、共四師、包括三個陸軍師、一個機械師、原中央警衛局遭清洗、兩個副局長被整死、毛親信汪東興任中央辦公廳大總管、公安部門常務副部長徐子榮被整死、北京市公安局局長馮基平長期帶着手銬坐牢、聽江青話的謝富治主管北京軍區和衛戍部隊、毛並答應林彪和林妻葉群的條件、助力林彪掃除對頭、犧牲自己的忠僕、負責毛安全工作的羅瑞卿、批鬥總參謀長兼中央書記處書記羅瑞卿是野心家、定時炸彈、篡軍反黨、一九六六月三月羅自殺未遂雙腳粉碎性骨折終被投入牢中、毛也支持林彪和葉群收拾了他們憎恨的中宣部長陸定一、把彭真、羅瑞卿、陸定一、中央辦公廳主任楊尚昆打成陰謀反黨集團、是謂掃清外圍、林彪至一九六六年三、四月才實質全力挺毛江、同意發表毛親自修改定名的一份座談會紀要、全名是、林彪同志委託江青同志召集的部隊文藝工作座談會紀要、林彪、江青、部隊三組關鍵詞一起出現、毛綑綁了林彪實名支持江青、林彪並以自己和部隊的名義要求徹底搞掉文藝界的黑線、把文化大革命進行到底、否定了

彭真在劉少奇支持下、意圖把批判海瑞罷官限制在學術討論而發出的二月提綱、擊垮了文化部和中宣部、林彪的清楚表態動搖了周恩來、周拋棄劉少奇等黨內當權派、倒向毛林、要和毛主席保持一致、毛、林、周三位成一體、勝算大增、成了真正當權派、王若水說這時候有人恍悟、文化大革命原來是政治大革命、文革後鄧小平、陳雲主導下的中共、做了個關於建國以來黨的若干歷史問題的決議、參與決議起草的王若水說、最後決議認為毛澤東發動文革算是好心犯錯誤、效果不好、動機還是好的、我認為不然、毛的動機就是壞的、只是要清除潛在的赫魯曉夫、防止他自己百年之後有人批評他所犯的反右、大躍進等錯誤、這是毛發動文革最主要的動力、陳毅的兒子陳小魯在文革初期是北京西城區五十多所中學五百多老紅衛兵的西糾組織頭頭、他多年後仍還認為就文革本身而言、毛主席還是有他的追求的、就是追求他的毛式共產主義、且不論它目的的對錯、但他為了這個目標、不擇手段這點起碼是不對的、這又是另一種評價、但學問家季羨林則徹底的說、所謂文化大革命、既無文化、也無革命、是一場不折不扣的貨真價實的十年浩劫、這是全中國人民的共識、決沒有再爭論的必要、王若水說、正像一千零一夜裏的漁夫打開了瓶子、放出了魔鬼、就無法征服它一樣、毛按自己的意志發動了文革、然而文革一旦發動起來、就按照自身的規律進行、毛也難以全面掌控、只能一會火上加油、一會調轉槍口、審時度勢弄潮、從文化意識形態批判的迂迴幌子開始、到所謂無產階級全面專政下的大民主、演變成打倒一切的無政府狀態、發展到毛譏稱的軍隊官僚專政、自相矛盾、效果惡劣、錢理群說、一九六六年夏毛澤東打倒劉鄧資產階級司令部、而到一九六八年夏毛自己卻又延續

劉鄧的鎮壓群眾路線、且有過之而無不及、這次毛用了斯大林大清洗時候沒用過的一個險招、以青少年學生和造反群眾來對付膽敢反對毛主席的黨內當權派、王若水追述、最初一切很順利、一九六六年五月十六日毛指示中央向十七級以上幹部發出被認為是文革進軍號的五一六通知、說混進黨政軍和文化界的資產階級代表、修正主義者、會奪取政權、赫魯曉夫那樣的人物、正睡在我們的身旁、被培養為我們的接班人、五月十八日林彪在政治局擴大會議講話、不點名高調警告說有人會發動政變、劍指在場不作聲的劉少奇、五月二十五日北大哲學系總支書記聶元梓和六名教師貼出大字報、指控北大黨委和北京市委搞修正主義、號召堅決徹底消滅一切牛鬼蛇神、一下被毛捧為全國第一張馬列主義大字報、下令人民日報全文刊登、中央人民廣播電台全國廣播、稱讚這是二十世紀六十年代的巴黎公社宣言、五月二十九日清華附中成立全國第一支紅衛兵即保衛毛主席的紅色衛兵、該校中學生貼出大字報說誓死保衛毛澤東思想、革命就是造反、毛澤東思想的靈魂就是造反、我們就是要粗暴、就是要把你們打翻在地、再踏上一隻腳、把舊世界打個落花流水、殺出一個無產階級的新世界、造反有理、五月底中央文化革命小組正式成立、組長是陳伯達、掌有實權的第一副組長是江青、另有副組長張春橋等、顧問是康生、中央文革小組取代中央政治局、成為運動實際指揮機構、文革迅猛提速、六月一日人民日報發表橫掃一切牛鬼蛇神的社論、號召大破舊思想、舊文化、舊風俗、舊習慣、北京的北大附中、人大附中、二十五中等中學先後成立紅衛兵組織、以幹部子弟為核心、後稱為老紅衛兵、北京大學校園設起鬥鬼台揪鬥教師幹部、劉少奇、鄧小平之前派進院校管控學生的工作組七月底

撤退、中央指示北京市委大中學校放假半年鬧革命、毛鼓動學生說吃了飯就該鬧革命、八月一日毛寫信給清華附中紅衛兵熱烈支持造反有理之說、紅衛兵運動往全國發展、走向社會、開啟了恐怖的北京紅八月、用作家林斤瀾的話說、紅八月應叫血八月、八月五日毛親自執筆炮打司令部我的第一張大字報、不點名批評某些領導同志實行資產階級專政、號召打倒資產階級司令部、中共中央通過文革十六條規定、宣傳要堅決依靠革命的左派、明確規定破四舊、立四新為文革重要目標、毛改組中央、林彪成為毛的接班人、八月十八日毛穿軍裝在天安門廣場第一次接見紅衛兵、林彪和陳伯達、康生送上偉大導師、偉大領袖、偉大統帥、偉大舵手四個偉大給毛、毛又鼓動說革命不是請客吃飯、不是做文章、不能那樣雅致、那樣文質彬彬、那樣溫良恭儉讓、打人風氣隨之大開、北京紅衛兵穿着綠軍裝、腰束武裝帶、手擎紅寶書南下、到各地煽風點火、樹立北京榜樣、傳授如何剃陰陽頭和用銅頭軍皮帶打人、到十一月底毛在天安門和西郊機場分八次共接見紅衛兵和造反派共一千三百萬人次、林彪也在天安門城樓上號召紅衛兵大破舊文化、毛特別表揚北大附中的紅旗戰鬥小組、他們按家庭出身把同學分為紅五類和黑五類、八月五日當天北京率先全國、出現第一宗學生打死老師的北師大女附中事件、之後各大中小學更多老師和出身不好的學生被打死或自殺、北京王府井大街改名東風市場的東安市場派出所裏也天天都有紅衛兵把抓來的四類分子打死、北京城郊大興縣和昌平縣甚至發生多宗滅門屠殺前地富家庭三百多人的事件、是年八月紅衛兵在北京破四舊、在街頭撕行人褲管、剪婦女的燙髮、到黑五類分子家裏抄家、北京的居民百姓也參與到抄家和給人剃陰陽頭的行動中來、牛鬼蛇神被關

進牛棚、公安部長謝富治要警察提供地富反壞右分子的材料給紅衛兵、幫助他們抄家、還說紅衛兵打死人就打死了、我們根本不管、到九月初北京一地有三萬三千六百九十五家被抄、被折磨死和自殺死者日眾、都這樣血腥了、毛在八二三還說、北京太文明了、那天開始、首都四千九百多處古蹟在一個月內被毀掉、其時一律自稱造反派的學生和成人群眾組織如雨後春筍在全國出現、一九六六年十二月二十五日毛七十三歲生日前夕、無產階級司令部即中央文革的張春橋、指示清華大學學生蒯大富率五千名造反派在北京遊行、口號是打倒劉少奇、鄧小平、三十日江青、姚文元等人到清華向蒯大富的井岡山兵團表示堅決支持、一九六七年元旦幾天內造反派兩度闖進劉少奇家鬧事、一月十三日劉少奇在人民大會堂一一八廳當面向毛提出辭職、毛不置可否、劉又致信毛說、辭職後和妻子兒女去延安或老家種地、以便盡早結束文化大革命、使國家少受損失、可見劉清楚認識到、文革是為了逼他下台而起、可是毛哪會給機會讓劉表現出顧全大局的氣度、毛不僅要肉體上折磨劉、還要讓他名譽掃地、幾天後劉家電話被拆除、隔絕他家與外界的聯繫、中央文革受江青信任的戚本禹三月底在人民日報發表文章轉述毛的話、首次把劉少奇這位黨內最大的走資本主義道路當權派的罪狀公佈於眾、四月全國掀起批判、打倒劉少奇狂瀾、在周恩來和無產階級司令部批准下、蒯大富在清華大學組織了一場有三十萬人參加的王光美批鬥會、陪鬥的還有彭真、薄一波、陸定一等三百多名所謂走資派、王光美不肯低頭、之後劉王再被造反派揪來批鬥了好幾次、七月在北京中南海的一次面對面批鬥中、劉少奇夫婦、鄧小平夫婦、陶鑄夫婦被揪頭髮、按腦袋、跪在地上接受辱罵、八月劉、鄧、陶夫婦又再被揪出

來鬥、劉被打倒在地任人踩踢、一九六八年劉少奇病得奄奄一息、十月中共八屆十二中全會以叛徒、內奸、工賊的罪名把劉少奇永遠開除出黨、劉作為人大選出來的共和國主席身份、壓根沒有經過人大哪怕走一次過場依憲撤消、他被秘密押送到開封、一九六九年十一月在一座空蕩蕩沒有供暖設備的建築物內再度感染肺炎得不到治療而死、周恩來擔任組長的劉少奇專案組舉行了酒宴慶祝圓滿完成任務、但劉少奇之死到毛自己死去那天都沒有正式向中國人民公佈、、、

　　文革開始時破四舊和抄家之外紅衛兵的另一個興奮點是革命大串聯、陳伯達一九六六年八月十六號在北京工人體育場對外地學生說、你們到北京來、到無產階級文化大革命的策源地來、你們的行動很對、大串聯到同年十二月停止、一九六七年一月毛號召學生和工人在全國範圍內奪權、毛預計三四個月就可以看出眉目、一九六七年一月江青、陳伯達、張春橋策動以王洪文為首的工人造反派、奪了上海市委的權、成立上海人民公社新政權、北京的造反派則獲公安部長謝富治堅決支持、奪了北京市公安局的權、二月一些黨軍元老在北京對文革派大發牢騷、遭毛、周批評壓下、在全國各地、造反派奪權後局面更趨混亂、許多院校、單位以至部隊都出現兩派、保皇派和造反派矛盾尖銳、一派說要文鬥不要武鬥、一派稱革命不是請客吃飯、相互打語錄戰、各派都自稱執行毛主席革命路線．毛澤東是他們的紅司令、一九六七年春在中央文革小組煽動下、全國再掀起革命大批判高潮、毛想用大批判促進大聯合、結果是大動亂、砸爛公檢法、衝擊在京外國使館和代辦處、江青煽動說要文攻武衛、好人打好人誤會、好人打壞人活該、煽動武鬥、毛還說

亂它幾個月沒有省委也不要緊、各地發生大武鬥、局面一發不可收拾、在北京民族文化宮的一場大規模武鬥、數百人受傷、時任北京市委第一書記吳德後來估計說、首都武鬥中死亡的人數大概不下一千人、不過全國很多地方的武鬥比北京流更多血、毛讓發槍枝以武裝左派的群眾、文革從奪權發展到打倒一切的全面內戰、後來毛自己向訪華的斯諾承認、一九六七年七月和八月兩個月不行了、天下大亂了、這時候毛又得借助軍隊了、指示軍委作出關於集中力量執行支左、支農、支工、軍管、軍訓任務的決定、也就是三支兩軍、讓解放軍介入支援軍管、對各地造反群眾奪權的公社式新政權毛說不要叫公社了、還是叫革命委員會好、新政權變成軍隊代表、革命幹部、革命群眾組織代表的三結合革命委員會、紅旗雜誌發表文章說由於解放軍自文化大革命開始就是作為這個大革命賴以支撐的特殊保障力量而發揮作用的、新的革命政權沒有軍隊的參與是難以想像的、軍隊幹部當權後、傾向支持溫和派、其中武漢群眾組織百萬雄獅因派性問題定位的反彈、衝擊武漢軍區和毛下榻的武漢東湖賓館、讓當時本想坐鎮武漢解決問題的毛最終罕見的乘飛機落荒而逃、八月林彪主持起草嚴禁奪槍的通告、由周恩來宣佈、十月中央文革通知大、中、小學的學生復課鬧革命、軍管也愈益突出、各省市自治區的革命委員會領導人之中、軍人佔八成、毛授權林彪成立軍委辦事組、把國家軍隊管理團隊變成林氏私家班子、與葉群關係密切的黃永勝當總參謀長、空軍司令吳法憲和海軍第一政委李作鵬當軍委委員、總後勤部長邱會作當副總參謀長、林彪兒子林立果當作戰部副部長、清華大學唐少傑在一葉知秋一書中寫道、一九六八年全國性的群眾組織派性泛濫、組織分裂、此起彼伏的大規模武鬥、使無產階級

司令部該年最大的任務實際上是遏制群眾運動、結束群眾武鬥、這年文革的主體發生變化、這是包括紅衛兵領袖在內的文革造反派群眾沒有看到的、一九六八年七月二十七日、三萬多名北京工人進入清華、要繳收學生槍械、拆防禦工程、遏止校內兩派武鬥、清華的造反派學生已經歷過百日武鬥、其中蒯大富的主流派武裝反抗、五名工人被打死、七百多人受傷、其中重傷的工人和帶領工人的軍代表共一百四十九人、學生死了兩個、傷了一百多個、蒯大富和學生趁夜逃離校園、蒯向毛發求救電報、據蒯大富後來口述、謝富治在人民大會堂西門接應蒯、蒯見到謝就大哭不已、帶到廳內蒯看到毛澤東、一頭撲到毛懷裏嚎啕大哭、叫着主席救我、蒯說毛也哭了、江青也哭了、蒯開始告御狀、說今天早上楊、余、傅的黑手派了十萬工人把我們清華完全包圍起來、抓走了好多、又打了人、毛說你要抓黑手啊、黑手就是我、工人是我派的、毛衝着謝富治、溫玉成就喊、唉、誰叫你們抓人啦、誰叫你們打人啊、毛對蒯說武鬥不能再搞了、北京市工人不高興、農民不高興、居民不高興、不過主席也說到、我把你們找來是護着你們的、蒯後來說、看來、毛澤東當時心情也很矛盾、當時我們是忠心耿耿跟他走的、而且一步一步地去理解他的部署、我後來覺得、毛澤東是想在一九六八年夏天結束文化大革命、派工人宣傳隊是他同意的、要讓學生退出歷史舞台的中央、然而我們不自覺、還想賴在舞台中央、那次行動是八三四一部隊指揮的、吳德、謝富治他們都應該知道啊、他們為甚麼不通知、不打招呼、我始終沒弄清楚他們的動機是甚麼、七二七清華事件也是文革的一個拐點、正如錢理群所說、到一九六八年夏、青年學生、紅衛兵已經成為毛澤東需要排除的障礙、自此文革的群

眾性下降、不能跟之前頭兩年相提並論、潘鳴嘯等學者認為文化大革命不足三年、最晚到一九六九年四月的中共第九次全國代表大會已經結束、北島、韓少功等作家也說一九六八年春工宣隊、軍宣隊進駐北京的中學、文革草草收場、紅衛兵出局、民眾造反權利再被取消、從一九六八年到一九七六年之間的七、八年、反而是當權者對群眾的反撲和鎮壓、一九六八年夏、毛讓工人毛澤東思想宣傳隊即工宣隊進院校、一如文革初期劉少奇派工作組進校、管住學生、毛把巴基斯坦外長送來的芒果轉贈給清華大學工宣隊、姚文元在人民日報發表經過毛修改的文章、說單靠學生、知識分子不能完成教育戰線上的任務、必須有工人階級的堅強領導、工宣隊在學校長期留駐、結束了以紅衛兵學生和造反派為主體的文革群眾運動、學生與單位的群眾組織解散、大學生被分配到全國、一千多萬名中學生上山下鄉、中國紅衛兵運動煙消雲散、文革初期信誓旦旦宣佈說這次運動的重點是為了整走資本主義道路的當權派、此時被掉包成清理階級隊伍以至清理國民黨殘渣餘孽和資產階級知識分子、重新把當年已批鬥過的、佔全國人口約百份之六的地富反右壞、資產階級、知識分子和歷史反革命家庭又揪出來再鬥、上掛下連、新賬老賬一起算、文革初期紅衛兵迫害虐殺教師和黑五類時、謝富治為首的公安部配合、對紅衛兵的暴力不予阻止、但國家機器沒有直接開動殺戮、但到一九六八年開始的清理階級隊伍、清理五一六、一打三反等嚴打運動、則是國家公檢法自己上手執行的、中央文革成立一個叫清查五一六反革命陰謀集團的專案組、以清算當年響應文革號角的年輕人和造反派群眾、毛從支持造反派轉變為迫害造反派、林彪在一九七〇年一月說不吃飯不睡覺、也要把五一六徹底揪出來、在毛、

林同意下，這個嚴打運動由周恩來親自領導的國家機器來執行，周說五一六是個陰謀集團，他們表面上是搞極左，實際上是要顛覆無產階級政權，清華的蒯大富以反林彪等罪名被關起來審查後下放到煉油廠勞動，北大的聶元梓在一九六八年十月被限制行動，後被宣佈為五一六骨幹分子，下放到江西五七幹校，一度意氣風發的造反派頭目不僅紛紛被打回原型，還成為新當權派的代罪羔羊，林彪、江青、康生、周恩來也都趁機把反對他們的部委幹部、軍區異己打成五一六反革命分子，楊繼繩在天地翻覆一書中說，文革中整人時間最長，受害者最多的運動應是清查五一六運動，發端於一九六八年八月，高潮是一九七〇年和一九七一年，一九七二年基本停止，一九七六年不了了之，受到清查的人以千萬計，被整致死的人也以十萬計，黨史專家何方後來反思說，清查五一六最後不了了之，是因為實際上根本不存在甚麼五一六反革命集團，完全是憑空製造，比延安搶救運動還要荒唐，一九六二年才在北京成立的東方歌舞團，一百多成員一開始就抓出五、六十個五一六分子，中共的外交部，三千多工作人員，抓出一千七百個五一六分子，曾任職外交部的何方說，周恩來在外交部打擊五一六分子有報私仇之嫌，外交部被逼死、逼瘋、打傷的不計其數，城市民眾老百姓又都被動員學習清查五一六分子，單位每天開清查大會、學跳忠字舞、集體朗誦毛主席關於凡是反動派你不打他就不倒的語錄，往往今天說全廠有一百個五一八分子，明天就變出五百個被囚禁進學習班，想不開的自殺者眾，所謂數不清的回合、站不完的隊、殺不完的回馬槍、請不完的罪、寫不完的檢討、流不完的淚，時間上與清理五一六有重疊的，是一打三反運動，運動的重點是在一打，所要打擊的是文革新

生的現行反革命、這是由周恩來起草、主持討論、報送毛澤東批示並依毛澤東指示親自操辦的運動、在一九七〇年頭十個月共發現了一百八十四萬叛徒、特務、反革命分子、因為死刑判決權被層層下放、只要被認為你有反動思想、地方上就可以判殺、流程是開群眾大會、公開宣佈、立即執行、運動時到處都懸掛着林彪語錄、殺殺殺、殺出一片紅彤彤的世界、史家丁抒估計在一打三反運動中非正常死亡人數在十萬以上、並指出以殺戮思想言論犯的規模而言、一打三反才是中共執政二十多年以來最大的一次、周恩來一開始就把北京樹成運動的樣板、一九七〇年一月北京市公法軍管會在工人體育場召開十萬人公判大會、處決王佩英、馬正秀等因言論思想入罪者十九人、三月又在工體開十萬人公判大會、處決顧文選和寫出身論的遇羅克等三十七人、四月又處死沈元等一批人、為全國作出示範、沈元、顧文選、遇羅克都是北大才子、於文革後平反、這已是後話、中共拖了十三年沒開過的黨代表大會、一九六九年四月終於在北京召開、九大宣佈無產階級文化大革命取得了根本勝利、中央文革解散、但沒有說要結束文革、毛、林、周加上陳伯達和康生出任五常委、江青和葉群雙雙進入政治局、軍人佔中央委員的四成、政治局二十五人、軍人佔十四人、新黨章把毛澤東思想與馬克思主義和列寧主義並列、並在總綱裏寫明林彪是毛澤東的親密戰友和接班人、北京的人們手舞小紅書、喊着敬祝毛主席萬壽無疆、萬壽無疆、祝林副統帥身體健康、永遠健康、一九七〇年八月九屆二中全會在廬山召開、林彪不點名批評了江青的軍師張春橋、一群老帥如陳毅、葉劍英、許世友都稱讚林講得好、當晚張春橋和姚文元跑到毛澤東住處、抱着毛的大腿哭、把毛的褲子都弄濕了、政治局五常委中排在康

生之前的陳伯達、盧山會議時期曾在外地附和林彪、屬林系人物、毛以這位自己的前私人秘書祭旗、陳伯達回北京即被拘押、一九七一年初宣佈陳是混入共產黨內的國民黨反共特務而且是托派分子、毛又以蘇聯的威脅為由、將林彪直接指揮的部隊調回老根據地黑龍江、是年九月十三日、驚弓之鳥的林彪攜妻葉群和兒子林立果、連同機員共九人從山海關機場乘三叉戟飛機叛逃、在蒙古溫都爾汗油盡機墜、全部死亡、、、

　　文化大革命的非正常死亡事件也是從首都北京啟動的、跟江青有過節兒的報刊文藝界人士第一批遭殃、被認為針插不進、水潑不進的獨立王國北京市委是重災區、首先是被認定為三家村反黨集團作家之一的市委書記鄧拓自殺、其後另一位三家村作家副市長吳晗和妻子被折磨致死、女兒在獄中自殺、得罪江青的毛澤東秘書田家英在毛的藏書室內自盡、時間上被認為是文革第二位犧牲者、吳晗的朋友、曾批評姚文元寫海瑞罷官的北大歷史學家翦伯贊和妻子仰藥自盡、人民日報文藝部主任陳笑雨投河而歿、人民日報社長中國新聞先驅范長江在河南幹校跳井、被毛稱為閻王殿的中宣部、副部長姚溱因為參與編寫二月提綱自縊、知道江青上海時期底細的作家海默在北影廠被一群自稱造反派的大漢裝進麻袋亂棍打死、兼跨新聞、文學兩界的老革命作家楊朔在北京中國人民保衛和平委員會隔離審查的辦公室服藥自盡、他的一部作品被認為是替彭德懷翻案、大公報系也是文革被整重點、對蘇論戰時寫九評的健筆劉克林從大公報調到中宣部、在中宣部六樓國際處辦公室神秘墜樓而亡、已出任香港文匯報社長的孟秋江文革時被召回北京、不到一個月自殺身亡、時任

北京人大新聞系主任的前大公報人蔣蔭恩自縊而死、北京前光明日報總編輯儲安平也投河失蹤等等、不勝枚舉、北京市一把手彭真是第一個被打倒的黨和國家領導人、彭真的母親、弟弟、姑姑被迫害死、子女被鬥四散、被說成與彭真穿一條褲子的二把手劉仁、家被抄、被批鬥四十六次後死於北京城郊的秦城、曾任彭真秘書的副市長崔月犁文革中被打成特務、在秦城關了八年、北京市委領導從李雪峰開始、郭影秋、陳克寒、萬里、趙凡、高揚文、劉建勳、雍文濤、劉紹文、都被搞了下去、郭影秋、萬里、趙凡死去活來、陳克寒兩度自殺未遂、、、

一九六六年中紅八月暴力升級、文革由文藝領域和北京市委擴展到學校、紅衛兵青少年學生出手了、活貨哪吒城地段的北京城也就更熱鬧了、八月五日毛澤東號召炮打司令部、指責六月上旬中央政府向各個學校派出的工作組、壓制了轟轟烈烈的文化大革命、就在八月五日那一天、有皇家女校之稱、眾多黨政軍要員的女兒們就讀的北京師範大學附屬女子中學、副校長卞仲耘在校內被學生紅衛兵毒打致死、那些紅二代和高級權貴幹部的女兒、緊跟毛的暗示、是日中午宣佈要鬥爭黑幫、對象是學校的五名負責人、當時校長從缺、副校長之一卞仲耘老太太成眾矢之的、她是由北京市委第二號人物、前北京地下黨負責人劉仁介紹入黨的、那個盛夏伏天午後兩點多、五人被紅衛兵揪到操場、戴上用廢紙簍糊的高帽子、用棍棒和銅皮帶頭毆打、開水澆燙、命令五人高喊我有罪、我該死、喊得不夠響、就被棍棒打、牛皮軍靴踢、目擊者回憶說、卞仲耘被認為是黑幫頭子、打得最重、還邊打邊叫着要砸爛她的狗頭、叫她永世不得翻身、卞仲耘

剛一倒下、眾紅衛兵就衝過來踢她、喊她別裝死、猛踢她頭部的女紅衛兵是一名姓劉的國家領導人的女兒、卞仲耘大小便失禁、失去知覺、被認為又在裝死、有一女紅衛兵端來一盤涼水潑向她、卞渾身濕透、翻了白眼、口吐白沫、抽搐不止、眾女紅衛兵踢累了就在旁邊吃冰棍嘻嘻哈哈的高談闊論、五點多鐘校工把卞仲耘搬上手推平板車、另一副校長看到卞瞳孔已沒反應、但仍有氣息、要求送醫不獲准、紅衛兵用大字報蓋住卞的身體、上面壓了一把大掃帚、直到七點多鐘北京市委的人接到通知、送醫後證明卞已死亡多時、屍體已僵硬、北師大女附中在西城區二龍路、現稱北京師範大學附屬實驗中學、卞仲耘死前一天晚上跟朋友說、現在打死像我這樣身份的人、就像打死一條狗、我要把真相告訴女附中全體師生員工、告訴全國人民、跟這群殺人犯鬥爭到底、可是、學生只聽那位叫她們不要怕出亂子、稱她們為勇敢闖將、說她們的革命大方向始終是正確的毛澤東的話、急於發動保衛毛主席的革命行動、卞仲耘頭部腫大、全身烏青、滿是傷痕的來到活貨哪吒城、文革期間能量全無、文革後陽間有人記得她的慘死、不過能量還不是很高、寧願整天蜷曲伏地、她問我有沒有紙筆、她要給上級寫信、要向組織反映真實情況、這是卞仲耘至死還惦記着的事、、、

　　八月十八日毛澤東在天安門檢閱百萬紅衛兵、接見剛死了副校長的北師大女附中的紅衛兵頭頭‧高三學生、時任中共東北局書記宋任窮的女兒宋彬彬、聽到她名字後說還了一句、要武嘛、就在八月十八日那天、北京第三女子中學學生也建立了校園勞改隊、折磨被認為是牛鬼蛇神的教職員、二十二日弄死了校長沙坪、死者頭髮連帶着頭皮被拔掉、口

中塞滿穢物、學生紅衛兵還強迫其他老師輪流去鞭屍、數學老師張岩梅上吊自殺、學校司機的妻子一個有七個孩子的母親也被打死、這所位於西城白塔寺附近的女校後改為一五九中學、八月十八日之後連一些小學都由六年級少先隊帶頭成立紅小兵、連續兩個月、紅衛兵的校園殺戮到達高峰、非正常死亡的不完整名單包括北京一○一中學陳葆昆老師、北京外國語學校張輔仁老師、張福臻職員、北京梁家園小學王慶萍老師、北京第八中學華錦老師、北師大第二附中靳正宇老師、姜培良老師、北京第十五女子中學梁光琪老師、北京寬街小學郭文玉老師、呂貞先老師、北京第五十二中鄭兆南老師、北京第二十五中陳沅芷老師、吉祥胡同小學邱慶玉老師、北京第六中學的徐霈零職員、北師大附中喻瑞芬老師、景山學校職員李錦坡、北京白紙坊中學張冰潔老師、北京第十中學孫迪老師、北京第四女子中學齊惠芹老師、北京十一中沈時敏老師、北京二中袁老師、許職員、北大附中陳彥榮校工等等、是夏暴力如瘟疫般傳染、北京外國語學校小學部的學生、亂棍毒打了一個被認為是地主婆的校工、這名剛生了孩子的校工不到三十歲、在舊社會的時候只有幾歲、竟背上了地主婆的罪名、同期被侮辱毒打後自殺的不完整名單包括清華附中劉樹華老師、北京第二十六中高萬春老師、北京第二女子中學曹天翔老師、董堯成老師、北京第四中學汪含笑和丈夫北京第一女子中學蘇庭伍老師、北京第三中學石之宗老師、北京社會路中學李培英老師、北京工業學院附中彭鴻宣老師、北京月壇中學蕭靜老師、北京第六十五中靳桓老師、北京第一女子中學馬鐵山校員、北京第四十七中白京武老師、北京中古友誼小學趙謙光老師、北京史家胡同小學趙香薌和丈夫、打死卞仲耘老師的北師大女附中、共有四名教

師自殺、毆打虐待致殘致傷的北京教師則不計其數、另有紅五類學生虐殺黑五類家庭出身的學生、特別是七月下旬、紅衛兵在學校拉起老子英雄兒好漢、老子反動兒混蛋的鬼見愁對聯、得到江青附和說基本如此嘛之後、血統論泛濫、許多中學都出現批鬥出身不好的狗崽子同學的現象、我之前說過的由蔡元培等創辦、李大釗去演過講的北京二十七中女校即前孔德學校、一九六六年八月二十五日，出身不好的十五歲初二學生林永生、被出身革軍、革幹的同學在校內打死、帶頭的是一個綽號叫老貓的女生、兩天後紅衛兵抄林永生的家、強行向林永生母親索取了二十元、理由竟然是為了要賠償打林永生而損毀的皮帶、北京六中的勞改營、牆上用受拷打者的鮮血題寫紅色恐怖萬歲、紅八月紅衛兵更走出校園、開始抄家、恐佈進一步擴散、當時北京公安局每天都向上報告當天全市有多少人被紅衛兵打死、沒人出面禁止、從八月下旬到九月下旬、紅衛兵在北京一地打死一千七百七十二人、至老舍自殺火化的八月二十五日、當天一天內紅衛兵在北京打死八十六人、二十六日打死一百二十五人、文革後北京西城區一名負責人說、只是該區在文革中就有二百七十六名中小學教育工作者被迫害致死、且不算自殺者傷殘者、紅衛兵樹立了榜樣、廣大北京人民群眾在街道居委會和工作單位組織、動員下也不甘落後、加入抄家行動、這次針對專政對象的肉體傷害尺度比之前的運動更寬、據當時北京市的統計、通過群眾專政、揪出各類階級敵人八萬零一百人、其中三千五百一十二人自殺、二百一十九人被打死、不止是鎮反、三反、五反、肅反、反右、四清被輪番整過的地、富、反、壞、右倖存者可以被再度揪出來批鬥羞辱施暴、原屬統治階級的官員幹部也都失去了護身符、成了叛徒、特務、內

奸、走資派、而在之前的屢次運動都能夠驗明正身、受到黨的信任甚至寵幸的那些藝人、作家、學者、專家、也少有倖免紛紛被打成資產階級知識分子、反動學術權威、成了排在地、富、反、壞、右、叛徒、特務、走資派之後的臭老九、這九種反革命分子、來自全民的各種群體、從政治人物到歸國華僑到體育明星概莫能外、在北京、受衝擊的政治人物各式各樣、不分當權派或是否已退休、中共元老李立三服藥自殺、蔣介石幕僚陳布雷的女兒、一九三九年已投共的陳璉、被造反派指認為叛徒後跳樓自殺、統戰部長徐冰死於獄中、紡織工業部副部長張琴秋跳樓死、中央編譯局副局長陳昌浩服藥死、曾立大功的前中共東北地下黨人鄒大鵬和妻子在北京仰藥自盡、民主黨派領袖之一張東蓀一九六八年已八十二歲、投獄死於秦城、妻子劉拙如被批鬥後關押在海淀公安局、大兒子北大生物學教授張宗炳也精神錯亂被投獄秦城、二兒子物理學家張宗燧在北京中國科學院宿舍自殺、三兒子張宗穎偕妻子在天津被鬥後一起自殺、張宗炳和張宗穎各自的兒子也分別被判處長期徒刑、張東蓀長孫張鶴慈和郭沫若于立群的六兒子郭世英等四個一〇一中學的同學、畢業後在一九六三年曾組過一個大學生沙龍叫X社、被舉報後下放勞改、文革時郭世英在北京農業大學復學、遭造反派拘押批鬥、雙手反捆從三樓破窗而出墮樓死亡、文革前歸國的華僑此時更成為紅衛兵揪鬥的明確對象、因為都有海外關係、很容易被扣上叛徒甚至美蔣特務的帽子、有一個一九六五年才回國、在帽廠做技術員、住在北京朝外盛管胡同普通民房的錢姓歸僑家庭、受紅衛兵肉體折磨後、給兩個孩子吃了安眠藥、夫婦兩人上吊自殺、甚至遠離政治的歸僑、體育運動名人也不能免禍、國家乒乓球隊教練傅其芳在北京體育館自

殺、全國乒乓冠軍姜永寧在先農壇體育館上吊自殺、、、

　　不過比例上文藝學術界被揪出的現行反革命大概仍是比
較多、一九六六年八月二十三日、一百多名北京女八中和北
大紅衛兵應北京市文聯內部人之邀、衝擊文聯、唱名掛牌批
鬥蕭軍、駱賓基、荀慧生、趙鼎新、端木蕻良等二十八位作
家藝術家、還有適逢在場的文聯主席老舍、眾人包括老舍當
天在文聯和國子監兩地遭多輪毆打達三個小時、老舍頭破血
流以水袖包頭、再送回文聯又受到更多紅衛兵的羞辱毆打、
當天沒受批鬥的作家包括浩然和楊沫在場圍觀、老舍在摘下
掛在自己脖子上的木牌子時撞到紅衛兵、這招致一眾男女紅
衛兵又撲上來一頓亂打、直到文聯的革委會怕出人命向派
出所報案、老舍被帶走、凌晨老舍被領回家後對妻子胡絜
青說、黨和毛主席是理解我的、總理是最理解我的、是夜
二十四日老舍投太平湖自盡、屍體火化後沒留骨灰、是年九
月、被認為是北京舊市委三家村黑分店的文聯、單位撤消、
成員大部分都被揪出來打成黑幫、所有工作人員集中到城西
馬神廟進行鬥批改、最後全部下放勞動、在北京地界文革十
年中受迫害而終的文藝界人士、極不完整名單包括義軍進行
曲作詞人田漢、詩人何其芳、新兒女英雄傳作者之一孔厥、
評論家如魯迅全集主編馮雪峰、翻譯家如戰爭與和平譯者董
秋斯、話劇家如北京人藝焦菊隱、以及傷亡慘重的京劇界包
括馬連良‧奚嘯伯、荀慧生、尚小雲、譚富英等大家、注意
我這裏所說的都只是北京地界非正常死亡的人和事、不包括
全國各地、北京的中學生紅衛兵既然都可以意氣風發整社會
文化名人、大學生豈會落伍、北京的大學在文革中被迫害致
死者、北大有六十三人、抄家四百多戶、清華非正常死亡

五十二人、北京農業大學三十人等等等等、自殺和被折磨致死者分佈各學科、極不完整名單包括詩人兼考古學家陳夢家、中央民族學院潘光旦、北大物理學家饒毓泰、北師大目錄學家北大圖書館系主任王重民、清華計算機專家周壽憲、北師大古典文學教授劉盼遂、地質學家謝家榮、國際法學家田保生、北大生物學家俞大因、陳同度、原北大物理學家趙九章等等、趙九章可説是中國衛星之父、文革前調任中科院、中科院一級研究員文革中自殺就有二十多人、清華是毛策動扳倒劉少奇的樣板田、文革前夕在清華就讀的高級幹部子女據説有六十餘人、為各大學之冠、他們消息靈通、有強烈革命接班人意識、主動緊跟文革動向、在文革頭幾十天儼然以彼等為鬧革命正統、但隨着更多高幹走資派落馬、政要們在清華的子女一下好漢變混蛋、罵別人狗崽子的自己也成了狗崽子、處在新興造反派學生的刀俎下、清華大學文革初期就把校長蔣南翔當成教育界最大的走資派揪了出來、也是最早被打倒的當權派、另有一百〇三名幹部教師被戴高帽遊街示眾、一百一十二名幹部定為走資派、十六名教授為反動學術權威、五十多人為牛鬼蛇神、並設計了一次誘捕王光美的圈套、組織了一次大規模批鬥王光美的三十萬人集會、之前劉少奇派工作組進校打壓學生、蒯大富等一批學生與工作組抗衡、工作組發動校內萬名師生、鎮壓批鬥了七百名造反學生、兩名學生自殺一死一未遂、王光美親自蹲點清華大學工作組、打擊蒯大富等激進派、七月毛嚴厲批評劉少奇的工作組路線、中央文革的王力、關鋒到清華看望蒯大富予以支持、周恩來也為蒯大富平反、在一次清華大學的師生員工辯論大會上、周恩來、鄧小平、董必武、陳伯達和一批中共要員都親自出席登台、批評工作組的錯誤、工作組被撤消、清

華各派學生紛紛成立紅衛兵組織、校園處於無政府內戰狀態、獲無產階級司令部支持的蒯大富的清華大學井岡山兵團得以壯大、成為北京以至全國備受矚目的紅衛兵組織、及後井岡山兵團分裂為團派和四一四派、出現數十起小規模的流血武鬥、北大那邊也是兩派武鬥、中央文革支持聶元梓一派、清華大學兩派都要爭取中央文革的支持、掀起了為期百日的大武鬥、一九六七年四月二十三日兩派互毆六小時、五十多人受傷、二十七日首次出現非正常死亡、二十九日再死一個、五月十四日又死一個、五月三十日雙方武鬥十一個小時、三人死亡、二百多人受傷、六月由冷兵器轉熱兵器、七月五日、六日、十八日那幾天每天都有一人被擊斃、七月二十七日北京市六十一個單位三萬多工人組成的工宣隊開進清華、由中央警衛團八三四一部隊的軍代表領導、蒯大富的團派用長矛手榴彈手槍抵抗、打死幾名工人、團派學生在校內九〇〇三大樓架起土炮、打出大標語寫着生做毛主席的紅小兵、死做毛主席的紅小鬼、蒯大富演説我們在北京、在毛主席身邊、這麼大的事情、中央馬上就會知道、中央會救我們、是夜九〇〇三大樓的團派仍留下守陣地、蒯和大部分團派成員凌晨二時半攜武器乘車逃離清華、其中一車在城外翻車、車上一枚手榴彈爆炸、炸死二人傷五人、鄧小平在一九八〇年向意大利記者法拉奇説、文革真正死了多少人、那可是天文數字、永遠都無法估算的數字、鄧並舉了一個冤案例了、説雲南省委書記趙健民被康生定為叛徒、國民黨特務、公安部長謝富治把趙抓起來、此案牽連一百三十萬人、迫害致死者一萬七千多人、六萬多人被打殘、各種官方和學界統計估算文革非正常死亡人數在偏低的一百萬以上到可能過高的二千萬不等、葉劍英在一九七八年中央會議上説文革

浪費了八千億人民幣、受害者上億人、佔全國人口九分之一、致死者二千萬、、、

　　一九六七年中國氫彈爆炸成功、這是中國有了原子彈後的兩年零八個月、在此文革初期、毛雄心萬丈、宣稱說我們中國不僅是世界革命的政治中心、而且在軍事上技術上也要成為世界革命兵工廠、支援全球武裝反帝反殖革命、一九六七年是鬧革命衝量頭腦的一年、紅衛兵氣吞山河說要把紅彤彤的毛澤東思想偉大紅旗插遍全世界、誓死解放全世界三分之二以上被壓迫民族和被壓迫人民、外交反映內政、一些在北京的外國使館受衝擊、包括蘇聯使館和被燒毀的英國代辦處、在京多國外交和教會神職人員遭到肢體侵犯、中國的外交官、留學生和受鼓動的華僑則於所在國挑事叫囂示威、在澳門奪權、在香港試圖鬥垮港英政府、許多非共產的第三世界國家知道毛放棄了六十年代前五年的對外友好、改變了外交政策、要輸出革命干預他國內政、緬甸的社會主義政府受到中共軍事支持的緬共武裝叛亂衝擊、中國知青越境支援緬共、搞國際支左、連高棉王朝主政者西哈努克也在一九六七年九月公開譴責中國違反之前的和平共處五項原則、當時西哈努克正在柬國打擊中共支持的柬共、中國對外點火、支持多國的軍事革命叛亂、並與美帝、蘇修兩超級大國為敵、對內固然也有借口備戰不輟、五十年代擴軍備戰可以說是為了防蔣介石和美帝入侵、這時候已主要是為了對抗蘇修、中共建政初毛決定中國要向蘇聯老大哥一邊倒、築成毛說的持久的、牢不可破的、戰無不勝的蘇中軸心聯盟、以至一九五九年蘇聯仍在繼續實質援助中國、轉移軍事技術給中國發展原子彈、導彈和核潛艇等先進武器、是年赫魯曉夫

訪美、美蘇初議兩國和平相處、裁軍限核、象徵着資本主義與社會主義世界的和平競賽、不必一戰、毛認為他扳倒蘇修的時機到了、中國要取代修正主義蘇聯成為共產國家和世界反帝革命的領袖典範、次年在北京舉行的世界工聯會議上、中國發難抨擊了跟隨蘇聯的其他國家的共產黨、中蘇間的裂痕為外界看到、張戎在著作中說、赫魯曉夫在羅馬尼亞首都跟彭真說、你們既然那麼愛斯大林、你們把斯大林的棺材搬到北京去好了、隨後蘇聯決定終止它的一百五十五個中國援助項目、撤走一千多名專家、友好的蘇聯專家離開前把筆記本拿出來給中方拍照做紀錄、中國又急忙恢復對蘇和好態度、總算保留了六十六個項目、一九六三年蘇聯和美英簽署條約限制核武擴散、蘇聯的核技術不再分享給中國、毛則主使中共發佈了九評批蘇共、中蘇爭論升級、一九六四年四月、中國在羅布泊試爆了第一顆原子彈、這顆彈是在蘇聯技術基礎上最後自主完成的、為了保護軍工產業、毛在一九六四年把一千多個企業搬到稱為三線的內地十省山區、耗掉當年全國投資資金的一半、三線的投資效果卻跟大躍進一樣差、改開後多關閉停產、轉產或轉移回城、中國並支持越南共黨擴大抗美戰爭、說用不着怕美國、無非就是再來一次朝鮮戰爭、中國可以出兵、美國開始擴增在越兵力、越戰升級、一九六四年下旬赫魯曉夫下台、毛周向蘇修示好不果、國內文革又起、中共變本加厲以意識形態代替現實考慮、中蘇關係陷低谷、一九六七年紅衛兵攻擊了蘇聯駐北京使館、兩國都在長達四千英哩的邊界增兵、一九六九年三月中共九大前、中國在烏蘇里江邊境珍寶島偷擊蘇聯巡邏隊、引爆了一場戰役、八月蘇聯在新疆列克提邊境用重武器殲滅一支三十多人的中國邊防分隊、蘇聯甚至考慮使用戰術性核

武毀滅中國軍事力量、後為美國所阻嚇而打消念頭、北京全面備戰防蘇、挖地掘洞修建人防工事、一九七〇年林彪根據毛澤東關於國際形勢可能突然惡化的估計、頒發一號令、北京實施人口大疏散、、、

一九七〇年柬埔寨親美權貴發動政變、推翻西哈努克親王政權、廢君主制為共和制、西哈努克流亡到中國、被視為超級上賓、住在東交民巷原法國大使館院子、後在中國策動下與前敵波爾布特共黨結成統一戰線抗越、越共親蘇、中共支持反越的柬共、中越失和、一九七〇年五月西哈努克陪毛和林彪上天安門、毛、林批評蘇修之外還在譴責美帝、點名罵美國總統尼克松、美方不予反應、毛也罵美國國家安全顧問基辛格是臭知識分子根本不懂外交、其實一九六九年底中共為了防蘇、已在找門路與美國修好、一九七〇年底周恩來通過羅馬尼亞發出訊息歡迎尼克松訪北京、未能如願、一九七一年中國准許美國乒乓球隊訪華、效果奇佳、有記載說尼克松目不轉睛地眼看着這條新聞從體育版躍上頭版、周恩來再邀尼克松、後者立即同意、先是基辛格兩度來華鋪路、送上多項逆轉性的承諾、周恩來說尼克松是梳妝打扮、送上門來、是年九月毛的欽定接班人林彪出逃送命、讓國人和注意文革的世人目瞪口呆、毛威信受到知青一代質疑、很多人有所覺醒、覺得文革是個騙局、毛確實是林彪所說的絞肉機、十月北京在美國開綠燈下、取代中華民國進入聯合國、掌安理會的否決權、之後中國跟第三世界的一些獨裁者如伊朗沙王和西班牙、希臘、智利的法西斯性質的軍政府發展建立了友好關係、在安哥拉內戰中站在美國和南非的一方、處處跟蘇聯交手、跟美國套交情、一九七二年二月

二十一日尼克松偕夫人和基辛格一行人經上海到訪北京、入城路上除站崗的人外全程鮮見人跡、當日下午尼克松臨時被召去毛的中南海會客書房謁見毛澤東、之後幾天又在精心安排下參觀了一些地點、也看了些演出、全民為了這次到訪動員排練多時、學習應對外國人、慎防美國間諜、二十四日連續幾天大雪後七、八十萬北京居民連夜人工剷雪、讓尼克松一行翌晨可去長城參觀、在京五天後尼克松一行去杭州、上海、離開中國之前、美帝與中國發表各自表述的中美上海公報、中國在公報中依然火藥味十足的批美帝、以保持反美旗手的形象、但國際反美陣營依然大為不滿、西哈努克在尼克松訪華期間憤然離開北京、越共告訴周恩來、你們沒有權利跟美國討論越南問題、連最親中的阿爾巴尼亞共黨都批評中國、終於幾年後跟中共割裂、中共與美帝走近、那些已經反蘇的亞非拉共黨很多從親毛轉到支持阿國共黨的立場、親蘇、反蘇、親毛、反毛、親阿、全球共黨組織再進一步四分五裂、且不說各地的托派組織、毛未能如願成為國際共產運動的新共主、卻在晚年接見了來朝的各個資本主義列強領導人、以及因水門醜聞已經下台的二度來訪的尼克松、並私下說服了基辛格、讓後者相信面對蘇聯和越共、中國利益跟美國的利益是並行統一的、兩國可結成反蘇軍事聯盟、、、

　　林彪之後、周順序成為中共第二號人物、一九七二月五月周恩來被驗出膀胱癌、毛下令病情向周和周妻鄧穎超保密、拖延治療、要周負荷超量工作、處理全國事務、兼管人民日報、趕寫過去舊案的自我檢討、並要應付與國際多國建交的工作、後來周尿中見血病情才不成秘密、一九七二年批林運動冷冷清清、周恩來提示人民日報理論部王若水組

織批判極左思潮的文章、張春橋、姚文元等大為惱怒、認為這是否定文革、毛也說人民日報批極左並不高明、江青又借清華大學發動針對周的反右傾回潮運動、說林彪是極右、批左有罪、重蹈一九五九年本來要糾左的廬山會議翻轉成批右、一九七三年中毛作詩褒揚秦始皇的焚坑事業、以肯定文革、並指使郭沫若批孔、八月中共十大、張春橋代替周恩來做政治報告、為了壓低周恩來、毛火箭式提拔上海造反派頭目、原紡織廠幹部王洪文入中央、成為排名在周之後的第三號人物、並把鄧小平找出來做副總理管實務、鄧承諾永不翻案、毛讓鄧管住葉劍英為首的軍隊、鄧的復出和訪美受到全國人民高度關注、包圍着鄧的是由毛命名為四人幫的江、張、姚、王、常委康生則因癌將死、周恩來也時日無多、基辛格一九七三年底的一次訪華、注意到周往日的犀利和煥發的才智不見了、基辛格走後周立即受到批判、江青罵周投降主義、說周迫不及待要替代毛、讓周交待接待基辛格來訪時所犯的賣國主義錯誤、政治局開會批評了周恩來、一九七四年初批林批孔全力開動、林彪被說成孔夫子信徒、四人幫更明目張膽批周、六月周恩來住院後再沒有出院、七月毛也被查出不治之疾、一種肌肉萎縮的運動神經元病、最多只能活兩年、這次是鄧、周、葉、汪東興和醫生們沒有告訴毛和四人幫毛患的是絕症、一九七四年十二月周拖着病軀去請示住在長沙養生的毛、商量讓一批文革中被打倒的老幹部重新上崗、四人幫則發動一個批經驗主義的運動以抗衡翻案復辟、毛安排張春橋、王洪文入軍隊、但軍方卻替被毛整死的賀龍元帥舉行骨灰安放儀式、周恩來以僅餘三十來公斤體重的身軀到場致辭、動情的說我很難過、我沒有保住他、周不提自己迫害賀龍及其一系人脈的重大責任、把不滿導向毛、兩週

後毛搞起批判水滸的運動、說宋江投降派是搞修正主義、一箭雙鵰、再刺激打擊周恩來一下、同時傷及毛已不再信任的鄧小平、九月周恩來第四次進手術室前還要自辯說我不是投降派、一九七六年元旦毛掀起反擊右傾翻案風、說有些人總是對這次文化大革命不滿意、總是要翻案、正式把跟四人幫不和、拒絕對文革做三七開評價的鄧小平拋了出去、通過毛遠新發出批鄧指示、發動全國批鄧為不肯改悔的走資派、文革派再受到毛的重用、元月八日周恩來在北京逝世、毛澤東故意不出席追悼會、各地有群眾自發悼念、靈車開往八寶山那天、首都百萬人佇立十里長安街兩側送別、全國報刊不准報導、三周後即為春節、除夕晚毛在中南海游泳池住所放鞭炮慶祝、從三月中到清明節、首都百姓到天安門獻花圈題詩詞、借對周的懷念、為鄧小平鳴不平、表達對毛的不滿和對四人幫的憤恨、四月五日清明節廣場民眾受到一萬多民兵、警察和五個營的衛戍部隊持棍棒毆打驅散、毛同意定性四五事件為反革命暴動、被剝奪所有職務的鄧小平潛躲在廣州、受軍頭許世友保護、毛提升不老不嫩三八式幹部華國鋒為總理兼中共中央第一副主席、四人幫一伙造反派開始攻擊華國鋒右傾、毛在中南海室內游泳池內住地以抖顫的字體寫了字條給華國鋒、你辦事、我放心、照過去的決定辦、慢慢來、不要着急、這些字條後來被認為是毛選定華作為第四個指定接班人的文件、用趙紫陽晚年的總體分析、毛不敢用四人幫、因為四人幫不得人心、不敢用鄧小平、因為怕鄧小平會翻文化大革命的案、不用周總理、由於周跟毛的主張不一致、只能用華國鋒過渡、毛自知不久人世、而文化大革命是會被翻案的、他召集四人幫和華國鋒講了一次話、他說他一生幹了兩件大事、一件是趕走日本人和蔣介石、一件是發動

文化大革命、這兩件事沒有完、和平交班不成、就動蕩中交、搞不好就得血雨腥風了、你們怎麼辦、只有天知道、如果毛的病能再拖上一兩年、文革派在政治上站穩腳跟的話、四人幫或許就可以如毛所願接班保文革、一九七六年七月初朱德去世、是月底北京東二百多公里外的河北唐山發生大地震、死人二十四萬至六十萬、北京有強烈震感、多處房屋倒塌、沒甚麼傷亡、百萬市民在街上搭起露天防震棚而宿、四人幫控制的媒體指令民眾在廢墟上批鄧、毛搬進一幢特地為他建造的、在中南海代號為二○二的防震戰備工程住房度過餘日、九月九日凌晨毛崩、當天汪東興和華國鋒出人意料作出保留遺體的決定、當北京電台廣播死訊後、引起的是震驚與憂懼、而不是周恩來去世時那種壓制不住的悲憤情緒、四人幫在毛住所爭奪毛的文件、在上海發槍給民兵、遲群在清華大學組民兵師、毛遠新策劃調動東北裝甲師到北京、任北京軍區司令的陳錫聯與四人幫關係密切、華主席感到威脅、自江青於是年七月在國務院計劃工作會議上攻擊華國鋒後、華其實已經在跟掌管領導安全的中央警衛團頭子汪東興商量除掉江青一伙、毛死了不到一個月、華和汪倒向江青的對頭陣營、跟葉劍英、聶榮臻、李先念等人發動宮廷政變、先發制人、誘捕拘押四人幫及其在京黨羽毛遠新、遲群、謝靜宜等、然後才由政治局做出下不為例的追認、身兼黨主席軍委主席和總理的華國鋒在十月六日拘捕四人幫當晚的政治局緊急會議上強調說、粉碎四人幫是毛的遺願、四人幫被抓是文革的勝利、四人幫是極右派、幾天後、華下午三點在大海航行靠舵手的歡騰樂曲中登上天安門城樓、一九七六年十月二十四日天安門廣場舉行百萬人的慶祝、北京日報發文稱八百萬首都人民歡呼革命又有了可靠的掌舵人、山西交城的

華主席是英明領袖、坊間高歌交城的山來交城的水、交城的山水實呀實在美、全國出現頌揚華國鋒的書文、詩歌、畫像大潮、沒錯、連華國鋒當了中共第一把手也搞個人崇拜、一九七七年中共十一大、華國鋒肯定文革、歌頌毛澤東領導黨打擊了像劉少奇、林彪、四人幫那樣死不改悔的走資派、是文化大革命的偉大勝利、宣告歷時十一年的文化大革命是無產階級專政歷史上的偉大創舉、現在打倒了四人幫、我國第一次無產階級文化大革命勝利結束、但這決不是階級鬥爭的結束、一定要遵照毛主席的教導、把無產階級專政下的繼續革命進行到底、華國鋒下令修建毛主席紀念堂、永遠保留毛的遺體、、、

文革頭幾年逆城市化、北京人口因被強力驅散而減少、最早被逐出首都的北京居民是在之前十多年的運動中飽受折磨的四類分子和家眷、大概有十萬人被遣返原籍或農村接受專政、他們在接到通知的極短三兩天後舉家被驅逐、停學停工、不准帶走財物、扶老攜幼在火車站穿過惡意夾道監送的紅衛兵、受盡辱罵、推搡、搜奪、毆打後才准登車、第二波被趕走的是北京家家戶戶居民百姓的子女、包括之前不可一世的紅衛兵、所謂知青其實只是城鎮裏的初高中學生、因為文革兩年一片亂、政府癱瘓、工廠停工、學校停課、經濟衰退、一九六七、六八兩年國家生產總值低於前兩年近兩成、就業萎縮、大學不招生、工廠不招工、畢業就是失業、中學畢業生就是當年度新的城市無業青年、他們在中學時期遇上停課鬧革命、很多不過是小學文化程度卻大都當過紅衛兵、嚐過造反滋味和文攻武衛、組織過派系團夥、就算有的中學生沒當上紅衛兵、有的自認逍遙派、而紅衛兵造反派可能也

不是人人手上沾血、但整代人都對血腥暴戾、欺師滅祖的社
會風氣耳濡目染、全國城鎮有這樣四百多萬紅衛兵式失業青
少年賦閒在家、對社會對政權是個威脅、一九六八年十二月
人民日報發表毛的語錄、號召知識青年到農村去接受貧下中
農的再教育、很有必要、疏散落實雷厲風行、一九六九年上
半年、北京的六六、六七、六八屆在校的初高中畢業生、被
稱為老三屆、共三十九點五萬人全部被驅離城市、一九六九
年全國共有二百六十多萬知青下鄉插隊、北京知青中很大一
部分被趕到陝北、由文革時期到一九八〇年正式結束上山
下鄉運動、紅衛兵的一代、知青一代、共和國的第三代、
一千六百萬人從城市被遣散下放、佔全國城鎮人口的十分之
一、世代斷層、第三代人在農村插隊落戶、或去生產建設兵
團戍邊屯墾、除了一些幹部子女通過參軍等方式躲過下鄉、
或少量投奔親戚在北京郊區落戶插隊的、北京老百姓家庭絕
大多數的適齡子女都被捲進其中、中共建政後、五十年代已
號召高小畢業的學生下鄉、農村被毛說成是一個廣闊的天
地、在那裏可以大有作為、共青團中央書記胡耀邦五十年代
也在北京動員知青援疆、建立北京青年志願墾荒隊向荒地進
軍、到文革前一些黑五類子女不能在城市升學就業、只能走
上支邊下放這條路、後來大都潛回城市、但文革第三年震撼
一時的大規模疏散城市中學生、是與紅衛兵運動的急剎車有
關的、有種說法叫做紅衛兵是這一輪知青的胎記、這次上山
下鄉運動北京又是開先河的、一九六七年十月由北京二十五
中的學生帶頭、二十二中、女八中、女十二中等十名高中三
學生在天安門宣誓、去往內蒙插隊落戶要扎根一輩子、這是
文革中第一批上山下鄉的知青、他們的城市戶口變成農村戶
口、替毛做社會實驗、農村現實磨人、理想很快破滅、知青

紛紛走後門、以病退、困退、獨生子女老人需要照顧、以至招工、頂職、從軍、工農兵大學生等繁多名目返回城市、寧願在城裏居無定所、幹臨時工、當多餘的人、長期待業、大齡沒條件結婚、也要待在城市、一九七〇年代後期仍滯留在農村的知青、更發動集體大規模示威、通過請願、罷工、甚至臥軌絕食、作出不回城毋寧死的抗爭、毛又一個空想實驗以慘敗收場、又犧牲了一代人、一九七九年一年內七百多萬知青大返城、另有數十萬知青在農村和當地農民結婚只能留在當地、很多這樣的家庭以一方要回城而離異和拋棄孩子、因為配偶和孩子的農村戶口不能轉到城裏、這是另外的悲情故事了、共和國第三代人在十年文革期間錯過了正規教育、一九七七年、七八年恢復全國統一高考、那是一道窄門、只有很少比例的失學知青能夠憑自學考上大學、大多數返城知青淪為社會底層、改開後社會利益再分配、一些人做營生成了後來的個體戶、更多成了九十年代下崗潮中首當其衝的裁減主體、所以有知青研究者說、知青一代的一生歷盡上山下鄉、回城待業和下崗三次失業大潮、他們曾是理想主義者、理想曾經蠱惑過他們、有北京知青說、從一九六六年八一八毛主席接見百萬紅衛兵、我們湧向金水橋、到一九七六年四五清明我們齊聚廣場紀念碑下、這一箭之地、我們一代人走了整整十年、說回一九六九年、北京百姓剛送走自己未成年的子女、另一波強迫遣散又起、一九六九年八月中共中央發令備戰、同月毛下令幹部機關人員離開北京、下放到各地五七幹校改造、光是北大、清華就有六千人被放逐到江西鄱陽湖一片血吸蟲橫行叫鯉魚洲的地方、有記載說那是一眼望不到邊的荒野、連一棵樹都沒有、同時為了防備蘇聯襲擊、中央黨政軍領導人自己也迅速躲到外地、毛早已去了武

漢、林彪去了蘇州、十八日、林彪頒佈原名叫林副統帥一號戰鬥號令的緊急指令、調動全軍進入一級戰備狀態、北京舉行防空演習、預防敵人突然襲擊、全市氣氛緊張、加劇更大規模的人口疏散、這次被趕出北京的單位還包括眾多高等院校和醫院、連帶設備、員工、家屬一起限期離京、北京五十五所高校之中、三十一所撤離或停辦合併、一九七〇年留在北京的只剩二十四所、而北京天壇醫院在眾多的被疏散的醫院中被連根拔起、全部遷往甘肅、其實一九六九年末中蘇開始邊界談判、到一九七〇年關係已經緩和、戰爭危機消除、但疏散首都人口和單位機關依然繼續、政府更以備戰備荒為人民的口號、動員原籍農村的居民下鄉、號召我們也有兩隻手不在城裏吃閒飯、又再以清理階級隊伍名義趕走了定性為牛鬼蛇神的一些家庭、文革中期北京空蕩蕩、留守的少年兒童包括單位大院子弟長期缺少家長管教、過着號稱陽光燦爛的放任日子、但因農民戶籍的復員轉業軍人全家戶口進城、國家鼓勵高出生率、加上勞改幹部家庭和下放知青陸續返城、文革後期城市人口不減反增、一九七七年北京常住人口為八百六十萬、超過了上一個高峰一九六〇年的七百四十萬、全國人口則由一九六六年的七億三千五百萬、爆漲至一九七七年的九億四千七百萬、鄧小平說、新中國成立二十八年了、吃飯問題還是沒解決、、、

　　中共建政的頭三十年為毛澤東的時代、要看懂當年中國就不能不緊盯着毛、觀其移形換影、禹步要寶、造孽弄人之戲法、移情體會全國全民深陷其天羅地網之中而鮮有能自主浮沉者、毛死在一九七六年、但身後的殘局拖了兩年多的時日才得以破局、這個時期的官方說法是四人幫極右派被粉

碎、偉大的文革勝利結束、四人幫分子當時被稱為極右派、華國鋒、汪東興、與文革派權貴紀登奎、吳德、陳錫聯、陳永貴、蘇振華等仍在位、緊披着毛的外衣、試圖推遲毛時代的結束、宣示說凡是毛主席作出的決策、都必須擁護、凡是毛主席做出的指示要始終不渝地遵從、文革仍受高度肯定、農業依然要學大寨、華主席髮型仿效毛、還親自督編後來被停止發行的毛選第五卷、作為毛的棋子、華在文革中躍居高位、毛是他唯一本錢、毛的反右和文革遺產則是他的負累、到了一九七六年十二月華國鋒還在堅持推行由四人幫煽動起來的批鄧運動、一九七七年二月兩報一刊社論仍然明白無誤告訴全國人民、華主席主張的是兩個凡是、但龐大官僚階層、老幹部、反右和文革受害者群體的強烈要求是撥亂反正、給了鄧小平巨大的政治能量、在經濟方針上、鄧在文革晚期再度下台前的一九七五年秋季所制定的經濟計劃已擺回枱面、叫響了劉少奇、周恩來、鄧小平都提過的四個現代化口號、華國鋒也想在經濟上有所表現、一九七八年與李先念、余秋里搞了一套大躍進式的大幹快上不切實際的十年規劃指標、一九七七年夏天鄧小平第三次復出、一九七八年中央黨校副校長兼中組部長胡耀邦和黨校理論班子、在光明日報等北京報刊配合下、祭出實踐是檢驗真理的唯一標準的旗號、獲鄧小平和重掌軍權的中央軍委秘書長羅瑞卿支持、當時的實踐派受凡是派抨擊、汪東興主張黨報要有黨性、不要砍旗、不要丟刀子、不要來一百八十度大轉彎、同期中組部平反了在一九五七年反右運動中打成的右派分子、回頭以抓四人幫黑幹將等名義清理文革派、後來由鄧小平和新任中共副主席兼中紀委書記陳雲擴大發展成對所謂三種人的報復性嚴打迫害的秋後算賬運動、蒯大富、聶元梓等北京紅衛兵造

反派領袖於毛和四人幫在位的文革中期就被打壓下放、現在
又因為當初與毛和四人幫的關係再坐大牢、反而文革早期帶
頭作惡行兇的高幹子弟老紅衛兵及北京的西糾聯動等紅後代
組織的成員、卻被陳雲保護下來不算是三種人、以免影響他
們的仕途、陳雲認為讓我們自己的孩子接班不會挖祖墳、至
於由毛定性為反革命暴動的一九七六年四五天安門事件、因
為是替鄧小平鳴冤、到一九七八年被官方宣傳為英雄的革命
行為、凡是派受到孤立、北京街頭出現大字報、要求驅趕政
治局的毛分子、一九七八年十二月下旬、中共要召開十一屆
三中全會、本來大會由華國鋒、葉劍英聯合導演、跟鄧小平
也是事先有默契的、三人之中鄧小平權力較小、沒想到在大
會前的中央工作定調會議上、譚震林挑起陳雲發言、胡耀
邦、萬里等附和、帶動起眾人對過往冤案和文革的檢討、反
應激烈、陳雲成了會議的英雄、華國鋒的兩個凡是受到批
評、華國鋒和汪東興做了書面檢查、不過葉劍英、胡耀邦還
是保護了華國鋒、華留住主席頭銜但不再擁有實權、凡是派
靠邊站、鄧小平則及時變臉、放棄胡喬木起草的以階級鬥爭
為綱的大會講話原稿、改用胡耀邦、于光遠、林澗青等連日
撰寫的新稿、題目變成解放思想、實事求是、團結一致向前
看、強調若不大大解放幹部和群眾的思想、四個現代化就沒
有希望、一下子打破了兩個凡是的持咒、三中全會宣佈、全
黨工作的着重點從一九七九年開始轉移到社會主義現代化建
設上來、但依然強調要把馬列主義、毛澤東思想的普遍原理
同社會主義現代化建設的具體實踐相結合、當時的鄧小平並
不打算討論對反右運動的平反、只願意分別為右派分子複查
核實改正錯劃、因為他就是當年反右五人組的組長、還堅持
說反右派鬥爭是必要的、正確的、只是擴大化了、雖然當年

打成右派的有五十五萬之眾、最後改正錯劃的人數高達百份之九十七、八、鄧小平要維護毛澤東的歷史地位、不主張檢討過去歷史遺留問題或替毛欽定的文革大案翻案、三中全會也只講農業糾左的發展、沒提農業的改革、大會關於農業的決定仍是三級所有、隊為基礎的人民公社制穩定不變、明確反對家庭聯產承包制、不准包產到戶、三中全會更不存在要求中國改革開放走向市場經濟的想法、市場一詞並沒有出現在大會官方報告上、改革一詞只出現了兩次、要等五、六年之後、改革開放的口號才被廣泛傳用、所以趙紫陽政治秘書鮑彤後來指出、把十一屆三中全會人為地披上光環說成是改革開放的大會、是中共後來替鄧編造出來的一個神話、這次大會原本不是要討論改開、但由於會議失控、出現了跟華國鋒和鄧小平最初意願大相徑庭的結果、華的力量驟降、鄧抓住機會取得大權、跟陳雲共同成了黨內大贏家、當時在中宣部理論局工作的鄭仲兵多年後對學者傅高義說、一九七九年初鄧小平已目空一切、不把華國鋒、葉劍英、胡耀邦看在眼裏、批自由化、擠垮胡耀邦的實踐派、要所謂準確完整的保護毛、所以只有對十一屆三中全會這個開局有更真實的理解、才能看得懂八、九十年代改由鄧小平主政下、中國共產黨的經濟與政治行為表現、不會因為改革開放四個字而妄生穿鑿、、、

　　一九七九年是鄧小平時代的真正開始、政治上毛澤東、劉少奇奠定的體制不變、其核心是一黨專攻、共產黨絕對領導、不受黨外監督、全面獨佔政權、毛雖死、毛的烙印仍深深印刻在許多老共產黨人和整個第三代人心上、這樣的一個中國特色的改開新時期、錢理群稱之為後毛澤東時代、毛的

幽靈始終在中國徘徊不散、鄧小平對意大利記者法拉奇說、我們不會像赫魯曉夫對待斯大林那樣對待毛主席、鄧雖不會同意毛的極左執著、比如說資產階級就在黨內、甚至說官僚是一個反動階級、但鄧自己不願背負中國赫魯曉夫之名、並堅信毛這個旗幟丟不得、丟掉了就等於否定了共產黨的偉光正歷史、就政治而言鄧比毛更保守、比毛更維護黨的既得利益、也就是說、鄧是中共黨的真正繼承者、晚年的毛才是搞亂者、自從一九四二年毛和劉少奇從延安整風建立了黨建這一政統後、這個中共黨的傳承除了短暫被毛自己和文革派奪權衝擊破壞過之外、一直不曾斷過、從鄧小平到江澤民到胡錦濤到習近平、延續至今、這才是改開後中共黨內一貫頑固強悍的如中流砥柱般的傳承、任何嘗試偏離這個中共主流的政治改革者都會受到無情的打壓、回想起我哥他們那時的知識分子和大學生、以為自己解放了思想就可以促進政治體制改革、真是活在過量幻覺之中了、一九八一年六月的十一屆六中全會上鄧小平主持起草的關於建國以來的黨的若干歷史問題的決議、從此終結官方對毛的深入檢討、同時也顛覆了華國鋒主導的十一大決議、全盤否定文革、承認說文化大革命是一場由毛澤東錯誤發動、卻被反革命集團利用、給黨、國家和各族人民帶來嚴重災難的內亂、但大會決議說毛澤東同志的錯誤終究是一個偉大的無產階級革命家所犯的錯誤、禍國殃民的是叛徒林彪和江青四人幫這兩個集團化的反革命分子、完全不理會江青受審時在最後陳辭中所強調的我是毛主席的一條狗、在毛主席的政治棋盤上、我是一個過了河的卒子、我是堅決執行捍衛毛主席的無產階級革命路線的、十一屆六中全會決議還表示必須要把毛晚年發動文革的錯誤同毛澤東思想的科學價值以及對革命和建設的指導作用區別

開來、毛的功績是第一位、錯誤是第二位、毛澤東思想是他們黨的寶貴的精神財富、將長期指導他們的行動、十一屆六中全會決議還有一個特別值得關注的部分是突出了四大基本原則、即堅持社會主義道路、堅持無產階級專政、堅持共產黨領導、堅持馬列主義毛澤東思想、並警告說一切偏離四項基本原則的言論和行動都是錯誤的、是不能容許的、在這毫不含糊的政治和意識形態框架下、當四項基本原則跟之後發展的改革開放進程發生抵觸衝突時、真正的中心就顯現了、那就是一切服從於維護黨的絕對權力、而以經濟建設為中心、對外開放、發展中國特色的商品經濟三大改開方針、則都是以鞏固一黨專政體制為前題的、這樣的由官僚統控、資本介入的商品化經濟體、難免會出現權貴和資本的深層勾結壟斷分贓、也就是後來人們所說的權貴利益集團、至於民間及部分黨內改革派對經濟發展將帶來政治改革的期待、更只可能落空、用錢理群的評論說、這樣的所謂改革開放必然是畸形的、那是因為在鄧小平這裏、四項基本原則是體、改革開放是用、這是鄧小平矢志不渝的黨統國策、鄧第三度復出之初、肯定過文革最後日子的四五運動、並曾公開支持民眾批評凡是派的西單民主牆運動、但戰勝了凡是派後、這一段始於利用、終於鎮壓的短暫結合告終、鄧立即遏止社會的民主呼聲、發表堅持四項原則的長篇講話、首先抓捕在西單民主牆寫第五個現代化大字報要求民主、批評鄧是獨裁者的北京動物園電工魏京生、罪名居然是洩露國家軍事機密的反革命罪、一九八一年四月後在全國範圍秘密處理之前社會運動的參與者、明令宣傳部門抓捕消息不得登報廣播、整個八十年代鄧小平以及黨內強硬的主流實力派、都不停的在打壓民間社會和體制內外的思想和政治改革訴求、嚴禁非法刊物但

蓄意不訂立出版登記法、以解放思想為號召的鄧、實際上改跟陳雲、胡喬木、鄧力群、薄一波等聯手、多次強調說思想戰線不能搞精神污染、不准散佈對共產黨領導的不信任情緒、搞自由化就是走資本主義道路、以至作家巴金當時嘆息說、文革又來了、一九八六年底到一九八七年初全國各地的八六爭民主學潮被平息、總書記胡耀邦被鄧小平認為有着根本性軟弱的問題、縱容郭羅基、胡績偉、王若水等黨內資產階級自由化冒尖人物、沒有堅持四項基本原則、反自由化不力、一九八七年一月十六日胡耀邦在經歷受七天的黨內生活會批判後、經政治局擴大會議獲准請辭並被撤銷中央總書記一職、由總理趙紫陽代理總書記、黨內元老沒人反對趙的上位、一月二十一日鄧小平在接見來訪的津巴布韋總理穆加貝時還特別說、學生鬧事、根本上是反映了我們領導上的軟弱、凡是鬧得起來的地方、都是因為領導幹部的旗幟不鮮明、態度不堅決、趙紫陽後來說、鄧小平一向主張對黨內一些搞自由化的人作出嚴肅處理、王震等其他幾位老人也是如此、鄧力群、胡喬木等人更是想把這些人置於死地而後快、中央發通知重申、黨的十一屆三中全會以來的路線有兩個基本點、一是堅持四項原則、一是改革開放、缺一不可、可見在鄧主政下中共官方所推動的改革開放、從來是以四項原則為綱、而不是許多境內外評論者所以為的黨內兩派之爭、打從一九四九年中共建政到毛死到鄧小平時代到所謂改革開放四十年、中共國家機器對民間的各種專政嚴打從沒有間斷過、一九八三年的那次、全名為嚴厲打擊刑事犯罪活動、鄧小平定調說判決和執行要從重從快、嚴打就是要加強黨的專政力量、這次嚴打持續三年、時任公安部長劉復之自誇說這次是繼一九五○年至五二年鎮壓反革命運動之後、堅持人民

民主專政的又一具有歷史意義的里程碑、八三嚴打也造成很多量刑過度、濫用死刑的冤案、在這個脈絡下、一九八九年六四鎮壓可以說只是把專政邏輯推到極限的另一次嚴打、是派解放軍進城開槍殺戮北京的學生和居民、鄧小平是個典型的鐵石心腸中國式共產黨專政強人、沒錯他和一些同代黨人為了富國強兵和擺脫貧窮、在政治立場優先之下也重視經濟建設、正如毛對經濟也是有追求的、在位時也一再妥協讓步於主管經濟實務的劉少奇、周恩來、陳雲、毛可說是比誰都更着急於成就經濟、但他的另一種烏托邦共產主義衝動總佔上風、意欲激發人民的主觀能動創立奇跡、屢次出手提速、結果全面翻盤、沒有毛晚期二十年的空想冒進主義的極端干預、在劉、周、陳、鄧等中共正統務實官僚主義者統治下、哪怕還只是片面仿效蘇聯的計劃經濟、中共建政頭三十年的經濟還是會有較大進展的、就是說、在國境之內沒有重大戰爭的狀況下、新中國只要不挑上了毛主義的最壞下下選項、經濟上採用其他的中等以至中下選項、甚至放任不作為、頭三十年的國民經濟的成效都會更好、不至於到文革結束、鄧小平還要感嘆說我們太窮了、太落後了、老實說對不起人民、社會主義要表現出它的優越性、哪能像現在這樣、這能叫社會主義優越性嗎、它比資本主義好在哪裏、那要社會主義幹甚麼、、、

十一屆三中全會後、鄧和新當權派繼承了華國鋒開端的以經濟建設為中心的大方向、但如何建設呢、是繼續盲從五十年代蘇式計劃經濟集體農場教條、資源分配向重工業傾斜、搞損傷農民擠壓民生的那一套、還是把鳥放於規劃好的籠中讓牠有限度的飛一飛、還是吸收東歐式市場社會主義的

實驗、較均衡、較分散地讓生產者和地方官員多點自主以滿足民生消費、繞過短缺經濟的大坎、還是真的不妄做主張摸着石頭過河、用大躍進時期所提出的貓論、各地各施各法、局部性試驗先上、互觀成效、以實踐檢驗、中央隨時喊剎車、隨機糾錯、好的就拿來推廣全國、回頭來看實際施行的是以上多線並行交錯的組合拳、鄭仲兵在萬潤南的四通故事序言裏提醒讀者說、應當明白、一九八〇年至一九九〇年、中國基本的經濟制度是以社會主義公有制為基礎的體制、所謂改革、無論是它的出發點還是對象、都是計劃經濟、一九八一年來到中國北京的美國人龍安志在他的著作中寫道、膚淺的評論使西方的智囊機構和學術界想當然地認為、中國的改革成了兩個派系之爭、一個是鄧小平領導的想搞資本主義的自由派右翼、一個是陳雲領導的希望更為左傾的保守派左派、這是對中國改革簡單化的看法、確實這種簡單化是有誤導性的、實權上政治經濟的主宰人物從來都是鄧小平、鄭仲兵告訴傅高義說、鄧小平搞一條腿的改革、拒絕政治體制改革、在堅持專制主義方面、陳雲、王震、胡喬木、鄧力群、這些所謂保守派、和鄧小平沒有不同、經濟方面、胡耀邦早已失管理之權、被鄧派去做黨務和意識形態工作、國務行政由趙紫陽主理、胡的一系因此至今對趙多有微言、趙自己說他當時是頗服氣陳雲的、鄧小平和陳雲兩人的行政風格、政策收放各有偏重、思想同中有異、但目標一致、如一個硬幣的兩面、相互交織、鄧小平說打開窗戶讓新鮮空氣進來、如果進來了幾隻蒼蠅、就拍死它、陳雲則說經濟就像一隻鳥、為了不讓他飛走、只要將它關在籠子裏、就可以讓它自由地飛了、中國經濟的改革開放始終沒有脫離這兩個面相、一邊找試點放權、一邊找茬收權、趙紫陽曾說中共高層

人事任命上、真正有發言權的是鄧、陳兩老、鄧小平一直讓
陳雲過問經濟和掌控紀檢大權、紛紛落馬的反而多是敢於闖
關的改革者、曾在新時期國務院做經濟研究的思想家朱嘉明
多年後説、八十年代初、在調整和改革的關係上、陳雲、姚
依林和鄧小平、趙紫陽之間並沒有明顯的分歧、到八十年代
後期陳、姚才跟不上鄧、趙、其間過程當然不是一馬平川、
而是左搖右擺、時進時退的、這其實説明了改開不是靠鄧小
平一人像個設計師般預先想好安排好的、他甚至不是各類改
革闖關的始作俑者、改開成績源出多頭、由各方官民冒着風
險多元創新發展而來、鄧小平憑自己的新威權、看風駛舵、
及時支持了一些有效的實驗、比較敢於動搖一些僵化的經濟
體制、所以趙紫陽後來才可以把陳、姚放在一邊、將鄧和他
自己與陳、姚拉開、區分説黨內陳雲、李先念、姚依林等基
本上堅持五十年代第一個五年計劃的做法、堅持計劃經濟、
十多年幾經反覆曲折、鄧小平的主張才逐漸佔了上風、其實
鄧始終都更像是個強勢跋扈的舵手、右手緊掌舵輪不放、隨
時騰出左邊鐵腕打擊逆他者、一波三折、磕磕碰碰駛出經濟
發展的三峽、判斷是對是錯都是由他、功過集於一身、終於
在經濟上冒出包產到戶、個體戶、鄉鎮企業、經濟特區、外
資引進、國企承包、商品經濟、形成一個中共專政統合下帶
有市場經濟成份和國家資本主義形式的修正主義混合經濟體
格局、鄧小平還說為了加速發展、他的一貫主張是讓一部分
人、一部分地區先富起來、大原則是共同富裕、四十年卜
來、部分人先富起來做到了、但共同富裕是相對的、脫貧人
口和貧富差距並增、利益集團固化掌有了不成比例的財富、
這個鄧氏修正主義的混雜發展進路、跟蘇式官僚集中計劃或
毛式反官僚冒進平等的路線迥異、毛澤東曾警告説如果我們

的兒子一代搞修正主義、名為社會主義、實際是資本主義、我們的孫子肯定要起來暴動的、因為群眾不滿意、毛的這個階級鬥爭再起的預言會否重現、將來再說、不過在八十年代初、如毛澤東傳作者肖特所說、這一次毛的預言沒有搞對群眾的反應、中國人民中絕大多數人的反應遠遠不是起來造資本主義修正主義的反、而是以抑制不住的快樂心情響應鄧小平的新政策、、、

那時的中國的勞動民眾是有多麼想過上溫飽有餘的安生日子啊、你若給他們一線縫隙、他們就會拼了命開拓出一片生存的天地、當一九七八年底鄧小平及中共還在他們黨的十一屆三中全會上信誓旦旦反對包產到戶、要開全國農業學大寨會議的同月、安徽省鳳陽縣梨園公社小崗生產隊十八戶農民、已經冒着被殺頭的危險、秘密商量簽下了一紙按了紅手印的民間契約、私下分田包產而耕、契約的內容是、我們分田到戶、每戶戶主簽字蓋章、如以後能幹、每戶保證完成每戶的全年上繳和公糧、不再向國家伸手要錢要糧、如不成、我們幹部坐牢割頭也甘心、大家社員也保證把我們的小孩養活到十八歲、這份驚心動魄、向死而生的契約、是農民在絕路上決定造反的生死狀、一造了毛澤東天條的反、以前誰提分地包產誰就要被毛整慘、二也造了鄧小平以及至此還在維護人民公社體制的中共黨領導的反、小崗村生產隊所在的鳳陽縣、文革時期產糧不足餬口、近四成人口要離鄉出外行乞、一九七八年夏秋又逢大旱、安徽書記萬里向中央力爭放手讓農民搞副業、在荒地播保命麥自種自收、調動農民的積極性救命、但還不敢提到分大隊的地來包產、小崗村生產隊自發地革了人民公社體制的命、包乾到戶、次年就大豐

收、糧食產量由原三萬多斤躍升至十二萬多斤、這個貧困的吃糧靠返銷、用錢靠救濟、生產靠貸款的三靠貧窮村、還了貸款、交了公糧、家家戶戶糧滿囤谷滿倉、人均收入四百元、縣委書記陳庭元後來說、誰能想到、鳳陽農民奮鬥了二十多年沒有解決的吃飯問題、這就解決了、但由於過去的教訓太深、到一九七九年上半年沒有一個省的政府敢附和安徽、可是那年春耕、各地農民卻行動起來了、二百萬個村三億公社社員自行包產到組、分耕了公社大隊的土地、華國鋒指示人民日報發文堅決要求糾正包產到組、批評包乾的人說、辛辛苦苦三十年、一朝回到解放前、嚇得農民人心惶惶、甚至停止春耕、陳庭元替鳳陽農民頂住壓力、萬里叫秘書打電話鼓勵鳳陽農民說人民日報能給你飯吃嗎、副總理陳永貴批評萬里不去學大寨、萬里回答說你走你的陽關道、我走我的獨木橋、一九八〇年貴州省委池必卿說、鄉下一年的局面是一場拔河比賽、那一邊是千軍萬馬的農民、這一邊是幹部、很明顯落後於形勢的是共幹、是中央、一九八〇年五月、在小崗村生產隊員立生死狀的一年半後、鄧小平說話了、說包產到戶效果很好、有些同志擔心、這樣搞會不會影響集體經濟、我看這種擔心是不必要的、一九八二年元旦中央一號文件才發出、承認包產到戶和包乾到戶是社會主義集體經濟的生產責任制、於是這一年中國八成農民轉為包乾到戶、接下來是全國二萬多個人民公社土崩瓦解、宣佈解散、糧食產量大增、困擾毛時期的吃飽飯問題立竿見影解決、用趙紫陽的話說、農村那幾年有那麼大的活力、簡直像是變魔術似的、隨之而起的農民積極性現象也是在中共計劃之外的、鄧小平說、農村改革中、我們完全沒有預料到的最大的收穫、就是鄉鎮企業發展起來了、一九七九年七月十一屆

四中全會釋放出了給農村社隊企業一些政策、江蘇的社隊企業和城鎮集體企業很快就已佔全省工礦企業總數的百份之九十八、一九八四年的中央文件改稱社隊企業為鄉鎮企業、天津附近一處貧窮鹽鹼地大邱莊、黨支部書記禹作敏一九七九年借來了十萬元、辦了個軋鋼廠、到一九九二年大邱莊共有工業企業二百多家、固定資產總值十五億元、另一突破也來自地方、一九七九年初、招商局袁庚提出在廣東深圳蛇口搞出口加工特區、時任廣東省委書記的吳南生視察汕頭後也有同樣想法、都是建議學台灣設工業出口加工區、吳南生說如果這樣搞要殺頭、就殺我好了、廣東省委第一書記習仲勛附和說要搞、全省都搞、要求中央給廣東放權、中央有高層說、廣東如果這樣搞、那得在邊界拉起七千公里的鐵絲網、把廣東與內地隔離開來、時任只是國務院副總理的鄧小平卻立即跟廣東幹部說、中央沒有錢、你們自己去搞、殺出一條血路來、深圳、珠海試辦出口的來料加工、同年八月由副總理谷牧等起草、人大常委批准建立深圳、珠海、汕頭、廈門四個正名為經濟特區的地區、不是政治特區、也不用台灣的加工區說法、發揮國家管控下市場調節的作用、所謂資為社用、當時有人說特區是新租界、陳雲、鄧立群也對特區和對外開放引進外來資本的政策甚為疑惑、陳雲後來還想把廣東省委書記任仲夷調離、改用政治上更為堅定的人、一九八四年鄧小平偕同楊尚昆、王震視察深圳、珠海、廈門三個經濟特區、替圍繞着特區的意識形態爭論一錘定音、之後特區開放政策擴至多個沿海城市地區和海南、吸引港澳台華僑外商投資辦廠、以至拉動起了農村的剩餘勞動力向沿海地區轉移、第一代農民工出現了、但這個時期農村雖然先動起來了、全國城市在文革後仍百廢待興、在單一的公有制

下、城市工商單位企業沒有空餘崗位、販運交易活動仍被看作是投機倒把的刑事犯罪、新就業機會嚴重欠缺、一千萬知青返城和高出生率下適齡待業人口卻大增、一九七九年底、自一九五六年公私合營中被劃成資方人員的小商販、小手工業者得到重新區分、獲得了勞動者身份、他們佔當年所謂資方人員百份之八十一、及後連剩下的曾被打成資本家和資本家代理人的也摘掉帽子、待業大軍倒逼之下、國務院指示各級工商行政管理局、各地可以根據需要、批准一些有正式戶口的閑散勞動力從事修理、服務和手工業等個體勞動、但不准僱工、只准適當發展不會剝削他人的個體經濟、一九八〇年六月北京市工商行政管理局發出通知、同意待業青年和退休職工從事個體經營、八月中共中央發文件確認了三扇門就業、就是勞動部門介紹、自願組織和自謀職業三結合的就業方針、鼓勵城鎮個體經濟、九月北京出現第一家個體私營飯館、北京內燃機廠炊事員郭培基和愛人劉桂仙、住東城美術館翠花胡同宿舍、自稱窮則思變、騰出一間房、擺四張小桌、開了悅賓飯館、當時購糧油還得使用糧油票、開張那天連醬油都買不到、那天早上郭培基照常去單位上班、下班回來翠花胡同已水洩不通、首都媒體和外媒都來了、之後美國使館最早提出包桌、預訂最長要等六十八天、有人說他們是資本主義復辟的急先鋒、翌年春節國家領導人和市長到他家拜年、個體經營受肯定、一九八一年六月十一屆六中全會說一定範圍內的勞動者個體經濟是公有制經濟的必要補充、之後又容許個體企業僱工、一九八一年全國城市個體商戶發展到一百八十三萬戶、一九八七年增至一千三百七十三萬戶、以前公有制企業只招家庭成份好的僱員、出身不合格的黑五類被擋在門外、黑五類們得自謀生路、他們中很多率先投入

個體私營經濟、紅五類有國企飯碗、大多對私營經濟不屑一顧、後來面對私營經濟競爭、一些中小國企經營困難、國家出台措施讓小型國企拍賣、租貸給個人經營、到個體私營經濟在市場中站住了腳、賺了錢、而大批中小國企卻敗下陣來、一些國企員工不得不轉到私營企業打工、一九八三年法國時裝設計師皮爾卡丹帶來全國第一家中外合資餐廳馬克西姆、開在北京崇文門飯店、中資方是北京市第二服務局、一杯咖啡賣五塊、當時該餐廳的中方總經理月薪是四十一塊、翌年中國第一家快餐廳義利在北京西絨線胡同開張、市領導剪彩、一九八七年北京正陽門箭樓斜對面前門大街開設全國第一家肯德基、合資方是北京旅遊局、當時外國人去肯德基消費、還必須使用外匯券、、、

中共建政到了第二十七年即一九七五年、一些敏感的知青已感覺到變化要來了、有種聽到奏哀樂就心中暗喜的感覺、到了中共建政第二個三十年的頭一年即一九七九年、毛時代的生活文化禁忌大範圍在城鎮被衝破、北京帶領潮流、人們在公共場所划拳行令、中性化已久的中國女性又開始燙頭髮、修眉毛、塗脂抹粉、夏天穿紅裙子、冬天穿大紅色羽絨服、逛街時男朋友替她們背皮包、小青年一窩蜂羊剪絨帽子、大拉毛圍巾、軍大衣、不怕被大眾視為不良青年的更穿上喇叭褲、男女都戴蛤蟆鏡、鏡架上的品牌商標留着、人民日報竟提倡講文明、講禮貌、講衛生、講秩序、講道德以及心靈美、語言美、行為美、環境美的五講四美、不過還要緊緊標配上熱愛共產黨、熱愛祖國、熱愛社會主義的三熱愛、北京公園和街頭有美術展、十字路口出現手繪美人大頭像路牌廣告、圓明園中外人士聚集跳流行舞、孩子只生一個好成

了計劃生育的口號、家庭必備品由三轉一響縫紉機、自行車、手錶、收音機老四大件、升級為北京出廠名牌的牡丹電視機、牡丹錄音機、白蘭洗衣機、雪花電冰箱新四大件、外國貨梅花錶分秒不差、雀巢咖啡味道極好、電影少林寺火爆神州、電視熱播港台劇霍元甲、盜版金庸等作家的武俠小說風靡、嶄新的海峽雜誌首次刊出瓊瑤作品我是一片雲、鄧麗君贏得十億個掌聲被批評為靡靡之音、李谷一的鄉愁大受歡迎被視為流氓歌曲、一九八三年中央電視台第一屆春節晚會群眾點播李谷一的鄉愁、廣電部長吳冷西由最初的不同意到冒着風險開綠燈、一九八四年除夕香港歌手張明敏穿中山裝上春晚唱我的中國心、九月中英草簽香港回歸聯合聲明、是年三十五週年國慶、首都群眾慶祝、北大學生隊伍在遊行中突然打出未經預審的橫幅、小平您好、如對親朋的問候、表達了民眾對鄧小平和以他為象徵的改革開放的由衷支持、一九八五年威猛英國搖滾樂隊現身北京的工人體育館、這是中國第一次批准外國流行樂隊來華商業演出、此後連霹靂舞都出現在北京街頭、民風日新月異、文學創作由傷痕到尋根、激活本土想像、小說、話劇、電影、電視重塑京味、大院玩主語言趣味越界、文創單位聚眾扎堆、先鋒人模多見不怪、吸引大批北漂奔向京畿、打黃蟲麵的、開洋葷、混子、痞子、侃爺、老炮、姑奶奶、胡同串、動物兇猛、協力成就了新北京作派、力道足以輻射全國、誓與港台生猛文化隔江而治、、、

知識分子也眾聲喧嘩、追求啟蒙、闖思想和讀書的禁區、北京和多地的大學生一度被容許參加城市的區人民代表的直選、官方包辦的出版猶見具有獨立性的書刊如讀書雜誌

和走向未來叢書、體制內也成立了中國農村發展問題研究組、中國經濟體制改革研究所這樣的相對自主研究機構、但知識界和黨的關係若即若離、黨內王若水、周揚提出權力的異化問題、方勵之倡大學獨立於政府、王若望公開批毛、劉賓雁以新聞調查揭露社會問題、以至一九八八年中央台兩度播放六集紀錄片河殤、之後都被認為是六四事件的思想先導、其實八十年代官方對思想的控制一般是嚴厲的、清污和反自由化是不手軟的、只是有時內緊外鬆、據東方歌舞團的張世義記述、到了一九八六年我國的文藝政策還很束縛人、舞台上唱歌只准站定在那兒唱、不准走來走去、因為那是港台歌手的黃色歌曲唱法、不予提倡、有關部門還硬性規定、三個流行歌手不能同台演出、東方歌舞團王昆憑自己威望、借世界和平日的名義做了突破、一九八六年在北京工體舉辦了讓世界充滿愛的演唱會、韋唯等一百多名歌手在台上原聲真唱同名主題曲、播出的卻是預先合成好的假唱錄音、同日節目還有崔健演唱一無所有、崔在台上穿着軍便服、一隻褲腿長一隻褲腿挽着、抱着吉他連蹦帶唱、氣氛熱烈爆棚、卻惹得文化部的一些官員中途退場以表示不滿、事後文化部認為讓世界充滿愛這種話語沒有階級性、無產階級和資產階級之間怎能有愛呢、可見當時文化官僚的態度、一九八六年九月中共十二屆六中全會、鄧小平指出有人搞自由化就是要把我們引導到資本主義道路上去、反對自由化不僅現在要講、還要講二十年、中共中央通知、搞資產階級自由化就是否定社會主義制度、核心是否定共產黨的領導、一九八七年初胡耀邦被黨內老人指控反自由化不力而下台、鄧小平點名開除方勵之、王若望、劉賓雁等人的中共黨籍、自由化的思想以至政治改革訴求被硬按下來、意識形態和社會文藝尺度頓時

收緊、以至威脅到經濟改革的氣氛、趙紫陽回憶説、那時我的主要精力、主要心思、幾乎都是用在如何防止這場反自由化的鬥爭擴大化、控制、限制保守勢力借反自由化來反對改革開放、他説、反自由化是當時全國的最強音、改革開放的聲音非常微弱、那時已經是一九八七、八八年了、、、

　　八十年代的中國大面積解決了溫飽問題、物資供應豐盛起來、商品選擇和文娛生活多樣化了、十年的經濟改革、在公有制計劃經濟體制的框架下、擠進了有限度的商品市場、農產品自由買賣、工業單位可自主決定生產國家定額以外的可盈利產品、企業自主管理和承包制、價格雙軌制、貨幣供應增量、放寬信貸、發行債券股票、貨幣以貶值促出口、國家支持紅色資本家民企、引進外資、批准三資企業等等、中外合資執照的〇〇一號是一九八〇年成立的北京航空食品公司、一九八四年上海飛樂音響首次公開發行股票、一九八六年首個證券交易櫃枱在中國工商銀行上海投資信托公司靜安證券業務部開張、這些混合經濟政策行為帶來經濟的可觀增長、但也出現了兩大新的困擾、第一是錢越來越不值錢、物價連年上漲、固定工資收入趕不上物價的增高、百姓有了通脹預期、終於導致一九八八年的搶購風潮、經濟改革中關鍵性的價格改革為此擱置三年、第二是大眾百姓體驗到一九四九年建政後未曾見過的嚴重幹部腐敗、官倒、尋租、走私、分贓、瓜分國家資產的行為、從國家領導人至各級官僚幹部及其親屬關係人、不少人近水樓台加入權錢交易、借用社會學家孫立平的話、權力是在市場中行使的權力、資本是權力在當中起作用的資本、威權對接市場、權力挪佔資產、官本主義喜逢資本主義、造就了亦官亦民的暴富裙帶階

層、橫跨權貴和資本的既得利益新階級、財富如血統論一般代際繼承、一九八四年國家注資、計委撥付外匯額度、財政部給予免稅待遇與殘疾人福利基金聯合成立由殘聯主席鄧樸方任董事長的康華實業公司、鄧家的康華以替殘疾人聯合會輸血的旗號、享受各種金牌特權政策、利用價格雙軌制和國家物資管控、要甚麼批文有甚麼批文、甚麼短缺就倒賣甚麼、國家不准進口的康華可以進口、一路綠燈、暢通無阻、半年多時間有了天上的飛機、地上的火車、進出口黃金白銀和武器、二級公司增至六十多個、國際資本爭相視康華為中國注資首選、全國黨政軍各級幹部有樣學樣、太子黨及其他紅貴家族不甘後人、官倒更成大潮、鄧家人、趙家人和一些紅色元老國家領導人的家人都授人以把柄、一九八九年春夏天安門的學潮打出的是反官倒反腐敗旗幟、直指康華為中國最大的官倒、如鄭仲兵所寫、一九八九年四月至六月中國人民的抗議運動、在很大的程度上就是由這個事件以及與此類似的大大小小的官倒事件促發的、如此一路到了九十年代、權貴資本勾結現象將更變本加厲、國家資產進一步擴大流失、壟斷利益集團壯大、領導人及其第二代、其關係人及白手套、盤據資本產業利益鏈頂端、各級貪官各施各法、固化成為中國社會主義特色的權貴資本主義新竊國階級、不過其實回看八十年代、九十年代這些狀況與千禧後的現實相比實在是小巫見大巫、、、

　　改開後、鄧小平為解決滋生腐敗的雙軌制、倒是一直在督促闖物價關的、說晚過不如早過、長痛不如短痛、一九八八年國務院總理李鵬跟鄧小平說、人大的代表們最關注的是價格問題和雙軌制造成的腐敗、是年鄧小平拍板價格

闖關、由趙紫陽執行、後者頂着自己的智囊機構體改所的反對而冒險推行較大步伐的價格改制、期待的是軟着陸、結果瞬間流言四起、說物價要漲一半、引起搶購潮、民眾去銀行擠提存款購物以保值、黑市上人民幣對美元、港元價比官方價翻了一番、趙紫陽後來承認說心理預期這個東西、當時我們不懂、鄧小平和政治局旋即通過趙紫陽建議的中止物價改革方案、闖關擱淺帶來全面緊縮、掌控國務院的李鵬、姚依林等趁機治理整頓、扭轉了改革方向、市場調節的措施被取消、信貸緊縮、貸款收回、投資項目一刀切下馬、回到行政控制物價、層層包乾的老路上去、全國經濟萎縮長達三年、北京政壇保守者和龐大既得利益官僚團夥聯手開動了一股倒趙風、及後借天安門事件說服鄧小平弄掉趙、對此有論者認為就算沒有八九春夏的天安門廣場學潮與群眾抗議運動、黨內反對經濟進一步改革的利益勢力、也會跟趙紫陽攤牌、但卻不致於敢觸碰趙背後的鄧小平、如果沒有天安門事件、鄧也可能敢替他的經濟改革執行者趙紫陽頂住黨內壓力、不至於拋出後者代罪、把矛盾錯誤都轉嫁給趙、當年支持趙紫陽價格闖關的朱嘉明後來指出、有六四或者沒有六四的最大差別在於、六四導致趙紫陽及其支持者徹底離開權力中心和歷史舞台、朱嘉明認為如果他們能夠延續到九〇年代、中國的政治改革會全面啟動、經濟發展和政治進步會相輔相成、如今嚴重存在的國家壟斷資本主義、貧富差距和政治改革嚴重滯後的情況有可能不會如此嚴重、朱嘉明假設了鄧小平會順從採納趙紫陽支持者的政治體制改革理念、可是連趙紫陽在晚年回憶中都說、鄧小平雖曾提過政治改革四個字、但鄧心目中的政改並不是真正的政治上的現代化、民主化、而主要是一種行政改革、屬於具體的工作、組織、方法、作風方

面的改革、是在堅持共產黨一黨專政前提下的改革、任何影響和削弱共產黨一黨專政的政治改革、都是鄧堅決拒絕的、、、

　　在經濟改革上鄧是信任趙的、比起當時主張類似休克療法全面經濟開放的一些書生氣的體制內學者、趙只算是務實漸進派、一九八六年後趙的身邊和體制內有些人也傾向自由化的政治改革、趙只是對他們比較包容而已、一九八九年四月十五日、胡耀邦逝世、學生知識分子和民眾以哀悼來表達對當局保守派的不滿、佔領了天安門廣場、對待八九年春的早期學潮、趙主張以疏導緩和來化解、直到一九八九年四月中之前、總的來說鄧小平、趙紫陽之間沒有表現出大的分歧、四月二十三日趙紫陽在鄧小平催促下出訪朝鮮、幾天後李鵬、姚依林、李錫銘、陳希同等人成功地動搖了鄧小平對北京學潮的判斷、鄧小平做了四二五講話、次日人民日報發出一篇叫必須旗幟鮮明地反對動亂的社論、指責學潮為有計劃的陰謀、是一場動亂、其實質是否定共產黨、否定社會主義制度的一場嚴重政治鬥爭、在這篇四二六社論中、動亂一詞出現了六次、鄧小平在這個節骨眼上背棄主張以對話疏導緩和學潮的趙紫陽、改跟強硬派元老和黨內倒趙勢力結成聯盟、同意李鵬使出定性學潮為動亂的狠招、威權恐嚇如火上澆油、激發出更大反彈、四月二十七日那天十萬計的學生在據稱百萬北京民眾夾道吶喊助威下、以大遊行回敬人民日報社論、趙紫陽返京後調和局面、發言肯定學生的愛國熱情、又想降溫替政府轉彎子找軟着陸點、誘導學生撤離廣場回到校園的牆內、但是李鵬拒絕撤回四二六社論、拖延着學潮的解決、其達致的效果是學生繼續留在廣場、果然、受到激化

的學生開始了進一步的行動、絕食抗議、適逢戈爾巴喬夫訪華、外媒群集北京、學生認為是給政府施壓的好機會、佔領天安門、擴大絕食靜坐、成千上萬的首都群眾、居民百姓、工人、機關單位幹部都加入了支持學生、要求政府跟學生對話、修改四二六定性、四月底廣場上北京學生與之後才陸續到京的上萬外地學生內部出現意見分歧、外地學生比本地學生人數更多、一名新出現的外地學生領袖說、我們不能撤、我們必須以實力贏得勝利、反而那些建議在五月三十日撤離廣場的北京高校學生代表失去了領導職權、有知識界、家長、本地和外地高校老師試圖勸退、也未能打動主張堅守廣場的一派激情學生、廣場豎起民主女神像和新帳篷、留守的學生和加入絕食的社會人士不達目的誓不離場、廣場佔領似無了期、中共最高層在五月十七日的一次重要討論中、李鵬和姚依林堅持四二六立場、趙紫陽要求修改、鄧小平黨性原形畢露、表示不能再退、否則不可收拾、決定調軍隊進京、實行戒嚴、鄧一錘定音後、已沒有回頭路、趙被排除在戒嚴三人組李鵬、楊尚昆、喬石之外、十八日清晨趙紫陽、李鵬、喬石、胡啟立等四常委去醫院探望身體不適的絕食學生、李鵬隨後安排與吾爾開希和王丹等十多名學生對談、不歡而散、趙看了電視才知道李鵬安排見了學生、十九日破曉趙紫陽、李鵬同去廣場看望絕食學生、李鵬先離開、趙紫陽說他來遲了、勸說學生停止絕食、晚上九時學生由絕食轉為靜坐、十九日當晚趙拒絕出席黨政軍戒嚴動員大會、趙的這些行為大大激怒了鄧小平、二十日鄧召集陳雲、李先念、王震、楊尚昆、喬石、姚依林等在家中開會、沒有通知趙紫陽、鄧拍板撤銷趙的總書記職權、五月二十日凌晨零時不久天安門廣場的廣播系統突然開動、播出李鵬、楊尚昆在中共

戒嚴大會上的講話、李鵬殺氣騰騰的説學運是動亂、國家主席楊尚昆宣佈派軍隊入城、民眾聞訊群情愈加激動、廣場人群開始喊出李鵬下台以至鄧小平下台的口號、學生宣佈恢復絕食、廣場人數不減反增、五月二十五日首都再有百萬人示威、幾天後香港也有一百多萬群眾上街遊行、世界各地皆有華人響應支持廣場上的學生、北京老百姓湧向街頭、自發阻撓奉命進京的戒嚴部隊、市民和工人糾察隊守在廣場外圍護持學生、鄧小平決定實彈鎮壓、六四慘案、鄧是屠夫一號、李鵬是屠夫二號、這是逃不掉的了、鄧小平在文革期間還懂得說、誰會去鎮壓學生運動、只有北洋軍閥、凡是鎮壓學生運動的人都沒有好下場、趙紫陽後來寫道如果不是鄧小平一再督促調派更多軍隊進北京城、這場大悲劇也許可以避免、一九八九年六月三日深夜至六月四日凌晨、解放軍在北京城裏開槍殺戮市民百姓和學生、、、

　　母親、請不要
　　再到廣場找我們

　　祖國啊竟是祖國
　　將把你們推入醫院的最後一排房間

　　於是我們迷上了深淵
　　餘下的僅是永別

　　我活着
　　還有個不大不小的臭名
　　我沒有勇氣和資格

捧着一束鮮花和一首詩
走到十七歲的微笑前
儘管我知道
十七歲沒有任何抱怨

西西寫的、孟浪寫的、北島寫的、劉曉波寫的、、、

沒有句號、、、

依然沒有句號、、、

從此、我和陽間告別、回不去了、糊裏糊塗、進入了一
個陌生的世界、換了一個沒人說過存在的存有形態、如果人
生原是夢、那麼活貨的存活也只是另一場夢罷了、夢私密、
夢不分享、夢只能是個體的、夢是永恆的孤獨、我如哪吒城
的其他活貨、各顧各終日夢遊、在一個時間停止、異常擁擠
的異度領域裏、我們的夢境從不交結、夢中的我受了詛咒、
遇到魔障、只聽從一個主旋律、歷史學家、我要成為歷史學
家、身不由己、遺形忘性、如蠅吮血、再也沒有自由意志、
猶如其他活貨沒有自由意志、活在自己離世的一念中、直到
永遠、或者直到派對結束、活貨哪吒城的末日、、、

初到活貨哪吒城的頭幾天、我原本的陽間視力仍有殘
餘、起初是廣場上在人民大會堂地下通道出沒的一連隊年輕
解放軍吸引了我的注意、好奇害我一頭栽進去、在城底下到
處亂逛、錯過了目擊地面世態的最後機會、我是在北京地下
城裏跟我的陽間徹底割裂的、入中陰後、時日稍久、視力衰

敗、雙眼如糊上了一層又一層的薄膜、陽間實相越來越不透明、直到糊掉褪掉、完全淡出、痕跡全無、中陰過後、眼耳鼻舌身五蘊消失殆盡、只剩下不牢靠的記憶意識、之後、活貨之眼成了我的唯一眼睛、看到的盡是哪吒城空洞荒蕪的霧靄世界、以及苟存其間、永劫重複、相忘於夢遊的芸芸眾活貨、、、

　　早聽我哥說過、北京城底下是通的、許多宅院建築都有地下防空洞、那是響應毛主席指示而挖掘的、一九六九年三月二日中蘇發生了珍寶島武裝衝突後、毛發出深挖洞、廣積糧、不稱霸的號召、組織發動在北京城的宅院建築地底挖防空洞、規模可容三十萬人、離地面約八米、由大柵欄至天安門的人防地道網、共有二千多個出氣口、還秘密建設了地下汽車通道、代號五一九工程、隧道寬度可以平行並開四輛汽車、貫通人民大會堂、天安門、中南海、連接林彪死前住地毛家灣和北海西側養蜂夾道的解放軍三〇五醫院大樓地下層這些軍用節點、然後直通北京西郊的玉泉山、這是中共領導的備用逃逸路線、用我哥的反動說法、又是老毛和親密戰友林副主席的愚民勞民土法劣政的一個例證、同期配套建設的還有五十年代已開始規劃的軍用地下鐵道和民用段的北京地鐵一號線、由西山軍事基地穿過內城南端到北京火車站北、地下鐵道加上由汽車隧道、防空洞穴、人防隧道和軍用節點組成了北京地下城、如一座迷宮、且不說藏於地下的古城、墓穴、廢井、暗河、新建築物附設的地下室、地下商場和車庫、以及十三萬公里、盤根錯結混亂的地下排水道、這個城下城在改開後曾經一度局部開放、改成個體戶經營場所的地下小商品貿易市場和一萬多套無房戶棲身的小單間、據說有

些地段甚至曾經用來經營色情業、但北京市民被容許進入使
用參觀的、只是龐大地下城的一部分、整體佈局依然嚴加保
密、充滿神秘感、生前我就被吸引很嚮往一遊、這會兒可逮
到機會了、立馬要竄進去想探個全面究竟、沒想到活貨哪吒
城竟是有邊界的、不管追循的是地下汽車道還是地下鐵道、
活貨到了西二環地界都會被堵住、就是説出不了城、去不了
我最想看到的西郊玉泉山軍事基地、失望之餘、我心裏着
急、連忙折回、爭取時間、不眠不休、遍逛城中的地下空間
網絡節點、那時眼力雖然漸漸不好了、但身體也反而不太受
三維物質限制、穿縫過隙、無意中發現了一條地下古棧道、
像是一條有頂蓋廊道的馬路、北起紫禁城內午門之下、沿內
城中軸線、往南筆直通至正陽門、穿過舊護城河底、至前門
外不到一公里處、再往西拐五百米到一戶兩進式四合院底下
的像是防空洞的巨大空間、裏面有漢白玉下馬石和拴馬鐵
環、看着像是個地下馬房、這是我初到活貨哪吒城、陽間視
力尚存時的一大項田野實證發現、為此我很長時間感到困
擾、因為雖曾親眼目睹、雕刻在記憶中、卻一直找不到歷史
上相應的文獻記載、解不開這個謎、無法證實我的發現、儘
管我後來已相當確定清同治年間還沒有這樣的一條隧道、史
載同治帝經常微服出遊、到內城和前門外玩樂、但都是從紫
禁城北端的城門出宮、繞過王城逶迤一番才到得了前門外大
柵欄八大胡同一帶、如果當時已有這條南北地下直通的馬
道、為甚麼不予利用、記得自己闖進這條隧道的那天、即使
以我當時有限的學識、也能知道這不是文革時期建的那種人
防隧道、已懂得從有帝王圖騰的內裝修和精巧隱蔽的通風管
道來判斷、那絕對不像是一九四九年後仿蘇成風的人民共和
國的簡陋建築風格、應該屬於清王朝的宮廷樣式、那麼中軸

線隧道是不是在清帝國晚期同治之後的光緒宣統年間所建的呢、為甚麼要建呢、為甚麼不留文獻而且一直不為人知呢、難道還會是清滅後袁世凱稱帝甚至張勳復辟時營造的嗎、後兩者不像是還擁有完成這樣工程的實力和時日、北洋期間、眾聲喧嘩、眾目睽睽下、首都中心區這種規模的工程也不可能全程保密、不可能連小報、小道消息都一點沒有、我百思不得其解、、、

唯一不可靠的間接旁證出自一本洋文小說勒內萊斯、其中提到了清京已存在一個地下城、我偶然從火供獲得的一份中文學刊裏、看到一篇論文、分析這本西人說部名著、勒內萊斯的作者是法國人維克多謝閣蘭、他於一九一三年底住在北京開始撰寫這部小說、卻要待作者於一九一九年在法國神秘死亡後的一九二三年才在該國付梓、更要等到一九五〇年代後、謝閣蘭的小說、詩歌、散文和考古著作方受重視、結構主義人類學家利維斯特勞斯重提謝閣蘭的異國情調主義、結構派文學理論名家托多洛夫也說、謝閣蘭是二十世紀初對異國情調體驗提出最深刻思考的法國作家、中國歷史專家史景遷認為謝閣蘭堪稱預告了卡爾維諾和博爾赫斯、評論說勒內萊斯是西方關於中國的出色的想像文學文本、後設小說大家博爾赫斯更是曾經這樣高度評價謝閣蘭說、難道你們法國人不知道、謝閣蘭才可列入我們時代最聰明作家的行列、而且也許是唯一一位曾對東方、西方美學、哲學作出新穎綜合的作家、你可以用不到一個月就把謝閣蘭讀完、卻要用一生的時間去理解他、謝閣蘭這本小說勒內萊斯至今仍是法語文學的暢銷經典、並在一九九一年由梅斌給三聯書店譯成中文出版、可惜我的火供藏書中還沒有收進這本小說中譯本、

所能讀到的只是那篇論文、謝閣蘭一八七八年生於法國、二十四歲遊美國舊金山、在唐人街迷上中國文化、後來在大溪地法國海軍艦上當醫生、學了一年中文後、一九〇九年始到北京、次年謝閣蘭寫信給作曲家朋友德彪西這樣說、我的行程先是經過香港、所見都是英國式的、不是我要尋找的、然後是上海、都是美國式的、再就是順着長江到漢口、以為總算到了中國、但岸上的建築仍然是早已熟悉的德國式或英國式或別的、最後我們乘上了開往北京的火車、坐了三十個小時、才真正終於到了中國、北京才是中國、整個中華大地都凝聚在這裏、然而不是所有眼睛都看得到這一點、謝閣蘭以我城命名北京、以我的皇宮稱呼他自己在天安門邊的四合院、將被四合院裁剪出來的一方天空稱為屬於我的一片藍天、他欣喜於清晨被柔和的叫賣豆腐腦的声音吵醒、曾在宮裏見過溥儀、並認識袁世凱、他説北京城是他夢寐以求最理想的居家之地、謝閣蘭住在北京後、聘請到一位神奇的導遊、是個長住北京的法國人、叫毛里斯萊、十九歲、操標準京腔、對京城稗官野史、春明舊夢、時下瑣聞無所不知、吹噓自己可以進出紫禁城、救過光緒、跟慈禧有過親密關係、於是謝閣蘭就以毛里斯萊為原型、創作了小説勒內萊斯、背景推到大清末年的一九一一年二月至十一月、涉及袁世凱、孫中山和被謝閣蘭視為災難的辛亥革命、書中第一身的敘事者是一個也叫謝閣蘭的民俗學者、在北京找了一名會説法文的教師來教他中文、就是才十七歲或者二十歲的比利時商人之子勒內萊斯、這小子語文能力極高、身份多變、行為撲朔迷離、自認是光緒的擎友、隆裕太后的情人、同遊的是清貴的二代、職業明面上是京城貴族子弟學校的教師、私下卻自稱是首都密探頭領、小説中勒內萊斯帶着謝閣蘭逛前門外的

歌女酒家、在戲樓抓到愛嚼舌根的宮中太監、偵破弒攝政王的陰謀、故事最後以勒內萊斯神秘吞藥自殺告終、勒內萊斯曾告訴謝閣蘭各種不可思議的北京秘聞、其中有一段透露說、北京並不是像人們日常看到的那樣、公正與奸詐的遊戲都在像一塊棋盤一樣佈局的地面上進行的、不、北京存在着一座地下城、這地下城自有它的防禦工程、角樓、通衢、支道、進路、威脅、在地下城上面的地面策馬、可以聽到回音、它與禁城一樣神秘、北京是一座充滿地下空穴而深不可測的城市、小說到了最末幾章、書中人謝閣蘭才恍然大悟、他的這位年輕朋友勒內萊斯在自己的好奇心的誘發下、投其所好、編出各種色香味俱全、有真有假的故事、作為小說家的謝閣蘭本人也不是一個服膺於擬真的現實主義作家、小說勒內萊斯在旨趣上更接近於對自然主義作出反叛的象徵主義美學、所以我同意這本小說中提到的任何信息、包括清京地下城、都是絕對不能當作史實看待的、不過、小說創作時間點貼近晚清末年、作者謝閣蘭的真實北京導遊毛里斯萊是個包打聽的北京通、跟宮中嘴碎的長舌太監有往來、給他探知到一些當時宮中的流傳逸聞也說不準、中軸線隧道的秘密、可能就是這樣由毛里斯萊加鹽添醋的轉告了謝閣蘭、而後者又寫進小說、變成神秘的城下城、真作假時假亦真、或許虛構的書寫竟然無意中揭示了史書欠奉的真實、至少是預言了半個世紀後毛朝的北京地下城、、、

自從清京中軸隧道和毛朝北京地下城從我的五蘊褪逸後、我無涯的活貨此在就全面正式開始了、其實用開始兩字並不妥當、因為有開始就意味有後續發展、但活貨的存有是沒有變化的、一旦開始、就是恆常、我也用了很長時間才悟

到這點、因為我還有時間感、大家都已經知道、對其他活貨來說、時間二字也是沒意義的、他們的行為是不會調整的、他們的固定動作是全自動的、他們的直覺、他們的慾望、他們的力比多、是不變的、是沒有演化的、是與時間脫鈎的、是繫於一念的、他們有的忿怨、有的懼慄、有的守一固執、也有少數長居於愉悅、再怎麼說、他們都是沒有煩惱的、他們的心是不動的、他們是不用思想的、他們是不受外物薰染的、他們是無情的、有情皆苦、活貨之中、我膽敢說、只有我這樣的歷史學家才會保留着時間觀念、堅持着歷史意識、因此才會意亂情煩、受盡心與思的折磨、對自己的所作所為充滿懷疑、對歷史真相在活貨哪吒城的價值找不到位置、對自己在此間以歷史為志業的堅持提不出正當理由、我經常受虛無感包圍、只有思考者才會虛無、活貨可以說都擁有絕對的信仰、只有思想者才會失去信仰、只有我才需要忍受百年的孤寂、、、

　　況且看不到句號、本來凡世間的事、有始就有終、所謂世事無常、好事會過去、壞事也會過去、派對有終結、世無不散之筵席、總會有劃上句號的一天、難道這個活貨哪吒城竟然是例外、那麼這個派對就不會解散、本來我也不相信世上有例外、但從我離世至今、已經三十年、為甚麼這個活貨派對還在、為甚麼活貨哪吒城還能如常運作、之前從我的研究、我認為活貨哪吒城的緣起和擴展動力是跟北京城地界的過度非正常死亡有關、京城乃國家集權之域、國家是暴力的壟斷者、首都自然會招來非比尋常的大量殺戮和橫死、歷朝歷代如是、也就是凡人常說的罪孽太深、陰魂不散、如果真是如此、我必須指出一個歷史事實、就是打從八九六四後、

包括後來對法輪功的嚴打迫害、最近二、三十年北京零公里中心點至方圓幾公里範圍、也即活貨哪吒城存在的地段、雖然像其他中國大城市一樣、不缺各種他殺、自殺、意外死亡、受虐致死以至恐怖襲擊的非正常死亡、但再沒有發生過城中戰爭和大規模的屠殺、沒有集體賜死、也沒有常態式的在菜市口等刑場行極刑的情況、換句話說、近二、三十年北京城地面的非正常死亡人數已經銳減、但為甚麼活貨哪吒城依然固若金湯、穩若泰山、這若從我的歷史認知來說、暫時是沒法解答的、我之前向各位報告過、現在有一大批活貨如南太平洋島嶼的貨物膜拜者、常年匯集在祀泰山神的東嶽廟、那裏現在天天有香火傳來、活貨們認為有來就有往、期望能把他們帶回過去、我看不到那是出路、也不相信能回到過去、事實上今時的活貨哪吒城、跟我初到之時本質上沒有兩樣、作為歷史學家、我知道歷史的事實只分真假、至多是分好事和壞事、但說不上對錯、只有對歷史的解釋才有對的和錯的之分、歷史事實發生了就發生了、本身沒有對錯、我作為誠實的歷史學家、當既有的解釋不符合已知的事實的時候、我要修正的只能是我的歷史解釋、不是歷史事實本身、我懷疑自己對活貨哪吒城的緣起解釋是有誤的、至少是不完整的、活貨哪吒城的信史、我跟大家說過、實證上可溯至遼代末年、九百年來、期間北京也有過太平歲月、也有過殺戮相對較少的日子、不過活貨哪吒城並沒有因而立即自動消解、一般來說歲月靜好不常、殺戮遲早又會再起、活貨哪吒城因此反而擴展了、殺戮在未來將會重來嗎、現在看起來不太可能、但仍是一種可能、另一個假設是活貨哪吒城是跟擁有生殺大權的權力集中度而不是實際殺戮數目有關的、只要北京仍是集權首都的一天、活貨哪吒城是不會動搖的、

一九二八年民國中央政府遷都南京後、有過幾年北京人稍稍能鬆動鬆動、少些受中央政府綁縛而多些自主、活貨哪吒城的氛圍也有明顯變化、這我之前已跟大家略報告過、但那次的非中央化時日不長、日寇又來犯境、不足以徹底證明集權與活貨哪吒城之間存在的關係、因此這個兩者關係的假設有待進一步核證、是不是假如中央政府長期撤出北京、北京從此不再集權、活貨哪吒城也會解散、我現在無法斷言、近年大量被遷出北京城的、反而是老北京原居民、連北京市政府都外遷到通州了、北京零公里周圍的舊城區都成了中央行政區、遷都是遙遙無期的、我的假設暫時更不可能得到印證、、、

　　所以我的煩惱之多、大家可想而知、身為歷史學家、提不出解釋、指不出前路、坐困愁城、只能累積知識、但在一個沒人想要知道歷史真相的所在、歷史知識還有用嗎、既然沒用、累積還有意義嗎、可是我不敢停止、一停止就會胡思亂想、自我懷疑、自怨自艾、不知道自己價值何在、會陷入虛無、會感到徹底的孤獨、我會想陽間以後都數碼化了、紙本的書報刊不再普及、那就再沒有文字的火供了、我的知識來源就會斷絕、我只能在故書堆中做學問、跟不上陽間發生的新生事情了、但再想想地球和眾生也可能會滅絕、到時候歷史研究也毫無意義了、不過反過來想、如果眾生集體完蛋了、活貨哪吒城可能隨之終結、那未嘗不是快事一樁、唉、真不能想太遠、弄得自己元神出竅、耗能費神、影響工作、反正活貨就是活在一種精神狀態中、不是這種狀態就是那種狀態、既然注定做歷史學家、我又何必跟自己過不去、那就推着走吧、我不是不想逃避、只是做不到而已、或者說我不

是想不到逃逸的路徑、只是我其實沒有那麼想逃逸、譬如
說、我能退出上下求索自尋煩惱的知識分子模式、改為常駐
在一種快樂的精神狀態嗎、活貨既然不需要外在物質條件、
只活在一種心境狀態中、一切都只是一念之差、難道以我的
聰明才智、就不能憑意志轉換一念、進入某種快樂境地、從
此只知道快樂、不知道煩惱嗎、哪一種快樂的精神狀態是最
快樂的呢、我說過、不會是物質的、譬如說美食或性、不會
是那些有物質性的慾、活貨的物質存在早已消失、是沒法從
中得到滿足的、我想過比較過、我認為最最快樂的精神狀
態、應該是戀愛、可能因為我沒有戀愛過、所以一廂情願、
但我見過沐浴於愛的活貨、尤其是那些雙雙殉情的自殺者、
她們是活貨中最幸福的一小類、近日就有這樣一對戀人借煤
氣之助、滿臉通紅的來到活貨哪吒城、殉情地點在我的測算
中是在前門箭樓往南不到一公里迤西幾百米的地段、這對
男女、女的年長、應該已有五、六十、男的年輕些、也近
四十、女的壯碩、男的乾瘦、用凡間世俗眼光都不是浪漫小
說中的少艾俊男美女、但看她們赤體相擁、面帶微笑、完全
可以感受到她們彼此澎湃洋溢的愛意、其情又何異於羅蜜歐
與朱麗葉、我非常羨慕她們、因為她們來對了地方、她們將
永浴愛河中、讓我一時覺得活貨哪吒城的存在也不是一無是
處、對這對戀人來說、沒有了活貨哪吒城、她們會煙消雲散
歸塵歸土、或各自投胎、來世相見也不會相認、或她們會因
自殺而受到上帝的懲罰、去不了天堂享永福、我只能希望如
果有上帝、請祂體諒她們、破例恩准她們的靈魂上天堂、不
過現在的結局更好、有了活貨哪吒城、戀人就等於擁有了不
經上帝審判的天堂、來到活貨哪吒城、她們就是活在她倆的
天堂中了、享有永恆的愛的愉悅、如果凡間眾生都知道有咱

們這個活貨世界、我相信各位都會來到北京城地段、幸福無比的跟愛人一起燒炭殉情自盡、、、

我既然能想到這點、自然也想過自己也去嘗試一下戀愛、以愛念代替知念、就在這對殉情男女來到了活貨哪吒城的幾天後、我很失態的跟我的朋友大薄脆建議說、大薄脆、我們談談戀愛吧、你和我、我們一起試試看、戀愛一次看看、如果成功、我們就可以常駐在愛的境界、我認真的想過、那是咱們活貨哪吒城最最最美好的的的的的了、大薄脆不等我找到適當的修辭、就高高興興的接嘴說、談戀愛、好呀、爆米花、我來幫你試試看、我們一起、談回戀愛看看、你看、戀愛了、我戀愛了、說着說着她就快樂地飄浮起來越飄越遠、嘴裏還喊着戀愛了、我戀愛了、我呆呆的站在原地、感覺着自己的痴心妄想、我放不下自我、擺脫不了魔障、不懂得忘我投入愛情、我心別有牽掛、我捨不得求知的那份愉悅、我甚至一步都沒有挪動、去追趕在大薄脆後面、聽她喊戀愛了、我戀愛了、因為她飄走的方向正好不是我想前往的方向、我惦記着再回去看一下那對男女殉情的那個地點、那裏一天之內又多了一名活貨、他倆殉情那晚的翌晨、來了另一個五、六十歲的女性、她後腦近距離中槍、很明顯是他殺、這種死法近三十年在北京城陽間地段並不多見、這位新活貨離世的時刻正想着進食、她將成為活貨哪吒城可憐的餓鬼、、、

我對這三位竟然在陽間同一地點遭遇不同的非正常死亡者感到好奇、隱隱約約好像還跟自己之前研究的某個小課題有關、大概一個月後、那個陽間地點又送來了一個新的男性

活貨、陽壽也五、六十歲、這次是太陽穴零距離中槍、可能是自殺的、同一地點、四條人命、自殺他殺、事有蹊蹺、這讓我願意付出更多自己寶貴的能量去多作瞭解、、、

我精確的再測算了一遍事發所在地段、驚人的發現他們四條命離世的地點、正是我初到活貨哪吒城、陽間視力尚未全消時期目睹的那條清朝地下馬道的南出口、正陽門零公里外迤南偏西居民區的一座地下有巨大防空洞的二進式四合院、有了這個偶然的錫蘭迪比替發現、我充滿愉悅、我的歷史學家直覺告訴我、清京地下馬道那個陳年公案不解之謎、說不定可以從這四位新鮮活貨當中找到答案也未可知、趁我近日能量較充沛、我要去走訪他們、、、

明天又是陽間六月四日了、二〇一九年是三十年祭、國人特別是香港人從沒讓我失望、他們每年都集會於維園、但今年會有多少人參加呢、我們這個京城六四死亡者群體、一年之中的能量多還是少、就看今天和明天了、明天零時十分、我也會去到陽間辭世的地點、離我家不遠的西單路口地界、靜待那半根香菸、與我哥作最近距離的接觸、、、

外篇

［上］

余思芒前傳

編撰、口述整理：維勒貝殼

（微信公眾號《饞人余思芒》責任編輯）

　　各色吃主兒余思芒，年輕時候的志願是改變社會，改變沒門，就啟迪民智，民智不開，則廁身學院，當個歷史學家，先把顛倒的歷史顛倒過來。他沒想到自己這麼容易放棄初衷，正如他預料不到自己的體重，可以在幾個月內從六十五公斤長到一百來公斤。一個胖子是怎麼練成的呢？當然是跟吃有關，吃就算不是足夠的條件，也是必須的。余思芒辯解說，那是因為他內分泌失調。他這樣說也不是完全沒有根據，有一段時間，在一九八八年到一九九〇年之間那一年的春夏之際，他身心確實受到了很大的震蕩，之後一段暴飲暴食，奠定了他的芒大胖體型基礎，一種令人信服的硬核老饕造型，他的招牌賣相。

　　最早追捧余思芒的，是一小撮腦子進水坐板凳喝啤酒的土著痞子無產小青年。他們昵稱他芒大胖，喜歡他那份蒸不熟、煮不爛，不非得怎麼着，也不非得不怎麼着的德性，那股子醒也無聊、醉也無聊的頹勁兒，他們自認為對他知根知底。芒大胖住的是西長安街電報大樓正對面的六部口那塊兒的平房，覓食範圍就在南城老區和四九城，很少跨出二環，他饞的只限於北京市井平民百姓都愛吃的那一口，不迎合高大上品位，不求奢侈，對趨時無感，也沒有時下吃貨的小資

文青洋氣，但不過如果有老板一定要一擲千金的請他吃飯、試菜，他也去，不想顯得矯情。余思芒在頹吃頹喝文章中也擠兌北京，吐槽說哪還有甚麼真正的老北京，北京從來不是北京人的北京，甚至說，現在的北京只能叫首都，去菜幫子留菜心，騰籠換鳥，城裏土著是瀕臨絕種的物種，豢養着供外人圍觀，北京是消失的城市，看不見的城市。他褒貶京系橫菜全是魯菜和來自全國已經本地化的混雜菜、小吃純屬窮人裏腹粗食，所謂有錢上館子，沒錢吃小吃、有錢真講究、沒錢窮講究。他也經常挑剔國營老字號不守本份，味道走樣，菜色改來改去，罵他們喪權辱「國」。但不管他怎麼急赤白臉、罵罵咧咧，膜拜者都認定這樣才夠原汁原味，封他為京味土著舌尖保衛戰的戰狼。

余思芒最為不合時宜的，是他對老國營飯館的迷戀，愛之責之，不離不棄，可說是以一己獨力帶起了京畿一股子只吃國營館子的逆流。余思芒寡人好啖，自稱饞人，既不原教旨也不反現代。他喝冰鎮北冰洋汽水、常溫普京、紅星二鍋頭；吃義利維生素麵包、秋林紅腸、梅林午餐肉；不排除上老莫、新僑三寶樂、大地；常光顧上世紀四九年建政後才冒尖的外幫菜館鴻賓樓、松鶴樓、馬凱、康樂、峨嵋、力力、香蜀、新川、西安、晉陽、新路春、老正興、美味齋、大三元；當然也不會錯過早就落地生根的魯系、清真系兩大體系的老字號；北京三大名片的烤鴨、涮肉、烤肉名莊館；清代進京的湘菜館曲園、豫菜館厚德福；民國已經開業的淮陽老館玉華台、同春園、由川菜改過來的森隆；官府私宴轉私房菜的譚家菜；加上一九三五年《老北京旅行指南》已羅列的「茶點社」仿膳、來今雨軒，「山東館」老便宜坊、東興樓、致美齋、全聚德、豐澤園、惠豐堂，「羊肉館」東來

順、西來順、正陽樓，還有「小吃館」五芳齋、功德林、和順居即砂鍋居。

余思芒認為凡是一九九〇年之前已經存在於京城內的館子，都算是京味兒，至少是他同代北京土著打小吃慣的味道，所有九十年代及以後才開的，敬謝不敏，二環以外的，除非是搬到城外的老館子，一概不予理睬。所以他還樂意走進去八七年就在前門開業的肯德基吃一口原味炸雞，卻打死不入九二年才落戶王府井的麥當勞，整條東直門內鬼街只認八八年春開張的曉林菜館，其他後來到「簋街」者一概不認，他接受八三年就在崇文門自成一格的馬克西姆，但對他心裏認定以前都算是城郊的甚麼三里屯、朝陽門外、藍島商圈、國貿商圈、燕莎商圈、CBD、望京、宇宙中心五道口等等的食肆，再火爆都聽而不聞、視而不見、跟他互不存在。他的鐵桿兒擁躉愛的就是他的這份兒各色勁兒，他用了二十年時間，從京城大報小報的報屁股文章，寫到免費DM紙媒，到網絡年代，他沒混論壇，沒上博客，沒開微博，小眾口耳相傳，終於等到智能手機和四G普及後，憑着社交媒體把他推成網紅。他的體重、他那脂肪和碳水含量過高的飲食組合，竟沒有讓千禧代吃貨粉絲們裹足不前，所謂愛者恆愛說的就是這種了，中國人口基數龐大，隨便招呼來一小撮，數字就超過世界上一半國家的全國人口。

一九五六年周恩來總理為了提升首都服務業的水平，從上海調派技工援京，成立了北京的四聯美髮店、普蘭德洗染、老正興菜館、美味齋飯莊、浦五房南味熟食、中國照相館、國泰照相館、第一照相館，以及由滬上二十一家服裝店共同派遣二百零七名裁縫師傅進京，聯手北京紅都西服撐起七家新服裝店：造寸、藍天、波緯、金泰、鴻霞、雷蒙、萬

國。思芒的父親余德甫是奉系紅幫學徒出身，剛滿師就響應國家號召，調配到北京造寸做裁縫，門店在西城西四大街丁字路口東南角，前店後廠，直接服務於鄧穎超、康克清、蔡暢、史良等一眾領導人大姐置裝，以寧波話跟江青直接對話，參詳花樣調改鬆緊。六二年余德甫和大地西餐廳的服務員慕小燕自由戀愛，結婚後，獲單位分配房子住進六部口西安福胡同的一個大雜院裏。文革開始，高級定製和俄式大菜都成了被聲討的封資修東西，造寸、大地停業，余德甫被分配到離市中心要坐四十分鐘大一路公交車的東郊工廠區的西郎園即郎家園北京針織總廠，接受工人階級的再教育，學着夾着尾巴做人，但仍會接到首長外事活動的服裝製作任務。六九年初他和慕小燕生下一子。

很多人以為余思芒是筆名，其實那是個從小叫到大的真名，是思芒他爸余德甫特意給他起的。一九六八年八月，巴基斯坦外交部長訪問北京，為毛主席送來一籃芒果，毛不愛吃水果，轉手把芒果送給了進駐清華大學的工宣隊以示慰問，工宣隊受寵若驚，激動萬分，要「讓所有工人同志們分享毛主席的恩澤」，決定向工宣隊骨幹所在的六大工廠單位報喜分送。當時中國大部分地方沒幾個人見過芒果，一經人民日報頭條激情渲染，掀起膜拜熱潮，當這些芒果被熱烈送迎到各單位後，有的單位派工人徹夜守望那顆分到的聖果，有的泡在福爾馬林防腐溶液標本瓶裏，有的上蠟保存。第一家分到一枚芒果的北京第一機床廠，包了一駕飛機，敲鑼打鼓，把那顆芒果送到上海的姊妹廠。芒果浪潮頓時席捲神州大地，臘果遊遍大江南北，全國多地舉行遊行慶典，載歌載舞，絲絨台座上安置一枚臘芒果，接受工人鞠躬。各種芒果主題的產品如托盤、臉盤、床單，帶芒果味兒的香皂、香菸

應運而生，六八年國慶北京出現芒果造型遊行彩車。熱潮歷經一年半才降溫。

東郊的北京針織總廠，當年也分到一枚來自毛賜原籃裝的金芒果，全廠舉行了盛大的迎果儀式，芒果上臘後，供奉在大廳，工人排隊致敬。沒幾天後芒果開始腐爛，工廠的革命委員會決定將臘封去掉，剝皮，然後燒一大鍋水，加入果肉煮開，全廠每人得以喝上一口芒果開水湯。因為被下放廠裏接受工人階級再教育而戰戰兢兢做人的余德甫，愛人慕小燕剛好總算懷上孕，為了感謝毛主席，余德甫宣佈不論生男還是生女，孩子都叫思芒，以紀念這顆偉大的芒果。

六年後的一九七四年，菲律賓第一夫人伊梅爾達·馬科斯，又帶來一些菲國的國寶芒果，江青老調重彈，再把芒果轉送給首都工人，工人們也舉行了迎果感恩儀式，但熱情不再，江青還下令拍攝了一部叫《芒果之歌》的電影。余德甫當時替江青和文革派夫人們做衣服，緊跟形勢，正好他在甬鄉的續絃楊氏懷孕，余德甫於是給將在年底出生的小兒子取了余亞芒這個名字。這也是余亞芒同父異母的哥哥余思芒，對父親徹底卑視的理由之一。長大後獨立思考的余思芒認為，取名思芒，情有可原，甚至不無反諷味道，是對當時芒果瘋狂崇拜的譏諷，一種故作過度積極狀的象徵性搞笑反抗：瞧，你們為一隻芒果瘋成這樣！但這種善意的假設，因思芒的弟弟被取名亞芒而不能成立。余思芒只能下結論說他父親不是在反諷，而是個真傻逼，後來差點被當作四人幫分子三種人清理也不算冤枉。這是余思芒青春反叛期的想法，總是要為憤怒找個出口。今天他隨和多了，土豪老板要替他置辦行頭包裝他，羊絨呢子大衣他都指定必須要去西四造寸量身訂製。

余思芒饕餮好啖的饞人潛力，不是靠遺傳來的，而是來自童年遇到過的善待他的街坊百姓和親人。思芒母親慕小燕只是大地餐廳的員工，沒聽說有美食天份。思芒父親余德甫上班的造寸，離當年在西長安街西單南口長安大戲院隔壁的大地餐廳約四站地，走路二十分鐘即可到。余德甫每天在造寸門店下班後，就大踏步去到大地，在大地二樓充當常客，裝出一副做給北方人看的海派小開派頭，吸引慕小燕的注意，培養感情。初時他還會點一份紅菜湯配大列巴，熟絡後一般也就不怕寒酸的只叫一杯咖啡，但這樣也還是花掉不菲的薪資。大地打烊，他再徒步回到造寸的後廠，熬夜趕他的裁縫活。慕小燕的父母日據時期從河北來到北京，靠自家開一間小雜貨鋪營生，成份本當屬小業主，解放後慕父轉到西郊的北京鍋爐廠做銷售，及時成了工人階級的一員，母親是家庭婦女，在家接些糊火柴盒的活，住平安里棉花胡同一雜院，生有兩女一男。小燕是長女，在北京出生，慕家與大地餐廳的掌廚有遠親關係，小燕小學畢業通一點文墨算術，被招至大地的賬房數錢記賬，公私合營後她自願請調當侍應服務員。慕家人對余德甫這個南方小白臉起初還充滿戒心，但經過幾年大饑荒，人人有劫後餘生之感，年輕人想幹甚麼就幹甚麼吧，何況閨女曾因賭氣過了婚嫁年齡尚未成婚。六十年代初市面好轉，造寸和大地一度興旺，客人都是有些身份的人，兩人見識差不多，能聊得來，也算門當戶對。余德甫和慕小燕總算成親。沒想到好景不常，三年後文革伊始，兩家店相繼結業，再沒有喝咖啡、做西服這些玩意，西餐館也只剩下北展的莫斯科餐廳，二人都被重新分配了工作。禍不單行，一九六九年在六部口的北京第二醫院，二十八歲的慕小燕，大齡受孕，足月懷胎卻因難產大出血失救而亡。

余思芒僥幸活了下來。當時適逢思芒外婆生病，舅媽也生小孩，還好裁縫活有交換價值，余德甫得空也常幫忙街坊鄰里修改、裁剪、做件衣服，人緣好，思芒托交鄰居照顧，最初寄養在鄰近一產後婦人家裏，讓思芒分一口奶吃，到底親疏有別，有一頓沒一頓的，奶水不足，要靠米糊糊、糕乾粉和偶爾才有的代乳粉補足，思芒身體孱瘦。七一年林彪出事後，余德甫替新當權派夫人們置裝，稍拾身份，吃飽不成問題，只是南方鰥夫不懂北方生活，只知道用麵票去換米票，鄰居吃麥麵雜糧當早餐，幼童思芒吃泡飯。文革結束後頭幾年，思芒的同學時常自帶一個雞蛋到胡同口攤販做煎餅餜子吃，他也只在家裏以鹹菜醬瓜就泡飯。余德甫與思芒父子倆每天伴隨着電報大樓鏗鏘洪亮的鐘聲和《東方紅》背景音樂起床，風雨不改，出胡同摸着上公廁，在薰眼睛的氣味中醒透。不論是住在西安福胡同或是搬到東舊簾子胡同，還是思芒長大後自己住了很長時間的賢孝里平房，院內旱廁都早已報廢，公廁是胡同生活的一部分，直到思芒稿費收入足以租下小六部口胡同的一座八十年代初建的樓房，但那個小單元的衛浴間狹小到已發胖的思芒幾乎擠不進去，所以思芒要到成名後再以十二萬一平米的價錢，買下西絨線胡同和平門學區七十多平米粗陋的兩居室回遷房，才算告別了胡同裏的公廁。這就是不肯搬離六部口的代價。對余思芒來說，住在城裏不是選項，是必須的，而且只有二環內才算是城裏，沒得商量，儼如內外故城的城牆仍在。但為甚麼非得住在六部口呢？余思芒會反問說：為甚麼非得不住在六部口呢？

　　余德甫七四年春節回浙江鄞縣鄉下，娶楊秀玉為繼室，隻身回京，是年底楊氏產下余亞芒，母子仍留在甬。亞芒過了七歲了要上小學，由他媽帶着來京與思芒同住，總算有婦

人持家，吃飯不再是有上頓沒下頓了，但思芒吃的慾望遠沒得到滿足。寧波菜那份臭腥霉爛鹹鮮口，碰巧可以對接魯菜的鹹鮮，但嚴重缺少甜口酸口，更談不上辣口香口，口味的單一得不到解決。屠瘦的孩子沒有吃好就沒有志氣，沒有志氣就沒有樣子，余思芒小時候學習成績也不是不好，總之就是沒有鋒芒。西絨線小學和三十一中初中的同學，多年後都仍記得余思芒這個過耳難忘的名字，但對余思芒本人卻鮮有印象。後來成為合伙人的京華文藝厚德集團的華藝德老總，口口聲聲髮小，其實他找上余思芒的時候，完全想不起余思芒的樣子，只知道這位受年輕人追捧的美食網紅芒大胖既然原名叫余思芒，打小家住六部口，必定就是那個他失聯多年的小學同學。

幸而，因為京地一般老百姓對沒娘孩子的惻隱，加上更重要的是有姥姥和老姨護着，思芒的童年有匱乏但沒有那麼悲催。他從小就知道，世界上是有好吃的東西的，只是得之不易所以更值得珍惜。在短缺經濟年代，胡同裏熟悉的鄰居見着思芒總是會塞給他一小牙兒三白西瓜、半拉香瓜，個把凍柿子、六月鮮蜜桃、京白梨，幾個朗家園棗子、一小串玫瑰香葡萄或者一小碗自己家樹上摘的大白桑葚，三兩個熱乎乎的糖炒栗子、一小把叫抓空兒的癟花生，這些小小的饋贈教他知道了北京果蔬分四季時令。余德甫喪妻後，一年幾個假期，會送幼齡的思芒回小燕的娘家，見外公外婆舅舅一家。上海人拎得清，回頭接走前必把一些糧票或零錢交給思芒的舅媽，以表示孩子不是來白吃白喝的，人家帶着一窩兒女，日子也緊張。姥姥傷心閨女早逝，自然特別心疼這個外孫，思芒一來不是現擀麵做炸醬麵、打滷麵、芝麻醬麵、汆兒麵，就是和麵包餃子烙餡餅，配點綠豆粥、小米粥、棒子

麵粥説是溜溜縫兒，又怕思芒一下吃太多積食不消化，再私下裏買山里紅冰糖葫蘆給他，過了季節沒了冰糖葫蘆會給他吃大山楂丸、害得思芒晚上回家後餓得睡不着覺。姥姥的小女兒，思芒叫她老姨，常記着大姊當年對自己的好，禮拜天下午回娘家，偶爾碰上思芒也在，借口陪姥姥出去走走，順便就帶思芒到隔壁的護國寺吃炸素丸子、羊雜碎湯、豆腐腦、麵茶、豆汁、焦圈、糖火燒，或去合義齋吃灌腸，也會多走幾步去買柳泉居的豆包給思芒帶上。思芒對京城小吃的體驗由此開跑。姥姥老姨總盯着看着不長肉的思芒永遠吃不飽的樣子，又心酸又安慰。

　　姥姥是所謂世代吃北京飯的河北人，進城定居也已大半輩子，生活習慣跟北京城裏老百姓無異。思芒的生母和老姨都是北京土生土長，思芒自然有資格算作天生地道北京人。對一個民俗食評家來説，童年和青少年時期建立的口味基礎是重要的，判斷食品味道是否本真，底氣在於幼時有沒有嚐過原味。多年後余思芒才懂得感恩，明白自己擁有這般不動如山的身份安全感、那麼堅定不移的飲食喜惡準則，全賴姥姥和老姨的呵護偏愛，潛移默化，替他設定了門檻，提供了儲備、充足了底蘊。

　　余德甫再婚後跟前妻家不便多來往，每月一次會給些來回車費，讓剛上小學但懂事的思芒，掛着鑰匙自己帶着糧票、零用錢，坐公共汽車去平安里找外婆。思芒擺脱了父親的陪同，反而可以多去姥姥家了。為了買小兒酥、驢皮豆、搓板糖、江米條、大米花甚麼的，思芒省下幾分車錢，去程徒步，從六部口經西單和西四到平安里棉花胡同，全程四公里。晚上姥姥一定親自送他到新街口公共汽車站，塞些零嘴兒讓他帶着回家，目送他坐上二十二路公共汽車。這是至少

每月一整天的童年快樂時光。思芒升初中的那個暑假長個了，老姨是真疼他，竟把自己的一輛黑色鳳凰二八大槓給了思芒騎，雖然開始他都是掏檔一條腿從橫樑下面伸進去蹬車的。從此思芒騎着自行車、挎着個軍綠色涼水壺，行動更自由了。這個青葱朦朧歲月一直延續到他初中三年級下學期，姥姥去世，他最傷心的時刻。

童年來回姥姥家的路上，余思芒光看着新街口、西四、西單街上店鋪的食品名字都可以發呆半天，心裏琢磨，存夠錢我要先吃這個這個再吃那個那個，長大後要上這個館子那個館子。在一九九〇年之前那一年中開始的半年自暴自棄期間，他曾經試過一次吃十根奶油雙棒兒冰棍，辯稱那是典型的童年零食匱乏後遺症，一下吃掉二十多球奶油炸糕，怪在少年長個期的欠吃躁狂病。筆者認為這些都是他成名之後的後設解釋，有點戲劇化了自己的童年。至於傳說中一天吃遍東來順、西來順、南來順、又一順的四家涮肉，又曾一頓吞噬便宜坊、全聚德烤鴨各一隻，則真有其事，説是為了對缺位童年的補課。要知道思芒第一次上正規館子，已經是改革開放後了，那次是姥爺姥姥和老姨趁舅舅和舅媽一家去頤和園玩，帶思芒去了在西單缸瓦市重新開業的大地餐廳，吃土豆火腿沙拉、紅菜湯、奶油烤雜拌。到思芒初中畢業他爸五十歲那年，在胡同裏正式掛牌開了個體縫紉店的余德甫，第一次請了思芒和他繼母、弟弟，上菜市口平民化的美味齋，點了白切雞、馬蘭頭香乾、四喜烤麩、響油鱔糊、下巴甩水、年糕炒毛蟹。這也是思芒第一頓在館子吃到的江浙菜，都是永誌難忘的上館子經驗。八八年之後那一年的晚春他從廣州回到北京，自己第一次掏腰包請弟弟亞芒去吃的小館兒，則是鮮族人創於一九四三年的西單延吉冷麵，兄弟倆

皆大呼過癮。所以有分析説，芒大胖不是菜系教條主義者或京菜純粹主義者。這不妨礙思芒發了點小財後請老姨和舅舅全家去西單歷史最久的砂鍋居吃了一頓砂鍋白肉大菜。如果另一僅存的八大居之一同和居不是搬離了西四，如果光緒年開張的曲園湘菜酒樓還是在西單，或五五年從天津開過來的清真鴻賓樓不是剛好在八八年遷出西單，思芒也可能會考慮在同和居、曲園或鴻賓樓請那頓飯。這可以看出本質上，他是一個不排外的本土派饞人，個而不軸，不裝大尾巴狼，不把自己當個人物，不曾故意吹噓京菜或營造純粹老北京的假象，當然更絕對不容外來的舌頭嘴巴任意評點京城百姓的口味。這是他跟許多擺譜得瑟的外地美食家的差別，因此受到越來越多反潮流反時尚的年輕京味土著的追捧。再重申一遍他的京味兒定義是包括：一、像他這樣的一個北京土著少年夢想中一九九〇年以前城裏南北中外館子的所有風味；二、與他同代人共生共存的京城小吃零嘴兒的一切味道；三、北京懂點規矩的土著老百姓平常家庭一日三餐的那一口。

在班上得不到同學和老師注意的余思芒，從學校外拿到心理補償。自從克服恐懼，一個人來回姥姥家之後，思芒發覺外面的世界很大。膽子是練出來的。這位表面羞澀的小學生，獨自構建了個人的大千世界。他曾挑戰自己，坐二十二路公共汽車，故意超站，記住回程的路，到北太平莊總站，以為到郊區了才慌忙下車步行折返。二十二路的南端終點站是前門站，余思芒也試過在暑假白天較長的　天，故意坐過了家門口即當年就叫六部口的一站，沿長安街往東經石碑胡同站、中山公園站，穿過天安門廣場到前門總站才下車，之後穿過大柵欄的斜街胡同，大致往西北方向，跨過新華街和西絨線胡同成功回到家，一下子就練出了北京人的方向感，

自己也覺得特別有成就。對北京成年人來說，這其實很平常。

住六部口一帶的居民愛說，我們跟中南海是鄰居。可不是嗎？中南海就在他們對面，府右街路東的紅牆根與路西現在是中宣部建築群外的行人道，曾是六部口孩子們的嬉戲區、居民老人的散步溜彎路線。天安門廣場則在五到十分鐘生活圈範圍內，視乎你住的是六部口的東端還是西端。

一九七六年清明節前兩週，那天姥姥沒留思芒吃晚飯，下午一點多就趕他坐車回家，叮囑他說要直接回家。思芒哪願意就這樣回家，車到中山公園站，他看到廣場上人頭湧動，很多比他沒大幾歲的小學生在獻花。思芒下車走近人民英雄紀念碑一看，是在悼念周總理。周總理不是兩個月前已經死了，為甚麼又在廣場上追悼？思芒東逛西逛湊熱鬧磨蹭到黃昏餓了才回家。接着那個禮拜天，思芒又去廣場看熱鬧，似懂非懂的學着別人讀花圈上奇怪的輓句，甚麼白骨精、女妖、怒吼斬妖魔的。他看着清潔工人兇巴巴的把花圈清走。到清明節，余德甫不准思芒出門，連姥姥家都不准去，思芒力爭不果發脾氣，老爸請喝北冰洋汽水安撫他。

第二年，天安門廣場南端矗立起了宏偉的毛主席紀念堂。再兩年後，四年級小學生思芒去姥姥家，見出門必經不遠的西長安街和西單大街的交界處人群很是擁擠，憑着人小就擠進了烏泱烏泱的大人堆中，跟着大人讀貼在牆上的大字報。讀讀讀讀嚇得冷汗直冒，竟然有人在批評毛主席他老人家。這是思芒開蒙教育的肇始。所以說，那種時代住在皇城根腳下的孩子，見識還就是不一樣。不過以北京人的習性，不非得怎麼着也不非得不怎麼着，一般不會變成死磕派異見分子，只是大機率的成為意見分子和意見多多分子。

思芒小時候並沒有立志要做美食家，小學作文他的志願是在西單十字路口交通指揮台上做一名指揮員。饞嘴的衝動是天生而不需要理性考慮的。八十年代頭幾年思芒的爸爸曾有一段時間因為三種人問題進學習班，不能回家，生活費給了思芒自己處理，他經常騎着他的大二八車滿城疾走，逛各大廟會，穿大街小巷，慕名找新奇或實惠的小吃，稍帶手比較下各家的門丁肉餅、韭菜盒子、肉末燒餅、褡褳火燒、驢肉火燒、肉夾饃、烙餅攤雞蛋卷、咯吱盒、炸丸子、燒餅油鬼、以及「好吃不過餃子」北方人也叫煮餑餑的餃子、爆肚、滷煮、炒肝、灌腸、奶酪、酸奶、豆汁兒；吃一份大碗居的炸醬麵、都一處的燒麥、一條龍的炸黏豆包、力力的宜賓芽菜包、慶豐的豬肉大葱包、餛飩侯的豬骨紫菜湯頭的薄皮肉餛飩、仿膳的栗子麵小窩頭、馬凱的麻醬糖餅、稻香村的酥皮南點、春明食品店的奶油蛋糕、來今雨軒的棗泥山藥糕、剛重開的信遠齋夏天的酸梅湯和冬天的糖葫蘆、融合菜先驅康樂的過橋麵、鱔魚麵，只是沒吃上康樂首創的桃花泛鍋巴；餑餑點心順四時而吃，元宵、太陽糕、豌豆黃、藤蘿餅、玫瑰餅、江米小棗兒粽子、綠豆糕、水晶糕、自來紅自來白月餅、蜂糕、薩其馬、核桃酥、牛街軟糯香甜的紅棗豆沙糯米甄糕；一份天福號醬肘子、浦五房醬鴨，聚寶源醬牛肉、月盛齋的燒羊肉 —— 老舍《正紅旗下》提到旗人至愛的是醬肘子鋪便宜坊的醬雞、梁實秋寫到的是桶子薰雞，可惜他們說的那家宣外老便宜坊早於三十年代已經關門了　　以至逛一下餑餑鋪林立的東風市場，試一口豐盛公奶油炸糕、吉士林牛肉茶熱狗清湯小包、五芳齋冬菜包子松子核桃千層糕。

美食讓思芒的快樂指數提升，但對日漸長大懂事的思芒來說，他的需求已漸漸複雜化。小學四年級下學期他第一次

走進西四十字路口阜城門大街一號的新華書店。那書店是在一棟光緒年為慈禧太后六十華誕而建的二層高的古色古香街樓裏，樓房本身則是建築在元大都的主要下水道遺存上。之前他路過這個樓無數次，都沒有衝動進去看一眼。但受到西單民主牆的的震撼後，思芒覺得自己除了吃之後，還有一股莫名的新慾望，一種新的饑渴，不知如何滿足。在西四新華書店，他找到了新的藥癮，看書，雖然看書有時候也是越看越不滿足的，但卻不能自拔，就像吃到好吃的東西，一時吃多了撐到了，膩煩了，過陣子又想再嚐。

思芒先是看小人書，也看童書，有文革後新出版的，也有文革前的舊書。他不愛看童話，專門找給兒童看的歷史和人物故事。文革過後，新書漸多，西四新華書店門外常有人龍，等着買新書，思芒也在旁看熱鬧，記住每一本受歡迎的新書書名，但還沒養成自己下手買書的習慣，捨不得花自己的零花錢，那還是留着買小吃零食的。中華書局一九七八年出版的《民國人物傳》，是他在書店翻讀的第一本成人書，令他在一頭霧水中發現了民國。到了八三年看中國青年出版社的《中華民族傑出人物傳》時，思芒腦中已經裝進幾百個歷史人物了。那時候余德甫受三種人身份的困擾，思芒剛上初中，也覺得抬不起頭來，心中充滿莫名憤恨。幸好老姨送他自行車，他常常悶頭騎車暴走，擴大自己的領地，去到陌生的地帶，西至白塔寺阜城門內、西南至八大胡同、廠甸、琉璃廠、虎坊橋、菜市口、牛街，南至陶然亭、天壇，東至花市、台基廠、火車站、東單、王府井、燈市口、沙灘、東四，北至東直門內、雍和宮、交道口、鐘鼓樓、鑼鼓巷、地安門、北海、什刹海，到處找小吃，也隔三差五去到全城各書店看白書打書釘。

待繼母和弟弟亞芒搬到北京同住，思芒已看了一肚子的黨國歷史和時人簡史，回憶起童年時在天安門廣場和西單民主牆的見聞，各種思緒在腦中翻江倒海，亂作一團，難過得很，無處發洩。唯有霸凌欺負弟弟，硬要把自己的歷史狂熱傳染給弟弟，逼迫亞芒聽他信口開河，強制洗腦，雖然自己的腦中也是一片漿糊。確定的一點是，他那時候已站在偉光正的對立面，不全相信官方宣傳，頗聽不得有人只説當局好話。他從報刊圖書的字裏行間，專挑着看自己合意的信息，強化自己的疑古疑黨傾向。他甚至有了一連串稀奇古怪的想法，他要找出真相，喚醒大眾，移風易俗，改變世界，做個創造時代的青年，至少當個説真話的知識分子。初中生思芒已經是一個準意見分子，半個知道分子了。這時候如果有人好好引導他，説不定他長大後會是劉賓雁式的調查記者，或高華式的歷史學家。

可是，這都不是他的際遇。思芒初中就偏科，中考前姥姥去世，他處於半崩潰狀態，雖然中考成績湊合升一般學校的高中也還行，可老姨怕他以後考不上大學沒着落，念着他是個沒媽的孩子，就讓老姨夫出面找了他自己當時在二輕工業學校當校長的部隊老戰友把他招了進去，希望他學點實用技術如會計和統計，中專畢業出來國家都包分配工作，出路有保證。況且二輕中專企管專業當時還在東城燈市口內務部街的七十二中學內，難得是在思芒有興趣又比較陌生的東城，這對思芒是個吸引。

二輕學校的會計和統計專業的學生大部分是在職脱產學生，年齡都比思芒大，來去匆匆，甚少交往。思芒花很多時間在內務部街胡同西頭的舊書店中國書局自學，不然就到胡同東頭的朝外南小街一帶體驗嚐吃個體戶開的小館，再不就

是跑去王府井東風市場即後來的東安市場看琳瑯滿目的食品。他已讀過不少通過出版審查的近當代歷史和人物書刊，也曾忍痛掏錢買了華夏出版社八六年出版的一套三卷《歷史在這裏沉思》，但他仍不知道內務部街就是明清時妓女和藝人扶着欄桿賣弄風情的勾欄胡同，不會注意到民國文人梁實秋的大宅院故居，就在離二輕中專隔壁盧森堡大使館才幾個門號的同一條胡同，也不會注意二輕學校企管專業的系主任老師，曾經是著名思想家顧準在立信會計學校教課時的學生。

而在小小的神奇的中國書局門面店，青春期的思芒被一幅傷痕美術油畫印刷品上的女孩子勾了魂。那是四川畫家程叢林在建國三十週年畫展上得二等獎的《1968年X月X日雪》，作品以冷灰的色調，描繪了重慶紅衛兵武鬥的一個場景：浸着血的雪地上，兩派紅衛兵傷亡慘重，獲勝的一派正把失利一派的人押出陣地堡壘。畫的中央站立着一個短髮凌亂、身材苗條、白皙鵝蛋臉的少女，赤腳，穿着一條「雪跡斑駁」的寬腿黑褲，褲頭未扣緊，上身的白襯衫已被撕破，衣不蔽體的露出整個右肩、半邊臂膀和小片胸脯，沒有內衣，也看不到胸罩的吊帶。少女的右手護在胸前，不讓襯衫領子再往下豁開，大眼睛如劃上了黑眼線，眉頭輕蹙，下唇稍翹，半側着臉瞧向周圍，神情介乎厭惡、鄙視、控訴、委曲、困惑、漠然之間。少女的左手，輕輕觸碰着身旁一名赤裸上身、傷重不支的男性。這幅畫成了一代人的集體記憶。畫家程叢林後來說，「對我而言，畫了就畫了，至於影響，尤其是對後來的影響，誰講得清楚啊。」誠然誠然，文藝作品大抵如此，誰能講得清楚。余思芒也說不清楚，只是看到《1968年X月X日雪》畫中的白衣女孩形象後，經常會想着在現實中碰到這樣的一個女孩。這個懸念，將於後來在天安門

廣場上引出一連串改變他一生的奇幻轉折。這個白衣女孩形象佔據了余思芒的內心幾年之久，令他錯過了留意其他讓大多數同代男孩心跳加速的女明星如洪學敏、石蘭、翁美玲。連陳宜明、劉雨廉、李斌聯手創作的水粉連環畫《楓》裏面那個頭戴鋼盔、手持機槍、歪着身子低頭站立的戎裝女紅衛兵，這樣一個自己曾經凝視過神往過的形象，思芒最後都給割愛了，心思全讓位給了程叢林的白衣女孩。思芒一向也喜歡政治和歷史，故此不是不愛看程叢林畫中人物眾多的武鬥大場面，只是白衣女孩形象太強大了，不可理喻的佔據了心中全部位置。這算是性愛的慾望壓倒了死亡的衝動嗎？或許正是因為白衣女孩是那麼無助的處身於一個充滿死亡氣味的歷史暴力場景裏，才讓思芒如此沉溺其中。至於性愛和政治之慾終不可就，其與縱情頹廢饕餮之間的關係，就得另請高人說明了。

愛情無緣，政改也沒戲。八七年元旦前後，思芒金睛火眼盯着看城外海淀的高校學生，他們結隊遊行到天安門廣場和東長安街，喊着不自由毋寧死、沒有民主就沒有現代化的口號。但這一次的學潮很快就被平息，胡耀邦辭去黨總書記，反對資產階級自由化運動正式開始。這時期的思芒對運動和政治風向已十分敏銳，蠢蠢欲動，但投報無門。

在中專的日子是思芒的青春反叛期的延長期，仍然不跟父親正經說話，進出都不和寧波鄉下來的繼母打招呼，只隔三差五召集弟弟訓話洗腦。誰料到，父親余德甫八七年頭發現胃癌，已是晚期，在痛苦中過世。余思芒沒想到自己會如此傷心。至親雙亡，喪期過後，思芒離家，隻身去了作為改革排頭兵的廣州，沒有完成中專學業。可以說，他奔向心目中的大學求學之路，在這一刻已經斷了，但他似已不在乎。

他在廣州混得如何，是混跡於哪個道上，余思芒很少提起。只能推測他混得還可以，起碼把羊城龐雜的饌餚江湖仔細梳理了一番，廣府菜、潮洲菜、東江客家菜、豉油西餐、鮑參翅肚、蒸魚煲湯、海味海鮮、野味三蛇、滷味燒臘、煲仔時蔬、雲吞魚蛋、粥粉飯麵、點心飲茶、宵夜打冷，都嚐了不止一遍；粵人以大騙雞、牛白腩唉唉肉指謂有整塊肉可吃的盛宴，思芒對這個全國最愛吃雞大省的清遠雞、龍崗雞、鬍鬚雞、沙欄雞、杏花雞、湛江雞（信宜懷鄉雞）、文昌雞（現歸海南省）如數家珍，對客家牛丸、潮州牛雜、佛山柱候醬炆牛腩、鳳城撚手惹味餸飯小菜、石岐乳鴿、四邑缽仔鵝、金錢雞、鴨腳包、碌柚皮、魚腸工夫菜、泥鯭、烏頭、禾蟲、禾花雀、豬油頭抽撈飯圍頭菜、蛋撻、菠蘿油、雞仔餅、皮蛋酥、馬拉糕、龜苓膏、薑汁撞奶、陳皮蓮子紅豆沙糖水，皆不陌生，味蕾肯定較在京階段更多元解放。

在廣州的時候，思芒買過好幾本百花文藝出版社出版的四九年前民國名家的散文選集，有周作人、林語堂、郁達夫、徐志摩、葉靈鳳、施蟄存、梁實秋，都是被時人認為寫過一些類文章的作家。這時候思芒已經知道梁實秋是誰，細讀了梁實秋的文章，心領神會的是這一段：「北平人饞，可是也沒聽說有誰真個饞死，或是為了饞而傾家蕩產。大抵好吃的東西都有個季節，逢時按節的享受一番，會因自然調節而不逾矩。開春吃春餅，隨後黃花魚上市，緊接着大頭魚也來了，恰巧這時候後院花椒樹發芽，正好捎下來煮魚。魚季過後，青蛤當令。紫藤花開，吃藤蘿餅，玫瑰花開，吃玫瑰餅；還有棗泥大花糕。到了夏季，『老雞頭才上河喲』，緊接着是菱角、蓮蓬、藕、豌豆糕、驢打滾、艾窩窩，一起出現。席上常見水晶肘，坊間唱賣燒羊肉，這時候嫩黃瓜新蒜

頭應時而至。秋風一起，先聞到糖炒栗子的氣味，然後就是
焦烤涮羊肉，還有七尖八團的大螃蟹。『老婆老婆你別饞，
過了臘八就是年。』過年前後，食物的豐盛就更不必細說。
一年四季的饞，周而復始的吃。」

　　余思芒成名後承認自己的饞人情懷受過不少好啖作家的
影響，由寫《老饕賦》等五十多首飲食詩詞的蘇軾，到晚明
至清初的高濂、徐渭、袁枚、張岱、李漁，到民國的名家，
到陸文夫在《收穫》雜誌上發表的劃時代中篇小說《美食
家》──那才一九八三年！最讓思芒難忘的，是一次在順
德的一名老饕倒爺的私窩裏，讀到寓台旗人唐魯孫的早期台
版文集，包括處女作《中國吃》，一九七六年台北的中國時
報人間副刊主編高信疆的夫人柯元馨主持的景象出版社出
版，還有同年由平鑫濤的皇冠出版社出版的《天下味》，以
至八一年八二年由姚宜瑛的大地出版社出版的《大雜燴》、
《酸甜苦辣鹹》、《什錦拼盤》。那位倒爺哥們兒鄭重聲
明，書是一名跑路的省港江湖大哥留下的，不能帶走，讓他
看已經夠意思了。大圈仔大佬不去看星島報特級校對陳夢因
和明報陳非的粵菜食經，而對台灣出版的一個滿族北平人談
吃的雜文感興趣，真沒想到。思芒在倒爺老闆的這個美女進
進出出的前鋪後私寶裏，躲在一角專心翻閱唐魯孫的五本中
國吃經到翌日天亮，從來隨身帶着的五十開一百頁的工作手
冊小本子抄寫得密密麻麻。

　　一九九〇年前一年的那年的下半年，余思芒暴飲暴食，
幾個月間瘦猴變肥仔。年底劫後餘生第一次重訪西四新華書
店，買到一本剛從印刷廠出來的文集叫《老北京的生活》，
定價六塊五毛五，北京出版社出版，收集的是京地民俗作家
金受申三十四十年代在《立言畫刊》寫的舊文，裏面有多篇

談吃在北平的文章。金受申的平味食經，加上袁枚《隨園食單》、李漁的《閑情偶記》、梁實秋的雅舍談吃，以及從廣東帶回來的唐魯孫警句手抄筆記，將發揮作用，把余思芒從自閉自責的深淵救出來，告別前世，轉移今生精力投放在京舌保衛戰上。這是後話。

先說回八個月前，廣州沒有留住余思芒。八八年過後那一年的晚春，四月十五日，胡耀邦去世，群情哀慟，北京高校學生又重返天安門廣場，余思芒聞訊即匆匆回京，背包裹還帶有上萬元人民幣和幾千港元。他童年少年時期都曾趕上七六年四五、七八年之冬七九年之春，和八七年元旦那些北京零公里家門口一帶的大事件，今天又怎能錯過這場即將在廣場上演的新大戲呢？那年他快二十歲了。

廣場固然驚心動魄，不過思芒這次回家的另一大驚喜，是弟弟亞芒雖然個沒長高多少，卻長了腦子，不像以前對自己的訓話，總是含着一泡眼淚嘟着嘴不作聲。現在自己不想訓示了，弟弟卻主動來黏着自己，問東問西，思芒說甚麼他都願意聽。亞芒對史地知識有了好奇，兄弟兩人關係一下就親了。有時候亞芒放學，還去廣場找思芒，思芒跟他解釋高校生的一些訴求和中央的政治信號。

政治歸政治，在吃就要吃好的這點上思芒已不含糊，有三次上館子，都帶着亞芒一起，一次去延吉小館吃朝鮮冷麵，兩次吃大館子。五月十八日戈爾巴喬夫離開北京那一天，思芒帶亞芒去了莫斯科餐廳，說是要讓弟弟嚐一下用刀叉吃俄羅斯大菜的滋味，其實思芒自己也是第一次踏足老莫。另一趟去景山西街南口的大三元，是為了告訴亞芒甚麼叫粵菜、自己在廣東吃到了些甚麼。大三元飯館處於三個景點景山、北海、故宮的中間、三條馬路的結合部、是廣東幫

國家領導和中信集團於八七年引進北京的中港合資高價位粵菜館，思芒看到賬單都暗自吐了下舌頭。

　　天安門廣場情勢吃緊，余思芒也緊吃，他從沒有對自己好啖感到抱歉，不相信絕食能改變共產黨。回來月餘時間，一個人去吃了二環內多家大館，以追補童年的欠缺，總計有：代表京菜主力的魯菜館豐澤園、萃華樓、同和居、停業四十年到八三年再掛牌的東興樓；清真館鴻賓樓、白魁老號、恩元居；烤肉館烤肉宛、烤肉季；清真教門涮肉館東來順、西來順、南來順、又一順；烤鴨館全聚德、便宜坊；高價位官府私房菜譚家菜；高價位法式西餐馬克西姆；號稱宮廷遺風的茶點社仿膳，並特意出城去了趟頤和園的聽鸝館吃小點心做比較，卻訂不上堂吃座位有限的後海羊房胡同的高價位宮廷菜的厲家菜。他還去光顧了美術館翠花胡同裏的北京第一家個體戶食肆悅賓飯店，第一家二十四小時在鬼街營業的曉林菜館。思芒從廣州回到北京那天，當然就要完全仿傚公子哥梁實秋當年外國留學回來的樣子，一下車把行李寄存在車站，先去煤市街致美齋，一口氣叫了鹽爆油爆湯爆三種爆肚兒、一碗燴兩雞絲、一張由細麵盤起連煎帶烙外脆內軟的清油餅，就這麼儀式性的一個人饗餐般的大快朵頤。思芒青春作伴，在吃上花錢如流水，頗有千金散去還復來的底氣。他當然不會預知，自己正在跟一個時代在做最後的告別。轉眼六月，離端午節只有一周，思芒特意去到東安市場的五芳齋，買了浙江人愛吃的嘉興蛋黃鮮肉粽，還到六必居挑了甜醬八寶菜、麻仁金絲，帶回家給繼母楊秀玉和弟弟亞芒就早餐泡飯享用，那天晚飯楊秀玉做了寧波的油燜筍、烤菜、臭冬瓜，還煎了帶魚，帶魚是寧波舟山海產也是短缺經濟時代北京人集體記憶中的食材，思芒頭回跟繼母閒話家

常，比較了一下北方的鹹鮮口和寧波雪裏蕻鹹齏和下飯菜的鹹鮮味，聊了一下苔條拖黃魚的做法，打算着自製嗆蟹、嗆黃泥螺，留了錢給繼母，囑咐說以後一定要買點好的食材，在家做點好吃的寧波菜。那已經是六月一日兒童節星期四那天晚上了。

　　從五月中旬開始，廣場上多了外地大學生和陌生的面孔，估計外省有一百多所高校的學生進京，人數一度高達四十萬。五月二十日的戒嚴令出來之後，各地進京的戒嚴部隊被市民圍阻在郊外和街頭。東西長安街和天安門廣場的遊行者，過新華門時，高喊李鵬下台者有之，打倒鄧小平之聲也有之。廣場上白天有十萬人，晚上增至三十萬。各界支持者和本地外地高校學生在廣場人來人往，長安街每個路口都有市民和學生把守。五月二十三日雨中還有數十萬人參加遊行。之後幾天，廣場人數減少，外地學生回去的比進城的多。到二十八日，大小商店恢復常態，市面平靜。在剛到北京的外地學生普遍反對撤離的情緒下，廣場學生的自治聯合會推翻了之前的於五月三十日撤離的決議，堅持留守，雖然廣場上長駐人數已由高峰時期的三十萬減至不足一萬。拖到六月初，廣場上豎起了民主女神像，帳蓬也換新的了，但學生已疲備不堪。廣場上的各類組織誰也不聽誰的，之前十來天之中，各種翻來覆去的撤退和不撤退的決議和呼籲，沒能讓北高聯學生、外高聯學生、工人自治聯成員和保衛天安門廣場總指揮部、絕食團以及各特別行動隊取得共識，一致進退。戒嚴第十一天六一兒童節晚上，四月底才從美國回來的劉曉波在北師大門口發表絕食演講，翌日六月二日下午劉曉波與四通集團的周舵、師大週報前編輯高新、台灣歌手侯德健一起加入學生絕食行列，替已在降溫的廣場添了把火，準

備以絕食接力的方法，跟黨中央打持久戰。兩萬人在紀念碑前圍觀他們發表絕食宣言。

六月二日晚上余思芒也變得茶飯不思了，他在廣場上找到了很像程叢林畫中的白衣女孩了。遠遠的看，在廣場人群之中，站着一個微鬈短髮、身材高挑的女大學生，穿着短袖白襯衫和黑色寬腿褲。思芒這麼多天在廣場，還是第一次看到她在場。那時候進學生區是要有許可證的，思芒一趨近，第一道關卡的外地學生糾察隊就認為他不是大學生而是市民或便衣，把他攔住。思芒在附近徘徊，等白衣女孩出來，卻看到她跟着一個常出現在廣場、脖子上掛着照相機到處拍照的高大男生進了絕食團指揮部的車廂。如果白衣女孩是來參加絕食的，那真不知道要多久才會出得了廣場。正當思芒考慮要不要去王府井那邊找口吃的，想着吃碗同盛祥的羊肉泡饃也不錯的時候，他看到白衣女孩隨着那個高大男生出了指揮部車廂，往廣場外自己的方向走來。思芒不敢喘大氣，咬住嘴唇，雙手插在褲兜裏，側着身偷瞄兩人。那男生一如故往的作派，在廣場上走走停停，拿他的單反拍照，每拍一張自己就裂嘴一笑，甚為得意的樣子，讓思芒多少感到討厭，不過因此也給了思芒更多時間看清楚那個女孩。她是個甜姐兒，不過不是鵝蛋臉兒，而是圓平的，有點像是長高了的柴玲、程琳、鄧麗君和民主女神像揉在一起。她的白襯衫領口解開了兩顆鈕子，裏面穿了件真絲的小吊帶衫，黑色寬腿褲上有好幾個褲袋，鞋是駝色野外高幫靴。她跟在那個高大男生後面，待出了學生糾察隊的警戒線，女的問：幹嗎還要再拖兩天？男的用眼神阻止了她說下去。這時候那個女生的神情，眉頭眼角，變得像程叢林畫中的白衣女孩了。

思芒知道自己夠無聊，跟在白衣女孩和高大男生的後

面，像在盯梢。從後面看，眼前的女生更像思芒夢想中程叢林畫中的白衣女孩。她的走姿體態扭動也是思芒喜歡的。思芒忍不住盯着看白衣女孩的小細腰和黑色寬腿褲沒掩住的小翹臀。出了廣場，高大男生就不拍照了，兩人急步不停。到了東單路口，高大男生把白衣女孩送上了麵包車載走，然後自己走到對面馬路，上了一輛有司機等着的菲亞特小土豆轎車，坐進駕駛位，揚長而去，那個司機則徒步離去。他是萬元戶？三資企業高管？港台記者？華僑子弟？高幹子弟？思芒在順德倒爺那邊走貨有過見識，看出這個半熟臉撚樣掛在脖子上的，可是一部有內置電子閃光燈、自動對焦、全自動變焦功能、三十五厘米單鏡頭反光的日本賓得最新款照相機，怪不得他在廣場拍照時那麼顧盼自雄。不過當年廣場上有不少記者和市民，脖子上都掛着進口單反相機在拍照，行為上並不突兀。

思芒帶着瓶小二和花生米回到六部口家，打算小喝幾口睡一覺，明天又是另一天，明天再說。但明天不是一般的一天，明天是六月三日。不用等到天亮，凌晨一時許，廣場上高自聯、工自聯的廣播站，先後發出緊急呼籲，戒嚴部隊已開始全面進城，從多條道路向廣場進發，市民百姓和學生在各處阻攔軍隊，多地發生軍隊跟民眾的衝突。萬餘名年輕士兵沿長安街徒步跑向天安門廣場，遭市民攔阻。余思芒在嘈雜聲中驟醒，酒意全消，飛奔至長安街，只見從六部口到對街的電報大樓路邊，全是市民，包圍着士兵，軍車都被隔離墩圍住，原來軍隊已來到了他們家門口。中南海正門西側外，四輛坐滿便衣軍人的大客車受困，輪胎給放了氣。他轉到西單十字路口一看，一輛滿載士兵的大客車也被團團人海圍住了。首都電影院附近更有三輛大客車被圍困，輪胎也給

放了氣，其中一輛是裝載輜重的，學生上車拿出槍枝，像展示證據般排放在車頂示眾。破曉時分，學生在新華門前展示從各處的進城部隊手中繳獲的軍帽和軍靴。廣場上學運之聲廣播站宣佈：「我們勝利了！瞧，學生和市民聯成一體。」

思芒那天一直在廣場和西單一帶走動，見哪兒有風吹草動就去哪兒，沒有再碰到白衣女孩和那個高大男生。三十年後，思芒才會在北京再遇到這位白衣女孩。至於那位單反相機不離身的半熟臉高大男生，思芒很快將會意外地和他打個瞬間照面，銘心刻骨，沒世難忘。

下午一時許，在六部口的馬路中間，數千市民又截住了一輛大客車，車上滿載着槍枝彈藥。幾個青年站在客車頂上，用帶刺刀的步槍挑着鋼盔向周圍民眾展示檢獲，不時向圍觀者打着Ｖ型勝利手勢，車頂上還架着一挺機關槍。下午二時三十分左右，數百名武裝警察向六部口聚集的人群施放催淚瓦斯，並趁勢以警棍驅散人群，迅速奪回並轉移了槍枝彈藥。衝突中有平民頭破血流，一個小孩被催淚彈的爆破炸掉了一條腿，小孩的母親站立着大哭不知所措。民眾中有人投石還擊，武裝警察退入中南海西大門內。

下午五時許，三千名官兵突然從人民大會堂冒出來，往廣場推進，受市民和學生阻擋，雙方對峙。六時下班時分，長安街人山人海，人多到騎自行車的都只能推着車走，有些車後座上還帶着孩子，大家心照不宣的聚攏在長安街，三五成群的討論交換白天的消息。到晚上八時，長安街依然燈火通明，人頭湧動，人民大會堂西側的戒嚴部隊退入大會堂建築內，對峙的群眾高呼勝利。這時軍方直升機在廣場上空盤旋。民眾來去如潮水，不到九時，市民回家或去外圍攔截軍隊，廣場以外，偌大的長安街只剩下千把人。思芒這時候也

回了家，邊吃剩飯邊向被禁足的亞芒講述今天的見聞，最後加了一句說：今天算是見證了歷史。耳邊，新聞廣播發佈警告：市民今晚不要上街。

晚上十時過後，氣氛大變，消息已傳開，離廣場五公里的木樨地，軍隊真槍實彈開槍了。思芒已經再回到街頭。在電報大樓和西六部口的長安街路段上，一輛軍車和兩輛公共汽車擋在路中，正在熊熊燃燒。在廣場西北側，思芒看着北京急救中心的救護車，拉上了在木樨地受傷、送到廣場急救站的傷者，又息笛開往西南方。廣場有人喊道：不是橡膠子彈，是炸子兒！此時從西邊進城的二十七軍，沿途向在住宅樓上臨窗張望的市民開槍，掃射了途經的部長樓。

十一時三十分左右，一輛裝甲車全速疾馳闖過廣場，沿長安街往東、駛向大北窯方向，有人趁裝甲車被護欄卡住，向它投擲了幾個燃燒瓶，裝甲車開足馬力碾過護欄逃去。

槍聲已從各方傳到零公里的廣場。

凌晨一時許開始，高音喇叭重複廣播着北京市人民政府和戒嚴部隊發出的緊急通告，稱首都今晚發生嚴重的反革命暴亂，凡在廣場不聽勸告立即離開者，一切後果完全由自己負責。大部分市民和一些學生開始離開廣場。此時戒嚴部隊已經包圍了廣場，部隊一支在前門箭樓以北、毛澤東紀念堂以南的廣場上，一支在歷史博物館北門和台階上，一支在人大會堂內候命，另外十幾輛軍用卡車到了金水橋。思芒也回到六部口家中。

亞芒早已經醒了，穿好了衣服，留意着哥哥的動靜。廣場一部分撤出的學生到了六部口與市民再度匯合。思芒聽到人聲又坐不住要出門，亞芒立刻跟上說，哥，我也去，我要見證歷史！繼母楊秀玉並沒有睡，馬上伸頭出房門說，亞

芒，去啥地方？弗許去！思芒代弟弟回答說，我們就在家門口看看。說罷兄弟倆就竄了出去。

家門口，最熟悉的地方，最陌生的場景。是夜，不說其他地方，在零公里周圍，東邊的長安街，一百多輛坦克和軍車轟隆隆地由東往西行駛，車頂有士兵持衝鋒槍，哪兒有動靜就射向哪兒。靠近廣場東側的南池子和北京飯店前有市民遭槍擊而死。西邊電報大樓前，坦克一輛挨着一輛，市民用磚頭投擲或大喊一聲法西斯，立即會遭到亂槍射擊回應。在六部口，士兵開槍掃射抗議市民，多人死亡，屍體倒在長安街的行道樹下，有男有女，受傷市民躲在各個巷子。西單首都電影院附近，一名解放軍排長被打死，屍體掛在一輛正在燃燒的公共汽車上。

夜未央，在西單路口，思芒和亞芒，跟着十多名附近居民，躲在路邊幾輛側翻的麵包車後面，抻着頭，使勁的張望長安街上幾十米外的坦克和一隊一隊的步兵，他們在向廣場推進。「我為甚麼要做這種蠢事？說甚麼咱們在見證歷史、歷史就在咱們眼前發生、我整個一大傻逼！前兩天我還嘲笑亞芒只會吃，不長個。不長個就不長個，看不着就看不着，我發哪門子神經，做這麼多餘的動作？我拉了一把亞芒，不等亞芒回應，貓腰下蹲把他架到了脖子上。那個瞬間，那個不真實的瞬間，一切不應該發生的錯誤糾結在一起的永劫不復瞬間！我正順勢蹬地要起身的那刻，感到左上方有光閃了一下，我的頭微側向左，剛好瞄到左身旁一名高人的男子，正在矮身往下蹲，他剛按過有內置閃光燈的相機的快門、咧着嘴臉上還掛着傻笑，我馱着亞芒正往起站，我上他下，打了個照面，我沒想到要阻止自己站起來，其實根本也來不及不站起來，我剛一收緊屁股肌肉，一聲爆響，震人的撞擊力

讓亞芒從我的脖子上倒飛出去，我也被震翻，頭背撞到地面，四腳朝天。那一刻我已經意識到，我害死了弟弟。」余思芒曾經講過這樣一段話。

［中］

吃在北京：吃甚麼、怎麼吃

微信公眾號：饞人余思芒

京派饞人

北京的吃主兒名家前輩説，咱北京人最饞、最懂吃，這話説得有點滿了，我會把最字拿掉。

一般南方人印象中，北京人不講究吃，那是地域偏見。

必須承認權力與財富對美食有拉動之功。首善之都作為宮廷貴族世家和外省京官文士商賈匠人密集之地，數百年來知味之士代復一代引進全國各地民間美食，經過精緻化改造，供貴胄達官的家常與宴客啖用，然後回流至四九城的坊間，踵事增華，上行下效，涓涓細流。

王世襄先生説了，多少世紀以來北京就是中華各民族聚居之地，八方人士薈萃之區，只就烹飪飲食方面而言，不論哪一個地方菜系，都曾傳入北京，不過，只有傳入年代較久，深入人民生活中，感到它就是當地的風味，才有理由承認它是北京菜。

至上世紀五十年代末之前，北京的中上流人士皆吃過好東西。看唐魯孫、梁實秋、金受申、齊如山、汪曾祺、王世襄和兒子王敦煌諸位前輩先生的文章，就知道近當代京地吃主兒肚大能容、食不厭精的過人見識。

明清兩朝北京是北方第一位的消費城市，不過，當時菜式的創新來源自江南。南宋以來，城市以江南最為發達，商

業化程度高，市場推動下，廣義蘇系包括姑蘇金陵淮揚以至徽滬甬杭各幫的庖丁廚藝領導全國長達數百年。

不過蘇系進京久遠，御膳和個別官府家宴大菜小點每含江南元素。一些老字號烤鴨店、魯菜館和糕點鋪根在江南。舌尖上的京味兒，可說是一種以北方胃口為本位、不斷吸納南方風味的融合味兒。

當代北京人頗容易嚐到來自五湖四海的菜色。全國各省市都有饞人在京任職，京地的地方菜館五花八門，光譜至寬，名店林立。地方館子到了廣州、上海，都得順從當地口味，在北京則較能保留原味，水準可能不如家鄉最好的館子，卻也不至於太走樣。近代的京畿饞人比地方上的同階層同好者打小吃得更雜，味蕾早向各地方菜系開放。

饕餮二律

人的口胃，是各有主體性的，跟各人童年和青少年的體驗有關，跟各地吃的光譜和食俗的歷史路徑有關。

饕餮之為獸，貪在吞噬，不分盈厭，食人未咽，不知紀極。大胖曾深陷此畜牲道，幾不能自拔。後偶得前人文字點撥，始知分寸，返回人道。然饞人本性難泯，寡人有疾，自命好啖。既然為人，饞而當戒自啖其肉之愚，切忌胡吃海塞、囫圇吞棗，貪吃而要知其味，貪新而不能忘舊。

鴨饌

滿旗曾為數百年的統治民族，他們的口味在京地有引導作用，正如他們的口音改變了北方漢語正韻。滿人酷愛燒

烤，故京地也特別講究吃燒鴨、燒牛羊。清廷更以烤小豬與
烤鴨並列為滿漢席的雙烤菜。

　　咸認為北京烤鴨是世界第一的鴨料理，沒有之一。燒鴨
始於江南，傳入明宮，以燜爐吊烤，爐膛濕度大，似乾桑
拿，鴨子不走油，此技術留傳至今。清後又有易牙發明向鴨
體吹氣，注入清水，直接以芳香果木明火掛爐或叉燒之，實
為內煮外炙，皮酥肉潤，與燜烤異曲同工。金受申先生說：
「鴨的肥嫩以北京為巨擘。」鴨子受人工特技填餵，填鴨
是京地自主研發的特有物種。詞曰：「憶京都，填鴨冠寰
中」。梁實秋先生更說：「鴨一定要肥，肥才嫩。」肉中含
脂，皮帶黃油才叫上乘。吃烤鴨就不要顧忌肥膘了，鴨油是
好東西。烤好之後，一隻鴨子片上一百零八片，哪片兒肉上
都帶着皮，蘸上甜麵醬，放上葱白，捲荷葉餅吃。

　　鴨子一身珍品，在京地烤鴨館名庖手中，能變出多種鴨
饌，包括糟鴨蛋、蒸鴨肝、燴鴨腰、炸鴨胗、炒鴨心、拌鴨
掌、爆鴨腸、醬鴨肉、芙蓉鴨舌、滷鴨翅鴨頭、鴨血攢餡。
鴨子類橫菜還有蒸江米鴨、冬菜紅燒鴨、馬連良鴨子（香酥
鴨），以及齊如山先生所說的在飯莊子「官席」才有的清蒸全
鴨、清蒸爐鴨等等。徐城北先生說以前山東館的熬湯比廣東
煲湯更鮮，是用整鴨和豬肘棒子花一天時間吊熬出來的。

　　大胖認為既然在北京上烤鴨館子進餐，就不必另點別的
雜七雜八肉食了，不妨前菜到主菜，全嚐用鴨料做成的鴨
饌。鴨油可以蒸蛋羹，鴨燈即鴨架可以煮湯，可以酥炸沾椒
鹽以佐酒，也可以如梁實秋先生那樣，帶回家熬白菜或加口
蘑打滷。

　　早期京城外賣葷菜熟食的盒子鋪，皆只稱烤鴨為燒鴨
子。《說文》並沒有「烤」字，這是晚近創造的新詞，在京

地約定俗成廣為使用。《詩經》註曰，抗火曰炙。逯耀東先生認為舉在火上燒，稱炙，炙字的字形，像一塊肉懸在火上。故烤鴨烤肉亦可稱作炙鴨炙肉或燒鴨燒肉。

烤肉

　　人類最原始的烹食方法是燔炙。對不想妥協的食肉主義饞人而言，大胖我認為上好質地的牛羊肉，用明火炙燒，最為美味。西人的炭火燒烤牛排、日韓明爐燒肉燒鳥同理；中亞中東土耳其北非卡巴烤肉、蒙古烤全羊、巴西烤肉和中國北方街頭烤羊肉串同理；粵人以叉燒功夫烤整豬整鵝和「叉燒」肉，與北京烤肉店以扁鐵條加外框帶有縫隙的圓形鐵炙烤肉即炙子烤肉，其實同理。如今中外烤肉店多用帶油糟的鑄鐵平底鐺盤來高溫烤肉，取其方便。家用的高檔蒸烤雙功能箱，邊烤邊加濕，也可以炮製出不錯的燒肉效果解饞。

　　趙珩先生描述張大千先生在晚年寓台的摩耶精舍內，特建一茅草頂的烤肉亭，亭中有一大圓桌，中間是空的，架上鐵炙子，下面是火盆，用松枝為柴火，完全是傳統作派，足見一代美食家大千先生是如何鍾愛、如何追求完美的烤肉。現在住別墅人士在後花園置炭火爐炙肉宴客，技術簡易，全看食材。燒烤牛羊豬雞鴨鵝，也是大胖身為膏饞吻的至愛，饞嘴不計後果。

　　有趣的是京地烤肉館本來只炙烤牛肉，因為有漢民尤其婦女不吃牛，才添加烤羊肉。從前牛是受人驅使之畜，役其力，勞作一生，老牛才成為食材，為了饞這口整肉，當年的吃客對肉質不能要求。後來京城炙子烤肉店攤也有用到西口的羯牛跟乳牛，肉質仍較羊肉硬。大尾巴綿羊則是專供食用

的，太平盛世大量放養，口感自佳。民國北京人享用的是北口的公羊，肉質細嫩，不顯膻腥，據說連天津都吃不到這麼好的口外羊肉，冬天必定要到北平買羊肉片。羊肉受京地吃客歡迎的程度，後來反居牛肉之上。現如今羊肉需求遠超舊時，雖然競爭改良之下品質都有提高，但這羊是圈養、半圈養還是放養的，哪個地方甚麼品種季節的，要怎麼吃，買哪家的，京地的食客還是很有些講究的。供食用的牛也早就是專門飼養的了，千禧年前中國還是淨出口國，後來要靠進口補上需求缺口。但若只以肉質來做比較，國內的肉牛至今仍遜於日本和牛及優質的「認證」安格斯牛。

在吃牛羊肉上，滿蒙旗人與廣大回民同好，遂在京地蔚然成風，激發出漢民對羊本有之饞——羊大為美、魚羊為鮮，早有明訓。烤肉本來不是教民專營，最知名的宛氏和季氏，後者原不屬教門，改為國營後才成了清真餐館。

北京吃肉，以前分時令。《燕京風俗志》說「立秋日，人家有豐食者，云貼秋膘」。貼秋膘即進補，京人補膘靠吃羊肉。唐魯孫先生說：「不交立秋，甭說以賣烤肉出名的烤肉宛、烤肉季、烤肉陳，他們三家不會提前應市，就連一般牛羊肉館，以至推車子下街的，也沒有一個敢搶先。」又說冬天賣羊頭肉，夏天上市的是燒羊肉。現如今這些規矩早都沒有了。

火鍋

除烤炙外，火鍋涮肉是另一種帶北方遊牧遺風、在京地發揚光大的吃法，極受京人重視。唐魯孫先生說：「一交立秋，東來順、西來順、兩益軒、同和軒一類回教牛羊肉館，

立即把烤涮兩大字的門燈，用光彩的小電燈圍起來，歡迎喜歡嚐鮮的人駕臨。」北京牛羊肉館以前很多是烤涮同賣的，客人進門，堂倌要問一句您吃烤的還是吃涮的？

據說以前北京的一些大宅門，從冬至開始，逢九涮鍋子，每次花樣不一，由羊肉、山雞、白肉，涮到一品爐肉，這爐肉是用豬五花肉肉方掛爐燒烤出來的，舊時可是與烤鴨、烤乳豬齊名的中秋時品。最受普通人家喜歡的圍爐則仍是涮羊肉，一説起吃鍋子，就是指涮大羊，涮羊肉遂成為北京涮鍋子的代表。

京地吃客對羊肉認識之深，超過粵人對雞鵝的細心。一隻羊可以涮來吃的部位只有幾個，各有名堂：最好的是羊後脖梗子上的那塊肉，叫上腦；其次是後腿上方臀尖肉，叫三叉兒；另外是臀尖下面兩腿襠相磨、比較瘦的「磨襠」，以及磨襠前、三叉下，大腿與臀部最好的肉「黃瓜條」。涮肉館子割烹分工，案上只負責切，不同部位刀功不一，切不厭細，交客自涮自吃，箸入已開之水、甫余即撈出者為涮。除羊肉外，也涮羊肝、羊腰子、羊尾巴，但都限於羊鮮，一般不會同鍋開涮其他的肉類下水海鮮，不像川渝潮粵的火鍋。

北京傳統涮肉要用木炭燃燒紅銅打的鍋子，也有學問。陳建功先生乃南人，卻以在家中涮羊肉宴客享譽京地文壇。他「家中常備紫銅火鍋者三。大者，八九賓客共涮；中者，和妻子、女兒三人涮；小者，一杯一箸獨涮」。鍋子要爐膛大、爐箅深，使沸水能夠翻滾。涮鍋子皆在京特別訂製，配以紫銅托盤。肉刀長近二尺，購自崇文門花市王麻子刀剪老鋪。建功先生當日路過紅橋自由市場，每攜帶一二羊後腿歸家，自己動手剔筋去膜，置之冰室，用時釘在一專備案板上操刀，肉如刨花卷曲案上。他家中入冬後一九一涮，涮到

九九，再在九九末涮一次，成就十全大涮。京地每年如此行禮如儀者，不乏其人。

涮羊肉不可少的經典標配是水發粉絲、酸白菜、大白菜、凍豆腐，另備白皮糖蒜。主食只有一種：芝麻燒餅。古早期小料兒只是芝麻醬加白醬油、醬豆腐和韭菜末，後來碗底是芝麻醬，加上蔥花、薑末兒、蒜末兒、香菜、韭菜花、醬油、醋、醬豆腐、辣椒油、滷蝦油。如今吃客更任性，佐料花樣多，愛誰誰，加甚麼都行，誰也管不着。鍋裏水開後，有食家主張先放爐肉丸子或滷雞凍，以吊出湯味，大胖則認為開水白湯作為始點很有純淨感，至多加幾顆海米、倆仁冬菇、一兩片生薑。首先下鍋的是羊尾，即綿羊尾巴上的那塊油，切成薄片先涮，然後才涮肉，先肥後瘦，吃時不忘來小口糖蒜。肉吃得差不多就依次放酸菜、白菜、凍豆腐、粉絲，最後舀一口湯，邊喝邊啃燒餅，功德完滿。

羊膳之都

在中亞，羊頭部位是奉貴賓的上品。在京地羊里肌肉被認為是一頭羊身上最珍貴的肉，吃客往往捨不得將之烤涮，要交給大廚子來爆炒、省文簡言曰爆，爆炒之後鎬上不見油、肉上不掛油，不像一般耗油的炸炒，是為京地牛羊肉的爆烤涮三大吃法。回民館有名菜叫他似蜜，即溜羊里肌肉軟片，鹹甜滑口，曾入選為宮廷菜，獲御賜菜名。一般羊肉床子除了出售《都門紀略》已經有載的燒羊肉外，也會做羊脖子、羊雜碎、沙肝、羊腱子、羊蹄、羊蠍子，還提供外帶醬羊肉、燒羊骨和舊稱「湯羊」的肉湯。《都門雜詠》說到細火文煨羊肉，讚曰「煨羊肥嫩數京中」。羊頭肉在京地則是

大眾小吃，以白水煮，切極薄片，灑以鹽花，真如《燕京小食雜詠》云：「十月燕京冷朔風，羊頭上市味無窮。」

總之京地吃牛羊肉特別是後者的講究程度遠高於南方。須知全國各地不吃羊、聞不得羊腥味的人不在少數。江浙菜中羊膳不彰，粵人也只會煲炆帶皮的山羊腩。京人不碰山羊，吃羊也從不帶皮。

汪曾祺先生好羊，名言是不膻固好，膻亦無妨。他說最好吃的羊料理是手把羊肉（即手抓羊肉）。京地啖食的羊肉一般不見骨，只是用作手抓的羊肉一定帶骨，乃羊羔腰窩近肋骨之肉，為清真館的火候大件菜。

汪先生在內蒙吃過半熟的白煮全羊，大呼過癮。內蒙和新疆是吃羊大省，到了那邊當然要吃羊，不過現代吃貨味蕾不耐單一，再好吃的食物，也不堪過度重複享用。就口味變化而言，長期吃羊還是要回到北京。

說到羊饌還不得不提爆肚。爆肚實為火候菜，不同部分要爆不同的時間，家裏不好做。孟凡貴先生小時候適逢京地吃爆肚的全盛年代，名家輩出，代有傳人。孟先生說：「有的人不明白，以為爆肚就是百葉，其實百葉只是爆肚中的一個部分，每一個部位有不同的稱呼，比如散丹、百葉、蘑菇、葫蘆、肚板、肚領、肚仁等。」爆肚店都賣雜碎湯，吃完爆肚配一份燒餅，「拿雜碎湯勾縫，那才叫美！」

京地無縫連結了上中下流社群的羊饌，涮肉，烤肉，加上民間肉床子、熟肉鋪的燒羊肉、醬羊肉，街頭門臉店的爆肚小吃，以及飯莊館子的羊肉橫菜、火候菜、細緻菜，全民群策群力，才清楚無誤全方位的扶持了北京登上中國羊膳之首席。

檔次

　　每個地方不同階段有不同的口味鄙視鏈。齊如山先生說：「在北平從前是牛羊不得上席的。」專門烤涮牛羊的館子原都不是大館子，烤肉鋪只備白酒和小米豆粥，主食燒餅由鄰近燒餅鋪供應。烤肉宛和烤肉季連店名都沒有，吃客只說去安兒胡同吃烤肉、去季傻子那兒吃烤肉。涮肉名店東來順以推車賣餡餅賣粥起家，後來在東安市場設攤開鋪，做到京城第一，在鄰近的沙灘北大任教的張中行先生對它的讚美詞是「價廉物美、可高可低」。

　　早期燒鴨子也只是盒子鋪的一種外賣，沒有客座堂吃。京地一度講究莊館有別，老饕在專奉整桌「莊餚」的大型飯莊子宴客，或在飯館子以「館餚」小酌之時，可外叫燒鴨子，送進飯莊子和飯館子。最早以悶爐燒鴨出名的宣武門外老便宜坊是家賣些包薄餅用的「蘇盤」熟菜的盒子鋪，常見盒菜有醬肘子、薰肘子、大肚兒、小肚兒、香腸、清醬肉、爐肉、薰雞和燒鴨。清末研發出掛爐炙鴨建大功的全聚德則原為前門外肉市的生熟雞鴨豬肉槓。

　　後來烤鴨、烤肉、涮肉受歡迎，京菜館如正陽樓、東興樓、同和居、致美齋，以至清真館子如鴻賓樓、西來順等皆有兼做。世人熟知的京城名饌代表，以烤鴨為首位，涮肉第二，烤肉居三。以前的鄙視鏈已破，現如今烤鴨、涮肉、烤肉的老字號都屬上檔次的飯館子了。不過京地確是另有體面的清真和魯系飯館子，其掌勺主廚頭火甚至二火、三火，能做出極其講究的「官席」大件橫菜，也擅「火候菜」和「細緻菜」（齊如山先生詞）。

清真

　　教門較具規模的清真館子，往往各自另有獨步的牛羊菜餚，如上世紀五十年代進京的天津名館鴻賓樓的蒜子牛蹄心和紅燒牛尾、有二百多年歷史的隆福寺白魁老號的燒羊肉、老西安飯莊的羊肉泡饃、甘肅省會菜燕蘭樓的羊頭搗蒜等。東來順有可口的羊油豆嘴兒炒麻豆腐，菜碼甚多甚細的南派清真館西來順擅長手抓羊肉，一東一西加上南來順又一順，各家的烤羊腿、炸羊尾、白水羊頭、他似蜜、爆肚、雜碎湯以至全羊席，皆值得移步專程逐一大嚼。清真是中國北方從東到西各穆斯林民族菜系的另稱，北京是北方清真菜的總匯，清真館分為老北京的、河北的、天津的、南方的、甘肅的和新疆的等等，各有風味擅長，也互有融合，在北京都可以嚐個遍。

豬餚

　　説了牛羊肉，沒説到豬肉。滿蒙八旗這方面與漢人一樣都是吃大肉的。滿宮擅烤豬，旗籍有用整頭燒豬下聘，女家再把燒豬肉分送親友的習俗。滿族更有打勝仗請子弟吃白水煮肉的傳統，祭祀也供奉白肉，進京後宮裏設有大鍋專煮大肉，並替白肉起了個好聽的名字叫「晶飯」。白肉這道滿貴的傳統菜，成了北京百姓家餚。白片的肉五花三層，肉煮九分，傳統吃法只蘸醬油、蒜泥，配上槓子頭火燒。有人説冬不白煮夏不熬，吃白煮肉的最佳季節是初夏至中夏三伏天，冬天就圍爐把白肉片放在小砂鍋裏，用酸菜、粉絲、海米、口蘑在湯水中小火慢煨。梁實秋先生説了白肉下飯的一個標

準吃法，是在吃飯時另備一碟酸菜，一碟白肉碎末，一碟醃韭菜末，一碟芫荽末，拌在飯裏，澆上肉湯，撒上一點糊椒粉。這般吃法，必定下飯！

眾所周知漢人是世界最龐大的嗜豬大族，無豬不歡，如袁枚《隨園食單》「特牲篇」所說：「豬用最多，可稱廣大教主」。影響所及，教門以外北京人也不是不會做豬肉大菜，像樣的做法除旗籍的烤豬和白煮肉外，還有肉鋪的叉燒爐肉烤方、醬豬肘子、薰雁翅(大排骨)，飯館裏的水晶肘子凍，各種滑溜糟溜糖醋抓炒軟炸醬爆豬的里肌肉，各式菜筍豆製品炒豬里肌肉絲、木樨肉(豬肉炒雞蛋和木耳)、炸響鈴(烤乳豬的豬皮起下來回炸)、燒爪尖(炸去骨豬蹄)，以及乾隆愛吃的蘇造肉(五花肉滷煮，有「蘇造肥鮮飽老饞」之京句)，等等。專賣白肉的缸瓦市名館和順居即砂鍋居(唐魯孫先生筆下當年只是個「小飯館」)，可以做出全豬宴。

不過大胖平心而論，京系豬肉的菜式不如一些南食首本戲那麼精彩拔尖。京地吃主兒的才份，似不落在豬肉大件橫菜上，而是發揮在對豬的其他部位的細緻利用。漢滿平民庖丁巧手仿傚牛羊雜碎和白水羊湯做法，創製出滷煮、炒肝兩大美味小吃，京地竹枝詞所說的「稀濃汁裏煮肥腸」、「一聲過市炒肝香」。粵地是出名懂得料理豬的肝臟下水的，北京同樣能拿出來顯擺的就是滷煮、炒肝兒，都是大胖經常思念的家鄉美食，只是現在這兩樣在京地都淪落了，堪能入口的少有。另外廟會上受歡迎的炸灌腸即豬大腸油加團粉製成的小吃，以及與爆羊肚兒、爆牛百葉並列的爆豬肚仁兒，則是供大胖牙祭之時的「齒感」之食。內臟下水屬於難於處理食材，京人在這方面的用功，説明其平民百姓對豬也對牛羊一樣是講究的。

吃豬大國，改革開放四十年，南豬北調、全國的名種土豬和老雜交豬，改良培植下，肉質肥瘦得宜，絕少帶腥臭，味道普遍已勝過一般新雜交豬和進口豬種，除非你拿高價位的西班牙伊比利亞豬或鹿兒島黑豚來作比較。當前中國肉食大企業已經主控世界豬隻供應鏈，本地飼養的洋種生豬和低價進口的豬肉充斥大眾市場，國產老豬種更顯矜貴。現如今豬肉跟羊肉一樣，土種才是好的。

雞餚

雞的情況也跟豬羊相似，國內土產雞完勝進口，可能除了高價的法國布雷斯雞這類極品之外。

南方尤其是粵人鍾情吃雞，如今這可是南北有別了。《隨園食單》說「雞功最巨，諸菜賴之」，因此袁枚「令領羽族之首，而以他禽附之」。據金受申先生說，北京在民國時期，雞的做法也曾遠多於鴨。後因雞易得，部分北京人反而對吃雞越來越不感興趣了。單憑烤鴨一項，鴨在京的地位已遠在雞之上。

齊如山先生當年還說，平常席面以豬肉為主，再高則雞魚，最冠冕堂皇的菜，都是海味雞鴨，連豬肉都不上。可見雞的位置，曾經不下於魚鴨，更在豬牛羊之上。御膳的四酥之一是酥雞；全聚德除烤鴨外也曾以做砂鍋雞、蘑菇雞馳名；東來順擅做涼悶雞；同和居備有貴妃雞；泰豐樓、致美齋皆以鍋燒雞風光，泰豐樓的名菜鴛鴦羹一半是豆泥菠菜，另一半則是雞茸配火腿末，另一經典菜為炸八塊，是用童子雞斬八塊腌製煎炸而成，致美齋的燴兩雞絲也很有名。芙蓉雞片是京系名饌，梁實秋先生寫過東興樓的芙蓉雞片，這道

菜要剁雞胸脯肉成茸加蛋清，上大油鍋過油，各樣講究不好做，不過卻是回族馬連良先生的家宴拿手菜。當日馬先生的寓所是京城藝文顯貴的最高級落腳地，不過平常奉客吃的宵夜也多只是雞肉抄手。唐魯孫先生浮海赴台後懷念的是山東館潤明樓的雞絲拉皮，並說「西來順的雞肉餛飩也算一絕，不過知道的主兒不多」。白石老人最欣賞他自己家的燴三丁，即用火腿中腰封和黑刺參，勾芡燴帶皮的腿肉雞丁。齊如山先生所列舉的高難度火候菜單中也包括芙蓉雞片、醬爆雞丁和川雙脆(肚仁和雞肫)等雞饌。俱往矣！大胖在廣東待過，深有感觸，如今北京吃貨不管是上館子還是在家中宴客，沒人會特別想吃雞，當其是賤物，每每捨雞而選鴨、牛羊和海鮮。換了廣東人，沒有大雞還算是席面嗎？在雞的戰線上，大胖不覺得京菜還有能力和意志力去扳回一城。

腑臟和小吃

在貧富殊途的舊時代和短缺經濟的新社會，不是人人吃得起大塊整肉，城鎮的平民百姓一定都會創意地發明出利用邊角腑臟下水做出各式小吃，不放過禽畜的頭頸舌掌心肺下水。京食在這方面極講究，品種繁多而且普及，因為京地生活在貧窮線上下的人數其實甚眾。

所謂窮有窮講究，崔岱遠先生說北京窮人解饞的小吃，「有個共同的特點，原料便宜，但工藝講究，製作煩瑣，一道簡單粗俗的小吃，卻凝聚了它的發明者和製作者幾輩人的心思。」

齊如山先生總結過近代中國菜中的腑臟饌餚，「中國人愛吃動物肚腹中的東西，西洋則否……古人亦不重此，但幾

百年以來，則成了珍貴食品。」腑臟甚至被提升為細緻菜的食材。齊先生說：豬肺粗品，然清湯銀肺是細緻菜；溜肥腸是粗品，九轉肥腸是細菜；炒腰花平常，腰丁燴腐皮便是細菜；炒肝尖是平常菜，鹽水肝便是細菜。「魚肚中之物，如魚白、魚子、魚腸等等，做法也很多」，「雞鴨肚中之品，那就更是貴重菜了。」

牛羊豬鴨雞腑臟小吃不僅讓京地平民百姓也能擁有出人意料的高質口福享受，還成了京味兒民俗文化的一大組成部分。

有清一代，沒多少錢卻有時間有文化的北京閒人有的是，這是一般大城市少有的良好條件。梁實秋先生寫道：「有人說北平人之所以特別饞，是由於當年的八旗子弟遊手好閒的太多，閒就要生事，在吃上打主意自然也是可以理解的。」北京除漢回的窮人外，還有普通滿人這一有閒嘴饞愛顯擺、手頭又常不寬綽的特殊消費階層，除上述腑臟小吃外，還特別嗜愛醬熏熟肉、奶酪製品、豆製品和南北風味糕點。小吃昂昂然成為代表北京的美食名片。

南味北調

隋唐至北宋時期幽州地段的漢族本無自己大菜系統，腹地即現河北省一帶至今烹調水平低下。宋室南遷後，庖藝先興於江南的商業都市。元建大都於今北京，吸引了大批回族入城，牛羊肉為蒙回兩民的同好，所謂以肉為食，酪為漿。元朝也將南方百工技師遷徙至京都，有說燒鴨子在元時已成御膳。不過從元朝帝王食譜《飲膳正要》看，「烹調仍甚簡陋」（梁實秋先生語）。

至明清，江南人的飲饌觀念有所突破。被稱為飲食之人

的袁枚在《隨園食單》批評孟子「賤飲食之人」，說「學問之道，先知而後行，飲食亦然」。袁枚將其食單與詠詩等同齊觀，書中集四十年美食，舉大端分列十四類三百餘種南北菜餚飯點，敍烹調之法，膾炙人口，淮揚蘇杭菜系呼之欲出。明清出版文人食譜成風，飲饌知味觀念超越了過去儒家維生和道家養生的範疇。明末人在北京、曾替祖父編訂《老饕集》的張岱追憶前朝頹吃：「從以肥臘鴨、牛乳酪，醉蚶如琥珀，以鴨汁煮白菜如玉版，果蓏以謝橘，以風栗，以風菱。飲以玉壺冰，蔬以兵坑筍，飯以新餘杭白，漱以蘭雪茶。」

明朝廷將南方佳餚帶到新都北京的宮內和官家，清宮有所繼承，多文化主義下，兼顧蒙回滿烤涮白煮食俗和漢餚南貨北食。明清皇室權貴嗜啖江南佳餚者大有其人，乾隆出名愛吃江南小菜，由醬菜到南爐鴨，京中富戶爭相餽食仿傚。曹雪芹在寫北京官府世家的巨著《紅樓夢》中也堅持南食。

及後天津的鴨子樓進京，有載「都城風俗，親戚壽日，必以烤鴨燒豚相餽遺」。前門大街東邊市房的肉市，寬不過丈餘，長不過里把，賣吃食的莊館攤鋪密集，《道光都門紀略》說：「肉市酒樓飯館，夜夜元宵，非他處可及也。」京都竹枝詞有詠肉市條說「筍鴨肥豬須現燒」，售掛爐鴨的全聚德即在此發跡，另一山東名館正陽樓也開在肉市街。

魯菜

終於說到正式京系館子的正式大菜了。上海人管西餐叫大菜，那當別論。京系的軟爛工夫橫菜、火候菜和細緻菜，除清真系和白肉館外，多出自魯菜，加上一些宮廷和京官家中流傳出來的地方菜餚。王世襄先生曾建議把極為個別的福

建、廣東、四川等地方菜餚也列入北京菜，「因為它傳入北京也已多年，在北京所享的盛名已超過其原有聲譽。」

全聚德、正陽樓，以至素稱金陵遷移於此的醬肉鋪宣外老便宜坊、自命姑蘇致美齋的小館兒致美齋，皆為山東灶，無分南菜北菜，有一說京城的飯莊大館子最初多為八旗子弟暗中投資，全因大清律不准旗人經商，而山東人老實勤快，是以京地很多飯館子的堂、櫃、灶皆是山東東三府籍貫的人在經營，這也大都是清末的事兒了。

北宋時所稱的北食，已以魯菜為代表。明時說部《金瓶梅》假托宋朝故事，寫山東運河沿岸菜餚達一百零八種。魯地借黃河、運河和瀕海的地利，清時已與江蘇、廣東並列，成形為全國最發達的三個大菜系。唐魯遜先生以至逯耀東先生皆認為「中國菜的分類約可分為三大體系，就是山東、江蘇、廣東。按河流來說則是黃河、長江、珠江三大流域的菜系」。唐先生還說山東的海產跟「江浙閩粵出產的海鮮，似乎各有千秋」。

當年有南甜北鹹之說，魯菜適合北方人的鹹鮮口，又有地理毗鄰京師的優勢，魯灶在京地雄霸一方是可以想像的。孟凡貴先生說「咱北京人的口味跟山東人差不太多，所以北京人對魯菜情有獨鍾」。金受申先生說民國時期北平城「大部只以山東館為北京館」，抓炒、軟炸、雞鴨魚菜，「非山東灶不精。」

魯菜首先進京的是煙台和青島福山幫的膠東菜，把古齊國之地海江河鮮帶到京城，構成京地本幫膠東菜系，影響到御膳主流偏好。北京有代表性的大菜蔥燒海參、油悶對蝦和烏魚蛋(也叫烏魚錢，乃烏賊生殖器官)，原為膠東菜。東興樓、正陽樓、致美齋皆為膠東灶。

魯西濟南幫稍後到京，融合南北，做的是魚翅、燕菜、黃河鯉魚等大件菜，也擅清奶二湯，爆燒炸炒，一菜一味、以及甜菜等「珍細品，非普通館子所能及」（金受申先生語）。豐澤園、泰豐樓、新豐樓便是濟南灶。如今有些外地人只知道山東人吃大葱大蒜，不知魯地出水鮮和珍細大菜。

上館子

　　吃貨勝地如北京、廣州、上海，必然都應是大菜、小吃相得益彰的城市。飯館子的大菜和門臉店槓攤的小吃都是城市化產品，富裕的大城才養得起好飯館，小吃的豐盛則反映一個城鎮的庶民生活文化的發達，皆為都市多樣性的象徵。或者説，沒有大菜只有小吃的社會是可憐的，至少是發育不全的，但沒有街頭小吃店鋪而只有土豪腐敗館和商場連鎖餐館的世界則是可悲的、是不宜居的。

　　饞人上館子，為了遍嚐工夫大件菜、煎炒溜爆烹炸的火候菜，以及刀功調味庖藝講究的細緻菜。京地叫這等地方為飯館子，也即趙珩先生所稱的小館兒。趙先生指出，北京有大飯莊子，排場大得很，飯菜卻早不中吃的，也有無數小鋪，斤餅切麵，肥膩二葷，僅能果腹而已。凡此二類，皆不在小館兒之列。小館兒或飯館子才是京菜水平的標竿。民國全盛期所説的八大樓、八大居、八大春等皆屬飯館子。八大樓和八大居為魯系，八大春多蘇系粵系，現保留其名者已不多，傳承未斷者更少。

　　唐魯孫先生説北京最有名的飯館子第一要數東興樓，店主是山東榮成老鄉，搭上了大內李蓮英，有獨門內廷菜，「拿出來確實有獨到之處」，如燴鴨條鴨腰加糟，烏魚蛋格

素、鹽爆肚仁、炸肫去邊等。《北平風俗類徵》引望江南詞曰：「都門好，食品十分精，煎炒問東興。」徐城北先生說東華門外的東興樓氣派大、器皿精、菜餚做工好。梁實秋先生說爆雙脆也要以東興樓和致美齋稱量手藝，並寫過「東興樓的又一名菜饌曰烏魚錢，做法簡單，江浙館皆優為之，而在北平東興樓最擅勝場」。東興樓是北京八大樓不爭之首，可惜它在日據時期結業，中斷四十多年後，一九八二年才獲重開，已物換星移。孟凡貴先生現如今列出的菜單是紅扒魚翅、蔥燒海參、三鮮魚肚、九轉肥腸、烤鴨、醬爆鴨丁、燴鴨四寶、乾炸丸子。

另一名館是正陽樓，魯系大菜和螃蟹、烤涮都出色。梁實秋先生甚至認為「北平烤羊以前門肉市正陽樓為最有名，主要的是工料細緻」。孟凡貴先生說正陽樓的涮肉，以雞鴨肉或豬骨吊出湯味才下涮。在烤涮季開始之前，搶着光顧正陽樓是為了吃螃蟹，梁實秋先生說在北平吃螃蟹的「唯一好去處」是正陽樓。河北勝芳或天津運來的螃蟹，到京後就在車站開包，先由正陽樓挑選其中最肥大者。當年講究七尖八團，農曆七月先嚐尖臍，八月吃團臍，與如今吃南方大閘蟹的九雌十雄不一樣。梁先生說：「在正陽樓吃蟹，每客一尖一團足矣，然後補上一碟烤羊肉夾燒餅而食之。」梁先生並強烈推介來一碗余大甲即蟹夾湯，撒上芫荽末、胡椒粉和切碎的回鍋老油條，「除了這一味余大甲，沒有任何別的羹湯可以壓得住這一餐飯的陣腳。以蒸蟹起，以大甲湯終，前後照應，猶如一篇起承轉合的文章。」

飯館子最老資格的是嘉靖年開在宣外北半截胡同的廣和居，曾為名臣大儒雅集小宴之首選。其時京地官家的私房菜也分別流轉出來，如潘祖蔭(一說潘炳年)的潘魚、吳閨生的

吳魚片、江藻的江豆腐、陶姓官員的陶魚，因應本家五柳先生改稱五柳魚。《都門瑣記》說「若專有者，則福興居之吳魚片，廣和居之潘魚、辣魚」。民國二十年廣和居封灶，上述業藝由福山幫同和居接手，也成名流雅聚所在地，譽為八大居之首。金受申先生說北京做元魚(元菜、甲魚)的飯館，首推同和居，能將元魚裙燒成魚翅味一樣。同和居並以海味、河鮮、貴妃雞、賽螃蟹、九轉肥腸、混糖大饅頭、三不粘等名菜吸引老饕。

民國二十年前後開了三家新派的山東館：泰豐樓、新豐樓、豐澤園，拿手菜有泰豐樓的鴛鴦羹，茉莉竹蓀湯、鍋燒雞、炸八塊，新豐樓的鍋塌比目魚、白菜燒紫鮑。豐澤園是後起之秀，講究蔥燒海參、紅燒魚翅、烏魚蛋、醬汁中段、糟蒸鴨肝等菜，也擅火候菜。崔岱遠先生說京地曾有句話：「炒菜豐澤園，醬菜六必居」。崔先生還特別寫過豐澤園的絕活兒醋椒活魚。

煤市街煙台幫的致美齋是典型小館兒，幾可掛上海鮮館三字。清末的《都門瑣記》已記載說「魚之做法最多，致美齋以四做魚名，蓋一魚而四做之」，分紅燒頭尾、糖醋瓦塊、醬炙中段、糟溜魚片。另提供五柳魚、抓炒魚以及「敬菜」魚肚腸肝肺做的雜碎湯。致美齋的拿手菜還有燴兩雞絲、醬爪尖、蘿蔔絲餅，以及梁實秋先生激賞的致美齋砂鍋魚翅和煎餛飩等。

當年專門承辦婚壽迎送大宴的飯莊了八大堂，現僅存城西的惠豐堂，已與飯館子無異，講究扒菜燴菜。孟凡貴先生在惠豐堂點的菜包括炸去骨豬蹄、燴烏魚蛋、扒爛肘子。上世紀四〇年開張的萃華樓，出自東興樓，以魚蝦海參等乾鮮海味著稱，拿手清湯燕菜、燴烏魚蛋、乾煎鰈魚、蔥燒海

參、糟溜魚片、油悶大蝦,也擅各式芙蓉菜、燒賣、蒸餃、銀絲卷等。羊肉館西來順也工大件菜和細緻菜,《老北京旅行指南》就羅列說西來順的拿手菜是扒三白和砂鍋魚翅。

宮廷菜和官府菜

仿膳最早只是喝茶的地方,一九三五年出版的《老北京旅行指南》列之為茶點社,拿手一欄只寫了栗子粉窩頭一項。清宮御膳白案上的廚子,分屬葷局、素局、點心局、包哈房。一九二四年溥儀先生被逐,故宮退食,御膳房廚人四散,原菜庫廚工趙潤齋先生等,開張了一家叫仿膳齋的茶莊,除茶水外也經營糕點和一些大眾菜餚,一九五六年歸國營,更名仿膳飯莊,文革停業十年,七五年在北海公園南門平房只恢復小食服務,供應肉末燒餅、豌豆黃、芸豆卷和小窩頭。朱小平先生說「仿膳最出名的還是仿清宮御膳房的點心」。後來仿膳飯莊在北海公園重掛門匾,請溥杰先生題字,奮力回溯,經營仿宮廷風味菜餚,溥先生還說「比當年宮裏還好吃」。所在地點北海確曾經是皇家禁苑。

到北京還可以一嚐厲家菜。據說厲家祖上曾在清宮任膳食官員,有傳下一些宮內菜譜,上世紀八十年代由孫輩吃主兒和曾孫輩兄妹易牙重新發揚,以京風魯灶為本,借鑑大內食譜,用貴重食材,處理北方口味的工夫橫菜和細緻菜,獨樹一格。法餐有「高級料理」(haute cuisine)這一概念的餐飲級別,厲家菜為京菜裏的高級料理。

清宮「佳餚多四」,北京辦喜壽宴,也是四四到底,四涼盤、四炒菜、四燴碗、四飯菜等等。宮廷四抓菜為抓炒腰花、抓炒里脊、抓炒魚片、抓炒大蝦,四酥菜為酥魚、酥

肉、酥雞、酥海菜，四醬菜為炒黃瓜醬、炒胡蘿蔔醬、炒棒子醬、炒豌豆醬。

清宮有檔冊記載帝后日常進膳，菜品一般僅二十種左右，雖已比普通人家講究，但遠說不上窮奢極侈。甭說駝峰猩唇，連魚翅海參也不是日常天廚上食，反而有肉絲炒波菜、鹹菜炒茭白、滷煮炸豆腐之類的「粗」菜。同治元年慈禧母儀天下，壽宴上屬珍貴食材的也只添了肉絲炒翅、溜海參和配用燕窩以擺成萬年如意四字的雞鴨菜。

至於所謂滿漢全席，如朱小平先生所說，是「一直存疑，形成時間至今無法確認」。乾隆時期李斗著《揚州畫舫錄》列出過「滿漢席」菜單，注明是「以備六司百官食次」，即非帝王御膳，僅供官場宴會之用。梁實秋先生上世紀在台灣時就曾說過：「近日報紙喧騰的滿漢全席，那是低級趣味荒唐的噱頭。以我所認識的人而論，我不知道當年有誰見過這樣的世面。」唐魯孫先生也說，「予生也晚，既沒有見過滿漢全席，更沒吃過。」既然世家吃主兒梁先生和旗籍美食家唐先生都沒有聽聞品嚐過滿漢全席，今兒又有誰能知之，更不要說執行之。國境內外的滿漢全席，網羅上食珍味，奇譎華縟，實為今人之想像建構，乃鮮花著錦、烈火烹油之創作。

譚家菜出自譚姓世家兩代人的家宴。譚氏在嶺南多年，口味粵化，但第一代的庖廚是湖南人，兼淮揚菜底子。第二代進京任官後，由具有割烹天份的家姐和譚夫人配合家廚掌勺。歷代京官來自各地，對引進地方美食有功，個別當官老饕自己改良發明的食餚，還流傳到坊間。但官家私房菜終成了公開營業的高檔館子，京地也不多見。譚府家宴在粵系大菜高度上融合淮揚、京魯烹藝。既是官家宴客，來賓非富則貴，非珍貴食材不足以表重視，官府家宴必然善做海味山

珍、勾芡軟爛的工夫大件菜，要做到「熟爛為上、助味無雜」的標準，大概宴飲的賓客多是上了些歲數的人吧。梁實秋先生說譚家菜的「魚翅確實做得出色，大盤子，盛得滿，味濃而不見配料，而且煨得酥爛無比」。可惜唐魯遜先生記憶中譚家菜的很多大小菜餚如溏心鯉魚、砷螯炖鹿筋、清蒸瑤柱、茄子蒸魚、豆豉肉餅曹白鹹魚、杏仁白肺、蠔豉鴿松、畏公豆腐、鍋炸雞腰、鳳翼穿雲等，現皆不提供了。張大千先生當年吃的紅燜裙翅、紅燒鮑脯、白切油雞也有調整，白切油雞沒有了，譚家極品鮑仍在、翅改成黃扒魚翅，另外提供的是魚翅撈飯、迷你佛跳牆、清蒸蘇眉魚、清蒸東星班、譚家清湯貢燕等高級食材料理。

五湖四海

除了宮廷菜和官府菜有南食的烙印外，南方各地的飯館在清時也已陸續進駐北京，民國時期京城的地方飯館很多樣化，這是全國省會級的城市都不見得擁有的條件。

到了上世紀五十年代初，還有好幾家外地飯館子進京。東安市場蘇系五芳齋的拿手菜曾有清炒蝦仁、炒鱔魚絲、燒頭尾、砂鍋魚頭、蟹粉獅子頭、蝦仁伊府麵、蟹黃湯包、醬牛肉和蘇式點心的。今東安市場已面目全非。

過去二十年，各地方政府在北京設駐京辦，往往附設餐館，開放給本地吃客，京地因此也是品嚐地方菜系的第一勝地。在舌頭的開放，吃喝的自由上，北京總算還行，也很容易接觸到全國美食。

水中鮮

　　清末《都門瑣記》特別寫到山東館之外的魚饌，說「河南厚德福之蘿蔔魚亦新味」，「廣東醉瓊樓則有五溜魚、西湖魚」，並說「色目之佳者，曰芙蓉鯽魚」。京地飯館子的海味河鮮名菜甚多，如曲園的荔枝魷魚、厚德福糖醋瓦塊、恩成居的五柳魚、小有天的高麗蝦仁、峨眉的紹子海參、春華樓的焦炒魚片、烹蝦段、森隆的蟹黃入菜等等。金受申先生說淮揚館擅長炸松鼠黃魚，尤以玉華台為著名。梁實秋先生說清炒蝦仁以西長安街的閩菜館忠信堂獨步，而用白蝦做的水晶蝦餅則是錫拉胡同玉華台的傑作。

　　有南人以為北京人不懂吃海鮮，上文的眾多例子，都是旨在說明烹調水產正是長年面向本地吃客的山東灶和外省進京飯館子的強項。京地兼備水產海鮮的勾芡工夫橫菜和汆炒火候菜，只是香醬配料口味跟南方不一樣。一般說香港人對海鮮很挑很刁鑽，我帶過一些港地食家去山東館淨雅嚐齊魯小海鮮，主打那些帶殼的各式各樣軟體水產，眾人也覺得頗具滋味，摸摸鼻子承認說南北各有風味。當然他們回去還是會堅決認為海鮮香港第一，那管不了。私底下，我也同意他們，只是想說明北京人也一樣講究水中鮮。

　　北京不是港口城市，沒有漁民文化，也非江南式魚米之鄉，水產確實都是外莊運來的。不過老北京中上流吃客對海湖江河之鮮其實並不陌生，個別甚至懂吃懂做超過時人。工敦煌先生童年時間家裏有個滿族家廚，稱張奶奶，是個女易牙，麵點牛羊雞鴨不說，還會在家裏清蒸白洋淀雄縣圓菜(甲魚)、清蒸江蘇長江口二三斤重的鰣魚、清蒸江上白鰻、用福建紅糟煮黃蜆、清炖蟹粉獅子頭、炒賽螃蟹、烤奶汁

偏口魚、以鹽水花椒煮青殼對蝦、油烹段蝦等等大件菜、火候菜。

崔岱遠先生更直說：「無魚不成席，對北京人來說更是如此。」《燕京雜記》有記：「京師最重活魚，鯇魚一斤三四百，至小鯿及烏魚、黃膳之類，雖活亦賤，其價有下於南方者。」《京塵雜錄》則說「京師最重白鱔，一頭直數緡，潞河鯉魚，灤河鯽魚，價亦不貲」。可見京城嗜魚鮮之風。信奉不時不食者還會聽得進梁實秋先生所言開春之後「黃花魚上市，緊接着大頭魚也來了，恰巧這時候後園花椒樹發芽，正好摘下來烹魚。魚季過後，青蛤當令」。金受申先生在四十年代已解釋說，北京五方雜處，大部魚類可以買到。他數說「最好的魚是金翅鯉魚」，還有清江鯽魚、太湖青魚、南北鯽魚、松花江白魚、渤海黃花魚、大條膳魚、西湖草青魚、北京叫瓶兒魚的鯧魚，以至京地百姓熟悉的帶魚，且不說「次等魚」如草魚、鯰魚、團魚等。金先生說京地最常食用的的魚是鱖魚，訛稱桂魚。鱖魚素受古今文人讚許，唐詩就有「桃花流水鱖魚肥」之句。崔岱遠先生也特別推崇鱖魚，稱之為「純中國產的名貴淡水魚」，「中國各大菜系中幾乎都有用鱖魚做的名菜」，如淮陽菜的松鼠鱖魚、徽菜的臭鱖魚、魯菜的乾蒸鱖魚、川菜的乾燒鱖魚鑲麵等等，以及豐澤園名菜、用白底藍花腰盤端上的水嫩的醋椒活魚。崔先生說醋椒鱖魚是京城經典，「這才是席面上名副其實的壓軸菜。」京人對吃魚是很有態度，也是很琢磨的。

辣口

口味如流水，京菜、粵菜和江浙菜三大底子很厚的中國

傳統菜系皆不嗜辣，現在是一辣遮三醜，不辣不歡。西南和華中勞力者解乏的江湖飲食上了位，品味被收窄在偏端。辣並不是味覺，是痛感，可以刺激大腦製造止痛的分泌，帶來快感。一旦你給上癮的佐料拿下，舌頭麻木，你大可以跟美食家的自許說再見了。大胖我也吃辣喝香，但對辣的泛濫有抗拒，正如大胖也愛錢，但不接受一切向錢看的唯金錢霸權主義。

國營

趙珩先生說了，「小館兒裏的菜並不見得個個兒做得好，但每個館子卻都有幾個自己的拿手菜，誠為不俗的出品」，所以各位上飯館子一定要懂得點它們的拿手絕活。只看菜單亂點，不見得點對。京菜館子也是會趨流行互相抄襲的，甚至裝大尾巴狼改弄鮑參翅燕圖索高價。外地人去京菜館試菜後的失望，往往一是因為根本沒點對菜，二是因為帶着地方主觀，嚐後發覺味道不是所期待的，三是京菜館水準不一，或菜單上有個別湊和的菜做得特別差、服務不周、白米飯是涼的諸如此類問題。京菜老字號多是國營的，國營企業的優點缺點、作派德性都在。不過國營老字號一般都保留了一些拿手菜以及別處吃不到的獨步名饌，所以去老字號要懂得點菜。

京地有名的老字號飯館子，捱過日據年代，經過公私合營、合併和國有化，度過大饑荒困難時期，再活過文革的災難性致命衝擊，九死一生，傳承都曾經中斷。改開後再掛招牌，百廢待興、有等匠心庖藝已經凋零。南巡後一切向錢看，國營餐館的廚子，經不起部委大國企單位食堂和商業機構私廚的高薪挖角，人材流失嚴重。當時京地懂吃懂喝的資

深饞人消費群元氣大傷，一時未能先富起來，上不起大館點大菜，餐飲業的劣幣驅逐良幣，暴發饕餮權貴只知價位，不屑欣賞細味，只要最貴不要最好，到處是豪客腐敗場所。千禧年後，見多識廣的北京吃主兒群體比較淡定了，此時令人憂慮的是，北漂和年輕人根本不懂京食，嗜新捨舊，而新晉中產者多生長自短缺經濟年代，見識亦有限，多沒嚐過好東西。

所以，大胖要感謝國營，若無國營，一些京館子可能熬不過漫漫長夜，早就關門了，那京菜就更沒指望了。大胖逢人呼喚保衛老字號，存在就是勝利，活著就有希望，等待新一代吃貨隊伍品味的拐點。

京人吃京菜，不是負擔，而是福利，就如用國貨不是責任，誰好用誰。京菜本來就是好東西，不怕貨比貨，只怕不識貨。

美食祖師爺袁枚說，行始於知，京人認識京菜是應該的。抬舉京菜必須靠自己，不能依仗外人，正如救國不能靠外國人，更不能指望達官貴人，他們有幾個是北京人？讓他們去吃毛家菜吧。從自己做起，讓你的外地男友、外籍女友也認識京菜。京人捧京吃，味蕾向本土回歸，有何不妥？這不妨礙時而以外省菜、外國菜來調口味。現代饞人也應如咱吃主兒的先輩們，擁有肚大得容、食不厭精的氣魄。

時令

梁實秋先生的京食名言是「大抵好吃的東西都有個季節，逢時按節的享受一番，會因自然調節而不逾矩」。北方四季分明，京人對時令最講究。京城有四季不同餡的餃子和不同做法的麵食，春餅、夏麻醬麵、秋燒餅火燒、冬炸醬麵

打滷麵。有應季的餑餑，春之藤蘿餅玫瑰餅、三月三豌豆黃、夏之酸梅湯、伏天杏仁豆腐、秋炒栗子烤白薯、冬天的麵茶、糖葫蘆。過了臘八就是年，唐魯遜先生為年節的食俗，費時間寫過好多篇文章。還有時令蔬果，饞人思之能不神往？

京菜復興

不過，時令蔬果、小吃和點心雖然精彩可口，燒烤和涮鍋更是大眾的最愛而且十分講究，但是一個菜系是否硬挺，還要看它的工夫大菜、火候菜和細緻菜的水平，是否精進，要靠它的名廚名館子的努力。換句話說，專業廚師的功夫是關鍵，但名庖也需要好飯館作依托。有沒有好的飯館子，決定了一個菜系的未來。並不是說一般家庭出不了好菜，很多細緻菜家裏是能做的，甚至貴重食材的軟爛大件菜，家裏也可以偶一為之。不過以前那種貴族和世家做的家菜，像王世襄王敦煌二位先生自家中養着一名女易牙張奶奶的福份，今人已不多有。今兒大富人家能找到個巧手的川籍廚子就很滿足了。火候菜往往需要設備如大油鍋猛火爐，如當年馬連良先生家那般，現在住小樓房的小康家庭不好處理。一家之中有個割烹好手，是所有家人的幸運，但一個地方菜系的進步，不能太寄望家庭私房菜。京菜的文藝復興，有賴京館子替京廚庖丁提供優良奮進的匠人環境，而飯館子以至整個京地菜系生態的改進，一要有資本長期投入，二要靠識貨知味的吃客群體穩定支持，既要有量，也需要質的提升。咱們這代本地饞人責無旁貸。

一個人一天只有一頓午餐一頓晚飯，一生而言吃一頓就

少一頓，能不鄭重其事？一個外地老饕來訪北京，只停留三兩天的話，大概會去吃一頓烤鴨、一頓涮肉，但不要忘了應該去光顧一家清真系飯館子和一家京菜老字號，點它們的拿手絕活，嚐一下講究庖藝的大件菜、火候菜、細緻菜，那才算是上道的老饕京地美食之旅。

　　至於早餐和其他時段，就留給以北京小吃為營生的小店吧！

［下］

致吾弟亞芒

二〇一九年六月四日，廣場三十年祭

亞芒吾弟如面：

　　當你收到這封信的時候，你我已經三十年不見了，當日情形，歷歷在目，是我害死了你，那是毫無疑問的，你大可以恨我，怎麼罵我怪罪我都不為過，我多想你能當面把我罵個狗血淋頭，那我還好過一點，因為是我強行而且極其愚蠢的行為，鑄成這不可挽回的大錯。打那以後，你認識的那個阿哥余思芒也已經死了，變成另外一個人了，一個被嚇破了膽、嚇尿了的多餘的人，一切年少時候大言不慚的志氣都沒有了，只剩下吃吃喝喝，咱北京人有多不堪，你阿哥我就有多不堪乘以一百倍。你該怒我不爭氣，嫌我窩囊，我是真認慫了，慫到三十年來就算在心裏都不敢面對你，即便今天努著勁寫這封信給你，我也不擔保自己能夠完全坦誠的表白，只是覺得三十年了，總得跟你說點甚麼。你一定很想知道，你離開後，你媽，應該說咱們的姆媽，她情況如何，而這些年我又是怎麼混過來的，我得給你一個交待。

　　我沒有把那個晚上的真實過程告訴姆媽！我不敢，我自私，我躲避，我把責任簡單的推給了開槍者，就這樣遮掩了我的大錯，我把自己永遠釘在了恥辱柱上。你媽非常愛你，她傷心欲絕痛不欲生，細節不說了，我都不敢回想，她是怎

麼挺過來的。她勇敢，比我勇敢多了，她後來是天安門母親這個抗爭維權群體的一名沉默而堅定的成員。姆媽現在身體尚好，咱們家住過的西安福胡同和西舊簾子胡同的院子在二〇〇一年已拆遷，姆媽被迫搬去了豐台西馬廠那一帶，不給她回遷六部口。北京奧運後她賣房套現，搬回寧波姜山段塘你外公家，那邊還有你阿姨和親戚在。我跟她現在有加微信。微信是一種新的像大哥大式無線手機電話上的通信軟件。總之我們現在反而多了聯繫。

八九年六月，當時我沒臉面對你媽，自己搬到賢孝里的一個院裏，故意租了個門樓旁邊臨街南牆倒座的一個六平米的雜物間單住，每天蓬頭垢面，不剃鬍髮，只光顧老家門口那家小吃店，經常買十來個油餅和白豆漿回去屋裏，很少跟人交往，獨處也只是躺屍一樣的發呆，書也看不進去，覺得書再看也毫無意義。如是幾個月，食品大概換過兩次，一次改成胡同東口大婆婆那一攤的煎餅餜子，大婆婆天天給我預留十個，等我去取。大婆婆搬走後，我就買成瓶的芝麻醬澥了每天煮掛麵拌着吃，然後就是汽水、飲料。那是我食材單一、以量取勝的自閉期，自我懲罰，半年沒吃過葷腥，體重竟然暴漲，最高到過一百一十公斤，內分泌失調、從此成了大胖子，與之前判若兩人，你見到怕都不會再認得我。

也足足半年多，九〇年開春，我才打開廣州帶回來的一摞工作手冊本子，其中裏面有一份筆記抄自避居台灣的民國北平滿人唐魯孫先生的食經，其中有一段出自他第一本書《中國吃》的自序「何以遣有生之涯」，原文是這樣的：「自重操筆墨生涯，自己規定一個原則，就是只談飲食遊樂，不及其他。良以宦海浮沉了半個世紀，如果臧否時事人物，惹些不必要的囉唆，豈不自尋煩惱。」原來魯孫先生在

海峽彼岸也見識過恐怖政治。我好像心裏開了道縫，剃光鬚髮，劫後第一次打點精神跨過長安街，重訪久違的西四新華書店。那是九〇年初，左醜當道，店裏滿目是血紅毛選、深藍馬恩全集、深棕列寧全集、屎黃斯大林全集。我一眼看到角落上有一本新書《老北京的生活》，竟是金受申先生在上世紀三四十年代談吃為主的文章結集，如獲至寶。

魯孫先生和受申先生的文字同期先後出現在我眼前，像是天意，一下讓我對生活特別是吃恢復了興趣，不過撰寫饞人好啖文章則是後話，要再等好幾年報刊出版業有點市場化了，才輪得到讓我寫點頹吃頹喝的報屁股文章。時光彈指，我的筆墨生涯至今也超過二十年了。有了點稿費收入後，我在大六部口街一幢樓房租了個小單位，那種八十年代初建的樓房設計極不合理，我的豐腰肥臀基本上塞不進那個屁股大的微型小廁間，設計這種房子的人簡直是沒屁眼。幸好你知道我是不煩上公廁的，只要屋裏夠放一張書桌一張床，就湊合。寫飲食文章的一個福利就是有人會請你吃飯，越吃越有。我替晚報和一種叫DM的免費刊物寫專欄，寫京味吃食，也為餐館和飲食產品編寫點有償軟文，東拉西扯，雜七雜八的不過是拾人牙慧，竟能混口飯吃，偶然心血來潮，吐吐槽，弄一倆警句，討好下讀者。幹這種變相文宣撰文的事賺點薄名，我並不覺得有多大意思，只是時不時會想想我不非得這麼着，不過也不非得不這麼着不是嗎？

姆媽對我很仗義，二〇〇九年她賣掉西馬廠小區的房子後，錢不多，卻硬塞了四分之一給我，說是我應得的。她本來是要分我一半的，作為咱爸留給咱兩兄弟的遺產，由我代你收取，我堅持你的那份應該歸姆媽。因為我的身份證件在八九年被我發脾氣燒掉了，檔案也不知在哪兒，加上痛

恨政府憑甚麼驅趕我們六部口老居民，申奧成功那年拆遷前，我意氣用事，也因為懶，沒去補辦身份證件辦手續爭取分房，沒有遠見看到房產的價值，哪怕只是城外的拆遷安置房現在也是很值錢的。當時我的稿費收入有限也很不穩定，二〇一〇年收到了姆媽的錢手頭有了點富裕，才敢租下三十一中對面和平門回遷房小區一個五十平米的單位，有了個像樣點的衛浴，總算是把自己留住在六部口了。我就是覺得這是我的使命，像我這樣的都不留守在這兒，以後北京四九城就沒有北京人了。

之後每年端午節前，我都會挑選些各種北京的腌菜醬肉和六必居的乾黃醬，先是包裹郵寄，這幾年改叫快遞（一種新的送貨到門的全國服務）送到姆媽在寧波的家中。替姆媽留住北京味道的印象是我的小小心願。

亞芒，我特別特別懷念八九年那年四月下旬我從廣州回到北京、跟你朝夕相處的那個把月的時光。咱倆古今中外天南地北無所不談，你對新知和舊聞的好奇，對世態和歷史的領悟，真讓我有士別三日、刮目相看之感。如果小時候阿哥欺負過你，阿哥跟你道歉。我想說的是，我們是可以成為志同道合的好朋友的。你的專注和天份，其實在我之上，是塊做學問的料，假以時日一定會有所成就的。這是阿哥我早該說出來的真心話！我很高興我們有過那一小段時光的分享，不負此生兄弟相從一場。

除了吃之外，我早就沒有其他追求了。在這鮮花著錦的盛世，沒有好女孩兒會喜歡我這種苦逼邋遢的大胖子，她們也沒法替代填補我永遠尋覓不到的夢中情人（我只能去百花深處找臨時相好，對此我並不愧疚）。我的報屁股雜文，日子有功，竟然吸引到一小撮瞇瞪的底層土著小青年，他們找

上了我，認我當哥，夏天傍晚就找個有路邊桌椅板凳的小館兒、擼串兒、喝普通啤酒、撩起上衣露着肚皮侃大山，天冷就去前門外或鐘鼓樓一帶的蒼蠅館子吃各種涮炒焦燒。我們這群肉食主義者都很頹，沒甚麼奔頭，逢聚必醉，正是醒也無聊、醉也無聊，瞎攪和，沒少幹傻事。偶然有大款主兒請客，我也帶着這幫小哥們兒上大館子嚐點好東西。在我不紅不黑、蒸不熟、煮不爛的漫長日子裏，這些哥們和我抱團取暖，我感謝他們！他們叫我芒大胖、大胖哥。

我本來不會上網，不用手機，他們教我上網。一哥們送我一部二手智能手機。你大概想像不到，我們現在都卯上了手機刷屏，我也是後知後覺被動追趕。我的那些寫吃的小破文，上了網後，讀者大增。自從有了上面說到的微信，有個特能張羅的哥們替我弄了個公眾號，取名饞人余思芒，把我的舊文新作貼上去，他們還在朋友圈拼命的推送我，再加上時不時弄點音頻和小視頻，據說現在已經有五十多萬粉絲，單篇常有十萬以上的點擊，至今我仍對此疑幻疑真。走在北京街頭，竟會有人喊芒大胖，還要和我合影。我被稱為網紅。

名聲原來真的是可以用來換錢的。去年，有個人找上門，說是我的髮小，和我一起上過西絨線胡同小學。他學名華藝德，名字我好像有印象，樣子完全記不得。原來人家是京城國營餐飲行業集團的一個主管，最近找到大筆創投資本，下海成立了北京京華文藝厚德集團，旗下一個子公司要運作古早味北京美食，說要獨家包養我，用我的名氣賣美食產品，我發那些文章的公號，成了公司的知識產權。華藝德承諾送子公司百份之十乾股給我，我說嘿，哥們，先甭提乾股了，我還在等錢買房呢，誰知竟順當先得着一筆現金，付掉首期，買下住了多年的和平門小區回遷房的另一個單位，

七十來平米的兩居，人生第一次成了有產階級。你說，這種哈腰撿錢包的事能不幹嗎？不幹就太矯情了不是。別看和平門小區其貌不揚，可這現在是學區房，房價十二萬多一平米，我不會要孩子了，但為了要住在從小長大的地方，只能付出這麼高的代價——我們小時候整片的平房院子，現在幾乎全拆光了，老居民多已遷出城外，不住進僅有的這片小區樓房就甭想待在六部口了。

華藝德的甲方，是一個美籍華人資本家，叫柯嘯鷹(原名柯小纓)，八九年才從北京出去，讀長春藤本科時就在投資銀行做實習生，畢業後進華爾街混出名堂，十年前自己成立直接投資基金，主攻尖端醫療和生物科技，包括甚麼長生不老、起死回生技術的研發，據說現在身價驚人。投資給華藝德的錢不是出自他的基金，而是他個人掏腰包，算是天使小錢，回報北京，滿足儒商情結。

怪事年年有，華總設宴，我做陪，宴請的是剛好回京探親的柯太太莎布麗娜。我怎麼看怎麼覺着她眼熟，琢磨半天才想起她就是當年八九六四前幾天我在廣場上見過的一個女孩，那時候她是鄧麗君那樣的圓圓臉的，現在整出個小尖臉，眼大鼻窄下巴翹，像名畫《1968年X月X日雪》上的那個女神，只是化了濃妝更妖媚。也該快五十了吧，臉上膠原蛋白滿滿，一點皺紋都沒有，胸聳，臀翹，我超想上她。開始的時候莎布麗娜還挺端着，擺老板娘譜，飯桌上我不停耍寶說段子，終於逗樂了她，說改天髮小同學聚會，請我去講吃在北京。

我和她至今就見了這麼一回。華總說她跟她老公很少一起進出，除非是赴時任美國總統特朗普夫婦海湖莊園的宴會。當晚我已閃過一念頭，莎布麗娜老公柯嘯鷹，難道就是

廣場上掛着賓得相機到處拍照的那個高個子？果然，就是他，還掛着一副笑臉，只是謝頂發福了。見鬼，我是在替他打工！

　　亞芒，你記得嗎，八九六四零時後，我們在西單南口，躲在側翻的黃蟲小麵的後頭，看部隊進城。你在我右邊，應該不會注意到，站在我左側的是個高個男的，他舉起賓得相機拍照，內置的自動閃光燈閃爍了一下，招來一輪亂槍……開槍殺人的是解放軍，硬把你暴露的卻是我，彌天大錯是我犯的，我沒有意思要找借口讓你不恨我，只是想讓你也知道，多年來我遷怒的人是他，是柯小纓，但現在我拿的人民幣是他賞的。公司還替他在世紀壇辦了一場攝影個展，市委和攝影家協會的頭頭腦腦來了不少，莎布麗娜那個妖精卻沒有出席。柯老板特愛聊北京往事，跟文化界來往，華總百般逢迎常和我應召陪吃陪喝陪聊。

　　亞芒，請原諒你這個沒起子的阿哥。

　　有一件事我堅持了。過去三十年，每到六四的零時十分，我都會站在與你訣別的地點，燃着一根香菸，悄悄放在地上，看它燒掉大半才離去。今年三十年了，我會試着在原地點燒這封信給你。這事對你應該沒有實惠，只是我覺得，我有必要這麼做。

　　此致，永誌不忘！

阿哥思芒

秘 篇

智人歷史考古研究院後設敘事所報告

總目錄：宇宙史上出現過的智人

子目錄：地球上的智人

所屬星球：地球，銀河系－太陽系－行星

斷代課題：地球智人的民族國家年代

專業課題：地球智人的起死回生嘗試

本次報告題目：毛澤東之腦

副題：一個不為地球智人科學家共同體所知的實驗項目

發生日期：地球智人紀年之公元一九七六年至二〇一九年

發生國家：中華人民共和國（下稱中國）

主要發生地點：中國北京市天安門廣場零公里方圓兩公
里範圍內

研究員：葛洪十一世、包朴九世

關於智人歷史考古研究院後設敘事所的使命和研究方法的說明：

本所同仁的一個共同信念是，敘事式的歷史論述有助於歷史的教育、文化的傳承和宇宙文明間的相互深度理解。自從戲稱上帝之眼的宇宙時空還原技術因成本驟降而普及化之後，後智人的歷史考古研究者已經能夠隨時突破四維時空，讓意識之眼定點穿越，回到所有過去智人紀元的現場，並且可以選擇性的進入任何當時在場智人的內心世界。但這種穿越技術所提供的，只是研究者與研究對象之間點對點的檢視核實，印證的不過是碎片式的、未經整合解釋的實證素材和

感官體驗，這些素材和體驗累積起來，雖有數據和檔案的價值，但在得到有效整理整合、然後作出有意義的表達之前，不能算是呈現了客觀「歷史」，也不具備「意義」。過去發生過的無窮無盡的事實細節，如果不曾透過有效的整理整合和有意義的表達呈現，是不可能讓其他收受者感受到其中的意義的，也不能作為一種公共文化的共享歷史知識來記載、傳遞和交流。地球智人曾經發明使用過多種敘事式的文字論述來整理整合史料和表達呈現歷史，本所認為如果輔以今日定點穿越等技術所提供的精準事實核對，後設的歷史敘事書寫在這個後智人的跨文明宇宙智慧物種新紀元，仍然是有價值的，甚至是必要的，應列為宇宙各個文明之間溝通和相互理解的重要手段之一，矯正補足一般以實證表徵去解讀他者文明多樣性之時，經常引起的理解間隙和想當然的闡釋誤差。故此，本所致力於推廣敘事性的厚度描述式的歷史論述，以其作為當代歷史考古學的必備治學和教學方法之一，形式上借用過去地球智人一些優秀的歷史學、人類學、新聞學和小說著作的敘事手法和論述規範，兼且參考最新的文獻解讀、考古發現、放射性碳測、智人基因變化組學、智人語言變化追蹤，以及後智人量子時代跨文明的有關學術成果，佐以上述全知上帝之眼的定點穿越技術，回到過去，親歷其境，以文字重構歷史真貌，尊重持份者的主體性，進入當事者的內心，測繪各個場域的內生的本位特殊性，理順語境，寫舊如舊，還原意義，從而築構出整全的拼圖，長期一個課題復一個課題，系列性的編織書寫出事實絕對準確、具備時代意義、易於傳閱理解的敘事式後設歷史論述文本。

「毛澤東之腦：一個不為地球智人科學家共同體所知的實驗項目」

摘要

民族國家年代的中國智人，於地球智人紀元公元一九七六年前後，曾經嘗試使用當時中國和德國的冷凍技術，保留一個名毛澤東的男性國家領導人的全部鮮活的大腦細胞組織，以期等待未來的起死回生科技的來臨。由於當時不穩定的政治環境，這位最高領導人毛澤東在生前已經親自做好精密安排，項目高度保密，全國只有毛澤東放心的極少數關鍵人物知情。毛死後遺體放在北京市天安門廣場的一座特別設計的大型陵墓建築之內，該建築物地下三層有一條不到一公里長的往南秘道，連到前門外居民區一條胡同裏的一座四合院的地下防空洞，從該四合院地下防空洞再往深處走十米，是一個以當時最高技術規格特建的實驗室兼冷藏庫。毛澤東之腦組織並不附存在毛氏細胞已壞死的遺體內，而是冰鮮完整的收藏於該恒溫的實驗庫裏。四合院和實驗庫由特定的兩男兩女配製的技術專家和警衛人員，喬裝普通居民夫婦長年守護。

地球智人是一直存有長生不死以至起死回生的夢想和追求的。進入公元二十一世紀，它們的科學家在克隆技術、細胞儲存、基因組學、腦神經學、長生不死醫學、人腦電腦互傳介面、人和機械人氮碳合體等邁向後智人的科技發展上，有了重大突破，以至各種起死回生的技術也因受到大量智人資本的追捧而呼之欲出。適逢

此際，毛澤東之腦被徹底破壞，實驗庫全部銷毀，這個中國智人的起死回生嘗試沒有等到有關科技成熟的一天，沒有留下細胞組織、樣本、模型、證人、文獻、數據或考古文物的任何痕跡，為數極少的知情者和這個項目的終結者，至死也沒有公開此事。故此這個中國智人起死回生實驗全然不為該星球的科學家共同體所知，更遑論其他一般地球智人。

研究緣起和論文結構

研究地球智人的起死回生嘗試乃本所立案的長期課題。本所兩位研究員於公元二〇一九年在追查一名起死回生技術早期創投資本家在中國北京的離奇死亡事件的時候，偶然看到一些旁證線索，意外（錫蘭迪比替）發現了這個實驗項目的存在。經過全知上帝之眼的印證，重新整理整合併圖，成功全景還原，現首度在此發表論文，以敘事文體呈現這項獨特的中國智人起死回生嘗試的全部過程。

本論文的第一章「東正教、宇宙主義、腦神經學、列寧之腦」，從地球智人宗教之一基督教主張之不死與復活的理念說起，略述東正教神秘主義和蘇俄宇宙主義（cosmoism）的起死回生的後智人念想，並簡介二十世紀初德國腦神經系統科學家沃格（Oskar Vogt）。本章旨在解說蘇共如何受了本土宗教玄思和現代腦科學成就的影響，當蘇聯共產黨領袖列寧於一九二四年逝世時，做出了保留列寧的遺體和大腦的決定，成立「不朽委員會」，除了在莫斯科紅場建列寧陵墓之外，另行將列寧的大腦組織移出保存，並特別從德國請沃格來到莫斯科，解剖研究「天才」列寧之腦。

第二章「**毛澤東與毛澤東之腦**」講述毛澤東之腦被保存的經過。毛澤東於一九四九年訪問蘇聯，停留長達兩個月。期間毛參觀了放置列寧遺體的陵墓和秘密存放列寧大腦的莫斯科腦學院，還特別去了一趟列寧格勒即聖彼得堡，到訪一所研究俄國天才級人物大腦的機構。一九五七年毛澤東再訪莫斯科，接見在蘇留學的中國學生，其中包括由沃格的第二代和第三代弟子在莫斯科腦學院調教出來的中國學生于聰博士。一九六〇年代初中蘇交惡，于聰回國，文革早期以蘇修特務罪被整鬥致殘。一九七二年毛澤東的健康走下坡，毛召令于聰秘密進行腦組織保存計劃。一九七六年初毛向華國鋒、張玉鳳、汪東興三人安排身後事，包括保存毛澤東之腦。是年九月毛死，華、張、汪先讓于聰開顱取走大腦，再命以防腐液保留遺體。毛的大腦和屍體分別暫貯於京西不同的地下軍事空間。新任領袖華國鋒頒令在天安門廣場興建毛主席紀念堂、施工期間趁機秘密修復晚清築建的中軸線地下隧道，連接到城南一幢四合院底下的防空洞，再往下深挖營建儲藏毛澤東之腦的實驗庫。

　　第三章「**守護者、投機者、終結者**」敘說隱藏於民居地下的毛澤東之腦實驗庫，並介紹看守實驗庫的于聰博士以及前後五名守護者的遭遇與下場，表面平靜的宅院暗藏殺機。從一九七七年到二〇一九年的四十二年歲月中，毛腦實驗庫的秘密只為五任中央軍委主席級領導和他們的數名指定心腹所知。進入新千禧年後，地球智人的生命科技有所突破，二〇一九年在一名美籍華裔創投資本家的吹噓下，起死回生之術被中國媒體炒成熱門話題。當時的中國最高領導人感到如果毛澤東真的復活，對自己的終身執政將構成莫大的威脅，下令將毛澤東之腦和實驗庫徹底銷毀。

第一章：東正教、宇宙主義、腦神經學、列寧之腦

地球智人皆知道人是會死的，但卻往往不甘於接受這個事實。古埃及法老遺體以宗教儀軌和特殊技術被製成木乃伊，臥待復活；中國的君主和道家修行者找尋長生不老的靈丹妙藥和煉仙之道，帝王被稱呼為萬歲萬萬歲；佛教和印度教皆有輪迴轉世來生之說，美言死亡為往生；亞布拉罕猶太教以降的一神教，相信人的靈魂不滅，甚至死者復活；歷史上多種宗教和超自然主義者相信死去者將以另一種形態存在於另一個平行空間之中，甚至可以與活着的人溝通。有關以上課題的地球智人文獻檔案汗牛充棟，本所也發表過多篇論文，此處不贅。

亞布拉罕一神教一脈的東方正統教會，承諾肉身的復活，認為聖人的遺體不會腐爛，在重視死者可以重生這一點教義上，東正教比歐洲、拉凡特和阿拉伯以及中亞地區的其他一神教派，更接近於視上帝之子的復活為核心信仰的早期基督教，當年由耶穌門徒發煌的早期基督教，特別強調人子耶穌死後的復活和世界末日血肉之人軀將從墓中再起。

這種地球智人的不死訴求到了自然科學屢有突破的十九世紀，得到不少歐洲和北美的超自然主義者的創意理解，融合了宗教性的超自然靈異念想與對自然科學發展的期許。在俄羅斯，西方科學思想和東正教相遇開出奇葩，神秘主義思想家費奧多羅夫（Nikolai Fyodorov）推崇科學，主張基因改造，認定科技可讓人的壽命無限延長，永遠不死，而且曾經活過的人，得未來科技之助，都將復活，正如東正教的一貫信念，而且人的存在將不限於這個地球，憑着意志、精神、理性和有意識的努力，人類將讓祖輩全體復生，與天地宇宙

合而為一。費奧多羅夫的信徒甚眾，作家杜斯妥耶夫斯基是其熱情的支持者之一。到了二十世紀蘇聯建政初期，文人高爾基等人發起了上帝續造運動，結合科學與玄學，要以超自然力量超克物質性的自然世界。心理和神經科學家別赫捷列夫（Vladimir Bekhterev）相信心的力量不滅，人死後將以另一種形態存在。這些想法吸引到一些布爾什維克新政權領袖，啟蒙委員會委員長盧那察爾斯基（Anatoly Lunacharsky）由神智學信徒轉為布爾什維克主義者，他說人類的未來就是要成為上帝，布爾什維克主義本質上是宗教性的運動，新人類將也是新智慧物種。替蘇維埃政權創匯聚財的重臣、貿易部長克拉辛（Leonid Krasin）更是費奧多羅夫的門徒，他深信未來科技可以讓偉大歷史人物復活，並且最終解放全人類。克拉辛是主張保留列寧遺體的重要推手。受費奧多羅夫影響的小說家普拉東諾夫（Andrei Platonov）曾經解釋，蘇聯共產主義這樣的一場實驗，那種堅信以科學技術手段改造人類的激情，只有援用靈異奧義才能加以理解。普拉東諾夫說，我們將挖出所有死者，找到他們的大老板亞當，扶他站起來，質問他你從何而來？上帝還是馬克思？快說，老頭！如果坦白招來，我們也會讓夏娃復活！

　　科學的進步，將讓生者長生、死者復生。與這種信念相輔而行的是人類衝向宇宙的慾望，這是十九世紀末二十世紀初俄國科技主義的神秘主義者的天人合一。他們重視自然科學包括太空科學的發展，目光既遠且大，對外期待人類征服外太空，對內相信技術上死者可以被復活。在這股科玄結合的潮流下，俄羅斯的東正教神秘主義衍生出一種被稱為宇宙主義的思潮，吸引到大批神學家、哲學家、詩人、數學家、生物學家、航天科學家等高級知識分子信徒，其中一位著名

的宇宙主義者是世界火箭宇航科技開拓者齊奧爾科夫斯基（Konstantin Tsiolkovsky），他是從宇宙主義第一人費奧多羅夫那裏得到了太空旅遊和向外星殖民的想法，名言是「地球是人類的搖籃，但人類不可能永遠生活在搖籃中」，認為殖民外太空是人類自由自在和長生不死之途徑，主張「將人完美化和消滅不完美的生命形態」，人將以「以太」方式與陽光和宇宙並存，不停進化，直到永恆。齊奧爾科夫斯基的想法影響和帶動了全世界後來的宇航事業。一九〇三年齊奧爾科夫斯基第一個以理論證述了人類可以靠多種燃料多節火箭衝離地球。一九三〇年代蘇聯就開動了太空計劃。二戰後蘇俄在導彈和人造衛星高放技術方面一度領先全球，這與該國科學家共同體的宇宙主義激情不無關係。到了二十一世紀，跨人類主義者（transhumanist）對宇宙旅行殖民、超長壽不死醫學、人體器官冷凍復生技術以及後人類新智慧物種的追求蔚然成風，費奧多羅夫、齊奧爾科夫斯基和蘇俄宇宙主義者被公認為是跨人類主義的先驅。

回到一九二四年的蘇聯，是年一月列寧三次中風後腦溢血而死，無神論的斯大林在托洛茨基和布哈林的反對下，還是決定保留列寧遺體和大腦。一向相信科學將戰勝死亡的克拉辛力主以冷凍等技術處理列寧遺體大腦，等待未來的復生技術。列寧葬禮後三天，官方成立了「紀念弗拉基米爾·伊理奇·烏里揚諾夫之不朽委員會」（Commission for the Immortalization of Memory of V I Ulyanov），宣示列寧不死，寓意於未來復活。建在紅場的陵墓紀念館吸取埃及法老墓和基督教三位一體的正立方體迷思，佐以先鋒未來主義的俄國構造主義設計。地下層特闢專室保留列寧遺體。一九二四年蘇聯自力建起的冷凍系統失靈，遺體略有腐爛，遂從德國進

口更先進的冰箱。列寧的腦一放兩年，無人觸碰。一家在列寧格勒研究俄國天才人物大腦的機構想取得列寧之腦，不獲批准。一九二五年蘇聯政治局決議成立列寧之腦實驗室，延聘當時世界最負盛名的德國腦神經專家沃格翌年到莫斯科研究列寧的大腦。這個研究項目是國家機密，一直不為人民所知，直到蘇聯解體後檔案才被公開。

　　長着標誌性大鬍子的沃格和法籍神經學家妻子塞西耶（Cecille Vogt-Mugnier）、弟子布羅德曼（Korbinian Brodmann）等，在十九世紀末二十世紀初的柏林開始研究催眠術和腦部神經分區的科學，根據細胞組合和髓鞘結構將大腦皮層劃分為五十二個區域。沃格是當時最負盛名的腦神經科學家。到莫斯科後，沃格主持列寧之腦實驗室，這是一九二八年創立的莫斯科腦學院的前身。沃格花了兩年多時間做研究，於一九二九年發表報告。列寧之腦的重量僅一千三百五十克，比一般人小，作家屠格涅夫的腦淨重是二〇二一克。不過沃格發現列寧大腦皮質的第三層，某些神經元細胞的數目繁多而且較為巨大，說明大腦的超凡活躍。沃格離開莫斯科後，列寧大腦實驗室由沃格的兩名俄籍弟子費利蒙諾夫（Ivan Filimonov）和薩可夫（Semen Sassikov）主持了三十二年，到一九六一年轉交給亞德里安諾夫博士（Dr Oleg Adrianov），又延續了三十二年，後者到一九九三年蘇聯解體後才退休。列寧之腦被分成四大塊，切成三萬片薄片，經酒精和福爾馬林甲醛液處理後，嵌在石臘和密封玻璃中，藏於莫斯科腦學院內重門深鎖的第十九室。

第二章：毛澤東與毛澤東之腦

　　中共新政權誕生不到兩個月後，毛澤東首次出訪蘇聯，這是他生平第一次出國。一九四九年十二月六日毛在北京坐上火車，十六日到達莫斯科，一待兩個月。當時中共向蘇聯一面倒，以蘇俄為老大哥，中蘇關係親密，但斯大林跟早前訪蘇的劉少奇說過，他要親自跟毛澤東見面，解決那份一九四五年才跟中國國民黨政府簽訂的中蘇友好條約的存續問題。第一天會面斯大林就揣摩毛澤東的心思，再三問詢毛說你來一趟不容易，我們應做些甚麼？你有甚麼願望？毛說這次來的目的只是為你祝七十大壽，順便多看一看蘇聯。五天後辦完壽宴，雙方還是沒有開談新的中蘇條約，賓客都離開了，毛仍待在斯大林在城郊的別墅。毛不喜歡用抽水馬桶，只懂蹲着不能坐着如廁，也不願睡有彈簧墊的床。在北京的劉少奇催促毛早日回國，毛卻反而延後歸程。毛澤東自言這段在蘇期間很多天甚麼事都沒辦，天天吃飯拉屎，關在房子裏睡大覺，鬱悶苦熬度日。其實這期間毛到訪了紅場列寧墓，瞻仰了共產國際第一號人物的遺軀，並在蘇方高層友人莫洛托夫、科瓦廖夫、費德林等陪同下，參觀了莫斯科腦學院的列寧之腦，因為後者是保密項目，沒有留下官方紀錄。毛澤東一向對新科技不會有太大的着迷，但這次對列寧遺體以至大腦的保留特別感興趣。一九五〇年一月毛讓周恩來前往莫斯科，說要由周代表中方洽談新的中蘇友好同盟條約，不過連斯大林都說沒有必要讓周恩來過來。斯大林不理解毛作為中國的一把手，為甚麼不肯及早親自與他對等談判簽約，而要拖延時間坐待總理周恩來。在周恩來到達莫斯科之前，毛澤東又主動向蘇方要求，去了一趟列寧格勒，參觀

十月革命炮擊冬宮的阿芙樂爾號巡洋艦，兼且到訪別赫捷列夫於一九〇七年在聖彼得堡成立的心理神經學院，該學院長期以解剖研究俄羅斯天才名人的大腦著稱，別赫捷列夫稱之為「大腦的萬神廟」。毛澤東當時已清楚知道保留領袖遺體以供瞻仰的政治作用，以及研究天才大腦的科學意義，並從蘇共友人的戲言中，聽說了蘇聯開國功臣克拉辛等費奧多羅夫信徒，要讓列寧起死回生的想法。周恩來到了莫斯科，與毛澤東面談後，沒有進一步鼓動毛澤東對列寧遺體和大腦的興趣，反而把毛的注意力拉回中蘇簽約之實務。一九五〇年二月十四日，兩國簽定友好同盟互助條約，二月十七日毛、周即登專列回中國。毛澤東後來只說，他去蘇聯是為了簽署新的中蘇條約，待了這麼幾個星期，就是要跟斯大林鬥耐心，用模糊術來搏弈，兩個元首總共見面雖然沒幾次，但毛說在自己的堅忍下，斯大林按捺不住，終於被改變了，同意簽定毛心目中的新的中蘇友好同盟條約。

一九五三年斯大林去世。一九五七年十一月毛澤東率中國代表團再訪蘇聯，這是毛一生第二次也是最後一次出國。這回毛意氣風發，宣稱中國要在十五年左右，在鋼鐵等大宗工業品的產量上超過英國。十一月十七日毛澤東和中共領導鄧小平、彭德懷、楊尚昆等在莫斯科大學，接見派送到蘇聯的千餘名中國留學生。中國從一九五二年開始系統化的集中優秀學生練習俄語，然後選送蘇聯學習先進科技，人選由周恩來親自審批。毛澤東在莫斯科大學大禮堂對中國留學生說，世界是你們的，也是我們的，但歸根結底是你們的，希望寄托在你們身上。之後毛親自去到莫大中國學生俱樂部和宿舍，與一些挑選出來的留學生近距離交流。其中一個在莫大學醫的學生名叫于聰，在莫斯科腦學院當實習生，指導老

師正是德國腦神經學家沃格的兩名俄籍弟子費利蒙諾夫和薩可夫，他們主持列寧之腦的研究已近三十年。毛澤東私下在宿舍房間見了于聰，問及有關長生不朽和起死回生技術的進展，于聰當時澆了冷水，說這些東正教和宇宙主義的信念，就算理論上成立，技術上還遠遠沒有實現的可能。

毛澤東回國後，大量精力投入於發動農業合作化和超英趕美的大躍進事業，沒有跟進不死和復活之事。于聰取得博士後繼續留在莫斯科腦學院學習工作。費利蒙諾夫和薩可夫於一九六一年退休，列腦實驗室交由第三代的亞德里安諾夫博士接手，于聰博士正式出任該學院的助理研究員。

美國物理數學家艾丁格（Robert Ettinger）於一九六二年私下出版了《永生不死的前景》（*The Prospect of Immortality*）一書，及後成立了「人體冷凍學院」和「永生不死協會」。艾丁格認為冷凍技術對人體的損害可以極為微小，而且過程是可逆的。他相信在有生之年，生物學家將會找到青春永駐、百病可治、長生不死以至死而復生之道。出版商把艾丁格的書稿送去給硬核科幻小說家阿西莫夫（Isaac Asimov）點評，阿西莫夫也認為人體冷凍技術可行。《永生不死的前景》於一九六四年正式由美國雙日出版社印行精裝本，引起了熱議，《紐約時報》、《時代周刊》和《新聞周刊》皆有討論，《永生不死的前景》這本書從此被人體冷凍復活主義者奉為聖經，艾丁格則被譽為人體冷凍學之父和跨人類永生科技的先驅。

于聰博士在莫斯科腦學院讀到關於艾丁格的美國人體冷凍技術的內部參考消息，想起自己一九五七年底與毛主席的對話，提筆寫了一封信給毛，報告屍體冷藏科技的新進展，沒有收到回應。一九六一年後中蘇關係越來越差，一九六五

年最後一批中國專家學生被逐出蘇聯，于聰博士是其中之一。他被遣返山東青島，等待組織安排。一九六六年文革，于聰博士被指控為蘇修特務，他寫給毛的信成了罪證。經過多次批鬥後，于聰博士一腿骨折致殘，發派到一家市立醫院的太平間當仵工。

文革前的一九六三年，毛澤東陪同江青，在中南海春耦齋，用德意志人民民主共和國進口的放映機，一起觀看好萊塢電影《科學怪人的新娘子》（The Bride of Fankenstein）。這部一九三五年的科幻恐怖片當年在中國公映時，很多片斷被審查剪掉，江青一直想看個完整版，她認為看電影就要完整看透。電影其中一個情節就是弗蘭肯斯坦醫生拼合各死屍的肢體，為他之前造出來的科學怪物，另外造了一個再生的新娘子。片後毛和江罕有的就死而復生的想法做了一番思考交流。

文革中期年近八十的毛澤東身體轉差，腿病嚴重，一九七一年陳毅的追悼會，毛突然不能自己登上座駕專車。林彪事件後毛也因持續失眠而病倒。毛的機要秘書張玉鳳說他有心臟病、支氣管炎、肺氣腫、頸部和手腳浮腫，三天兩頭鬧失眠，眼患老年白內障，看不了文件要張玉鳳代讀。當時全國人民都在高喊毛主席萬歲萬萬歲，毛私下對張玉鳳說這些都是屁話。一九七二年一月毛澤東肺心病發作休克，自此心功能衰竭，並出現特別神經系統症狀，加上是年五月周恩來被確診患膀胱癌，毛澤東受到觸動，迫切於思考身後之事。此時毛想起了于聰，讓周恩來找他來見面，于聰博士因此才有機會向毛、周當面較完整的報告人體冷凍以待未來復生的技術可行性，毛大感興趣。周恩來順從毛意，安排于聰博士籌組研發人體冷凍和再生科技的八三四一實驗庫，實驗

庫設在生產雪花牌電冰箱的北京醫療器械廠之內，廠方特別為之成立八三四一研發車間，全項目高度保密。八三四一是毛澤東鍾愛的四個神秘數目字序列，文革後期北京的八三四一中央警衛團，番號一度改為以軍隊的五七為字頭的五七〇〇一，但為毛所反對又改回八三四一部隊。

周恩來是于聰博士實驗庫項目的最知情者，如果他能活過毛澤東，最後被冷凍等待復生的腦細胞組織可能將會是周總理的而不是毛主席的。毛寄望周先自己而死。周恩來患癌拖延了兩年，毛澤東才批准他接受開刀手術。周恩來生前還表示死後遺體火化，骨灰撒在大地，不作保留，以令毛釋疑。在周病重期間，毛和文革派發起批鬥周恩來的各種運動。

一九七四年毛自己也被確診患有一種神經細胞逐漸變壞的絕症，口齒不清，吞咽困難，血中含氧過低，呼吸常常只能藉助氧氣機，醫生認為毛最多只能活兩年。毛雖拒絕相信自己沒救，不願吃藥打針，但也就更積極設想安排身後事。一九七五年他做完白內障手術後，召集了心腹華國鋒、張玉鳳和汪東興，向三人透露了自己心中的部署，叫他們按照自己和周恩來「過去的決定辦」，即好好利用于聰博士的八三四一實驗庫開發的人體冷凍技術，在自己死後，既要如列寧、斯大林般以防腐液保留遺軀，更要以于聰博士冷凍技術分開保存大腦，尤以後者為優先，並且不像列寧之腦那樣急於切片研究，而是要單獨完整保存，毛寫下了「慢慢來，不要着急」的指示，說不用着急研究天才不天才，等待未來科技成熟後，大腦還原復生才是重中之重，屆時全腦可以安放到一個健康精壯的年輕軀體的頭顱內。當時毛對克隆技術還沒有認知。毛擔心自己死後可能會洪水滔天，眼見斯大林的遺體保留不到十年就被火化，憂慮自己也會被中國赫魯曉

夫鞭屍，整個項目必須高度保密，不能讓江青、張春橋、王洪文、毛遠新等人知情，更不能為內部敵人所探悉，故連黨內其他高層都不能告知，以免自己的軀體大腦等待不到復活就遭人破壞。毛指點華國鋒說自己去世後，要同時修建公開的遺體紀念堂和秘密的大腦冷凍實驗庫，以前者轉移視線，掩蓋後者，兩者之間以天安門中軸線的地下隧道相連。實驗庫繼續由于聰博士主持，所有的技術員和守護者必須是絕對忠誠的毛澤東崇拜者，確保不會搞破壞。以後就算遺體受到鞭屍火化，腦組織仍將獨立存在，留不住軀體還能留住自己的大腦，毛此時對自己的大腦比對肉體更有信心。這項複雜的工程交由華國鋒、張玉鳳、汪東興三人掌控，將來由每一任軍委主席傳交給下一任軍委主席，另外加上軍委主席的一兩個心腹，代代相傳，直到毛心腦復活的一天。任何時候知道全盤計劃的在位掌權領導都不得超過三人，毛稱這個三人核心小組為「放心辦事組」。在傳統中文用語中，生物意義上的「腦」在修辭上常常是被稱為「心」的。毛澤東將自己死後復活的重任交托給他最信任的華、張、汪去辦理，親自寫下「你辦事，我放心」的字條。

一九七六年七月二十八日距離北京一百公里的唐山發生大地震，京城也有房屋倒塌。毛澤東自文革初期開始便一直住在中南海室內游泳池樓內的一個房間裏，這次地震時游泳池受到強烈震撼。毛旋即被搬到與游泳池樓以走廊相連、一幢一九七四年建成、代號「二○二」的防震戰備大廈的一個房間內。毛在這裏過世。

一九七六年五月中至九月初，毛澤東三度心梗發作，經搶救脫險。到了是年九月九日午夜零時，毛陷入昏迷狀態，呼吸微弱，血壓降到八十六/六十六毫米汞柱，私人醫生李志

綏知道毛又要和死神博鬥，給毛從靜脈的輸液管內注入了升脈散。零時四分，測不到血壓，零時六分，自主呼吸消失，零時十分，心電圖示波器呈現的是一條毫無起伏的平平的橫線，毛的生命結束。

當時在毛身邊除了衛士、醫療搶救組人員、私人護士孟錦雲和機要秘書張玉鳳外，還有華國鋒、汪東興、張耀祠、江青、毛遠新、張春橋和王洪文等人。毛甫死，江青輕鬆地轉身向其他人說：「你們大家辛苦了，謝謝你們。」江青命令張玉鳳說：「從現在起，主席的睡房和休息室，除你之外，誰也不許進去。」眾人撤出後，華國鋒說要立即召開政治局會議，把在場政要引至會議廳。未幾汪東興又走出會議廳，通知李志綏醫生說：「剛才同華總理商量過了，要將主席的遺體保存半個月，準備弔唁和瞻仰遺容，你快去辦，我們還在開會。」李志綏當時只擔心自己會不會因搶救不力被控害死毛主席，聞言即去衛生部長劉湘屏的家，召集醫療領導和解剖組織病理專家到醫學科學院開會。

眾人離開毛的病室套房後，張玉鳳讓在鄰近候命的于聰博士和助手叔子毅進入毛的病室。于聰博士帶來全國最先進的工具儀器設備，指導助手用預先多番操練的準確手法，打開毛的顱蓋，取出大腦，迅速做好冷凍保護處理，放入特製的便攜降溫冷凍設備中，再往毛顱填回同重量的藥棉等物，然後精密地把腦蓋合上縫接，仔細補上化裝，最後以白布覆蓋住毛的頭臉。

凌晨四時半李志綏才帶着徐靜等解剖組織和病理專家回到中南海，半小時前政治局正忙着用廣播向全國宣佈毛的死訊。政治局繼續在會議室議事，汪東興告知李志綏，中央已經做了新決定，主席的遺體要永久保存，而不是之前說的保

留半個月那麼簡單，並對李醫生強調說「要保密」。李志綏心想一九五六年那年全國推動火葬，毛主席是第一個在文告上簽名支持的，現在怎麼不依照毛主席承諾的領導人遺體火化，改成永久保留了呢？李志綏再去找華國鋒確認，華說「你們就這樣做吧，沒有別的方法」。李志綏描述道：唯一保存毛澤東遺體的方法就是福爾馬林灌注法，「毛的腦部保持原封不動 —— 我們不想剖開他的頭顱 —— 但我們必須取出內臟，也就是心臟、肺、胃、腎、腸、肝、胰、膀胱、膽囊和脾臟。我們把這些內臟分罐浸泡存於福爾馬林液中。身體內空腔裏則塞滿浸泡過福爾馬林的棉花。遺體保護組透過插在毛頸部的管子定期灌注福爾馬林液。」

設在人民大會堂的一周吊唁瞻仰期結束後，第二輪的遺體保護工作於九月十七日午夜正式秘密展開，工作地點在「五一九工程」的地下醫院。李志綏記載道：「五一九工程隧道寬度可以平行並開四輛汽車，溝通人民大會堂、天安門、中南海，林彪死前住地毛家灣和中國人民解放軍三〇五醫院大樓地下，直通北京西郊的西山，以備戰時中央做為臨時指揮部及轉移之用，三〇五醫院大樓下面的隧道設有小型醫院，設備很全，正好用來做為保護遺體之用。」

李志綏還寫道：「九月十七日午夜，毛的遺體由人民大會堂運到地下醫院。到毛家灣五一九工程入口。哨兵揮手示意通過，小型汽車便往下開入蜿蜒曲折的地下隧道，直駛向十五分鐘車程外的三〇五大樓地下的醫院。到醫院後，便將毛的遺體移入手術室，開始了遺體防腐工作。」

「數天後，我第一次看見運來的臘像。它後來被鎖在手術室附近的的房間裏。工藝美術學院教師們的技術令人嘆為觀止。那臘像詭異的就像毛本人。只有少數幾人知道，泡在

福爾馬林液裏的毛遺體和毛臘像一起在地下醫院裏收藏了一年。連看守醫院的哨兵都不知道他們在保護甚麼。」李志綏也不知道的是，全世界更少人知道，在五一九工程西山那段另一個軍事空間內，貯放着在液氮容器中冷凍保存的毛澤東大腦。

華國鋒為首的中共中央於一九七六年十月八日宣佈要興建毛主席紀念堂，選址在天安門廣場中心點人民英雄紀念碑的南面、踩在皇城中軸線上的原中華門即大清門舊址，離正陽門僅二百米，再往南就是前門外普通商住區。負責建紀念堂的辦事單位對外稱為國務院第九辦公室，在西黃城根南街九號辦公，設計則交給北京建築設計院四室，因為四室是保密室，為中央服務的工程都在此室。官方記載紀念館建築分地面地下各一層，中堂是放毛澤東遺體的瞻仰廳。毛身穿灰色中山裝，覆蓋着中共黨旗，頭南腳北，安臥在充了氦氣的水晶棺裏。

當時就毛陵的選址眾說紛紜，中南海、昆明湖、玉泉山、景山、天安門金水橋北、天安門端門皆被提出，大多數專家主張在香山建館，但中共中央卻斷然一錘定音，將紀念館放在廣場南端。主體建築設計也是由華國鋒在不看其他方案之下選用的正立方形式，由宣佈建館決定到十一月二十四日開動奠基施工，才用了一個半月，建築過程也只花了不到六個月，一九七七年八月已供內部和外國政要瞻仰，九月九日毛逝世一週年正式向民眾開放。決策快，那是因為整個遺體工程是毛在生前親自規劃的，所以華國鋒才會如此果敢，毛歿才不到三小時就決定違背毛自己公開承諾的火葬，改為永久保存遺體，建館選址和設計方案皆拍板神速。毛紀念堂的位置，當然是在早就定好了的天安門廣場近南端盡頭的中軸線上。

紀念堂管理局為中央辦公廳直轄下屬單位，不歸國務院或北京市政府管。守護毛主席紀念堂的武裝力量，不是天安門廣場上的北京公安和後來成立的武警，而是軍方那支保護中南海首長的中央警衛部隊。紀念堂是軍管的。建築圖則只記錄了地下一層。實存的地下二層是軍事禁區，地下三層則準確無誤地對接清建中軸線御用隧道。

　　清京中軸線地下通道始建於同治晚年的公元一八七四年。同治帝幼年即位，生性好動愛玩，常偕年輕男官員和小太監微服出遊，從紫禁城北門離宮，繞到南城的娛樂場所行樂，往返路程安全實堪憂。當時慈安、慈禧兩位太后主政，同治跟生母慈禧不親，反為嫡母慈安所寵。慈安知道阻止不了年輕的同治帝晚上微服出行的癖好，從長計議、為了以後的安全和方便起見，下令秘修御用地道，由宮城內午門地下進入隧道，可策馬馳行，沿中軸線筆直通往前門外地區，拐進近八大胡同的一座二進式四合院的地下馬房。慈安沒想到同治竟如此無福享用，年紀輕輕就病歿，年僅十八，那是地道剛建成竣工的一八七五年。後來慈禧掌政，以紫禁城的安全為由堵塞了隧道，宮中不准有人再提起地道之事，免為年輕尚未親政的光緒帝所知。

　　中共建政後，基於備戰為主、兼顧交通的理念，從五十年代就開始規劃營造一條北京地下鐵道，由西山軍事基地穿過內城到北京火車站北。當時負責勘測的鐵道兵第十二師，已探知中軸線舊隧道的存在。軍用地鐵開發屬國家機密，清建隧道也綑綁在保密之列。一九六五年北京地鐵一號線正式開建，供公眾使用的營運路段由北京站北到公主墳，軍用段一直延到西山，再到京原路口連接京原鐵路。一九六九年為了加強防蘇備戰，啟動了五一九工程，更在舊城挖掘民居地

下防空洞和多條軍用地下汽車隧道，連起中南海、人民大會堂等地點，一路往西經過毛家灣到玉泉山軍事基地。反而是這條從紫禁城到前門地區的清代地下馬道，因為缺乏軍事保安和運輸的實用價值，依然荒廢，除了五十年代已在位的少數領導人和個別鐵道工程兵外，不為世人所知。當一九七六年毛澤東將自己在二〇二大樓書齋臥房精心構想的身後計劃，和盤托出告訴華國鋒、張玉鳳、汪東興的時候，華、張、汪三人才知道有這麼一條清建的隧道。「放心辦事組」借毛主席紀念堂的大興土木，以地下需要鋪設五百米共同溝為由，趁機修復中軸線隧道的南段，並在南端盡頭的上述那幢已經備有看似是防空洞的地下馬房的四合院，再往下十米挖出一個新空間，充當保存毛澤東之腦的冷凍實驗庫。

一九七七年八月下旬，毛主席紀念堂全部竣工。之前存放在三〇五醫院地下的毛遺體與毛臘像，以及那些浸泡毛內臟的福爾馬林罐，在戴著防毒面具的八三四一戰士護送下，轉移到紀念堂大陵寢的小密室裏。曾參加遺體保護的中國醫學科學院組織學助理研究員徐靜，被任命為毛主席紀念堂管理局局長，繼續負責保管毛遺體的工作。離紀念堂總共不到兩公里外南城的一座四合院防空洞往下的新挖地下室，則成了毛澤東大腦的最後歸宿。于聰博士和這個八三四一實驗庫的成員，將在此寂寂無聞的擔起守護毛腦的任務。

第三章：守護者、投機者、終結者

毛澤東逝世不久，機要秘書張玉鳳即離開中南海，調去歷史檔案館工作，後自願請返原來的鐵道部單位，退出放心辦事組。汪東興雖有功於助鄧小平復出和粉碎四人幫，但因

為之前曾經粗暴對待葉劍英、陶鑄等黨國老同志，之後又妨礙胡耀邦翻案，成了黨內改革派攻擊凡是派的眾矢之的。汪在中央辦公廳的政令有時候也出不了中南海。華國鋒為了毛腦實驗庫營建的順利運作，有必要將這個秘密項目向一位新的掌權者坦白，這個人必須是對毛絕對忠誠的。華國鋒當時沒有去找鄧小平，也知道不能光靠自己的凡是派黨羽，遂選擇把秘密告訴了曾被毛澤東點評為「天塌下來有羅長子頂着」的羅瑞卿。羅瑞卿在文革後期即得到平反，被任命為中央軍委秘書長。華國鋒的計算是準確的：羅瑞卿仍然是敬畏佩服毛主席的。

當時毛腦實驗庫的國產醫用液氮製作裝置太大型而且經常冒出小狀況，維修不便，長遠看又不能依靠外面提供的液氮罐作為日常液氮耗量的補充，放心辦事新三人組決定採購一台適用的國外設備。一如當年的蘇共心態，工程技術上的先進國是指德國，而且是西德，不是親蘇的共產東德。文革早期毛為討好林彪和滿足元帥們對羅瑞卿的懷恨，決定犧牲忠心耿耿的心腹羅瑞卿。羅被扣上篡軍反黨罪名後，從三樓跳下雙腿重傷，再被紅衛兵劫持出醫院多番批鬥，傷口長期未愈，一九六九年左小腿截肢，手術並不成功。林彪死後的文革晚期，羅瑞卿被平反兼上位，本來是要在國內做腿部舊患手術的，但為了要親自秘密採購先進冷凍設備，決定改為遠赴西德海德堡大學就醫，計劃在一九七八年八月二日做手術前，於七月十八日提前飛抵西德重工業城市科隆親自訂購，以便手術之後立即隨行保密帶回中國。羅瑞卿八月二日完成手術，醒來後情況穩定，沒想到至凌晨時分心源性心臟病突發，心機梗塞而歿。

羅的猝死，讓華國鋒措手不及，不得不將毛腦秘密告訴

另一名掌實權的強人，那就是時任軍委副主席鄧小平。這個秘密的分享，反而促使華、鄧二人達成了短暫的和解默契，同意在一九七八年底中共十一屆三中全會上，作出口徑一致的立場表態，既發展經濟，同時也繼續毛的階級鬥爭路線。後來該屆三中全會竟發生了出乎二人意料之抑華揚鄧事件，那是題外話了。羅瑞卿死後兩天，中共中央特別派出專機到西德，於一九七八年八月十日接回羅瑞卿的遺體靈柩，以及隨機帶回來的大箱小箱貨物，鄧小平還親自去到機場安排接機事宜。

是年底中共十一屆三中全會後，華國鋒和凡是派的權力不斷減弱，鄧小平勢力足以左右黨政軍大局，汪東興被迫交出中辦主任和八三四一部隊政委的權職，華國鋒也只是暫時保住黨主席和軍委主席頭銜。

戍衛中央的八三四一部隊番號改為五七〇〇三部隊，華國鋒和鄧小平在這個中央警衛部隊之下，特別成立了一個專職單位叫X辦公室，代替了放心辦事組。華國鋒令八三四一前政委武健華推介一個黨性強、紀律好的軍官，負責辦公室實際工作。華國鋒留下訓令給這個叫肖三的主任少校說，有機要急事可直接打辦公室內紅色專線電話請示時任軍委主席。

一九八〇年八月趙紫陽替代華國鋒當總理，一九八一年胡耀邦取代華國鋒出任黨主席，鄧小平自己則取得軍委主席位，華從此退居有名無實的黨政二線。張玉鳳和汪東興始終沒有向外人洩露毛腦保留的秘密，華國鋒也把放心辦事組的責任轉給了鄧小平和X辦公室。一九八一年六月的十一屆六中全會，鄧小平不准黨內對毛澤東作出徹底清算，保衛了毛的地位，證明了他確實不算是中國的赫魯曉夫。鄧並不完

全信任胡耀邦、趙紫陽對毛的忠誠，但也沒有在這個毛腦存留項目上大做文章，鄧小平如周恩來，壓根兒不相信死者復生。鄧只是不想以後的黨史說毛澤東之腦毀於自己的手中。

鄧小平在八十年代既不是黨總書記也不是國家主席，但一直是軍委主席，直到一九八九年十一月正式移交給由他指定的總書記江澤民。二○○二年胡錦濤接班，接任總書記兼國家主席，不過軍委主席之重任，江澤民要到兩年後二○○四年才肯放手轉交給胡錦濤。江澤民和胡錦濤對鄧小平的安排蕭規曹隨，覺得這個毛腦保留實驗並不引起注意，無礙大局，也就不去花心思改變前任的決定了。

自從一九七八年羅瑞卿訂購的西德製造的冷凍系統安裝在前門地區一家四合院地下以來，直到二○一二年底，毛腦實驗庫的管理格局大致沒有變化，X辦公室的第一任主任也沒有換過人，只不過十年一升，肖三主任從少校變成了大校，但仍然只是這個後來列為正軍級的中央警衛部隊的一個一人辦公室的主管。

二○一二年十一月中，習近平上任總書記、國家主席兼軍委主席。習對毛澤東和中共建政的頭三十年多所肯定，並以運動式雷厲風行的黨建反腐，整頓軍隊……

說回在前門地區的毛腦實驗庫的地面，那座看似普通的四合院，百年來都是附近居民感到不解但知道有來頭的爛尾房。院子是前朝同治年間建的，位於皇城中軸線的南向延長線的西側五百米，正因為這個地理位置，被慈安太后看中，開闢為御用地下馬道的南端出口。四合院兩面單邊，俟着兩條小胡同交界口，另兩面牆垣以外的平房早被推倒，改開後白天成臨時個體戶攤販市場。院子只有兩進，沒有紅牆綠瓦，而是青灰的牆青灰的瓦，像是民居，這正是慈安太后欲

蓋彌彰的本意，便利同治帝微服進出南城。第二進朝北的倒座房內有多級階梯到地下層，是當年慈安以同治之名御令所挖建的馬房，可容下十人騎十匹高頭大馬，置有漢白玉上下馬石和拴馬鐵環。馬房一側有銅門，通過門外一條五百米長的相連微斜彎道，接上中軸線地下馬道的南盡頭，往北穿過舊護城河底，可直達紫禁城內的午門。這個四合院外殼建起來後，沒來得及裝潢，同治帝就駕崩，施工停止。一九四九年後，北京的大多數宅院成了大雜院，這間兩進式四合院卻一直空置着無人佔住。這樣一擱百年，直到毛澤東歿的一九七六年。

一九七六年底，長年失修的院子突然先後來了幾撥施工隊，都是不同番號的工程兵，分工負責供暖通電上下水以及二進後院內宅的廳房衛浴廚儲。一組施工隊挖出了一個地下二層，再換另一組施工隊修復地下一層，後者以為地下一層的那個大空間，是於一九六九年響應毛主席號召深挖洞而新挖的防空洞，對上下馬石和拴馬環的存在視若無睹。宅中眾人皆住在二進的後院內宅。一進前院各房維持毛坯。由一進前院到二進後院的那扇垂花門，不是開在正中位置，而是挨近東廂，以擴大後院北向的南房，因為倒座房裏是地下層的進口。垂花門也造得比一般窄，一個衛士就可以把門道守住。施工都在高牆之內。常在施工現場監工的是于聰博士和助手叔子毅，以及汪東興親自挑選的八三四一上等兵張合作。施工期間于聰和叔子毅汽車進汽車出，張合作則日夜留守裝修場地。一九七七年九月，毛主席紀念堂開放前夕，施工完畢，最後的一班工程兵撤走，于聰博士拖着自己破敗的身體，正式帶着「家人」搬進院子。除了叔子毅和張合作外，「家人」還包括張玉鳳介紹來的女炊事員賴亞莉和北京

醫療器械廠指派的女技術工人萬隆，分別與叔子毅和張合作裝成兩對夫妻。「家人」們暫時不會想到的是，他們將都與這個宅院結下不解孽緣。

紅五類家庭出身的于聰，於一九四九年在魯中解放區被招攬進了培訓中共接班幹部的華東大學。一九五〇年底華大進佔吞併了青島著名的山東大學，于聰接觸到當年山大物理、生物、工程各系的名師，如入寶山。學科成績優異的于聰一九五二年被選中接受半年俄語訓練後，送往莫斯科大學醫學院學生物科技，七年後取得博士學位。他是一九六五年最後一批被逐出蘇聯的中國專家學生之一。遣返青島後，一直賦閒，等待組織安排工作。文革期間他被指為蘇聯特務，屢番挨鬥致瘸，而且生理失調百病叢生。一九七四年受毛澤東和周恩來召見平反，奉命成立八三四一實驗庫，全速自主研發人體冷凍技術，車間設在製造全國第一具電冰箱的北京醫療器械廠。

于聰博士只招了一名助手叔子毅，後者的祖父是山東大學物理學教授，算是于聰博士的科學開蒙老師，一九五二年鎮反運動中已被整肅，一九六〇年餓死於勞改營。叔子毅的父親則受祖父牽連被單位開除，從此一家成了社會最底層的黑五類。于聰博士一九六五年文革前回到青島的時候，曾有閒去探訪過業師的後人，見過飯都吃不飽的少年叔子毅。未幾文革，一隔十年，一九七四年叔子毅在青島做環衛工人，未婚。劫後餘生的于聰博士，文革後期奉毛‧周之命成立實驗庫，行有餘力把叔子毅從青島調到北京，收為自己的徒弟，傳授開顱取腦以及冷凍保腦等技術。

萬隆是北京醫療器械廠專門調配給八三四一實驗庫的年輕技術工人。她天生奇相，肌肉橫生，唇邊汗毛和身上體毛

遠濃於一般女性，從小受同性排擠，青春期不為男性所喜，上崗後被廠方認為有礙觀瞻，逢有領導外賓來訪，都叫她躲開，現樂得把她撥給于聰博士的封閉式車間。于聰博士在俄羅斯待過，對萬隆的外貌比較接受，叔子毅就完全受不了她，還覺得她對自己有威脅。萬隆怕受人注意，不太開口說話，但工程技術和手工活利落，作為車間與廠方的聯絡員也很有效率，車間如有需要，派萬隆去找廠領導，領導一般都速速答應，以打發她走。

一九七七年九月前門外的毛腦實驗庫建成之日，張玉鳳已經離開中南海，但她仍是放心辦事組的三名成員之一。當年在鐵道局專列服務毛澤東的時候，她的要好閨蜜是專列的東北同鄉炊事員賴大姐。賴大姐想幫在農村務農的長兄女兒，中學畢業的姪女賴亞莉找工作，寫信求到張玉鳳。正好毛腦實驗庫落成，于聰博士要攜「家人」入住前門外的四合院，需要有人做飯，張玉鳳就因利乘便，給賴亞莉搞了個招工指標，招來了北京。賴亞莉資質平庸，但學校檔案裏記載着政治表現良好，家庭關係清白，又與當年毛列專車的工作人員有姑姪關係，算是知根知底。

汪東興也替實驗庫找到一個願意獻出一生的年輕八三四一戰士，江西人張合作。八三四一部隊跟江西特別有淵源，其前身為一九二八年成立於井岡山蘇區的紅四軍特務連，四九年後第一任團長張耀祠是江西人，時任大內總管汪東興也是江西人。汪在文革前曾任江西省常委，是毛澤東最信任的人之一。毛在世的時候，常親自接見八三四一新兵，向他們授課，頒令出差守則：第一是保密，第二是不擺架子，第三是宣傳社會主義，第四是替毛主席做社會調查，第五是要警惕不要上反革命的當，所以要有文化，要好好學習

馬列主義辯證法和毛澤東思想，以防被陳伯達林彪一類假馬列分子所騙。八三四一部隊成員的甄選和所受的政治教育都是最嚴苛的，以確保對領袖的絕對忠誠。八三四一實驗庫如果要找一名衛士，就一定應是從八三四一部隊中尋找的。汪東興要挑選一個真正願意誓死保衛毛主席的戰士，不是那種會跟風轉舵的聰明人，只要是高度忠誠、按指示一板一眼做事、誠實厚道的人，腦筋轉得慢一點不是問題。張合作來自農民家庭，質樸，到了部隊後入黨，手槍射擊出色，當面聆聽過毛的教誨說衛士第一原則是保密，可說是完全符合汪東興的標準。汪東興更相信毛個人魅力的特別加持，而張合作就是毛面對面接見過的這個被選中者。這次在汪的監誓下，張合作莊嚴承諾，誓死保衛毛主席。汪沒預想到的是，四十餘年的漫長歲月，一個最刻板守諾的甲兵也會悟出一些想法。

毛腦實驗庫成立的頭一年，事故最多。先是前門一帶線路老化、電力容量不足，經常停電，實驗庫要添裝獨立發電機。液氮製作系統也常出毛病，需要維修。一九七八年國慶節前，實驗庫終於安裝上羅瑞卿死前採購回來的德製冷凍系統。于聰博士將設備使用手冊逐條翻譯，並帶着叔子毅、萬隆建立了嚴格的巡檢、記錄、維修流程和分工責任制度。半年後，于聰博士積勞成疾，腦梗而死。遺體從宅院中給移走那夜，叔子毅帶醉強闖賴亞莉房間，要當真夫妻不果，反遭賴亞莉踢傷下體。只有張合作的房間內才有電話，也唯有他才知道汪東興的直線號碼。賴亞莉叫張合作立即向汪匯報，張合作以時間太晚拒絕。賴亞莉扒開自己上衣，但遭張合作驅趕出房外。

翌日早上，張合作發覺賴亞莉已擅自離開院子。平常只

有他和賴亞莉有大門鑰匙，隔天輪換着出門買菜購物，留下一人監控其他兩個人。現在賴亞莉自己溜走，到上班時分張合作撥專線號碼請示汪東興。那天早上賴亞莉已向張玉鳳哭訴昨晚叔子毅的流氓行為，張玉鳳也剛致電汪東興投訴。張玉鳳是連毛主席都敢頂撞的人，汪東興不想跟她起爭執，承諾把賴亞莉臨時編制到八三四一本部的炊事排。汪致電斥令張合作以後要自己一個人嚴密監控叔子毅和萬隆，不准叔子毅喝酒，還問了一句你會做飯嗎？張合作答說我會。汪東興就說，那你以後兼顧做飯。

賴亞莉走了之後，張合作兼顧炊事，叔子毅和萬隆誰都對誰不感興趣，眾人和平共處。七八年十一屆三中全會後不久，張合作接到電話，對方說是負責毛腦項目的X辦公室肖三少校。張合作立即掛斷電話，轉撥汪東興的專號，接電話的還是肖三。張合作斷然說，請您的上級給我電話，然後就掛斷。翌日，張合作接到電話，對方說我是華國鋒主席，張合作回答說，請證明您的身份。這是唯一的一次張合作被召去親自見到時任軍委主席，當面受到誇獎。肖三也在場。華國鋒解釋說黨對汪東興同志已另有安排，汪不再負責毛腦項目，現在除華自己之外，另外兩位負責人是軍委副主席鄧小平以及八三四一部隊X辦公室的肖三主任。華命張合作以後有要事就直接匯報給肖三，而肖三可以保證毛腦項目和各人生活所需的後勤支援。華並說以後凡有華、鄧、肖三人之外的人物來電，張合作一定要和這次同樣的堅定，叫對方去找軍委主席或X辦公室主任親自出來做交接。

這次會面，換來了十年的表面靜態日子，如死水微瀾，只有兩件事值得記錄。一是叔子毅越發不安，對自己變相被軟禁忿忿不平，但又不敢出逃。他的爆發點將在稍後的

一九八九年春夏之際。開始時叔子毅自我感覺是于聰博士的傳人，每天例行巡視兩遍毛腦實驗庫，看看儀錶盤上的各項指標，記錄一下，別的其實甚麼都做不來。于聰博士不在了，冷凍技術沒有進一步研發，起死復生科技更無從談起，設備檢修維護的工作皆由萬隆一手包辦。叔子毅學識起點低，不通外文，更關鍵是沒有自主學習的願望，不思進取，除了當年給于聰博士做助手開顱取腦、冷凍保護處理之外一無所長。張合作慢慢明白過來，叔子毅才是毛腦實驗庫的多餘的人，但組織卻完全沒有打算讓他離開。汪東興和後來的X辦公室主任肖三都認定叔子毅是于聰博士的唯一傳人，毛腦的維護非他不可，就算他曾圖謀性侵女同事也不能撤職。叔子毅寫信回家探路，皆石沉大海。信固然都給沒收，組織其實一開始就已通知了叔子毅、萬隆、張合作的家人，三人皆已因公犧牲，被封為烈士，相關烈士遺屬取得國家的撫恤補償，早已遺忘了他們。二是在八十年代初，一個前門地區臨時攤販市場的個體戶肉販因為受舉報而失蹤。賴亞莉脫隊後，張合作起初為了省事，就在隔壁臨時露天攤販市場隨便買一點食材。有一次賣大肉的個體戶攤販突然問他，你媳婦兒咋不來了？你們家的老爺子呢，咋也不見了？你家幾口？你家院子幾進，兩進還是三進？張合作吱唔不接茬，那肉販有點搓火，甩了一句話過來：甭以為老百姓啥都不懂，眼皮子底下這點事兒誰不知道啊！張合作向肖三匯報了經過，覺得在人民眼皮底下的毛腦項目可能會暴露。幾天後他騎自行車出門，經過隔壁的臨時攤販市場，眼睛一掃肉販原來所在的那個位置，人和攤檔都不在了。張合作不由自主停車發愣，旁邊的大媽一臉不屑的自言自語：失蹤了唄，啥玩意兒，丫礙着誰了！

張合作一下子警覺了，他不再是一個簡單的看門甲兵，自己的行為是會給別人帶來後果的。他隔絕與鄰人交往，不再連續光顧同一個攤販或同一家商店，而是騎着自行車，去到外面更遠的社區。他好像長了眼睛，在北京街頭看到民風在變，到處都是商品廣告，年輕人奇裝異服，空氣中飄着靡靡之音，幾年之間這世界已經不是毛主席的世界了。張合作很想知道發生甚麼事，但沒人可以跟他交流。X辦公室明令毛腦實驗庫嚴禁訂閱報刊，沒有收音機可聽廣播，更不配備電視機看新聞聯播。張合作每次騎車經過北京日報社的報紙閱覽櫥窗，都禁不住停下來跟市民一起站着讀報。這樣，他天天出門，天天換地方，還越走越遠，在不同街頭免費讀報。他學到通貨膨脹、商品經濟、讓一部分人先富起來等新詞句，發覺菜價副食果然不斷在調升，他領來的經費越來越不好使。

　　有一次他路經一家新華書店，進去自己掏錢買了一套四卷的毛選，準備回家好好學習。他看到書店陳列的卡帶式音樂專集，突然聯想到，叔子毅和萬隆完全被禁絕與外界接觸，這樣是會憋死人的，他們是撐不下去的。他致電肖三主任，要求按通脹增加每月撥款，以應付基本生活開支，並申請額外預算買了一台卡式錄音機，幾盤革命歌曲、京劇和陝北民謠的盒帶，為足不出戶的叔子毅和萬隆提供一點生活趣味。張合作還自己拿主意，每天每人配給一瓶新近在北京設廠生產的普通燕京啤酒。

　　一九八九年四月下旬開始，天安門那邊群眾和喇叭喧嘩之聲常傳到前門一帶。張合作每天在外，曾騎車去天安門轉悠過，感到山雨欲來、觸目驚心。連叔子毅也坐立不安，說他一定要離開這個院子。張合作向上級反映情況，說工作上

有萬隆就夠了，叔子毅的離開不構成問題。肖三斷然否決了這個建議。六月三日那天到翌日天亮，張合作和叔子毅一晚上都豎着耳朵聽傳來的噪音，先是六部口那邊的催淚彈爆炸聲、再是西單的槍聲、長安街的坦克聲。翌日，張合作打開地下實驗庫鋼門，給叔子毅進去做每日例行檢查的時候，叔子毅說，都變天了，你丫還在這兒，等死吧你！說罷隨手把實驗庫總電源閘刀拉斷，實驗庫一片漆黑。叔子毅轉身步出實驗庫往上走，邊走邊說你去告發我好了。張合作第一反應是撲過去重新合閘，這本來是萬隆才有權做的事，但這時候張合作顧不得那麼多，他擔心毛腦會受損害。

回到地面，張合作把叔子毅禁足在房間後，撥電話給肖三，竟然沒人接聽。張合作想：難道真的變天了？如是七天，到第八天才找到肖三。當天下午，一個班的中央警衛部隊戰士到了院子，把叔子毅帶走。張合作忐忑不安，自己的舉報，上次害了個體戶肉販永久失蹤，這次不知道叔子毅的下場將如何。他隱隱感到，這個國家機密是吃人的。

張合作和萬隆繼續留守，一個木訥，一個寡言。正如青年毛澤東的詩作說：「天井四四方，四周是高牆」，夏天兩人常各坐在自己的東西廂房檐廊下面，隔着內宅庭院乘涼、喝冰鎮啤酒，放着盒帶革命京劇，相忘於江湖。萬隆中年後，開始發胖，鬍子體毛反而稀疏了，人也放鬆了，不像以前誠惶誠恐的總是想躲藏自己，相貌也由猙獰變為哀怨。她手巧，利用院裏構建地下鋼門、實驗庫框架和外牆剩餘的大量金屬物料和鐵絲網，燒焊出各種古怪裝置，放在前院的毛坯廂房內和廊檐下。

張合作則每天在外讀報閱世，心情起伏，回到院子即翻閱毛選尋找安慰和啟示，心中始終裝着一個紅太陽。常有各

種鳥類空降進院，張合作在前院，修了個大水池，吸引北京天空上四季不同的飛禽奇珍，落腳到自己院子作客。

有一年萬隆突然白天木僵在床，不肯進食，也不願到實驗庫做例行檢查。這已是千禧年後的事了。張合作向肖三報告後，半個月都沒有任何回應。實驗庫整整半個月沒有人維護，一切如常運行。張合作自己每天習慣性的下到實驗庫，都會想如果發生事故，怎麼辦？四分之一世紀沒大事，不等於明天不會出事。張合作感到，上級其實並不那麼關心毛澤東之腦的保存。終於有一天肖三召見張合作，給了他幾盒抗憂藥叫張合作帶回去騙萬隆服用。張合作問會否派新的技術人員過來，肖三突然發飆，訓斥張合作說，你以為這樣的工作人員好找？

張合作也怕萬隆會被替代調走，命運難測。他一定要讓萬隆服抗憂藥，盡快恢復工作能力。在不起床也不肯進食的日子裏，萬隆還願意喝啤酒。張合作不知道喝酒對萬隆是好還是不好，他在報上讀過說酒精會加重憂鬱症，不過報上也說啤酒相當於液體麵包，他認定一個人不吃東西是不行的，啤酒也算是食物。張合作以啤酒為餌，騙萬隆說想要喝酒就要先吃胃藥，不能空腹。這招果然見效，萬隆按次吃藥喝酒，病情竟有好轉。張合作立即報告上級說不用派人來了，沒想到肖三說已找到了新人，正在調動中，萬隆既然能夠作業就好，叫她先帶新人上手，以後再處理她。

新人名叫覚小軍，是個唐山的地震孤兒，由國家特別撫養栽培，但工作後在個人檔案上被留下不合群、人際交流有障礙等評語，從此在安全系統內變成人球，分配不到合適單位，掛在北京西苑一個安全部家屬大院當小電工。肖三急於找人，但不能公開招聘，這個年頭哪還有年輕人願意一生待

在一個沒有前途的秘密單位？不慎選錯了人，弄不好又成了第二個叔子毅，替自己找麻煩。從西苑小學的髮小口中，肖三偶然打聽到党小軍這樣一個多餘的人，面談時党小軍在肖三耐心引導下，終於說出自己的夢想是終身報答國家，一個人守護邊遠海域的燈塔。

張合作擔心萬隆不肯指導党小軍，又怕萬隆教會了徒弟餓死師傅，幸好肖三並沒有急於調走萬隆。萬隆精神恢復了，手腳又麻利了。党小軍腦子有點笨，記不住設備標示的那些外文拼字。張合作在晚報醫學版看過有一種不認字母排列的讀寫障礙。不過當張合作每天打開實驗庫門之後，柔弱的小軍就默默的跟在女漢子萬隆後面進去實驗庫，萬隆也沒轟他走。張合作認為萬隆和党小軍都是冷淡害羞的人，可能都有點憂鬱症，他們的交往將會是慢熱的。張合作暫時更憂慮的是毛澤東實驗庫地面的四合院會被拆。

一次張合作外出採購讀報半天回到宅子，牆外刷了一個大白圈，圈中是一個白色的拆字。他知道北京要辦奧運，很多四合院都要拆掉，沒想到這個宅子也在消滅之列。肖三聞報之後說，一定是宣武區政府弄錯了，這一片是不准拆的。果然拆字不久被抹掉，只不過大半年後，整個胡同區拆得只剩下他們這麼一小片幾戶舊宅。張合作覺得這下子實驗庫更暴露了，平常他那把帶滅聲器的手槍永不離身。他在院子四邊牆角和東南方臨街的門樓外裝了監控器，心想這些就是我的石敢當。他也安裝了一套在地下防空洞通往中軸線隧道的銅門外。這道銅門只有他和肖主任有鑰匙，這麼多年來從來沒人進出過。如是又過了幾年，平靜無事。

二〇〇八年仲夏，天暗得晚，張合作在前院的庭院觀賞池中雀鳥、喝啤酒，看着看着睡着了，深夜醒來，穿過垂花

門，打算走回後院自己的東廂房間，瞥見住在自己隔鄰二房的党小軍，靜靜的穿過內宅庭院進了西廂二房的萬隆臥室。那個晚上後，從党小軍和萬隆的一舉一動，張合作肯定兩人是有私情了。張合作覺得很難理解，萬隆在年輕的時候都沒有男人會對她有興趣，小十來歲的党小軍，怎麼會跟這位軀體龐大、上唇還有鬍子的老大姐好起來了呢？當然，党小軍本身也是個很奇怪的陰柔小男子，張合作只能這樣想。按X辦公室多年前訂下的規距，院裏工作人員沒有組織批准，不許亂搞男女關係。他們算「亂」搞男女關係嗎？還是只是正常的男歡女愛？張合作決定這次暫時裝作不知情，不予上報。

日子久了，萬隆和党小軍也感覺到張合作不是不知情，只是寬容她倆在一起。他們任彼此不說穿，不張揚。這是萬隆和党小軍一生中最快樂的日子。張合作的心情則比較波動，因為他從自己住的天安門南側前門外地區的宅院，經常騎車沿長安街南側、前門大街、西河沿、東河沿、打磨廠、東交民巷去東邊，長年經過中央高法機關所在地，遇到過一批又一批的全國上訪者，目睹過這些外地老百姓被公安粗暴的驅趕抓捕。他更收存了大量上訪者派發的材料，簡直不敢相信自己看到的冤情，先是好奇，後是震驚，再就是憤怒，一般人經過了這幾個階段後，就會麻木和躲閃，但張合作心情無法平撫。人民的政府會幹這麼多壞事嗎？難道國民黨又回來了？退隱在宅子的時候，張合作從毛選中尋求安慰，他記得毛主席說過，要學好馬列主義，熟悉辯證法，防範潛伏在黨內的假馬列分子、階級敵人、內奸、工賊、外國特務。他的直覺是，朝中有人說一套做一套，背叛了毛主席，成了黨內走資派或私通外國。他憂心重重，怕終有一天，黨內當

權的走資派會叫人來毀掉毛腦實驗庫。他做了心理建設，激勵自己要有足夠意志去全力抵抗，不怕犧牲，誓死保護實驗庫，只要一息尚存，絕不容毛主席之腦毀於自己的監護中。

二〇一二年三月全國人大開會前夕，肖三大校召見張合作。這次肖三旁邊還大喇喇的站着一個大媽樣的女人，她就是當年出逃的炊事員賴亞莉。肖三說，賴亞莉同志下月起就是X辦公室的新主任了，過去三十五年，張合作同志你在前線守護主席的八三四一實驗庫，我在X辦公室後勤支援你，我們合作無間，我今年六十了，孫子都上學了，也到退休的年齡了。賴亞莉同志在我們這個部隊也服務了三十多年，表現良好，熟悉單位後勤內部運作。你們更是老同事了，大家都是了解的。這件事已經上報請示了軍委主席，得到同意。找到賴亞莉同志當你的後盾，我就放心了，不用把毛主席的秘密向多餘的人分享，算是我的軍人生涯的完美句號，對得起組織、對得起主席。你們比我小，可以再幹七八年，慢慢安排下一個接班梯隊。

兩個月後，賴亞莉不經通報，自駕小汽車停在宅外，用鑰匙打開了院子的街門，直闖二進內宅，見到萬隆還叫了一聲姐，您還認得我嗎？她自己宣佈說，我現在是這個項目的新領導了，你們一切工作安排暫時不變。于聰博士去世後，二進內宅北端的朝南正房一直空置，賴亞莉說她會派人來裝修，隔三差五會回來住一下，跟大家一起工作。她說現在住四合院的都是有錢人，這個院子不錯，地點又好，還說：我是念舊的人。

不久裝修兵到院子，把後院的正房三室裝得很雅致，私人衛浴，冷氣冰箱電器齊全，中間的堂屋還裝了彩電和影碟機、換了皮沙發。賴亞莉逢週末假期真的會過來小住，在前

門外和大柵欄的老字號買點熟食，喝着據說是給軍隊特供的白酒，自己過着有滋有味的小日子。有時候她喝高了，常出言不遜。她看不上院裏的三個人。有次她跟張合作說，老張你怎麼老得這麼難看？又當眾說，嘖嘖，魔障了，這院子的人怎麼都長得這麼難看，好像暗示她想換人。

賴亞莉只是老了，人沒有變好。張合作去銀行提款，發覺經費少了三分之一。賴亞莉說，我覺得你們不需要花那麼多錢。不夠？用自己工資補進去呀！不然你們吃國家的喝國家的，工資都沒地方花。甚麼，工資很低？你們幹那點破事，還嫌工資低？張合作說賴亞莉，你吞沒官餉，中飽私囊，這樣做跟國民黨有甚麼差別？賴亞莉說那你去軍紀委告我呀，去找軍委主席投訴呀。張合作說我要見肖三大校。賴亞莉說，肖三？雙規了，在接受隔離審查，能不能活着出來都不知道呢，你去找呀！

一九七七年賴亞莉被叔子毅侵犯，汪東興在張玉鳳的投訴下，把賴亞莉收在自己部隊的炊事排，警告她不得張口亂說。不久她跟一名常在食堂吃飯的尉官結婚，搬到大院，並通過門路轉入軍籍到後勤部幹一份文職，表現積極也入了黨，只是常貪點小便宜。十年前她已離婚，仍在後勤部混日子。她有她的精明，猜測到汪東興撤職後才成立的X辦公室，一定就是毛腦實驗庫的上級主管單位，一直注意低調的肖三主任的動向，想到他退休年齡將到，便向肖三自報家門，說出當年與毛腦實驗庫的前緣，張玉鳳仍在世，可以作證。肖三從檔案上略知當年之事，覺得賴亞莉是黨員，在部隊做後勤工作多年，可以應付X辦公室那點子事，又可以保密，真是天賜人選，就推薦給了軍委主席，接替自己。

肖三沒想到自己趕上了新領導以反腐來大肆整頓軍隊、

清除異己的新常態。他本來與軍隊哪一系的貪腐利益集團都不沾邊，但在這個黨建運動時刻，剛到年齡辦離休，要接受離職審核，一切從嚴下，直接被軍紀委從辦公室帶走協助調查，連打一通專線紅電話給軍委主席的機會都沒有，就被隔離了，因不能透露毛腦實驗庫的機密，交代不清，無私顯有私，受盡刑求，投訴無門，只能算是自己倒楣。

中共十八大之後，強國科技提速，網絡升級至3G、4G，智能手機普及。根據X辦公室四十年不更新的指令，毛腦實驗庫的工作人員是不准私自對外溝通的，連電話也不能自備，廣播都不許收聽。所以，張合作不用電腦，不上網，遑論手機。他看的書僅是毛聖經，他的新知來自官媒街頭櫥窗。最近幾年，他注意到晚報常發表有關於新科技的報導。他最感興趣的是生物科技。既然克隆、基因編輯改造，人腦智能強化、延遲衰老永保青春等尖端技術都有人在研發了，那麼，起死回生的科學突破還會遠嗎？屆時，毛主席就可以復活了。這是一場與時間的競賽，黨內的走資派還在走、那些當權的階級敵人和潛伏的外國特務，隨時會想到搞破壞，關鍵在於是毛主席搶前復活，還是黨內外的壞人先下手為強？毛主席不能在這個險惡的世界上復活，就會被這樣的世界所毀滅。二〇一八年的一個早上張合作又在街頭報欄讀報，興奮的在昨天出的晚報上讀到一則訪問，被訪者是一個叫柯嘯鷹的美籍華裔資本家，他擁有一個永續青春創投基金，孵化生物科技項目，產業包括治癌醫藥、人體器官更新、人腦電腦介面、長生不老不死以及人體冷凍貯存等。為甚麼要貯存人體？就是為了可以在不久的將來復活。柯嘯鷹宣稱他旗下的有關企業，在無生命的物質中創造新生命，取得了驚人突破，拿到多項專利，故此起死回生已不是空想，

而是即將成真的現實。張合作天天期待着看到這方面的後續信息，把希望寄托在這樣的資本家身上。他不知道其實網上和微信早就在炒作復活科技，柯嘯鷹已成網紅，接受了無數訪問，上過中央台，連他的業餘愛好攝影也被廣泛報導。他開了個微信號自我吹噓，説要配合國家政策，在二〇二五年讓中國成為永續青春科技的世界第一強國，開發全民人體冷凍和製造新生命細胞的產業，作為下一輪的經濟增長推動器。柯嘯鷹答記者問時斷言，起死回生，只差朝夕。

在毛腦實驗庫，這個為世所忘的平行空間裏，日子還是要過的，哪怕有人把快樂建築在別人的痛苦上。賴亞莉的到來，破壞了原來時間停止的無為歲月，像一粒老鼠屎掉進了一鍋涼掉的清水白米粥裏。賴亞莉主任對毛腦實驗庫的權力是絕對的，在這塊領地上她就是女王，掌握手下三人的命運。她想通了這點，發現自己可以隻手遮天，就更加任意妄為，索性搬過來常住，把部隊分配給她的樓房租出去。X辦公室本來就沒有甚麼工作量，有了手機後，有事靠短信就可以處理，有時候一兩週她都不用回一趟辦公室，整天在她屋裏追看電視劇。她每天喝五十二度的白酒，嫌張合作的江西烹調不配她的胃口，連塊整肉都吃不到，改為一日三餐替自己叫外賣。宅子街門裝了門鈴，連到張合作房間，有人送來外賣，張合作就要走去前院開門，用公餉付賬，把外賣提放到內宅北房的門外茶几上。賴亞莉的小奸小惡行為固然令人討厭，但張合作更受不了的是她明知故犯，違反X辦公室的行為規範，招來送貨的陌生人，增加了毛腦實驗室的暴露危險。但為了換取時間，等待起死回生科技找上毛腦的一天，張合作只好強忍，不管賴亞莉對他如何頤指氣使，他都不能不從。賴亞莉有次揮舞着手機對張合作説，你再囉里八嗦，

信不信我打一個電話，就可以調來一個排把你帶走，從此你就在人間消失？張合作相信她做得出來。只要神不知鬼不覺而且有利可圖，她甚至會出賣國家機密，把主席之腦賣給外國人，或替階級敵人帶路破壞毛腦實驗庫。

她改喚張合作張老頭，党小軍娘炮。她從不願意正眼看萬隆，私下叫她二椅子。賴亞莉要張合作替她洗衣服包括內衣褲，張合作不敢説不。她還命党小軍每天為她按摩。有一次萬隆去到賴的正房説，主任，今兒小軍不舒服，我來替您按摩。賴亞莉驚呼説，不准進來，滾犢子，我不想晚上做惡夢。

張合作為了顧全大局，可以忍氣吞聲，直到賴亞莉過了底線。二〇一九年夏的一個傍晚，天色明亮，氣溫不降，眾人分別在後院乘涼，賴亞莉喝得有點大，從冷氣房裏出來，對眾人説，你們聽着，我有重要的話説：毛主席説過沒有調查就沒有發言權，這幾年調查了解下來，我可以負責任的説，我們的人手實在太多了，這裏根本沒有那麼多事情要處理。所以，經過慎重考慮，我覺得我們要精簡人手，減少冗員，從明天開始，萬隆你就不用來上班了，收拾好東西，明天一早我就會叫部隊來把你接走，就這樣！萬隆驚惶的哭叫，衝上前跪到賴亞莉面前説，求您，讓我留下。賴説，我已經決定了，你説甚麼都不會管用，不是你走就是娘炮走，當然是你走更好。這時候党小軍也跪下説，讓隆姐留下吧，主任，求您了，不要趕隆姐走，她沒地方可去。賴亞莉如夢初醒説：啊原來你們倆是……我説呢，怪不得你整天像個跟屁蟲，原來是哥倆好，這可是嚴重犯規啊。賴轉身質問張合作，張老頭……她看到張合作的神情，也突然明白過來，咬着牙説好呀，原來你們仨是一個團夥的，張老頭你竟敢知情不報，唬弄老娘，太不像話了，都給我滾犢子，換新人，老

娘終於不用再看到你們了！張合作差點沒起殺心。賴亞莉罵罵咧咧返回正房，鎖上房門。按規定院子裏的臥房門都不准上鎖，但賴亞莉哪管這些。萬隆和小軍仍跪在地上，苦苦哀求的看着張合作，希望張合作替他們出主意或出頭。張合作雖同情他們，但想不到能做甚麼，無言以對，唯有轉身回到自己房間。

張合作沒有立即去想，被開掉後的命運如何、會否像之前的人一樣被消失、自己一生是不是虛度等個人問題。他緊張的是自己會給調離，不能再守護實驗庫，以後誰能阻止賴亞莉破壞或出賣主席之腦？賴亞莉為了侵佔經費，欺下瞞上多吞掉一份錢糧，竟想出踢走萬隆這一毒招，完全不顧萬隆死活。如果有更大的利誘在前，她也會不惜犧牲主席。張合作和萬隆相處幾十年，知道她於人無害。她跟党小軍在一起，終於彼此找到了難得的安樂，現在將硬被拆散。張合作痛恨賴亞莉這種一點同情心都沒有的貪婪惡婦，也怨自己空有壯志，卻一點沒有敢教日月換新天之力。

他一夜難眠，到五、六點鐘起來上廁所，突然聞到煤炭的味兒，心想大熱天竟還有人在燒煤？轉念間他用自來水弄濕毛巾掩住口鼻，衝到西廂二房一把推開屋門，一股煤炭味湧出，房內溫度很高，地上有一盆已經快燒成了灰燼的木炭，他進屋迅速打開窗戶，退到室外深吸幾口氣，再回到房內，定眼一看，萬隆和党小軍全身赤裸，緊緊相擁躺在窄床上。張合作趨前細看，兩人面色紅潤，神態愉悅，明顯是煤氣中毒，死去有一陣子了。

那天早上不到八點，門鈴響了，送早餐的來了。張合作如常去前院打開街門付賬關門，把早餐提到後院正房賴亞莉的房外茶几。幾分鐘後，賴亞莉耷拉着臉踢踢踏踏的開門出

來取早餐，張合作掏出他那把從不離身的消聲手槍，在賴亞莉腦後開了一槍。

他在後院石榴樹後挖了個深坑，把萬隆和党小軍葬在一起，從院子裏挪來兩個花槽壓上，算是他們的墳。賴亞莉則埋在前院最西南角的毛坑位置。

他收起賴亞莉的幾串匙鑰，分別藏在前院毛坯房內外的金屬裝置品內，這些看似一堆爛鐵的萬隆的手工玩意兒，內裏都會有一個不易被偵察到的精緻暗格，算是萬隆的個人作品特色。張合作找出萬隆的電焊槍，熔掉賴亞莉用來威嚇他的手機，給賴亞莉陪葬。他在四合院的街門內、地下隧道銅門內和實驗室鋼門外都加了重鎖，自己也不明白作用何在，只覺得有必要多加把鎖。張合作觀察到，平常組織上是不會有人主動來找賴亞莉主任的，X辦公室本身就是個為世遺忘的單位，賴亞莉幾天不出現，沒有人會管。暫時，他可以安心守護主席之腦了。

張合作一個人生活，每天早上打開實驗庫看一眼，然後騎車外出報欄讀報。他看到晚報上一篇號稱科學打假的文章，說那些所謂能讓死者再生的技術都是騙人的。張合作認定這只是官媒在散播假消息，他更願意相信毛主席一定可以復活。他突然悟到一點，現在的執政者口頭上頌揚毛主席，但如果主席真的復生，重新指點江山，當權派恐怕都要接受清算。這讓他不寒而慄的想到一種可能性，如果終有一天有人叫他打開實驗庫放他們進去，這些人將不是為了要讓毛主席復活，而是要騙走主席之腦加以毀滅。

張合作當然不知道，攻擊復活科技的宣傳正是官方發動的，而此時創投資本家柯嘯鷹更已經被自殺了，一切都跟毛腦實驗庫有關。話說肖三大校辦退休遇上反腐嚴打，因為保

密而無法交待X辦公室經費的去向，長期受隔離審查，吃盡苦頭，髮妻去世都不讓出來送終。肖三曾經向其妻解釋過自己的工作，透露過毛澤東之腦的秘密，但只説了保護毛腦的由來和X辦公室的任務，沒有説出毛腦實驗庫的所在地點。其妻過世前在病床上將秘密轉告了兩人的獨生子，讓兒子去找軍委主席救肖三。正好網上媒體在替柯嘯鷹做公關和炒作逆死轉生科技，肖三的兒子認為毛腦秘密是父親一生剩下的唯一可以轉化為金錢的遺產，追蹤到柯嘯鷹出席的一次宴會，在廁所堵住柯嘯鷹，劈頭就説，柯老師，毛主席他老人家的腦還活着……

柯嘯鷹立即意識到這個消息配上復活科技的轟動效應。資本家柯嘯鷹，原名柯小纓，雖然在美國為了融入主流社會而信了基督教，但他屬於喝狼奶長大的那一代中國人，本質上仍是個小毛澤東，事業成就更令他相信世界上所有好事都能給他趕上，足以證明天將降其予大任。肖三之子説，只要把我爸撈出來，就可以找到毛腦了。柯嘯鷹竟然辦到，肖三保外就醫，兒子帶爸爸到日壇公園附近的一家高級川菜會所吃飯，柯嘯鷹出現在包間，提議合作讓毛主席的腦復活。黨性本來很強的肖三，一生忠黨愛國，守着個清水衙門，恨透改革開放後軍中的腐敗，主觀上也希望毛主席復活再來，橫掃一切牛鬼蛇神。他臨退休趕上這麼場反腐運動，被雙規遭隔離審查迫害這麼久，而上級也不替他澄清，對此他感到極大悲憤。他寧願一再受逼供都不把毛腦之事告訴軍紀委，現在卻眼見這個秘密已經暴露，為了兒孫今後的生活，他同意跟資本家做買賣，換取可觀的好處，並説服自己讓主席復活是一件好事。不過肖三有他的精明，他只先説了毛澤東當年自己如何規劃秘密保腦以待再生，于聰博士的八三四一實驗

庫，華國鋒、鄧小平和歷任軍委主席的角色，他們與X辦公室的默契，細節説到這裏，等柯嘯鷹對自己的貨真價實已經深信不移之後，就賣了個關子，説要待收到酬金後才吐露毛腦所在。柯嘯鷹説沒問題，明天就會把現金送到肖三的兒子家。

柯嘯鷹不知道自己早就被盯上，監聽到他們説話的安全部門，覺得事涉重大機密，立即上報，次日柯嘯鷹、肖三和他兒子就被拘禁。接着安全部門派員到中央警衛師要求查看X辦公室檔案，驚動了警衛師的政委。政委是一直隱藏沒出面的三個在位知情者之一，另兩人是軍委主席和X辦公室現主任賴亞莉。前一輪軍紀委審核辦退休的肖三大校，是朝經濟犯罪方向調查的，政委不想暴露自己，沒有出手去解救肖三。這次毛腦秘密已為國安部門所掌握，新主任賴亞莉據查也已多日沒回部隊單位，此案還涉及國際知名的美國籍資本家，事態非比尋常，只得用X辦公室的紅色專線電話上報軍委主席了。

當時考慮了幾個應變方案。一個是中央主動宣佈毛澤東之腦還鮮活冷凍着，國家將全力研發起死回生科技，盡快讓毛主席解凍復活。第二個也是主動公開毛腦存在的秘密，但承認説復活技術遠遠沒有成熟，暫時只能繼續冷凍保存。三是全面保密，不讓毛腦實驗室為人所知。只不過這次事情已讓知情者的人數和範圍擴大，毛腦秘密被披露的風險增加，在這個人們真的相信科技可讓死者再生的年代，如果一眾毛粉知道毛腦存在，呼喚毛主席復活的壓力將會嚴重衝擊現任領導人。何況萬一有不受中國控制的國外企業宣佈復活科技真的提前實現，毛真的可以活過來，那更是在位者的噩夢。現下那些言必毛主席的小輩執政者豈能不讓他老人家重新掌舵？毛如果再生，就是對今朝當權派最大的威脅。除毛之

外，誰還敢做終身主席的大夢？另外還有第四個方案，就是立即秘密徹底毀掉毛腦，讓毛主席永遠沒有再生機會，那時候就算逆死轉生科技明天面世，也不愁毛能復活。當然，還要埋葬所有有關的蹤跡人證，銷毀一切檔案，讓世人無憑無據永無翻案之日。

張合作在房內監控器上，看到連接中軸隧道的地下防空洞銅門外，來了一排不知番號的士兵，有幾個手持衝鋒槍，更多像是工兵，帶着燒焊爆破工具，腰上還掛着防毒面具。張合作樂呵呵的看着這些士兵不得其門而入，只能猛敲銅門，叫喊着開門，立即開門，上級有命令，張合作開門！張合作聽到別人喊他的名字，噗一聲笑出來。他們是哪裏的部隊？口音像是河南的。擾攘了十幾分鐘，在確定沒人應門後，士兵撤去，沒有嘗試破門而入。

張合作知道很快就會有人重來。他把實驗庫進口鋼門的鑰匙孔用生鐵焊死，不無幸災樂禍的想着，你們就算有軍委主席的第三副鑰匙也進不去。然後他換上筆挺軍服，腰上別好手槍等待。果然不到兩個小時，幾輛吉普開到宅門外，後面跟着七八輛軍用卡車和一輛混凝土攪拌車。下車的好像是另一個番號的部隊，有的穿着迷彩服拿着各種工具、有的穿着全套防化服，人數比之前更多。張合作心裏哼的一聲，走到前院，卻不回應外面的敲門按鈴，他才不想方便入侵者。他取了張椅子，隔着庭院的大水池，對着擋住街門的殘破影壁牆而坐。他聽到外面有人試用鑰匙開大門的聲音，所以他們真的拿到了軍委主席的第三副鑰匙，説明軍委主席是知道這次行動的。因為張合作添加了新的內鎖，街門一時還是打不開。不過那扇臨街的宅門，雖是為同治帝御造的，但當年為了掩飾身份，只採用了普通平民的小門樓格式，果然經不

起門外的軍中大力士用破門錘的幾下猛撞而被砸開。

　　張合作紋絲不動的坐在那兒看着士兵繞過影壁西端，拐進前院。帶隊的像是個尉官排長，他驟然看到庭院北端穿着軍服的張合作，也是一愣，示意停步。這時候張合作才霍然起身，立正行軍禮說：八三四一上等兵張合作。他用了自己部隊的舊番號。那排長也草草回了個軍禮說，上等兵張合作，為甚麼不開門？張合作回答說：張合作沒有接到命令。然後厲聲警告：這是軍事禁區，報上你們的番號，然後立即離開。那排長說：不能告訴你番號，我們是奉上級命令來執行緊急任務的，上等兵張合作要服從我的指揮，協助我們進入……進入後院內宅倒座房的地下二層，上等兵張合作聽命令，帶路開門！張合作說：張合作沒有接到上級命令。排長說：誰是你的上級？張合作答：軍委主席。排長爆了一句：扯淡呀！

　　排長說：我們有命令，你不配合，我們也要進去。張合作不回應。排長示意部隊繞過庭院中央的水池進內宅，張合作一個箭步站到通往後院的垂花門前，擋住來人的進路，喝令說：不准進內。排長有點不相信自己的耳朵，張合作竟想一個人擋住一排人？排長回說：那就不客氣了。排長剛欲硬闖，張合作拔出手槍指向他，排長旁邊的士兵也匆匆舉槍對準張合作。排長倒抽了一口冷氣，回過神來，不禁失笑說：上等兵張合作，你一號人，咱們一排人，你有多大本事，能把咱們都幹掉？

　　張合作像在打哈哈的說：瞧你們，還全副武裝，嚇唬誰呢！

　　排長見手槍對着他，也不敢亂動，只說：張合作，少廢話，我們執行任務，不要阻擋，我命令你立即放下手槍。

張合作不屑的説：你們這樣做，對得起毛主席他老人家嗎？

排長不耐煩説：甭廢話！這是最後警告，投降吧！

張合作依然淡定的説：我，張合作，莊嚴承諾，誓死保衛毛主席……

排長為之氣結的説：我數三下。

張合作繼續説：只要我張合作還有一口氣，絕不會容許有外人進入地下層！

排長：三……

張合作高喊：毛主席萬歲！

排長：二……

張合作淡定的把槍口轉向自己，緊貼着太陽穴，扣動扳機。

那些防化兵，迅速找到四合院二進後院南端朝北的倒座房，進入被稱為防空洞的地下一層空間，看到通往地下二層實驗庫的鋼門鑰匙孔已給焊死，只得先爆破出一個進口，然後按照命令指示，第一件事是把實驗庫中裝着人體組織的液氮容器拎上地面，然後立即破拆並用火焰噴射器予以燒焚。實驗庫內的裝置框架全部扒掉，冷凍設備、儀器、發電機都拆散搬上露天庭院，當場破拆，地下防空洞內的漢白玉下馬台和拴馬鐵環、連同地面宅院內外的一切裝置、花槽、水池、廢鐵、傢具、用品、廚餘垃圾，悉數帶走，用卡車運到西山一處軍事基地進一步破拆壓縮。地下防空洞和實驗庫的空間則被灌入水泥，填滿封上。帶走的屍體只有一具，軍裝扒掉當場燒毀，屍身送火化場。整座宅院變回空屋，像無人住過。不久後，推土機就會把四合院牆垣都撞散推倒，清出一塊平地，交給地產商開發。

後記

一、地球智人的起死回生實驗為本所之立案研究課題。大量文獻提示，二十一世紀頭三十年是逆死轉生議題被地球媒體熱炒和受到風險資金追捧的年代。本所研究員注意到期間一位美籍華裔風投資本家柯嘯鷹，有一段時間在中國出盡鋒頭，吸納了大量中外資金，然後突然從北京距天安門零公里不遠處的一座五星酒店總統套房墮樓而死。北京警方在死者遺物中發現抗憂鬱症藥片，判定柯嘯鷹為自殺。柯嘯鷹之死的真相本所另有報告。本論文的重點是交待一個錫蘭迪比替的意外發現。本所研究員以全知上帝之眼，追查柯嘯鷹的活動至他死前三天的一次飯局。一個名叫肖三大校的人物和肖三的兒子出現在那次柯嘯鷹的飯局中，言談間帶出了毛澤東之腦這個議題。本所研究員此時才追蹤這個幾乎無人知曉的中國秘密，原來地球智人在中國曾經還有過這樣一次不可思議的嘗試，只是這項中國實驗是以徹底失敗告終的。本所研究員順藤摸瓜，環環相扣，將上帝之眼獲得的資料經認真整理，終於梳理出全部過程，在此通過後設敘事書寫形式，報告這件之前不為地球智人以至宇宙科學家共同體所知的一段歷史。

二、民族國家時代的中國科學家，經過無數次人工克隆新人類的實驗失敗後，終於二〇二九年成功運用一名嬰兒的鼻腔細胞，經過體細胞核移植，在人工胚胎中複製出一個有同質生命的新嬰兒，作為給中國共產黨建政八十週年的獻禮。如果毛澤東之大腦組織能夠一直妥善冷凍保存，再經過合適的逆向解凍，得以恢復鮮活，推斷以中國舉國之力，不計成本，不惜代價，接近無限量地從其大腦組織細胞中抽出

體細胞核，分植於足夠龐大數量的人工胚胎中，純從理論和機率而言，或許可以在二〇二九年之後的一段時間內，人工克隆複製出一個新的老年毛澤東2.0版。

［完］

2019年6月初稿完成